김유정 단편선
동백꽃

책임 편집 · 유인순

강원대학교 국어교육과와 이화여자대학교 대학원 국문학과 졸업.

현재 강원대학교 국어교육과 교수.

저서로는 『김유정 문학 연구』『김유정을 찾아가는 길』『현대소설론』(공저) 『한국현대
문학의 이해』(공저) 『한국현대작가 연구』(공저) 등이 있고, 편저로는 『석양—이태준
탄생 100주년 기념선집』 등이 있음.

한국문학전집 14

동백꽃

김유정 단편선

초판 1쇄 발행 2005년 4월 18일
초판 36쇄 발행 2023년 11월 16일

지 은 이   김유정
책임 편집   유인순
펴 낸 이   이광호
펴 낸 곳   ㈜**문학과지성사**
등록번호   제1993-000098호

주   소   04034 서울 마포구 잔다리로7길 18(서교동 377-20)
전   화   02)338-7224
팩   스   02)323-4180(편집) 02)338-7221(영업)
전자우편   moonji@moonji.com
홈페이지   www.moonji.com

ⓒ ㈜**문학과지성사**, 2005. Printed in Seoul, Korea

ISBN 89-320-1594-5 04810
ISBN 89-320-1552-X(세트)

김유정 단편선
동백꽃

유인순 책임 편집

문학과지성사 한국문학전집 14

| 차 례 |

| 일러두기 |

1. 이 책에 실린 작품은 김유정이 1933년부터 1939년까지 발표한 작품 중에서 신징한 23편의 단편소설이다. 각 작품의 출처는 주에 명기되어 있다.

2. 이 책의 맞춤법은 1988년 1월 19일 문교부 교시 '한글 맞춤법'에 따르는 것을 원칙으로 하였다. 그러나 김유정 문학의 토속성 및 해학성을 최대한 보존하여, 구어체 외에도 강원도 방언 및 현대 문법과 일치하지 않는 부분이 상당수 있음을 밝힌다.

    예) 등 뒤에 똑같은 모양으로 <u>엎으러졌는</u> 채선이의 꼴을 보면……

    며칠 후에는 년이 시체 창가 하나를 <u>배가주왔다.</u>

    주인도 <u>남저지</u> 방아다리에 올라섰다.

3. 원본의 한자는 가급적 한글로 바꾸었으며, 작품 이해에 도움이 될 만한 한자는 그대로 두고 괄호 안에 넣었다(예 ①). 반복적으로 등장하는 한자어는 최초에만 괄호 안에 한자를 병기하고 후에는 한글로만 표기하였다. 또 책임 편집자가 독자들의 이해를 위해 필요하다고 판단되어 부가적으로 병기한 한자는 중괄호(〔 〕)를 사용하여 표기하였다(예 ②).

    예) ① 花郎의 後裔→화랑의 후예(後裔)

    예) ② 차마→차마〔車馬〕

4. 대화를 표시하는『 』혹은「 」은 모두 " "로 바꾸었고, 대화가 아닌 강조의 경우에는 ' '로 바꾸었다. 또 책 제목은『 』로, 영화 단편소설 등의 제목은「 」로 표시했다. 말줄임표 '···' '...' '......' 등은 모두 '……'로 통일시켰다. 단 원문에서 등장인물의 머릿속 생각을 표시하는 괄호는 작은따옴표(' ')로 바꾸었고, 작가가 편집자적인 논평을 붙인 부분은 원문대로 괄호(( ))안에 표시해두었다.

5. 외래어 표기는 1986년 1월 7일 문교부 교시 '외래어 표기법'에 따라 바꾸었다(예 ①). 단 작품의 제목이나 중요한 어휘로 등장하는 경우에는 원본을 그대로 살렸다(예 ②). 그리고 일본어의 경우에는 원문대로 표기하고 그 뜻을 괄호(〔 〕)에 넣어 붙였으며 일본어 원문은 주에 표시해주었다.

    예) ① 쩌어날리스트→저널리스트

    예) ② 조선의 심볼(현 외래어 표기법으로는 '심벌')

6. 김유정 문학의 변사적 특수성에 의거하여 이음 및 장음 부호(—)를 살렸다. 변사의 역할에 대해서는 부록의 작품 해설 참조.

7. 책임 편집자가 부가적인 설명이나 단어 풀이가 필요하다고 판단한 경우에는 뒤쪽에 미주로 설명을 붙여놓았다. 여러 편의 작품을 대하는 독자의 이해를 돕기 위하여 각 작품마다 일부 중복된 미주가 있음을 밝힌다.

심청[1]

거반 오정이나 바라보도록 요때기[2]를 들쓰고 누웠던 그는 불현 듯 몸을 일으켜가지고 대문 밖으로 나섰다. 매캐한 방구석에서 혼자 볶을 만치 볶다가 열벙거지[3]가 벌컥 오르면 종로로 튀어나오는 것이 그의 버릇이었다.

그러나 종로가 항상 마음에 들어서 그가 거니느냐, 하면 그런 것도 아니다. 버릇이 시키는 노릇이라 울분할 때면 마지못하여 건숭 싸다닐뿐 실상은 시끄럽고 더럽고 해서 아무 애착도 없었다. 말하자면 그의 심청이 별난 것이었다. 팔팔한 젊은 친구가 할 일은 없고 그날그날을 번민으로만 지내곤 하니까 나중에는 배짱이 돌아앉고 따라 심청이 곱지 못하였다. 그는 자기의 불평을 남의 얼굴에다 침 뱉듯 뱉어 붙이기가 일쑤요 건뜻하면 남의 비위를 긁어놓기로 한 일을 삼는다. 그게 생각하면 좀 잘달으나[4] 무된 그 생활에 있어서는 단 하나의 향락일는지도 모른다.

그가 어실렁어실렁 종로로 나오니 그의 양식인 불평은 한두 가지가 아니었다. 자연은 마음의 거울이다. 온체[5] 심보가 이 뻔새[6]고 보니 눈에 띄는 것마다 모다 아니꼽고 구역이 날 지경이다. 허나 무엇보다도 그의 비위를 상해주는 건 첫째 거지였다.

대도시를 건설한다는 명색으로 웅장한 건축이 날로 늘어가고 한편에서는 낡은 단층집을 수리조차 허락지 않는다. 서울의 면목을 위하야 얼른 개과천선하고 훌륭한 양옥이 되라는 말이었다. 게다 각 상점을 보라. 객들에게 미관을 주기 위하여 서로 시새워 별의별 짓을 다 해가며 어떠한 노력도 물질도 아끼지 않는 모양 같다. 마는 기름때가 짜르르한 헌 누더기를 두르고 거지가 이런 상점 앞에 떡 버티고 서서 나리! 돈 한 푼 주—, 하고 어줍대는 그 꼴이라니 눈이 시도록 짜증 가관이다. 이것은 그 상점의 치수를 깎을뿐더러 서울이라는 큰 위신에도 손색이 적다 못할지라. 또는 신사 숙녀의 뒤를 따르며— 시부렁거리는 깍쟁이[7]의 행세 좀 보라. 좀 심한 놈이면 비단 걸[8]이고 단장 보이[9]고 닥치는 대로 그 까마귀발[10]로 움켜잡고는 돈 안 낼 테냐고 제법 훅닥인다. 그런 봉변이라니 보는 눈이 다 붉어질 노릇이 아닌가! 거지를 청결하라. 땅바닥의 쇠똥 말똥만 칠 게 아니라 문화생활의 장애물인 거지를 먼저 치우라. 천당으로 보내든, 산 채로 묶어 한강에 띄우든……

머리가 아프도록 그는 이러한 생각을 하며 허청허청 종로 한복판으로 들어섰다. 입으로는 자기도 모를 소리를 괜스레 중얼거리며—

"나리! 한 푼 줍쇼!"

언제 어디서 빠졌는지 애송이 거지 한 마리(기실 강아지의 문벌이 조금 더 높으나 한 마리)가 그에게 바짝 붙으며 긴치 않게 조른다. 혓바닥을 길게 내뽑아 윗입술에 흘러내린 두 줄기의 노란 코를 연신 훔쳐가며, 조르자니 썩 바쁘다.

"왜 이럽소, 나리! 한 푼 주세요."

그는 속으로 피익, 하고 선웃음[11]이 터진다. 허기진 놈 보고 설렁탕을 사달라는게 옳겠지 자기보고 돈을 내랄 적엔 요놈은 거지 중에도 제일 액수 사나운 놈일 게다. 그는 들은 척 않고 그대로 늠름히 걸었다. 그러나 대답 한 번 없는 데 골딱지가 났는지 요놈은 기를 복복 쓰며 보채되 정말 돈을 달라는 겐지 혹은 같이 놀자는 겐지, 나리! 왜 이럽쇼, 왜 이럽쇼, 하고 사알살 약을 올려가며 따르니 이거 성이 가셔서라도 걸음 한 번 머무르지 않을 수 없다.

그는 고개만을 모로 돌려 거지를 흘겨보다가

"이 꼴을 보아라!"

그리고 시선을 안으로 접어 꾀죄죄한 자기의 두루마기를 한번 쭈욱 훑어 보였다. 하니까 요놈은 속을 차렸는지 됨됨이 저렇고야, 하는 듯싶어 저도 좀 노려보더니 제출물[12]에 떨어져 나간다.

전찻길을 건너서 종각 앞으로 오니 졸지에 그는 두 다리가 멈칫하였다. 그가 행차하는 길에 다섯 간쯤 앞으로 열댓 살 될락말락한 한 깍쟁이가 벽에 기대어 앉았는데 까빡까빡 졸고 있는 것이다. 얼굴은 노란 게 말라빠진 노루 가죽이 되고 화롯전에 눈 녹듯 개개풀린 눈매를 보니 필야 신병이 있는 데다가 얼마 굶기까지

하였으리라. 금시로 운명하는 듯싶었다. 거기다 네 살쯤 된 어린 거지는 시르죽은[13] 고양이처럼, 큰 놈의 무릎 위로 기어오르며, 울 기운조차 없는지 입만 벙긋벙긋, 그리고 낯을 째푸리며 투정을 부린다. 꼴을 봐한즉 아마 시골서 올라온 지도 불과 며칠 못 되는 모양이다.

이걸 보고 그는 잔뜩 상이 흐렸다. 이 벌레들을 치워주지 않으면 그는 한 걸음도 더 나갈 수가 없었다.

그러나 문득 한 호기심이 그를 긴장시켰다. 저쪽을 바라보니 길을 치고 다니던 나리[14]가 이쪽을 향하여 꺼불적꺼불적 오는 것이 아닌가. 그리고 뜻밖의 나리였다. 고보 때에 같이 뛰고 같이 웃고 같이 즐기던 그리운 동무, 예수를 믿지 않는 자기를 향하여 크리스천이 되도록 일상 권유하던 선량한 동무였다. 세월이란 무엔지 장래를 화려히 몽상하며 나는 장래 '톨스토이'가 되느니 '칸트'가 되느니 떠들며 껍적이던 그 일이 어제 같건만 자기는 끽 주체궂은 밥통[15]이 되었고 동무는 나리로— 그건 그렇고 하여튼 동무가 이 자리의 나리로 출세한 것만은 놀람과 아울러 아니 기쁠 수가 없었다.

'오냐, 저게 오면 어떻게 나의 갈 길을 치워주겠지.'

그는 멀찌가니 섰는 채 조바심을 태워가며 그 경과를 기다렸다. 딴은 그의 소원이 성취되기까지 시간은 단 일 분도 못 걸렸다. 그러나 그는 눈을 감았다.

"아야야 으—ㅇ, 응 갈 테야요."

"이 자식! 골목 안에 박혀 있으라니까 왜 또 나왔니, 기름강아지같이 뺀질뺀질한 망할 자식!"

"아야야, 으—음, 응, 아야야, 갈 텐데 왜 이리 차세요, 으— ㅇ, 으—ㅇ." 하며 기름강아지의 울음소리는 차츰차츰 멀리 들린다.

"이 자식! 어서 가봐, 쑥 들어가—." 하는 날벼락![16]

소란하던 희극은 잠잠하였다. 그가 비로소 눈을 뜨니 어느덧 동무는 그의 앞에 맞닥뜨렸다. 이게 몇 해 만이란 듯 자못 반기며 동무는 허둥지둥 그 손을 잡아 흔든다.

"아 이게 누구냐! 너 요새 뭐 하니?"

그도 쾌활한 낯에 미소까지 보이며

"참, 오래간만이로군!" 하다가

"나야 늘 놀지, 그런데 요새두 예배당에 잘 다니나?"

"음, 틈틈이 가지, 내 사무란 그저 늘 바쁘니까……"

"대관절 고마워이, 보기 추한 거지를 쫓아주어서. 나는 웬일인지 종로 깍쟁이라면 이가 북북 갈리는걸!"

"천만에, 그야 내 직책으로 하는 걸 고마울 거야 있나." 하며 동무는 거나하여 흥 있게 웃는다.

이 웃음을 보자 돌연히 그는 점잖게 몸을 가지며

"오, 주여! 당신의 사도 '베드로'를 내리사 거지를 치워주시니 너무나 감사하나이다." 하고 나직이 기도를 하고 난 뒤에 감사와 우정이 넘치는 탐탁한 작별을 동무에게 남겨놓았다.

자기가 '베드로'의 영예에서 치사를 받은 것이 동무는 무척 신이 나서 으쓱이는 어깨로 바람을 치올리며 그와 반대쪽으로 걸어간다.

때는 화창한 봄날이었다. 전신줄에서 물찌똥을 내려깔기며

"비리구 배리구."

지저귀는 제비의 노래는 그 무슨 곡조인지 하나도 알려는 사람
이 없었다.

산골 나그네

밤이 깊어도 술꾼은 역시 들지 않는다. 메주 뜨는 냄새와 같이 퀴퀴한 냄새로 방 안은 괴괴하다.[1] 윗간에서는 쥐들이 찍찍거린다. 홀어머니는 쪽 떨어진 화로를 끼고 앉아서 쓸쓸한 대로 곰곰 생각에 젖는다. 가뜩이나 침침한 반짝 등불이 북쪽 지게문에 뚫린 구멍으로 새어드는 바람에 반뜩이며 빛을 잃는다. 헌 버선짝으로 구멍을 틀어막는다. 그러고 등잔 밑으로 반짇고리를 끌어당기며 시름없이 바늘을 집어든다.

산골의 가을은 왜 이리 고적할까! 앞뒤 울타리에서 부수수 하고 떨잎[2]은 진다. 바로 그것이 귀밑에서 들리는 듯 나직나직 속삭인다. 더욱 몹쓸 건 물소리 골을 휘돌아 맑은 샘은 흘러내리고 야릇하게도 음률을 읊는다.

퐁! 퐁! 퐁! 쪼록 퐁!

바깥에서 신발 소리가 자작자작 들린다. 귀가 번쩍 띄어 그는

방문을 가볍게 열어젖힌다. 머리를 내밀며

"덕돌이냐?" 하고 반겼으나 잠잠하다. 앞뜰 건너편 수퐁³ 위를 감돌아 싸늘한 바람이 낙엽을 훌뿌리며 얼굴에 부닥친다.

용마루가 쌩쌩 운다. 모진 바람 소리에 놀라 멀리서 밤 개가 요란히 짖는다.

"쥔어른 계서유?"

몸을 돌려 바느질거리를 다시 집어들려 할 제 이번에는 짜정⁴ 인기가 난다. 황겁하게⁵

"누기유?" 하고 일어서며 문을 열어보았다.

"왜 그리유?"

처음 보는 아낙네가 마루 끝에 와 섰다. 달빛에 비끼어 검붉은 얼굴이 해쓱하다. 추운 모양이다. 그는 한 손으로 머리에 둘렀던 왜수건⁶을 벗어 들고는 다른 손으로 흩어진 머리칼을 쓸어담아 올리며 수줍은 듯이 주뻣주뻣한다.

"저……하룻밤만 드새고 가게 해 주세유──."

남정네도 아닌데 이 밤중에 웬일인가. 맨발에 짚신짝으로. 그야 아무렇든──

"어서 들어와 불 쪼게유."

나그네는 주춤주춤 방 안으로 들어와서 화로 곁에 도사려 앉는다. 낡은 치맛자락 위로 삐지려는 속살을 아무리자 허리를 지그시 튼다. 그러고는 묵묵하다. 주인은 물끄러미 보고 있다가 밥을 좀 주랴느냐고 물어보아도 잠자코 있다. 그러나 먹던 대궁⁷을 주워모아 짠지쪽⁸하고 갖다주니 감지덕지 받는다. 그리고 물 한 모금 마심 없이 잠깐 동안에 밥그릇의 밑바닥을 긁는다.

　밥숟갈을 놓기가 무섭게 주인은 이야기를 붙이기 시작하였다. 미주알고주알 물어보니 이야기는 지수가 없다.[9] 자기로도 너무 지쳐 물은 듯싶을 만치 대구[10] 추근거렸다. 나그네는 싫단 기색도 좋단 기색도 별로 없이 시나브로 대꾸하였다. 남편 없고 몸 붙일 곳 없다는 것을 간단히 말하고 난 뒤 "이리저리 얻어먹어 단게유."[11] 하고 턱을 가슴에 묻는다.

　첫닭이 홰를 칠 때 그제야 마을 갔던 덕돌이가 돌아온다. 문을 열고 감사나운[12] 머리를 디밀려다 낯선 아낙네를 보고 눈이 휘둥그렇게 주춤한다. 열린 문으로 억센 바람이 몰아들며 방 안이 캄캄하다. 주인은 문 앞으로 걸어와 서며 덕돌이의 등을 뚜덕거린다. 젊은 여자 자는 방에서 떠꺼머리총각을 재우는 건 상서롭지 못한 일이었다.

　"얘 덕돌아. 오늘은 마을 가 자고 아침에 온."

　가을할[13] 때가 지났으니 돈냥이나 좋이 퍼질 때도 되었다. 그 돈들이 어디로 몰리는지 이 술집에서는 좀체 돈맛을 못 본다. 술을 판대야 한 초롱에 오륙십 전 떨어진다. 그 한 초롱을 잘 판대도 사날씩이나 걸리는 걸 요새 같아선 그 잘량한[14] 술꾼까지 씨가 말랐다. 어쩌다 전일에 퍼놓았던 외상값도 갖다줄 줄을 모른다. 홀어미는 열벙거지가 나서 이른 아침부터 돈을 받으러 돌아다녔다. 그러나 다리품[15]을 들인 보람도 없었다. 낼 사람이 즐겨야 할 텐데 우물쭈물하며 한단 소리가 좀 두고 보자는 것이 고작이었다. 그렇다고 안 갈 수도 없는 노릇이다. 나날이 양식은 딸리고 지점집에서 집행을 하느니 뭘 하느니 독촉이 어지간치 않음에야……

"저도 인젠 떠나겠세유."

그가 조반 후 나들이옷을 바꾸어 입고 나서니 나그네도 따라 일어선다. 그의 손을 잔상히[16] 붙잡으며 주인은

"고달플 테니 며칠 더 쉬어 가게유." 하였으나

"가야지유. 너무 오래 신세를……"

"그런 염려는 말구."라고 누르며 집 지켜주는 셈 치고 방에 누웠으라 하고는 집을 나섰다.

백두 고개를 넘어서 안말로 들어가 해동갑[17]으로 헤매었다. 헤실수[18]로 간 곳도 있기야 하지만 맑았다.[19] 해가 지고 어두울 녘에야 그는 흘부들해서 돌아왔다. 좁쌀 닷 되밖에는 못 받았다. 다른 사람들은 돈 낼 생각커녕 이러면 다시 술 안 먹겠다고 도리어 얼러[20] 보냈던 것이다. 그러나 이만도 다행이다. 아주 못 받으니보다는. 끼니때가 지었다.[21] 그는 좁쌀을 씻고 나그네는 솥에 불을 지펴 부랴사랴 밥을 짓고 일변 상을 보았다.

밥들을 먹고 나서 앉았으려니깐 갑자기 술꾼이 몰려든다. 이거 웬일인가. 처음에는 하나가 오더니 다음에는 세 사람 또 두 사람. 모다 젊은 축들이다. 그러나 각각들 먹일 방이 없음으로 주인은 좀 망설이다가 그 연유를 말하였으나 뭐 한 동리 사람인데 어떠냐 한데서 먹게 해달라 하는 바람에 얼씨구나 하였다. 이제야 운이 트나 보다. 양푼에 막걸리를 딸쿠어 나그네에게 주며 솥에 넣고 좀 속히 데워달라 하였다. 자기는 치마꼬리를 휘둘러가며 잽

싸게 안주를 장만한다. 짠지 동치미 고추장. 특별한 안주로 삶은 밤도 놓았다. 사촌동생이 맛보라고 며칠 전에 갖다준 것을 아껴 둔 것이었다.

방 안은 떠들썩하다. 벽을 두드리며 아리랑 찾는 놈에 건으로[22] 너털웃음 치는 놈 혹은 수군숙덕하는 놈……가지각색이다. 주인이 술상을 받쳐 들고 들어가니 짜위[23]나 한 듯이 일제히 자리를 바로 잡는다. 그중에 얼굴 넓적한 하이칼라 머리가 야리[24]가 나서 상을 받으며 주인 귀에다 입을 비겨댄다.

"아주머니 젊은 갈보 사왔다지유? 좀 보여주게유."

영문 모를 소문도 다 도는고!

"갈보라니 웬 갈보?" 하고 어리삥삥하다[25] 생각을 하니 턱없는 소리는 아니다. 눈치 있게 부엌으로 내려가서 보강지[26] 앞에 웅크리고 앉았는 나그네의 머리를 은근히 끌어안았다. 자 저패들이 새댁을 갈보로 횡보고[27] 찾아온 맥이다. 물론 새댁 편으론 망측스러운 일이겠지만 달포[28]나 손님의 그림자가 드물던 우리 집으로 보면 재수의 빗발이다. 술국[29]을 잡는다고 어디가 떨어지는 게 아니요 욕이 아니니 나를 보아 오늘만 술 좀 팔아주기 바란다—. 이런 의미를 곰상궂게 간곡히 말하였다. 나그네의 낯은 별반 변함이 없다. 늘 한 양으로 예사로이 승낙하였다.

술이 온몸에 돌고 나서야 되술이 잔풀이[30]가 된다. 한잔에 오 전 그저 마시긴 아깝다. 얼간한[31] 상투박이가 계집의 손목을 탁 잡아 앞으로 끌어당기며

"권주가 좀 해. 이건 꿰어온 보릿자룬가."

"권주가? 뭐야유?"

"권주가? 아 갈보가 권주가도 모르나 으하하하." 하고는 무안에 취하여 폭 숙인 계집 뺨에다 꺼칠꺼칠한 턱을 문질러본다. 소리를 암만 시켜도 아랫입술을 깨물고는 고개만 기울일 뿐. 소리는 못하나 보다. 그러나 노래 못하는 꽃도 좋다. 계집은 영 내리는 대로 이 무릎 저 무릎으로 옮아 앉으며 턱밑에다 술잔을 받쳐 올린다.

술들이 담뿍 취하였다. 두 사람은 고라져서 코를 곤다. 계집이 칼라머리 무릎 위에 앉아 담배를 피워 올릴 때 코웃음을 흥 치더니 그 무지스러운 손이 계집의 아래 뱃가죽을 사양 없이 움켜잡았다. 별안간 "아야" 하고 퍼들껑하더니[32] 계집의 몸뚱어리가 공중으로 도로 뛰어오르다 떨어진다.

"이 자식아, 너만 돈 내고 먹었니?"

한 사람 사이 두고 앉았던 상투가 콧살을 찌푸린다. 그리고 맨발 벗은 계집의 두 발을 양 손에 붙잡고 가랑이를 쩍 벌려 무릎 위로 지르르 끌어올린다. 계집은 앙탕[33]을 한다. 눈시울에 눈물이 엉기더니 불현듯이 쪼록 쏟아진다.

방 안에서 왱마가리[34] 소리가 끓어오른다.

"저 잡놈 보게 으하하……"

술은 연신 데워서 들여가면서도 주인은 불안하여 마음을 졸였다. 겨우 마음을 놓은 것은 훨씬 밝아서이다.

참새들은 소란히 지저귄다. 지직[35] 바닥이 부스럼 자국보다 질배없다.[36] 술 짠지쪽 가래침 담뱃재——뭣해 너저분하다. 우선 한

길치[37]에 자리를 잡고 계배[38]를 대보았다. 마수걸이[39]가 팔십오 전 외상이 이 원 각수[40]다. 현금 팔십오 전 두 손에 들고 앉아 세고 세고 또 세어보고……

뜰에서는 나그네의 혀로 끌어올리는 인사.

"안녕히 가십시게유."

"입이나 좀 맞추고 뽀! 뽀! 뽀!"

"나두."

찌르쿵! 찌르쿵! 찔거러쿵!

"방아머리가 무겁지유?……고만 까불까."

"들 익었세유,[41] 더 쪄야지유."

"그런데 애는 어쩐 일이야……"

덕돌이를 읍엘 보냈는데 날이 저물어도 여태 오지 않는다. 흩어진 좁쌀을 확에 쓸어 넣으며 홀어미는 퍽이나 애를 태운다. 요새 날새[42]가 차지니까 늑대 호랑이가 차차 마을로 찾아내린다. 밤길에 고개 같은 데서 만나면 끽소리도 못하고 욕을 당한다.

나그네가 방아를 괴어놓고 내려와서 키로 확의 좁쌀을 담아 올린다. 주인은 그 머리를 씨담고[43] 자기의 행주치마를 벗어서 그 위에 씌워준다. 계집의 나이 열아홉이면 활짝 필 때이건만 버케[44] 된 머리칼이며 야윈 얼굴이며 벌써부터 외양이 시들어간다. 아마 고생을 짓한[45] 탓이리라.

날씬한 허리를 재발이[46] 놀려가며 일이 끊일 새 없이 다기지게[47] 덤벼드는 그를 볼 때 주인은 지극히 사랑스러웠다. 그러고 일변 측은도 하였다. 뭣하면 딸과 같이 자기 곁에서 길래[48] 살아주었으면 상팔자일 듯싶었다. 그럴 수만 있다면 그 소 한 바리[49]와 바꾼 대도 이것만은 안 내놓으리라고 생각도 하였다.

아들만 데리고 홀어미의 생활은 무던히 호젓하였다. 그런 데다 동리에서는 속 모르는 소리까지 한다. 떠꺼머리총각을 그냥 늙힐 테냐고. 그러나 형세가 부침으로 감히 엄두도 못 내다가 겨우 올봄에서야부터 서둘게 되었다. 의외로 일은 손쉽게 되었다. 이리저리 언론이 돌더니 남산에 사는 어느 집 둘째딸과 혼약하였다. 일부러 홀어미는 사십 리 길이나 걸어서 색시의 손등을 문질러보고는

"참 애기 잘도 생겼네!"

좋아서 사돈에게 칭찬을 뇌고 뇌곤 하였다.

그런데 없는 살림에 빚을 내어가며 혼수를 다 꿰매놓은 뒤였다. 혼인날을 불과 이틀 격해놓고 일이 고만 빗나갔다. 처음에야 그런 말이 없더니 난데없는 선채금 삼십 원을 가져오란다. 남의 돈 삼 원과 집의 돈 오 원으로 거추꾼[50]에게 품삯 노비 주고 혼수 하고 단지 이 원—잔치에 쓸 것밖에 안 남고 보니 삼십 원이란 입내[51]도 못 낼 소리다. 그 밤 그는 이리 뒤척 저리 뒤척 넋 잃은 팔을 던져가며 통밤[52]을 새웠던 것이다.

"어머님! 진지 잡수세유."

새댁에게 이런 소리를 듣는다면 끔찍이 귀여우리다. 이것이 단 하나의 그의 소원이었다.

"다리 아프지유? 너무 일만 시켜서……"

주인은 저녁 좁쌀을 쓸어 넣다가 방아다리에 깝신대는[53] 나그네를 걸삼스럽게[54] 쳐다본다. 방아가 무거워서 껍적이며 잘 오르지 않는다. 가냘픈 몸이라 상혈이 되어 두 볼이 새빨갛게 색색거린다. 치마도 치마려니와 명주 저고리는 어찌 삭았는지 어깨께가 손바닥만 하게 척 나갔다. 그러나 덕돌이가 왜포[55] 다섯 자를 바꿔 오거든 첫대 사발화통[56]된 속곳부터 해 입히고 차차 할 수밖엔 없다.

"같이 찧시다유."

주인도 남저지[57] 방아다리에 올라섰다. 그리고 찌껑[58] 위에 놓인 나그네의 손을 눈치 안 채게 슬며시 쥐어보았다. 더도 덜도 말고 그저 요만한 며느리만 얻어도 좋으련만! 나그네와 눈이 고만 마주치자 그는 열적어서 시선을 돌렸다.

"퍽도 쓸쓸하지유?" 하며 손으로 울 밖을 가리킨다. 첫밤 같은 석양판이다. 색동저고리를 떨쳐 입고 산들은 거방진[59] 방아소리를 은은히 전한다. 찔그러쿵! 찌러쿵!

그는 나그네를 금덩이같이 위하였다. 없는 대로 자기의 옷가지도 서로서로 별러[60] 입었다. 그리고 잘 때에는 딸과 진배없이 이불 속에서 품에 꼭 품고 재우곤 하였다. 하지만 자기의 은근한 속셈은 차마 입에 드러내어 말은 못 건넸다. 잘 들어주면 이어니와 뭣하게 안다면 피차의 낯이 뜨뜻한 일이었다.

그러자 맘먹지 않았던 우연한 일로 인하여 마침내 기회를 얻게 되었다——. 나그네가 온 지 나흘 되던 날이었다. 거문관이[61] 산기슭에 있는 영길네가 벼방아를 좀 와서 찧어달라고 한다. 나그네는 줄밤을 새움으로 낮에나 푸근히 자라고 두고 그는 홀로 집을 나섰다.

머리에 겨를 보얗게 쓰고 맥이 풀려서 집에 돌아온 것은 이럭저럭 으스레하였다. 늘큰한[62] 다리를 끌고 뜰 앞으로 향하다가 그는 주춤하였다. 나그네 홀로 자는 방에 덕돌이가 들어갈 리 만무한데 정녕코 그놈일 게다. 마루 끝에 자그마한 나그네의 집석이[63]가 놓인 그 옆으로 길목채 벗은 왕달집석이[64]가 우악살스럽게 놓였다. 그리고 방에서는 수군수군 낮은 말소리가 흘러나온다. 그는 무심코 닫은 방문께로 귀를 기울였다.

"그럼 와 그러는 게유? 우리 집이 굶을까 봐 그리시유?"

"⋯⋯"

"어머니도 사람은 좋아유⋯⋯올에 잘만 하면 내년에는 소 한바리 사놓을 게구 농사만 해두 한 해에 쌀 넉 섬 조 엿 섬 그만하면 고만이지유⋯⋯내가 싫은 게유?"

"⋯⋯"

"사내가 죽었으니 아무튼 얻을 게지유?" 옷 타지는 소리. 부스럭거린다.

"아이! 아이! 아이 참! 이거 노세유."

쥐 죽은 듯이 감감하다. 허공에 아롱거리는 낙엽을 이윽히 바라보며 그는 빙그레한다. 신발 소리를 죽이고 뜰 밖으로 다시 돌쳐섰다.

저녁상을 물린 후 그는 시치미를 딱 떼고 나그네의 기색을 살펴보다가 입을 열었다.

"젊은 아낙네가 홋몸[65]으로 돌아다닌대두 고생일 게유. 또 어차

22

피 사내는……"

여기서부터 사리에 맞도록 이 말 저 말을 주섬주섬 꺼내오다가 나의 며느리가 되어줌이 어떻겠느냐고 꽉 토파[66]를 지었다. 치마를 홉싸고 앉아 갸웃이 듣고 있던 나그네는 치마끈을 깨물며 이마를 떨어뜨린다. 그러고는 두 볼이 발개진다. 젊은 계집이 나 시집가겠소 하고 누가 나서랴. 이만하면 합의한 거나 틀림없을 것이다.

혼수는 전에 해둔 것이 있으니 한시름 잊었다. 그대로 이앙[67]이나 고쳐서 입히면 고만이다. 돈 이 원은 은비녀 은가락지 사다가 각별히 색시에게 선물 내리고……

일은 밀수록 낭패가 많다. 금시로 날을 받아서 대례를 치렀다. 한편에서는 국수를 누른다. 잔치 보러 온 아낙네들은 국수 그릇을 얼른 받아서 후룩후룩 들이마시며 색시 잘났다고 추었다.

주인은 즐거움에 너무 겨워서 추배[68]를 흥근히[69] 들었다. 여간 경사가 아니다. 뭇사람을 뻐집고 안팎으로 드나들며 분부하기에 손이 돌지 않는다.

"얘 메누라! 국수 한 그릇 더 가져온―"

어찌 말이 좀 어색하구먼― 다시 한 번

"메누라 얘야! 얼른 가져와―"

삼십을 바라보자 동굿[70]을 찔러보니 제불에[71] 멋이 질려 비뚜름하다.[72] 덕돌이는 첫날을 치르고 부쩍부쩍 기운이 난다. 남이 두 단을 털 제면 그의 볏단은 석 단째 풀쳐 나간다. 연방 손바닥에 침을 뱉아 붙이며 어깨를 으쓱거린다.

"끅! 끅! 끅! 찍어라 굴려라 끅! 끅!"

동무의 품앗이 일이다. 검으무투룩한[73] 젊은 농군 댓이 볏단을 번차례[74]로 집어든다. 열에 뜬 사람같이 식식거리며 세차게 벼알을 절구통 배에서 주룩주룩 흘러내린다.

"얘! 장가들고 한턱 안 내니?"

"일색이드라 딴딴히[75] 먹자. 닭이냐? 술이냐? 국수냐?"

"웬 국수는? 너는 국수만 아느냐?"

저희끼리 찧고 까분다. 그들은 일을 놓으며 옷깃으로 땀을 씻는다. 골바람[76]이 벼깔치[77]를 부옇게 풍긴다. 옆 산에서 푸드덕 하고 꿩이 날며 머리 위를 지나간다. 갈퀴질을 하던 얼굴 넓적이가 갈퀴를 놓고 씽긋하더니 달려든다. 장난꾼이다. 여러 사람의 힘을 빌려 덕돌이 입에다 헌 짚신짝을 물린다. 버들껑거린다. 다시 양귀를 두 손에 잔뜩 훔켜잡고 끌고 와서는 털어놓은 벼무더기 위에 머리를 틀어박으며 동서남북으로 큰절을 시킨다.

"야아! 야아! 아!"

"아니다, 아니야. 장갈 갔으면 산신령에게 이러하다 말이 있어야지 괜스레 산신령이 노하면 눈깔망나니(호랑이) 내려보낸다."

뭇 웃음이 터져 오른다. 새신랑이 옷이 이게 뭐냐. 볼기짝에 구멍이 다 뚫리고……빈정대는 사람도 있다. 그러나 덕돌이는 상투의 먼데기[78]를 털고 나서 곰방대를 피워 물고는 싱그레 웃어 치운다. 좋은 옷은 집에 두었다. 인조견 조끼 저고리 새하얀 옥당목 겹바지. 그러나 아끼는 것이다. 일할 때엔 헌 옷을 입고 집에 돌아와 쉴 참에 입는다. 잘 때에도 모조리 벗어서 더럽지 않게 착착

개어 머리맡에 위해놓고 자곤 한다. 의복이 남루하면 인상이 추하다. 모처럼 얻은 귀여운 아내니 행여나 마음이 돌아앉을까 미리미리 사려두지 않을 수도 없는 노릇이다. 그야말로 이십구 년 만에 누런 이 조각에다 어제서야 소금을 발라본 것도 이 까닭이었다.

덕돌이가 볏단을 다시 집어올릴 제 그 이웃에 사는 돌쇠가 옆으로 와서 품을 앗는다.

"애 덕돌아! 너 내일 우리 조마댕이[79] 좀 해줄래?"

"뭐 어째?" 하고 소리를 빽 지르고는 그는 눈귀가 실룩하였다.

"누구보고 해라야? 응? 이자식 까놀라!"

어제까지는 턱없이 지냈단대도 오늘의 상투를 못 보는가——

바로 그날이었다. 윗간에서 혼자 새우잠을 자고 있던 홀어미는 놀라 눈이 번쩍 띄었다. 만뢰[80] 잠잠한 밤중이다.

"어머이! 그거 달아났세유. 내 옷두 없고……"

"응?" 하고 반마디 소리를 치며 얼떨김에 그는 캄캄한 방 안을 더듬어 아랫간으로 넘어섰다. 황망히 등잔에 불을 당기며

"그래 어디로 갔단 말이냐?"

영산[81]이 나서 묻는다. 아들은 벌거벗은 채 이불로 앞을 가리고 앉아서 징징거린다. 옆자리에는 빈 베개뿐 사람은 간 곳이 없다. 들어본즉 온종일 일한 게 피곤하여 아들은 자리에 들자 고만 세상을 잊었다. 하기야 그때 아내도 옷을 벗고 한자리에 누워서 맞붙어 잤던 것이다. 그는 보통때와 조금도 다름없이 새침하니 드러누워서 천장만 쳐다보았다. 그런데 자다가 별안간 오줌이 마렵

기에 요강을 좀 집어달래려고 보니 뜻밖에 품 안이 허룩하다. 불러보아도 대답이 없다. 그제서는 어림짐작으로 우선 머리맡에 위해놓았던 옷을 더듬어보았다. 딴은 없다──

필연 잠든 틈을 타서 살며시 옷을 입고 자기의 옷이며 버선까지 들고 내뺐음이 분명하리라.

"도적년!"

모자는 광술불[82]을 켜들고 나섰다. 부엌과 잿간[83]을 뒤졌다. 그러고 뜰 앞 숲 풀 속도 낱낱이 찾아봤으나 흔적도 없다.

"그래도 방 안을 다시 한 번 찾아보자."

홀어미는 구태여 며느리를 도적년으로까지는 생각하고 싶지 않았다. 거반 울상이 되어 허벙저벙 방 안으로 들어왔다. 마음을 가라앉혀 들쳐보니 아니면 다르랴, 며느리 베개 밑에서 은비녀가 나온다. 달아날 계집 같으면 이 비싼 은비녀를 그냥 두고 갈 리 없다. 두말없이 무슨 병폐가 생겼다.

홀어미는 아들을 데리고 덜미를 집히는 듯 문밖으로 찾아나섰다.

마을에서 산길로 빠져나는 어귀에 우거진 숲 사이로 비스듬히 언덕길이 놓였다. 바로 그 밑에 석벽을 끼고 깊고 푸른 웅덩이가 묻히고 넓은 그 물이 겹겹산을 에돌아 약 십 리를 흘러내리면 신연강 중턱을 뚫는다. 시새[84]에 반쯤 파묻혀 번들대는 큰 바위는 내를 싸고 양쪽으로 질펀하다. 꼬부랑길은 그 틈바구니로 뻗었다. 좀체 걷지 못할 재갈길[85]이다. 내를 몇 번 건너고 흠상궂은[86] 산들을 비켜서 한 오 마장 넘어야 겨우 길다운 길을 만난다. 그러고 거기서 좀더 간 곳에 냇가에 외지게 일허진[87] 오막살이 한 칸을 볼 수 있다. 물방앗간이다. 그러나 이제는 밥을 찾아 흘러가는 뜬몸들의 하룻밤 숙소로 변하였다.

벽이 확 나가고 네 기둥뿐인 그 속에 힘을 잃은 물방아는 을씨년궂게[88] 모로 누웠다. 거지도 고 옆에 홑이불 위에 거적을 덧쓰고 누웠다. 거푸진 신음이다. 으! 으! 으훙! 서까래 사이로 달빛은 쌀쌀히 흘러든다. 가끔 마른 잎을 뿌리며——

"여보 자우? 일어나게유 얼핀!"[89]

계집의 음성이 나자 그는 꾸물거리며 일어앉는다. 그리고 너털대는 홑적삼을 깃을 여며잡고는 덜덜 떤다.

"인제 고만 떠날 테이야? 쿨룩……"

말라빠진 얼굴로 계집을 바라보며 그는 이렇게 물었다.

십 분 가량 지났다. 거지는 호사하였다. 달빛에 번쩍거리는 겹옷을 입고서 지팡이를 끌며 물방앗간을 등졌다. 골골하는 그를 부축하여 계집은 뒤에 따른다. 술집 며느리다.

"옷이 너무 커—— 좀 적었으면……"

"잔말 말고 어여 갑시다 펄쩍……"

계집은 불이 나게 그를 재촉한다. 그리고 연해 돌아다보길 잊지 않았다.

그들은 강길로 향한다. 개울을 건너 불거져내린 산모롱이를 막 꼽들려[90] 할 제다. 멀리 뒤에서 사람 욱이는[91] 소리가 끊일 듯 날 듯 간신히 들려온다. 바람에 먹히어 말저[92]는 모르겠으나 재없이[93] 덕돌이의 목성[94]임은 넉히 짐작할 수 있다.

"아 얼른 좀 오게유."

똥끝이 마르는[95] 듯이 계집은 사내의 손목을 겹겹히 잡아끈다. 병든 몸이라 끌리는 대로 뒤툭거리며 거지도 으슥한 산 저편으로 같이 사라진다. 수은[96]빛 같은 물방울을 품으며 물결은 산벽에 부닥뜨린다. 어디선지 지정[指定]치 못할 늑대 소리는 이 산 저 산서 와글와글 굴러내린다.

총각과 맹꽁이

잎잎이 비를 바라나 오늘도 그렇다. 풀잎은 먼지가 보얗게 나풀거린다.[1] 말뚱한 하늘에는 불더미 같은 해가 눈을 크게 떴다.

땅은 달아서 뜨거운 김을 턱밑에다 품긴다.[2] 호미를 옮겨 찍을 적마다 무더운 숨을 헉헉 돌른다. 가물에 조잎은 앤생이[3]다. 가끔 엎드려 김매는 코며 눈통이를 찌른다.

호미는 튕겨지며 쨍 소리를 때때로 낸다. 곳곳이 박인 돌이다. 예서부터면 한 번 찍어넘길 걸 세네 번 안 하면 흙이 일지 않는다. 콧등에서 턱에서 땀은 물 흐르듯 떨어지며 호미자루를 적시고 또 흙에 스민다.

그들은 묵묵하였다. 조 밭고랑에 쭉 늘어박혀서 머리를 숙이고 기어갈 뿐이다. 마치 땅을 파는 두더지처럼 ── 입을 벌리면 땀 한 방울이 더 흐를 것을 염려함이다.

그러자 어디서 말을 붙인다.

"어이 뜨거, 돌을 좀 밟았다가 혼났네."

"이놈의 것도 밭이라고 도지⁴를 받아 처먹나."

"이제는 죽어도 너와는 품앗이 안 한다"고 한 친구가 열을 내더니

"씨 값으로 골치기⁵나 하자구 도루 줘버려라."

"이나마 없으면 먹을 게 있어야지ㅡ"

덕만이는 불안스러웠다. 호미를 놓고 옷깃으로 턱을 훑는다. 그리고 그편으로 물끄러미 고개를 돌린다.

가혹한 도지다. 입쌀 석 섬. 보리 · 콩 두 포⁶의 소출은 근근 댓 섬, 나눠 먹기도 못 된다. 본디 밭이 아니다. 고목 느티나무 그늘에 가려 여름날 오고 가는 농군이 쉬던 정자터이다. 그것을 지주가 무리로 갈아 도지를 놓아 먹는다. 콩을 심으면 잎 나기가 고작이요 대부분이 열지를 않는 것이었다. 친구들은 일상 덕만이가 사람이 병신스러워, 하고 이 밭을 침 뱉아 비난하였다. 그러나 덕만이는 오히려 안 되는 콩을 탓할 뿐 올해는 조로 바꾸어 심은 것이었다.

"좀 쉬어서들 하세ㅡ"

한 고랑을 마치자 덕만이는 일어서 고목께로 온다. 뒤묻어 땀바가지들이 웅기중기 모여든다. 돌 위에 한참 앉아 쉬더니 겨우 생기가 좀 돌았다. 곰방대들을 꺼내 문다. 혹은 대를 들고 담배 한 대 달라고 돌아치며 수선을 부린다.

"북새⁷가 드네. 올 농사 또 헛하나 보다."

여러 눈이 일제히 말하는 시선을 더듬는다. 그리고 바람에 아른거

리는 저편 버덩⁸의 파란 볏잎을 이윽히 바라보았다. 염려스러이──

젊은 상투는 무척 시장하였다. 따로 떨어져 쭈그리고 앉았다. 고개를 폭 기울이고는 불평이 요만이 아니다.

"제미 붙을⁹ 배고파 일 못하겠네──"

"하기, 죽겠는걸 허리가 착 까부러지는구나──"

옆에서 받는다.

"이 땀을 흘리고 제누리¹⁰ 없이 일할 수 있나? 진홍회 아니라 제 할아비가 온대두." 하고 또 뇌더니 아무도 대답이 없으매

"개×두 없는 놈에게 호포¹¹는 올려두 제누리만 안 먹으면 산담 그래──"

어조를 높여 일동에게 맞장¹²을 청한다.

"너는 그래두 괜찮아. 덕만이가 다 호포를 낼라구."

뚝건달 뭉태는 콧살을 찡긋이 비웃으며 바라본다. 네나 내가 촌뜨기들이 떠들어 뭣하리. 그보다──

"여보게들, 오늘 참 들병이¹³ 온 것을 아나?"

이 말에 나찬¹⁴ 총각들은 귀가 번쩍 띄었다. 기쁜 소식이다. 그 입을 뻔히 쳐다보며 뒷말을 기다린다. 반갑기도 하려니와 한편으로는 의아하였다. 한참 바쁜 농시방극¹⁵에 뭘 바라고 오느냐고 다같은 질문이다.

그것은 들은 체 만 체 뭉태는 나무에 비스듬히 자빠져서 하늘로 눈만 껌벅인다. 그리고 홀로 침이 말라 칭찬이다.

"말갛고 살집 좋더라. 내려 씹어두 비린내두 없을걸── 제일 그 볼기짝 두두룩한 것이……"

"나이는?"

"스물둘, 한창 폈더라ー"

"놈팽이 있나?"

예제서[16] 슬근슬근 죄어들며 묻는다.

"없어, 남편을 잃고서 홧김에 들병이로 돌아다니는 판이라데ー"

"그럼 많이 돌아먹었구먼?"

"뭘 나이를 봐야지. 숫배기드라."

"애 좋구나. 한잔 먹어보자."

이쪽저쪽서 수군거린다. 풍년이나 만난 듯이 야단들이다. 한구석에 앉았던 덕만이가 일어서 오더니 뭉태를 꾹 찍어간다. 느티나무 뒤로 와서

"성님 정말 남편 없수?"

"그럼 정말이지ー"

"나 좀 장가들여주, 한턱 내리다."

뭉태의 눈치를 훑는다. 의형이라 못할 말 없겠지만 그래두 어쩐지 얼굴이 후끈하였다.

"염려 말게. 그러나 돈이 좀 들걸ー"

개울 건너서 덕만 어머니가 온다. 점심 광주리를 이고 더워서 허덕인다. 농군들은 일어서 소리치며 법석이다. 호미자루를 뽑아 호미 등에다 길군악[17]을 치는 놈도 있다.

"점심, 점심이다. 먹어야 산다."

저녁이 들자 바람은 산들거린다. 뭉태는 제 집 바깥뜰의 버릇지[18]를 깔고 앉아서 동무 오기를 고대하였다. 덕만이가 제일 먼저 부리나케 내달았다. 뭉태 옆에 와 궁둥이를 내려놓으며 좀 머뭇거리더니

"아까 말이 실토유. 꼭 장가 좀 드려주게유."

"글쎄 나만 믿어. 설사 자네에게 거짓말하겠나."

"성님만 믿우. 꼭 해주게유" 하고 다지고

"내 내 닭 팔거든 호미씨세 날[19] 단단히 답례하리다." 하고 또 한 번 굳게 다진다.

낮에 귀띔해왔던 젊은 축들이 하나 둘 모인다. 약속대로 고스란히 여섯이 되었다. 모두들 일어서서 한 덩어리가 되어 수군거린다. 큰일이나 치러 가는 듯 이러자 저러자 의견이 분분하여 끝이 없다. 어떻게 해야 돈이 덜 들까가 문제다. 우리가 막걸리 석 되만 사 가지고 가자. 그래 계집더러 부으라 하고 나중에 얼마간 주면 고만이다. 고 하니까 한편에선 그러지 말고 그 집으로 가서 술을 대구 퍼먹자. 그리고 시치미 딱 떼고 나오면 하고 우기는 친구도 있다. 그러나 뭉태는 말하였다. 계집을 우리 집으로 부르자. 소주 세 병만 가져오래서 잔풀이로 시키는 것이 제일 점잖고.

술값은 각추렴으로 할까 혹은 몇 사람이 술을 맡고 그 나머지는 안주를 할까를 토의할 제 덕만이는 선뜻 대답하였다. 오늘 밤 술값은 내 혼자 전부 물겠다고 그리고 닭도 한 마리 내겠으니 아무쪼록 힘써 잘해달라고 뭉태에게 다시 당부하였다.

뭉태는 계집을 데리러 거리로 나갔다. 덕만이는 조금도 지체 없

이 오라 경계하였다. 그리고 제 집을 향하여 개울 언덕으로 올라섰다.

산기슭에 내를 앞두고 놓였다. 방 한 칸 부엌 한 칸 단 두 칸을 돌로 쌓아 올려 이엉으로 덮은 집이었다. 식구는 모자뿐. 아들이 일을 나가면 어머니도 따라 일찍 나갔다. 동리로 돌아다니며 일자리를 찾았다. 그리고 왼종일 방아품을 팔아 밥을 얻어다가 아들을 먹여 재우는 것이 그들의 살림이었다. 딸은 선채[20]를 받고 놓았다. 아들 장가들일 예정이던 것이 빚구멍 갚기에 시나브로 녹여버리고

"그까짓 며느리쯤은 시시하다유" 하고 남들에게는 겉을 꺼리지만——

"언제나 돈이 있어 며느리를 좀 보나——"

돌아서 자탄을 마지않는 터이다. 반드시 장가는 들어야 한다.

덕만이는 언덕 밑에다 신을 벗었다. 그리고 큰 몸집을 사리어 삽붓삽붓[21] 집엘 들어섰다. 방문이 벌꺽 나가떨어지고 집안이 휑하다. 어머니는 자는 모양. 닭장문을 조심해 열었다. 손을 집어넣어 손에 닿는 대로 허구리께를 슬슬 긁어주었다. 팔아서 등걸잠뱅이 해 입는다는 닭이었다. 한 손이 재바르게[22] 목대기를 훔켜잡자[23] 다른 손이 날갯죽지를 훔키려 할 제 고만 빗나갔다. 한놈이 풍기니까 뭇놈이 푸드덕하며 대구 골골거린다.

별안간

"획—— 획—— 이 망한 년의 ×으로 난 놈의 꽹이——" 하고 쥐어박는 듯이 방에서 튀어나오는 기색이더니

34

"다 쫓았어유, 염려 말구 주무시게유——" 하니까

"닭장 문 좀 꼭 얽어라."

소리뿐으로 다시 조용하다.

그는 무거운 숨을 돌렸다. 닭을 옆에 감추고 나는 듯 튀어나왔다. 그리고 뭉태 집으로 내달리며 그의 머리에 공상이 한두 가지가 아니었다. 뭉태가 이쁘달 때엔 어지간히 출중난 계집일 게다. 이런 걸 데리고 술장사를 한다면 그밖에 더 큰 수는 없다. 두어 해만 잘하면 소 한 바리쯤은 낙자없이[24] 떨어진다. 그리고 아들도 곧 낳아야 할 텐데 이게 무엇보다 큰 걱정이었다.

뭉태는 얼간하였다. 들병이를 혼자 껴안고 물리도록 시달린다. 두터운 입술을 이그리며

"요것아, 소리 좀 해라. 아리랑 아리랑."

고갯짓으로 계집의 응둥이[25]를 두드린다.

좁은 봉당이 꽉 찼다. 상 하나 희미한 등잔을 복판에 두고 취한 얼굴이 청승궂게 죄어 앉았다. 다같이 눈들은 계집에서 떠나지 않는다. 공석[26]에서 벼룩은 들끓으며 등어리 정강이를 대구 뜯어 간다. 그러나 긁는 것은 사내의 체통이 아니다. 꾹 참고 제 차지로 계집 오기만 눈이 빨개 손꼽는다.

"술 좀 천천히 붓게유."

"그거 다 없어지면 뭘루 놀래는 게지유?"

"그럼 일루 밤 새유? 없으면 가친[27] 자지유——"

계집은 곁눈을 주며 생긋 웃어 보인다. 덩달아 맨입이 맥없이 그리고 슬그머니 뺑긴다.[28]

얼굴 까만 친구가 얼마 벼르다가 마코[29] 한 개를 피워 올린다. 그리고 우격으로 끌어당겨 남 보란 듯이 입을 맞춘다. 계집은 예사로 담배를 받아 피우고는 생글거린다. 좌중은 밸이 상했다. 양권연 바람이 세다는 둥 이왕이면 속곳 밑 들고 인심 쓰라는 둥 별별 핀둥이[30]가 다 들어온다.

"돌려라 돌려. 혼자만 주무르는 게야?"

목이 마르듯 사방에서 소리를 지르면 눈을 지릅뜬다.[31] 이 서슬에 계집은 일어서서 어디로 갈지를 몰라 술병을 들고 갈팡거린다.

덕만이는 따로 떨어져 봉당 끝에 구부리고 앉았다. 애꿎은 담배통만 돌에다 대구 두드린다. 암만 기다려도 뭉태는 저만 놀 뿐 인사를 아니 붙인다. 술은 제가 내련만 계집도 시시한지 눈 거들떠보지 않는다. 그래 입때[32] 말 한마디 못 건네고 홀로 끙끙 앓는다.

봉당 아래 하얀 귀여운 신이 납죽 놓였다. 덕만이는 유심히 보았다. 돌아앉아서 남이 혹시 보지나 않나 살핀다. 그리고 퍼드러진 시커먼 흙발에다 그 신을 꿰고는 눈을 지그시 감아보았다. 계집의 신이다. 다시 벗어 제 발에 꿰고는 짝 없이[33] 기뻐한다.

약물같이[34] 개운한 밤이다. 버들 사이로 달빛은 해맑다. 목이 터지라고 맹꽁이는 노래를 부른다. 암숫놈이 의좋게 주고받은 사랑의 노래였다.

이 소리를 들으매 불현듯 울화가 터졌다. 여지껏 누르고 눌러오던 총각의 쿠더분한 울분이 모조리 폭발하였다. 에이 하치 못한 인생! 하고 저 몸을 책하고 난 뒤 계집의 앞으로 달려들어 무릎을 꿇었다. 두 손은 공손히 무릎 위에 얹었다. 그 행동이 너무나 쑥스럽고 남다르므로 벗들은 눈이 컸다.

"뵙기는 아까부터 봤으나 인사는 처음 여쭙니다." 하고 죽어가는 음성으로 억지로 봉을 뗐다.[35] 그로는 참으로 큰 용기다.

"저는 강원도 춘천군 신남면 증리 아랫말에 사는 김덕만입니다. 우리 아버지가 승[36]이 광산 김갑니다."

두 손을 자꾸 비비더니

"어머니허구 단 두 식굽니다. 하치못한 사람을 찾아주셔서 너무 고맙습니다. 저는 서른넷인데두 총각입니다."

"?"

계집은 영문을 몰라 어안이 벙벙하다가

"고만이올시다." 하며 이마를 기울여 절하는 것을 볼 때 참았던 고개가 절로 돌았다. 그리고 터지려는 웃음을 깨물다 재채기가 터져버렸다.

"일테면 인사로군? 뭘 고만이야 더 허지—"

여기저기서 키키거린다. 그런 인사는 좀 두었다 하자구 핀잔이 들어온다.

모처럼 한 인사가 실패다. 그는 그 자리에서 일어나지도 못하고 얼굴이 벌게서 고개를 숙인 채 부처가 되었다.

새벽녘이다. 달이 지니 바깥은 검은 장막이 내렸다.

세 친구는 봉당에 고라졌다. 술에 취한 게 아니라 어찌 지껄였던지 흥에 취하였다. 뭉태 덕만이 까만 얼굴 세 사람이 마주보며 앉았다. 제가끔 기회를 엿보나 맘대로 안 되매 속만 탈 뿐이다.

뭉태는 계집의 어깨를 잔뜩 움켜잡고 부라질³⁷을 한다.

실상은 안 취했건만 독단 주정이요 발광이다. 새매같이 쏘다가 계집 귀에다 눈치 빠르게 수군거리곤 그 허구리를 꾹 찌르고

"어이 술 취해. 소피 좀 보고 옴세."

뻘떡 일어서 비틀거리며 싸리문 밖으로 나간다. 좀 있더니 계집이마저 오줌 좀 누고 오겠노라고 나가버린다.

덕만이는 실죽하니 눈만 둥굴린다. 일이 내내 마음에 어그러지고 말았다. 그다지 믿었던 뭉태도 저 놀 구멍만 찾을 뿐으로 심심하다. 그리고 오줌은 만드는지 여태들 안 들어온다. 수상한 일이다. 그는 벌떡 일어서 문밖으로 나왔다.

발밑이 캄캄하다. 더듬어가며 잿간 낟가리 나뭇더미 틈바구니를 샅샅이 내려뒤졌다. 다시 발길을 돌려 근방의 밭고랑을 뒤지기 시작하였다. 눈에서 불이 난다.

차차 동이 튼다. 젖빛 맑은 하늘이 품을 벌린다. 고운 봉우리 험상궂은 봉우리 이쪽저쪽에서 하나 둘 툭툭 불거진다. 손뼉 같은 콩잎은 이슬을 머금고 우거졌다. 스칠 새 없이 다리에 척척 엉기며 물을 뿜는다. 한동안 헤갈³⁸을 하고서 밭 한복판 고랑에 콩잎에 가린 옷자락을 보았다. 다짜고짜로 달려들었다. 그러나

"이게 무슨 짓이지유? 아까 뭐라구 마쿠었지유?"³⁹

하고는 저로도 창피스러워 두어 칸 거리에서 다리가 멈칫하였다. 의형이라고 믿었던 게 불찰이다. 뭉태는 조금도 거침없었다. 고개도 안 돌리며

"저리 가. 왜 사람이 눈치를 못 채리고 저 뻔새야."

화를 천동같이 내지른다. 도리어 몰리니 기가 안 막힐 수 없다. 말문이 막혀 먹먹하다.

"그래 철석같이 장가들여주마 할 제는 언제유?"

하고 지지 않게 목청을 돋우었다.

(此間七行略)[40]

"술값 내슈. 가게유──"

손을 벌릴 때

"나하고 안 살면 술값 못 내겠시유." 하고는 끝대[41]로 배를 튀겼다. 눈은 눈물이 어려 야속한 듯이 계집을 쏘았다.

계집은 술 먹고 술값 안 내는 경우가 뭐냐고 중언부언 떠든다. 나중에는 내가 술 팔러 왔지 당신의 아내가 되러 온 것이 아니라고 좋게 타이르기까지 되었다. 뭉태는 시끄러웠다. 술값은 내가 주마고 계집의 팔을 이끌어 콩포기를 헤집고 길로 나가버린다.

시위로 좀 해봤으나 최후의 계획도 글렀다. 덕만이는 아주 낙담하고 콩밭 복판에 멍하니 서서 그들의 뒷모양만 배웅한다. 계집이 길로 나서자 눈이 빠지게 기다리던 깜둥이 총각이 또 달려든다.

(此間四行略)[42]

이것을 보니 가슴은 더욱 쓰라렸다. 동무가 빤히 지키고 섰는데도 끌고 들어가는 그런 행세는 또 없을 게다. 눈물은 급기야 꺼칠한 윗수염을 거쳐 발등으로 줄대 굴렀다.

이 집 저 집서 일꾼 나오는 것이 멀리 보인다. 연장을 들고 밭으로 논으로 제각기 흩어진다. 아주 활짝 밝았다.

덕만이는 금시로 콩밭을 튀어나왔다. 잿간 옆으로 달려들며 큰

돌멩이를 집어들었다. 마는 눈을 얼마 감고 있는 동안 단념하였는지 골창으로 던져버렸다. 주먹으로 눈물을 비비고는

"살재두 나는 인전 안 살 터이유——"하고 잿간을 향하여 소리를 질렀다. 그리고 제 집으로 설렁설렁 언덕을 내려간다.

그러나 맹꽁이는 여전히 소리를 끌어올린다. 골창에서 가장 비웃는 듯이 음충맞게 "맹——" 던지면 "꽁——" 하고 간드러지게 받아 넘긴다.

소낙비

　음산한 검은 구름이 하늘에 뭉게뭉게 모여드는 것이 금시라도
비 한 줄기 할 듯하면서도 여전히 짓궂은 햇발은 겹겹 산 속에 묻
힌 외진 마을을 통째로 자실 듯이[1] 달구고 있었다. 이따금 생각나
는 듯 살매들린[2] 바람은 논밭 간의 나무들을 뒤흔들며 미쳐 날뛰
었다. 뫼 밖으로 농군들을 멀리 품앗이로 내보낸 안말의 공기는
쓸쓸하였다. 다만 맷맷한[3] 미루나무 숲에서 거칠어가는 농촌을 읊
는 듯 매미의 애끊는 노래——

　매——음! 매——음!

　춘호는 자기 집——올봄에 오 원을 주고 사서 든 묵삭은 오막살
이집——방문턱에 걸터앉아서 바른주먹으로 턱을 고이고는 봉당[4]
에서 저녁으로 때울 감자를 썻고 있는 아내를 묵묵히 노려보고
있었다. 그는 사날 밤[5]이나 눈을 안 붙이고 성화를 하는 바람에 농
사에 고리삭은[6] 그의 얼굴은 더욱 해쓱하였다.

아내에게 다시 한 번 졸라보았다. 그러나 위협하는 어조로

"이봐 그래, 어떻게 돈 이 원만 안 해줄 터여?"

아내는 역시 대답이 없었다. 갓 잡아온 새댁 모양으로 씻는 감자나 씻을 뿐 잠자코 있었다.

되나 안 되나 좌우간 이렇다 말이 없으니 춘호는 울화가 퍼져서 죽을 지경이었다. 그는 타곳에서 떠들어온 몸이라 자기를 믿고 장리를 주는 사람도 없고 또는 그 잘량한[7] 집을 팔려 해도 단 이삼 원의 작자도 내닫지 않으므로 앞뒤가 꼭 막혔다. 마는 그래도 아내는 나이 젊고 얼굴 똑똑하겠다 돈 이 원쯤이야 어떻게라도 될 수 있겠기에 묻는 것인데 들은 체도 안 하니 썩 괘씸한 듯싶었다.

그는 배를 튀기며 다시 한 번

"돈 좀 안 해줄 터여?"

하고 소리를 빽 질렀다.

그러나 대꾸는 역시 없었다. 춘호는 노기충천하여 불현듯 문지방을 떠다밀며 벌떡 일어섰다. 눈을 홉뜨고 벽에 기댄 지게막대를 손에 잡자 아내의 옆으로 바람같이 달려들었다.

"이년아 기집 좋다는 게 뭐여? 남편의 근심도 덜어주어야지 끼고 자자는 기집이여?"

지게막대는 아내의 연한 허리를 모지게 후렸다. 까부러지는 비명은 모지락스레[8] 찌그러진 울타리 틈을 삐져나간다. 잽처[9] 지게막대는 앉은 채 고까라진[10] 아내의 발뒤축을 얼러 볼기를 내려갈겼다.

"이년아, 내가 언제부터 너에게 조르는 게여?"

범같이 호통을 치고 남편이 지게막대를 공중으로 다시 올리며 모즈름[11]을 쓸 때 아내는

"에구머니!"

하고 외마디를 질렀다. 연하여 몸을 뒤치자 거반[12] 엎어질 듯이 싸리문 밖으로 내달렸다. 얼굴에 눈물이 흐른 채 황그리는[13] 걸음으로 문앞의 언덕을 내려 개울을 건너고 맞은쪽에 뚫린 콩밭길로 들어섰다.

"너 네가 날 피하면 어딜 갈 테여?"

발길을 막는 듯한 의미 있는 호령에 달아나던 아내는 다리가 멈칫하였다. 그는 고개를 돌려 싸리문 안에 아직도 지게막대를 들고 섰는 남편을 바라보았다. 어른에게 죄진 어린애같이 입만 종깃종깃[14]하다가 남편이 뛰어나올까 겁이 나서 겨우 입을 열었다.

"쇠돌 엄마 집에 좀 다녀올게유!"

주볏주볏 변명을 하고는 가던 길을 다시 힝하게[15] 내걸었다. 아내라고 요새 이 돈 이 원이 급시로 필요함을 모르는 바도 아니었다. 마는 그의 자격으로나 노동으로나 돈 이 원이란 감히 땅띔[16]도 못해볼 형편이었다. 벌이라야 하잘것없는 것——아침에 일어나기가 무섭게 남에게 뒤질까 영산이 올라[17] 산으로 빼는 것이다. 조고만 종댕이[18]를 허리에 달고 거한 산중에 드문드문 박여 있는 도라지 더덕을 찾아가는 것이었다. 깊은 산 속으로 우중충한 돌틈바기로 잔약한 몸으로 맨발에 짚신짝을 끌며 강파른 산등을 타고 돌려면 젖먹던 힘까지 녹아내리는 듯 진땀은 머리로 발끝까지 쭉 흘러내린다.

아랫도리를 단 외겹으로 두른 낡은 치맛자락은 다리로 허리로
척척 엉기어 걸음을 방해하였다. 땀에 불은 종아리는 거친 숲에
긁혀 메어 그 쓰라림이 말이 아니다. 게다 무더운 흙내는 숨이 탁
탁 막히도록 가슴을 질른다.[19] 그러나 삶에 발버둥치는 순직한 그
의 머리는 아무 불평도 일지 않았다.

가믈[20]에 콩 나기로 어쩌다 도라지 순이라도 어지러운 숲 속에
하나, 둘, 뾰죽이 뻗어 오른 것을 보면 그는 그래도 기쁨에 넘치
는 미소를 띠었다.

때로는 바위도 기어올랐다. 정 못 기어오를 그런 험한 곳이면
칡덩굴에 매달리기도 하는 것이었다. 땟국에 전 무명 적삼은 벗
어서 허리춤에다 꾹 찌르고는 호랑이숲이라 이름난 강원도 산골
에 매달려 기를 쓰고 허비적거린다. 골바람은 지날 적마다 알몸
을 두른 치맛자락을 공중으로 날린다. 그제마다 검붉은 볼기짝을
사양 없이 내보이는 칡덩굴의 그를 본다면 배를 움켜쥐어도 다
못 볼 것이다. 마는 다행히 그윽한 산골이라 그 꼴을 비웃는 놈은
뻐꾸기뿐이었다.

이리하여 해동갑[21]으로 헤갈[22]을 하고 나면 캐어 모은 도라지 더
덕을 얼러[23] 사발 가웃 혹은 두어 사발 남짓하게 되는 것이다. 그
러면 동리로 내려와 주막거리에 가서 그걸 내주고 보리쌀과 사발
바꿈을 하였다. 그러나 요즘엔 그나마도 철이 겨웠다고 소출이
없다. 그 대신 남의 보리방아를 왼종일 찧어주고 보리밥 그릇이
나 얻어다가는 집으로 돌아와 농토를 못 얻어 뻔뻔히 노는 남편
과 같이 나누는 것이 그날 하루하루의 생활이었다.

그러고 보니 돈 이 원커녕 당장 목을 딴대도 피도 나올지가 의문이었다.

만약 돈 이 원을 돌린다면 아는 집에서 보리라도 뀌어 파는 수밖에는 다른 도리가 없다. 그리고 온 동리의 아낙네들이 치맛바람에 팔자 고쳤다고 쑥덕거리며 은근히 시새우는 쇠돌 엄마가 아니고는 노는 벌이를 가진 사람이 없다. 그런데 도적이 제발 저리다고 그는 자기 꼴 주제에 제불에 눌려서 호사로운 쇠돌 엄마에게는 죽어도 가고 싶지 않았다. 쇠돌 엄마도 처음에야 자기와 같이 천한 농부의 계집이련만 어쩌다 하늘이 도와 동리의 부자 양반 이주사와 은근히 배가 맞은 뒤로는 얼굴도 모양내고 옷치장도 하고 밥걱정도 안 하고 하여 아주 금방석에 뒹구는 팔자가 되었다. 그리고 쇠돌 아버지도 이게 웬 땡이냔 듯이 아내를 내어놓은 채 눈을 슬쩍 감아버리고 이주사에게서 나는 옷이나 입고 주는 쌀이나 먹고 연년이 신통치 못한 자기 농사에는 한 손을 떼고는 희짜²⁴를 뽑는 것이 아닌가!

사실 말인즉 춘호 처가 쇠돌 엄마에게 죽어도 안 가려는 그 속 까닭은 정작 여기 있었다.

바로 지난 늦은 봄 달이 뚫어지게 밝던 어느 밤이었다. 춘호가 보름 게추²⁵를 보러 산모퉁이로 나간 것이 이슥하여도 돌아오지 않으므로 집에서 기다리던 아내가 인젠 자고 오려나, 생각하고는 막 드러누워 잠이 들려니까 웬 난데없는 황소 같은 놈이 튀어들었다. 허둥지둥 춘호 처를 마구 깔다가 놀라서 "으악" 소리를 치는 바람에 그냥 달아난 일이 있었다. 어수룩한 시골 일이라 별반 풍설도 안 나고 쓱싹되었으나 며칠이 지난 뒤에야 그것이 동리의 부자 이주사의 소행임을 비로소 눈치채었다.

그런 까닭으로 해서 춘호 처는 쇠돌 엄마와 직접 관계는 없단대도 그를 대하면 공연스레 얼굴이 뜨뜻하여지고 무슨 죄나 진 듯이 어색하였다.

그리고 더욱이 쇠돌 엄마가

"새댁, 나는 속곳이 세 개구, 버선이 네 벌이구 행."

하며 아주 좋다고 핸들대는 그 꼴을 보면 혹시 자기에게 함정을 두고서 비아냥거리는거나 아닌가, 하는 옥생각[26]으로 무안해서 고개도 못 들었다. 한편으로는 자기도 좀만 잘했다면 지금쯤은 쇠돌 엄마처럼 호강을 할 수 있었을 그런 갸륵한 기회를 깝살려버린[27] 자기 행동에 대한 후회와 애탄으로 말미암아 마음을 괴롭히는 그 쓰라림도 적지 않았다.

그러나 아무러한 욕을 보더라도 나날이 심해가는 남편의 무지한 매보다는 그래도 좀 헐할 게다.

오늘은 한맘 먹고 쇠돌 엄마를 찾아가려는 것이었다.

춘호 처는 이번 걸음이 허발[28]이나 안 칠까 일념으로 심화를 하며 수양버들이 쭉 늘어박인 논두렁길로 들어섰다. 그는 시골 아낙네로는 용모가 매우 반반하였다. 좀 야윈 듯한 몸매는 호리호리한 것이 소위 동리의 문자로 외입깨나 하염직한 얼굴이었으되 추려한 의복이며 퀴퀴한 냄새는 거지를 볼지른다.[29] 그는 왼손 바른손으로 겨끔내기[30]로 치맛귀를 여며가며 속살이 삐질까 조심조심히 걸었다.

감사나운 구름송이가 하늘 신폭[31]을 휘덮고는 차츰차츰 지면으로 처져 내리더니 그예 산봉우리에 엉기어 살풍경이 되고 만다. 먼데서 개 짖는 소리가 앞뒷산을 한적하게 울린다. 빗방울은 하나 둘 떨어지기 시작하더니 차차 굵어지며 무더기로 퍼부어내린다.

춘호 처는 길가에 늘어진 밤나무 밑으로 뛰어들어가 비를 거니며[32] 쇠돌 엄마 집을 멀리 바라보았다. 북쪽 산기슭에 높직한 울타리로 뺑 돌려 두르고 앉았는 오목하고 맵시 있는 집이 그 집이었다. 그런데 싸리문이 꼭 닫힌 걸 보면 아마 쇠돌 엄마가 농군 청에 저녁 제누리를 나르러 가서 아직 돌아오지를 않은 모양이었다.

그는 쇠돌 엄마 오기를 지켜보며 우두커니 서서 기다리고 있었다.

나뭇잎에서 빗방울은 뚝, 뚝, 떨어지며 그의 뺨을 흘러 젖가슴으로 스며든다. 바람은 지날 적마다 냉기와 함께 굵은 빗발을 몸에 들이친다.

비에 쪼로록 젖은 치마가 몸에 찰싹 휘감기어 허리로 궁둥이로 다리로 살의 윤곽이 그대로 비쳐 올랐다.

무던히 기다렸으나 쇠돌 엄마는 오지 않았다. 하도 진력이 나서 하품을 하여가며 정신없이 서 있노라니 왼편 언덕에서 사람 오는 발자취 소리가 들린다. 그는 고개를 돌려 보았다. 그러나 날쌔게 나무 틈으로 몸을 숨겼다.

동이배[33]를 가진 이주사가 지우산[34]을 받쳐 쓰고는 쇠돌네 집을 향하여 엉덩이를 깝죽거리며 내려가는 길이었다. 비록 키는 작달막하나 숱 좋은 수염이든지 온 동리를 털어야 단 하나뿐인 탕건

이든지, 썩 풍채 좋은 오십 전후의 양반이다. 그는 싸리문 앞으로 가더니 자기 집처럼 거침없이 문을 떼다밀고는 속으로 버섯이 들어가버린다.

이것을 보니 춘호 처는 다시금 속이 편치 않았다. 자기는 개돼지같이 무시로 매만 맞고 돌아치는 천덕꾸러기다. 안팎으로 겹귀염을 받으며 간들대는 쇠돌 엄마와 사람 된 치수가 두드러지게 다름을 그는 알 수 있었다. 쇠돌 엄마의 호강을 너무나 부럽게 우러러보는 반동으로 자기도 잘만 했다면 하는 턱없는 희망과 후회가 전보다 몇 갑절 쓰린 맛으로 그의 가슴을 집어뜯었다. 쇠돌네 집을 하염없이 건너다보다가 어느덧 저도 모르게 긴 한숨이 굴러내린다.

언덕에서 쏠려 내리는 사태물이 발등까지 개흙으로 덮으며 소리쳐 흐른다. 빗물에 푹 젖은 몸뚱어리는 점점 떨리기 시작한다.

그는 가볍게 몸서리를 쳤다. 그리고 당황한 시선으로 사방을 경계하여 보았다. 아무도 보이지는 않았다. 다시 시선을 돌려 그 집을 쏘아보며 속으로 궁리하여보았다. 안에는 확실히 이주사뿐일 게다. 고대까지 걸었던 싸리문이라든지 또는 울타리에 넌 빨래를 여태 안 걷어들이는 것을 보면 어떤 맹세를 두고라도 분명히 이주사 외의 다른 사람은 하나도 없을 것이다.

그는 마음 놓고 비를 맞아가며 그 집으로 달려들었다. 봉당으로 선뜻 뛰어오르며

"쇠돌 엄마 기슈?"

하고 인기를 내보았다.

물론 당자의 대답은 없었다. 그 대신 그 음성이 나자 안방에서 이주사가 번개같이 머리를 내밀었다. 자기 딴은 꿈밖이란 듯 눈을 두리번두리번하더니 옷 위로 볼가진 춘호 처의 젖가슴 아랫배 넓적다리로 발등까지 슬쩍 음충히³⁵ 훑어보고는 거나한 낯으로 빙그레한다. 그리고 자기도 봉당으로 주춤주춤 나오며

"쇠돌 어멈 말인가? 왜 지금 막 나갔지. 곧 온댔으니 안방에 좀 들어가 기다렸으면……"

하고 매우 일이 딱한 듯이 어름어름한다.

"이 비에 어딜 갔세유?"

"지금 요 밖에 좀 나갔지, 그러나 곧 올걸……"

"있는 줄 알고 왔는디……"

춘호 처는 이렇게 혼잣말로 낙심하며 섭섭한 낯으로 머뭇머뭇하다가 그냥 돌아갈 듯이 봉당 아래로 내려섰다. 이주사를 쳐다보며 물차는 제비같이 산드러지게³⁶

"그럼 요담 오겠세유. 안녕히 계십시유."

하고 작별의 인사를 올린다.

"지금 곧 온댔는데 좀 기다리지……"

"담에 또 오지유."

"아닐세, 좀 기다리게. 여보게, 여보게 이봐!"

춘호 처가 간다는 바람에 이주사는 체면도 모르고 기가 올랐다. 허둥거리며 재간껏 만류하였으나 암만해도 안 된 듯싶다. 춘호 처가 여기엘 찾아온 것도 큰 기적이려니와 뇌성벽력에 구석진 곳이겠다 이렇게 솔깃한 기회는 두 번 다시 못 볼 것이다. 그는 눈

이 뒤집혀 입에 물었던 장죽을 쑥 뽑아 방 안으로 치뜨리고는 계집의 허리를 뒤로 다짜고짜 끌어안이시 봉당 위로 끌어올렸다.

　계집은 몹시 놀라며

　"왜 이러서유, 이거 노세유."

하고 몸을 뿌리치려고 앙탈을 한다.

　"아니 잠깐만."

　이주사는 그래도 놓지 않으며 허겁스러운[37] 눈짓으로 계집을 달랜다. 흘러내리려는 고이춤을 왼손으로 연송 치우치며 바른팔로는 계집을 잔뜩 움켜잡고는 엄두를 못 내어 쩔쩔매다가 간신히 방 안으로 끙끙 몰아넣었다. 안으로 문고리는 재바르게 채였다.

　밖에서는 모진 빗방울이 배춧잎에 부닥치는 소리, 바람에 나무 떠는 소리가 요란하다. 가끔 양철통을 내려 굴리는 듯 거푸진 천둥소리가 방고래[38]를 울리며 날은 점점 침침하였다.

　얼마쯤 지난 뒤였다. 이만하면 길이 들었으려니, 안심하고 이주사는 날숨을 후――하고 돌른다. 실없이 고마운 비 때문에 발악도 못 치고 앙살도 못 피우고 무릎 앞에 고분고분 늘어져 있는 계집을 대견히 바라보며 빙긋이 얼러보았다. 계집은 온몸에 진땀이 쭉 흐르는 것이 꽤 더운 모양이다. 벽에 걸린 쇠돌 어멈의 적삼을 꺼내어 계집의 몸을 말쑥하게 훌닦기[39] 시작한다. 발끝서부터 얼굴까지――

　"너 열아홉이라지?"

하고 이주사는 취한 얼굴로 얼간히 물어보았다.

　"니에――"

하고 메떨어진[40] 대답. 계집은 이주사 손에 눌리어 일어나도 못하고 죽은 듯이 가만히 누워 있다.

이주사는 계집의 몸뚱이를 다 씻기고 나서 한숨을 내뿜으며 담배 한 대를 떡 피워물었다.

"그래 요새도 서방에게 주리경[41]을 치느냐?"

하고 묻다가 아무 대답도 없으매

"원 그래서야 어떻게 산단 말이냐. 하루 이틀 아니고, 사람의 일이란 알 수 있는 거냐? 그러다 혹시 맞아 죽으면 정장[42] 하나 해볼 곳 없는 거야. 허니 네 명이 아까우면 덮어놓고 민적을 가르는[43] 게 낫겠지."

하고 계집의 신변을 위하여 염려를 마지않다가 번뜻 한 가지 궁금한 것이 있었다.

"너 참, 아이 낳다 죽었다더구나?"

"니에——"

"어디 난 듯이나 싶으냐?"

계집은 얼굴이 홍당무가 되며 아무 말 못하고 고개를 외면하였다.

이주사도 그까짓 것 더 묻지 않았다. 그런데 웬 녀석의 냄새인지 무생채 썩는 듯한 시크무레한 악취가 무시로 코청을 찌르니 눈살을 크게 째푸리지 않을 수 없다. 처음에야 그런 줄은 도통 몰랐더니 알고 보니까 비위가 좋이 역하였다. 그는 빨고 있던 담배통으로 계집의 배꼽께를 똑똑히 가리키며

"얘 이 살의 때꼽 좀 봐라. 그래 물이 흔한데 이것 좀 못 씻는단 말이냐?"

하고 모처럼의 기분을 상한 것이 앵하단⁴⁴ 듯이 꺼림한 기색으로 혀를 채었다. 하지만 계집이 찬다 참다 이내 무안에 못 이겨 일어나 치마를 입으려 하니 그는 역정을 벌컥 내었다. 옷을 뺏어서 구석으로 동댕이를 치고는 다시 그 자리에 끌어 앉혔다. 그러고 자기 딸이나 책하듯이 아주 대범하게 꾸짖었다.

"왜 그리 계집이 달망대니?⁴⁵ 좀 든직지가⁴⁶ 못하구……"

춘호 처가 그 집을 나선 것은 들어간 지 약 한 시간 만이었다. 비는 여전히 쭉쭉 내린다. 그는 진땀을 있는 대로 흠뻑 쏟고 나왔다. 그러나 의외로 아니 천행으로 오늘 일은 성공이었다. 그는 몸을 솟치며 생긋하였다. 그런 모욕과 수치는 난생 처음 당하는 봉변으로 지랄 중에도 몹쓸 지랄이었으나 성공은 성공이었다. 복을 받으려면 반드시 고생이 따르는 법이니 이까짓 거야 골백번 당한대도 남편에게 매나 안 맞고 의좋게 살 수만 있다면 그는 사양치 않을 것이다. 이주사를 하늘같이 은인같이 여겼다. 남편에게 부쳐먹을 농토를 줄 테니 자기의 첩이 되라는 그 말도 죄송하였으나 더욱이 돈 이 원을 줄 게니 내일 이맘때 쇠돌네 집으로 넌지시 만나자는 그 말은 무엇보다도 고마웠고 벅찬 짐이나 푼 듯 마음이 홀가분하였다. 다만 애키는⁴⁷ 것은 자기의 행실이 만약 남편에게 발각되는 나절에는 대매⁴⁸에 맞아 죽을 것이다. 그는 일변 기뻐하며 일변 애를 태우며 자기 집을 향하여 세차게 쏟아지는 빗속을 가분가분 내려달렸다.

춘호는 아직도 분이 못 풀려 뿌루퉁하니 홀로 앉았다. 그는 자기의 고향인 인제를 등진 지 벌써 삼 년이 되었다. 해를 이어 흉작에 농작물은 말 못 되고 따라 빚쟁이들의 위협과 악다구니[49]는 날로 심하였다. 마침내 하릴없이 집, 세간살이를 그대로 내버리고 알몸으로 밤도주를 하였던 것이다. 살기 좋은 곳을 찾는다고 나어린 아내의 손목을 이끌고 이 산 저 산을 넘어 표랑[50]하였다. 그러나 우정 찾아든 것이 고작 이 마을이나 살속[51]은 역시 일반이다. 어느 산골엘 가 호미를 잡아보아도 정은 조그만치도 안 붙었고 거기에는 오직 쌀쌀한 불안과 굶주림이 품을 벌려 그를 맞을 뿐이었다. 터무니없다 하여 농토를 안 준다. 일구녕[52]이 없으매 품을 못 판다. 밥이 없다. 결국엔 그는 피폐하여가는 농민 사이를 감도는 엉뚱한 투기심에 몸이 달뗬다. 요사이 며칠 동안을 두고 요 너머 뒷산 속에서 밤마다 큰 노름판이 벌어지는 기미를 알았다. 그는 자기도 한몫 보려고 끼룩거렸으나[53] 좀체로 밑천을 만들 수가 없었다.

이 원! 수나 좋아야 이 이 원이 조화만 잘한다면 금시발복[54]이 못 된다고 누가 단언할 수 있으랴! 삼사십 원 따서 동리의 빚이나 대충 가리고 옷 한 벌 지어 입고는 진저리나는 이 산골을 떠나려는 것이 그의 배포였다. 서울로 올라가 아내는 안잠[55]을 재우고 자기는 노동을 하고 둘이서 다기지게[56] 벌면 안락한 생활을 할 수가 있을 텐데 이런 산구석에서 굶어죽을 맛이야 없었다. 그래서 젊은 아내에게 돈 좀 해오라니까 요리매낀 조리매낀 매만 피하고 거들어주지 않으니 그 소행이 여간 괘씸한 것이 아니다.

아내가 물에 빠진 생쥐 꼴을 하고 집으로 달려들자 미처 입도 벌리기 전에 남편은 이를 악물고 주먹뺨을 냅다 붙였다.

"너 이년, 매만 살살 피하고 어디 가 자빠졌다 왔니?"

볼치[57] 한대를 얻어맞고 아내는 오기가 질리어 벙벙하였다. 그
래도 직성이 못 풀려[58] 남편이 다시 매를 손에 잡으려 하니 아내는
질겁을 하여 살려달라고 두 손으로 빌며 개신개신[59] 입을 열었다.

"낼 돼유—— 낼, 돈, 낼 돼유——"

하며 돈이 변통됨을 삼가 아뢰는 그의 음성은 절반이 울음이었다.

남편은 반신반의하여 눈을 찌긋하다가

"낼?"

하고 목청을 돋웠다.

"네 낼 된다유——"

"꼭 되여?"

"네 낼 된다유——"

남편은 시골 물정에 능통하니만치 난데없는 돈 이 원이 어디서
어떻게 되는 것까지는 추궁해 물으려 하지 않았다. 적이 안심한
얼굴로 방문턱에 걸터앉으며 담뱃대에 불을 그었다. 그제야 아내
도 비로소 마음을 놓고 감자를 삶으러 부엌으로 들어가려 하니
남편이 곁으로 걸어오며 측은한 듯이 말렸다.

"병나, 방에 들어가 어여 옷이나 말려여, 감자는 내 삶을게——"

먹물같이 짙은 밤이 내렸다. 비는 더욱 소리를 치며 앙상한 그
들의 방벽을 앞뒤로 울린다. 천정에서 비는 새지 않으나 집 진 지
가 오래되어 고래가 물러앉다시피 된 방이라 도배를 못한 방바닥
에는 물이 스며들어 귀축축하다.[60] 거기다 거적 두 잎만 덩그렇게
깔아놓은 것이 그들의 침소였다. 석유불은 없어 캄캄한 바로 지

옥이다. 벼룩은 사방에서 마냥 스멀거린다.

그러나 등결잠[61]에 익달한[62] 그들은 천연스럽게 나란히 누워 주리차게[63] 퍼붓는 밤비 소리를 귀담아 듣고 있었다. 가난으로 인하여 부부간의 애틋한 정을 모르고 나날이 매질로 불평과 원한 중에서 복대기던[64] 그들도 이 밤에는 불시로 화목하였다. 단지 남의 품에 든 돈 이 원을 꿈꾸어보고도——

"서울 언제 갈라유."

남편의 왼팔을 베고 누웠던 아내가 남편을 향하여 응석 비슷이 물어보았다. 그는 남편에게서 서울의 화려한 거리며 후한 인심에 대하여 여러 번 들은 바 있어 일상 안타까운 마음으로 몽상은 하여보았으나 실지 구경은 못하였다. 얼른 이 고생을 벗어나 살기 좋은 서울로 가고 싶은 생각이 간절하였다.

"곧 가게 되겠지. 빚만 좀 없어도 가뜬하련만."

"빚은 낭종 갚더라도 얼핀 갑세다유——"

"염려 없어. 이 달 안으로 꼭 가게 될 거니까."

남편은 썩 쾌히 승낙하였다. 딴은 그는 동리에서 일컬어주는 질군[65]으로 투전장의 갑오[66]쯤은 시루에서 콩나물 뽑듯 하는 능수였다. 내일 밤 이 원을 가지고 벼락같이 노름판에 달려가서 있는 돈이란 깡그리 모집어[67] 올 생각을 하니 그는 은근히 기뻤다. 그리고 교묘한 자기의 손재간을 홀로 뽐내었다.

"이번이 서울 처음이지?"

하며 그는 서울 바닥 좀 한번 쐬었다고 큰 체를 하며 팔로 아내의 머리를 흔들어 물어보았다. 성미가 워낙 겁겁한지라[68] 지금부터 서울 갈 준비를 착착 하고 싶었다. 그가 제일 걱정되는 것은 둠구석[69]에서 내내 자라먹은 아내를 데리고 가면 서울 사람에게 놀림도 받을 게고 거리끼는 일이 많을 듯싶었다. 그래서 서울 가면 꼭 지켜야 할 필수 조건을 아내에게 일일이 설명치 않을 수도 없었다.

첫째 사투리에 대한 주의부터 시작되었다. 농민이 서울 사람에게 꼬라리[70]라는 별명으로 감잡히는[71] 그 이유는 무엇보다도 사투리에 있을지니 사투리는 쓰지 말지며 '합세'를 '하십니까'로 '하게유'를 '하오'로 고치되 말끝을 들지 말지라. 또 거리에서 어릿어릿하는 것은 내가 시골뜨기요 하는 얼뜬 짓이니 갈 길은 재게 가고 볼 눈은 또릿또릿이 볼지라──하는 것들이었다. 아내는 그 끔찍한 설교를 귀담아 들으며 모깃소리[72]로 네, 네 하였다. 남편은 두어 시간 가량을 샐 틈 없이 꼼꼼하게 주의를 다져놓고는 서울의 풍습이며 생활 방침 등을 자기의 의견대로 그럴싸하게 이야기하여오다가 말끝이 어느덧 화장술에까지 이르게 되었다. 시골 여자가 서울에 가서 안잠을 잘 자주면 몇 해 후에는 집까지 얻어 갖는 수가 있는데 거기에는 얼굴이 어여뻐야 한다는 소문을 일찍 들은 바가 있어 하는 소리였다. "그래서 날마다 기름도 바르고 분도 바르고 버선도 신고 해서 쥔 마음에 썩 들어야……"

한참 신바람이 올라 주워섬기다가 옆에서 새근새근, 소리가 들리므로 고개를 돌려보니 아내는 이미 고라져[73] 잠이 깊었다.

"이런 망할 거, 남 말하는데 자빠져 잔담──"

남편은 혼자 중얼거리며 바른팔을 들어 이마 위로 흐트러진 아내의 머리칼을 뒤로 씨담어 넘긴다. 세상에 귀한 것은 자기의 아내! 이 아내가 만약 없었던들 자기는 홀로 어떻게 살 수 있었으려는가! 명색이 남편이며 이날까지 옷 한 벌 변변히 못 해 입히고 고생만 짓시킨[74] 그 죄가 너무나 큰 듯 가슴이 뻐근하였다. 그는 와살스러운 팔로다 아내의 허리를 꼭 껴안아 자기의 앞으로 바특이[75] 끌어당겼다.

밤새도록 줄기차게 내리던 빗소리가 아침에 이르러서야 겨우 그치고 점심때에는 생기로운 별까지 들었다. 쿨렁쿨렁 논물 나는 소리는 요란히 들린다. 시내에서 고기 잡는 아이들의 고함이며 농부들의 희희낙락한 미나리[76]도 기운차게 들린다.

비는 춘호의 근심도 씻어간 듯 오늘 그에게도 즐거운 빛이 보였다.

"저녁 제누리때 되었을걸. 얼른 빗고 가봐——"

그는 갈증이 나서 아내를 대구 재촉하였다.

"아직 멀었어유——"

"뭔 게 뭐야, 늦었어——"

"뭘!"

아내는 남편의 말대로 벌써부터 머리를 빗고 앉았으나 온체 달포나 아니 가려 엉킨 머리라 시간이 꽤 걸렸다. 그는 호랑이 같은 남편과 오래간만에 정다운 정을 바꾸어보니 근래에 볼 수 없는 희색이 얼굴에 떠돌았다. 어느 때에는 맥쩍게 생글생글 웃어도 보았다.

아내가 꼼지락거리는 것이 보기에 퍽이나 갑갑하였다. 남편은 아내 손에서 얼레빗을 쑥 뽑아들고는 시원스레 쭉쭉 내려 빗긴다. 다 빗긴 뒤 옆에 놓인 밥사발의 물을 손바닥에 연신 칠해가며 머리에다 번지르하게 발라놓았다. 그래놓고 위에서부터 머리칼을 재워가며 맵시 있게 쪽을 딱 찔러주더니 오늘 아침에 한사코 공을 들여 삼아[77]놓았던 집석이를 아내의 발에 신기고 주먹으로 자근자근 골을 내주었다.[78]

"인제 가봐!"
하다가
"바루 곧 와, 응?"
하고 남편은 그 이 원을 고이 받고자 손색 없도록 실패 없도록 아내를 모양내어 보냈다.

솥

들고 나갈 거라곤 인제 매함지[1]와 키 조각이 있을 뿐이다.

그외에도 체랑 그릇이랑 있긴 좀 하나 깨어지고 헐고 하여 아무 짝에도 못쓸 것이다. 그나마도 들고 나서려면 아내의 눈을 기워야[2] 할 터인데 맞은쪽에 빠안히 앉았으니 꼼짝할 수 없다.

하지만 오늘도 밸을 좀 긁어놓으면 성이 뻗쳐서 제물로 부르르 나가버리리라── 아랫목의 근식이는 저녁상을 물린 뒤 두 다리를 세워 안고 고개를 떨어뜨린 채 묵묵하였다. 왜냐면 묘한 꼬투리가 있음직하면서도 선뜻 생각키지 않는 까닭이었다.

윗목에서 내려오는 냉기로 하여 아랫방까지 몹시 싸늘하다.

가을쯤 치받이[3]를 해두었다면 좋았으련만 천장에서는 흙방울이 똑똑 떨어지며 찬바람은 새어든다.

헌 옷때기[4]를 들쓰고 앉아 아들은 화롯전에서 킹얼거린다.

아내는 그 아이를 어르며 달래며 부지런히 감자를 구워 먹인다.

그러나 다리를 모로 늘이고 사지를 뒤트는 양이 온종일 방아다리
에 시달린 몸이라 매우 나른한 맥이었다. 손으로 가끔 입을 막고
연달아 하품만 할 뿐이었다.

한참 지난 후 남편은 고개를 들고 아내의 눈치를 살펴보았다.
그리고 두터운 입살[5]을 찌그리며 바로 데퉁스러이[6]

"아까 낮에 누가 왔다 갔어?"

하고 한마디 얼른 내다붙였다.

그러나 아내는

"면 서기밖에 누가 왔다 갔지유——"

하고 심심히[7] 받으며 들떠보도[8] 않는다.

물론 전부터 미뤄오던 호포[9]를 독촉하러 오늘 면 서기가 왔던
것을 남편이라고 모르는 바도 아니었다. 자기는 거리에서 먼저
기수채웠고[10] 그 때문에 붙잡히면 혼이 들까 봐[11] 일부러 몸을 피
하였다. 마는 어차피 말을 꼬려 하니까

"볼일이 있으면 날 불러대든지 할 게지 왜 그놈을 방으루 불러
들이고 이 야단이야?"

하고 눈을 부릅뜨지 않을 수가 없었다.

아내는 이 말에 이마를 홱 들더니 눈골이 자분참 돌아간다. 하
어이없는 일이라 기가 콕 막힌 모양이었다. 샐쭉해서 턱을 조금
솟치자 그대로 떨어지고 잠자코 아이에게 감자만 먹인다.

이만하면, 하고 남편은 다시 한 번

"헐 말이 있으면 문밖에서 하든지, 방으로까지 끌어들이는 건
다 뭐야?"

분을 속았다.[12]

그제서야

"남의 속 모르는 소리 작작 하게유. 자기 때문에 말막음 하느라 구 욕 본 생각은 못하구."

아내는 가무잡잡한 얼굴에 핏대를 올렸으나 그러나 표정을 고르잡지[13] 못한다. 얼마를 그렇게 앉았더니 이번에는 남편의 낯을 똑바로 쏘아보며

"그지 말구[14] 밤마다 짚신짝이라두 삼아서 호포를 갖다 내게유." 하다가 좀 사이를 두곤 들릴 듯 말 듯한 혼잣소리다.

"계집이 좋다기로 그래 집안 물건을 다 들어낸담!" 하고 여무지게 종알거린다.

"뭐, 집안 물건을 누가 들어내?"

그는 시치미를 딱 떼고 제법 천연스레 펄쩍 뛰었다. 그러나 속으로는 떡메[15]로 복장이나 얻어맞은 듯 찌인하였다. 입때까지 까맣게 모르는 줄만 알았더니 아내는 귀신같이 옛날에 다 안 눈치다. 어젯밤 아내의 속곳과 그제 밤 맷돌짝을 후무려낸[16] 것이 죄다 탄로가 되었구나, 생각하니 불쾌하기가 짝이 없다.

"누가 그런 소리를 해, 벼락을 맞을라구?"

그는 이렇게 큰소리는 해보았으나 한 팔로 아이를 끌어들여 젖만 먹일 뿐, 젊은 아내는 숫제 받아주질 않았다.

아내는 샘과 분을 못 이기어 무슨 되알진[17] 소리가 터질 듯 질 듯 하면서도 그냥 꾹 참는 모양이었다. 눈은 아래로 내려깔고 색색 숨소리만 내다가 남편이 또다시

"누가 그따위 소릴 해그래?"

할 제에야 비로소 입을 여는 것이 —

"재숙 어머니지 누군 누구야 —"

"그래, 뭐라구?"

"들병이와 배 맞았다지 뭘 뭐래. 맷돌허구 내 속곳은 술 사먹으라는 거지유?"

남편은 더 빼치지를 못하고 고만 얼굴이 화끈 달았다. 아내는 좀 살자고 고생을 무릅쓰고 바둥거리는 이 판에 남편이란 궐자는 그 속곳을 술 사먹었다면 어느 모로 따져보면 곱지 못한 행실이리라. 그는 아내의 시선을 피할 만치 몹시 양심의 가책을 느꼈다. 마는 그렇다고 자기의 의지가 꺾인다면 또한 남편 된 도리도 아니었다.

"보두 못허구 애맨 소릴 해 그래, 눈깔들이 멀라구?"

하고 변명 삼아 목청을 꽉 돋았다.

그러나 아무 효력도 보이지 않음에도 제대로 약만 점점 오를 뿐이다. 이러다간 본전도 못 건질 걸 알고 말끝을 얼른 돌려

"자기는 뭔데 대낮에 사내놈을 방으로 불러들이구, 대관절 둘이 뭣 했더람!"

하여 아내를 되순나잡았다.[18]

아내는 독살이 송곳 끝처럼 뾰로져서 젖 먹이던 아이를 방바닥에 쓸어박고 발딱 일어섰다. 제 공을 모르고 게정[19]만 부리니까 되우[20] 야속한 모양 같다. 찬방에서 너 좀 자보란 듯이 천연스레 뒤로 치마꼬리를 여미더니 그대로 살랑살랑 나가버린다.

아이는 또 그대로 요란스레 울어댄다.

눈 위를 밟는 아내의 발자취 소리가 멀리 사라짐을 알자 그는
비로소 맘이 놓였다. 방문을 열고 가만히 밖으로 나왔다.

무슨 짓을 하든 볼 사람은 없을 것이다.

그는 부엌으로 더듬어 들어가서 우선 성냥을 드윽 그어대고 두
리번거렸다. 짐작했던 대로 그 함지박은 부뚜막 위에서 주인을
우두커니 기다리고 있다. 그 속에 담긴 감자 나부랭이는 그 자리
에 쏟아버리고 그러고 나서 번쩍 들고 뒤란으로 나갔다.

앞으로 들고 나갔으면 좋을 테지만 그러다 아내에게 들키면 아
주 혼이 난다. 어렵더라도 뒤꼍 언덕 위로 올라가서 울타리 밖으
로 쿵 하고 아니 던져 넘길 수 없다.

그담에가 이게 좀 거북한 일이었다. 허지만 예전 뒤나 보러 나
온 듯이 뒷짐을 딱 지고 싸리문께로 나와 유유히 사면을 돌아보
면 고만이다.

하얀 눈 위에는 아내가 고대 밟고 간 발자욱만이 딩금딩금[21] 남
았다.

그는 울타리에 몸을 착 비껴대고 뒤로 돌아서 그 함지박을 집어
들자 곧 뺑소니를 놓았다.

근식이는 인가를 피하여 산기슭으로만 멀찌감치 돌았다. 그러
나 함지박은 몸에다 곁으로 착 붙였으니 좀체로 들킬 염려는 없
을 것이다.

맵게 쌀쌀한 초승달은 푸른 하늘에 댕그머니 눈을 떴다.

수어릿골[22]을 흘러내리는 시내도 인제는 얼어붙었고 그 빛이 날

카롭게 번득인다.

그리고 산이며 들, 집, 낟가리, 만물은 겹겹 눈에 삼기어 숨소리
조차 내질 않는다.

산길을 빠져서 거리로 나오려 할 제 어디에선가 징이 찡찡, 울
린다. 그 소리가 고적한 밤 공기를 은은히 흔들고 하늘 저편으로
사라진다.

그는 가던 다리가 멈칫하여 멍하니 넋을 잃고 섰다.

오늘 밤이 농민회 총회임을 고만 정신이 나빠서 깜빡 잊었던 것
이다.

한 번 회에 안 가는데 궐전[23]이 오 전, 뿐만 아니라 공연한 부역
까지 안다미씌우는[24] 것이 이 동리의 전례였다.

또 경쳤구나, 하고 길에서 그는 망설이다 허나 몸이 아파서 앓
았다면 그만이겠지, 이쯤 안심도 하여본다. 그렇지만 어쩐 일인
지 그래도 속이 끌밋하였다.[25]

요즘 눈바람은 부닥치는데 조밥 꽁댕이를 씹어가며 신작로를
닦는 것은 그리 수월치도 않은 일이었다. 떨면서 그 지랄을 또 하
려니, 생각만 하여도 짜정 이에서 신물이 날 뻔하다 만다.

그럼 하루를 편히 쉬고 그걸 또 하느냐. 회에 가서 새 까먹은 소
리[26]나마 그 소리를 졸아가며 듣고 앉았느냐.

얼른 딱 정하지를 못하고 그는 거리에서 한 서너 번이나 주춤주
춤하였다.

하지만 농민회가 동리에 청년들을 말짱 다 쓸어간 그것만은 여
간 고마운 일이 아니었다. 오늘 밤에는 술집에 가서 저 혼자 들병

64

이를 차지하고 놀 수 있으리라——

그는 선뜻 이렇게 생각하고 부지런히 다리를 재촉하였다. 그리고 술집 가까이 왔을 때에는 기쁠 뿐만 아니요 또한 용기까지 솟아올랐다.

길가 따로 떨어져 호젓이 놓인 술집이다. 산모롱이 옆에 서서 눈에 싸여 그 흔적이 긴가민가나 달빛에 비끼어 갸름한 꼬리를 달고 있다. 서쪽으로 그림자에 묻혀 대문이 열렸고 고 곁으로 불이 반짝대는 지게문[27]이 하나가 있다.

이 방이 즉 계숙이가 빌려서 술을 팔고 있는 방이다.

문을 열고 썩 들어서니 계숙이는 일어서며 무척 반긴다.

"이게 웬 함지박이지유?"

그 태도며 얕은 웃음을 짓는 양이 나달 전[28] 처음 인사할 때와 조금도 변칠 않았다. 아마 어젯밤 자기를 보고 사랑한다던 그 말이 알뜰 같은 진정[29]이기도 쉽다. 하여튼 정분이란 과연 희한한 물건이로군——

"왜 웃어, 어젯밤 술값으로 가져왔는데——"

하고 근식이는 말을 받다가 어쩐지 좀 겸연쩍었다. 계집이 받아 들고서 이리로 뒤척 저리로 뒤척이며 또는 바닥을 뚜들겨도 보며 이렇게 좋아하는 걸 얼마쯤 보다가

"그게 그래 봬두 두 장은 훨씬 넘을걸——"

마주 싱그레 웃어주었다. 참이지 계숙이의 흥겨운 낯을 보는 것은 그의 행복 전부였다.

계집은 함지를 들고 안쪽 문으로 나가더니 술상 하나를 곱게 받

쳐 들고 들어왔다. 돈이 없어서 미안하여 달라지도 않는 술이나 술값은 어찌 되었든지 우선 한잔 하잔 맥이었다. 막걸리를 화로에 거냉[30]만 하여 따라 부으며,

"어서 마시게유. 그래야 몸이 풀려유——"

하더니 손수 입에다 부어까지 준다.

그는 황감하여 얼른 한숨에 쭈욱 들이켰다. 그리고 한잔 두잔 석잔——

계숙이는 탐탁히 옆에 붙어 앉더니 근식이의 언 손을 젖가슴에 묻어주며

"어이 차, 일 어째!"

한다. 떨고서 왔으니까 퍽이나 가엾은 모양이었다.

계숙이는 얼마 그렇게 안타까워하고 고개를 모로 접으며

"난 낼 떠나유——"

하고 썩 떨어지기 섭한 내색을 보인다. 좀더 있으려 했으나 아까 농민회 회장이 찾아왔다. 동리를 위하여 들병이는 절대로 안 받으니 냉큼 떠나라 했다. 그러나 이 밤에야 어디를 가랴, 낼 아침 밝는 대로 떠나겠노라 했다 하는 것이다.

이 말을 듣고 근식이는 고만 낭판[31]이 떨어져서 멍멍하였다. 언제이든 갈 줄은 알았던 게나 이다지도 급작이 서둘 줄은 꿈밖이었다. 자기 혼자서 따로 떨어지면 앞으로는 어떻게 살려는가——

계숙이의 말을 들어보면 저에게도 번이[32]는 남편이 있었다 한다. 즉 아랫목에 방금 누워 있는 저 아이의 아버지가 되는 사람이다. 술만 처먹고 노름질에다 훅닥하면 아내를 뚜들겨패고 번 돈

푼을 뺏어가고 함으로 해서 당최 견딜 수가 없어 석 달 전에 갈렸다 하는 것이다.

그럼 자기와 드러내놓고 살아도 무방할 것이 아닌가. 허나 그런 소리란 차마 이쪽에서 먼저 꺼내기가 어색하였다.

"난 그래 어떻게 살아. 나두 따라갈까?"

"그럼 그럽시다유——"

하고 계숙이는 그 말을 바랐단 듯이 선뜻 받다가

"집에 있는 아내는 어떡허지유?"

"그건 염려 없어——"

근식이는 고만 기운이 뻗쳐서 시방부터 계숙이를 얼싸안고 들먹거린다. 아내쯤 치우기는 별로 힘들지 않을 것이다. 왜냐면 제대로 그냥 내버려만 두면 제가 어디로 가든 말든 할 게니까. 하여튼 인제부터는 계숙이를 따라다니며 벌어먹겠구나, 하는 새로운 생활만이 기쁠 뿐이다.

"낼 밝기 전에 가야 들키지 않을걸——"

밤이 야심하여도 회 때문인지 술꾼은 좀체 보이지 않았다. 이젠 안 오려니, 단념하고 방문고리를 건 뒤 불을 껐다. 그리고 계숙이는 멀거니 앉아 있는 근식이 팔에 몸을 던지며 한숨을 후——짓는다.

"살림을 하려면 그릇 쪼각이라두 있어야 할 텐데——"

"염려 마라. 내 집에 가서 가져오지——"

그는 조금도 꺼림 없이 그저 선선하였다. 딴은 아내가 잠에 고라지거든 슬며시 들어가서 이것저것 마음에 드는 대로 후무려 오면 그뿐이다. 앞으로 굶주리지 않아도 맘 편히 살려니 생각하니 잠도 안 올 만치 가슴이 들렁들렁하였다.

방은 우풍[33]이 몹시도 세었다. 주인이 그악스러워[34] 구들에 불도 변변히 안 지핀 모양이다. 까칠한 공석 자리에 등을 붙이고 사시나무 떨리듯 덜덜 대구 떨었다.

한 구석에 쓸어박혔던 아이가 별안간 잠이 깨었다. 징얼거리며 사이를 파고들려는 걸 어미가 야단을 치니 도로 제자리에 가서 찍소리 없이 누웠다. 매우 훈련 잘 받은 꼿먹이였다.

그러나 근식이는 그놈이 생각하면 할수록 되우 싫었다. 우리가 죽도록 모아놓으면 저놈이 중간에서 써버리겠지. 제 애비 번으로[35] 노름질도하고 에미를 두들겨패서 돈도 뺏고 하리라. 그러면 나는 신선놀음에 도끼자루 썩는 격으로 헛공만 들이는 게 아닐까 하고 생각하니 당장에 곧 얼어 죽어도 아깝지는 않을 것이다. 허나 어미의 환심을 사려니까

"에 그놈……착하기도 하지."

하고 두어 번 그 궁둥이를 안 뚜덕일 수도 없으리라.

달이 기울어서 지게문을 훤히 밝히게 되었다.

간간 외양간에서는 소의 숨쉬는 식 식 소리가 거푸지게 들려온다.

평화로운 잠자리에 때 아닌 마가 들었다. 뭉태가 와서 낮은 소리로 계숙이를 부르며 지게문을 열라고 찍걱거리는 게 아닌가. 전일부터 계숙이에게 돈 좀 쓰던 단골이라고 세도가 막 댕댕하다.[36]

근식이는 망할 자식 하고 골피[37]를 찌푸렸다. 마는 계숙이가 귓

속말로

"내 잠깐 말해 보낼게 밖에 나가 기달리유——"

함에는 속이 좀 든든하지 않을 수 없다. 그 말은 남편을 신뢰하고 하는 통사정이리라. 그는 안문으로 바람같이 나와서 방벽께로 몸을 착 붙여 세우고 가끔 안채를 살펴보았다. 술집 주인이 나오다 이걸 본다면 단박 미친놈이라고 욕을 할 것이다. 그러지 않아도 그저께는

"자네 바람 잔뜩 났네그려. 난 술을 파니 좋긴 허지만 맷돌짝을 들고 나오면 살림 고만둘 터인가?"

하고 멀쑥하게 닦이었다. 오늘 들키면 또 무슨 소리를——

근식이는 떨고 섰다가 이상한 소리를 듣고 정신이 번쩍 들었다. 그는 방문께로 바특이 다가가서 가만히 귀를 기울였다.

왜냐면 뭉태가 들어오며

"오늘두 그놈 왔었나?"

하더니 계집이

"아니유, 아무도 오늘은 안 왔어유."

하고 시치미를 떼니까

"왔겠지 뭘, 그 자식 왜 새 바람이 나서 지랄이야."

하고 썩 시퉁그러지게[38] 비웃는다.

여기에서 그놈 그 자식이란 물을 것도 없이 근식이를 가리킴이다. 그는 살이 다 불불 떨렸다.

그뿐 아니라 이 말 저 말 한참을 중언부언 지껄이더니

"그 자식 동리에서 내쫓는다던걸——"

"왜 내쫓아?"

"아 회엔 인 오고 술집에만 박혀 있으니까 그렇지."

'이건 멀쩡한 거짓말이다. 회에 좀 안 갔기로 내쫓는 경우가 어딨니, 망할 자식?'

하고 그는 속으로 노하며 은근히 굳게 쥔 주먹이 대구 떨렸다.

그만이라도 좋으련만

"그 자식 어찌 못났는지 아내까지 동리로 돌아다니며 미화[39]라구 숭을 보는걸──"

'또 거짓말, 아내가 날 어떻게 무서워하는데 그런 소리를 해!'

"남편을 미화라구?"

하고 계집이 호호대고 웃으니까

"그럼 안 그래? 그러구 계숙이를 집안 망할 도적년이라구 하던걸. 맷돌두 집어가구 속곳두 집어가구 했다구──"

"누가 집어가, 갖다주니까 받았지."

하고 계집이 팔짝 뛰는 기색이더니

"내가 아나. 근식이 처가 그러니깐 나두 말이지."

'아내가 설혹 그랬기루 그걸 다 꼬드겨바쳐, 개새끼 같으니!'

그담엔 들으려고 애를 써도 들을 수 없을 만치 병아리 소리로들 뭐라 뭐라고 지껄인다. 그는 이것도 필경 저와 계숙이의 사이가 좋으니까 배가 아파서 이간질이리라 생각하였다. 그런데 계집도 는실난실[40] 여일히[41] 받으며 같이 웃는 것이 아닌가.

근식이는 분을 참지 못하여 숨소리도 거칠 만치 되었다. 마는 그렇다고 뛰어들어가 뚜들겨줄 형편도 아니요 어쩨볼 도리가 없다. 계숙이나 무엇하면 노엽기도 덜하련마는 그것조차 핀잔 한마디 안 주고 한통속이 되는 듯하니 야속하기가 이를 데 없다.

그는 노기와 한고[42]로 말미암아 팔짱을 찌르고는 덜덜 떨었다. 농창[43]이 난 버선이라 눈을 밟고 섰으니 뼈 끝이 쑤시도록 시럽다.

몸이 괴로워지니 그는 아내의 생각이 머릿속에 문득 떠오른다. 집으로만 가면 따스한 품이 기다리련만 왜 이 고생을 하는지 실로 알다가도 모를 일이다.

하지만 다시 잘 생각하면 아내 그까짓 건 싫었다. 아리랑 타령 한마디 못하는 병신, 돈 한 푼 못 버는 천치——하긴 초작에야 물불을 모를 만치 정이 두터웠으나 때가 어느 때이냐, 인제는 다 삭고 말았다.

뭇사람의 품으로 옮아 안기며 에쓱거리는[44] 들병이가 말은 천하다 할망정 힘 안 들이고 먹으니 얼마나 부러운가. 침들을 게게 흘리고 덤벼드는 뭇놈을 이 손 저 손으로 맘대로 후무르니[45] 그 호강이 바히 고귀하다 할지라——

그는 설한에 이까지 딱딱거리도록 몸이 얼어간다. 그러나 집으로 가서 자리 위에 편히 쉴 생각은 조금도 없는 모양 같다. 오직 계숙이 불러들이기만 고대하여 턱살을 받쳐대고 눈이 빠질 지경이다.

모진 눈보라는 가끔씩 목덜미를 냅다 갈긴다.

그럴 적마다 저고리 동정으로 눈이 날아들며 등줄기가 선뜩선뜩하였다.

근식이는 암만 기다려도 때가 되었으련만 불러들이지를 않는다.

수군거리던 그것조차 끊이고 인젠 굵은 숨소리만이 흘러나온다.

ㄱ는 저도 까닭 모르게 야이 발부터서 머리끝까지 바짝 치뻗혔다. 들병이란 더러운 물건이다. 남의 살림을 망쳐놓고 게다 가난한 농군들의 피를 빨아먹는 여호[46]다. 하고 매우 쾌쾌히[47] 생각하였다. 일변 그렇게까지 노해서 나갔는데 아내가 지금쯤은 좀 풀었을까 이런 생각도 하여본다.

처마 끝에 쌓였던 눈이 푹 하고 땅에 떨어질 때 그때 분명히 그는 집으로 가려 하였다. 만일 계숙이가 때맞춰 불러 들이지만 않았다면

"에이 더러운 년!"

속으로 이렇게 침을 뱉고 네 보란 듯이 집으로 빡 달아났을지도 모른다.

계집은 한 문으로

"칩겠수 얼른 가우."

"뭘 이까진 추이—"

"그럼 잘 가게유. 낭종 또 만납시다."

"응, 내 추후루 한번 찾아가지."

뭉태를 이렇게 내뱉자 또 한 문으로

"가만히 들어오게유."

하고 조심히 근식이를 집어 들인다.

그는 발바닥의 눈도 털 줄 모르고 감지덕지하여 넝큼 들어서며 우선 언 손을 썩썩 문댔다.

"밖에서 퍽 추웠지유?"

"뭘, 추워. 그렇지."

하고 그는 만족히 웃으면서 그렇듯 불불하던 아까의 분노를 다 까먹었다.

"그 자식, 남 자는데 왜 와서 쌩이질[48]이야——"

"그러게 말이유. 그건 눈치코치도 없어——"

하고 계집은 조금도 빈틈없이 여전히 탐탁하였다. 그리고 등잔에 불을 달이며[49] 거나하여 생글생글 웃는다.

"자식이 왜 그 뻔세[50]람 거짓말만 슬슬 하구!"

하며 근식이는 먼젓번 뭉태에게 흉잡혔던 그 대가품[51]을 안 할 수 없다. 나두 네가 한 만치는 하겠다 하고

"아 그놈 참 병신 됐다더니 어떻게 걸어다녀!"

"왜 병신이 되우?"

"남의 기집 오입하다가 들켜서 밤새도록 목침으로 두들겨맞았지. 그래 응치[52]가 끊어졌느니 대리가 부러졌느니 허드니 그래두 곧잘 걸어다니네!"

"알라리 별일두!"

계집은 세상에 없을 일이 다 있단 듯이 눈을 째웃하더니

"체 기집 좀 보았기루 그렇게 때릴 건 뭐야——"

"아 안 그래. 그럼 나라두 당장 그놈을——"

하고 근식이는 제 아내가 욕이라도 보는 듯이 기가 올랐으나 그러나 계집이 낯을 찌푸리며

"그 뭐 기집이 어디가 떨어지나 그러게?"

하고 샐쭉이 뒤둥그러지는 데는 어쩔 수 없이 저도

"허긴 그렇지— 놈이 온체 못나서 그래."

하고 얼뜬[53] 눙치는[54] 게 상책이었다.

내일부터라도 계숙이를 따라다니며 먹을 텐데 딴은 이것저것을 가리다가는 죽도 못 빌어먹는다. 그보다는 몸이 열파[55]에 난대도 잘 먹을 수만 있다면야 고만이 아닌가—

그건 그렇다 하고 어쨌든 뭉태란 놈의 흉은 그만치 봐야 할 것이다. 그는 담배를 한 대 피워 물고 뭉태는 본디 돈도 신용도 아무것도 없는 건달이란 둥 동리에서는 그놈의 말은 곧이 안 듣는다는 둥 심지어 남의 집 보리를 훔쳐내다 붙잡혀서 콩밥을 먹었다는 헛풍까지 찌며[56] 없는 사실을 한창 늘어놓았다.

그는 이렇게 계집을 얼렁거리다 안말에서 첫홰를 울리는 계명성[57]을 듣고 깜짝 놀랐다.

개동[58]까지는 떠날 차보[59]가 다 되어야 할 것이다. 그는 계집의 뺨을 손으로 문질러보고 벌떡 일어서서 밖으로 나온다.

"내 집에 좀 갔다올게. 꼭 기달려 응."

근식이가 거리로 나올 때에는 초승달은 완전히 넘어갔다.

저 건너 산 밑 국숫집에는 아직도 마당의 불이 환하다. 아마 노름꾼들이 모여들어 국수를 눌러 먹고 있는 모양이다.

그는 밭둑으로 돌아가며 지금쯤 아내가 집에 돌아와 과연 잠이 들었을지 퍽 궁금하였다. 어쩌면 매함지 없어진 걸 알았을지도 모른다. 제가 들어가면 바가지를 긁으려고 지키고 앉았으나 않을는지—

이렇게 되면 계숙이와의 약속만 깨어질 뿐 아니라 일은 다 그르고 만다.

그는 제물에 다시 약이 올랐다. 계집년이 건방지게 남편의 일을 지키고 앉았구? 남편이 하자는 대로 했을 따름이지 제가 하상[60] 뭔데―하지만 이 주먹이 들어가 귀때기 한 서너 번만 쥐어박으면 고만이 아닌가―

다시 힘을 얻어가지고 그는 저의 집 싸리문께로 다가서며 살며시 들이밀었다.

달빛이 없어지니까 부엌 쪽은 캄캄한 것이 아주 절벽이다. 뜰에 깔린 눈의 반영이 있음으로 그런대로 그저 할 만하다, 생각하였다.

그러나 우선 봉당 위로 올라서서 방문에 귀를 기울이지 않을 수 없었다.

문풍지도 울 듯한 깊은 숨소리. 입을 벌리고 남 곁에서 코를 골아대는 아내를 일상 책했더니 이런 때에 덕 볼 줄은 실로 뜻하지 않았다. 저런 콧소리면 사지를 묶어가도 모를 만치 고라졌을 거니까―

그제서야 마음을 놓고 허리를 굽히고 그러고 꼭 도적같이 발을 제겨디디며[61] 부엌으로 들어섰다. 첫때[62] 살림을 시작하려면 밥은 먹어야 할 터이니까 솥이 필요하다. 손으로 더듬더듬 찾아서 솥뚜껑을 한옆에 벗겨 놓자 부뚜막에 한 다리를 얹고 두 손으로 솥전을 잔뜩 움켜잡았다. 인제는 잡아당기기만 하면 쑥 뽑힐 거니까 그리 어렵지 않을 것이다.

이 솥이 생각하면 사 년 전 아내를 맞아들일 때 행복을 계약하던 솥이었다. 그 어느 날인가 읍에서 사서 둘러메고 올 제는 무척 기뻤다. 때가 지나도록 아내가 뭔지 생각만 하고 모르다가 이제야 알고 보니 딴은 썩 훌륭한 보물이다. 이 솥에서 둘이 밥을 지어먹고 한평생 같이 살려니 하니 세상이 모두가 제 것 같다.

"솥 사왔지."

이렇게 집에 와 내려놓으니 아내도 뛰어나와 짐을 끄르며

"아이 그 솥 이뻐이! 얼마 주었수?"

하고 기뻐하였다.

"번인[63] 일 원 사십 전을 달라는 걸 억지로 깎아서 일 원 삼십 전에 떼왔는걸!"

하고 저니까 깎았다는 우세[64]를 뽐내니

"참 싸게 샀수. 그러나 더 좀 깎았다면 좋았지."

그러고 아내는 솥을 뚜들겨보고 불빛에 비추어보고 하였다. 그래도 밑바닥에 구멍이 뚫렸을지 모르므로 물을 부어보다가

"아 이보래. 새네 새. 일 어쩌나?"

"뭐, 어디ㅡ"

그는 솥을 받아들고 눈이 휘둥그레서 보다가

"글쎄 이놈의 솥이 새질 않나!"

하고 얼마를 살펴보고 난 뒤에야 새는 게 아니고 전[65]으로 물이 검흐른[66] 것을 알았다.

"쑥맥두 다 많어이. 이게 새는 거야, 겉으로 물이 흘렀지ㅡ"

"참 그렇군!"

둘이들 이렇게 행복스러이 웃고 즐기던 그 솥이었다.

그러나 예측하였던 달가운 꿈은 몇 달이었고 툭하면 굶고 지지

리 고생만 하였다. 인제는 마땅히 다른 데로 옮겨야 할 것이다.

그는 조금도 서슴없이 솥을 쑥 뽑아 한 길체[67] 내려놓고 또 그담 걸 찾았다.

근식이는 어두운 부엌 한복판에 서서 뭐 급한 사람처럼 허둥허둥댄다. 그렇다고 무엇을 찾는 것도 아니요 뽑아놓은 솥을 집는 것도 아니다. 뭣뭣을 가져가야 하는지 실은 가져갈 그릇도 없거니와 첫때 생각이 안 나서이다. 올 때에는 그렇게도 여러 가지가 생각나더니 실상 딱 와 닥치니까 어리둥절하다.

얼마 뒤에야

'옳지, 이런 망할 정신 보래!'

그는 잊었던 생각을 겨우 깨치고 벽에 걸린 바구니를 떼어 들고 뒤적거린다. 그 속에는 닳아 일그러진 수저가 세 자루 길고 짧고 몸 고르지 못한 젓가락이 너덧 매[68] 있었다. 그중에서 덕이(아들) 먹을 수저 한 개만 남기고는 모집어서 궤춤[69]에 꾹 꽂았다.

그리고 더 가져가려 하니 생각은 부족한 것이 아니로되 그릇이 마뜩지 않다.[70] 가령 밥사발 바가지 종지 —

방에는 앞으로 둘이 덮고 자지 않으면 안 될 이불이 한 채 있다. 마는 방금 아내가 잔뜩 끌어안고 매닥질[71]을 치고 있을 게니 이건 오페부득[72]이다. 또 윗목 구석에 한 너덧 되 남은 좁쌀 자루도 있지 않으냐 —

하지만 이게 다 일을 벗내는[73] 생각이다. 그는 좀 미진하나마 솥만 들고는 그대로 그림자같이 나와버렸다.

그의 집은 수어릿골 꼬리에 달린 막바지였다. 양쪽 산에 찌어[74]

시냇가에 집은 엎혔고 늘 쓸쓸하였다. 마을 복판에 일이라도 있어 돌이 깔린 시냇길을 여기서 오르내리자면 적잖이 애를 씌웠다.

그러나 이제로는 그런 고생을 더 하자 하여도 좀체 없을 것이다. 고생도 하직을 하자 하니 귀엽고도 일변 안타까운 생각이 없을 수 없다.

그는 살던 저의 집을 두어서너 번 돌아다보고 그리고 술집으로 힝하게 달려갔다.

방에 불은 아직도 켜 있었다.

근식이는 허둥지둥 지게문을 열고 뛰어들며

"어, 추어!"

하고 커다랗게 몸서리를 쳤다.

"어서 들어오우. 난 안 오는 줄 알았지."

계숙이는 어리뻥뻥한 웃음을 띠고 그리고 몹시 반색한다. 아마 그동안 눕지도 않은 듯 보자기에 아이 기저귀를 챙기며 일변 쪽을 고쳐 끼기도 하고 떠날 준비에 서성서성하고 있다.

"안 오긴 왜 안 와?"

"글쎄 말이유. 안 오면 누군 가만둘 줄 알아. 경을 이렇게 쳐주지."

하고 그 팔을 잡아서 꼬집다가

"아, 아, 아고 아파!"

하고 근식이가 응석을 부리며 덤비니

"여보기유, 참 짐은 어떡허지유?"

"뭘 어떡해?"

"아니, 은제 쌀려느냔 말이지유?"

하고 뭘 한참 속으로 생각한다.

"진시[75] 싸놨다가 훤하거든 곧 떠납시다유——"

근식이도 거기에 동감하고 계집의 의견대로 짐을 뎅그머니 묶어놓았다. 짐이라야 솥 맷돌 매함지 옷보따리 게다 술값으로 받아들인 쌀 몇 되 좁쌀 몇 되.

먼동이 트는 대로 짊어만 메면 되도록 짐은 아주 간단하였다. 만약 아침에 주저거리다간 우선 술집 주인에게 발각이 될 게고 따라 동리에 소문이 퍼진다. 그뿐 아니라 아내가 쫓아온다면 팔자는 못 고치고 모양만 창피할 것이 아닌가——

떠날 차보가 다 되자 그는 자리에 누워 날 새기를 기다렸다. 시방이라도 떠날 생각은 간절하나 산골에서 짐승을 만나면 귀신이 되기 쉽다. 허지만 술집의 심[76]은 다 되었다니까 인사도 말고 개동까지는 슬며시 달아나야 할 것이다.

그는 몸을 덜덜 떨어가며 얼른 동살[77]이 잡혀야 할 텐데——그러나 어느 결에 잠이 깜빡 들었다.

그것은 어느 때쯤이나 되었는지 모른다.

어깨가 으쓱하고 찬 기운이 수가마[78]로 새어드는 듯이 속이 떨려서 번쩍 깨었다. 허나 실상은 그런 것도 아니요 아이가 킹킹거리며 머리 위로 대구 기어올라서 눈이 띄었는지도 모른다.

그는 군찮아서[79] 손으로 머리를 밀어내리고 또 밀어내리고 하였다. 그러나 세 번째 밀어내리고자 손이 이마 위로 올라갈 제, 실로 알지 못할 일이라, 등 뒤 윗목 쪽에서

"이리 온, 아빠 여기 있다!"

하고 귀선 음성이 들리지 않는가——

걸걸하고 우람한 그 목소리——

근식이는 이게 꿈이나 아닌가, 하여 정신을 가만히 가다듬고 눈을 떴다 감았다 하였다. 그렇다고 몸을 삐끗하는 것도 아니요 숨소리를 제법 크게 내는 것도 아니요 가슴속에서 한갓 염통만이 펄떡펄떡 뛸 뿐이었다.

암만 보아도 이것이 꿈은 아닐 듯싶다. 어두운 밤, 앞에 누운 계숙이, 킹킹거리는 어린애——

걸걸한 목소리가 또 들린다.

"이리 와, 아빠 여기 있다니까는——"

아이의 아빠이면 필연코 내던진 본 남편이 결기[80]를 먹고 따라왔음에 틀림이 없을 것이다. 그리고 아내의 부정을 현장에서 맞닥뜨린 남편의 분노이면 네남직 없이[81] 다 일반이리라. 분김에 낫이라도 들어 찍으면 고대로 찍소리도 못하고 죽을 밖에 별도리 없다.

확실히 이게 꿈이어야 할 터인데 꿈은 아니니 근식이는 얼른 땀이 다 솟을 만치 속이 답답하였다. 꼿꼿하여진 등살은 고만두고 발가락 하나 꼼짝 못하는 것이 속으로 인젠 참으로 죽나 부다 하고 거의 산송장이 되었다.

물론 이러면 좋을까 저러면 좋을까 하고 들입다 애를 짜도[82] 본다. 그러다 결국에는 계숙이를 깨우면 일이 좀 필까 하고 손가락으로 그 배를 넌지시 쿡쿡 찔러도 보았다. 한 번, 두 번, 세 번 그

리고 네 번째는 배에 창이 나라고 힘을 들여 찔렀다. 마는 계숙이
는 깨기는새루[83] 그의 허리를 더 잔뜩 끌어안고 코 골기에 세상만
모른다.

그는 더욱 부쩍부쩍 진땀만 흘렀다.

남편은 어청어청 등 뒤로 걸어오는 듯하더니 아이를 번쩍 들어
안는 모양이다.

"이놈아, 왜 성가시게 굴어?"

이렇게 아이를 꾸짖고

"어여들 편히 자게유!"

하여 쾌히 선심을 쓰고 윗목으로 도로 내려간다.

그 태도며 그 말씨가 매우 맘세[84] 좋아 보였다. 마는 근식이에게
는 이것이 도리어 견딜 수 없을 만치 살을 저미는 듯하였다. 이렇
게 되면 이왕 죽을 바에야 얼른 죽이기나 바라는 것이 다만 하나
남은 소원일지도 모른다.

계숙이는 얼마 후에야 꾸물꾸물하며 겨우 몸을 떠들었다.

"어서 떠나야지?"

하고 두 손등으로 잔 눈을 부비다가 윗목 쪽을 내려다보고는 몹
시 경풍을 한다.[85] 그리고 고개를 접더니 입을 꼭 봉하고는 잠잠히
있을 뿐이다.

이런 동안에 날은 아주 활짝 밝았다.

안 부엌에선 솥을 가시는 소리가 시끄러이 들려온다.

주인은 기침을 하더니 찌걱거리며 대문을 여는 모양이었다.

근식이는 이래도 죽긴 일반 저래도 죽긴 일반이라 생각하였다.

참다 못하여 저도 따라 일어나 웅크리고 앉으며 어찌 될 겐가 또다시 처분만 기다렸다. 그런 중에도 곁눈으로 흘낏 실펴보니 키가 커다란 한 놈이 책상다리에 아이를 안고서 윗목에 앉았다. 감때는 그리 사납지[86] 않으나 암끼[87] 좀 있어 보이는 듯한 그 낯짝이 넉히 사람깨나 잡은 듯하다.

"떠나지들—"

남편은 이렇게 제법 재촉하며 자리에서 벌떡 일어섰다. 마치 제가 주장하여 둘을 데리고 먼 길이나 떠나는 듯싶다. 언내[88]를 계숙이에게 내맡기더니 근식이를 향하여

"여보기유, 일어나서 이 짐 좀 지워주게유—"
하고 손을 빈다.

근식이는 잠깐 얼뚤하여[89] 그 얼굴을 멍히 쳐다봤으나 하란 대로 안 할 수도 없다. 살려주는 거만 다행으로 여기고 번시는 제가 질 짐이로되 부축하여 그 등에 잘 지워주었다.

솥, 맷돌, 함지박, 보따리들을 한태[90] 묶은 것이니 무겁기도 좋이 무거울 게다. 허나 남편은 조금도 힘드는 기색을 보이기커녕 아주 홀가분한 몸으로 덜렁덜렁 밖을 향하여 나선다.

아내는 남편의 분부대로 언내를 포대기에 들싸서 등에 업었다. 그리고 입속으로 뭐라는 소리인지 종알종알하더니 저도 따라나선다.

근식이는 얼빠진 사람처럼 서서 웬 영문을 모른다. 한참 그러나 대체 어떻게 되는 겐지 그들의 하는 양이나 보려고 그도 설설 뒤묻었다.[91]

아침 공기는 뼈 끝이 다 쑤시도록 더욱 매섭다.

바람은 지면의 눈을 품어다간 얼굴에 뿜고 또 뿜고 하였다.

그들은 산모롱이를 꼽들어 피언한[92] 언덕길로 성큼성큼 내린다. 아내를 앞에 세우고 길을 자추며[93] 일변 남편은 뒤에 우뚝 서 있는 근식이를 돌아다보고

"왜 섰수, 어서 같이 갑시다유——"

하고 동행하기를 간절히 권하였다.

그러나 근식이는 아무 대답 없고 다만 우두커니 섰을 뿐이다.

이때 산모롱이 옆길에서 두 주먹을 흔들며 헐레벌떡 달려드는 것이 근식이의 아내였다. 입은 벌렸으나 말을 하기에는 너무도 기가 찼다. 얼굴이 새빨개지며 눈에 눈물이 불현듯, 고이더니

"왜 남의 솥은 빼가는 거야?"

하고 대뜸 계집에게로 달라붙는다.

계집은 비녀 쪽을 잡아채는 바람에 뒤로 몸이 주춤하였다. 그리고 고개만을 겨우 돌려

"누가 빼갔어?"

하다가

"그럼 저 솥이 누 거야?"

"누 건 내 알아? 갖다주니까 가져가지——"

하고 근식이 처만 못하지 않게 독살이 올라 소리를 지른다.

동리 사람들은 잔 눈을 비비며 하나 둘 구경을 나온다. 멀찍이 떨어져서 서로들 붙고 떨어지고

"저게 근식이네 솥인가?"

"글쎄 설마 남의 솥을 빼갈라구——"

"갖다줬다니까 근식이가 빼온 게지——"

이렇게 수군숙덕——

"아니야! 아니야!"

근식이는 아내를 뜯어말리며 두 볼이 확확 달았다. 마는 아내는 남편에게 한 팔을 끄들린 채 그대로 몸부림을 하며 여전히 대들려고 든다. 그리고 목이 찢어지라고

"왜 남의 솥을 빼가는 거야 이 도적년아——"

하고 연해 발악을 친다.

그러지마는 들병이 두 내외는 금세 귀가 먹었는지 하나는 짐을 하나는 아이를 둘러업은 채 언덕으로 늠름히 내려가며 한번 돌아다보는 법도 없다.

아내는 분에 복받쳐 고만 눈 위에 털썩 주저앉으며 체면 모르고 울음을 놓는다.

근식이는 구경꾼 쪽으로 시선을 흘낏거리며 쓴 입맛만 다실 따름——종국에는 두 손으로 눈 위의 아내를 잡아 일으키며 거반 울상이 되었다.

"아니야 글쎄, 우리 솥이 아니라니깐 그러네 참——"

만무방[1]

산골에, 가을은 무르녹았다.

아람드리[2] 노송은 빽빽이 늘어박혔다. 무거운 송낙[3]을 머리에 쓰고 건들건들. 새새이 끼인 도토리, 벚,[4] 돌배, 갈잎들은 울긋불긋. 잔디를 적시며 맑은 샘이 쫄쫄거린다. 산토끼 두 놈은 한가로이 마주 앉아 그 물을 할짝거리고. 이따금 정신이 나는 듯 가랑잎은 부수수 하고 떨린다. 산산한 산들바람. 귀여운 들국화는 그 품에 새뜩새뜩 넘논다. 흙내와 함께 향긋한 땅김이 코를 찌른다. 요놈은 싸리버섯, 요놈은 입 썩은 내 또 요놈은 송이——아니, 아니 가시넝쿨 속에 숨은 박하풀 냄새로군.

응칠이는 뒷짐을 딱 지고 어정어정 노닌다. 유유히 다리를 옮겨 놓으며 이 나무 저 나무 사이로 호아든다.[5] 코는 공중에서 벌렸다 오므렸다, 연신 이러며 훅, 훅. 구붓한 한 송목 밑에 이르자 그는 발을 멈춘다. 이번에는 지면에 코를 얕이 갖다 대고 한 바퀴 비잉, 나무를 끼고 돌았다.

—아하, 요놈이로군!

썩은 솔잎에 덮여 흙이 봉곳이 돋아올랐다.

그는 손가락을 꾸짖으며 정성스레 살살 헤쳐본다. 과연 귀여운 송이. 망할 녀석, 조금만 더 나오지. 그걸 뚝 따 들곤, 뒷짐을 지고 다시 어실렁어실렁. 가끔 선하품은 터진다. 그럴 적마다 두 팔을 떡 벌리곤 먼 하늘을 바라보고 늘어지게도 기지개를 늘인다.

때는 한창 바쁠 추수때이다. 농군 치고 송이파적⁶ 나올 놈은 생겨나도 않았으리라. 허나 그는 꼭 해야만 할 일이 없었다. 싶으면 하고 말면 말고 그저 그뿐. 그러함에는 먹을 것이 더럭⁷ 있느냐면 있기커녕 부쳐먹을 농토조차 없는, 계집도 없고 집도 없고 자식 없고. 방은 있대야 남의 곁방이요 잠은 새우잠이요. 하지만 오늘 아침만 해도 한 친구가 찾아와서 벼를 털 텐테 일 좀 와 해달라는 걸 마다하였다. 몇 푼 바람에 그까짓 걸 누가 하느냐. 보다는 송이가 좋았다. 왜냐면 이 땅 삼천리 강산에 늘려 놓인 곡식이 말쩡 누 거람. 먼저 먹는 놈이 임자 아니야. 먹다 걸릴 만치 그토록 양식을 쌓아두고 일이 다 무슨 난장맞을 일이람. 걸리지 않도록 먹을 궁리나 할 게지. 하기는 그도 한 세 번이나 걸려서 구메밥⁸으로 사관을 틀었다.⁹ 마는 결국 제 밥상 위에 올라앉은 제 목도 자칫하면 먹다 걸리긴 매일반—

올라갈수록 덤불은 우거졌다. 머루며 다래, 칡, 게다 이름 모를 잡초. 이것들이 위아래로 이리저리 서리어 좀체 길을 내지 않는다. 그는 잔딧길로만 돌았다. 넓적다리가 벌죽이는 찢어진 고의

자락을 아끼며 조심조심 사려 딛는다. 손에는 칡으로 엮어 든 일곱 개 송이. 늙은 소나무마다 가선 두리번거린다. 사냥개 모양으로 코로 쿡, 쿡, 내를 한다.[10] 이것도 송이 같고 저것도 송이. 어떤게 알짜 송인지 분간을 모른다. 토끼똥이 소보록한데 갈잎이 한 잎 똑 떨어졌다. 그 잎을 살며시 들어보니 송이 대구리[11]가 불쑥 올라왔다. 매우 큰 송인 듯. 그는 반색하여 그 앞에 무릎을 털썩 꿇었다. 그리고 그 위에 두 손을 내들며 열 손가락을 다 펴들었다. 가만가만히 살살 흙을 헤쳐본다. 주먹만 한 송이가 나타난다. 얘 이놈 크구나. 손바닥 위에 따 올려놓고는 한참 들여다보며 싱글벙글한다. 우중충한 구석으로 바위는 벽같이 깎아질렸다. 그 중턱을 얽어나간 칡잎에서는 물이 쪼록쪼록, 흘러내린다. 인삼이 썩어 내리는 약수라 한다. 그는 돌 위에 걸터앉으며 또 한 번 하품을 하였다. 간밤 쓸데없는 노름에 밤을 팬 것이 몹시 나른하였다. 따사로운 햇발이 숲을 새어든다. 다람쥐가 솔방울을 떨어치며. 어여쁜 할미새는 앞에서 알씬거리고. 동리에서는 타작을 하느라고 와글거린다. 흥겨워 외치는 목성, 그걸 엎누르고 공중에 응, 응, 진동하는 벼 터는 기계 소리. 맞은쪽 산 속에서 어린 목동들의 노래는 처량히 울려온다. 산 속에 묻힌 마을의 전경을 멀리 바라보다가 그는 눈을 찌긋하며 다시 한 번 하품을 뽑는다. 이 웬놈의 하품일까. 생각해보니 어제 저녁부터 여지껏 창주[12]가 곯리던 것이다. 불현듯 송이 꾸러미에서 그중 크고 먹음직한 놈을 하나 뽑아 들었다.

응칠이는 그 송이를 물에 써억써억 비벼서는 떡 벌어진 대구리부터 걸쌈스레 덥석 물어떼었다. 그리고 넓죽한 입이 움질움질 씹는다. 혀가 녹을 듯이 만질민질하고 향기로운 그 맛. 이렇게 훌륭한 놈을 입맛만 다시고 못 먹다니. 문득 옛 추억이 혀끝에 뱅뱅 돈다. 이놈을 맛보는 것도 참 근자의 일이다. 감불생심이지 어디 냄새나 똑똑히 맡아보리. 산 속으로 쏘다니다 백판[13] 못 따기도 하려니와 더러 딴다는 놈은 행여 상할까 봐 손도 못 대게 하고 집에 내려다 모으고 모으고 하는 것이다. 그러나 요행히 한 꾸림이 차면 금시로 장에 가져다 판다. 이틀 사흘씩 공때린[14] 거로되 잘하면 사십 전 못 받으면 이십오 전. 저녁거리를 기다리는 아내를 생각하며 좁쌀 서너 되를 손에 사 들고 어두운 고개치를 터덜터덜 올라오는 건 좋으나 이 신세를 뭣에 쓰나, 하고 보면 을프냥궂기[15]가 짝이 없겠고— 이까짓 걸 못 먹어 그래 홧김에 또 한 놈을 뽑아 들고 이번엔 물에 흙도 씻을 새 없이 그대로 텁석거린다. 그러나 다른 놈들도 별수 없으렷다. 이 산골이 송이의 본 고향이로되 아마 일 년에 한 개조차 먹는 놈이 드물리라.

　—흠, 썩어진 두상들!

　그는 폭넓은 얼굴을 이그리며 남이나 들으란 듯이 이렇게 비웃는다. 썩었다. 함은 데생겼다[16] 모멸하는 그의 언투[17]였다. 먹다 나머지 송이 꽁댕이를 바로 자랑스러이 입에다 치뜨리곤 트림을 섞어가며 우물거린다.

　송이가 두 개가 들어가니 인제는 더 먹을 재미가 없다. 뭔가 좀 든든한 걸 먹었으면 좋겠는데. 떡, 국수, 말고기, 개고기, 돼지고기, 그렇지 않으면 쇠고기냐. 아따 궁한 판이니 아무거나 있으면 속중[18]으로 여러 가질 먹으며 시름없이 앉았다. 그는 눈꼴이 슬그머니 돌아간다. 웬 놈의 닭인지 암탉 한 마리가 조 아래 무덤 앞에서 뺑뺑 맨다. 골골거리며 감도는 걸 보매 아마 알 자리를 보는 맥이라. 그는 돌에서 궁둥이를 들었다. 낮은 하늘로 외면하여 못 본 척하고 닭을 향하여 저 켠으로 널찍이 돌아내린다. 그러나 무덤까지 왔을 때 몸을 돌리며

"후, 후, 후, 이 자식이 어딜 가 후——"

두 팔을 벌리고 쫓아간다. 산꼭대기로 치모니 닭은 하둥지둥[19] 갈 길을 모른다. 요리매낀 조리매낀, 꼬꼬댁거리며 속만 태울 뿐. 그러나 바위틈에 끼어 왁살스러운[20] 그 주먹에 모가지가 둘로 나기에는 불과 몇 분 못 걸렸다.

그는 으슥한 숲 속으로 찾아들었다. 닭의 껍질을 홀랑 까고서 두 다리를 들고 찢으니 배창[21]이 옆구리로 꿰진다.[22] 그놈을 긁어 뽑아서 껍질과 한데 뭉쳐 흙에 묻어버린다.

고기가 생기고 보니 연하여 나느니 막걸리 생각. 이걸 부글부글 끓여놓고 한 사발 떡 켰으면 똑 좋을 텐데 제——기. 응칠이의 고기는 어디 떨어졌는지 술집까지 못 가는 고기였다. 아무려나 고기 먹구 술 먹구 거꾸룬 못 먹느냐. 그는 닭의 가슴패기를 입에 뒤려내고[23] 쭉쭉 찢어가며 먹기 시작한다. 쫄깃쫄깃한 놈이 제법 맛이 들었다. 가슴을 먹고 넓적다리 볼기짝을 먹고 거반 반쪽을 다 해내고 나니 어쩐지 맛이 좀 적었다. 결국 음식이란 양념을 해야 하는군.

수풀 속으로 그냥 내던지고 그는 설렁설렁 내려온다. 솔숲을 빠

져 화전께로 내리려 할 제 별안간 등 뒤에서

"여보게 거 응칠이 아닌가!"

고개를 돌려보니 대장간 하는 성팔이가 작달막한 체수[24]에 들갑
작거리며[25] 고개를 넘어온다. 그런데 무슨 긴한 일이나 있는지 부
리나케 달려들더니

"자네 응고개 논의 벼 없어진 거 아나?"

응칠이는 고만 가슴이 덜컥 내려앉았다. 이 바쁜 때 농군의 몸
으로 응고개까지 애를 써 갈 놈도 없으려니와 또한 하필 절 보고
벼의 없어짐을 말하는 것이 여간 심상치 않은 일이었다.

잡담 제하고 응칠이는

"자넨 어째서 응고개까지 갔던가?" 하고 대담스레도 그 눈을
쏘아보았다. 그러나 성팔이는 조금도 겁 먹는 기색 없이

"아 어쩌다 지났지 뭘 그래."

하며 도리어 얼레발[26]을 치고 덤비는 수작이다. 고얀 놈, 응칠이는
입때 다녀야 동무를 팔아 배를 채우는 그런 비열한 짓은 안 한다.
낯을 붉히자 눈에 물이 보이며

"어쩌다 지났다?"

응칠이가 이 동리에 들어온 것은 어느덧 달이 넘었다. 인제는
물릴 때도 되었고 좀 떠보고자 생각은 간절하나 아우의 일로 말
미암아 망설거리는 중이었다.

그는 오라는 데는 없어도 갈 데는 많았다. 산으로 들로 해변으
로 발뿌리 놓이는 곳이 즉 가는 곳이었다.

그러나 저물며는 그대로 쓰러진다. 남의 방앗간이고 헛간이고

혹은 강가, 시새장.[27] 물론 수가 좋으면 괴때기[28] 위에서 밤을 편히 잘 적도 있었다. 이렇게 하여 강원도 어수룩한 산골로 이리 넘고 저리 넘고 못 간 데 별로 없이 유람 겸 편답[29]하였다.

그는 한 구석에 머물러 있음은 가슴이 답답할 만치 되우 괴로웠다.

그렇다고 응칠이가 번시라[30] 역마직성[31]이냐 하면 그런 것도 아니다. 그도 오 년 전에는 사랑하는 아내가 있었고 아들이 있었고 집도 있었고 그때야 어딜 하루라고 집을 떨어져보았으랴. 밤마다 아내와 마주 앉으면 어찌하면 이 살림이 좀 늘어볼까 불어볼까, 애간장을 태우며 같은 궁리를 되하고 되하였다. 마는 별 뾰죽한 수는 없었다. 농사는 열심히 하는 것 같은데 알고 보면 남는 건 겨우 남의 빚뿐. 이러다가는 결말엔 봉변을 면치 못할 것이다. 하루는 밤이 깊어서 코를 골며 자는 아내를 깨웠다. 밖에 나아가 우리의 세간이 몇 개나 되는지 세어보라 하였다. 그리고 저는 벼루에 먹을 갈아 붓에 찍어 들었다. 벽을 바른 신문지는 누렇게 꺼렷다.[32] 그 위에다 아내가 불러주는 물목대로 일일이 내려 적었다. 독이 세 개, 호미가 둘, 낫이 하나로부터 밥사발, 젓가락 짚이 석 단까지 그담에는 제가 빚을 얻어 온 데, 그 사람들의 이름을 쪽 적어놓았다. 금액은 제각기 그 아래다 달아놓고. 그 옆으론 조금 사이를 떼어 역시 조선문[33]으로 나의 소유는 이것밖에 없노라. 나는 오십사 원을 갚을 길이 없으매 죄진 몸이라 도망하니 그대들은 아예 싸울 게 아니겠고 서로 의논하여 억울치 않도록 분배하여 가기 바라노라 하는 의미의 성명서를 벽에 남기자 안으로 문들을 걸어닫고 울타리 밑구멍으로 세 식구 빠져나왔다.

이것이 응칠이가 팔자를 고치던 첫날이었다.

그들 부부는 돌아다니며 밥을 빌었다. 아내가 빌어다 남편에게, 남편이 빌어다 아내에게. 그러자 어느 날 밤 아내의 얼굴이 썩 슬픈 빛이었다. 눈보라는 살을 에인다. 다 쓰러져가는 물방앗간 한 구석에서 섬³⁴을 두르고 언내에게 젖을 먹이며 떨고 있더니 여보게유, 하고 고개를 돌린다. 왜, 하니까 그 말이 이러다간 우리도 고생일 뿐더러 첫때 어린애를 잡겠수, 그러니 서루 갈립시다 하는 것이다. 하긴 그럴 법한 말이다. 쥐뿔도 없는 것들이 붙어 다닌댔자 별 수는 없다. 그보담은 서로 갈리어 제 맘대로 빌어먹는 것이 오히려 가뜬하리라. 그는 선뜻 응낙하였다. 아내의 말대로 개가를 해가서 젖먹이나 잘 키우고 몸 성히 있으면 혹 연분이 닿아 다시 만날지도 모르니까 마지막으로 아내와 같이 땅바닥에 나란히 누워 하룻밤을 떨고 나서 날이 훤해지자 그는 툭툭 털고 일어섰다.

매팔자³⁵란 응칠이의 팔자이겠다.

그는 버젓이 게트림으로 길을 걸어야 걸릴 것은 하나도 없다. 논 맬 걱정도, 호포 바칠 걱정도, 빚 갚을 걱정, 아내 걱정, 또는 굶을 걱정도. 호동가란히³⁶ 털고 나서니 팔자 중에는 아주 상팔자다. 먹구만 싶으면 도야지구, 닭이구, 개구, 언제나 옆을 떠날 새 없겠지. 그리고 돈, 돈두—

그러나 주재소³⁷는 그를 노려보았다. 툭하면 오라, 가라, 하는데 학질이었다. 어느 동리고 가 있다가 불행히 일만 나면 누구보다도 그부터 붙들려간다. 왜냐면 그는 전과 사범이었다. 처음에는 도박으로 다음엔 절도로 또 고담에도 절도로, 절도로. 그러나 이번 멀리 아우를 방문함은 생활이 궁하여 근대러[38] 왔다거나 혹은 일을 해보러 온 것은 결코 아니었다. 혈족이라곤 단 하나의 동생이요 또한 오래 못 본지라 때없이 그리웠다. 그래 모처럼 찾아온 것이 뜻밖에 덜컥 일을 만났다.

지금까지 논의 벼가 서 있다면 그것은 성한 사람의 짓이라 안 할 것이다.

응오는 응고개 논의 벼를 여태 베지 않았다. 물론 응오가 베어야 할 것이나 누가 듣든지 그 형 응칠이를 먼저 의심하리라. 그럼 여기에 따르는 모든 책임을 응칠이가 혼자 지지 않으면 안 될 것이다.

응오는 진실한 농군이었다. 나이 서른하나로 무던히 철났다 하고 동리에서 쳐주는 모범 청년이었다. 그런데 벼를 베지 않는다. 남은 다들 걷어들였고 털기까지 하련만 그는 벨 생각조차 않는 것이다.

지주라든 혹은 그에게 장리를 놓은 김참판이든 뻔질[39] 찾아와 벼를 베라 독촉하였다.

"얼른 털어서 낼 건 내야지."

하면 그 대답은

"계집이 죽게 됐는데 벼는 다 뭐지유——"

하고 한결같이 내뱉는 소리뿐이었다.

하기는 응오의 아내가 지금 기지사정[40]이매 틈은 없었다 하더라도 돈이 놀아서 약을 못쓰는 이 판이니 진시[41] 벼라도 털어야 할 것이다.

그러면 왜 안 털었던가—

그것은 작년 응오와 같이 지주 문전에서 타작을 하던 친구라면 묻지는 않으리라. 한 해 동안 애를 졸이며 홀자식[42] 모양으로 알뜰히 가꾸던 그 벼를 걷어들임은 기쁨에 틀림없었다. 꼭두새벽부터 엣, 엣 하며 괴로움을 모른다. 그러나 캄캄하도록 털고 나서 지주에게 도지를 제하고, 장리쌀을 제하고 색조[43]를 제하고 보니 남는 것은 등줄기를 흐르는 식은땀이 있을 따름. 그것은 슬프다 하니보다 끝없이 부끄러웠다. 같이 털어주던 동무들이 뻔히 보고 섰는데 빈 지게로 덜렁거리며 집으로 들어오는 건 진정 열없기 짝이 없는 노릇이었다. 참다 참다 응오는 눈에 눈물이 흘렀던 것이다.

가뜩한데[44] 엎치고 덮치더라고 올해는 고나마 흉작이었다. 샛바람과 비에 벼는 깨깨 배틀렸다.[45] 이놈을 가을하다간 먹을 게 남지 않음은 물론이요 빚도 다 못 가릴 모양. 에라 빌어먹을 거. 너들끼리 캐다 먹든 마든 멋대로 하여라, 하고 내던져두지 않을 수 없다. 벼를 걷었다고 말만 나면 빚쟁이들은 우 몰려들 거니깐—

응칠이의 죄목은 여기에서도 또렷이 드러난다. 구구루[46] 가만만 있었으면 좋은걸 이 사품[47]에 뛰어들어 지주의 뺨을 제법 갈긴 것이 응칠이였다.

처음에야 그럴 작정이 아니었다. 그는 여러 곳 물을 마신 만치 어지간히 속이 트인 건달이었다. 지주를 만나 까놓고 썩 좋은 소리로 의논하였다. 올 농사는 반실[48]이니 도지도 좀 감해주는 게 어떠냐고. 그러나 지주는 암말 없이 고개를 모로 흔들었다. 정 이러면 하여튼 일 년 품은 빼야 할 테니 나는 그놈에다 불을 지르겠수, 하여도 잠자코 웅치 않는다. 지주로 보면 자기로도 그 벼는 넉넉히 걷어들일 수는 있다. 마는 한번 버릇을 잘못해놓으면 여느 작인까지 행실을 버릴까 염려하여 겉으로 독촉만 하고 있는 터였다. 실상이야 고까짓 벼쯤 있어도 고만 없어도 고만——그 심보를 눈치채고 웅칠이는 화를 벌컥 낸 것만은 좋으나, 저도 모르게 대뜸 주먹뺨이 들어갔던 것이다.

이렇게 문제 중에 있는 벼인데 귀신의 놀음 같은 변괴가 생겼다. 다시 말하면 벼가 없어졌다. 그것도 병들어 쓰러진 쭉정이는 젖혀놓고 무얼로 그랬는지 말짱[49] 이삭만 따갔다. 그 면적으로 어림하면 아마 못 돼도 한 댓 말 가량은 될는지——

웅칠이가 아침 일찍이 그 논께로 노닐자 이걸 발견하고 기가 막혔다. 누굴 성가시게 하려고 그러는지. 산 속에 파묻힌 논이라 아직은 본 사람이 없는 모양 같다. 허나 동리에 이 소문이 퍼지기만 하면 저는 어느 모로 보든 혐의를 받아 폐는 좋이 입어야 될 것이다.

웅칠이는 송이도 송이려니와 실상은 궁리에 바빴다. 속중으로 지목 갈 만한 놈을 여럿 들어보았으나 이렇다 짚을 만한 증거가 없다. 어쩌면 재성이나 성팔이 이 둘 중의 짓이리라, 하고 결국 이렇게 생각 든 것도 웅칠이가 아니면 안 될 것이다.

원수는 외나무 다리에서 만났다.

웅칠이는 저의 짐작이 들어맞음을 알고 당장에 일을 낼 듯이 성팔이의 눈을 드리[50] 노렸다.

성팔이는 신이 나서 떠들다가 그 눈총에 어이가 질리어 고만 벙벙하였다. 그리고 얼굴이 해쓱하여 마주 대고 쳐다보더니

"그래 자네 왜 그케 노하나. 지내다 보니깐 그렇길래 일테면 자네 보구 얘기지 뭐……"

하고 뒷갈망[51]을 못하여 우물주물한다.

"노하긴 누가 노해——"

응칠이는 뻐팅겼던[52] 몸에 좀더 힘을 올리며

"옹고개를 어째 갔더냐 말이지?"

"놀러 갔다 오는 길인데 우연히……"

"놀러 갔다. 거기가 노는 덴가?"

"글쎄 그렇게까지 물을 게 뭔가, 난 옹고개 아니라 서울은 못 갈 사람인가."

하다가 성팔이는 속이 타는지 코로 흐응, 하고 날숨을 길게 뽑는다.

이렇게 나오는 데는 더 물을 필요가 없었다. 성팔이란 놈도 여간내기가 아니요 구장네 솥인가 뭔가 떼다 먹고 한번 다녀온 놈이었다. 많이 사귀지는 못했으나 동리 평판이 그놈과 같이 다니다가는 엉뚱한 일 만난다 한다. 이번에 응칠이 저 역시 그 섭수[53]에 걸렸음을 알고

"그야 옹고개라구 못 갈 리 없을 테——"

하고 한번 엇먹다[54] 그러나 자네두 아다시피 거 어디야, 거기 바로 길이 있다든지, 사람 사는 동리라면 혹 모른다 하지마는 성한 사람이야 옹고개엘 뭘 먹으러 가나, 그렇지 자네야 심심하니까, 하

고 앞을 꽉 눌러 등을 떠본다. 여기에는 대답 없고 성팔이는 덤덤히 쳐다만 본다. 무엇을 생각했는가 한참 있더니 호주머니에서 단풍갑[55]을 꺼낸다. 우선 제가 한 개를 물고 또 하나를 뽑아 내대며

"권연 하나 피게."

매우 든직한 낯을 해 보인다.

이놈이 이에 밝기가 몹시 밝은 성팔이다. 턱없이 권연 하나라도 선심을 쓸 궐자[56]가 아니리라. 생각은 하였으나 그렇다고 예까지 부르대는[57] 건 도리어 저의 처지가 불리하다. 그것은 짜정 그 손에 넘는 짓이니

"야 웬 권연은이래—"

하고 슬쩍 눙치며

"성냥 있겠나?"

일부러 불까지 거대게[58] 하였다.

응칠이에게 액을 떠넘기어 이용하려는 고 야심을 생각하면 곧 달려들어 다리를 꺾어놔야 옳을 것이다. 그러나 이 마당에 떠들어대고 보면 저는 드러누워 침뱉기. 결국 도적은 뒤로 잡지 앞에서 얼르는 법이 아니다. 동리에 소문이 퍼질 것만 두려워하며

"여보게. 자네가 했건 내가 했건 간."

하고 과연 정다이 그 등을 툭 치고 나서

"우리 둘만 알고 동리에 말은 내지 말게."

하다가 성팔이가 이 말에 되우 놀라며 눈을 말똥말똥 뜨니

"그까짓 벼쯤 먹으면 어떤가!"

하고 껄껄 웃어버린다.

성팔이는 한굽 접히어[59] 말문이 메었는지 얼뚤하여 입맛만 다신다.

"아예 말은 내지 말게, 응 알지."

하고 다시 다질 때에야 겨우 주저주저 입을 열어

"내야 무슨 말을…… 그건 염려 말게."

하더니 비실비실 몸을 돌려 저 갈 길을 내걷는다. 그러나 저 앞고개까지 가는 동안에 두 번이나 돌아다보며 이쪽을 살피고 살피고 한 것만은 사실이었다.

응칠이는 그 꼴을 이윽히 바라보고 입 안으로 죽일 놈, 하였다. 아무리 도적이라도 같은 동료에게 제 죄를 넘겨씌우려 함은 도저히 의리가 아니다.

그건 그렇다 치고 응오가 더 딱하지 않은가. 기껏 힘들여 지어 놓았다 남 좋은 일 한 것을 안다면 눈이 뒤집힐 일이겠다.

이래서야 어디 이웃을 믿어보겠는가──

확적히[60] 증거만 있어 이놈을 잡으면 대번에 요절을 내리라 결심하고 응칠이는 침을 탁 뱉아 던지고 산을 내려온다.

그런데 그놈의 행태[61]로 가늠 보면 응칠이 저만치는 때가 못 벗은 도적이다. 어느 미친놈이 논두렁에까지 가새[62]를 들고 오는가. 격식도 모르는 푸뚱이[63]가. 그러려면 바로 조낟가리나 수수낟가리 말이지. 그 속에 들어앉아 가새로 속닥거려야 들릴 리도 없고 일도 편하고. 두 포대고 세 포대고 마음껏 딸 수도 있다. 그러다 틈 보고 집으로 나르면 고만이지만 누가 논의 벼를 다── 그렇게도 벼에 걸신이 들렸다면 바로 남의 집 머슴으로 들어가 한 달포 동안 주인 앞에 얼렁거리는[64] 것이어니와 신용을 얻어놨다가 주는 옷이나 얻어입고 다들 잠들거든 벼섬이나 두둑이 짊어메고 덜렁 거리면 그뿐이다. 이건 맥도 모르는 게 남도 못살게 굴려고. 에 ──이 망할 자식두. 그는 분노에 살이 다 부들부들 떨리는 듯싶었 다. 그러나 이런 좀도적이란 뽕이 나기[65] 전에는 바짝 물고 덤비는 법이었다. 오늘 밤에는 요놈을 지켰다 꼭 붙들어가지고 정강이를 분질러놓으리라. 밥을 먹고는 태연히 막걸리 한 사발을 껄떡껄떡 들이키자

"커──, 가을이 되니깐 맛이 한결 낫군──"

그는 주먹으로 입가를 쓱쓱 훔친 다음 송이 꾸럼[66]에서 세 개를 뽑는다. 그리고 그걸 갈퀴같이 마른 주막 할머니 손에 내어주며

"엣수, 송이나 잡숫게유──"

하고 술값을 치렀으나

"아이 송이두 고놈 참."

간사[67]를 피우는 것이 좀 시쁜[68] 모양이다. 제 딴은 한 개에 삼 전씩 치더라도 구 전밖에 안 되니깐──

응칠이는 슬며시 화가 나서 그 얼굴을 유심히 들여다보았다. 움 푹 들어간 볼때기에 저건 또 왜 저리 멋없이 불거졌는지 툭 나온 광대뼈하구 치마 아래로 남실거리는 발가락은 자칫 잘못 보면 황 새 발목이니 이건 언제 잡아가려고 남겨두는 거야──보면 볼수 록 하나 이쁜 데가 없다. 한두 번 먹은 것두 아니요 언젠간 울타 리께 풀을 베어주고 술 사발이나 얻어먹은 적도 있었다. 그렇게 야멸치게[69] 따질 건 뭔가. 그는 눈살을 흘낏 맞추고는 하나를 더

꺼내어

"엣수 또 하나 잡숫게유——"

내던져주곤 댓돌에 가래침을 탁 뱉았다.

그제야 식성이 좀 풀리는지 그 가죽[70]으로 웃으며

"아이구 이거 자꾸 줌 어떡해——"

"어떡허긴, 자꾸 살찌게유——"

하고 한마디 툭 쏘고 일어서다가 무엇을 생각함인지 다시 툇마루에 주저앉았다.

"그런데 참 요즘 성팔이 보셨수?"

"아——니, 당최 볼 수가 없더구먼."

"술두 안 먹으러 와유?"

"안 와."

하고는 입 속으로 뭐라고 종잘거리며[71] 의아한 낯을 들더니

"왜, 또 뭐 일이……?"

"아니유, 본 지가 하 오래니깐——"

응칠이는 말끝을 얼버무리고 고개를 돌려 한데[72]를 바라본다. 벌써 점심때가 되었는지 닭들이 요란히 울어댄다. 논둑의 미루나무는 부 하고 또 부, 하고 잎이 날리며 팔랑팔랑 하늘로 올라간다.

"성팔이가 이 말[73]에서 얼마나 살았지유?"

"글쎄—— 재작년 가을이지 아마."

하고 장죽을 빡빡 빨더니

"근데 또 떠난대던걸, 홍천인가 어디 즈 성님안터[74]로 간대."

하고 그게 옳지 여기서 뭘 하느냐. 대장간이라고 일이나 많으면

모르거니와 밤낮 파리만 날리는걸. 그보다는 저의 형이 크게 농사를 짓는다니 그 뒤나 자들어주고[75] 구구로 얻어먹는 게 신상에 편하겠지. 그래 불일간 처자식을 데리고 아마 떠나리라고 하고

"농군은 그저 농사를 지야 돼."

"낼 술 먹으러 또 오지유——"

간단히 인사만 하고 응칠이는 다시 일어났다.

주막을 나서니 옷깃을 스치는 개운한 바람이다. 밭 둔덕의 대추는 척척 늘어진다. 머지않아 겨울은 또 오렷다. 그는 응오의 집을 바라보며 그간 죽었는지 궁금하였다.

응오는 봉당에 걸터앉았다. 그 앞 화로에는 약이 바글바글 끓는다. 그는 정신없이 들여다보고 앉았다.

우중중한 방에서는 아내의 가쁜 숨소리가 들린다. 색, 색 하다가 아이구, 하고는 까무러지게 콜록거린다. 가래가 치밀어 몹시 괴로운 모양—— 뽑아줄 사이가 없이 풀들은 뜰에 엉겼다. 흙이 드러난 지붕에서 망초가 휘어청휘어청. 바람은 가끔 찾아와 싸리문을 흔든다. 그럴 적마다 문은 을씨년스럽게 삐——꺽 삐——꺽. 이웃의 발발이는 부엌에서 한창 바쁘게 달그락거린다. 마는 아침에 아내에게 먹이고 남은 조죽밖에야. 아니 그것도 참 남편마저 긁었으니 사발에 붙은 찌꺽지[76]뿐이리라——

"거, 다 졸았나 부다."

응칠이는 약이란 너무 졸면 못쓰니 고만 짜 먹이라 하였다. 약이라야 어제 저녁 울 뒤에서 옭아들인 구렁이지만——

그러나 응오는 듣고도 흘렸는지 혹은 못 들었는지 잠자코 고개

도 안 든다.

"엣다. 송이 맛이나 봐라."

하고 형이 손을 내밀 제야 겨우 시선을 들었으나 술이 거나한 그 얼굴을 거북상스레 훑어본다. 그리고 송이를 고맙지 않게 받아 방으로 치뜨리고는

"이거나 먹어."

하다가

"뭐?"

소리를 크게 질렀다. 그래도 잘 들리지 않으므로

"뭐야 뭐야, 좀 똑똑히 하라니깐?"

하고 골피를 찌푸린다.

그러나 아내는 손짓만으로 무슨 소린지 알 수가 없다. 음성으로 치느니보다 조히[77] 비비는 소리랄지, 그걸 듣기에는 지척도 멀었다.

가만히 보다 응칠이는 제가 다 불안하여

"되보겠다는 게 아니냐!"

"그럼 그렇다 말이 있어야지."

남편은 이내 짜증을 내며 몸을 일으킨다. 병약한 아내의 음성이 날로 변하여감을 시방 안 것도 아니련만— 그는 방바닥에 늘어져 꼬치꼬치 마른 반송장을 조심히 일으켜 등에 업었다.

울 밖 밭머리에 잿간은 놓였다. 머리가 눌릴 만치 납작한 갑갑한 굴속이다. 게다 거미줄은 예제없이[78] 엉켰다. 부추돌[79] 위에 내려놓으니 아내는 벽을 의지하여 옹크리고 앉는다. 그리고 남편은 눈을 멀뚱멀뚱 뜨고 지키고 섰는 것이다.

이 꼴들을 멀거니 바라보다 응칠이는 마뜩지 않게 코를 휑, 풀며 입맛을 다셨다. 응오의 짓이 어리석고 울화가 터져서이다. 요즘 응오가 형에게 잘 말도 않고 왜 어뜩비뜩[80]하는지 그 속은 응칠이도 모르는 배 아닐 것이다.

응오가 이 아내를 찾아올 때 꼭 삼 년간을 머슴을 살았다. 그처럼 먹고 싶던 술 한잔 못 먹었고 그처럼 침을 삼키던 그 개고기 한 메[81] 물론 못 샀다. 그리고 사경을 받는 대로 꼭꼭 장리를 놓았으니 후일 선채로 썼던 것이다. 이렇게까지 근사[82]를 모아 얻은 계집이련만 단 두 해가 못 가서 이 꼴이 되고 말았다.

그러나 이 병이 무슨 병인지 도시 모른다. 의원에게 한 번이라도 변변히 보여본 적이 없다. 혹 안다는 사람의 말인즉 뇌점[83]이니 어렵다 하였다. 돈만 있다면이야 뇌점이고 염병[84]이고 알 바가 못될 거로되 사날 전 거리로 쫓아나오며

"성님."

하고 팔을 챌 적에는 응오도 어지간히 급한 모양이었다.

"왜?"

응칠이가 몸을 돌리니 허둥지둥 그 말이, 인제는 별 도리가 없다. 있다면 꼭 한 가지가 남았으니 그것은 엊그저께 산신을 부리는 노인이 이 마을에 오지 않았는가. 그 도인이 응오를 특히 동정하여 십오 원만 들여 산치성을 올리면 씻은 듯이 낫게 해주리라는데

"성님은 언제나 돈 만들 수 있지유?"

"거 안 된다. 치성드려 날 병이 그냥 안 낫겠니."

하여 여전히 딱 떼고 그러게 내 뭐라던 애전에 계집 다 내버리고 날 따라나서랬지, 하고

"그래 농군의 살림이란 제 목 매기라지!"

그러나 아우가 암말 없이 몸을 홱 돌려 집으로 들어갈 제 웅칠이는 속으로 또 괜한 소리를 했구나, 하였다.

웅오는 도로 아내를 업어다 방에 뉘었다. 약은 다 졸았다. 물이 식기 전 짜야 할 것이다. 식기를 기다려 약사발을 입에 대어주니 아내는 군말 없이 그 구렁이물을 껄덕껄덕 들이마신다.

웅칠이는 마당에 우두커니 앉았다. 사람의 목숨이란 과연 중하군, 하였다. 그러나 계집이라는 저 물건이 그렇게 떼기 어렵도록 중할까, 하니 암만해도 알 수 없고

"너 참 요 건너 성팔이 알지?"

"……"

"너허구 친하냐?"

"……"

"성이 뭐래는데 거 대답 좀 하렴."

하고 소리를 뻑 질러도 아우는 대답은 말고 고개도 안 든다.

그러나 웅칠이는 하늘을 처다보고 트림만 끄윽, 하고 말았다. 술기가 코를 콱콱 찔러야 할 터인데 이건 풋김치 냄새만 코밑에서 뱅뱅 돈다. 공짜 김치만 퍼먹을 게 아니라 한잔 더 했다면 좋았을걸. 그는 일어서서 대[85]를 허리에 꽂고 궁둥이의 흙을 털었다. 벼 도적맞은 이야기를 할까, 하다가 아서라 가뜩이나 울상이 속이 쓰릴 것이다. 그보다는 이놈을 잡아놓고 나중 희짜를 뽑는 것

이 점잖겠지——

　그는 문밖으로 나와버렸다.

　답답한 아우의 살림을 보니 역시 답답하던 제 살림이 연상되고 가슴이 두목[86] 답답하였다.

　이런 때에는 무가 십상[87]이다. 사실 하느님이 무를 마련해낸 것은 참으로 은혜로운 일이다. 맥맥할[88] 때 한 개를 씹고 보면 꿀꺽하고 쿡 치는 그 멋이 좋고 남의 무밭에 들어가 하나를 쑥 뽑으니 가랑무.[89] 이키, 이거 오늘 운수대통이로군. 내던지고 그담 놈을 뽑아들고 개울로 내려온다. 물에 쓱쓰윽 닦아서는 꽁지는 이로 베어 던지고 어썩 깨물어 붙인다.

　개울 둔덕에 포플러는 호젓하게도 매출이[90] 컸다. 자갈돌은 고 밑에 옹기종기 모였다. 가생이[91]로 잔디가 소보록하다. 응칠이는 나가자빠져 마을을 건너다보며 눈을 멀뚱멀뚱 굴리고 누웠다. 산에 뺑뺑 둘리어 숨이 콕 막힐 듯한 그 마을——

　아리랑 아리랑 아라리요

　아리랑 띄여라 노다 가세

　증기차는 가자고 원 고동 트는데

　정든 님 품 안고 낙누낙누

　아리랑 아리랑 아라리요

　아리랑 띄여라 노다 가세

　낼 갈지 모레 갈지 내 모르는데

　옥씨기 강난이는 심어 뭐 하리

아리랑 아리랑 아라리요

아리랑 띄여라……

　그는 콧노래를 이렇게 흥얼거리다 갑작스레 강릉이 그리웠다.
펄펄 뛰는 생선이 좋고 아침 햇발에 비끼어 힘차게 출렁거리는
그 물결이 좋고. 이까짓 둠[92] 구석에서 쪼들리는 데 대다니. 그래
도 저의 딴은 무어 농사 좀 지었답시고 악을 복복 쓰며 잘두 떠들
어댄다. 하지만 그런 중에도 어디인가 형언치 못할 쓸쓸함이 떠
돌지 않는 것도 아니다. 삼십여 년 전 술을 빚어놓고 쇠[93]를 울리
고 흥에 질리어 어깨춤을 덩실거리고 이러던 가을과는 저 딴쪽이
다. 가을이 오면 기쁨에 넘쳐야 될 시골이 점점 살기만 띠어옴은
웬일일꼬. 이렇게 보면 재작년 가을 어느 밤 산중에서 낫으로 사
람을 찍어 죽인 강도가 문득 머리에 떠오른다. 장을 보고 오는 농
군을 농군이 죽였다. 그것도 많이나 되었으면 모르되 빼앗은 것
이 한끗[94] 동전 네 닢에 수수 일곱 되. 게다 흔적이 탄로날까 하여
낫으로 그 얼굴의 껍질을 벗기고 조깃대강이 이기듯 끔찍하게 남
기고 조긴[95] 망나니다. 흉악한 자식. 그 잘량한 돈 사전에 나 같으
면 가여워 덧돈을 주고라도 왔으리라. 이번 놈은 그따위 각다귀[96]
나 아닐는지 할 때 찬 김과 아울러 치미는 소름에 머리끝이 다 쭈
볏하였다. 그간 아우의 농사를 대신 돌봐주기에 이럭저럭 날이
늦었다. 오늘 밤에는 이놈을 다리를 꺾어놓고 내일쯤은 봐서 설
렁설렁 뜨는 것이 옳은 일이겠다. 이 산을 넘을까 저 산을 넘을까
주저거리며 속으로 점을 치다가 슬그머니 코를 골아올린다.

밤이 내리니 만물은 고요히 잠이 든다. 검푸른 하늘에 산봉우리는 울퉁불퉁 물결을 치고 흐릿한 눈으로 별은 떴다. 그러다 구름 떼가 몰려 닥치면 캄캄한 절벽이 된다. 또한 마을 한복판에는 거친 바람이 오락가락 쓸쓸히 궁글고[97] 이따금 코를 찌름은, 후련한 산사[98] 냄새. 북쪽 산 밑 미루나무에 싸여 주막이 있는데 유달리 불이 반짝인다. 노세, 노세, 젊어서 놀아. 노랫소리는 나직나직 한산히 흘러온다. 아마 벼를 뒷심[99] 대고 외상이리라.

응칠이는 잠자코 벌떡 일어나 바깥으로 나섰다. 그리고 다 나와서야 그 집 친구에게 눈치를 안 채이도록

"내 잠깐 다녀옴세──"

"어딜 가나?"

친구는 웬 영문을 몰라서 뻔히 쳐다보다 밤이 이렇게 늦었으니 나갈 생각 말고 어여 이리 들어와 자라 하였다. 기껏 둘이 앉아서 개코 쥐코 떠들다가[100] 갑자기 일어서니깐 꽤 이상한 모양이었다.

"건너 말 가 담배 한 봉 사올라구."

"담배 여있는데 또 사 뭐 하나?"

친구는 호주머니에서 굳이 희연[101] 봉을 꺼내어 손에 들어 보이더니

"이리 들어와 섬이나 좀 쳐주게."

"아 참 깜빡……"

하고 응칠이는 미안스러운 낯으로 뒤통수를 긁죽긁죽한다. 하기는 섬을 좀 쳐달라고 며칠째 당부하는 걸 노름에 몸이 팔려 고만 잊고 잊고 했던 것이다. 먹고 자고 이렇게 신세를 지면서 이건 썩

안됐다, 생각은 했지마는

"내 곧 다녀올걸 뭐……"

어정쩡하게 한마디 남기곤 그 집을 뒤에 남긴다. 그러나 이 친구는

"그럼 곧 다녀오게—"

하고 때를 재치는[102] 법은 없었다. 언제나 여일같이

"그럼 잘 다녀오게—"

이렇게 그 신상만 편하기를 비는 것이다.

응칠이는 모든 사람이 저에게 그 어떤 경의를 갖고 대하는 것을 가끔 느끼고 어깨가 으쓱거린다. 백판 모르는 사람도 데리고 앉아서 몇 번 말만 좀 하면 대번 구부러진다. 그렇게 장한 것인지 그 일을 하다가, 그 일이라야 도적질이지만, 들어가 욕보던 이야기를 하면 그들은 눈을 커다랗게 뜨고

"아이구, 그걸 어떻게 당하셨수!"

하고 적이 놀라면서도

"그래 그 돈은 어떻게 했수?"

"또 그랠 생각이 납디까유?"

"참 우리 같은 농군에 대면 호강살이유!"

하고들 한편 썩 부러운 모양이었다. 저들도 그와 같이 진탕 먹고 살고는 싶으나 주변 없어 못하는 그 울분에서 그런 이야기만 들어도 다소 위안이 되는 것이다. 응칠이는 이걸 잘 알고 그 누구를 논에다 거꾸로 박아놓고 달아나다가 붙들려 경치던 이야기를 부지런히 하며

"자네들은 안적[103] 멀었네 멀었어—"

하고 흰소리[104]를 치면 그들은, 옳다는 뜻이겠지, 묵묵히 고개만 꺼덕꺼덕하며 속없이 술을 사주고 담배를 사주고 하는 것이다.

그런데 이번 벼를 훔쳐간 놈은 응칠이를 마구 넘보는 모양 같다.

이렇게 생각하면 응칠이는 더욱 괘씸하였다. 그는 물푸레몽둥이를 벗삼아 논둑길을 질러서 산으로 올라간다.

이슥한 그믐은 칠야—

길은 어둡고 흐릿한 언저리만 눈앞에 아물거린다.

그 논까지 칠 마장은 느긋하리라. 이 마을을 벗어나는 어귀에 고개 하나를 넘는다. 또 하나를 넘는다. 그러면 그담 고개와 고개 사이에 수목이 울창한 산중턱을 비껴대고[105] 몇 마지기의 논이 놓였다. 응오의 논은 그중의 하나였다. 길에서 썩 들어앉은 곳이라 잘 뵈도 않는다. 동리에 그런 소문이 안 났을 때에는 천행으로 본 놈이 없을 것이나 반드시 성팔이의 성행[106]임에는—

응칠이는 공동묘지의 첫 고개를 넘었다. 그리고 다음 고개의 마루턱을 올라섰을 때 다리가 주춤하였다. 저 왼편 높은 산고랑에서 불이 반짝하다 꺼진다. 짐승불로는 너무 흐리고— 아—하, 이놈들이 또 왔군. 그는 가던 길을 옆으로 새었다. 더듬더듬 나뭇가지를 짚으며 큰 산으로 올라탄다. 바위는 미끌려 내리며 발등을 찧는다. 딸기 가시에 종아리는 따갑고 엉금엉금 기어서 바위를 끼고 감돈다.

산, 거반 꼭대기에 바위와 바위가 어깨를 맞대고 움쑥 들어간 굴이 있다. 풀들은 뻗치어 굴문을 막는다.

그 속에 돌아앉아서 다섯 놈이 머리들을 맞대고 수군거린다. 불빛이 샐까 염려다. 남폿불을 앝이 달아놓고 몸들을 바싹바싹 여미어 가린다.

"어서 후딱후딱 쳐, 갑갑해서 온——"

"이번엔 누가 빠지나?"

"이 사람이지 멀 그래."

"다시 섞어, 어서[107] 이따위 수작이야."

하고 한 놈이 골을 내고 화투를 빼앗아서 제 손으로 섞다가 깜짝 놀란다. 그리고 버썩 대드는 응칠이를 벙벙히 쳐다보며 얼뚤한다.

그들은 응칠이가 오는 것을 완고척히[108] 싫어하는 눈치였다. 이런 애송이 노름판인데 응칠이를 들였다가는 맥을 못쓸 것이다. 속으로는 되우 꺼렸다마는 그렇다고 응칠이의 비위를 건드림은 더욱 좋지 못하므로——

"아, 응칠인가. 어서 들어오게."

하고 선웃음을 치는 놈에

"난 올 듯하기에, 자넬 기다렸지."

하며 어수대는[109] 놈.

"하여튼 한 케[110] 떠보세."

이놈들은 손을 잡아들이며 썩들 환영이었다.

응칠이는 그 속으로 들어서며 무서운 눈으로 좌중을 한번 훑어보았다.

그런데 재성이도 그 틈에 끼어 있는 것이 아닌가. 사날 전만 해도 응칠이더러 먹을 양식이 없으니 돈 좀 취하라던 놈이. 의심이 부썩 일었다. 도적이란 흔히 이런 노름판에서 씨가 퍼진다. 고 옆으로 기호도 앉았다. 이놈은 며칠 전 제 계집을 팔았다. 그 돈으로 영동 가서 장사를 하겠다던 놈이 노름을 왔다. 제깐 주제에 딸듯싶은가. 하나는 용구. 농사엔 힘 안 쓰고 노름에 몸이 달았다. 시키는 부역도 안 나온다고 동리에서 손두[11]를 맞은 놈이다. 그리고 남의 집 머슴 녀석. 뽐을 내고 멋없이 점잔을 피우는 중늙은이 상투쟁이. 이 물건은 어서 날아왔는지 보도 못하던 놈이다. 체 이것들이 뭘 한다고——

응칠이는 기호의 등을 꾹 찍어가지고 밖으로 나왔다.

외딴 곳으로 데리고 와서

"자네 돈 좀 없겠나?"

하고 돌아서다가

"웬걸 돈이 어디……"

눈치만 남고 어름어름하니

"아내와 갈렸다지, 그 돈 다 뭣 했나?"

"아 이 사람아 빚 갚았지——"

기호는 눈을 내려깔며 매우 거북한 모양이다.

오른편 엄지로 한 코를 밀고 흥 하고 내풀더니 이번 빚에 졸리어 죽을 뻔했네 하고 묻지 않은 발뺌까지 얹어서 설대[12]로 등어리를 긁죽긁죽한다.

그러나 응칠이는 속으로 이놈 하였다.

응칠이는 실눈을 뜨고 기호를 유심히 쏘아주었더니

"꼭 사 원 남았네."

하고 선뜻 알리고

　"빚 갚고 뭣하고 흐지부지 녹았어——"

　어색하게도 혼잣말로 우물쭈물 웃어버린다.

　응칠이는 퉁명스러이

　"나 이 원만 최게."[113]

하고 손을 내대다 그래도 잘 듣지 않으매

　"따서 둘이 나눌 테야, 누가 떼먹나——"

하고 소리가 한번 빽 안 나올 수 없다.

　이 말에야 기호도 비로소 안심한 듯, 저고리 섶을 쳐들고 흠칫
거리다 주뼛주뼛 꺼내놓는다. 딴은 응칠이의 솜씨이면 낙자는 없
을 것이다. 설혹 재간이 모자라 잃는다면 우격[114]이라도 도로 몰아
갈 게니깐——

　"나두 한 케 떠보세."

　응칠이는 우좌스레[115] 굴로 기어든다. 그 콧등에는 자신 있는 그
리고 흡족한 미소가 떠오른다. 사실이지 노름만치 그를 행복하게
하는 건 다시 없었다. 슬프다가도 화토나 투전장을 손에 들면 공
연스레 어깨가 으쓱거리고 아무리 일이 바빠도 노름판은 옆에 못
두고 지난다. 그는 이놈 저놈의 눈치를 스을쩍 한번 훑고

　"두 패루 너느지?"[116]

　응칠이는 재성이와 용구를 데리고 한옆으로 비켜 앉았다. 그리
고 신바람이 나서 화투를 섞다가 손을 따악 짚으며

　"튀전[117]이래지 이깐 화투는 하튼 뭘 할 텐가. 녹빼긴[118]가, 켤 텐
가?"

"약단이나 그저 보지——"

사방은 매섭게 조용하였다. 바위 위에서 혹 바람에 모래 구르는 소리뿐이다. 어쩌다

"엣다 봐라."

하고 화투짝이 쩔걱, 한다. 그러곤 다시 쥐 죽은 듯 잠잠하다.

그들은 이욕에 몸이 달아서 이야기고 뭐고 할 여지가 없다. 행여 속지나 않는가, 하얀 눈들이 빨개서 서로 독을 올린다. 어떤 놈이 뜯는 놈이고 어떤 놈이 뜯기는 놈인지 영문 모른다.

응칠이가 한 장을 내던지고 명월공산을 보기 좋게 떡 젖혀놓으니

"이거 왜 수짜질[119]이야."

용구가 골을 벌컥 내며 쳐다본다.

"뭐가?"

"뭐라니, 아 이 공산 자네 밑에서 빼내지 않았나?"

"봤으면 고만이지 그렇게 노할 건 또 뭔가——"

응칠이는 어설피 입맛을 쩍쩍 다시다

"그럼 이번엔 파토지?"

하고 손의 화토를 땅에 내던지며 껄껄 웃어버린다.

이때 한옆에서 별안간

"이 자식 죽인다——"

악을 쓰는 것이니 모두들 놀라며 시선을 몬다. 머슴이 마주 앉은 상투의 뺨을 갈겼다. 말인즉 매주[120] 다섯 끗을 업어쳤다, 고——

허나 정말은 돈을 잃은 것이 분한 것이다. 이 돈이 무슨 돈이냐 하면 일 년 품을 판 피 묻은 사경[121]이다. 이런 돈을 송두리 먹다

니—

"이 자식, 너는 아마시꾼[122]이지. 돈 내라."

멱살을 움켜잡고 다시 두 번을 때린다.

"허, 이눔이 왜 이래누, 어른을 몰라보구."

상투는 책상다리를 잡숫고 허리를 쓰윽 펴더니 점잖이 호령한
다. 자식뻘 되는 놈에게 뺨을 맞는 건 말이 좀 덜 된다. 약이 올라
서 곧 일을 칠 듯이 엉덩이를 번쩍 들었으나 그러나 그대로 주저
앉고 말았다. 악에 바짝 받친 놈을 건드렸다가는 결국 이쪽이 손
해다. 더럽단 듯이 허허, 웃고

"버릇없는 놈 다 봤고!"

하고 꾸짖은 것은 잘됐으나 기어이 어이쿠, 하고 그 자리에 푹 엎
어진다. 이마가 터져서 피는 흘렀다. 어느 틈엔가 돌멩이가 날아
와 이마의 가죽을 터친 것이다.

응칠이는 싱글거리며 굴을 나섰다. 공연스레 쑥스럽게 일이나
벌어지면 성가신 노릇이다. 그리고 돈 백이나 될 줄 알았더니 다
봐야 한 사십 원 될까 말까. 그걸 바라고 어느 놈이 앉았는가—

그가 딴 것은 본밑[123]을 알라[124] 구 원하고 팔십 전이다. 기호에
게 오 원을 내주고

"자, 반이 넘네, 자네 계집 잃고 돈 잃고 호강이겠네."

농담으로 비웃어 던지고는 숲으로 설렁설렁 내려온다.

"여보게. 자네에게 청이 있네."

재성이 목이 말라서 바득바득 따라온다. 그 청이란 묻지 않아도
알 수 있었다. 저에게 돈을 다 빼앗기곤 구문[125]이겠지. 시치미를

딱 떼고 나 갈 길만 걷는다.

"여보게 응칠이, 아 내 말 좀 들어."

그제서는 팔을 잡아낚으며 살려달라 한다. 돈을 좀 늘일까, 하고 벼 열 말을 팔아 해보았다더니 다 잃었다고. 당장 먹을 게 없어 죽을 지경이니 노름 밑천이나 하게 몇 푼 달라는 것이다. 그러나 벼를 털었으면 거저 먹을 게지 어쭙지 않게[126] 노름은——

"그런 걸 왜 너보고 하랬어?"

하고 돌아서며 소리를 빽 지르다가 가만히 보니 눈에 눈물이 글썽하다. 잠자코 돈 이 원을 꺼내주었다.

응칠이는 들에 앉아서 팔짱을 끼고 덜덜 떨고 있다.

사방은 빽——돌리어 나무에 둘러싸였다. 거무투툭한 그 형상이 헐없이 무슨 도깨비 같다. 바람이 불 적마다 쏴—— 하고 쏴—— 하고 음충맞게 건들거린다. 어느 때에는 쩍, 쩍, 하고 목을 따는지 비명도 울린다.

그는 가끔 뒤를 돌아보았다. 별일은 없을 줄 아나 호옥[127] 뭐가 덤벼들지도 모른다. 서낭당은 바로 등 뒤다. 족제빈지 뭔지, 요동통에[128] 돌이 무너지며 바시락, 바시락, 한다. 그 소리가 묘——하게도 등줄기를 쪼옥 긋는다. 어두운 꿈속이다. 하늘에서 이슬은 나리어 옷깃을 축인다. 공포도 공포려니와 냉기로 하여 좀체로 견딜 수가 없었다.

산골은 산신까지도 주렸으렷다. 아들 나달라구 떡 갖다바칠 이 없을 테니까. 이놈의 영감님 횟김에 덥석 달려들면. 앞뒤를 다시 한 번 휘돌아본 다음 설대를 뽑는다. 그리고 오금팽이[129]로 불을 가리고는 한 대 뻑뻑 피워 물었다. 논은 여남은 칸 떨어져 고 아래 누웠다. 일심 정기를 다하여 나무 틈으로 뚫어보고 앉았다. 그러나 땅에 대를 털려니깐 풀숲이 이상스러이 흔들린다. 뱀, 뱀이 아닌가. 구시월 뱀이라니 물리면 고만이다. 자리를 옮겨앉으며 손으로 입을 막고 하품을 터친다.

아마 두어 시간은 더 넘었으리라. 이놈이 필연코 올 텐데 안 오니 이 또 무슨 조활까. 이 짓이란 소문이 나기 전에 한번 더 와보는 것이 원칙이다. 잠을 못 자서 눈이 뻑뻑한 것이 제물에 슬금슬금 감긴다. 이를 악물고 눈을 뒵쓰면[130] 이번에는 허리가 노글거린다. 속은 쓰리고 골치는 때리고. 불꽃 같은 노기가 불끈 일어서 몸을 옥죄인다. 이놈의 다리를 못 꺾어봐도 애비 없는 홀의 자식[131]이겠다.

닭들이 세 홰를 운다. 멀―리 산을 넘어오는 그 음향이 퍽은 서글프다. 큰 비를 몰아드는지 검은 구름이 잔뜩 끼인다. 하긴 지금도 빗방울이 뚝, 뚝, 떨어진다.

그때 논둑에서 희끄무레한 헤까비[132] 같은 것이 얼씬거린다. 정신을 반짝 차렸다. 영락없이 성팔이, 재성이, 그들 중의 한 놈이리라. 이 고생을 시키는 그놈! 이가 북북 갈리고 어깨가 다 식식거린다. 몽둥이를 잔뜩 우려쥐었다. 그리고 벌떡 일어나서 나무 줄기를 끼고 조심조심 돌아내린다. 허나 도랑쯤 내려오다가 그는 멈씰하여 몸을 뒤로 물렸다. 늑대 두 놈이 짝을 짓고 이편 산에서 저편 산으로 설렁설렁 건너가는 길이었다. 빌어먹을 늑대, 이것까지 말썽이람. 이마의 식은땀을 씻으며 도로 제자리로 돌아온다. 어쩌면 이번 이놈도 재작년 강도짝이나 안 될는지. 급시로 불길한 예감이 뒤통수를 탁 치고 지나간다.

그는 옷깃을 여미며 한 대를 더 붙였다. 돌연히 풍세는 심하여진다. 산골짜기로 몰아드는 억센 놈이 가끔 발광이다. 다시금 더르르 몸을 떨었다. 가을은 왜 이 지경인지 여기에서 밤새울 생각을 하니 기가 찼다.

얼마나 되었는지 몸을 좀 녹이고자 일어나 서성서성할 때였다. 논으로 다가오는 희미한 그림자를 분명히 두 눈으로 보았다. 그러고 보니 피로고, 한고[133]이고 다 딴소리다. 고개를 내대고 딱 버티고 서서 눈에 쌍심지를 올린다.

흰 그림자는 어느 틈엔가 어둠 속에 사라져 보이지 않는다. 그리고 다시 나올 줄을 모른다. 바람소리만 윙, 윙, 칠 뿐이다. 다시 암흑 속이 된다. 확실히 벼를 훔치러 논 속으로 들어갔을 것이다. 역갱이[134] 같은 놈이 궂은 날씨를 기화 삼아 맘껏 하겠지. 의리없는 썩은 자식, 격장[135]에서 같이 굶는 터에—— 오냐 대거리만 있어라. 이를 한번 부욱 갈아붙이고 차츰차츰 논께로 내려온다.

응칠이는 논께로 바특이 내려서서 소나무에 몸을 착 붙였다. 설불리 서둘다간 낫의 횡액을 입을지도 모른다. 다 훔쳐가지고 나올 때만 기다린다.

몽둥이는 잔뜩 힘을 올린다.

한 식경쯤 지났을까, 도적은 다시 나타난다. 논둑에 머리만 내놓고 사면을 두리번거리더니 그제서 기어 나온다. 얼굴에는 눈만 내놓고 수건인지 뭔지 헝겊이 가렸다. 봇짐을 등에 짊어메고는

허리를 구붓이[136] 뺑손[137]을 놓는다. 그러나 응칠이가 날쌔게 달려들며

"이 자식. 남의 벼를 훔쳐 가니—!"

하고 대포처럼 고함을 지르니 논둑으로 고대로 데굴데굴 굴러서 떨어진다. 얼결에 호되게 놀란 모양이었다.

응칠이는 덤벼들어 우선 허리께를 내려 조겼다. 어이쿠쿠, 쿠,
— 하고 처참한 비명이다. 이 소리에 귀가 뻔쩍 띄어 그 고개를 들고 필[138]부터 벗겨보았다. 그러나 너무나 어이가 없었음인지 시선을 치걷으며 그 자리에 우두망찰[139]한다.

그것은 무서운 침묵이었다. 살뚱맞은[140] 바람만 공중에서 북새를 논다.

한참을 신음하다 도적은 일어나더니

"성님까지 이렇게 못살게 굴기유?"

제법 눈을 부라리며 몸을 휙 돌린다. 그리고 느끼며 울음이 복받친다. 봇짐도 내버린 채

"내 것 내가 먹는데 누가 뭐래?"

하고 되퉁스러이[141] 내뱉고는 비틀비틀 논 저쪽으로 없어진다.

형은 너무 꿈속 같아서 멍하니 섰을 뿐이다. 그러나 얼마 지나서 한 손으로 그 봇짐을 들어본다. 가뿐하니 끽 말가웃이나 될는지. 이까짓 걸 요렇게까지 해가려는 그 심정은 실로 알 수 없다. 벼를 논에다 도로 털어버렸다. 그리고 아내의 치마이겠지. 검은 보자기를 척척 개서 들었다. 내 걸 내가 먹는다—그야 이를 말이랴. 허나 내 걸 내가 훔쳐야 할 그 운명도 얄궂거니와 형을 배

118

반하고 이 짓을 벌인 아우도 아우이렷다. 에—이 고얀 놈, 할 제 볼을 적시는 것은 눈물이다. 그는 주먹으로 눈을 쓱 비비고 머리에 번쩍 떠오르는 것이 있으니 두레두레한[142] 황소의 눈깔. 시오리를 남쪽 산 속으로 들어가면 어느 집 바깥 뜰에 밤마다 늘 매여 있는 투실투실한 그 황소. 아무렇게 따지던 칠십 원은 갈 데 없으리라. 그는 부리나케 아우의 뒤를 밟았다.

공동묘지까지 거반 왔을 때에야 가까스로 만났다. 아우의 등을 탁 치며

"얘, 좋은 수 있다. 네 원대로 돈을 해줄게 나하구 잠깐 다녀오자."

씩씩한 어조로 기쁘도록 달랬다. 그러나 아우는 입 하나 열려 하지 않고 그대로 실쭉하였다. 뿐만 아니라 어깨 위에 올려놓은 형의 손을 부질없단 듯이 몸으로 털어버린다. 그리고 뼈익 달아난다. 이걸 보니 하 엄청이 나고 기가 콱 막히었다.

"이놈아!"

하고 악에 받치어

"명색이 성이라며?"

대뜸 몽둥이는 들어가 그 볼기짝을 후려갈겼다. 아우는 모로 몸을 꺾더니 시나브로[143] 찌그러진다. 대미처[144] 앞정강이를 때렸다. 등을 팼다. 일지 못할 만치[145] 매는 내렸다. 체면을 불구하고 땅에 엎드려 엉엉 울도록 매는 내렸다.

홧김에 하긴 했으되 그 꼴을 보니 또한 마음이 편할 수 없다. 침을 퉤 뱉어 던지곤 팔자 드센 놈이 그저 그러지 별수 있나. 쓰러

진 아우를 일으켜 등에 업고 일어섰다. 언제나 철이 날는지 딱한
일이었다. 속 씩는 한숨을 후— 하고 내뿜는다. 그리고 어청어
청 고개를 묵묵히 내려온다.

노다지

그믐 칠야 캄캄한 밤이었다.

하늘에 별은 깨알같이 총총 박혔다. 그 덕으로 솔 숲 속은 간신히 희미하였다. 험한 산중에도 우중충하고 구석박이 외딴 곳이다. 버석, 만 하여도 가슴이 덜렁한다. 호랑이, 산골 호생원!

만귀는 잠잠하다.[1] 가을은 이미 늦었다고 냉기는 모질다. 이슬을 품은 가랑잎은 바스락바스락 날아들며 얼굴을 축인다.

꽁보는 바랑[2]을 모로 베고 풀 위에 꼬부리고 누웠다가 잠깐 깜빡하였다. 다시 눈이 띄었을 적에는 몸서리가 몹시 나온다. 형은 맞은편에 그저 웅크리고 앉았는 모양이다.

"성님, 인저 시작해볼라우?"

"아즉 멀었네. 좀 칩드라도 참참이 해야지—"

어둠 속에서 그 음성만 우렁차게 그러나 가만히 들릴 뿐이다. 연모를 고치는지 마치 쇠 부딪는 소리와 아울러 부스럭거린다.

꽁보는 다시 옹송그리고 새우잠으로 눈을 감았다. 야기에 옷은 젖어 후줄근하다. 아랫도리가 척 나간 듯이 감촉을 잃고 대구 쑤실 따름이다. 그대로 벌떡 일어나 하품을 하고는 으드들 떨었다.

어디서인지 자박자박 사라지는 발자국 소리가 들린다. 꽁보는 정신이 번쩍 나서 눈을 둥글린다.

"누가 오는 게 아뉴?"

"바람이겠지, 즈들이 설마 알라구!"

신청부³ 같은 그 대답에 적이 맘이 놓인다. 곁에 형만 있으면야 몇 놈쯤 오기로서니 그리 쪼일 게 없다. 적삼의 깃을 여미며 휘돌아보았다.

감때사나운 큰 바위가 반뜩이는 하늘을 찌를 듯이 삐지어 솟았다. 그 양 어깨로 자지레한 바위는 뭉글뭉글한 놈이 검은 구름 같다. 그러면 이번에는 꿈인지 호랑인지 영문 모를 그런 험상궂은 대구리가 공중에 불끈 나타나 두리번거린다. 사방은 모다 이따위 산에 돌렸다. 바람은 뻗질 내려구르며 습기와 함께 낙엽을 풍긴다. 을씨년스레 샘물은 노냥⁴ 쫄랑쫄랑. 금시라도 시꺼먼 산중턱에서 호랑이불이 보일 듯싶다. 꼼짝 못할 함정에 든 듯이 소름이 쭉 돋는다.

꽁보는 너무 서먹서먹하고 허전하여 어깨를 으쓱 올린다. 몹쓸 놈의 산골도 다 많어이. 산골마다 모조리 요 지경이람. 이러고 보니 몹시 무서운 기억이 눈 앞으로 번쩍 지난다.

바로 작년 이맘때다. 그날도 오늘과 같이 밤을 도와 잠채⁵를 하러 갔던 것이다. 회양⁶ 근방에도 가장 험하다는 마치 이렇게 휘하고[7] 낯선 산골을 기어올랐다. 꽁보에 더펄이 그리고 또 다른 동무 셋과. 초저녁부터 내리는 부슬비가 웬일인지 그칠 줄을 모른다. 붕, 하고 난데없이 이는 바람에 안기어 비는 낙엽과 함께 몸에 부 딪고 또 부딪고 하였다. 모두들 입 벌릴 기력조차 잃고 대구 부들 부들 떨었다. 방금 넘어올 듯이 덩치 커다란 바위는 머리를 불쑥 내대고 길을 막고 막고 한다. 그놈을 끼고 캄캄한 절벽을 돌고 나 니 땀이 등줄기로 쪽 내려 흘렀다. 게다 언제 호랑이가 내닫는지 알 수 없으매 가슴은 펄쩍 두근거린다.

그러나 하기는, 이제 말이지 용케도 해먹긴 하였다. 아무렇든지 다섯 놈이 서른 길이나 넘는 암굴에 들어가서 한 시간도 채 못 되 자 감(광석)을 두 포대나 실히 따 올렸다. 마는 문제는 논으맥이[8] 에 있었다. 어떻게 이놈을 노느면[9] 서로 억울치 않을까. 꽁보는 금 점에 남다른 이력이 있느니만치 제가 선뜻 맡았다. 부피를 대중 하여 다섯 몫에다 차례대로 매지매지[10] 골고루 나눴던 것이다. 헌 데 이런 우스꽝스러운 놈이 또 있을까.

"이게 일터면 노눈 건가!"

어두운 구석에서 어떤 놈이 이렇게 쥐어박는 소리를 하는 것이 다. 제딴은 욱기[11]를 보이느라고 가래침을 뱉는다.

"그럼?"

꽁보는 하 어이없어서 그쪽을 뻔히 바라보았다. 이건 우리가 늘 하는 격식인데 이제 와서 새삼스럽게 게정[12]을 부릴 것이 아니다.

"아니, 요게 내 거야?"

"그럼, 누군 감벼락을 맞았단 말인가?"

"아니, 이 구덩이를 먼저 낸 것이 누군데 그래?"

"누구고 새고 알 게 뭐 있나, 금 있으니 땄고 땄으니 논았지!"[13]

"알 게 없다? 내가 없어도 느가 왔니? 이 새끼야?"

"이런 쑥맥 보래. 꿀돼지 제 욕심 채우기로 너만 먹자는 거야?"

바로 이 말에 자식이 욱하고 들이덤볐다. 무지한 두 손으로 꽁보의 먹살을 잔뜩 움켜쥐고 흔들고 지랄을 한다. 꽁보가 체수가 작고 처들고 좀팽이[14]라 한창 얕본 모양이다.

비를 맞아가며 숨이 콕 막히도록 시달리니 꽁보도 화가 안 날 수 없다. 저도 모르게 어느덧 감석을 손에 잡자 놈의 골통을 퍼뜨렸다.[15] 하니까 이놈이 꼭 황소같이 식, 하더니 꽁보를 피언한 돌 위에다 집어 때렸다. 그리고 깔고 앉더니 대뜸 벽채[16]를 들어 겯 갈빗대를 힉, 하도록 아주 몹시 조겼다.[17] 죽질 않기만 다행이지만 지금도 이게 가끔 도져 몸을 못쓰는 것이다. 담에는 왼편 어깨를 된통 맞았다. 정신이 다 아찔하였다. 험하고 깊은 산 속이라 그대로 죽여버릴 작정이 분명하다. 세번째에는 또다시 가슴을 겨누고 내려올 제 인제는 꼬박 죽었구나, 하였다. 참으로 지긋지긋하고 아슬아슬한 순간이었다. 그때 천행이랄까 대문짝처럼 크고 억센 더펄이가 비호같이 날아들었다. 잡은참[18] 그놈의 허리를 뒤로 두 손에 꿰어 들더니 산비탈로 내던져버렸다. 그놈은 그때 살았는지 죽었는지 이내 모른다. 꽁보는 곧바로 감석과 한꺼번에 더펄이 등에 업혀 마을로 내려왔던 것이다.

현재 꽁보가 갖고 다니는 그 목숨은 즉 더펄이 손에서 명줄[19]을 받은 그때의 끄트머리다. 더펄이를 형이라 불렀고 형우제공[20]을 깍듯이 하는 것도 까닭 없는 일은 아니었다.

이 산골도 그녀석의 산골과 똑 헐없는[21] 흉측스러운 낯짝을 가졌다. 한번 휘돌아보니 몸서리치던 그 경상[22]이 다시 생각하지 않을 수 없다. 꽁보는 담배만 빡빡 피우며 시름없이 앉았다.

"몸 좀 녹여서 인저 시적시적 해볼까?"

더펄이도 추운지 떨리는 몸을 툭툭 털며 일어선다. 시작하도록 연모는 차비가 다 된 모양. 저편으로 가서 홈척홈척하더니 바랑에서 막걸리 병과 돼지 다리를 꺼내 들고 이리로 온다.

"그래도 줌 거냉은 해야 할걸!" 하고 그는 병마개를 이로 뽑더니

"에이 그냥 먹세. 언제 데워 먹겠나?"

"데웁시다."

"글쎄 그것두 좋고, 근데 불을 놨다가 들키면 어쩌나?"

"저 바위틈에다 가리고 피웁시다."

아우는 일어서서 가랑잎을 긁어모았다.

형은 더듬어가며 소나무 삭정이를 뚝뚝 꺾어서 한아름 안았다. 평풍[23]과 같이 바위와 바위 사이에 틈이 벌어졌다. 그 속으로 들어가 그들은 불을 놓았다.

"커— 그어 맛 좋아이."

형은 한잔을 쭉 켜고 거나하였다. 칼로 돼지고기를 저며 들고 쩍쩍 씹는다.

"아까 술집 계집 봤나?"

"왜 그루?"

"어떻던가?"

"……"

"아주 똑 땄데, 고거 참!" 하고 그는 눈을 불빛에 끔벅거리며 싱글싱글 웃는다. 일 년이면 열두 달 줄청[24] 돌아만 다니는 신세였다. 오늘은 서로 내일은 동으로 조선 천지의 금점판 치고 안 찝쩍거린 데가 없었다. 언제나 나도 그런 계집 하나 만나 살림을 좀 해보누, 하면 무거운 한숨이 절로 안 날 수 없다.

"거, 계집 있는 게 한결 낫겠더군!" 하고 저도 열적을 만큼 시풍스러운[25] 소리를 하니까

"글쎄요—" 하고 꽁보는 그 얼굴을 빤히 쳐다보았다. 이날까지 같이 다녀야 그런 법 없더니만 왜 별안간 계집 생각이 날까. 별일이로군! 하긴 저도 요즘으로 버썩 그런 생각이 무럭무럭 안 나는 것도 아니지만. 가을이 늦어서 그런지 두 홀아비 마주 앉기만 하면 나는 건 그 생각뿐.

"성님, 장가들라우?"

"어디 웬 계집이 있나?"

"글쎄?" 하고 꽁보는 그 말을 재치다[26]가 얼뜻[27] 이런 생각을 하였다. 제 누이를 주면 어떨까. 지금 그 누이가 충주 근방 어느 농군에게 출가하여 자식을 둘씩이나 낳았다. 마는 매우 반반한 얼굴을 가졌다. 이걸 준다면 형은 무척 반기겠고 또한 목숨을 구해 준 그 은혜에 대하여 손씨세[28]도 되리라.

"성님, 내 누이를 주라우?"

"누이?"

"썩 이뿌우, 성님이 보면 아마 담박 반하리다."

더펄이는 담말[29]을 기다리며 다만 벙벙하였다. 불빛에 이글이글하고 검붉은 그 얼굴에는 만족한 미소가 떠올랐다. 그 누이에 대하여 칭찬은 전일부터 많이 들었다. 그럴 적마다 속중으로는 슬며시 생각이 달랐으나 차마 이렇다 토설[30]치는 못했던 터였다.

"어떻수?"

"글쎄, 그런데 살림하는 사람을 그리 되겠나?" 하여 뒷심[31]은 두면서도 어정쩡하게 물어보았다. 그리고 들껍쩍하고[32] 술을 따라서 아우에게 권하다가 반이나 엎질렀다.

"그야, 돌려 빼면 고만이지 누가 뭐랠 터유."

꽁보는 자신이 있는 듯이 이렇게 선언하였다.

더펄이는 아주 좋았다. 팔짱을 딱 찌르고는 눈을 감았다. 나두인젠 계집 하나 안아보는구나! 아마 그 누이란 썩 이쁠 것이다. 오동통하고, 아양스럽고, 이런 계집에 틀림없으리라. 그럴 필요도 없건마는 그는 뻘떡 일어서서 주춤주춤하다가 다시 펄썩 앉는다.

"언제 가려나?"

"가만 있수. 이거 해가지구 낼 갑시다."

오늘 일만 잘 되면 낼로 곧 떠나도 좋다. 충청도라야 강원도 역경[33]을 지나 칠팔십 리 걸으면 고만이다. 낼 해껏[34] 걸으면 모레 아침에는 누이 집을 들러서 다른 금점으로 가리라 예정하였다. 그런데 이놈의 금을 언제나 좀 잡아볼는지 아득한 일이었다.

"빌어먹을 거, 언제쯤 재수가 좀 터보나!"

꽁보는 뜯고 있던 돼지 뼉다구[35]를 내던지며 이렇게 한탄하였다.

"염려 말게. 어떻게 되겠지. 오늘은 꼭 노다지가 터질 터니 두고 보려나?"

"작히 좋겠수, 그렇거든 고만 들어앉읍시다."

"이를 말인가, 이게 참 할 노릇을 하나, 이제 말이지."

그들은 몇 번이나 이러케 짜위[36]했는지 그 수를 모른다. 네가 노
다지를 만나든 내가 만나든 둘이 똑같이 나눠 가지고 집을 사고
계집을 얻고 술도 먹고 편히 살자고 그러나 여지껏 한 번이라고
그렇게 돼본 적이 없으니 매양 헛소리가 되고 말았다.

"닭 울 때도 되었네. 인제 슬슬 가보려나?"

더펄이는 선뜻 일어서서 바랑을 짊어메다가 꽁보를 바라보았
다. 몸이 도지는지[37] 불 앞에서 오르르 떨고 있는 것이 퍽이나 측
은하였다.

"여보게. 내 혼자 해 가주올게.[38] 불이나 쬐고 거기 있으려나?"

"뭘, 갑시다."

꽁보는 꼬물꼬물 일어서며 바랑을 메었다.

그들은 발로다 불을 비벼 끄고는 거기를 떠났다.

산에, 골을 엇비슷이 돌아오르는 샛길이 놓였다. 좌우로는 솔,
잣, 밤, 단풍, 이런 나무들이 울창하게 꽉 들어박혔다. 그 밑으로
재갈,[39] 아니면 불통바위[40]는 예제없이 마냥 뒹굴었다. 한껏 시꺼
먼 그 암흑 속을 그 둘은 더듬고 기어오른다. 풀숲의 이슬로 말미
암아 고의는 축축이 젖었다. 다리를 옮겨놓을 적마다 철떡철떡
살에 붙으며 찬 기온이 쭉 끼친다. 그리고 모진 바람은 뻔찔 불어
내린다. 붕 하고 능글차게 낙엽을 끌어내리다가는 뺑 하고 되알
지게 기를 복쓴다.

꽁보는 더펄이 뒤를 따라 오르며 달달 떨었다. 이게 지랄인지 난장[41]인지. 세상에 짜정 못해먹을 건 금점 빼고 다시없으리라. 금이 다 무언지, 요 짓을 꼭 해야 한담. 게다 건뜻하면 서로 두들겨 죽이는 것이 일. 참말이지 금쟁이치고 하나 순한 놈 못 봤다. 몸이 결릴 적마다 지겹던 과거를 또 연상하며 그는 다시금 몸에 소름이 돋았다. 그러자 맞은편 산 수퐁에서 큰불이 얼른하였다. 호랑이! 이렇게 놀라고 더펄이 허리에 가 덥석 달리며

"저게 뭐유?" 하고 다르르 떨었다.

"뭐?"

"저거, 아니 지금은 없어졌네."

"그게, 눈이 어려서 헛거지 뭐야."

더펄이는 씸씸이[42] 대답하고 천연스레 올라간다. 다기진 그 태도에 좀 안심이 되는 듯싶으나 그래도 썩 편치는 못하였다. 왜 이리 오늘은 대구 겁만 드는지 까닭을 모르겠다. 몸은 배시근하고[43] 열로 인하여 입이 바짝바짝 탄다. 이것이 웬만하면 그럴 리 없으련마는

"자네, 안되겠네, 내 등에 업히게!" 하고 더펄이가 등을 내밀 제 그는 잠자코 바랑 위로 넙죽 업혔다. 그래도 끽소리 없이 덜렁덜렁 올라가는 더펄이를 굽어보며 실팍한 그 몸이 여간 부러운 것이 아니었다.

불볕 내리는 복중처럼 씨근거리며 이마에 땀이 쫙 흘렀을 그때에야 비로소 더펄이는 산마루턱까지 이르렀다. 꽁보를 내려놓고 땀을 씻으며 후, 하고 숨을 돌린다. 인젠 얼마 안 남았겠지. 조금

내려가면 요 아래 있을 것이다.

그들이 이 마을에 들른 것은 바로 오늘 점심때이다. 지나서 그냥 가려 하다가 뜻하지 않은 주막 주인 말에 귀가 번쩍 띄었던 것이다. 저 산 넘어 금점이 있는데 금이 푹푹 쏟아지는 화수분이라고. 요즘에는 화약 허가를 내가지고 완전히 일을 하고자 하여 부득이 잠시 휴광 중이고, 머지않어 다시 시작할 게다. 그리고 금도적을 맞을까 하여 밤낮 구별 없이 감시하는 중이라 하는 것이다.

그러나 이 밤중에 누가 자지 않고 설마, 하고 더펄이는 덜렁덜렁 내려간다. 꽁보는 그 꽁무니를 쿡쿡 찔렀다. 그래도 사람의 일이니 물은[44] 모른다. 좌우 곁으로 살펴보며 살금살금 사리어[45] 내려온다.

그들은 오 분쯤 내리었다. 딴은 커다란 구덩이 하나가 딱 내달았다.

산중턱에 집더미 같은 바위가 놓였고 고 옆으로 또 하나가 놓여 가달[46]이졌다. 그 가운데다 뻐듬한 돌장벽을 끼고 구멍을 뚫은 것이다. 가루지[47]는 한 발 좀 못 되고 길벅지[48]는 약 서 발 가량. 성냥을 그어대보니 깊이는 네 길이 넘겼다. 함부로 쪼아먹은 구덩이라 꺼칠한 놈이 군버력[49]도 똑똑히 못 치웠다. 잠채를 염려하여 그랬으리라. 사다리는 모조리 떼가고 밍숭밍숭한 돌벽이 있을 뿐이다.

그들은 다시 한 번 사방을 두레두레 돌아보았다. 지척을 분간키 어려우나 필경 사람은 없을 것이다. 마음을 놓고 바랑에서 광술[50]을 꺼내어 불을 당겼다. 더펄이가 먼저 장벽에 엎디어 뒤로 기어 내린다. 꽁보는 불을 들고 조심성 있게 참참이 내려온다. 한 길쯤 남았을 때 고만 발이 찍, 하고 더펄이는 떨어졌다. 꿍, 하고 무던히 골탕은 먹었으나 그대로 쓱싹 일어섰다. 동이 트기 전에 얼른 금을 따야 될 것이다.

"여보게 아우, 나는 어딜 따랴나?"

"글쎄유……가만히 기슈."

아우는 불을 들이대고 줄맥[51]을 한번 쭉 훑었다.

금점 일에는 난다 긴다 하는 아달맹이[52] 금쟁이였다. 썩 보더니 복판에는 동[53]이 먹어들어가고 양편 가장자리로 차차 줄[54]이 생하는[55] 것을 알았다.

"성님은 저편 구석을 따우."

아우는 이렇게 지시하고 저는 이쪽 구석으로 왔다. 그러나 차마 그 틈바구니로 들어갈 생각이 안 난다. 한 길이나 실히 되도록 쌓아올린 동발[56]이 금방 넘어올 듯이 위험하였다. 밑에는 좀 잔돌로 쌓았으나 그 위에는 제법 굵직굵직한 놈들이 얹혔다. 이것이 무너지면 깩소리도 못하고 치어 죽는다.

꽁보는 한참 생각했으되 별 수 없다. 낯을 째푸려가며 바랑에서 망치와 타래증[57]을 꺼내 들었다. 그런데 어떻게 파먹은 놈이게 옴폭이 들어간 것이 일커녕 몸 하나 놓을 데가 없다. 마지못하여 두 다리를 동발께로 쭉 뻗고 몸을 그 홈패기에 착 엎디어 망치질을 하기 시작하였다.

돌에 뚫린 석혈 구뎅이라 공기는 더욱 퀭하였다. 정 때리는 소리만 양쪽 벽에 무겁게 부닥친다.

팡! 팡!

이렇게 몹시 귀를 울린다.

거반 한 시간이 넘었다. 그들은 버력 같은 만감[58] 이외에 아무것
도 얻지 못했다. 다시 오 분이 지난다. 십 분이 지난다. 딱 그때다.

꽁보는 땀을 철철 흘리며 좁다란 그 틈에서 감[59] 하나를 손에 따
들었다. 헐없이 적은 목침 같은 그런 돌팍[60]을. 엎드린 그채[61] 불빛
에 비치어 가만히 뒤져보았다. 번들번들한 놈이 그 광채가 되우
혼란스럽다. 혹시 연철이나 아닐까. 그는 돌 위에 눕혀놓고 망치
로 두드려 깨보았다. 좀체 하여서는 쪽이 잘 안 나갈 만치 쭌둑쭌
둑한 금돌! 그는 다시 집어들고 눈앞으로 바싹 가져오며 실눈을
떴다. 얼마를 뚫어지게 노려보았다. 무작정으로 가슴은 뚝딱거리
고 마냥 들렌다.[62] 이 돌에 박힌 금만으로도, 모름 몰라도 하치[63]
열 량 중은 넘겠지. 천 원! 천 원!

"그 먼가, 뭐야?"

더펄이는 이렇게 허둥지둥 달려들었다.

"노다지." 하고 풀죽은 대답.

"으—ㅇ, 노다지?" 하기 무섭게 더펄이는 우뻑지뻑 그 돌을
받아들고 눈에 들이댄다. 척척 휠 만치 들여 박힌 금. 우리도 인
젠 팔자를 고치누나! 그는 껍쩍껍쩍 엉덩이춤이 절로 난다.

"이리 나오게, 내 땀세."

그는 아우의 몸을 번쩍 들어내놓고 제가 대신 들어간다. 역시
동발께로 다리를 쭉 뻗고는 그 틈바구니에 덥쩍 엎디었다. 몸이
워낙 커서 좀 둥개이나[64] 아무렇게 해도 아우보다 힘이 낫겠지. 그
좁은 틈에 타래증을 꽂아 박고 식, 식, 하고 망치로 때린다.

꽁보는 그 앞에 서서 시무룩하니 흥이 지었다. 금점 일로 할지면 제가 선생이요 형은 제 지휘를 받아왔던 것이다. 뭘 안다고 푸뚱이[65]가 어줍대는가,[66] 돌쪽 하나 변변히 못 떼낼 것이…… 그는 형의 태도가 심상치 않음을 얼핏 알았다. 금을 보더니 완연히 변한다.

"저 고깽이[67] 좀 집어주게."

형은 고개도 아니 들고 소리를 빽 지른다.

아우는 잠자코 대꾸도 안 한다. 사람을 너무 얕보는 그 꼴이 썩 아니꼬웠다.

"아 이 사람아, 고깽이 좀 얼른 집어줘. 왜 저리 정신없이 섰나?"

그리고 눈을 딱 부릅뜨고 쳐다본다. 아우는 암말 않고 저편 구석에 놓인 곡괭이를 집어다 주었다. 그리고 우두커니 다시 섰다. 형이 무람없이[68] 굴면 굴수록 그것은 반드시 시위에 가까웠다. 힘이 좀 있다고 주제넘게 꺼떡이는 그 화상[69]이야 눈허리가 시면 시었지 그냥은 못 볼 것이다.

"또 땄네, 내 기운이 어떤가?"

형은 이렇게 주적거리며[70] 곡괭이를 연송 내려찍는다. 마치 죽통에 덤벼드는 도야지 모양이다. 억척스럽게도 손뼉만 한 감을 두 쪽이나 따냈다. 인제는 악이 아니면 세상없어도 더는 못 딸 것이다.

엑! 엑! 엑!

그래도 억센 주먹에 굳은 놈[71]이 다 벌컥벌컥 나간다.

제 힘을 되우 자랑하는 형을 이윽히 바라보니 또한 그 속이 보인다. 필연코 이 노다지를 혼자 먹으려고 하는 것이다. 허면 내가 있는 것을 몹시 꺼리겠지 하고 속을 태운다.

"이것 봐, 자네 같은 건 골백 와야 소용없네." 하고 또 뽐낼 제 가슴이 선뜩하였다. 앞서는 형의 손에 목숨을 구해 받았으나 이번에는 같은 산골에서 그 주먹에 명을 도로 끊을지도 모른다. 그는 형의 주먹을 가만히 내려보다가 가엾이도 앙상한 제 주먹에 대조하여보지 않을 수 없다. 그러나 다만 속이 바르르 떨릴 뿐이다.

그러자 꽁보는 기겁을 하여 놀라며 뒤로 물러섰다. 어이쿠 하는 불시의 비명과 아울러 와그르, 하였다. 쌓아올린 동발이 어찌하다 중턱이 헐렸다. 모진 돌들은 더펄이의 장딴지며 넓적다리 엉덩이까지 고대로 엎눌렀다. 살은 물론 으스러졌으리라. 그는 엎드린 채 꼼짝 못하고 아픈 데 못 이기어 끙끙거린다. 허나 죽질 않기만 요행이다. 바로 그 위의 공중에는 징그럽게 커다란 돌이 내려구르자 그 밑을 받친 불과 조그만 조각돌에 걸리어 미처 못 굴러내리고 간댕거리는 길이었다. 이 돌만 내려치면 그 밑에 그는 목숨은 고사하고 으살[72]이 될 것이다.

"여보게, 내 몸 좀 빼주게."

형은 몸은 못쓰고 죽어가는 목소리로 애원한다. 그리고 또

"아우, 나 죽네, 응?" 하고 거듭 애를 끓으며 빌붙는다. 고개만 겨우 들었을 따름 그외에는 손조차 자유를 잃은 모양 같다.

아우는 무너지려는 동발을 쳐다보며 얼른 그 머리맡으로 다가선다. 발 앞에 놓인 노다지 세 쪽을 날쌔게 손에 잡자 도로 얼른

물러섰다. 그리고 눈물이 흐른 형의 얼굴은 돌아도 안 보고 고 발로 허둥지둥 장벽을 기어오른다.

"이놈아!"

너무 기어올라[73] 벼락같이 악을 쓰는 호통이 들렸다. 또 연하여 우지끈 뚝딱 하는 무서운 폭성이 들렸다. 그것은 거의거의 동시의 일이었다. 그러고는 좀 와스스 하다가 잠잠하였다.

그때는 벌써 두 길이나 넘어 아우는 기어올랐다. 굿문[74]까지 다 나왔을 제 그는 머리만 내밀어 사방을 두릿거리다 그림자같이 사라진다.

더펄이의 형체는 보이지 않는다. 침침한 어둠 속에 단지 굵은 돌맹이만이 쫙 흩어졌다. 이쪽 마구리[75]의 타다 남은 화롯불은 바야흐로 질듯 질듯 껌벅거린다. 그리고 된바람이 애, 하고는 굿문께서 모래를 쫙륵, 쫙륵, 들여뿜는다.

금

금점이란 헐없이 똑 난장판이다.

감독의 눈은 일상 올빼미 눈같이 둥글린다. 혹하면 금 도적을 맞는 까닭이다. 하긴 그래도 곧잘 도적을 맞긴 하련만—

대거리를 꺾으러[1] 광부들은 하루에 세 때로 몰려든다. 그들은 늘 하는 버릇으로 굴문 앞까지 와서는 발을 멈춘다. 잠자코 옷을 훌훌 벗는다.

그러면 굿문을 지키는 감독은 그 앞에서 이윽히 노려보다가 이 광산 전용의 굴복[2]을 한 벌 던져준다. 그놈을 받아 꿰고는 비로소 굴 안으로 들어간다. 이렇게 탈을 바꿔 쓰고야 저 땅속 백여 척이 넘는 굴속으로 기어드는 것이다.

그와 마찬가지로 나는 대거리[3]는 굴문께로 기어나와서 굴복을 벗는다. 벌거숭이 알몸뚱이로 다리짓 팔짓을 하여 몸을 털어 보인다. 그리고 제 옷을 받아 입고는 집으로 돌아가는 것이다.

이것이 여름이나 봄철이면 혹 모른다. 동지섣달 날카로운 된바람⁴이 악을 쓰게 되면 가관이다. 발가벗고 서서 소름이 쪽 끼치어 떨고 있는 그 모양 여기 우스운 이야기가 있다. 최서방이라는 한 노인이 있는데, 한 육십쯤 되었을까 허리가 구붓하고 들피진⁵ 얼굴에 좀 병신스러운 촌뜨기가 하루는 굴복을 벗고 몸을 검사시키는데 유달리 몹시 떤다. 뼈에 말라붙은 가죽에 또 소름이 돋는지 하여튼 무던히 추웠던 게라. 몸이 반쪽이 되어 떨고 섰더니 고만 오줌을 쪼록 하고 지렸다. 이놈이 힘이 없었기에 망정이지 좀만 뻗혔다면 앞에 섰는 감독의 바지를 적실 뻔했다. 감독은 방한화의 오줌 방울을 땅바닥에 탁탁 털며

"이놈이가!" 하고 좀 노해보려 했으되 먼저 그 꼬락서니가 웃지 않을 수 없다.

"늙은놈이도 오줌이 싸 이눔아?"

그리고 손에 쥐었던 지팡이로 거길 톡 친다.

최서방은 언 살이라 좀 아픈 모양.

"아야" 하고 소리를 치다가 시나브로 무안하여 허리를 구부린다. 이것을 보고 곁에 몰려섰던 광부들은 우아아, 하고 뭇웃음이 한꺼번에 터져오른다.

이렇게 엄중히 잡도리⁶를 하건만 그래도 용케는 먹어들 가는 것이다. 어떤 놈은 상투 속에다 금을 끼고 나온다. 혹은 다비⁷ 속에다 껴 신고 나오기도 한다. 이건 예전 말이다. 지금은 간수들의 지혜도 훨씬 슬기롭다. 이러다가는 단박 들키어 내떨리기밖에 더는 수 없다. 하니까 광부들의 꾀 역시 나날이 때를 벗는다. 사실

이지 그들은 구덩이 내로 들어만 서면 이 궁리 빼고 다른 생각은 조금도 없다. 어떻게 하면 이놈의 금을 좀 먹어다 놓고 다리를 뻗고 계집을 데리고 이래 지내볼는지. 하필 광주만 먹이어 살 올릴 게 아니니까. 거기에는 제일 안전한 방법이 있으니 그것은 덮어놓고 꿀떡, 삼키고 나가는 것이다. 제아무리 귀신인들 뱃속에 든 금이야. 허나 사람의 창주란 쇳바닥이 아니니 금떡을 보기 전에 꿰져버리면 남 보기에 효상*만 사납다. 왜냐하면 사금이면 모르나 석혈금이란 유리쪽 같은 차돌에 박혔기 때문에. 에라 입 속에 감춰라. 귓속에 묻어라. 빌어먹을 거 사타구니에 끼고 나가면 누가 뭐랄 텐가. 심지어 덕희는 항문이에다 금을 박고 나오다 고만 뽕이 났다. 감독은 낯을 이그리며 금을 뻬집어놓고

"이 자식이가 금이 또 구모기로 먹어?" 하고 알볼기짝을 발길로 보기 좋게 갈기니 쩔꺽 그러고 내떨렸다.

이렇게 되고 보면 감독의 책임도 수월치 않다. 도적을 지켜야 제 월급도 오르긴 하지만 일변 생각하면 성가신 노릇. 몇 두 달씩 안 빤 옷을 벗길 적마다 부연 먼지는 오른다. 게다 목욕을 언제나 했는지 때가 누덕누덕한 몸뚱이를 뒤져보려면 구역이 곧바로 올라오련다. 광부들이란 항상 돼지 같은 몸뚱이이므로—

봄이 돌아와 향기로운 바람이 흘러내려도 그는 아무 재미를 모른다. 맞은쪽 험한 산골에 어지러이 흩어진 동백, 개나리, 철쭉들도 그의 흥미를 끌기에 힘이 어렸다. 사람이란 기계와 다르다. 단 한 가지 단조로운 일에 시달리고 나면 종말에는 고만 지치고 마는 것이다. 그 일뿐 아니라 세상 사물에 권태를 느끼는 것이 항

용[9]이다. 그런 중 피로한 몸에다 점심 벤또[10]를 한 그릇 집어넣고 보면 몸이 더욱 나른하다. 그때는 황금 아니라 온 천하를 떼어온대도 그리 반갑지 않다. 굴문을 지키던 감독은 교의[11]에 몸을 의지하고 두 팔을 벌리어 기지개를 늘인다. 우음 하고 다시 권연을 피운다. 그의 눈에는 어젯밤 끼고 놀던 주막거리의 계집애 그 젖꼭지밖에는 더 띄지 않는다. 워낙 졸린 몸이라 그것도 어렴풋이 ─

요 아래 산중턱에서 발동기는 채신이 없이 풍, 풍, 풍, 연해 소리를 낸다. 뭇 사내가 그리로 드나든다. 허리를 구붓하고 끙, 끙, 매는 것이 아마 감석을 나르는 모양. 그 밑으로 골물은 돌에 부대끼며 콸콸 내려흐른다.

한 점 이십 분. 굴파수[12]가 점심을 마악 치르고 고담이다. 고달픈 눈을 게슴츠레 끔벅이며 앉았노라니 뜻밖에 굴문께로 광부의 대강이가 하나 불쑥 나타난다. 대거리 때[13]도 아니요, 또 시방쯤 나올 필요도 없건만. 좀더 눈을 의아히 뜬 것은 등어리에 척 늘어진 반송장을 업었다. 헤, 헤, 또 죽어했어? 그는 골피를 찌푸리며 입맛을 다신다. 허나 금점에 사람 죽는 것은 도수장[14] 소 죽음에 진배없이 예사다. 그건 먹다도 죽고 꽁무니를 까고도 죽고 혹은 곡괭이를 든 채로 죽고 하니까. 놀람보다도 성가신 생각이 먼저 앞선다. 이걸 또 어떻게 치나. 감독 불충분의 덤터기[15]로 그 누를 입어 떨리지나 않을는지.

감독은 교의에서 엉거주춤 일어서며

"왜 그랬어?"

"버력에 치치 치었습니다."

광부는 헝겁스리[16] 눈을 희번덕이며 이렇게 말이 꿈는다.[17] 걸때[18]가 커다랗고 걱세게 생겼으나 까맣게 치올려 보이는 사다리를 더구나 부상자를 업고 기어오르는 동안 있는 기운이 모조리 지친 모양. 식식! 그리고 검붉은 이마에 땀이 쭉 흐른다. 죽어가는 동관[19]을 구하고자 일초를 시새워 들렌다.[20]

"이걸 어떻게 살려야지유?"

감독은 대답 대신 다시 낯을 찌푸린다. 등에 엎어진 광부의 바른편 발을 노려보면서 굴복 등거리로 복사뼈까지 얼러 들써매곤 굵은 사내끼[21]로 칭칭 감았는데 피, 피, 싸맨 굴복 위로 징그러운 선혈이 풍풍 그저 스며오른다. 그뿐 아니라 피는 땅에까지 뚝뚝 떨어지며 보는 사람의 가슴에 못을 치는 듯. 물론 그자는 까무러쳐서 웃통을 벗은 채 남의 등에 걸치어 꼼짝 못한다. 고개는 시든 파잎같이 앞으로 툭 떨어지고——

"이걸 어떻게 얼른 해야지유?"

이를 말인가. 곧 서둘러 병원으로 데리고 가서 으스러진 발목을 잘라내든지 해야 일이 쉽겠다. 허나 이걸 데리고 누가 사무실로 병원으로 왔다 갔다 성가신 노릇을 하랴. 염량[22] 있는 사람은 군일에 손을 안 댄다. 게다 다행히 딴놈이 가로맡아 조급히 서두르므로 아따 네 멋대로 그 기세를 바짝 치우치며

"암! 얼른 데리구 가. 약기 바라야지."[23]

가장 급한 듯 저도 허풍을 피운다.

이 영이 떨어지자 광부는 날듯이 점벙거리며 굴막을 나온다. 동관의 생명이 몹시 위급한 듯, 물방앗간을 향하여 구르다시피 산

비탈을 내려올 제

"이봐, 참 그 사람이 이름이 뭐?"

"북 삼호 구덩이에서 저와 같이 일하는 이덕순입니다." 하고 소리를 지르고는 다시 발길을 돌리어 뺑 내뺀다.

감독은 이 꼴을 멀리 바라보며

"이덕순이, 이덕순이." 하다가 곧 늘어지게 하품을 으아함, 하고 내뽑는다.

시골의 봄은 바쁘다. 농군들은 들로 산으로 일을 나갔고 마을에는 양지 쪽에 자빠진 워리[24]의 기지개뿐. 아이들은 둑 밑 잔디로 기어다니며 조그마한 바구니에 주워담는다. 달룽, 소로쟁이 게다가 우렁이——

산모롱이를 돌아 내릴 제

"누가 따라오지나 않나?"

덕순이는 초조로운 어조로 묻는다. 그러나 죽은 듯이 고개는 그냥 떨어진 채 사리는 음성으로

"아니, 이젠 염려 없네."

아주 자신 있는 쾌활한 대답이다. 조금 사이를 띄어 가만히

"혹 빠지나 보게, 또 십 년 공부 아미타불 만들어."

"음 땠으니까 설마——"

하고 덕순이는 대답은 하나 말끝이 밍밍히 식는다. 기운이 푹 꺼진 걸 보면 아마 되우 괴로운 모양 같다. 좀전에는 내 함세 그까짓 거 좀, 하고 희망에 불 일던 덕순이다. 그 순간의 덕순이와는 아주 팔팔결.[25] 몹시 아프면 기운도 죽나 보다.

덕순이는 저의 집 가까이 옴을 알자 비로소 고개를 조금 들었다. 쓰러져가는 납작한 낡은 초가집, 고자리 쑤시듯[26] 풍풍 뚫어진 방문, 저 방에서 두 자식을 데리고·계집을 데리고 고생만 무진히 하였다. 이제는 게다 다리까지 못쓰고 드러누웠으려니! 아내와 밤낮 겯고틀고[27] 이렇게 복대기를 또 쳐야[28] 되려니! 아아! 그러고 보니 등줄기에 소름이 날카롭게 지난다. 제 손으로 돌을 들어 눈을 감고 발을 내려찧는다. 깜짝 놀란다. 발은 깨지며 으츠러진다. 피가 퍼진다. 아, 얼마나 어리석은 짓인가? 그러나 그러나 단돈 천 원은 그 얼만가!

"아, 이거 왜 이랬수?"

아내는 자지러지게 놀라며 뛰어나온다. 남편은 뻔히 쳐다볼 뿐, 무대답. 허나 그 속은 묻지 않아도 훤한 일이었다. 요즘 며칠 동안을 끙끙거리던 그 계획, 그리고 이러이러할 수밖에 없을 텐데 하고 잔뜩 장은 댔으나 그래도 차마 못하고 차일피일 멈춰오던 그 계획. 그예 기어코 이 꼴을 만들어 오는구!

아내는 행주치마에 손을 닦고 허둥지둥 남편을 부축하여 방으로 끌어들인다.

"끙!"

남편은 방벽에 가 비스듬히 기대어 앉으며 이렇게 안간힘을 쓴다. 그리고 다친 다리를 제 앞으로 조심히 끌어당긴다. 이마에 살을 조여가며 제 손으로 풀기 시작한다.

굵은 사내끼는 풀어젖혔다. 그리고 피에 젖은 굴복 등거리를 조심히 풀어보니 어느 게 살인지 어느 게 뼈인지 분간키 곤란이다.

다만 흐느적흐느적하는 양이 아마 돌이 내려칠 제 그 모에 밀리고 으츠러지기에 그렇게 되었으리라. 선지 같은 고깃덩이가 여기에 하나 붙고 혹은 저기에 하나 붙고, 발가락께는 그 형체조차 잃었을 만치 아주 무질러지고 말이 아니다. 아직도 철철 피는 흐른다. 이렇게까지는 안 되었을 텐데! 그는 보기만 하여도 너무 끔찍하여 몸이 졸아들 노릇이다.

그러나 그는 우선 피에 홍건한 굴복을 집어들고 털어본다. 역시 피가 찌르르 묻은 손빽만 한 돌이 떨어진다. 그놈을 집어들고 이리로 저리로 뒤져본다. 어두운 굴속이라 간드레 불빛[29]에 혹여 잘못 보았을지도 모른다. 아내에게 물을 떠오라 하여 거기다가 혼들어 피를 씻어보니 과연 노다지. 금 황금. 이래도 천 원짜리는 되겠지!

동무는 이 광경을 가만히 들여다보고 섰다가

"인내게. 내 가주가 팔아옴세."

"……"

덕순이는 잠자코 그 얼굴을 유심히 쳐다본다. 돌은 손에 잔뜩 우려쥐고. 아니 더욱 힘있게 손을 조인다. 마는 동무가 조금도 서슴지 않고

"금으로 잡아 파나, 그대로 감석채 파나 마찬가지 되리, 얼른 팔아서 돈이 있어야 자네도 약도 사고 할 게 아닌가. 같이 하고 설마 도망이야 안 가겠지." 하니까

"팔아오게."

그제서 마음을 놨는지 감[30]을 내어준다.

동무는 그걸 받아들고 방문을 나오며 후회가 몹시 난다. 제가 발을 깨지고, 피를 내고 그리고 감석을 지니고 나왔다면 둘을 먹을걸. 발견은 제가 하였건만 덕순이에게 둘을 주고 원주인이 하나만 먹다니. 그때는 왜 이런 용기가 안났던가. 이제 와 생각하면 분하고 절통하기 짝이 없다. 그는 허둥거리며 땅바닥에다 거칠게 침을 퉤, 뱉고 또 퉤, 뱉고 싸리문을 돌아나간다.

이 꼴을 맥풀린 시선으로 멀거니 내다본다. 덕순이는 낯을 흐린다. 하는 양을 보니 암만해도, 암만해도 혼자 먹고 달아날 장번인[31]인 듯. 하지만 설마.

살기 위하여 먹는 걸, 먹기 위하여 몸을 버리고 그리고 또 목숨까지 버린다. 그걸 그는 알았는지 혹은 모르는지 아픔에 못 이기어

"아이구" 하고 스러지는 듯 길게 한숨을 뽑더니

"가지고 달아나진 않겠지?"

아내는 아무 말도 대답치 않는다. 고개를 수그린 채 보기 흉악한 그 발을 뚫어지게 쏘아만 볼 뿐. 그러나 가무잡잡한 야윈 얼굴에 불현듯 맑은 눈물이 솟아내린다. 망할 것두 다 많아. 제 발을 이래까지 하면서 돈을 벌어 오라진 않았건만. 대관절 인제 어떻게 하려고 이러는지!

얼마 후 이마를 들자 목성을 돋우며

"아프지 않어?" 하고 뾰로지게[32] 쏘아박는다.

"아프긴 뭐 아퍼, 인제 낫겠지."

바로 희떱게스리 허울 좋은 대답이다. 마는 그래도 아픔은 참을 기력이 부치는 모양. 조금 있더니 그 자리에 그대로 쓰러지며

144

"아이구!"

참혹한 비명이다.

금 따는 콩밭

땅속 저 밑은 늘 음침하다.

고달픈 간드렛불. 맥없이 푸리끼하다.[1] 밤과 달라서 낮엔 되우 흐릿하였다.

겉으로 황토 장벽으로 앞뒤 좌우가 콕 막힌 좁직한 구덩이. 흡사히 무덤 속같이 귀중중하다. 싸늘한 침묵. 쿠더브레한[2] 흙내와 징그러운 냉기만이 그 속에 자욱하다.

곡괭이는 뻔찔 흙을 이르집는다. 암팡스러이 내려쪼며

퍽 퍽 퍽—

이렇게 메떨어진[3] 소리뿐. 그러나 간간 우수수 하고 벽이 헐린다.

영식이는 일손을 놓고 소맷자락을 끌어당겨 얼굴의 땀을 훑는다. 이놈의 줄이 언제나 잡힐는지 기가 찼다. 흙 한 줌을 집어 코밑에 바짝 들이대고 손가락으로 샅샅이 뒤져본다. 완연히 버력은 좀 변한 듯싶다. 그러나 불통 버력[4]이 아주 다 풀린 것도 아니었다. 말똥버럭[5]이라야 금이 나온다는데 왜 이리 안 나오는지.

곡괭이를 다시 집어 든다. 땅에 무릎을 꿇고 궁둥이를 번쩍 든 채 식식거린다. 곡괭이는 무작정 내려찍는다.

바닥에서 물이 스며 무르팍이 흥건히 젖었다. 굿엎은[6] 천판[7]에서 흙방울은 내리며 목덜미로 굴러든다. 어떤 때에는 윗벽의 한쪽이 떨어지며 등을 탕 때리고 부서진다.

그러나 그는 눈도 하나 깜짝하지 않는다. 금을 캔다고 콩밭 하나를 다 잡쳤다. 약이 올라서 죽을둥 살둥, 눈이 뒤집힌 이 판이다. 손바닥에 침을 탁 뱉고 곡괭이 자루를 한번 고쳐 잡더니 쉴 줄 모른다.

등 뒤에서는 흙 긁는 소리가 드윽드윽 난다. 아직도 버력을 다 못 친 모양. 이 자식이 일을 하나 시졸 하나.[8] 남은 속이 바직 타는데 웬 뱃심이 이리도 좋아.

영식이는 살기 띤 시선으로 고개를 돌렸다. 암말 없이 수재를 노려본다. 그제야 꾸물꾸물 바지게[9]에 흙을 담고 등에 메고 사다리를 올라간다.

굿이 풀리는지 벽이 우찔하였다. 흙이 부서져 내린다. 전날이라면 이곳에서 아내 한번 못 보고 생죽음이나 안 할까 털끝까지 쭈뼛할 게다. 그러나 인젠 그렇게 되고도 싶다. 수재란 놈하고 흙더미에 묻히어 한꺼번에 죽는다면 그게 오히려 나을 게다.

이렇게까지 몹시 몹시 미웠다.

이놈 풍쩌는[10] 바람에 애꿎은 콩밭 하나만 결단을 냈다. 뿐만 아니라 모두가 낭패다. 세 벌 논도 못 맸다. 논둑의 풀은 성큼 자란

채 어지러이 널려 있다. 이 기미를 알고 지주는 대로[11]하였다. 내
년부터는 농사질 생각 말라고 발을 굴렀다. 땅은 암만을 파도 지
수[12]가 없다. 이만해도 다섯 길은 훨씬 넘었으리라. 좀더 지펴야
옳을지[13] 혹은 북으로 밀어야 옳을지[14] 우두머니 망설거린다. 금점
일에는 푸뚱이[15]다. 입때껏 수재의 지휘를 받아 일을 하여왔고 앞
으로도 역시 그러해야 금을 딸 것이다. 그러나 그런 칙칙한 짓은
안 한다.

"이리 와, 이것 좀 파게."

그는 어쓴[16] 위풍을 보이며 이렇게 분부하였다. 그리고 저는 일
어나 손을 털며 뒤로 물러선다.

수재는 군말 없이 고분하였다. 시키는 대로 땅에 무릎을 꿇고
벽채로 군버력을 긁어낸 다음 다시 파기 시작한다.

영식이는 치다 나머지 버력을 짊어진다. 커단 걸때를 뒤툭거리
며 사다리로 기어오른다. 굿문을 나와 버력 더미에 흙을 막 내치
려 할 제

"왜 또 파, 이것들이 미쳤나그래——"

산에서 내려오는 마름과 맞딱뜨렸다. 정신이 떠름하여 그대로
벙벙히 섰다. 오늘은 또 무슨 포악을 들으려는가.

"말라니깐 왜 또 파는 게야."

하고 영식이의 바지게 뒤를 지팡이로 콱 찌르더니 "갈아 먹으라
는 밭이지 흙 쓰고 들어가라는 거야? 이 미친것들아! 콩밭에서
웬 금이 나온다구 이 지랄들이야그래." 하고 목에 핏대를 올린다.
밭을 버리면 간수 잘못한 자기 탓이다. 날마다 와서 그 북새[17]를

피우고 금하여도 담날 보면 또 여전히 파는 것이다.

"오늘로 이 구덩이를 도로 묻어놔야지 낼로 당장 징역 갈 줄 알게."

너무 감정에 격하여 말도 잘 안 나오고 떠듬떠듬거린다. 주먹은 곧 날아들 듯이 허구리께서 불불 떤다.

"오늘만 좀 해보고 고만두겠서유."

영식이는 낯이 붉어지며 가까스로 한마디 하였다. 그리고 무턱대고 빌었다.

마름은 들은 척도 안 하고 가버린다.

그 뒷모양을 영식이는 멀거니 배웅하였다. 그러나 콩밭 낯짝을 들여다보니 무던히 애통 터진다. 멀쩡한 밭에가 구멍이 사면 퐁퐁 뚫렸다.

예제없이 버력은 무더기무더기 쌓였다. 마치 사태 만난 공동묘지와도 같이 귀살쩍고[18] 되우 을씨년스럽다. 그다지 잘 되었던 콩 포기는 거반 버력 더미에 다 깔려버리고 군데군데 어쩌다 남은 놈들만이 고개를 나풀거린다. 그 꼴을 보는 것은 자식 죽는 걸 보는 게 낫지 차마 못할 경상[19]이었다.

농토는 모조리 떨어질 것이다. 그러나 대관절 올 밭도지 벼 두 섬 반은 뭘로 해내야 좋을지. 게다 밭을 망쳤으니 자칫하면 징역을 갈는지도 모른다.

영식이가 구덩이 안으로 들어왔을 때 동무는 땅에 주저앉아 쉬고 있었다. 태연무심히 담배만 뻑뻑 피우는 것이다.

"언제나 줄을 잡는 거야."

"인제 차차 나오겠지."

"인제 나온다." 하고 코웃음을 치고 엇먹너니 조금 지나매

"이 새끼!"

흙덩이를 집어들고 골통을 내려친다.

수재는 어쿠 하고 그대로 푹 엎으린다.[20] 그러다 뻘떡 일어선다. 눈에 띄는 대로 곡괭이를 잡자 대뜸 달려들었다. 그러나 강약이 부동. 와살스러운 팔뚝에 퉁겨져 벽에 가서 쿵 하고 떨어졌다. 그 순간에 제가 빼앗긴 곡괭이가 정백이[21]를 겨누고 날아드는 걸 보았다. 고개를 홱 돌린다. 곡괭이는 흙벽을 퍽 찍고 다시 나간다.

수재 이름만 들어도 영식이는 이가 갈렸다. 분명히 홀딱 속은 것이다.

영식이는 본디 금점에 이력이 없었다. 그리고 흥미도 없었다. 다만 밭고랑에 웅크리고 앉아서 땀을 흘려가며 꾸벅꾸벅 일만 하였다. 올엔 콩도 뜻밖에 잘 열리고 맘이 좀 놓였다.

하루는 홀로 김을 매고 있노라니까

"여보게, 덥지 않은가. 좀 쉬었다 하게."

고개를 들어보니 수재. 농사는 안 짓고 금점으로만 돌아다니더니 무슨 바람에 또 왔는지 싱글벙글한다. 좋은 수나 걸렸나 하고

"돈 좀 많이 벌었나. 나 좀 쵀주게."[22]

"벌구말구, 맘껏 먹고 맘껏 쓰고 했네."

술에 거나한 얼굴로 신껏[23] 주적거린다. 그리고 밭머리에 쭈그리고 앉아 한참 객설을 부리더니

"자네 돈벌이 좀 안 하려나. 이 밭에 금이 묻혔네. 금이……"

"뭐?" 하니까

바로 이 산 넘어 큰 골에 광산이 있다. 광부를 삼백여 명이나 부리는 노다지판인데 매일 소출되는 금이 칠십 냥을 넘는다. 돈으로 치면 칠천 원. 그 줄맥이 큰 산허리를 뚫고 이 콩밭으로 뻗어 나왔다는 것이다. 둘이서 파면 불과 열흘 안에 줄을 잡을 게고 적어도 하루 서 돈씩은 따리라. 우선 삼십 원만 해두 얼마냐. 소를 산대두 반 필[24]이 아니냐고.

그러나 영식이는 귀담아 듣지 않았다. 금점이란 칼 물고 뜀뛰기다. 잘되면 이어니와 못 되면 신세만 조판다.[25] 이렇게 전일부터 들은 소리가 있어서이다.

그 담날도 와서 꾀송거리다[26] 갔다.

셋째번에는 집으로 찾아왔는데 막걸리 한 병을 손에 떡 들고 영을 피운다.[27] 몸이 달아서 또 온 것이었다. 봉당에 걸터앉아서 저녁상을 물끄러미 바라보더니 조당수[28]는 몸을 훑인다는 둥 일꾼은 든든히 먹어야 한다는 둥 남들은 논을 사느니 밭을 사느니 떠드는데 요렇게 지내다 그만둘 테냐는 둥 일쩌웁게[29] 지절거린다.

"아주머니, 이것 좀 먹게 해주시게유."

그리고 비로소 영식이 아내에게 술병을 내놓는다. 그들은 밥상을 끼고 앉아서 즐겁게 술을 마셨다. 몇 잔이 들어가고 보니 영식이의 생각도 적이 돌아섰다. 딴은 일 년 고생하고 끽 콩 몇 섬 얻어먹느니보다는 금을 캐는 것이 슬기로운 짓이다. 하루에 잘만 캔다면 한 해 줄곧 공들인 그 수확보다 훨씬 이익이다. 올 봄 보낼 제 비료값 품삯 빚 해 빚진 칠 원 까닭에 나날이 졸리는 이 판이다. 이렇게 지지하게 살고 말 바에는 차라리 가루지나 세루지나[30] 사내자식이 한번 해볼 것이다.

"낼부터 우리 파보세. 돈만 있으면이야 그까짓 콩은."

수재가 안달스레 재우쳐 보채일 제 선뜻 응낙하였다.

"그래보세. 빌어먹을 거 안 됨 고만이지."

그러나 꽁무니에서 죽을 마시고 있던 아내가 허구리를 쿡쿡 찔렀기에 망정이지 그렇지 않았다면 좀 주저할 뻔도 하였다.

아내는 아내대로의 셈이 빨랐다.

시체[31]는 금점이 판을 잡았다. 스뿔르게[32] 농사만 짓고 있다간 결국 비렁뱅이밖에는 더 못 된다. 얼마 안 있으면 산이고 논이고 밭이고 할 것 없이 다 금쟁이 손에 구멍이 뚫리고 뒤집히고 뒤죽박죽이 될 것이다. 그때는 뭘 파먹고 사나. 자 보아라. 머슴들은 짜위나 한 듯이 일하다 말고 훅닥하면 금점으로들 내빼지 않는가. 일꾼이 없어서 올엔 농사를 질 수 없느니 마느니 하고 동리에서는 떠들썩하다. 그리고 번동 포농이조차[33] 호미를 내어던지고 강변으로 개울로 사금을 캐러 달아난다. 그러다 며칠 뒤에는 다 비신에다 옥당목[34]을 떨치고 희짜를 뽑는 것이 아닌가.

아내는 콩밭에서 금이 날 줄은 아주 꿈밖이었다. 놀라고도 또 기뻤다. 올에는 노냥 침만 삼키던 그놈 코다리[35](명태)를 짜증 먹어보겠구나만 하여도 속이 메어질 듯이 짜릿하였다. 뒷집 양근댁은 금점 덕택에 남편이 사다준 흰 고무신을 신고 나릿나릿 걷는 것이 무척 부러웠다. 저도 얼른 금이나 펑펑 쏟아지면 흰 고무신도 신고 얼굴에 분도 바르고 하리라.

"그렇게 해보지 뭐. 저 냥반 하잔 대로만 하면 어련히 잘 될라구——"

얼뚤하여 앉았는 남편을 이렇게 추겼던 것이다.

동이 트기 무섭게 콩밭으로 모였다.

수재는 진언[36]이나 하는 듯이 이리 대고 중얼거리고 저리 대고 중얼거리고 하였다. 그리고 덤벙거리며 이리 왔다가 저리 왔다가 하였다. 제 딴은 땅속에 누운 줄맥을 어림하여보는 맥이었다.

한참을 밭을 헤매다가 산 쪽으로 붙은 한구석에 딱 스며 손가락을 펴들고 설명한다. 큰 줄이란 번시 산운산[37]을 끼고 도는 법이다. 이 줄이 노다지임에는 필시 이켠으로 버듬히[38] 누웠으리라. 그러니 여기서부터 파들어가자는 것이었다.

영식이는 그 말이 무슨 소린지 새기지는 못했다. 마는 금점에는 난다는 수재이니 그 말대로 하기만 하면 영락없이 금퇴[39]야 나겠지 하고 그것만 꼭 믿었다. 군말 없이 지시해 받은 곳에다 삽을 푹 꽂고 파헤치기 시작하였다.

금도 금이면 애써 키워온 콩도 콩이었다. 거진 다 자란 허울 멀쑥한 놈들이 삽 끝에 으츠러지고 흙에 묻히고 하는 것이다. 그걸 보는 것은 썩 속이 아팠다. 애틋한 생각이 물밀때[40] 가끔 삽을 놓고 허리를 구부려서 콩잎의 흙을 털어주기도 하였다.

"아 이 사람아. 맥적게[41] 그건 봐 뭘 해. 금을 캐자니깐."

"아니야, 허리가 좀 아파서——"

핀잔을 얻어먹고는 좀 열적었다. 하기는 금만 잘 터져나오면 이 까짓 콩밭쯤이야. 이 밭을 풀이 논도 만들 수 있을 것이나. 눈을 감아버리고 삽의 흙을 아무렇게나 콩잎 위로 홱홱 내어던진다.

"구구루 땅이나 파먹지 이게 무슨 지랄들이야!"
동리 노인은 뻔찔 찾아와서 귀거친[42] 소리를 하고 하였다.
밭에 구멍을 셋이나 뚫었다. 그리고 대구 뚫는 길이었다. 금인 가 난장을 맞을 건가 그것 때문에 농군은 버렸다. 이게 필연코 세상이 망하려는 징조이리라. 그 소중한 밭에다 구멍을 뚫고 이 지랄이니 그놈이 온전할 겐가.
노인은 제물화에[43] 지팡이를 들어 삿대질을 아니할 수 없었다.
"벼락 맞으니 벼락맞어—"
"염려 말아유, 누가 알래지유."
영식이는 그럴 적마다 되퉁스레 쏘았다. 골김에[44] 흙을 되는대로 내꾼지고는[45] 침을 탁 뱉고 구뎅이로 들어간다. 그러나 마음 한 구석에는 언제나 끈—하였다. 줄을 찾는다고 콩밭을 통이[46] 뒤집어놓았다. 그리고 줄이 언제나 나올지 아직 까맣다. 논도 못 매고 물도 못 보고 벼가 어이 되었는지 그것조차 모른다. 밤에는 잠이 안 와 멀뚱허니 애를 태웠다.
수재는 낙담하는 기색도 없이 늘 하냥[47]이었다. 땅에 웅숭그리 고 시적시적 노량[48]으로 땅만 판다.
"줄이 꼭 나오겠나?" 하고 목이 말라서 물으면
"이번에 안 나오거든 내 목을 베게."

서슴지 않고 장담을 하고는 꼿꼿하였다.

이걸 보면 영식이도 마음이 좀 뇌는 듯싶었다. 전들 금이 없다면 무슨 멋으로 이 고생을 하랴. 반드시 금은 나올 것이다. 그제서는 이왕 손해는 하릴없거니와 고만두리라던 절망이 스르르 사라지고 다시금 주먹이 쥐어지는 것이었다.

캄캄하게 밤은 어두웠다. 어디선가 뭇 개가 요란히 짖어댄다.

남편은 진흙투성이를 하고 산에서 내려왔다. 풀이 죽어서 몸을 잘 가꾸지도 못하고 아랫목에 축 늘어진다.

이 꼴을 보니 아내는 맥이 다시 풀린다. 오늘도 또 글렀구나. 금이 터지면 집을 한 채 사간다고 자랑을 하고 왔더니 이내 헛일이었다. 인제 좌지가 나서 낯을 들고 나아갈 염의조차 없어졌다.

남편에게 저녁을 갖다주고 딱하게 바라본다.

"인젠 꾸어온 양식도 다 먹었는데."

"새벽에 산제를 좀 지낼 턴데 한 번만 더 꿰와."

남의 말에는 대답 없고 유하게 흘게 늦은[49] 소리뿐 그리고 드러누운 채 눈을 지그시 감아버린다.

"죽거리두 없는데 산제는 무슨——"

"듣기 싫여! 요망맞은 년 같으니."

이 호통에 아내는 고만 멈씰하였다. 요즘 와서는 무턱대고 공연스레 골만 내는 남편이 역 딱하였다. 환장[50]을 하는지 밤잠도 안 자고 소리만 뻑뻑 지르며 덤벼들려고 든다. 심지어 어린것이 좀 울어도 이 자식 갖다 내꾼지라고 북새를 피우는 것이다.

저녁을 안 먹으므로 그냥 치워버렸다. 남편의 영을 거역키 어려워 양근댁한테로 또다시 안 갈 수 없다. 그간 양식은 줄곧 꾸어다 먹고 갚지도 못하였는데 또 무슨 면목으로 입을 벌릴지 난처한 노릇이었다.

그는 생각다 끝에 있는 염치를 보째 쏟아던지고 다시 한 번 찾아가는 것이다. 마는 딱 맞딱뜨리어 입을 열고

"낼 산제를 지낸다는데 쌀이 있어야지유——" 하자니 역시 낯이 화끈하고 모닥불이 날아든다.

그러나 그들은 어지간히 착한 사람이었다.

"암 그렇지요. 산신이 벗나면[51] 죽도 그릅니다."
하고 말을 받으며 그 남편은 빙그레 웃는다. 워낙에 금점에 장구[52] 따라난[53] 몸인 만치 이런 일에는 적잖이 속이 틔었다. 손수 쌀 닷 되를 떠다 주며

"산제란 안 지냄 몰라두 이왕 지내려면 아주 정성껏 해야 됩니다. 산신이란 노하길 잘 하니까유." 하고 그 비방까지 깨쳐 보낸다.

쌀을 받아 들고 나오며 영식이 처는 고마움보다 먼저 미안에 질려 얼굴이 다시 빨갰다. 그리고 그들 부부 살아가는 살림이 참으로 참으로 몹시 부러웠다. 양근댁 남편은 날마다 금점으로 감돌며 버력 더미를 뒤지고 토록[54]을 주워 온다. 그걸 온종일 장판돌에다 갈면 수가 좋으면 이삼 원 옥아도[55] 칠팔십 전 꼴은 매일 심[56]이 되는 것이었다. 그러면 쌀을 산다 피륙[57]을 끊는다 떡을 한다 장리를 놓는다——그런데 우리는 왜 늘 요꼴인지. 생각만 하여도 가슴이 메는 듯 맥맥한 한숨이 연발을 하는 것이었다.

아내는 집에 돌아와 떡쌀을 담그었다. 낼은 뭘로 죽을 쑤어먹을는지. 윗목에 웅크리고 앉아서 맞은쪽에 자빠져 있는 남편을 곁눈으로 살짝 흘겨본다. 남들은 돌아다니며 잘두 금을 주워오련만 저 망나니 제 밭 하나를 다 버려두 금 한 톨 못 주워오나. 에에, 변변치도 못한 사나이. 저도 모르게 얕은 한숨이 거푸 두 번을 터진다.

밤이 이슥하여 그들 양주는 떡을 하러 나왔다. 남편은 절구에 쿵쿵 빻았다. 그러나 체가 없다. 동네로 돌아다니며 빌려오느라고 아내는 다리에 불풍이 났다.[58]

"왜 이리 앉았수. 불 좀 지피지."

떡을 찌다가 얼이 빠져서 멍하니 앉았는 남편이 밉살스럽다. 남은 이래저래 애를 죄는데 저건 무슨 생각을 하고 저리 있는 건지. 낫으로 삭정이를 탁탁 조겨서[59] 던져주며 아내는 은근히 훅닥이었다.

닭이 두 홰를 치고 나서야 떡은 되었다.

아내는 시루를 이고 남편은 겨드랑에 자리때기를 꼈다. 그리고 캄캄한 산길을 올라간다.

비탈길을 얼마 올라가서야 콩밭은 놓였다. 전면을 우뚝한 검은 산에 둘리어 막힌 곳이었다. 가생이로 느티 대추나무들은 머리를 풀었다.

밭머리 조금 못 미처 남편은 걸음을 멈추자 뒤의 아내를 돌아본다.

"인내,[60] 그러구 여기 가만히 섰어——"

시루를 받아 한 팔로 껴안고 그는 혼자서 콩밭으로 올라섰다. 앞에 쌓인 것이 모두가 흙더미. 그 흙더미를 마악 돌아서려 할 제 아마 돌을 찼나 보다. 몸이 쓰러지려고 우찔근하니 아내는 기겁을 하여 뛰어오르며 그를 부축하였다.

"부정타라구 왜 올라와! 요망맞은 년."

남편은 몸을 고르잡자[61] 소리를 빽 지르며 아내를 얼빰을 붙인다.[62] 가뜩이나 죽으라 죽으라 하는데 불길하게도 계집년이. 그는 마뜩지 않게 두덜거리며[63] 밭으로 들어간다.

밭 한가운데다 자리를 펴고 그 위에 시루를 놓았다. 그리고 시루 앞에다 공손하고 정성스레 재배를 커다랗게 한다.

"우리를 살려줍시사 산신께서 거들어주지 않으면 저희는 죽을 수밖에 꼼짝 없습니다유."

그는 손을 모디고[64] 이렇게 축원하였다.

아내는 이 꼴을 바라보며 독이 뾰록[65]같이 올랐다. 금점을 합네 하고 금 한 톨 못 캐는 것이 버릇만 점점 글러간다. 그전에는 없더니 요새로 건뜻하면[66] 탕탕 때리는 못된 버릇이 생긴 것이다. 금을 캐랬지 빰을 치랬나. 제발 덕분에 고놈의 금 좀 나오지 말았으면. 그는 빰 맞은 앙심으로 맘껏 방자하였다.

하긴 아내의 말 고대로 되었다. 열흘이 썩 넘어도 산신은 깜깜 무소식이었다. 남편은 밤낮으로 눈을 까뒤집고 구덩이에 묻혀 있었다. 어쩌다 집엘 내려오는 때면 얼굴이 헐떡하고 어깨가 축 늘어지고 거반 병객이었다. 그러고서 잠자코 커단 몸집을 방고래에다 쿵 하고 내던지고 하는 것이다.

158

"제에미붙을 죽어나 버렸으면—"

혹은 이렇게 탄식하기도 하였다.

아내는 바가지에 점심을 이고서 집을 나섰다. 젖먹이는 등을 두다리며 좋다고 끽끽거린다.

인젠 흰 고무신이고 코다리고 생각조차 물렸다.[67] 그리고 금 하는 소리만 들어도 입에 신물이 날 만큼 되었다. 그건 고사하고 꿔다 먹은 양식에 졸리지나 말았으면 그만도 좋으리마는.

가을은 논으로 밭으로 누—렇게 내리었다. 농군들은 기꺼운 낯을 하고 서로 만나면 흥겨운 농담. 그러나 남편은 앵한[68] 밭만 망치고 논조차 건사를 못하였으니 이 가을에는 뭘 걷어들이고 뭘 즐겨 할는지. 그는 동리 사람의 이목이 부끄러워 산길로 돌았다.

솔숲을 나서서 멀리 밖에를 바라보니 둘이 다 나와 있다. 오늘도 또 싸운 모양. 하나는 이쪽 흙더미에 앉았고 하나는 저쪽에 앉았고 서로들 외면하여 담배만 뻑뻑 피운다.

"점심들 잡수게유."

남편 앞에 바가지를 내려놓으며 가만히 맥을 보았다.

남편은 적삼이 찢어지고 얼굴에 생채기를 내었다. 그리고 두팔을 걷고 먼 산을 향하여 묵묵히 앉았다.

수재는 흙에 박혔다 나왔는지 얼굴은커녕 귓속들이 흙투성이다. 코밑에는 피딱지가 말라붙었고 아직도 조금씩 피가 흘러내린다. 영식이 처를 보더니 열적은 모양. 고개를 돌려 모로 떨어치며 입맛만 쩍쩍 다신다.

금을 캐라니까 밤낮 피만 내다 말려는가. 빚에 졸려 남은 속을 볶는데 무슨 호강에 이 지랄들인구. 아내는 못마땅하여 눈가에 살을 모았다.

"산제 지난다구 꿔온 것은 은제나 갚는다지유."

뚱하고 있는 남편을 향하여 말끝을 꼬부린다. 그러나 남편은 눈썹 하나 까딱하지 않는다. 이번에는 어조를 좀 돋우며

"갚지도 못할 걸 왜 꿔오라 했지유?" 하고 얼주[69] 호령이었다.

이 말은 남편의 채 가라앉지도 못한 분통을 다시 건드린다. 그는 벌떡 일어서며 황밤[70] 주먹을 쥐어 창낭할 만치 아내의 골통을 후렸다.

"계집년이 방정맞게—"

다른 것은 모르나 주먹에는 아찔이었다. 멋없이 덤비다가 골통이 부서진다. 암상[71]을 참고 바르르하다가 이윽고 아내는 등에 업은 언내를 끌러 들었다. 남편에게로 그대로 밀어던지니 아이는 까르륵 하고 숨 모는 소리를 친다.

그리고 아내는 돌아서서 혼잣말로

"콩밭에서 금을 딴다는 쑥맥도 있담." 하고 빗대놓고 비아냥거린다.

"이년아 뭐?" 남편은 대뜸 달려들며 그 볼치에다 다시 올찬 황밤을 주었다. 적으나면[72] 계집이니 위로도 하여주련만 요건 분만 폭폭 질러놓으려나. 에이 빌어먹을 거 이판사판이다.

"너허구 안 산다! 오늘루 가거라."

아내를 와락 떠다밀어 논뚝에 제껴놓고 그 허구리를 발길로 퍽

질렀다. 아내는 입을 헉 하고 벌린다.

"네가 허라구 옆구리를 쿡쿡 찌를 제는 은제냐! 요 집안 망할 년."

그리고 다시 퍽 질렀다. 연하여 또 퍽.

이 꼴들을 보니 수재는 조바심이 일었다. 저러다가 그 분풀이가 다시 제게로 슬그머니 옮아올 것을 지르채었다.[73] 인제 걸리면 죽는다. 그는 비슬비슬하다 어느 틈엔가 구덩이 속으로 시나브로 없어져버린다.

볕은 따사로운 가을 향취를 풍긴다. 주인을 잃고 콩은 무거운 열매를 둥글둥글 흙에 굴린다. 맞은쪽 산 밑에서 벼들을 베며 기뻐하는 농군의 노래.

"터졌네, 터져."

수재는 눈이 휘둥그렇게 굿문을 튀어나오며 소리를 친다. 손에는 흙 한 줌이 잔뜩 쥐었다.

"뭐?" 하다가

"금줄 잡았어, 금줄." "으—o" 하고 외마디를 뒤남기자 영식이는 수재 앞으로 살같이 달려들었다. 허겁지겁 그 흙을 받아들고 샅샅이 헤쳐보니 딴은 재래에 보지 못하던 불그죽죽한 황토였다. 그는 눈에 눈물이 핑 돌며

"이게 원줄인가?"

"그럼 이것이 곱색줄[74]이라네. 한 포에 댓 돈씩은 넉넉 잡히되."

영식이는 기쁨보다 먼저 기가 탁 막혔다. 웃어야 옳을지 울어야 옳을지. 다만 입을 반쯤 벌린 채 수재의 얼굴만 멍하니 바라본다.

"이리 와봐! 이게 금이래."

이윽고 남편은 아내를 부른다. 그리고 내 뭐랬어 그러게 해보라구 그랬지 하고 설면설면[75] 덤벼오는 아내가 한결 어여뻤다. 그는 엄지가락으로 아내의 눈물을 지워주고 그러고 나서 껑충거리며 구덩이로 들어간다.

"그 흙 속에 금이 있지요?"

영식이 처가 너무 기뻐서 코다리에 고래등 같은 집까지 연상할 제 수재는 시원스러이

"네. 한 포대에 오십 원씩 나와유——" 하고 대답하고 오늘 밤에는 꼭 정녕코 꼭 달아나리라 생각하였다. 거짓말이란 오래 못 간다. 뽕이 나서[76] 뼈다귀도 못 추리기 전에 훨훨 벗어나는 게 상책이겠다.

떡

원래는 사람이 떡을 먹는다. 이것은 떡이 사람을 먹은 이야기다. 다시 말하면 사람이 즉 떡에게 먹힌 이야기렷다. 좀 황당한 소리인 듯싶으나 그 사람이라는 게 역시 황당한 존재라 하릴없다. 인제 겨우 일곱 살 난 계집애로 게다가 겨울이 왔건만 솜옷하나 못 얻어입고 겹저고리 두렁이[1]로 떨고 있는 옥이 말이다. 이것도 한 개의 완전한 사람으로 칠는지! 혹은 말는지! 그건 내가 알 배 아니다. 하여튼 그 애 아버지가 동리에서 제일 가난한 그리고 게으르기가 곰 같다는 바로 덕희다. 놈이 우습게도 꾸물거리고 엄동과 주림이 닥쳐와도 눈 하나 끔벅 없는 신청부[2]라 우리는 가끔 그 눈곱 낀 얼굴을 놀릴 수 있을 만치 흥미를 느낀다.

여보게 이 겨울엔 어떻게 지내려나. 올엔 자네 꼭 굶어 죽었네. 하면 친구 대답이 이거 왜 이랴, 내가 누구라구, 지금은 밭뙈기 하나 부칠 거 없어도 이랴 봬두 한때는 다——하고 펄쩍 뛰고는 지난날 소작인으로서 땅 팔³ 수 있었던 그 행복을 다시 맛보려는 듯 먼 산을 우두커니 쳐다본다. 그러나 업신받는 데 약이 올라서 자네들은 뭐 좀 난상부른가⁴ 하고 낯을 붉히다가는 풀밭에 슬며시 쓰러져서 늘어지게 아리랑 타령. 그러니까 내 생각에 저것도 사람이려니 할 수밖에. 사실 집에서 지내는 걸 본다면 당최 무슨 재미로 사는지 영문을 모른다. 그 집도 제 것이 아니요 개똥네 집이다. 원체 식구라야 몇 사람 안 되고 또 거기다 산 밑에 외따로 떨어진 집이라 건넌방에 사람을 들이면 좀 덜 호젓할까 하고 빌린 것이다. 물론 그때 덕희도 방을 얻지 못해서 비대발괄⁵로 뻔찔 드나들던 판이었지만. 보수는 별반 없고 농사 때 바쁜 일이나 있으면 좀 거들어달라는 요구뿐이었다. 그래서 덕희도 얼씨구나 하고 무척 좋았다. 허나 사람은 방만으로 사는 것이 아니다. 이 집 건넌방은 유달리 납작하고 비스듬히 쏠린 헌 벽에다 우중충하기가 일상 굴속 같은데 겨울 같은 때 좀 들여다보면 썩 가관이다. 윗목에는 옥이가 누더기를 들쓰고 앉아서 배가 고프다고 킹킹거리고 아랫목에는 화가 치뻗친 아내가 나는 모른단 듯이 벽을 향하여 쪼그리고 누워서는 꼼짝 안 하고 놈은 아내와 딸 사이에 한 자리를 잡고서 천장으로만 눈을 멀뚱멀뚱 둥글리고 들여다보는 얼굴이 다 무색할 만치 꼴들이 말 아니다. 아마 먹는 날보다 이렇게 지내는 날이 하루쯤 더할는지도 모른다. 그 꼴에 궐자가 술이 호주⁶라서 툭하면 한잔 안 사려나, 가 인사다. 지난 봄만 하더라도 놈이 술에 어찌나 감질이 났던지 제 집에 모아놓았던 됭⁷을 지고 가서 술을 먹었다. 됭 퍼다 주고 술 먹긴 동리에서 처음 보는 일이라고 계집들까지 입에 올리며 소문은 이리저리 돌았다. 하지만 놈은 이런것도 모르고 술만 들어가면 세상이 고만 제 게 되고 만 다. 음음 하고 코에선지 입에선지 묘한 소리를 내어가며 만나는 사람마다 붙잡고 잔소리다. 한편 술은 놈에게 근심도 되는 것 같 다. 전에 생각지 않던 집안 걱정을 취하면 곧잘 한다. 그 언제인 가 만났을 때에도 술이 담뿍 취하였다. 음 음 해가며 제 집 살림 살이 이야기를 개소리 쥐소리 한참 지껄이더니 놈이 나중에 한단 소리가 그놈의 계집애나 죽어버렸으면! 요건 먹어도 캥캥거리고 안 먹어도 캥캥거리고 이거 온—사세가 딱한 듯이 이렇게 탄식 을 하더니 뒤를 이어 설명이 없는 데는 어린 딸년 하나 더한 것도 큰 걱정이라고 이걸 듣다가 기가 막혀서 자네 데릴사위 얻어서 부려먹을 생각은 않나 하고 물은즉, 아 어느 하가[8]에 그동안 먹여 키우진 않나 하고 골머리를 내젓는 꼴이 당길 맛이 아주 없는 모 양이었다. 짜장 이토록 딸이 원수로운지 아닌지 그건 여기서 끊 어 말하기 어렵다. 아마는 애비 치고 제가 난 자식 밉달 놈은 없 으리라마는 그와 동시에 놈이 가끔 들어와서 죽으라고 모질게 쥐 어박아서는 울려놓는 것도 사실이다. 그러다 울음이 정말 된통 터지면 이번에는 칼을 들고 울어봐라 이년, 죽일 터이니 하고 씻 은 듯이 울음을 걷어놓고 하는 것이다.

눈이 푹푹 쌓이고 그 덕에 나무 값은 부쩍 올랐다. 동리에서는 너나 없이 앞을 다투어 나뭇짐을 지고 읍으로 들어간다. 눈이 정 강이에 차는 산길을 휘돌아 이십 리 장로[9]를 걷는 것이다. 이 바람 에 덕희도 수가 터지어 좁쌀이나마 양식이 생겼고 따라 딸과의

아귀다툼[10]도 훨씬 줄게 되었다. 그는 자다가도 꿈결에 새벽이 되는 것을 용하게 안다. 밝기가 무섭게 일어나 앉아서는 옆에 누운 아내의 치맛자락을 끌어당긴다. 소위 덕희의 마른세수가 시작된다. 두 손으로 그걸 펼쳐서는 꾸물꾸물 눈곱을 떼고 그러고 나서 얼굴을 쓱쓱 문대는 것이다. 그다음 죽이 들어온다. 얼른 한 그릇 훌쩍 마시고는 지게를 지고 내뺀다. 물론 아내는 남편이 죽 마실 동안에 밖에 나와서 나뭇짐을 만들어야 된다. 지게를 보태놓고[11] 덜덜 떨어가며 검불[12]을 올려 싣는다. 짐까지 꼭꼭 묶어주고 가는 남편 향하여 괜히 술 먹지 말구 양식 사오게유, 하고 몇 번 몇 번 당부를 하고는 방으로 들어온다. 옥이가 늘 일어나는 것은 바로 이때다. 눈을 비비며 어머니 앞으로 곧장 달려든다. 기실 여지껏 잤느냐면 깨기는 벌써 전에 깨었다. 아버지의 숟가락질하는 댈가락 소리도 짠지 씹는 쩍쩍 소리도 죄다 두 귀로 분명히 들었다. 그뿐 아니라 아버지의 죽 그릇이 감은 눈 속에서 왔다 갔다 하는 것까지도 똑똑히 보았다. 배고픈 생각이 불현듯 불끈 솟아서 곧바로 일어나고자 궁둥이까지 들먹거려도 보았다. 그럴 동안에 군침은 솔솔 스며들며 입으로 하나가 된다. 마는 일어만 났다가는 아버지의 주먹 주먹. 이년아 넌 뭘 한다구 벌써 일어나 캥캥거려 하고는 그 주먹 커다란 주먹. 군침을 가만히 도로 넘기고 꼬물거리던 몸을 다시 방바닥에 꼭 붙인 채 색색 생코를 안 골 수 없다. 어머니는 아버지와 딴판으로 픽 귀여워한다. 아버지가 나무를 지고 확실히 간 것을 알고서야 비로소 옥이는 일어나 어머니 곁으로 달려들어서 그 죽을 둘이 퍼먹고 하였다.

이러던 것이 그날은 유별나게 어느 때보다 일찍 일어났다. 덕희의 말을 빌리면 고 배라먹을 년이 그예 일을 저지르려고 새벽부터 일어나 재랄[13]이었다. 하긴 재랄이 아니라 배가 몹시 고팠던 까닭이지만. 아버지의 숟가락질 소리를 들어가며 침을 삼키고 삼키고 몇 번을 그래봤으나 나중에는 더 참을 수가 없었다. 그렇다고 벌떡 일어앉자니 주먹이 무섭기도 하려니와 한편 넉적기도[14] 한 노릇. 눈을 감은 채 이 궁리 저 궁리 하였다. 다른 때도 좋으련만 왜 하필 아버지 죽 먹을 때 깨게 되는지! 곯은 배는 그중에다 방바닥 냉기에 쑤시는지 저리는지 분간을 모른다. 아버지는 한 그릇을 다 먹고 아마 더 먹는 모양. 죽을 옮겨 쏟는 소리가 주루룩 뚝뚝 하고 난다. 이때 고만 정신이 번쩍 났다. 용기를 내었다. 바른팔을 뒤로 돌려 가장 무엇에나 물린 듯이 대구 긁죽거린다. 급작스레 응아 하고 소리를 내지른다. 그리고 비슬비슬 일어나 앉아서는 두 손등으로 눈을 비벼가며 우는 것이다. 아버지는 이 꼴에 화를 벌컥 내었다. 손바닥으로 뒤통수를 딱 때리더니 이건 죽지도 않고 말썽이야 하고 썩 마뜩지 않게 뚜덜거린다. 어머니를 향하여는 저년 아무것도 먹이지 말고 오늘 종일 굶기라고 부탁이다. 들었는지 못 들었는지 어머니는 눈을 깔고 잠자코 있다. 아마 아버지가 두려워서 아무 대꾸도 못하는 모양. 딱 때리고 우니까 다시 딱 때리고. 그럴 적마다 조꼬만 옥이는 마치 오뚝이 시늉으로 모두[15] 쓰러졌다가는 다시 일어나 울고 울고 한다. 죽은 안 주고 때리기만 한다. 망할 새끼 저만 처먹으려고 얼른 죽어버려라 염병을 할 자식. 모진 욕이 이렇게 입 끝까지 제법 나왔으나 그러

나 그러나 뚝 부릅뜬 그 눈. 감히 얼굴도 못 쳐다보고 이마를 두 손으로 받쳐 들고는 으악 으악 울 뿐이다. 암만 울어도 소용은 없지만. 나뭇짐이 읍으로 들어간 다음에서야 비로소 겨우 운 보람 있었다. 어머니는 힝하게 죽 한 그릇을 떠 들고 들어온다. 옥이는 대뜸 달려들었다. 왼편 소맷자락으로 눈의 눈물을 훔쳐가며 연송[16] 퍼넣는다. 깡좁쌀죽은 묽직한 국물이라 숟갈에 뜨이는 게 얼마 안 된다. 떠넣으니 이것은 차라리 들고 마시는 것이 편하리라. 쉴 새 없이 숟가락은 열심껏 퍼들인다. 어머니가 한 숟갈 뜰 동안이면 옥이는 두 숟갈 혹은 세 숟갈이 올라간다. 그래도 행여 밑질까 봐서 숟가락 빠는 어머니의 입을 가끔 쳐다보고 하였다. 반쯤 먹다 어머니는 슬며시 숟가락을 내려놓았다. 두 손을 다리 밑에 파묻고는 딸을 내려다보며 묵묵히 앉아 있다. 한 그릇 죽은 다 치웠건만 그래도 배가 고팠다. 어머니의 허리를 꾹꾹 찔러가며 졸라댄다.

요만한 어린 아이에게는 먹는 것 지껄이는 것 이것밖에 더 큰 취미는 없다. 그리고 이것밖에 더 가진반[17] 재주도 없다. 옥이같이 혼자만 꽁허니 있을 뿐으로 동무들과 놀려 하지도 지껄이려 하지도 않는 아이에 있어서는 먹는 편이 월등 발달되었고 결말에는 그걸로 한 오락을 삼는 것이다. 게다 일상 곯아만 온 그 배때기. 한 그릇 죽이면 넉넉히 양도 찼으련만 얘는 그걸 모른다. 다만 배는 늘 고프려니 하는 막연한 의식밖에는. 이번 일이 벌어진 것은 즉 여기서 시작되었다. 두 시간이나 넘어 꼬박이 울었다. 마는 어머니는 아무 대답도 없었다. 배가 아프다고 쓰러지더니 아이구

168

아이구 하고는 신음만 할 뿐이다. 냉병으로 하여 이따금 이렇게 앓는다. 옥이는 가망이 아주 없는 걸 알고 일어나서 방문을 열었다. 눈은 첩첩이 쌓이고 눈이 부신다. 윙윙 하고 봉당으로 몰리는 눈송이. 다르르 떨면서 마당으로 내려간다. 북편 벽 밑으로 솥은 걸렸다. 뚜껑이 열린다. 아닌 게 아니라 어머니 말대로 죽커녕 네미나 찢어먹으라, 다. 그러나 얼른 눈에 띠는 것이 솥바닥에 얼어붙은 두 개의 시래기[18] 줄기 그놈을 손톱으로 뜯어서 입에 넣고는 씹어본다. 제걱제걱 얼음 씹히는 그 맛밖에는 아무 맛이 없다. 솥을 도로 덮고 허리를 펴려 할 제 얼른 묘한 생각이 떠오른다. 옥이는 사방을 도릿거려 본 다음 봉당으로 올라서서 개똥네 방문 구녁[19]에다 눈을 들이댄다.

개똥 어머니가 옥이를 눈의 가시같이 미워하는 그 원인이 즉 여기다. 정말인지 거짓말인지 자세는 모르나 말인즉 고년이 우리 식구만 없으면 밤이구 낮이구 할 거 없이 어느 틈엔가 들어와서는 세간을 모조리 집어간다우, 하고 여호[20] 같은 년 골방쥐 같은 년 도적년 뭣해 욕을 늘어놓을 제 나는 그가 옥이를 끝없이 미워하는 걸 얼른 알 수 있었다. 그러나 세간을 집어냈느니 뭐니 하는 건 아마 멀쩡한 거짓말일 게고 이날도 잿간[21]에서 뒤를 보며 벽 틈으로 내다보자니까 고년이 날감자 둘을 한 손에 하나씩 두렁이 속에다 감추고는 방에서 살며시 나오는 걸 보았다는 이것만은 사실이다. 오작[22] 분하고 급해야 밑도 씻을 새 없이 그대로 뛰어나왔으랴. 소리를 질러서 혼을 내고는 싶었으나 제 에미가 또 방에서 끙끙거리고 앓는 게 안됐어서 그냥 눈만 잔뜩 흘겨주니까 고년이 대번 얼굴이 발개지더니 얼마 후에 감자 둘을 자기 발 앞에다 내던지고는 끔찍스럽게 뒷짐을 지고 바깥으로 나가더라 한다. 하지만 이것은 나의 이야기에 아무 상관이 없는 것이다. 오직 옥이가 개똥네 방엘 왜 들어갔을까 그 까닭만 말하여두면 고만이다. 이 집이 먼저 개똥네 집이라 하였으나 그런 것이 아니라 실상은 요 개울 건너 도사댁 소유이고 개똥 어머니는 말하자면 그 댁의 대대로 내려오는 씨종이었다. 그래 그 댁 집에 들고 그 댁 땅을 부쳐먹고 그 댁 세력에 살고 하는 덕으로 개똥 어머니는 가끔 상전 댁에 가서 빨래도 하고 다듬이도 하고 또는 큰일 때는 음식도 맡아보기도 하고 해서 맛 좋은 음식을 뻔질[23] 몰아들인다. 나리 댁 생신이 오늘인 것을 알고 고년이 음식을 뒤져 먹으러 들어왔다가 없으니까 감자라도 먹을 양으로 하고 지껄이던 개똥 어머니의 추측이 조금도 틀리지는 않았다. 마을에 먹을 거 났다 하면 이 옥이만치 잽싸게 먼저 알기는 좀 어려우리라. 그러나 옥이가 개똥 어머니만 따라가면 밥이고 떡이고 좀 얻어주려니 하고 앙큼한 생각으로 살랑살랑 따라왔다고는 하지만 그것은 옥이를 무시하는 소리에 지나지 않는다.

옥이가 뒷짐을 딱 짚고 개똥 어머니의 뒤를 따를 제 아무 계획도 없었다. 방엘 들어가자니 어머니가 아프다고 짜증만 내고 싸리문 밖에서 섰자니 춥고 떨리긴 하고. 그렇다고 나들이를 좀 가보자니 갈 곳이 없다. 그래 멀거니 떨고 섰다가 개똥 어머니가 개울길로 가는 걸 보고는 이게 저 갈 길이나 아닌가 하고 대선[24] 그뿐이었다. 이때 무슨 생각이 있었다면 그것은 이새끼가 얼른 와야 죽을 쒀 먹을 텐데 하고 아버지에게 대한 미움과 간원이 뒤섞인 초조였다. 그 증거로 옥이는 도삿댁 문간에서 개똥 어머니를 놓치고는 혼자 우두커니 떨어졌다. 인제는 또 갈 데가 없게 되었으니 이럴까 저럴까 다시 망설인다. 그러나 결심을 한 것은 이 순간의 일이다. 옥이는 과연 중문 안으로 대담히 들어섰다. 새로운 희망. 아니 혹은 맛있는 음식을 쭉쭉거리는 그 입들이나마 한번 구경하고자 한 걸지도 모른다. 시선을 이리저리로 둘러가며 주뼛주뼛 우선 부엌으로 향하였다. 그 태도는 마치 개똥 어머니에게 무슨 급히 전할 말이 있어 온 양이나 싶다. 부엌에는 어중이떠중이 동네 계집은 얼추 모인 셈이다. 고깃국에 밥 마는 사람에 찰떡을 씹는 사람! 이쪽에서 북어를 뜯으면 저기는 투정하는 자식을 주먹으로 때려가며 누룽지²⁵를 혼자만 쩍쩍거린다. 부엌 문으로 불쑥 데미는 옥이의 대가리를 보더니 조런 여우년. 밥주머니 왔니. 냄새는 잘두 맡는다. 이렇게들 제각기 욕 한마디씩. 그러고는 까닭 없이 깔깔댄다. 옥이네는 이 댁의 종도 아니요 작인도 아니다. 물론 여기에 들어와 맛 좋은 음식 벌어진 이 판에 한 다리 뻗을 자격이 없다. 마는 남이야 욕을 하건 말건 옥이는 한구석에 잠자코 시름없이 서 있다. 이놈을 바라보고 침 한번 삼키고 저놈 걸 바라보고 침 한번 삼키고. 마침 이때 작은아씨가 내려왔다. 옥이 왔니 하고 반기더니 왜 어멈들만 먹느냐고 계집들을 나무란다. 그리고 옆에 섰는 개똥 어멈에게 애가 얼마든지 먹는단 애유 하고 옥이를 가리키매 그 대답은 다만 싱글싱글 웃을 뿐이다. 작은아씨도 따라 웃었다. 노랑 저고리 남치마 열서넛밖에 안 된 어여쁜 작은아가씨. 손수 솥뚜껑을 열더니 큰 대접에 국을 뜨고 거기에다 하얀 이밥을 말이 수저까지 꽂아준다. 옥이는 황급히 얼른 잡아채었다. 이밥 이밥. 그 분량은 어른이 한때 먹어도 양은 좋이 차리라. 이것을 옥이가 뱃속에 집어넣은 시간을 따져본다면 고작 칠팔 분밖에는 더 허비치 않았다. 고기 우러난 국맛은 입에 달았다. 잘 먹는다 잘 먹는다 하고 옆에서들 추어주는 칭찬은 또한 귀에 달았다. 양쪽으로 신바람이 올라서 곁도 안 돌아보고 막 퍼넣은 것이다. 계집들은 깔깔거리고 소곤거리고 하였다. 그러나 눈을 크게 뜨고 서로를 맞쳐다볼 때에는 한 그릇을 다 먹고 배가 불러서 웅크리고 앉은 채 뒤로 털썩 주저앉는 옥이를 보았다. 얻다 태워먹었는지 군데군데 뚫어진 검정 두렁치마. 그나마도 폭이 좁아서 볼기짝은 통째 나왔다. 머리칼은 가시덤불같이 흩어져 어깨를 덮고. 이 꼴로 배가 불러서 식식거리며 떠는 것이다. 그래도 속은 고픈지 대접 밑바닥을 닥닥 긁고 있으니 작은아씨는 생긋이 웃더니 그 손을 이끌고 마루로 올라간다. 날이 몹시 추워서 마루에는 아무도 없었다. 찬장 앞으로 가더니 손뼉만 한 시루팥떡이 나온다. 받아 들고는 또 널름 집어치웠다. 곧 뒤이어 다시 팥떡이 나왔다. 그러나 이번에는 옥이는 손도 아니 내밀고 무언으로 거절하였다. 왜냐하면 이때 옥이의 배는 최대한도로 늘어났고 거반 바람 넣은 풋볼만치나 가죽이 탱탱하였다. 그것이 앞으로 늘다 못하여 마침내 옆구리로 퍼져서 잘 움직이지도 못하고 숨도 어깨를 치올려 식식하는 것이다. 아마 음식은 목구멍까지 꽉 찼으리라. 여기에 이상한 것이 하나 있다. 역시 떡이 나오는데 본즉 이

172

것은 팥떡이 아니라 밤 대추가 여기저기 삐져나온 백설기. 한번 덥석 물어 떼면 입 안에서 그대로 스르르 녹을 듯싶다. 너 이것두 싫으냐 하니까 옥이는 좋다는 뜻으로 얼른 손을 내밀었다. 대체 이걸 어떻게 먹었을까. 그 공기만 한 떡 덩어리를. 물론 용감히 먹기 시작하였다. 처음에는 빨리 먹었다. 중간에는 천천히 먹었다. 그러다 이내 다 먹지 못하고 반쯤 남겨서는 작은아씨에게 도로 내주고 모로 고개를 돌렸다. 옥이가 그 배에다 백설기를 먹은 것도 기적이려니와 또한 먹다 내놓는 이것도 기적이라 안 할 수 없다. 하기는 가슴속에서 떡이 목구멍으로 바짝 치뻗히는 바람에 못 먹기도 한 거지만. 여기다가 더 넣을 수가 있다면 그것은 다만 입 안이 남았을 뿐이다. 그러면 그다음 꿀 바른 주악[26] 두 개는 어떻게 먹었을까. 상식으로는 좀 판단키 어려운 일이다. 하여간 너 이것은 하고 주악이 나왔을 때 옥이는 조금도 서슴지 않고 받았다. 그리고 한 놈을 손끝으로 집어서 그 꿀을 쪽쪽 빨더니 입속에 집어넣었다. 그 꿀을 한참 오기오기 씹다가 꿀떡 삼켜본다. 가슴만 뜨끔할 뿐 즉시 떡은 도로 넘어온다. 다시 씹는다. 어깨와 머리를 앞으로 꾸부려 용을 쓰며 또 한 번 꿀떡 삼켜본다. 이것은 도시 사람의 일로는 생각되지 않는다. 허나 주의할 것은 일상 굶아만 온 굶주린 창자의 착각이다. 배가 불렀는지 혹은 곯았는지 하는 건 이때의 문제가 아니다. 한갓 자꾸 먹어야 된다는 걸쌈스러운[27] 탐욕이 옥이 자신도 모르게 활동하였고 또는 옥이는 제가 먹고 싶은 걸 무엇무엇 알았을 뿐이었다. 거기다 맛깔스러운 그 떡맛. 생전 맛 못 보던 그 미각을 한번 즐겨보고자 기를 쓴 노력이다. 만약 이 떡의 순서가 주악이 먼저 나오고 백설기 팥떡 이렇게 나왔다면 옥이는 주악만으로 만족했을지 모른다. 그리고 백설기 팥떡은 단연 아니 먹었을 것이다. 너는 보도 못하고 어떻게 그리 남의 일을 잘 아느냐. 그러면 그 장면을 목도한 개똥 어머니에게 좀 설명하여 받기로 하자. 아 참 고년 되우는 먹읍디다. 그 밥 한 그릇을 다 먹구 그래 떡을 또 먹어유. 그게 배때기지유. 주악 먹을 제 나는 인제 죽나 부다 그랬슈. 물 한 모금 안 처먹고 꼬기꼬기 씹어서 꼴딱 삼키는데 아 눈을 요렇게 됩쓰고 꼴딱 삼킵디다. 온 이게 사람이야, 나는 간이 콩알만 했지유. 꼭 죽는 줄 알고. 추워서 달달 떨고 섰는 꼴 하고 참 깜찍해서 내가 다 소름이 쪼옥 끼칩디다. 이걸 가만히 듣다가 그럼 왜 말리진 못했느냐고 탄하니까 제가 일부러 먹이기도 할 텐데 그렇게는 못하나마 배고파 먹는 걸 무슨 혐의로 못 먹게 하겠느냐고 되려 성을 발끈 낸다. 그러나 요건 빨간 거짓말이다. 저도 다른 계집 마찬가지로 마루 끝에 서서 잘 먹는다 잘 먹는다 이렇게 여러 번 칭찬하고 깔깔대고 했었음에 틀림없을 게다.

옥이의 이 봉변은 여지껏 동리의 한 이야깃거리가 되어 있다. 할 일이 없으면 계집들은 몰려앉아서 그때의 일을 찧고 까불고 서로 떠들어댄다. 그리고 옥이가 마땅히 죽어야 할 걸 그래도 살아난 것이 퍽이나 이상한 모양 같다. 딴은 사날이나 먹지를 못하고 몸이 끓어서 펄펄 뛰며 앓을 만치 옥이는 그렇게 혼이 났던 것이다. 하지만 처음부터 짜장 가슴을 죄인 것은 그래두 옥이 어머니 하나뿐이었다. 아파서 드러누웠다 방으로 들어오는 옥이를 보고 고만 벌떡 일어났다. 왜 배가 이 모양이냐 물으니 대답은 없고 옥이는 가만히 방바닥에 가 눕더란다. 그 배를 건드리지 않도록 반듯이 눕는데 아구 배야 소리를 복고개[28]가 터지라고 내지르며 냉골에서 이리 때굴 저리 때굴 구르며 혼자 법석이다. 그러나 뺨 위로 먹은 것을 꼬약꼬약 도르고는[29] 필경 까무러쳤으리라. 얼굴 이 해쓱해지며 사지가 축 늘어져버린다. 이 서슬에 어머니는 그 의 표현대로 하늘이 무너지는 듯 눈앞이 캄캄하였다. 그는 딸을 붙들고 자기도 어이구머니 하고 울음을 놓고 이를 어째 이를 어째 몇 번 그래 소리를 치다가 아무도 돌봐주러 오는 사람이 없으 니까 허겁지겁 곤두박질을 하여 밖으로 뛰어나왔다. 그의 생각에 이 급증을 돌리려면 점쟁이를 불러 경을 읽는 수밖에 다른 도리 가 없을 듯싶어서이다. 물론 대낮부터 북을 뚜드려가며 경을 읽 기 시작하였다. 점쟁이의 말을 들어보면 과식했다고 죄다 이래서 는 살 사람이 없지 않느냐고. 이것은 음식에서 난 병이 아니라 늘 따르던 동자상문[30]이 어쩌다 접해서 일테면 귀신의 놀음이라는 해 석이었다. 그렇다면 내가 생각건대 옥이가 도삿댁 문전에 나왔을 제 혹 귀신이 접했는지도 모른다. 왜냐 그러면 옥이는 문앞 언덕 을 내리다 고만 눈 위로 낙상을 해서 곧 한참을 꼼짝 않고 고대로 누웠었다. 그만치 몸의 자유를 잃었다. 다시 일어나 눈을 몇 번 털고는 걸어보았다. 다리는 천근인지 한번 딛으면 다시 떼기가 쉽지 않다. 눈까풀은 뻑뻑거리고 게다 선하품은 자꾸 터지고. 어 깨를 치올리어 여전히 식, 식, 거리며 눈 속을 이렇게 조심조심 걸어간다. 삐끗만 하였다가는 배가 터진다. 아니 정말은 배가 터지는 그 염려보다 우선 배가 아파서 삐긋도 못할 형편. 과연 옥이의 배는 동네 계집들 말마따나 헐없이 애 밴 사람의, 그것도 민식된 이의 괴로운 배 그것이었다. 개울길을 내려오자 우물이 눈에 띄자 애는 갑작스레 조갈[31]을 느꼈다. 엎드려 바가지로 한 모금 꿀꺽 삼켜본다. 이와 목구멍이 다만 잠깐 저렸을 뿐 물은 곧바로 다시 넘어온다. 그뿐 아니라 뒤를 이어서 떡이 꾸역꾸역 쏟아진다. 잘 씹지 않고 얼김에 삼킨 떡이라 삭지 못한 그대로 덩어리 덩어리 넘어온다. 우물 전 얼음 위에는 삽시간에 떡이 한 무더기. 옥이는 다시 눈 위에 기운 없이 쓰러지고 말았다. 이러던 애가 어떻게 제 집엘 왔을까 생각하면 여간 큰 노력이 아니요 참 장한 모험이라 안 할 수 없는 일이다.

내가 옥이네 집을 찾아간 것은 이때 썩 지어서[32]이다. 해넘이의 바람은 차고 몹시 떨렸으나 옥이에 대한 소문이 흉함으로 퍽 궁금하였다. 허둥거리며 방문을 펄떡 열어보니 어머니는 딸 머리맡에서 무르팍에 눈을 비벼가며 여지껏 훌쩍거리고 앉았다. 냉병은 아주 가셨는지 노상 노렇게 고민하던 그 상이 지금은 불콰하니[33] 눈물이 흐른다. 그리고 놈은 쭈그리고 앉아서 나를 보고도 인사도 없다. 팔짱을 떡 찌르고는 맞은 벽을 뚫어보며 무슨 결끼나 먹은 듯이 바아루[34] 위엄을 보이고 있다. 오늘은 일찍 나온 것을 보면 나무도 잘 판 모양. 얼마 후 놈은 옆으로 고개를 돌리더니 여보게 참말 죽지는 않겠나 하고 물으니까 봉구는 눈을 끔벅끔벅하더니 죽기는 왜 죽어 한나절토록 경을 읽었는데 하고 자신이 있는 듯 없는 듯 얼치기[35] 대답이다. 제딴은 경을 읽기는 했건만 조금도 효험이 없으매 저로도 의아한 모양이다. 이 봉구란 놈은 번시가 날탕[36]이다. 계집에 노름에 혹하는 그 수단은 당할 사람이 없고 또 이것도 재주랄지 못하는게 별반 없다. 농사로부터 노름질 침주기 점치기 지우질[37] 심지어 도적질까지. 경을 읽을 때에는 눈을 감고 중얼거리는 것이 바로 장님이 왔고 투전장을 뽑을 때에는 그 눈깔이 밝기가 부엉이 같다.

그러건만 뭘 믿는지 마을에서 병이 나거나 일이 나거나 툭하면 이놈을 불러대는 게 버릇이 되었다. 이까짓 놈이 점을 친다면 참이지 나는 용뿔을 빼겠다. 덕희가 눈을 찌긋하고 소곰[38]을 더 좀 먹여볼까 하고 물을 제 나는 그 대답은 않고 경은 무슨 경을 읽는다고 그래 건방지게 그 사관이나 좀 틀게나[39] 하고 낯을 붉히며 봉구에게 소리를 빽 질렀다. 왜냐면 지금은 경이니 소곰이니 할 때가 아니다. 아이를 포대기를 덮어서 뉘었는데 그 얼굴이 노랗게 질렸고 눈을 감은 채 가끔 다르르 떨고 다르르 떨고 하는 것이다. 그리고 입으로는 아직도 게거품을 섞어 밥풀이 꼴깍꼴깍 넘어온다. 손까지 싸늘하고 핏기는 멎었다. 시방 생각하면 이때 죽었을걸 혹 사관으로 살았는지도 모른다. 내가 서두는 바람에 봉구는 주머니 속에서 조고만 대통을 꺼냈다. 또 그 속에서 녹슨 침 하나를 꺼내더니 입에다 한번 쭉 빨고는 쥐가 뜯어먹은 듯한 칼라 머리[40]에다 쓱쓱 문지른다. 바른손을 놓은 다음 왼손 엄지손가락으로 침이 또 들어갈 때에서야 비로소 옥이는 정신이 나나 보다. 으악, 소리를 지르며 깜짝 놀란다. 그와 동시에 푸드득 하고 포대기 속으로 똥을 깔겼다. 덕희는 이걸 뻔히 바라보고 있더니 골피를

접으며 어이 배랄먹을 년 웬걸 그렇게 처먹고 이 지랄이야 하고
는 욕을 오라지게[41] 퍼붓는다. 그러나 나는 ㄱ 속을 빤히 보았다.
저와 같이 먹다가 이렇게 되었다면 아마 이토록은 노엽지 않았으
리라. 그 귀한 음식을 돌르도록[42] 처먹고도 애비 한 쪽 갖다줄 생
각을 못한 딸이 지극히 미웠다. 고년 고래[43] 싸 웬 떡을 배가 터지
도록 처먹는담 하고 입을 삐쭉대는 그 낯짝에 시기와 증오가 역
력히 나타난다. 사실로 말하자면 이런 경우에는 저도 반드시 옥
이와 같이 했으련만 아니 놈은 꿀 바른 주악을 다 먹고도 또 막걸
리를 준다면 물다 뱉는 한이 있더라도 어쨌든 덥석 물었으리라
생각하고는 나는 그 얼굴을 다시 한 번 쳐다보았다.

산골

산

머리 위에서 굽어보던 해님이 서쪽으로 기울어 나무에 긴 꼬리가 달렸건만

나물 뜯을 생각은 않고

이뿐이는 늙은 잣나무 허리에 등을 비겨대고 먼 하늘만 이렇게 하염없이 바라보고 섰다.

하늘은 맑게 개고 이쪽 저쪽으로 뭉굴뭉굴 피어오른 흰 꽃송이는 곱게도 움직인다. 저것도 구름인지 학들은 쌍쌍이 짝을 짓고 그 새로 날아들며 끼리끼리 어르는 소리가 이 수퐁[1]까지 멀리 흘러내린다.

갖가지 나무들은 사방에 잎이 욱었고[2] 땡볕에 그 잎을 펴들고 너홀너홀 바람과 아울러 산골의 향기를 자랑한다.

그 공중에는 나는 꾀꼬리가 어여쁘고—노란 날개를 팔딱이고
이 가지 저 가지로 옮아 앉으며 흥에 겨운 행복을 노래부른다.

—고—이! 고이 고—이!

요렇게 아양스레 노래도 부르고—

—담배 먹구 꼴 베어!

맞은쪽 저 바위밑은 필시 호랑님의 드나드는 굴이리라. 음침한
그 위에는 가시덤불 다래넝쿨이 어지러이 엉키어 지붕이 되어 있
고 이것도 돌이랄지 연록색 털북송이는 올망졸망 놓였고 그리고
오늘도 어김없이 뻐꾸기는 날아와 그 잔등에 다리를 머무르며—

—뻐꾹! 뻐꾹! 뻑뻐꾹!

어느덧 이뿐이는 눈시울에 구슬방울이 맺히기 시작한다. 그리
고 나물 바구니가 툭, 하고 땅에 떨어지자 두 손에 펴든 치마폭으
로 그새 얼굴을 폭 가리고는

이뿐이는 흐륵흐륵 마냥 느끼며 울고 섰다.

이제야 후회 나노니 도련님 공부하러 서울로 떠나실 때 저도 간
다고 왜 좀더 붙들고 늘어지지 못했던가. 생각하면 할수록 가슴
만 미어질 노릇이다. 그러나 마님의 눈을 기어³ 자그만 보따리를
옆에 끼고 산 속으로 이십 리나 넘어 따라갔던 이뿐이가 아니었
던가. 과연 이뿐이는 산등을 질러 갔고 으슥한 고갯마루에서 기
다리고 섰다가 넘어오시는 도련님의 손목을 꼭 붙잡고 "난 안 데
려가지유!" 하고 애원 못한 것도 아니니 공연스레 눈물부터 앞을
가렸고 도련님이 놀라며

"너 왜 오니? 여름에 꼭 온다니까 어여 들어가라."

하고 역정을 내심에는 고만 두려웠으나 그래도 날 데려가라고 그 몸에 매달리니 도련님은 얼마를 벙벙히 그냥 섰다가

"울지 마라, 이뿐아. 그럼 내 서울 가 자리나 잡거든 널 데려가마." 하고 등을 두드리며 달랠 제 만일 이 말에 이뿐이가 솔깃하여 꼭 곧이듣지만 않았던들 도련님의 그 손을 안타까이 놓지는 않았던걸——

"정말 꼭 데려가지유?"

"그럼 한 달 후에면 꼭 데려가마."

"난 그럼 기다릴 테야유!"

그리고 아침 햇발에 비끼는 도련님의 옷자락이 산등으로 꼬불꼬불 저 멀리 사라지고 아주 보이지 않을 때까지 이뿐이는 남이 볼까 하여 피어 흩어진 개나리 속에 몸을 숨기고 치마끈을 입에 물고는 눈물로 배웅하였던 것이 아니런가. 이렇게도 철썩같이 다짐은 두고 가시더니 그 한 달이란 대체 얼마나 되는 건지 몇 한 달이 거듭 지나고 돌도 넘었으련만 도련님은 이렇다 소식 하나 전할 줄조차 모르신다. 실토로 터놓고 말하자면 늙은 이 잣나무 아래에서 도련님과 맨 처음 눈이 맞을 제 이뿐이가 먼저 그러자고 한 것도 아니런만——이뿐 어머니가 마님 댁 씨종이고 보면 그 딸 이뿐이는 잘 따져야 씨의 씨종이니 하잘것없는 계집애이거늘 이뿐이는 제 몸이 이럼을 알고 시내에서 홀로 빨래를 할 제면 도련님이 가끔 덤벼들어 이게 장난이겠지, 품에 꼭 껴안고 뺨을 깨물어 뜯는 그 꼴이 숭글숭글하고 밉지는 않았으나 그러나 이뿐이는 감히 그런 생각을 먹어본 적이 없었다. 그날도 마님이 구미가

제치셨다고[4] 애 이뿐아 나물 좀 뜯어온, 하실 때 이뿐이는 퍽이나
반기었고 이침밥도 몇 술로 걸날리고[5] 바구니를 동무 삼아 집을
나섰으니 나이 아직 열여섯이라 마님에게 귀염을 받는 것이 다만
좋았고 칠칠한[6] 나물을 뜯어드리고자 한사코 이 험한 산 속으로
기어올랐다. 풀잎의 이슬은 아직 다 마르지 않았고 바위 틈바구
니에 흩어진 잔디에는 커다란 구렁이가 똬리를 틀고서 떡머구리[7]
한 놈을 우물거리고 있는 중이매 이뿐이는 쌔근쌔근 가쁜 숨을
쉬어가며 그걸 가만히 들여다보고 섰다가 바로 발 앞에 도라지순
이 있음을 발견하고 꼬챙이로 마악 캐려 할 즈음 등 위에서 뜻밖
에 발자국 소리가 들리는 것이 아닌가. 깜짝 놀라며 고개를 돌려
보니 언제 어디로 따라왔던가. 도련님은 물푸레나무 토막을 한
손에 지팡이로 짚고 붉은 얼굴이 땀바가지가 되어 식식거리며 그
리고 씽글씽글 웃고 있다. 그 모양이 하도 수상하여 이뿐이는 눈
을 똥그랗게 뜨고 바라보니 도련님은 좀 면구쩍은지 낯을 모로
돌리며 그러나 여일히 싱글싱글 웃으며 뱃심 유한 소리가─

"난 지팡이 꺾으러 왔다." 그렇지마는 이뿐이는 며칠 전 마님이
불러세우고 너 도련님하구 같이 다니면 매맞는다, 하시던 그 꾸
지람을 얼뜬 생각하고

"왜 따라왔지유─ 마님 아시면 남 매맞으라구?" 하고 암팡스
레 쏘았으나 도련님은 귓등으로 듣는지 그래도 여전히 싱글거리
며 뱃심 유한 소리로─

"난 지팡이 꺾으러 왔다──" 그제서는 이뿐이는 성을 안 낼 수
가 없고

"마님께 나 매맞어두 난 몰라."

혼잣말로 이렇게 되알지게 쫑알거리고 너야 가든 말든 하라는 듯이 고개를 돌려 아까의 도라지를 다시 캐자노라니 도련님은 무턱대고 그냥 와락 달려들어

"너 맞는 거 나는 알지?"

이뿐이를 뒤로 꼭 붙들고 땀이 쭉 흐른 그 뺨을 또 잔뜩 깨물고는 놓질 않는다. 이뿐이는 어려서부터 도련님과 같이 자랐고 같이 놀았으되 제가 먼저 그런 생각을 두었다면 도련님을 벌컥 떼다밀어 바위 너머로 곤두박이게 했을 리 만무이었고 궁둥이를 털고 일어나며 도련님이 무색하여 멀거니 쳐다보고 입맛만 다시니 이뿐이는 그 꼴이 보기 가여웠고 죄를 저지른 제 몸에 대하여 죄송한 자책이 없던 바도 아니었마는 다시 손목을 잡히고 이 잣나무 밑으로 끌릴 제에는 온 힘을 다하여 그 손깍지를 버리며 야단친 것도 사실이 아닌 건 아니나 그러나 어딘가 마음 한편에 앙살을 피면서도 넉히 끌려가도록 도련님의 힘이 좀더 좀더 하는 생각이 전혀 없었다면 그것은 거짓말이 되고 말 것이다. 물론 이뿐이가 얼굴이 빨개지며 앙큼스러운 생각을 먹은 것은 바로 이때였고

"난 몰라 마님께 여쭐 터이야. 난 몰라!" 하고 적잖이 조바심을 태우면서도 도련님의 속맘을 한번 뜯어보고자

"누가 종두 이러는 거야?" 하고 손을 뿌리치며 된통 호령을 하고 보니 도련님은 이 깊고 외진 산 속임에도 불구하고 귀에다 입을 갖다대고 가만히 속삭이는 그 말이—

"너 나하고 멀리 도망가지 않으련!" 그러니 이뿐이는 이 말을

참으로 꼭 곧이들었고 사내가 이렇게 겁을 집어먹는 수도 있는지 도련님이 땅에 떨어지는 성냥갑을 호주머니에 다시 집어넣을 줄도 모르고 덤벙거리며 산 아래로 꽁지를 뺄 때까지 이뿐이는 잣나무 뿌리를 베고 풀밭에 번듯이 드러누운 채 푸른 하늘을 바라보며 인제 멀리만 달아나면 나는 저 도련님의 아씨가 되려니 하는 생각에 마님께 진상할 나물 캘 생각조차 잊고 말았다. 그러나 조금 지나매 이뿐이는 어쩐지 저도 겁이 나는 듯싶었고 발딱 일어나 사면을 휘돌아보았으나 거기에는 험상스러운 바위와 우거진 숲이 있을 뿐 본 사람은 하나도 없으련만——아마 산이 험한 탓일지도 모르리라. 가슴은 여전히 달랑거리고 두려우면서 그러나 이 산덩이를 제 품에 꼭 품고 같이 뒹굴고 싶은 안타까운 그런 행복이 느껴지지 않은 것도 아니었으니 도련님은 이렇게 정은 들이고 가시고는 이제 와서는 생판 모르는 체하시는 거나 아닐런가——

마을

　두 손등으로 눈물을 씻고 고개는 으레 들었으나

　나물 뜯을 생각은 않고

　이뿐이는 늙은 잣나무 밑에 앉아서 먼 하늘을 치켜대고 도련님 생각에 이렇게도 넋을 잃는다.

　이제 와 생각하면 야속도 스럽나니 마님께 매를 맞도록 한 것도 결국 도련님이었고 별 욕을 다 당하게 한 것도 결국 도련님이 아니었던가——

매일과 같이 산엘 올라다닌 지 단 나흘이 못 되어 마님은 눈치를 채셨는지 혹은 짐작만 하셨는지 저녁때 기진하여 내려오는 이뿐이를 불러 앉히시고

"너 요년 바른대로 말해야지 죽인다." 하고 회초리로 때리시되 볼기짝이 톡톡 불거지도록 하셨고 그래도 안차게[8] 아니라고 고집을 쓰니 이번에는 어머니가 달려들어 머리채를 휘잡고 주먹으로 등어리를 서너 번 쾅쾅 때리더니 그만도 좋으련만 뜰 아랫방에 갖다 가두고는 사날씩이나 바깥 구경을 못하게 하고 구메밥으로 구박을 막 함에는 이뿐이는 짜증 서럽지 않을 수가 없었다. 징역살이 맨 마지막 밤이 깊었을 제 이뿐이는 너무 원통하여 혼자 앉아서 울다가 자리에 누운 어머니의 허리를 꼭 끼고 그 품속으로 기어들며 "어머니 나 데련님하고 살 테야——"하고 그예 저의 속중을 토설하니 어머니는 들었는지 먹었는지 그냥 잠잠히 누웠더니 한참 후 후유, 하고 한숨을 내뿜을 때에는 이미 눈에 눈물이 그렁그렁하였고 그러고 또 한참 있더니 입을 열어 하는 이야기가 지금은 이렇게 늙었으나 자기도 색시 때에는 이뿐이만치나 어여뻤고 얼마나 맵시가 출중났던지 노나리와 은근히 배가 맞았으나 몇 달이 못가서 노마님이 이걸 아시고 하루는 불러세우고 때리시다가 마침내 샘에 못 이기어 인두[9]로 하초[10]를 지지려고 들어덤비신 일이 있다고 일러주고 다시 몇번 몇번 당부하여 말하되, 석숭네가 벌써부터 말을 건네는 중이니 도련님에게 맘일랑 두지 말고 몸 잘 갖고 있으라 하고 딱 떼는 것이 아닌가. 하기야 이뿐이가

무남독녀의 귀여운 외딸이 아니었던들 사흘 후에도 바깥엔 나올
수 없었으려니와 비로소 대문을 나와보니 그간 세상이 좀 넓어진
것 같고 마치 우리를 벗어난 짐승과 같이 몸의 가뜬함을 느꼈고
흉측스러운 산으로 뺑뺑 둘러싼 이 산골에서 벗어나 넓은 버덩"
으로 나간다면 기쁘기가 이보다 좀 더하리라 생각도 하여보고 어
머니의 영대로 고추밭을 매러 개울길로 내려가려니까 왼편 수풍
속에서 도련님이 불쑥 튀어나오며 또 붙들고 산에 안 갈 테냐고
대구 보챈다. 읍에 가 학교를 다니다가 요즘 방학이 되어 집에 돌
아온 뒤로는 공부는 할 생각 않고 날이면 날 저물도록 저만 이렇
게 붙잡으러 다니는 도련님이 딱도 하거니와 한편 마님도 무섭고
또는 모처럼 용서를 받는 길로 그러고 보면 이번에는 호되게 불
이 내릴 것을 알고 이뿐이는 오늘은 안 되니 낼모레쯤 가자고 좋
게 달래다가 그래도 듣지 않고 굳이 가자고 성화를 하는 데는 할
수 없이 몸을 뿌리치고 뺑손을 놓을 수밖에 딴 도리가 없었다. 구
질구질히 내리던 비로 말미암아 한동안 손을 못 댄 고추밭은 풀
들이 제법 성큼히 엉겼고 어디서부터 시작해야 좋을지 갈피를 모
르겠는데 이뿐이는 되는대로 한편 구석에 치마를 도사리고 앉아
서, 이것도 명색은 김매는 거겠지 호미로 흙등만 따짝거리며 정
짜 정신은 어젯밤 좋은 상전과 못 사는 법이라던 어머니의 말이
옳은지 그른지 그것만 일념으로 아로새기며 이리 씹고 저리도 씹
어본다. 그러나 이뿐이는 아무렇게도 나는 도련님과 꼭 살아보겠
다 혼자 맹세하고, 제가 아씨가 되면 어머니는 일테면 마님이 되
련마는 왜 그리 극성인가 싶어서 좀 야속하였고 해가 한나절이

되어 목덜미를 확확 달일 때까지 이리저리 곰곰 생각하다가 고개를 들어보매 밭은 여태 한 고랑도 다 끝이 못 났으니 이놈의 밭이, 하고 탓 안 할 탓을 하며 저로도 하품이 나올 만치 어지간히 기가 막혔다. 이번에는 좀 빨랑빨랑 하리라 생각하고 이뿐이는 호미를 잽싸게 놀리며 폭폭 찍고 덤볐으나 그래도 웬일인지 일은 손에 붙지를 않고 그뿐 아니라 등 뒤 개울의 덤불에서는 온갖 잡새가 귀둥대둥[12] 멋대로 속삭이고 먼발치에서 풀을 뜯고 있던 황소가 메— 하고 늘어지게도 소리를 내뽑으니 이뿐이는 이걸 듣고 갑자기 몸이 나른해지지 않을 수 없고 밭가에 선 수양버들 그늘에 쓰러져 한잠 들고 싶은 생각이 곧바로 나지마는 어머니가 무서워 차마 그걸 못하고 만다. 인제는 계집애는 밭일을 안하도록 법이 됐으면 좋겠다 생각하고 이뿐이는 울화증이 나서 호미를 메꼰지고[13] 얼굴의 땀을 씻으며 앉았노라니까 들로 보리를 걷으러 가는 길인지 석숭이가 빈 지게를 지고 꺼불꺼불 밭머리에 와 서더니 아주 썩 시룽그러지게 입을 삐쭉거리며 이뿐이를 건너대고 하는 소리가—

"너 데련님하구 그랬대지—?" 새파랗게 간 비수로 가슴을 쭉 내려긋는대도 아마 이토록은 재겹지[14] 않으리라마는 이뿐이는 어디서 들었느냐고 따져볼 겨를도 없이 얼굴이 고만 홍당무가 되었고 그놈의 소위[15]로 생각하면 대뜸 들어덤벼 그 귓백[16]이라도 물고 늘어질 생각이 곧 간절은 하나 한 죄는 있고 어째 볼 용기가 없으매 다만 고개를 폭 수그릴 뿐이다. 그러니까 석숭이는 제가 괜 듯싶어서[17] 이뿐이를 짜정 넘보고 제법 밭 가운데까지 들어와 떡 버티고 서서는 또 한 번 시큰둥하게 그리고 엇먹는 소리로—

"너 데련님하구 그랬대지—?"

전일 같으면 제가 이뿐이에게 지게막대기로 볼기 맞을 생각도 않고 감히 이따위 버르장머리는 하기커녕 저의 아버지 장사하는 원두막에서 몰래 참외를 따 가지고 와서

"얘 이뿐아, 너 이거 먹어라." 하다가

"난 네가 주는 건 안 먹을 테야."

하고 몇 번 내뱉음에도 꿇지 않고 굳이 먹으라고 떠맡기므로 이 뿐이가 마지못하는 체하고 받아들고는 물론 치마폭에 흙은 싹싹 문대고 나서 깨물고 앉았노라면 아무쪼록 이뿐이 맘에 잘 들도록 호미를 대신 손에 잡기가 무섭게 는실난실[18] 김을 매주었고 그리고 가끔 이뿐이를 웃겨주기 위하여 그것도 재주라고 밭고랑에서 잘 봐야 곰 같은 몸뚱이로 이리 뒹굴고 저리 뒹굴고 하였다. 석숭 아버지는 이놈이 또 어디로 내뺐구나 하고 찾아다니다 여길 와보니 매라는 제 밭은 안 매고 남 계집애 밭에 들어와서 대체 온 이게 무슨 놀음인지 이 꼴이고 보매 기도 막힐 뿐더러 터지려는 웃음을 억지로 참고 노여운 낯을 지어가며

"너 이놈아, 네 밭은 안 매고 남의 밭에 들어와 그게 뭐냐?" 하고 꾸중을 하였지마는 석숭이가 깜짝 놀라서 돌아다보다 고만 멀쑥하여 궁둥이의 흙을 털고 일어서며

"이뿐이 밭 좀 매주러 왔지 뭘 그래?" 하고 되려 퉁명스러이 뻗 댐에는 더 책하지 않고

"어 망할 자식두 다 많어이!" 하고 돌아서 저리로 가며 보이지

않게 피익 웃고 마는 것인데 그러면 이뿐이는 저의 처지가 꽤 야
릇하게 됨을 알고 저기까지 분명히 들리도록

"너보고 누가 밭 매달랬어? 가, 어여 가, 가." 하고 다 먹은 참
외는 생각 않고 등을 떠다밀며 구박을 막 하던 이런 터이련만 제
가 이제 와 누굴 비위를 긁다니 하늘이 무너지면 졌지 이것은 도
시 말이 안 된다.

돌

이뿐이는 남다른 부끄럼으로 온 전신이 확확 다는 듯싶었으나
그러나 조금 뒤에는 무안을 당한 거기에 대갚음이 없어서는 안
되리라 생각하고 앙칼스러운 역심[19]이 가슴을 콕 찌를 때에는 어
깨뿐만 아니라 등어리 전체가 샐룩거리다가 새침히 발딱 일어나
사방을 훑어보더니 대낮이라 다들 일들 나가고 안마을에 사람이
없음을 알고 석숭이의 소맷자락을 넌지시 끌며 그 옆 속성히 자
란 수수밭 속으로 들어간다. 밭 한복판은 아늑하고 아무 데도 보
이지 않으므로 함부로 떠들어도 괜찮으려니 믿고 이뿐이는 거기
다 석숭이를 세워놓자 밭고랑에 널린 여러 돌 틈에서 맞아 죽지
않고 단단히 아플 만한 모리돌멩이[20] 하나를 집어들고 그 옆 정강
이를 모질게 후려치며

"이 자식 뭘 어째구 어째?" 하고 딱딱 어르니까 석숭이는 처음
에 뭐나 좀 생길까 하고 좋아서 따라왔던 걸 별안간 난데없는 모

진 돌만 날아듦에는

"아야!" 하고 소리치자 똑 선불 맞은[21] 노루 모양으로 한번 뻐들
껑 뛰며 눈이 그야말로 왕방울만 해지지 않을 수가 없었다. 그러
나 석숭이는 미움보다 앞서느니 기쁨이요 전일에는 그 옆을 지내
도 본 둥 만 둥하고 그리 대단히 여겨주지 않던 그 이뿐이가 일부
러 이리 끌고 와 돌로 때리되 정말 아프도록 힘을 들일 만치 이뿐
이에게 있어서 지금의 저의 존재가 그만치 끔찍함을 그 돌에서
비로소 깨닫고 짓궂이 씽글씽글 웃으며 한 번 더 뒤둥그러진[22] 그
리고 흘게늦은 목소리로

"뭘 데련님허구 그랬대는데——" 하고 놀려주었다. 이뿐이는

"뭐 이 자식?" 하고 상기된 눈을 똑바로 떴으나 이번에는 돌멩
이 집을 생각을 않고 아까부터 겨우 참아왔던 울음이

"으응!" 하고 탁 터지자 자분참 덤벼들어 석숭이 옷가슴에 매달
리며 쥐어뜯으니 석숭이는 이뿐이를 울려놓은 것은 저의 큰 죄임
을 얼른 알고 눈이 휘둥그레서

"아니다 아니다, 내 부러 그랬다. 아니다." 하고 입에 불이 나게
그러나 손으로 등을 어루만지며 "아니다"를 여러십 번을 부른 때
에야 간신히 울음을 진정해놓았고 이뿐이가 아직 느끼는 음성으
로 몇 번 당부를 하니

"인제 남 듣는데 그러면 내 너 죽일 터야?"

"그래 인전 안 그러마."

참으로 이런 나쁜 소리는 다시 입에 담지 않으리라 맹세하였다.
이뿐이도 그제야 마음을 놓고 흔적이 없도록 눈물을 닦으면서

"다시 그래봐라, 내 죽인다!"

또 한 번 다져놓고 고추밭으로 도로 나오려 할 제 석숭이가 와락 달려들어 그 허리를 잔뜩 껴안고

"너 그럼 우리 집에게 나한테로 시집오라니깐 왜 싫다구 그랬니?" 하고 설혹 좀 성가시게 굴었다 치더라도 만일 이뿐이가 이 행실을 도련님이 아신다면 단박에 정을 떼시려니 하는 염려만 없었더라면 그리 대수롭지 않은 것을 그토록 오지게 혼을 냈을 리 없었겠다고 생각하면 두고두고 입때껏 후회가 나리만치 그렇게 사내의 뺨을 후려친 것도 결국 도련님을 위하는 이뿐이의 깨끗한 정이 아니었던가——

물

가득히 품에 찬 서러움을 눈물로 가시고 나물 바구니를 손에 잡았으니 이뿐이는 다시 일어나 산중턱으로 거친 수풀 속을 기어내리며 도라지를 하나 둘 캐기 시작한다.

참인지 아닌지 자세히는 모르나 멀리 날아온 풍설을 들어보면 도련님은 서울 가 어여쁜 아씨와 다시 정분이 났다 하고 그뿐만도 오히려 좋으리마는 댁의 마님은 마님대로 늙은 총각 오래 두면 병 난다 하여 상냥한 아가씨만 찾는 길이니 대체 이게 웬 셈인지 이뿐이는 골머리가 아팠고 도라지를 캔다고 꼬챙이를 땅에 꾸욱 꽂으니 그대로 짚고 선 채 해만 점점 부질없이 저물어간다. 맥

을 잃고 다시 내려오다 이뿐이는 앞에 우뚝 솟는 바위를 품에 얼싸안고 그 아래를 굽어보니 험악한 석벽 틈에 맑은 물은 웅숭깊이 충충[23] 고였고 설핏한 하늘의 붉은 노을 한쪽을 똑 떼 들고 푸른 잎새로 전을 둘렀거늘 그 모양이 보기에 퍽도 아름답다. 그걸 거울 삼고 이뿐이는 저 밑에 까맣게 비치는 저의 외양을 또 한 번 고쳐 뜯어보니 한때는 도련님이 조르다 몸살도 나셨으려니와 의복은 비록 추레할망정[24] 저의 눈에는 밉지 않게 생겼고 남 가진 이목구비에 반반도 하련마는 뭐가 부족한지 달리 눈이 맞은 도련님의 심정이 알 수 없고 어느덧 원망스러운 눈물이 눈에서 떨어지니 잔잔한 물면에 물둘레[25]를 치기도 전에 무슨 밥이나 된다고 커단 격지는 휘청휘청 올라와 꼴딱 받아먹고 들어간다. 이뿐이는 얼빠진 등신같이 맑은 이 물을 가만히 들여다보노라니 불시로 제 몸을 풍덩, 던져 깨끗이 빠져도 죽고 싶고 아니 이왕 죽을진댄 정든 님 품에 안고 같이 풍, 빠져 세상사를 다 잊고 알뜰히 죽고 싶고 그렇다면 도련님이 이 등에 넙죽 엎디어 뺨에 뺨을 비벼대고 그리고 이 물을 같이 굽어보며

"애 울지 마라 내가 가면 설마 아주 가겠니?" 하고 세우[26] 달랠 제 꼭 붙들고 풍덩실, 하고 왜 빠지지 못했던가. 시방[27]은 한가[28]도 컸건마는 그 이뿐이는 그리도 삶에 주렸던지

"정말 올 여름엔 꼭 오우?" 하고 아까부터 몇 번 묻는 걸 또 한 번 다져보았거늘 도련님은 시원스러이 선뜻

"그럼 오구말구 널 두고 안 오겠니!" 하고 대답하고 손에 꺾어 들었던 노란 동백꽃을 물 위로 홱 내던지며

"너 참 이 물이 무슨 물인지 알면 용치?"

눈을 끔벅끔벅하더니 이야기하여 가로되 옛날에 이 산 속에 한 장사가 있었고 나라에서는 그를 잡고자 사방팔면[29]에 군사를 놓았다. 그렇지마는 장사에게는 비호같이 날랜 날개가 돋힌 법이니 공중을 훌훌 나는 그를 잡을 길 없고 머리만 앓던 중 하루는 그예 이 물에서 목욕을 하고 있는 것을 사로잡았다는 것이로되, 왜 그러냐 하면 하느님이 잡수시는 깨끗한 이 물을 몸으로 흐렸으니 누구라고 천벌을 안 입을 리 없고 몸에 물이 닿자 돋혔던 날개가 흐지부지 녹아버린 까닭이라고 말하고 도련님은 손짓으로 장사의 처참스러운 최후를 시늉하며 가장 두려운 듯이 눈을 커다랗게 끔적끔적하드니 뒤를 이어 그 말이—

"아 무서! 얘 우지 마라. 저 물에 눈물이 떨어지면 너 큰일난다." 그러나 이뿐이는 그까짓 소리는 듣는 둥 마는 둥 그리 신통치 못하였고 며칠 후 서울로 떠나면 아주 놓칠 듯만 싶어서 도련님의 얼굴을 이윽히 쳐다보고 그럼 다짐을 두고 가라 하다가 도련님이 조금도 서슴없이 입고 있던 자기의 저고리 고름 한 짝을 뚝 떼어 이뿐이 허리춤에 꾹 꽂아주며

"너 이래두 못 믿겠니?" 하니 황송도 하거니와 설마 이걸 두고야 잊으시진 않겠지 하고 속이 든든하지 않은 것도 아니었다. 대장부의 노릇이매 이렇게 하고 변심은 없을 게나 그래도 잘 따져 보니 이 고름이 말하는 것도 아니거든 차라리 따라 나서느니만 같지 못하다고 문득 마음을 고쳐먹고 고개로 쫓아간 건 좋으련마는 왜 그랬던고. 좀더 매달려 진대[30]를 안 붙고 고기 주저앉고 말

앗으니 이제 와서는 한가만 새롭고 몸에 고이 간직하였던 옷고름을 이 손에 꺼내 들고 눈물로 흘려보되 별수 없나니 보람없이 격지³¹만 늘어간다. 허나 이거나마 아주 없었던들 그야 살맛조차 송두리 잃었으리라마는 요즘 매일과 같이

　이 험한 깊은 산 속에 올라와

　옛 기억을 홀로 더듬어보며

이뿐이는 해가 저물도록 이렇게 울고 섰고 하는 것이다.

길

　모든 새들은 어제와 같이 노래를 부르고 날도 맑으련만

　오늘은 웬일인지

　이뿐이는 아직도 올라오질 않는다.

　석숭이는 아버지가 읍의 장에 가서 세 마리 닭을 팔아 그걸로 소금을 사오라 하여 아침 일찍이 나온 것도 잊고 이 산에 올라와 다리를 묶은 닭들은 한편에 내던지고 늙은 잣나무 그늘에 누워 눈이 빠지도록 기다렸으나 이뿐이가 좀체 나오지 않으매 웬일일까 고게 또 노하지나 않았나 하고 일쩝이³² 이렇게 애를 태운다. 올 가을이 얼른 되어 새 곡식을 걷으면 이뿐이에게로 장가를 들게 되었으니 기쁨인들 이우 더할 데 있으랴마는 이번도 또 이뿐이가 밥도 안 먹고 죽는다고 야단을 친다면 헛일이 아닐까 하는 염려도 없지는 않았거늘 고렇게 쌀쌀하고 매일매일 하던 이뿐이

의 태도가 요즘에 들어와서는 급작이 다소곳하고 눈 한번 흘길
줄도 모르니 이건 참으로 춤을 추어도 다 못 출 것이다. 뿐만 아
니라 이슬비가 내리던 날 마님 댁 울 뒤에서 이뿐이는 옥수수를
따고 섰고 제가 그 옆을 지날 제 은근히 손짓을 하므로 가까이 다
가서니 귀에다 나직이 속삭이는 소리가——

"너 핀지³³ 하나 써줄런?"

"그래그래 써주마. 내 잘 쓴다." 석숭이는 너머 반가워서 허둥
거리며 묻지 않는 소리까지 하다가 또 그 말이 내 너 하라는 대로
다 할 게니 도련님에게 편지를 쓰되 이뿐이는 여태 기다립니다
하고 그리고 이런 소리는 아예 입밖에 내지 말라 하므로 그런 편
지면 일 년 내내 두고 썼으면 좋겠다 속으로 생각하고 채 틀 못
박힌 연필 글씨로 다섯 줄을 그리기에 꼬박 이틀 밤을 새고 나서
약속대로 산으로 이뿐이를 만나러 올라올 때에는 어쩐지 가슴이
두근두근하는 것이 바로 아내를 만나러 오는 남편의 그 기쁨이
또렷이 나타나는 것이다. 이뿐이가 얼른 올라와야 뭐가 젤 좋으
냐 물어보고 이 닭들을 팔아 선물을 사다 주련만 오진 않고 석숭
이는 암만 생각해야 영문을 모르겠으니 아마 요전번

"이 핀지 써왔으니깐 너 나구 꼭 살아야 한다." 하고 크게 얼른
것이 좀 잘못이라 하더라도 이뿐이가 고개를 푹 숙이고 있다가

"그래." 하고 눈에 눈물을 보이며

"그 핀지 읽어봐." 하고 부드럽게 말한 걸 보면 그리 노한 것은
아니니 석숭이는 기뻐서 그 앞에 떡 버티고 제가 썼으나 제가 못
읽는 그 편지를 떠듬떠듬 데련님 전 상사리 가신 지가 오래됐는

디 왜 안 오구 일 년 반이 댓는데[34] 왜 안 오구 하니깐 이뿐이는 밤
마다 눈물로 새오며 이뿐이는 그럼 죽을 테니까 날듯이 얼찐[35] 와
서——이렇게 땀을 내며 읽었으나 이뿐이는 다 읽은 뒤 그걸 받아
서 피봉[36]에 도로 넣고 그리고 나물 바구니 속에 감추고는 그대로
덤덤히 산을 내려온다. 산기슭으로 내리니 앞에 큰 내가 놓여 있
고 골고루도 널려 박힌 험상궂은 웅퉁바위[37] 틈으로 물은 우람스
레 부닥치며 콸콸 흘러내리매 정신이 다 아찔하여 이뿐이는 조심
스레 바위를 골라 딛으며 이쪽으로 건너왔으나 아무리 생각하여
도 같이 멀리 도망가자던 도련님이 저 서울로 혼자만 삐쭉 달아
난 것은 그 속이 알 수 없고 사나이 맘이 설사 변한다 하더라도
잣나무 밑에서 그다지 눈물까지 머금고 조르시던 그 도련님이 이
제 와 싹도 없이 변하신다니 이야 신의 조화가 아니면 안 될 것이
다. 이뿐이는 산처럼 잎이 퍼드러진 호양나무 밑에 와 발을 멈추
며 한 손으로 바구니의 편지를 꺼내어 행주치마 속에 감추어 들
고 석숭이가 쓴 편지도 잘 찾아갈는지 미심도 하거니와 또한 도
련님 앞으로 잘 간다 하면 이걸 보고 도련님이 끔뻑하여 뛰어올
겐지 아닌지 그것조차 장담 못할 일이었지마는 아니, 오신다, 이
옷고름을 두고 가시던 도련님이거늘 설마 이 편지에도 안 오실
리 없으리라고 혼자 서서 우기며 해가 기우는 먼 고개치를 바라
보며 체부[38] 오기를 기다린다. 체부가 잘 와야 사흘에 한 번밖에는
더 들지 않는 줄을 저라고 모를 리 없고 그리고 어제 다녀갔으니
모레나 오는 줄은 번연히 알았지마는 그래도 이뿐이는 산길에 속
는 사람같이 저 산비알[39]로 꼬불꼬불 돌아 나간 기나긴 산길에서

금시 체부가 보일 듯 보일 듯싶었는지 해가 아주 넘어가고 날이
어둡도록 지루하게도 이렇게 속 달게[40] 체부 오기를 기다린다.

　그러나

　오늘은 웬일인지

　어제와 같이 날도 맑고 산의 새들은 노래를 부르건만

　이뿐이는 아직도 나올 줄을 모른다.

봄 · 봄

"장인님! 인젠 저—"

내가 이렇게 뒤통수를 긁고 나이가 찼으니 성례를 시켜줘야 하지 않겠느냐고 하면 그 대답이 늘

"이 자식아! 성례구 뭐구 미처 자라야지—"하고 만다. 이 자라야 한다는 것은 내가 아니라 장차 내 아내가 될 점순이의 키 말이다.

내가 여기에 와서 돈 한 푼 안 받고 일하기를 삼 년하고 꼬박이 일곱 달 동안을 했다. 그런데도 미처 못 자랐다니까 이 키는 언제야 자라는 겐지 짜증[1] 영문 모른다. 일을 좀더 잘해야 한다든지 혹은 밥을(많이 먹는다고 노상 걱정이니까) 좀 덜 먹어야 한다든지 하면 나도 얼마든지 할 말이 많다. 하지만 점순이가 안죽[2] 어리니까 더 자라야 한다는 여기에는 어쩌볼 수 없이 고만 벙벙하고[3] 만다.

이래서 나는 애초에 계약이 잘못된 걸 알았다. 이태면 이태, 삼 년이면 삼 년, 기한을 딱 작정하고 일을 해야 원 할 것이다. 덮어놓고 딸이 자라는 대로 성례를 시켜주마, 했으니 누가 늘 지키고 섰는 것도 아니고 그 키가 언제 자라는지 알 수 있는가. 그리고 난 사람의 키가 무럭무럭 자라는 줄만 알았지 붙배기[4] 키에 모로만 벌어지는 몸도 있는 것을 누가 알았으랴. 때가 되면 장인님이 어련하랴 싶어서 군소리 없이 꾸벅꾸벅 일만 해왔다. 그럼 말이다, 장인님이 제가 다 알아차려서

"어 참, 너 일 많이 했다. 고만 장가들어라." 하고 살림도 내주고 해야 나도 좋을 것이 아니냐. 시치미를 딱 떼고 도리어 그런 소리가 나올까 봐서 지레 펄펄 뛰고 이 야단이다. 명색이 좋아 데릴사위지 일하기에 싱겁기도 할뿐더러 이건 참 아무것도 아니다.

숙맥[5]이 그걸 모르고 점순이의 키 자라기만 까맣게 기다리지 않았나.

언젠가는 하도 갑갑해서 자를 가지고 덤벼들어서 그 키를 한번 재볼까, 했다마는 우리는 장인님이 내외를 해야[6] 한다고 해서 마주 서 이야기도 한마디 하는 법 없다. 우물길에서 어쩌다 마주칠 적이면 겨우 눈어림으로 재보고 하는 것인데 그럴 적마다 나는 저만치 가서

"제—미 키두!" 하고 논둑에다 침을 퉤, 뱉는다. 아무리 잘 봐야 내 겨드랑(다른 사람보다 좀 크긴 하지만) 밑에서 넘을락말락 밤낮 요 모양이다. 개돼지는 푹푹 크는데 왜 이리도 사람은 안 크는지, 한동안 머리가 아프도록 궁리도 해보았다. 아하 물동이를

자꾸 이니까 뼈다귀가 옴츠라드나 보다. 하고 내가 넌짓넌짓이 그 물을 대신 길어도 주었다. 뿐만 아니라 나무를 하러 가면 서낭 당에 돌을 올려놓고

"점순이의 키 좀 크게 해줍소사, 그러면 담엔 떡 갖다놓고 고사 드립죠니까." 하고 치성도 한두 번 드린 것이 아니다. 어떻게 돼 먹은 킨지 이래도 막무가내니―

그래 내 어저께 싸운 것이지 결코 장인님이 밉다든가 해서가 아 니다.

모를 붓다가 가만히 생각을 해보니까 또 싱겁다. 이 벼가 자라 서 점순이가 먹고 좀 큰다면 모르지만 그렇지도 못할걸 내 심어 서 뭘 하는 거냐. 해마다 앞으로 축 거불지는⁷ 장인님의 아랫배 (가 너무 먹은 걸 모르고 내병⁸이라나 그 배)를 불리기 위하여 심곤 조금도 싫지 않다.

"아이구 배야!"

난 모를 붓다 말고 배를 쓰다듬으면서 그대로 논둑으로 기어올랐 다. 그리고 겨드랑에 꼈던 벼 담긴 키를 그냥 땅바닥에 털썩, 떨 어뜨리며 나도 털썩 주저앉았다. 일이 암만 바빠도 나 배 아프면 고만이니까. 아픈 사람이 누가 일을 하느냐. 파릇파릇 돋아오른 풀 한 숲⁹을 뜯어 들고 다리의 거머리를 쓱쓱 문대며 장인님의 얼 굴을 쳐다보았다.

논 가운데서 장인님도 이상한 눈을 해가지고 한참 날 노려보더니

"너 이 자식, 왜 또 이래 응?"

"배가 좀 아파서유!" 하고 풀 위에 슬며시 쓰러지니까 장인님은

약이 올랐다. 저도 논에서 철벙철벙 둑으로 올라오더니 잡은참 내 멱살을 움켜잡고 뺨을 치는 것이 아닌가——

"이 자식아, 일 허다 말면 누굴 망해놀 셈속이냐? 이 대가릴 까 놀 자식!"

우리 장인님은 약이 오르면 이렇게 손버릇이 아주 못됐다. 또 사위에게 이 자식 저 자식 하는 이놈의 장인님은 어디 있느냐. 오 작해야 우리 동리에서 누굴 물론하고 그에게 욕을 안 먹는 사람 은 명이 짧다 한다. 조고만 아이들까지도 그를 돌라세워놓고 욕 필이(본 이름이 봉필이니까) 욕필이, 하고 손가락질을 할 만치 두 루 인심을 잃었다. 허나 인심을 정말 잃었다면 욕보다 읍의 배참 봉 댁 마름으로 더 잃었다. 본디 마름이란 욕 잘하고 사람 잘 치 고 그리고 생김생기길 호박개[10] 같아야 쓰는 거지만 장인님은 외 양이 똑 됐다. 장인이 닭 마리나 좀 보내지 않는다든가 애벌논[11] 때 품을 좀 안 준다든가 하면 그해 가을에는 영락없이 땅이 뚝뚝 떨어진다. 그러면 미리부터 돈도 먹이고 술도 먹이고 안달재신[12] 으로 돌아치던 놈이 그 땅을 슬쩍 돌라안는다. 이 바람에 장인님 집 빈 외양간에는 눈깔 커다란 황소 한 놈이 절로 엉금엉금 기어 들고 동리 사람은 그 욕을 다 먹어가면서도 그래도 굽신굽신하는 게 아닌가.

그러나 내겐 장인님이 감히 큰소리할 계제가 못 된다.

뒷생각은 못하고 뺨 한 개를 딱 때려놓고는 장인님은 무색해서 덤덤이 쓴 침만 삼킨다. 난 그 속을 퍽 잘 안다. 조금 있으면 갈[13] 도 꺾어야 하고 모도 내야 하고, 한창 바쁜 때인데 나 일 안 하고

우리 집으로 그냥 가면 고만이니까. 작년 이맘때도 트집을 좀 하
니까 늦잠 산나구 돌멩이를 집어던져서 자는 놈의 발목을 삐게
해놨다. 사날씩이나 건성[14] 끙, 끙, 앓았더니 종당에는 거반 울상
이 되지 않았는가——

"얘 그만 일어나 일 좀 해라, 그래야 올 갈에 벼 잘되면 너 장가
들지 않니."

그래 귀가 번쩍 띄어서 그날로 일어나서 남이 이틀 품 들일 논
을 혼자 삶아놓으니까 장인님도 눈깔이 커다랗게 놀랐다. 그럼
정말로 가을에 와서 혼인을 시켜줘야 원 경우가 옳지 않겠나. 볏
섬을 척척 들여쌓아도 다른 소리는 없고 물동이를 이고 들어오는
점순이를 담배통으로 가리키며

"이 자식아 미처 커야지, 조걸 데리구 무슨 혼인을 한다구 그러
니 온!" 하고 남 낯짝만 붉게 해주고 고만이다. 골김에 그저 이놈
의 장인님, 하고 댓돌[15]에다 메꽂고 우리 고향으로 내뺄까 하다가
꾹꾹 참고 말았다.

참말이지 난 이꼴 하고는 집으로 차마 못 간다. 장가를 들러 갔
다가 오작 못났어야 그대로 쫓겨왔느냐고 손가락질을 받을 테니
까——

논둑에서 벌떡 일어나 한풀 죽은 장인님 앞으로 다가서며

"난 갈 테야유, 그동안 사경[16] 쳐내슈 뭐."

"너 사위로 왔지 어디 머슴 살러 왔니?"

"그러면 얼찐 성렐 해줘야 안 하지유, 밤낮 부려만 먹구 해준다
해준다——"

"글쎄 내가 안 하는 거냐? 그년이 안 크니까." 하고 어름어름[17] 담배만 담으면서 늘 하는 소리를 또 늘어놓는다.

이렇게 따져나가면 언제든지 늘 나만 밑지고 만다. 이번엔 안 된다, 하고 대뜸 구장님한테로 담판 가자고 소맷자락을 내끌었다.

"아 이 자식이 왜 이래 어른을."

안 간다구 뻗디디고 이렇게 호령은 제맘대로 하지만 장인님 제가 내 기운은 못 당한다. 막 부려먹고 딸은 안 주고 게다 땅땅 치는 건 다 뭐야──.

그러나 내 사실 참 장인님이 미워서 그런 것은 아니다.

그전날 왜 내가 새고개 맞은 봉우리 화전밭을 혼자 갈고 있지 않았느냐. 밭 가생이로 돌 적마다 야릇한 꽃내가 물컥물컥 코를 찌르고 머리 위에서 벌들은 가끔 붕, 붕 소리를 친다. 바위틈에서 샘물 소리밖에 안 들리는 산골짜기니까 맑은 하늘의 봄볕은 이불 속같이 따스하고 꼭 꿈꾸는 것 같다. 나는 몸이 나른하고 몸살(을 아직 모르지만 병)이 나려고 그러는지 가슴이 울렁울렁하고 이랬다.

"어러이! 말이! 맘 마 마──"

이렇게 노래를 하며 소를 부리면 여느 때 같으면 어깨가 으쓱으쓱한다. 웬일인지 밭 반도 갈지 않아서 온몸의 맥이 풀리고 대구 짜증만 난다. 공연히 소만 들입다 두들기며──

"안야! 안야! 이 망할 자식의 소(장인님의 소니까) 대리를 꺾어 들라."

그러나 내 속은 정말 안야 때문이 아니라 점심을 이고 온 점순이의 키를 보고 울화가 났던 것이다.

점순이는 뭐 그리 썩 이쁜 계집애는 못 된다. 그렇다고 또 개떡이냐 하면 그런 깃도 아니고 꼭 내 아내가 돼야 할 만치 그저 툽툽하게 생긴 얼굴이다. 나보다 십 년이 아래니까 올에 열여섯인데 몸은 남보다 두 살이나 덜 자랐다. 남은 잘도 흰칠히들 크건만 이건 위아래가 뭉툭한 것이 내 눈에는 헐없이 감참외[18] 같다. 참외 중에는 감참외가 젤 맛좋고 이쁘니까 말이다. 둥글고 커단 눈은 서글서글하니 좋고 좀 지쳐 찢어졌지만 입은 밥술이나 혹혹히[19] 먹음직하니 좋다. 아따 밥만 많이 먹게 되면 팔자는 고만 아니냐. 헌데 한 가지 파가 있다면 가끔가다 몸이(장인님은 이걸 체신이 없이 들까분다고 하지만) 너무 빨리빨리 논다. 그래서 밥을 나르다가 때없이 풀밭에다 깨빡을 쳐서[20] 흙투성이 밥을 곧잘 먹인다. 안 먹으면 무안해할까 봐서 이걸 씹고 앉았노라면 으적으적 소리만 나고 돌을 먹는 겐지 밥을 먹는 겐지——

그러나 이날은 웬일인지 성한 밥 채로 밭머리에 곱게 내려놓았다. 그리고 또 내외를 해야 하니까 저만큼 떨어져 이쪽으로 등을 향하고 옹크리고 앉아서 그릇 나기를 기다린다.

내가 다 먹고 물러섰을 때 그릇을 와서 챙기는데 그런데 난 깜작 놀라지 않았느냐. 고개를 푹 숙이고 밥 함지에 그릇을 포개면서 날더러 들으라는지 혹은 제 소린지

"밤낮 일만 하다 말 텐가!" 하고 혼자서 쫑알거린다. 고대 잘 내외하다가 이게 무슨 소린가. 하고 난 정신이 얼떨떨했다. 그러면서도 한편 무슨 좋은 수나 있는가 싶어서 나도 공중을 대고 혼잣말로

"그럼 어떻게?" 하니까

"성례 시켜달라지 뭘 어떻게." 하고 되알지게²¹ 쏘아붙이고 얼굴이 발개져서 산으로 그저 도망질을 친다.

나는 잠시 동안 어떻게 되는 심판인지 맥을 몰라서 그 뒷모양만 덤덤히 바라보았다.

봄이 되면 온갖 초목이 물이 오르고 싹이 트고 한다. 사람도 아마 그런가 보다, 하고 며칠 내에 부쩍(속으로) 자란 듯싶은 점순이가 여간 반가운 것이 아니다.

이런 걸 멀쩡하게 안즉 어리다고 하니까ㅡ

우리가 구장님을 찾아갔을 때 그는 싸리문 밖에 있는 돼지우리에서 죽을 퍼주고 있었다. 서울엘 좀 갔다오더니 사람은 점잖아야 한다고 웃쉼²²이(얼른 보면 지붕 위에 앉은 제비 꼬랑지 같다) 양쪽으로 뾰족이 뻗치고 그걸 애햄, 하고 늘 쓰담는 손버릇이 있다. 우리를 멀뚱히 쳐다보고 미리 알아챘는지

"왜 일들 허다 말구 그래?" 하더니 손을 올려서 그 애햄을 혹딱했다.

"구장님! 우리 장인님과 츰에 계약하기를ㅡ"

먼저 덤비는 장인님을 뒤로 떼다밀고 내가 허둥지둥 달려들다가 가만히 생각하고

"아니 우리 빙장님과 츰에." 하고 첫번부터 다시 말을 고쳤다. 장인님은 빙장님, 해야 좋아하고 밖에 나와서 장인님, 하면 괜스레 골을 내려고 든다. 뱀두 뱀이라야 좋냐고, 창피스러우니 남 듣는 데는 제발 빙장님, 빙모님, 하라고 일상 말조짐을 받아오면서

난 그것도 자꾸 잊는다. 당장도 장인님, 하다 옆에서 내 발등을 꾹 밟고 곁눈질을 흘기는 바람에야 겨우 알았지만.

구장님도 내 이야기를 자세히 듣더니 퍽 딱한 모양이었다. 하기야 구장님뿐만 아니라 누구든지 다 그럴 게다. 길게 길러둔 새끼손톱으로 코를 후벼서 저리 탁 튀기며

"그럼 봉필씨! 얼른 성롈 시켜주구려, 그렇게까지 제가 하구 싶다는걸—." 하고 내 짐작대로 말했다. 그러나 이 말에 장인님이 삿대질로 눈을 부라리고

"아 성롈구 뭐구 기집애년이 미처 자라야 할 게 아닌가—?" 하니까 고만 멀쑤룩해서 입맛만 쩍쩍 다실 뿐이 아닌가.

"그것두 그래!"

"그래 거진 사 년 동안에도 안 자랐다니 그 킨 은제 자라지유? 다 그만두구 사경 내슈—."

"글쎄 이 자식아! 내가 크질 말라구 그랬니? 왜 나보구 떼냐?"

"빙모님은 참새만 한 것이 그럼 어떻게 앨 낳지유?"

(사실 장모님은 점순이보다도 귓배기 하나가 적다)

장인님은 이 말을 듣고 껄껄 웃더니(그러나 암만해두 돌 씹은 상이다) 코를 푸는 척하고 날 은근히 골리려고 팔꿈치로 옆 갈비께를 퍽 치는 것이다. 더럽다, 나두 종아리의 파리를 쫓는 척하고 허리를 구부리며 어깨로 그 궁둥이를 콱 떼밀었다. 장인님은 앞으로 우찔근 하고 싸리문께로 쓰러질 듯하다 몸을 바로 고치더니 눈총을 몹시 쏘았다. 이런 쌍년의 자식 하곤 싶으나 남의 앞이라서 차마 못하고 섰는 그 꼴이 보기에 퍽 쟁그러웠다.[23]

그러나 이 말에는 별반 신통한 귀정[24]을 얻지 못하고 도로 논으로 돌아와서 모를 부었다. 왜냐면 장인님이 뭐라구 귓속말로 수군수군하고 간 뒤다. 구장님이 날 위해서 조용히 데리고 아래와 같이 일러주었기 때문이다(뭉태의 말은 구장님이 장인님에게 땅 두 마지기 얻어 부치니까 그래 꾀었다고 하지만 난 그렇게 생각 않는다).

"자네 말도 하기야 옳지, 암 나이 찼으니까 아들이 급하다는 게 잘못된 말은 아니야, 하지만 농사가 한창 바쁠 때 일을 안 한다든가 집으로 달아난다든가 하면 손해죄로 그것두 징역을 가거든(여기에 그만 정신이 번쩍 났다)! 왜 요전에 삼포말[25]서 산에 불 좀 놓았다구 징역 간 거 못 봤나. 제 산에 불을 놓아두 징역을 가는 이땐데 남의 농사를 버려주니 죄가 얼마나 더 중한가. 그리고 자넨 정장을(사경 받으러 정장[26] 가겠다 했다) 간다지만 그러면 괜스레 죌 들쓰고 들어가는 걸세. 또 결혼두 그렇지. 법률에 성년이란 게 있는데 스물하나가 돼야지 비로소 결혼을 할 수가 있는 걸세. 자넨 물론 아들이 늦을 걸 염려하지만 점순이로 말하면 인제 겨우 열여섯이 아닌가. 그렇지만 아까 빙장님의 말씀이 올 갈에는 열 일을 제치고라두 성례를 시켜주겠다 하시니 좀 고마울 겐가. 빨리 가서 모 붓던 거나 마저 붓게. 군소리 말구 어서 가."

그래서 오늘 아침까지 끽소리 없이 왔다.

장인님과 내가 싸운 것은 지금 생각하면 전혀 뜻밖의 일이라 안할 수 없다. 장인님으로 말하면 요즘 막 작인들에게 행세를 좀 하고 싶다고 해서 '돈 있으면 양반이지 별 게 있느냐!' 하고 일부러 아랫배를 툭 내밀고 걸음도 뒤틀리게 걷고 하는 이 판이다. 이까짓 나쯤 뚜들기다 남의 땅을 가지고 모처럼 닦아놓았던 가문을 망친다든지 할 어른이 아니다. 또 나로 논지면²⁷ 아무쪼록 살 빼서 점순이에게 얼른 장가를 들어야 하지 않느냐—

이렇게 말하자면 결국 어젯밤 뭉태네 집에 마실 간 것이 썩 나빴다. 낮에 구장님 앞에서 장인님과 내가 싸운 것을 어떻게 알았는지 대고 빈정거리는 것이 아닌가.

"그래 맞구두 그걸 가만 둬?"

"그럼 어떡허니?"

"임마 봉필일 모판에다 거꾸루 박아놓지 뭘 어떻게?" 하고 괜히 내 대신 화를 내가지고 주먹질을 하다 등잔까지 쳤다. 놈이 본시 괄괄은 하지만 그래놓고 날더러 석유값을 물라구 막 찌다우²⁸를 붙는다. 난 어안이 벙벙해서 잠자코 앉았으니까 저만 연신 지껄이는 소리가—

"밤낮 일만 해주구 있을 테냐."

"영득이는 일 년을 살구두 장갈 들었는데 넌 사 년이나 살구두 더 살아야 해."

"네가 세번째 사윈 줄이나 아니, 세번째 사위."

"남의 일이라두 분하다 이 자식아, 우물에 가 빠져 죽어."

나중에는 겨우 손톱으로 목을 따라고까지 하고 제 아들같이 함부로 혹닥였다.²⁹ 별의별 소리를 다 해서 그대로 옮길 수는 없으나 그 줄거리는 이렇다—

우리 장인님이 딸이 셋이 있는데 맏딸은 재작년 가을에 시집을 갔다. 정말은 시집을 간 것이 아니라 그 딸도 데릴사위를 해가지고 있다가 내보냈다. 그런데 딸이 열 살때부터 열아홉 즉 십 년 동안에 데릴사위를 갈아들이기를, 동리에선 사위 부자라고 이름이 났지마는 열네 놈이란 참 너무 많다. 장인님이 아들은 없고 딸만 있는 고로 그담 딸을 데릴사위를 해올 때까지는 부려먹지 않으면 안 된다. 물론 머슴을 두면 좋지만 그건 돈이 드니까, 일 잘하는 놈을 고르느라고 연팡[30] 바꿔들였다. 또 한편 놈들이 욕만 줄창 퍼붓고 심히도 부려먹으니까 밸이 상해서[31] 달아나기도 했겠지. 점순이는 둘째딸인데 내가 일테면 그 세번째 데릴사위로 들어온 셈이다. 내 담으로 네번째 놈이 들어올 것을 내가 일두 참 잘하고 그리고 사람이 좀 어수룩하니까 장인님이 잔뜩 붙들고 놓질 않는다. 셋째딸이 인제 여섯 살, 적어도 열 살은 돼야 데릴사위를 할 테므로 그동안은 죽도록 부려먹어야 된다. 그러니 인제는 속 좀차리고 장가를 들여달라고 떼를 쓰고 나자빠져라, 이것이다.

나는 건으로[32] 엉, 엉, 하며 귓등으로 들었다. 뭉태는 땅을 얻어부치다가 떨어진 뒤로는 장인님만 보면 공연히 못 먹어서 으릉거린다. 그것도 장인님이 저 달라고 할 적에 제 집에서 위한다는 그감투(예전에 원님이 쓰던 것이라나 옆구리에 뽕뽕 좀먹은 걸레)를 선뜻 주었다면 그럴 리도 없었던걸──

그러나 나는 뭉태란 놈의 말을 전수히[33] 곧이듣지 않았다. 꼭 곧이들었다면 간밤에 와서 장인님과 싸웠지 무사히 있었을 리가 없지 않은가. 그러면 딸에게까지 인심을 잃은 장인님이 혼자 나빴다.

실토이지 나는 점순이가 아침상을 가지고 나올 때까지는 오늘도 또 얼마나 밥을 담았나, 하고 이것만 생각했다. 상에는 된장찌

개하고 간장 한 종지 조밥 한 그릇 그리고 밥보다 더 수부룩하게
담은 산나물이 한 대접 이렇다. 나물은 점순이가 틈틈이 해오니
까 두 대접이고 네 대접이고 멋대로 먹어도 좋으나 밥은 장인님
이 한 사발 외엔 더 주지 말라고 해서 안 된다. 그런데 점순이가
그 상을 내앞에 내려놓으며 제 말로 지껄이는 소리가

"구장님한테 갔다 그냥 온담 그래!" 하고 엊그제 산에서와 같이
되우³⁴ 종알거린다. 딴은 내가 더 단단히 덤비지 않고 만 것이 좀
어리석었다. 속으로 그랬다. 나도 저쪽 벽을 향하여 외면하면서
내 말로

"안 된다는 걸 그럼 어떡한담!" 하니까

"수염을 잡아채지 그냥 둬, 이 바보야?" 하고 또 얼굴이 빨개지
면서 성을 내며 안으로 샐쭉하니 튀들어가지 않느냐. 이때 아무
도 본 사람이 없었기에 망정이지 보았다면 내 얼굴이 에미 잃은
황새새끼처럼 가엾다 했을 것이다.

사실 이때만치 슬펐던 일이 또 있었는지 모른다. 다른 사람은
암만 못생겼다 해도 괜찮지만 내 아내 될 점순이가 병신으로 본
다면 참 신세는 따분하다. 밥을 먹은 뒤 지게를 지고 일터로 가려
하다 도로 벗어던지고 바깥 마당 공석 위에 드러누워서 나는 차
라리 죽느니만 같지 못하다 생각했다.

내가 일 안 하면 장인님 저는 나이가 먹어 못하고 결국 농사 못
짓고 만다. 뒷짐으로 트림을 끌걱, 하고 대문 밖으로 나오다 날
보고서

"이 자식아! 너 왜 또 이러니?"

"관격[35]이 났어유, 이이구 배야!"

"기껀 밥 처먹구 나서 무슨 관격이야, 남의 농사 버려주면 이 자식아 징역 간다 봐라!"

"가두 좋아유, 아이구 배야!"

참말 난 일 안 해서 징역 가도 좋다 생각했다. 일후 아들을 낳아도 그 앞에서 바보 바보 이렇게 별명을 들을 테니까 오늘은 열 쪽에 난대도 결정을 내고 싶었다.

장인님이 일어나라고 해도 내가 안 일어나니까 눈에 독이 올라서 저편으로 힝하게 가더니 지게막대기를 들고 왔다. 그리고 그걸로 내 허리를 마치 돌 떠넘기듯이 쿡 찍어서 넘기고 넘기고 했다. 밥을 잔뜩 먹고 딱딱한 배가 그럴 적마다 퉁겨지면서 밸창이 꼿꼿한 것이 여간 켕기지 않았다. 그래도 안 일어나니까 이번에는 배를 지게막대기로 위에서 쿡쿡 찌르고 발길로 옆구리를 차고 했다. 장인님은 원체 심정이 궂어서 그러지만 나도 저만 못하지 않게 배를 채었다. 아픈 것을 눈을 꽉 감고 넌 해라 난 재미난 듯이 있었으나 볼기짝을 후려갈길 적에는 나도 모르는 결에 벌떡 일어나서 그 수염을 잡아챘다마는 내 골이 난 것이 아니라 정말은 아까부터 부엌 뒤 울타리 구멍으로 점순이가 우리들의 꼴을 몰래 엿보고 있었기 때문이다. 가뜩이나 말 한마디 톡톡히 못한다고 바보라는데 매까지 잠자코 맞는 걸 보면 짜정 바보로 알 게 아닌가. 또 점순이도 미워하는 이까짓 놈의 장인님 나곤 아무것도 안 되니까 막 때려도 좋지만 사정 보아서 수염만 채고(제 원대로 했으니까 이때 점순이는 퍽 기뻤겠지) 저기까지 잘 들리도록

"이걸 까셀라부다!"[36] 하고 소리를 쳤다.

장인님은 더 약이 바짝 올라서 자분참 지게막대기로 내 어깨를 그냥 내려갈겼다. 정신이 다 아찔하다. 다시 고개를 들었을 때 그 때엔 나도 온몸에 약이 올랐다. 이 녀석의 장인님을, 하고 눈에서 불이 퍽 나서 그 아래 밭 있는 넝알로[37] 그대로 떼밀어 굴려버렸다. 조금 있다가 장인님이 씩, 씩, 하고 한번 해보려고 기어오르는 걸 얼른 또 떼밀어 굴려버렸다.

기어오르면 굴리고 굴리면 기어오르고 이러길 한 너덧 번을 하며 그럴 적마다

"부려만 먹구 왜 성례 안 하지유!"

나는 이렇게 호령했다. 하지만 장인님이 선뜻 오냐 낼이라두 성례시켜주마, 했으면 나도 성가신 걸 그만두었을지 모른다. 나야 이러면 때린 건 아니니까 나중에 장인 쳤다는 누명도 안 들을 터이고 얼마든지 해도 좋다.

한번은 장인님이 헐떡헐떡 기어서 올라오더니 내 바짓가랑이를 요렇게 노리고서 단박 움켜잡고 내달렸다. 악, 소리를 치고 나는 그만 세상이 다 팽그르 도는 것이

"빙장님! 빙장님! 빙장님!"

"이 자식! 잡어먹어라 잡어먹어!"

"아! 아! 할아버지! 살려줍쇼 할아버지!" 하고 두 팔을 허둥지둥 내저을 적에는 이마에 진땀이 쭉 내솟고 인젠 참으로 죽나 보다, 했다. 그래도 장인님은 놓질 않더니 내가 기어이 땅바닥에 쓰러져서 거의 까무러치게 되니까 놓는다. 더럽다 더럽다. 이게 장

인님인가, 나는 한참을 못 일어나고 쩔쩔맸다. 그렇게 얼굴을 드니(눈에 참 아무것도 보이지 않았다) 사지가 부르르 떨리면서 나도 엉금엉금 기어가 장인님의 바짓가랑이를 꽉 움키고 잡아 낚았다.

내가 머리가 터지도록 매를 얻어맞은 것이 이 때문이다. 그러나 여기가 또한 우리 장인님이 유달리 착한 곳이다. 여느 사람이면 사경을 주어서라도 당장 내쫓았지 터진 머리를 불솜으로 손수 지져주고, 호주머니에 희연 한 봉을 넣어주고 그리고

"올 갈엔 꼭 성례를 시켜주마, 암말 말구 가서 뒷골의 콩밭이나 얼른 갈아라." 하고 등을 뚜덕여줄 사람이 누구냐.

나는 장인님이 너무나 고마워서 어느덧 눈물까지 났다. 점순이를 남기고 인젠 내쫓기려니, 하다 뜻밖의 말을 듣고

"빙장님! 인제 다시는 안 그러겠어유──."

이렇게 맹서를 하며 불야살야 지게를 지고 일터로 갔다.

그러나 이때는 그걸 모르고 장인님을 원수로만 여겨서 잔뜩 잡아당겼다.

"아! 아! 이놈아! 놔라, 놔, 놔──"

장인님은 헛손질을 하며 솔개미[38]에 챈 닭의 소리를 연해 질렀다. 놓긴 왜, 이왕이면 호되게 혼을 내주리라, 생각하고 짓궂이 더 당겼다마는 장인님이 땅에 쓰러져서 눈에 눈물이 피잉 도는 것을 알고 좀 겁도 났다.

"할아버지! 놔라, 놔, 놔, 놔놔." 그래도 안 되니까

"애 점순아! 점순아!"

이 악장[39]에 안에 있었던 장모님과 점순이가 헐레벌떡하고 단숨

에 뛰어나왔다.

나의 생각에 장모님은 제 남편이니까 억성을 할는지도 모른다. 그러나 점순이는 내 편을 들어서 속으로 고수해서[40] 하겠지——대체 이게 웬 속인지(지금까지도 난 영문을 모른다) 아버질 혼내주기는 제가 내래놓고 이제 와서는 달려들며

"에구머니! 이 망할 게 아버지 죽이네!" 하고 내 귀를 뒤로 잡아당기며 마냥 우는 것이 아니냐. 그만 여기에 기운이 탁 꺾이어 나는 얼빠진 등신이 되고 말았다. 장모님도 덤벼들어 한쪽 귀마저 뒤로 잡아채면서 또 우는 것이다.

이렇게 꼼짝 못하게 해놓고 장인님은 지게막대기를 들어서 사뭇 나려조겼다.[41] 그러나 나는 구태여 피하려 하지도 않고 암만해도 그 속 알 수 없는 점순이의 얼굴만 멀거니 들여다보았다.

"이 자식! 장인 입에서 할아버지 소리가 나오도록 해?"

안해[1]

　우리 마누라는 누가 보든지 뭐 이쁘다고는 안 할 것이다. 바로
계집에 환장된 놈이 있다면 모르거니와, 나도 일상 같이 지내긴
하나 아무리 잘 고쳐보아도 요만치도 이쁘지 않다. 하지만 계집
이 낯짝이 이뻐 맛이냐. 제기할[2] 황소 같은 아들만 줄대 잘 빠쳐놓
으면 고만이지. 사실 우리 같은 놈은 늙어서 자식까지 없다면 꼭
굶어 죽을 밖에 별도리 없다. 가진 땅 없어, 몸 못써 일 못하여,
이걸 누가 열쳤다[3]고 그냥 먹여줄 테냐. 하니까 내 말이 이왕 젊어
서 되는대로 자꾸 자식이나 쌓아두자 하는 것이지.

　그리고 에미가 낯짝 글렀다고 그 자식까지 더러운 법은 없으렷
다. 아 바로 우리 똘똘이를 보아도 알겠지만 즈[4] 에미년은 쥐었다
놓은 개떡 같아도 좀 똑똑하고 낄끗이[5] 생겼느냐. 비록 먹고도 대
구 또 달라고 불아귀[6]처럼 덤비기는 할망정. 참 이놈이야말로 나
에게는 아버지보담도 할아버지보담도 아주 말할 수 없이 끔찍한

보물이다.

년이 나에게 되지 않은 큰 체를 하게 된 것도 결국 이 자식을 낳았기 때문이다. 전에야 그 상판때길[7] 가지고 어딜 끽소리나 제법 했으랴. 흔히 말하길 계집의 얼굴이란 눈의 안경이라 한다. 마는 제 아무리 물커진[8] 눈깔이라도 이 얼굴만은 어쩔볼 도리 없을 게다.

이마가 훌떡 까지고 양미간이 벌면 소견이 탁 틔었다지 않냐. 그럼 좋기는 하다마는 아기자기한 맛이 없고 이 조로[9] 둥글넓적이 내려온 하관[10]에 멋없이 쑥 내민 것이 입이다. 두틂은 하나 건순입술,[11] 말 좀 하려면 그리 정하지 못한 운이[12]가 분질없이[13] 뻔찔 드러난다. 설혹 그렇다 치고 한복판에 달린 코나 좀 똑똑히 생겼다면 얼마 낫겠다. 첫때 눈에 띄는 것이 그 코인데, 이렇게 말하면 년의 숭을 보는 것 같지만, 썩 잘 보자 해도 먼 산 바라보는 도야지의 코가 자꾸만 생각이 난다.

꼴이 이러니까 밤이면 내 눈치만 스을슬 살피는 것이 아니냐. 오늘은 구박이나 안 할까, 하고 은근히 애를 태우는 맥이렷다. 이게 가여워서 피곤한 몸을 무릅쓰고 대개 내가 먼저 말을 걸게 된다. 온종일 뭘 했느냐는 둥, 싸리문을 좀 고쳐놓으라 했더니 어떻게 했느냐는 둥, 혹은 오늘 밤에는 웬일인지 코가 훨씬 좋아 보인다는 둥, 하고. 그러면 년이 금세 혜에 벌어지고 힝하게 내 곁에 와 앉아서는 어깨를 비겨대고 슬근슬근 비빈다. 그리고 코가 좋아 보인다니 정말 그러냐고 몸이 달아서 묻고 또 묻고 한다. 저로도 믿지 못할 그 사실을 한때의 위안이나마 또 한 번 들어보자는 심정이렷다. 그 속을 알고 짜정 콧날이 서나 보다고 하면 년의 대답이 뒷간엘 갈 적마다 잡아당기고 했더니 혹 나왔을지 모른다나, 그러고 아주 좋아한다.

그러나 어느 때에는 한나절 밭고랑에서 시달린 몸이 고만 축 늘어지는구나. 물론 말 한마디 붙일 새 없이 방바닥에 그대로 누워 버리지. 허면 년이 제 얼굴 때문에 그런 줄 알고 한구석에 가 시무룩해서 앉았다. 얼굴을 모로 돌려 턱을 뾰쭉 쳐들고 있는 걸 보면 필연 제깐엔 옆얼굴이나 한번 봐달라는 속이겠지. 경칠 년. 옆얼굴이라고 뭐 깨묵셍이[14]나 좀 난 줄 알구——.

이러던 년이 똘똘이를 내놓고는 갑자기 세도가 댕댕해졌다.[15] 내가 들어가도 네놈 언제 봤난 듯이 좀체 들떠보는[16] 법 없지. 눈을 스르르 내려깔고는 잠자코 아이에게 젖만 먹이겠다. 내가 좀 아이의 머리라도 쓰다듬으며

"이 자식, 밤낮 잠만 자나?"

"가만둬, 왜 깨놓고 싶은감." 하고 사정없이 내 손등을 주먹으로 갈긴다. 나는 처음에 어떻게 되는 셈인지 몰라서 멀거니 천정만 한참 쳐다보았다. 내 자식 내가 만지는데 주먹으로 때리는 건 무슨 경우야. 허지만 잘 따져보니까 조금도 내가 억울할 것은 없다. 년이 나에게 큰 체를 해야 될 권리가 있는 것을 차차 알았다. 그래서 그때부터 내가 이년, 하면 저는 이놈, 하고 대들기로 무언중 계약되었지.

동리에서는 남의 속은 모르고 우리를 각다귀[17]들이라고 별명을 지었다. 혹하면 서로 대들려고 노리고만 있으니까 말이지. 하긴

요즘에 하루라도 조용한 날이 있을까 봐서 만나기만 하면 이놈, 저년, 하고 먼저 대들기로 위주다. 다른 사람들은 밤에 만나면

"마누라 밥 먹었수?"

"아니오, 당신 오면 같이 먹을랴구——" 하고 일어나 반색을 하겠지만 우리는 안 그러기다. 누가 그렇게 꽹이 소리로 달라붙느냐. 방에 떡 들어서는 길로 우선 넓적한 년의 궁둥이를 발길로 퍽 들이지른다.

"이년아! 일어나서 밥 차려——"

"이눔이 왜 이래, 대릴 꺾어놀라." 하고 년이 고개를 겨우 돌리면

"나무 판 돈 뭐 했어, 또 술 처먹었지?"

이렇게 제법 탕탕 호령하였다. 사실이지 우리는 이래야 정이 보째[18] 쏟아지고 또한 계집을 데리고 사는 멋이 있다. 손자새끼 낯을 해가지고 마누라 어쩌구 하고 어리광으로 덤비는 건 보기만 해도 눈허리가 시질 않겠니. 계집 좋다는 건 욕하고 치고 차고, 다 이러는 멋에 그렇게 치고 보면 혹 궁한 살림에 쪼들리어 악에 받친 놈의 말일지는 모른다. 마는 누구나 다 일반이겠지. 가다가 속이 맥맥하고[19] 부아가 끓어오를 적이 있지 않냐. 농사는 지어도 남는 것이 없고 빚에는 몰리고, 게다가 집에 들어서면 자식놈 킹킹거려, 년은 옷이 없으니 떨고 있어 이러한 때 그냥 배길 수야 있느냐. 트죽태죽[20] 꼬집어가지고 년의 비녀쪽을 턱 잡고는 한바탕 홀두들겨대는구나. 한참 그 지랄을 하고 나면 등줄기에 땀이 쭉 흐르고 한숨까지 후, 돈다면 웬만치 속이 가라앉을 때였다. 담에는

년을 도로 밀쳐버리고 담배 한 대만 피워 물면 된다.

이 멋에 계집이 고마운 물건이라 하는 것이고 내가 또 년을 못 잊어하는 까닭이 거기 있지 않냐. 그렇지 않다면야 저를 계집이라고 등을 뚜덕여주고 그 못난 코를 좋아 보인다고 가끔 추어줄 맛이 뭐야. 하지만 년이 훌쩍거리고 앉아서 우는 걸 보면 이건 좀 재미 적다. 제가 주먹심으로든 입심으로든 나에게 덤비려면 어림도 없다. 쌈의 시초는 누가 먼저 걸었던 간 언제든지 경을 팢다발[21]같이 치고 나았는 것은 년의 차지렸다.

"이리 와, 자빠져 자──"

"곤두어.[22] 너나 자빠져 자렴──"

하고 년이 독이 올라서 돌아다도 안 보고 비쌘다.[23] 마는 한 서너 번 내려오라고 권하면 나중에는 저절로 내 옆으로 스르르 기어들게 된다. 그리고 눈물 흐르는 장반[24]을 벙긋이 흘겨 보이는 것이 아니냐. 하니까 년으로 보면 두들겨맞고 비쌔는 멋에 나하고 사는지도 모르지.

그러나 우리가 원수같이 늘 싸운다고 정이 없느냐 하면 그건 잘못이다. 말이 났으니 말이지 정분치고 우리 것만치 찰떡처럼 끈끈한 놈은 다시 없으리라. 미우면 미울수록 싸울수록 잠시를 떨어지기가 아깝도록 정이 착착 붙는다. 부부의 정이란 이런 겐지 모르나 하여튼 영문 모를 찰거머리 정이다. 나뿐 아니라 년도 매를 한참 뚜들겨맞고 나서 같이 자리에 누우면

"내 얼굴이 그래두 그렇게 숭업진 않지?"

하고 정말 잘난 듯이 바짝바짝 대든다. 그러면 나는 이때 뭐라고

대답해야 옳겠느냐. 하 기가 막혀서 천정을 쳐다보고 피익 내어 버린다.

"이년아! 그게 얼굴이야?"

"얼굴 아니면 가주다닐까—"

"내니깐 이년아! 데리구 살지 누가 근디리니 그 낯짝을?"

"뭐, 네 얼굴은 얼굴인 줄 아니? 불밤송이[25] 같은 거. 참, 내니깐 데리구 살지."

이러면 또 일어나서 땀을 한번 흘리고 다시 드러누울 수밖에 없다. 내 얼굴이 불밤송이 같다니 이래도 우리 어머니가 나를 낳고서 나중 땅마지기나 만져볼 놈이라고 좋아하던 이 얼굴인데. 하지만 다시 일어나고 손짓 발짓을 하고 하는 게 성이 가셔서 대개는 그대로 눙쳐둔다.

"그래, 내 너 이뻐할게 자식이나 대구 내놔라."

"먹이지도 못할 걸 자꾸 나 뭘 하게, 굶겨 죽일랴구?"

"아 이년아! 꿔다 먹이진 못하니?" 하고 소리는 빽 지르나 딴은 뒤가 켕긴다. 더끔더끔[26] 모아두었다가 먹이지나 못하면 그걸 어떻게 하나. 줴다[27] 버리지도 못하고 죽이지도 못하고 뗴송장이 난다면 연히[28] 이런 걸 보면 년이 나보담 훨씬 소견이 된 것을 알 수 있겠다. 물론 십 리만큼 벌어진 양미간을 보아도 나와는 턱이 다르지만.

우리가 요즘 먹는 것은 내가 나무장사를 해서 벌어들인다. 여름 같으면 품이나 판다 하지만 눈이 척척 쌓였으니 얼음을 꺼먹느냐.[29] 하기야 산골에서 어느 놈 치고 별수 있겠냐마는 하루는 산에 가서 나무를 해들이고 그담 날엔 읍에 갖다가 판다. 나니깐 참 쌍지게질도 할 근력이 되겠지만. 잔뜩 나무 두 지게를 혼자서 번차례로 이놈 져다놓고 쉬고 저놈 져다놓고 쉬고 이렇게 해서 장찬[30] 삼십 리 길을 한나절에 들어가는구나. 그렇지 않으면 언제 한 지게 한 지게씩 팔아서 목구녕을 축일 수 있겠느냐. 잘 받으면 두 지게에 팔십 전 운이 나쁘면 육십 전 육십오 전 그걸로 좁쌀, 콩, 떡, 무엇 사들고 찾아오겠다. 죽을 쑤었으면 좀 느루가겠지만[31] 우리는 더럽게 그런 짓은 안 한다. 먹다 못 먹어서 뱃가죽을 움켜쥐고 나설지언정 으레 밥이지. 똘똘이는 네 살짜리 어린애니깐 한 보시기.[32] 나는 저의 아버지니까 한 사발에다 또 반 사발을 더 먹고 그런데 년은 유독 두 사발을 처먹지 않나. 그러고도 나보다 먼저 홀딱 집어세고는 내 사발의 밥을 한 귀퉁이 더 떠먹는 버릇이 있다. 계집이 좋다 했더니 이게 밥버러지가 아닌가 하고 한때는 가슴이 선듯할 만치 겁이 났다. 없는 놈이 양이나 좀 적어야지 이렇게 대구 처먹으면 너 웬 밥을 이렇게 처먹니 하고 눈을 크게 뜨니까 년의 대답이 애 난 배가 그렇지 그럼, 저도 앨 나보지 하고 샐쭉이 토라진다. 아따 그래, 대구 처먹어라. 낭종[33] 밥값은 그 배때기에 다 게 있고 게 있는 거니까. 어떤 때에는 내가 좀 덜 먹고라도 그대로 내주고 말겠다. 경을 칠 년. 하지만 참 너무 처먹는다.

그러나 년이 떡국이 농간을 해서[34] 나보담 한결 의뭉스럽다. 이깐 농사를 지어 뭘 하느냐. 우리 들병이로 나가자, 고. 딴은 내 주변으로 생각도 못했던 일이지만 참 훌륭한 생각이다. 밑지는 농사보다는 이밥에, 고기에, 옷 마음대로 입고 좀 호강이냐. 마는 년의 얼굴을 이윽히 뜯어보다간 고만 풀이 죽는구나. 들병이에게 술 먹으러 오는 건 계집의 얼굴 보자 하는걸 어떤 밸 없는 놈이 저 낯짝엔 몸살 날 것 같지 않다. 알고 보니 참 분하다. 년이 좀만 똑똑히 나왔더면 수가 나는걸. 멀뚱이 쳐다보고 쓴 입맛만 다시니까 년이 그 눈치를 채었는지

"들병이가 얼굴만 이뻐서 되는 게 아니라던데, 얼굴은 박색이라도 수단이 있어야지——"

"그래 너는 그거 할 수단 있겠니?"

"그럼 하면 하지 못할 게 뭐야."

년이 이렇게 아주 번죽 좋게[35] 장담을 하는 것이 아니냐. 들병이로 나가서 식성대로 밥 좀 한바탕 먹어보자는 속이겠지. 몇 번 다져 물어도 제가 꼭 될 수 있다니까 아따 그러면 한번 해보자꾸나 밑천이 뭐 드는 것도 아니고 소리나 몇 마디 반반히 가르쳐서 데리고 나서면 고만이니까.

내가 밤에 집에 돌아오면 년을 앞에 앉히고 소리를 가르치겠다. 우선 내가 무릎장단을 치며 아리랑 타령을 한번 부르는구나. 아리랑 아리랑 아라리요, 춘천아 봉의산아 잘 있거라, 신연강 배 타면 하직이라. 산골의 계집이면 강원도 아리랑쯤은 곧잘 하련만 년은 그것도 못 배웠다. 그러니 쉬운 아리랑부터 시작할 밖에. 그러면 년은 도사리고 앉아서 두 손으로 엉덩이를 치며 흉내를 낸다. 목구멍에서 질그릇 물러앉는 소리가 나니까 나중에 목이 트이면 노래는 잘 할 게다마는 가락이 딱딱 들어맞아야 할 텐데 이

게 세상에 돼먹어야지. 나는 노래를 가르치는데 이 망할 년은 소설책을 읽고 앉았으니 어떡허냐. 이걸 데리고 앉으면 흔히 닭이 울고 때로는 날도 밝는다. 년이 하도 못하니까 본보기로 나만 하고 또 하고 또 하고 그러니 저를 들병이를 아르친다는 게 결국 내가 배우는 폭이 되지 않나. 망할 년 저도 손으로 가리고 하품을 줄대 하며 졸려 죽겠지. 하지만 내가 먼저 자자 하기 전에는 제가 차마 졸리다진 못할라. 애초에 들병이로 나가자, 말을 낸 것이 누군데 그래. 이렇게 생각하면 울화가 불컥 올라서 주먹이 가끔 들어간다.

"이년아! 정신을 좀 채려, 나만 밤낮 하래니?"

"이놈이── 팔때길 꺾어놀라."

"이거 잘 배면 너 잘되지 이년아! 날 주는 거냐 큰 체게?"

이번엔 손가락으로 이마빼기를 꾹 찍어서 뒤로 떠넘긴다. 여느 때 같으면 년이 독살이 나서 저리로 내뺄 게다. 제가 한 죄가 있으니까 다시 일어나서 소리 아르쳐주기만 기다리는 게 아니냐. 하니 딱한 일이다. 될지 안 될지도 의문이거니와 서로 하품은 뻔질 터지고 이왕 내친걸음이니 그렇다고 안 할 수도 없고 예라 빌어먹을 거, 너나 내나 얼른 팔자를 고쳐야지 늘 이러다 말 테냐. 이렇게 기를 한번 쓰는구나. 그리고 밤의 산천이 울리도록 소리를 빽빽 질러가며 년하고 또다시 흥타령을 부르겠다.

그래도 하나 기특한 것은 년이 성의는 있단 말이지. 하기는 그나마도 없다면이야 들병이커녕 깨묵도 그르지만. 날이라도 틈만 있으면 저 혼자서 노래를 연습하는구나. 빨래를 할 적이면 빨래

방추[36]로 가락을 맞추어 가며 이팔청춘을 부른다. 혹은 방 한구석에 죽치고 앉아서 어깻짓으로 버선을 꿰매며 노랫가락도 부른다. 노래 한 장단에 바늘 한 뀌엄[37]씩이니 버선 한 짝 기우려면 열 나절은 걸리지. 하지만 아따 버선으로 먹고 사느냐, 노래만 잘 배워라. 년도 나만치나 이밥에 고기가 얼른 먹고 싶어서 몸살도 나는지 어떤 때에는 바깥 밭둑을 지나려면 뒷간 속에서 콧노래가 흥이거릴[38] 적도 있겠다. 그러나 인제 노랫가락에 흥타령쯤 겨우 배웠으니 그담 건 어느 하가에 배우느냐, 망할 년두 참.

게다가 년이 시큰둥해서 날더러 신식 창가를 아르쳐달라구. 들병이는 구식 소리도 잘 해야 하겠지만 첫때 시체[39] 창가를 알아야 불려먹는다, 한다. 말은 그럴 법하나 내가 어디 시체 창가를 알 수 있냐, 땅이나 파먹던 놈이. 나는 그런 거 모른다. 하고 좀 무색했더니 며칠 후에는 년이 시체 창가 하나를 배가주왔다.[40] 화로를 끼고 앉아서 그 전을 두드려대며 네 보란 듯이 자랑스럽게 하는 것이 아닌가. 피었네 피었네 연꽃이 피었네 피었다구 하였더니 볼 동안에 옴쳤네.[41] 대체 이걸 어서 배웠을까. 얘 이년 참 나보담 수단이 좋구나, 하고 나는 픽 감탄하였다. 그랬더니 나중 알고보니까 년이 어느 틈에 야학에 가서 배우질 않았겠니. 야학이란 요 산 뒤에 있는 조고만 움[42]인데 농군 아이에게 한겨울 동안 국문을 가르친다. 창가를 할 때쯤 해서 년이 추운 줄도 모르고 거길 찾아간다. 아이를 업고 문밖에 서서 귀를 기울이고 엿듣다가 저도 가만가만히 흉내를 내보고 내보고 하는 것이다. 그래가지고 집에 와서는 희짜를 뽑고 야단이지. 신식 창가는 며칠만 좀더 배우면 아주 능통하겠다나.

그러나 아무리 생각해봐도 년의 낯짝만은 걱정이다. 소리는 차차 어지간히 되어 들어가는데 이놈의 얼굴이 암만 봐도, 봐도 영 글렀구나. 경칠 년, 좀만 얌전히 나왔다면 이 판에 돈 한몫 크게 잡는걸. 간혹 가다 제물에 화가 뻗치면 아무 소리 않고 년의 뱃기[43]를 한 두어 번 안 줴박을[44] 수 없다. 웬 영문인지 몰라서 년도 눈깔을 크게 굴리고 벙벙히 쳐다보지. 땀을 낼 년. 그 낯짝을 하고 나한테로 시집을 온담 뻔뻔하게. 하나 년도 말은 안 하지만 제 얼굴 때문에 가끔 성화인지 쪽 떨어진 손거울을 들고 앉아서 이리 뜯어보고 저리 뜯어보고 하지만 눈깔이야 일반이겠지 저라고 나아 뵐 리가 있겠니. 하니까 오장 썩는 한숨[45]이 연방 터지고 한풀 죽는구나. 그러나 요행히 내가 방에 있으면 돌아다보고

"이봐! 내 얼굴이 요즘 좀 나아가지 않아?"

"그래, 좀 난 것 같다."

"아니 정말 해봐——" 하고 이년이 팔때기를 꼬집고 바싹바싹 들어덤빈다. 년이 능글차서 나쯤은 좋도록 대답해주려니, 하고 아주 탁 믿고 묻는 게렷다. 정말 본 대로 말할 사람이면 제가 겁이 나서 감히 묻지도 못한다. 짐짓 이뻐졌다, 하고 나도 능청을 좀 부리면 년이 좋아서 요새 분때[46]를 자주 밀었으니까 좀 나아졌다지. 하고 들병이는 뭐 그렇게까지 이쁘지 않아도 된다고 또 구구히 설명을 늘어놓는다. 경을 칠 년. 계집은 얼굴 밉다는 말이 칼로 찌르는 것보다도 더 무서운 모양 같다. 별 욕을 다 하고 개 잡듯 막 뚜드려도 조금 뒤에는 헤, 하고 앞으로 기어드는 이년이

다. 마는 어쩌나. 제 얼굴의 흉이나 좀 본다면 사흘이고 나흘이고 년이 니를 스을슬 피하며 은근히 골리려고 든다. 망할 년. 밉다는 게 그렇게 진저리가 나면 아주 면사포를 쓰고 다니지그래. 년이 능청스러워서 조금만 이뻤더라면 나는 얼렁얼렁해 내버리고 돈있는 놈 군서방[47] 해갔으렸다. 계집이 얼굴이 이쁘면 제값 다 하니까. 그렇게 생각하면 년의 낯짝 더러운 것이 나에게는 불행 중 다행이라 안 할 수 없으리라.

　계집은 아마 남편을 속여먹는 맛에 깨가 쏟아지나 보다. 년이 들병이 노릇을 할 수단이 있다고 괜히 장담한 것도 저의 이 행실을 믿고 그랬는지도 모른다. 새벽 일찍이 뒤를 보려니까 어디서 창가를 부른다. 거적 틈으로 내다보니 년이 밥을 끓이면서 연습을 하지 않나. 눈보라는 생생 소리를 치는데 보강지[48]에 쪼그리고 앉아서 부지깽이로 솥뚜껑을 톡톡 두드리겠다. 그리고 거기 맞추어 신식 창가를 청승맞게 부르는구나. 그러나 밥이 우르르 끓으니까 되[49]를 빗겨놓고 다시 시작한다. 젊어서도 할미꽃 늙어서도 할미꽃 아하하하 우습다 꼬부라진 할미꽃. 망할 년. 창가는 경치게도 좋아하지, 방아타령 좀 부지런히 공부해 두라니까 그건 안 하구. 아따 아무 거라두 많이 하니 좋다. 마는 이번엔 저고리 섶이 들먹들먹하더니 아 웬 곰방대가 나오지 않냐. 사방을 흘끔흘끔 다시 살피다 아무도 없으니까 보강지에다 들이대고 한 먹음[50] 뿌욱 빠는구나. 그리고 냅다 재채기를 줄대 뽑고 코를 풀고 이 지랄이다. 그저께도 들켜서 경을 쳤더니 년이 또 내 담배를 훔쳐가지고 나온 것이다. 돈 안 드는 소리나 배웠겠지[51] 망할 년 아까운

226

담배를. 곧 뛰어나가려다 뒤도 급하거니와 요즘 똘똘이가 감기로 앓는다. 년이 밤낮 들처업고 야학으로 돌아치더니 그예 그 꼴을 만들었다. 오랄질 년,[52] 남의 아들을 중한 줄을 모르고. 들병이 하다가 이것 행실 버리겠다. 망할 년이 하는 소리가 들병이가 되려면 소리도 소리려니와 담배도 먹을 줄 알고 술도 마실 줄 알고 사람도 주무를 줄 알고 이래야 쓴다나. 이게 다 요전에 동리에 들어왔던 들병이에게 들은 풍월이렷다. 그래서 저도 연습 겸 골고루다 한 번씩 해보고 싶어서 아주 안달이 났다. 방아타령 하나 변변히 못하는 년이 소리는 고걸로 될 듯싶은지!

　이런 기맥[53]을 알고 년을 농락해먹은 놈이 요 아래 사는 뭉태놈이다. 놈도 더러운 놈이다. 우리 마누라의 이 낯짝에 몸이 달았다면 그만함 다 얼짜[54]지. 어디 계집이 없어서 그걸 손을 대구. 망할 자식두. 놈이 와서 섣달 대목이니 술 얻어먹으러 가자고 년을 꼬였구나. 조금 있으면 내가 올 테니까 안 된다 해도 오기 전에 잠깐만, 하고 손을 내끌었다. 들병이로 나가려면 우선 술 파는 경험도 해봐야 하니까, 하는 바람에 년이 솔깃해서 덜렁덜렁 따라섰겠지. 집안을 망할 년. 남편이 나무를 팔러 갔다 늦으면 밥 먹일 준비를 하고 기다려야 옳지 아느냐. 남은 밤길을 삼십 리나 허덕지덕 걸어오는데. 눈이 푹푹 쌓여서 발모가지는 떨어져나가는 듯이 저리고. 마을에 들어왔을 때에는 짜정 곧 쓰러질듯이 허기가 졌다. 얼른 가서 밥 한 그릇 때려뉘고 년을 데리고 앉아서 또 소리를 아르쳐야지. 이런 생각을 하고 술집 옆을 지나다가 뜻밖에 깜짝 놀란 것은 그 밖 앞방[55]에서 년의 너털웃음이 들린다. 얼른다가서서 문틈으로 들여다보니까 아 이 망할 년이 뭉태하고 술을 먹는구나.

입때까지는 하도 우스워서 꼴들만 보고 있었지만 더는 못 참는다. 지게를 벗어던지고 방문을 홱 열어젖히자 우선 놈부터 방바닥에 메다꼰졌다.[56] 물론 술상은 발길로 찼으니까 벽에 가 부서졌지. 담에는 년의 비녀쪽을 지르르 끌고 밖으로 나왔다. 술 취한 년은 정신이 번쩍 들도록 홈빡 경을 쳐줘야 할 터이니까 눈에다 틀어박았다. 그리고 깔고 올라앉아서 망할 년 등줄기를 주먹으로 대구 우렸다. 때리면 때릴수록 점점 눈 속으로 들어갈 뿐, 발악을 치기에는 너무 취했다. 때리는 것도 년이 대들어야 멋이 있지 이러면 아주 숭겁다. 년은 그대로 내버리고 방으로 들어가서 놈을 찾으니까 이 빌어먹을 자식이 생쥐새끼처럼 어디로 벌써 내빼지 않았나. 참말이지 이런 자식 때문에 우리 동리는 망한다. 남의 계집을 보았으면 마땅히 남편 앞에 나와서 대강이가 깨져야 옳지 그래 달아난담. 못생긴 자식도 다 많지. 할 수 없이 척 늘어진 이 년을 등에다 업고 비척비척 집으로 올라오자니까 죽겠구나. 날은 몹시 차지, 배는 쑤시도록 고프지, 좀 노할래야 더 노할 근력이 없다. 게다 우리 집 앞 언덕을 올라가다 엎어져서 무르팍을 크게 깠지. 그리고 집엘 들어가니까 빈 방에는 똘똘이가 혼자 에미를 부르고 울고 된통 법석이다. 망할 잡년두. 남의 자식을 그래 이렇게 길러주면 어떡할 작정이람. 년의 꼴 봐하니 행실은 예전에 글렀다. 이년하고 들병이로 나갔다가는 넉넉히 나는 한옆에 재워놓고 딴서방 차고 달아날 년이야. 너는 들병이로 돈 벌 생각도 말고 그저 집 안에 가만히 앉았는 것이 옳겠다. 구구루 주는 밥이나 얻어먹고 몸 성히 있다가 연해 자식이나 쏟아라. 뭐 많이도 말고 굴때[57]같은 아들로만 한 열다섯이면 족하지. 가만있자, 한 놈이 일년에 벼 열 섬씩만 번다면 열다섯 섬이니까 일백오십 섬. 한 섬에 더도 말고 십 원 한 장씩만 받는다면 죄다 일천오백 원이지. 일천오백 원, 일천오백 원, 사실 일천오백 원이면 어이구 이건 참 너무 많구나. 그런 줄 몰랐더니 이년이 뱃속에 일천오백 원을 지니고 있으니까 아무렇게 따져도 나보담은 낫지 않은가.

봄과 따라지[1]

지루한 한겨울 동안 꼭 옴츠러졌던 몸뚱이가 이제야 좀 녹고 보니 여기가 근질근질 저기가 근질근질. 등어리는 대구 군실거린다.[2] 행길에 삐쭉 섰는 전봇대에다 비스듬히 등을 비겨대고 쓰적쓰적 비벼도 좋고. 왼팔에 걸친 밥통을 땅에 내려놓은 다음 그 팔을 뒤로 젖혀올리고 또 바른팔로 다는 그 팔꿈치를 들어올리고 그리고 긁죽긁죽 긁어도 좋다. 본디는 이래야 원 격식은 격식이로되 그러나 하고 보자면 손톱 하나 놀리기가 성가신 노릇. 누가 일일이 그러고만 있는가. 장삼인지 저고린지 알 수 없는 앞자락이 척 나간 학생복 저고리. 허나 삼 년간을 내리 입은 덕택에 속껍데기가 꺼칠하도록 때에 절었다. 그대로 선 채 어깨만 한번 으쓱 올렸다. 툭 내려치면 그뿐. 옷에 몽클거리는 때꼽은 등어리를 스을쩍 긁어주고 나려가지 않는가. 한번 해보니 재미가 있고 두 번은 하여도 또한 재미가 있다. 조그만 어깻죽지를 그는 기계같이 놀리며 올렸다 내렸다, 내렸다. 올렸다. 그럴 적마다 쿨렁쿨렁한 저고리는 공중에서 나비춤, 지나가던 행인이 걸음을 멈추고 가만히 눈을 둥글린다. 한참 후에야 비로소 성한 놈으로 깨달았음인지 피익 웃어던지고 다시 내걷는다. 어깨가 느런하도록 수없이 그러고 나니 나중에는 그것도 흥이 지인다.

그는 너털거리는 소매등으로 코밑을 쓱 훔치고 고개를 돌려 위아래로 야시[3]를 훑어본다. 날이 풀리니 거리에 사람도 풀린다. 싸구려 싸구려 에잇 싸구려, 십오 전에 두 가지 십오 전에 두 가지씩. 인두 비누를 한 손에 번쩍 쳐들고 젱그렁젱그렁 신이 올라 흔드는 요령 소리. 땅바닥에 널따란 종잇장을 펼쳐놓고 안경잡이는 입에 게거품이 흐르도록 떠들어댄다. 일 전 한 품을 내놓고 일 년 동안의 운수를 보시오. 먹지[4]를 던져서 칸에 들면 미루꾸[5] 한 갑을 주고 금에 걸치면 운수가 나쁘니까 그냥 가라고. 저편 한구석에서는 코먹은 바이올린이 닐리리를 부른다. 신통방통 꼬부랑통 남대문통 씨러기통 자아 이리 오시오, 암사둔 숫사둔 다 이리 오시오. 장기판을 에워싸고 다투는 무리. 그 사이로 일쩌운[6] 사람들은 이리 몰리고 저리 몰리고 발 가는 대로 서성거린다. 짝을 짓고 산보로 나온 젊은 남녀들, 구지레한[7] 두루마기에 뒷짐 진 갓쟁이. 예제없이 가서 덤벙거리는 학생들도 있고 그리고 어린 아들의 손을 잡고 구경을 나온 어머니. 아들은 어머니의 치맛자락을 잡아채이며 뭘 사내라고 부지런히 보챈다. 배도 좋고 사과 과자도 좋고. 또 김이 무럭무럭 오르는 국화 만주는 누가 싫다나.

그놈의 김을 이윽히 바라다보다 그는 고만 하품인지 한숨인지 분간 못할 날숨이 길게 터져오른다. 아침에 찬밥덩이 좀 얻어먹고는 온종일 그내로 시친 몸. 군침을 꿀떡 삼키고 종로를 향하여 무거운 다리를 내어딛자니 앞에 몰려선 사람 떼를 비집고 한 양복이 튀어나온다. 얼굴에는 꽃이 잠뿍 피고 고개를 내혼들며 이리 비틀 저리 비틀. 목로[8]에서 얻은 안주이겠지. 사과 하나를 입에 들이대고 어기어기 꾸겨넣는다. 이거나 좀 개평[9] 뗄까. 세루[10] 바지에 바짝 붙어서서 같이 비틀거리며 나리 한 푼 줍쇼 나리. 이 소리는 들은 척 만 척 양 복은 제멋대로 갈 길만 비틀거린다. 에따 이거나 먹어라 하고 선뜻 내주었으면 얼마나 좋으랴만 에이 자식두. 사과는 쉬지 않고 점점 줄어든다. 턱살을 치켜대고 눈독은 잔뜩 들여가며 따르자니 나중에는 안달이 난다. 나리 나리 한 푼 주세요, 하고 거듭 재우치다 그래도 꽤가 그르매[11] 나리 그럼 사과나 좀. 모어 이 자슥아 남 먹는 사과를 줌. 혀 꼬부라진 소리가 이렇게 중얼거리자 정작 사과는 땅으로 가고 긴치 않은 주먹이 뒤통수를 딱. 금세 땅에 엎디어질 듯이 정신이 고만 아찔했으나 그래도 사과 사과다. 얼른 덤벼들어 집어 들고는 소맷자락에 흙을 쓱쓱 씻어서 한 입 덥석 물어 뗀다. 창자가 녹아내리는 듯 향깃하고도 보드라운 그 맛이야. 그러나 세 번을 물어뜯고 나니 딱딱한 씨만 남는다. 다시 고개를 들고 그담 사람을 잡고자 눈을 희번덕인다. 큰길에는 동무 깍쟁이들이 가로 뛰며 세로 뛰며 낄낄거리고 한창 야단이다. 밥통들은 한 손에 든 채 달리는 전차 자동차를 이리저리 호아가며[12] 제간에 술래잡기, 봄이라고 맘껏 즐긴다. 이걸 멀거니 바라보고 그는 저절로 어깨가 실룩실룩하기는 하나 근력이 없다. 따스한 햇볕에서 낮잠을 잔 것도 좋기는 하다마는 그보담 밥을 좀 얻어먹었다면 지금쯤은 같이 뛰고 놀고 하련만. 큰길로 내려서서 이럴까 저럴까 망설일 즈음 갑자기 따르르응 이 자식아. 이크 쟁교[13]로구나. 등줄기가 선뜩해서 기겁으로 물러서다가 얼결에 또 하나 잡았다.

이번에는 트레머리[14]에 얕은 향내가 말캉말캉 나는 뾰족구두다. 얼뜬 보아한즉 하르르한 비단 치마에 옆에 낀 몇 권의 책 그리고 아리잠직한[15] 그 얼굴. 외모로 따져보면 돈푼이나 좋이 던져줄 법한 고운 아씨다. 대뜸 물고나서며 아씨 한 푼 줍쇼 아씨 한 푼 줍쇼. 가는 아씨는 암만 불러도 귀가 먹은 듯. 혼자 풍월로 얼마를 따르다 보니 이제는 하릴없다. 그다음 비상수단이 아니 나올 수 없는 노릇. 체면 불구하고 그 까마귀발로다 신성한 치맛자락을 덥석 잡아챘다. 홀로 가는 계집쯤 어떻게 다루든 이쪽 생각. 한 번 더 채여라. 아씨 한 푼 줍쇼. 아씨도 여기에는 어이가 없는지 발을 멈추고 말뚱히 바라본다. 한참 노리고 보고 그리고 생각을 돌렸는지 허리를 구부리어 친절히 달랜다. 내 지금 가진 돈이 없으니 집에 가 줄게 이거 놓고 따라오너라.

너무나 뜻밖의 일이라 기쁠뿐더러 놀라운 은혜이다. 따라만 가면 밥이 나올지 모르고 혹은 먹다 남은 빵조각이 나올는지도 모른다. 이건 아마 보통 갈보와는 다른 예수를 믿는 착한 아씬가 보다. 치마를 놓고 좀 떨어져서 이번에는 점잖이 따라간다. 우미관 옆 골목으로 들어서서 몇 번이나 좌우로 꼬불꼬불 돌았다. 아씨가 들어간 집은 새로 지은 그리고 전등 달린 번뜻한 기와집이다.

잠깐만 기다려라 하고 아씨가 들어갈 제 그는 눈을 똥그랗게 뜨고 기대가 컸다. 밥이냐 빵이냐 잔치를 지내고 나서 먹다 남은 떡부스러기를 처치 못하여 데리고 왔을지도 모른다. 팥고물도 좋고 전여[16]도 좋고 시크무레 쉰 콩나물, 무나물, 아무거나 되는대로. 설마 예까지 데리고 와서 돈 한 푼 주고 가라진 않겠지. 허기와 기대가 갈증이 나서 은근히 침을 삼키고 있을 때 대문이 다시 삐걱 열린다. 아마 주인서방님이리라. 조선옷에 말쑥한 얼굴로 한 사나이가 나타났다. 네가 따라온 놈이냐 하고 한 손으로 목덜미를 꼭 붙들고 그러더니 벌써 어느 틈에 네 번이나 머리를 주먹이 우렸다.[17] 그러면 아구 아파 소리를 지른 것은 다섯번째부터요 눈물은 또 그담에 나온 것이다. 악장을 너무 치니까 귀가 아팠음인지 요 자식 다시 그래봐라, 대릴 꺾어놓을 테니. 힘 약한 독사와 도야지는 맞대항은 안된다. 비실비실 조 골목 어귀까지 와서 이제야 막 대문 안으로 들어가려는 서방님을 돌려대고 요 자식아 네 대릴 꺾어놀 테야 용용 죽겠니. 엄지가락으로 볼따귀를 후벼 보이곤 다리야 날 살리라고 그냥 뺑소니다.

다리가 짧은 것도 이런 때에는 한 욕일지도 모른다. 여남은 칸도 채 못 가서 벽돌담에 가 잔뜩 엎눌렸다. 그리고 허구리 등어리 어깻죽지 할 것 없이 요모조모 골고루 주먹이 들어온다. 때려라 때려라, 그래도 네가 차마 죽이진 못하겠지. 주먹이 늘어올 적마다 서방님의 처신으로 듣기 어려운 욕 한마디씩 해가며 분통만 폭폭 찔러논다. 죽여봐, 이 자식아. 요런 챌푼이[18] 같으니. 네가 애펜쟁이[19]지 애펜쟁이. 울고불고 요란한 소리에 근방에서는 쭉 구경을 나왔다. 입때까지는 서방님은 약이 올라서 죽을 둥 살 둥 몰랐으나 이제 와서는 결국 저의 체면 손상임을 깨달은 모양이다. 등 뒤에서 애펜쟁이 챌푼이, 하는 욕이 빗발치듯 하련만 서방님은 돌아다도 안 보고 똥이 더러워서 피하지 무섭지 않다는 증거로 침 한번 탁 뱉고는 제 집 골목으로 들어간다. 이렇게 되면 맡아놓고 깍쟁이의 승리다. 그는 담 밑에 쪼그리고 앉아서 울고 있으나 실상은 모욕당했던 깍쟁이의 자존심을 회복시킨 데 큰 우월감을 느낀다. 염병을 할 자식, 하고 눈물을 닦고 골목 밖으로 나왔을 때엔 얼굴에 만족한 웃음이 떠오른다.

야시에는 여전히 뭇사람이 흐르고 있다. 동무들은 큰길에서 밥통을 뚜드리며 날뛰고 있고. 우두커니 보고 섰다가 결리는 등어리도 잊고 배고픈 생각도 스르르 사라지니 예라 나두 한몫 끼자. 불시로 기운이 뻗쳐 야시에서 큰길로 내려선다. 달음질을 쳐서 전찻길을 가로지르려 할 제 맞닥뜨린 것이 마주 건너오던 한 신여성이다. 한 손에 대여섯 살 된 계집애를 이끌고 야시로 나오는 모양. 이건 키가 후리후리하고 걸쭉하게[20] 생긴 것이 어딘가 맘세가 좋아 보인다. 대뜸 손을 내밀고 아씨 한 푼 줍쇼. 얘 지금 돈 한 푼 없다. 이렇게 한마디 하고는 이것도 돌아다보는 법 없다. 야시의 물건을 흥정하며 태연히 저 할 노릇만 한다. 이내, 치마까지 꺼들리게 되니까 그제야 걸음을 딱 멈추고 눈을 똑바로 뜨고 노려본다. 그리고 소리를 지르되 옆의 사람이나 들으란 듯이 애가 왜 이리 남의 옷을 잡아다녀. 오가던 사람들이 구경이나 난 듯이 모두 쳐다보고 웃는다. 본 바와는 딴판 돈푼커녕 코딱지도 글렀다.

눈꼴이 사나워서 그도 마주대고 벙벙히 쳐다보고 있노라니 웬 담배가 빌 잎으로 둑 떨어진다. 매우 기름한 꽁초. 얼른 집어서 땅바닥에 쓱쓱 문대어 불을 끄고는 호줌²¹에 넣는다. 이따는 좁쌀 친구끼리 뒷골목 담 밑에 모여 앉아서 번갈아 한 모금씩 빨아가 며 잡상스러운 이야기로 즐길 걸 생각하니 미리 재미롭다. 적어 도 여남은 개 주워야 할 텐데 인제서 겨우 꽁초 네 개니. 요즘에 는 참 담배 맛도 제법 늘어가고 재채기하던 괴로움도 훨씬 줄었 다. 이만하면 영철이의 담배쯤은 감히 덤비지 못하리라. 제따위 가 앉은자리에 꽁초 일곱 개를 다 피울 텐가. 온 어림없지. 열 살 밖에 안 되었건만 이만치도 담배를 잘 필 수 있도록 훌륭히 됨을 깨달으니 또한 기꺼운 현상. 호줌에서 손을 빼고 고개를 들어보 니 계집은 어느덧 멀리 앞섰다. 벌에 쐤느냐 왜 이리 달아나니. 이것은 암만 따라가야 돈 한 푼 막무가낼 줄은 번연히 알지만 소 행이 밉다. 에라 빌어먹을 거 조곰 느므러나²² 주어라. 힝하게 쫓 아가서 팔꿈치로다 그 궁둥이를 퍽 한 번 지르고는 아씨 한 푼 주 세요. 돌려대고 또 소리를 지를 줄 알았더니 고개만 흘낏 돌려보 고는 잠자코 간다. 그럼 그렇지 네가 어디라구 깍쟁이에게 덤비 리. 또 한 번 질러라. 바른편 어깨로다 이번에 넓적한 궁둥이를 정면으로 들이받으며 아씨 한 푼 주세요. 그래도 아무 반응이 없 다. 이 계집이 행길바닥에 나가자빠지면 그 꼴이 볼만도 하련만 제아무리 들이받아도 힘을 들이면 들일수록 이쪽이 도리어 튕겨 져 나올 뿐 좀체로 삐끗없음에는 예라 빌어먹을거. 치맛자락을 넝큼 집어다 입에 들이대고는 질겅질겅 씹는다. 으흐흥 아씨 돈

한 푼. 그제야 독이 바싹 오른 법한 표독스러운 계집의 목소리가
이 자식아 할 때는 온몸이 다 짜릿하고 좋았으나 난데없는 고라
소리[23]가 벽력같이 들리는 데는 정신이 고만 아찔하다. 뿐만 아니
라 그 순간 새삼스레 주림과 아울러 아픔이 눈을 뜬다. 머리를 얻
어맞고 아이쿠 하고 몸이 비틀할 제 집게 같은 손이 들어와 왼편
귓바퀴를 잔뜩 찝어든다. 이왕 이렇게 된 바에야 끌리는 대로 따
라만 가면 고만이다. 붐비는 사람 틈으로 검불같이 힘없이 딸려
가며 그러나 속으로는 하지만 뭐. 처음에는 꽤도 겁도 집어먹었
으나 인제는 하도 여러 번 겪고 난 몸이라 두려움보다 오히려 실
없는 우정까지 느끼게 된다. 이쪽이 저를 미워도 안 하련만 공연
스레 제가 씹고 덤비는 걸 생각하면 짜정 밉기도 하려니와 그럴
수록에 야릇한 정이 드는 것만은 사실이다.

　오늘은 또 무슨 일을 시키려는가. 유리창을 닦느냐, 뒷간을 치
느냐. 타구[24]쯤 정하게 부셔주면 그대로 나가라 하겠지. 하여튼 가
자는 건 좋으나 온체 잔뜩 찝어당기는 바람에 이건 너무 아프다.
구두[25]보담 조금만 뒤졌다가는 갈데없이 귀는 떨어질 형편. 구두
가 한 발을 내걷는 동안 두 발, 세 발, 잽싸게 옮겨놓으며 통통걸
음으로 아니 따라갈 수 없다. 발이 반밖에 안 차는 커다란 운동화
를 칠떡칠떡 끌며 얼른 얼른 앞에 나서거라. 재쳐라[26] 재쳐라 얼른
재쳐라. 그러자 문득 기억나는 것이 있으니 그 언제인가 우미관
옆 골목에서 몰래 들창으로 들여다보던 아슬아슬하고 인상 깊던
그 장면. 위험을 무릅쓰고 악한을 추격하되 텀블링도 잘하고 사람
도 잘 집어세고 막 이러는 용감한 그 청년과 이때 청년이 하던 목

잠긴 그 해설. 그리고 땅땅 따아리 땅땅 따아리 띵띵 띠이 하던 멋있는 그 반주. 봄바림은 실랑살랑 불어오는 큰 서리. 이때 정년이 목숨을 무릅쓰고 구두를 재치는 광경이라 하고 보니 하면 할수록 무척 신이 난다. 아아 아구 아프다. 재쳐라 재쳐라 얼른 재쳐라 이때 청년이 땅땅 따아리 땅땅 따아리 띵띵 띠이 띵띵 띠이.

따라지

쪽대문[1]을 열어놓으니 사직공원이 환히 내려다보인다.

인제는 봄도 늦었나 보다. 저 건너 돌담 안에는 사쿠라[2] 꽃이 벌 겋게 벌어졌다. 가지가지 나무에는 싱싱한 싹이 피었고 새침히 옷깃을 훑고 드는 요놈이 꽃샘이겠지. 까치들은 새끼 칠 집을 장 만하느라고 가지를 입에 물고 날아들고——

이런 제기랄, 우리 집은 언제나 수리를 하는 겐가. 해마다 고친 다, 고친다, 벼르기는 연신 벼르면서 그렇다고 사직골 꼭대기에 올라붙은 깨끗한[3] 초가집이라서 싫은 것도 아니다. 납작한 처마 끝에 비록 묵은 이엉이 무더기무더기 흘러내리건 말건, 대문짝 한 짝이 삐뚜루 배기건 말건 장뚝 뒤의 판장[4]이 아주 벌컥 나자빠 져도 좋다. 참말이지 그놈의 부엌 옆에 뒷간만 좀 고쳤으면 원이 없겠다. 밑둥의 벽이 확 나가서 어떤 게 부엌이고 뒷간인지 분간 을 모르니 게다 여름이 되면 부엌 바닥으로 구더기가 슬슬 기어

들질 않나. 이걸 보면 고대 먹었던 밥풀이 고만 곤두서고 민다. 에이 추해 추해, 망할 녀석의 영감쟁이. 그것 좀 고쳐달라고 그렇게 성화를 해도——

쪽대문이 도로 닫히며 소리를 요란히 낸다. 아침 설거지에 젖은 손을 치마로 닦으며 주인마누라는 오만상이 찌푸려진다.

그러나 실상은 사글세를 못 받아서 악이 오른 것이다. 영감더러 받아달라면 마누라에게 밀고 마누라가 받자니 고분히 내질 않는다.

여지껏 밀어왔지만 너희들 오늘은 안 될라 마음을 아주 다부지게 먹고 거는방⁵ 문을 홱 열어젖힌다.

"여보! 어떻게 됐소?"

"아 이거 참 미안합니다. 오늘두——"

덥수룩한 칼라 머리를 이렇게 긁으며 역시 우물쭈물이다.

"오늘두라니 그럼 어떡헐 작정이오?" 하고 눈을 한번 무섭게 떠 보였다. 마는 이 위인은 맘만 얼러도 노할 주변도 못 된다.

나이가 새파랗게 젊은 녀석이 왜 이리 할 일이 없는지, 밤낮 방구석에 팔짱을 지르고 멍하니 앉아서는 얼이 빠졌다. 그렇지 않으면 이불을 뒤쓰고는 줄창⁶같이 낮잠이 아닌가. 햇빛을 못 봐서 얼굴이 누렇게 시들었다. 경무과 제복 공장의 직공으로 다니는 제 누이의 월급으로 둘이 먹고 지낸다. 누이가 과부길래 망정이지 서방이라도 해가면 이건 어떡하려고 이러는지 모른다. 제 신세 딱한 줄은 모르고 만날

"돈은 우리 누님이 쓰는데요—— 누님 나오거든 말씀하십시오."

"당신 누님은 밤낮 사날만 참아달라는 게 아니오. 사날 사날 허니 그래 은제가 돼야 사날이란 말이오?"

"미안스럽습니다. 그러나 이번엔 사날 후에 꼭 드리겠습니다. 이왕 참아주시던 길이니——"

"글쎄 은제가 사날이란 말이오?" 하고 주름 잡힌 이맛살에 화가 다시 치밀지 않을 수가 없다. 이놈의 사날이란 석 달인지 삼 년인지 영문을 모른다. 그러나 저쪽도 쾌쾌히 들어덤벼야 말하기가 좋을 텐데 울가망⁷으로 한풀 꺾여 들어옴에는 더 지껄일 맛도 없는 것이다.

"돈두 다 싫소. 오늘은 방을 내주."

그는 말 한마디 또렷이 남기고 방문을 탁 닫아버렸다. 그러고 서너 발 뚜덜거리며 물러서자 다시 가서 문을 열어 잡고

"오늘 우리 조카가 이리 온다니까 어차피 방은 있어야 하겠소."

장독 옆으로 빠진 수채를 건너서면 바로 아랫방이다. 번시는 광이었으나 셋방 놓으려고 싱둥겅둥 방을 들인 것이다. 흙질한 것도 위채보다는 아직 성하고 신문지로 처덕였을망정 제법 벽도 번뜻하다.

비바람이 들이쳐 누렇게 들뜬 미닫이었다. 살며시 열고 노려보니 망할 노랑퉁이가 여전히 이불을 쓰고 끙, 끙, 누웠다. 노란 낯짝이 광대뼈가 툭 불거진 게 어제만도 더 못한 것 같다. 어쩌자고 저걸 들였는지 제 생각을 해도 소갈찌⁸는 없었다. 돈도 좋거니와 팔자에 없는 송장을 칠까 봐 애간장이 다 졸아든다.

하기야 처음 올 때에 저 병색을 모른 것도 아니고

"영감님! 무슨 병환이슈?" 하고 겁을 먹으니까

"감기를 좀 들렸더니 이러우."

이런 굴치[9] 같은 영감쟁이가 또 있으랴. 그리고 그날부터 뒷간에다 피똥을 내깔기며 이 앓는 소리로 쩔쩔매는 것이다. 보기에 추하기도 할뿐더러 그 신음 소리를 들을 적마다 사지가 으스러지는 것 같다.

그러나 더 얄미운 것은 이걸 데리고 온 그 딸이었다. 버스 걸[10] 다니니까 아마 가진말[11]이 심한 모양이다. 부족증[12]이라고 한마디만 했으면 속이나 시원할걸 여태도 감기가 쇄서 그렇다고 빠득빠득 우긴다. 방을 안 줄까 봐 속인 고 행실을 생각하면 곧 눈에 불이 올라서

"영감님! 오늘은 방셀 주셔야지요?"

"시방 내 몸이 아파 죽겠소."

영감님은 괜한 소리를 한단 듯이 썩 군찮게[13] 벽 쪽으로 돌아눕는다. 그리고 어그머니 끙끙, 옴츠라드는 소리를 친다.

"아니 영 방세는 안 내실 테요?" 하고 소리를 빽 지르지 않으려야 않을 수 없다.

"내 시방 죽는 몸이오, 가만있수."

"글쎄 죽는 건 죽는 거고 방세는 방세가 아니오. 영감님 죽기로서니 어째 내 방세를 못 받는단 말이오!"

"내가 죽는데 어째 또 방세는 낸단 말이오?"

영감님은 고개를 돌려 눈을 부릅뜨고 마나님 붐지않게[14] 호령이었다. 죽을 때가 가까워오니까 악이 받칠 대로 송두리 받친 모양

이다.

"정 그렇거든 내 딸 오거든 받아가구려."

"이건 누구에게 찌다운가 온, 별일두 다 많어이." 하고 홀로 입속으로 중얼거리며 물러가는 것도 상책일는지 모른다. 괜스레 병든 것과 겯고틀고[15] 이러다간 결국 이쪽이 한 굽 죄인다.[16] 그보다는 딸이 나오거든 톡톡히 따져서 내쫓는 것이 일이 쉬우리라.

고 옆으로 좀 사이를 두고 나란히 붙은 미닫이가 또 하나 있다. 열고자 문설주에 손을 대다가 잠깐 멈칫하였다. 툇마루 위에 무람없이 올려놓인 이 구두는 분명히 아키코의 구두일 게다. 문 열어볼 용기를 잃고 그는 부엌 쪽으로 돌아가며 쓴 입맛을 다셨다.

카펜가 뭔가 다니는 계집애들은 죄다 그렇게 망골[17]들인지 모른다. 영애하고 아키코는 아무리 잘 봐도 씨알이 사람 될 것 같지 않다. 아래위턱도 몰라보는 애들이 난봉질에 향수만 찾고 그래도 영애란 계집애는 비록 심술은 내고 내댈망정 뭘 물으면 대답이나 한다. 요 아키코는 방세를 내라도 입을 꼭 다물고는 안차게도 대꾸 한마디 없다. 여러 번 듣기 싫게 조르면 그제는 이쪽이 낼 성을 제가 내가지고

"누가 있구두 안 내요? 좀 편히 계셔요, 어련히 낼라구, 그런 극성 첨 보겠네."

이렇게 쥐어박는 소리를 하는 것이 아닌가. 좀 편히 계시라는 이 말에는 하 어이가 없어서도 고만 찔긋 못한다.

"망할 년! 은젠[18] 병이 들었었나?"

쓸 방을 못쓰고 사글세를 놓은 것은 돈이 아쉬웠던 까닭이었다.

두 영감 마누라가 산다고 호젓해서 동무로 모은 것도 아니다. 그런데 팔자가 사나운지 모나 우서지상, 노랑봉이, 말괄량이, 이런 몹쓸 것들뿐이다. 이 망할 것들이 방세를 내는 셈도 아니요 그렇다고 아주 안 내는 것도 아니다. 한 달치를 비록 석 달에 별러 내는 한이 있더라도 역시 내는 건 내는 거였다. 저희들끼리 짜위나 한 듯이 팔십 전 칠십 전 그저 일 원, 요렇게 짤금짤금거리고 만다.

오늘은 크게 얼를[19] 줄 알았더니 하고 보니까 역시 어저께나 다름이 없다. 방의 세간을 마루로 내놓아가며 세를 들인 보람이 무엇인지 그는 마루 끝에 걸터앉아서 화풀이로 담배 한 대를 피워 문다.

그러나 아무리 생각하여도 내 방 빌리고 내가 말 못하는 것은 병신스러운 짓임에 틀림이 없다. 담뱃대를 마루에 내던지고 악을 좀 올려가지고 다시 아래채로 내려간다. 기세 좋게 방문이 홱 열렸다.

"아키코! 이봐! 자?"

아키코는 네 활개를 꼬 벌리고[20] 아키코답게 무사태평히 코를 골아 올린다. 젖퉁이를 풀어헤친 채 부끄럼 없고, 두 다리는 이불 싼 위로 번쩍 들어올렸다. 담배 연기 가득 찬 방 안에는 분내가 홱 끼치고——

"이봐! 아키코! 자?"

이번에는 대문 밖에서도 잘 들릴 만큼 목청을 돋우었다. 그러나 생시에도 대답 없는 아키코가 꿈속에서 대답할 리 없음을 알았

다. 그저 겨우 입속으로

"망할 계집애두, 가랑머릴 쩍 벌리고 저게 온——쩨쩨."

미닫이가 딱 닫히는 서슬에 문틀 위의 안약 병이 떨어진다.

그제야 아키코는 조심히 눈을 떠보고 일어나 앉았다. 망할 년 저 보구 누가 보랬나, 하고 한옆에 놓인 손거울을 집어든다. 어젯밤 잠을 설친 바람에 얼굴이 부석부석하였다. 권연에 불이 붙는다.

그는 천정을 향하여 연기를 내뿜으며 가만히 바라본다. 뾰족한 입에서 연기는 고리가 되어 한 둘레 두 둘레 새어 나온다. 고놈을 하나씩 손가락으로 꼭 찔러서 터치고 터치고——

아까부터 영애를 기다렸으나 오정이 가까워도 오질 않는다. 단성사엘 갔는지 창경원엘 갔는지, 그래도 저 혼자는 안 갈 것이고 이런 때면 방 좁은 것이 새삼스레 불편하였다. 햇빛이 안 들고 늘 습한 건 말고 조금만 더 넓었으면 좋겠다. 영애나 아키코나 둘 중의 누가 밤의 손님이 있으면 하나는 나가 잘 수밖에 없다. 둘이 자도 어깨가 맞부딪는데 그런데 셋이 눕기에는 너무 창피하였다. 나가서 자면 숙박료는 오십 전씩 받기로 하였으니까 못 갈 것도 아니다마는 그 담날 밝은 낮에 여기까지 허덕허덕 찾아오는 것은 어째 좀 어색한 일이었다.

어제도 카페서 나오다가 골목에서 영애를 꾹 찌르고

"애! 너 오늘 어디서 자구 오너라." 하고 귓속을 하니까

"또? 애 너는 좋구나!"

"좋긴 뭐가 좋아? 애두!"

아키코는 좀 수줍은 생각이 들어 쭈뼛쭈뼛 그 손에 돈 팔십 전

을 쥐여주었다. 여느 때 같으면 오십 전이지만 그만치 미안하였다.
마는 영애는 지루퉁한[21] 낯으로 돈을 받아 넣으며 또 하는 소리가
"애! 인젠 종로 근처로 우리 큰 방을 얻어오자."
"그래 가만있어── 잘 가거라. 그리고 낼 일찍 와──"
남 인사하는 데는 대답 없고
"나만 밤낮 나와 자는구나!"
이것은 필시 아키코에게 엇먹는 조롱이겠지. 망할 애도 저더러
누가 뚱뚱하고 못생기게 낳으랬나, 그렇게 빼지게[22] 하지만 영애
가 설마 아키코에게 빼지거나 엇먹지는 않았으리라.
아키코는 벽께로 허리를 펴며 손목시계를 다시 본다. 오정하고
십오 분 또 삼 분, 영애가 올 때가 되었는데 망할 거 누가 채갔나
기지개를 한번 늘이고 돌아누우며 미닫이께로 고개를 가져간다.
문 아랫도리에 손가락 하나 드나들 만한 구멍이 뚫렸다. 주인마
누라가 그제야 좀 화가 식었는지 안방으로 휘젓고 들어가는 치마
꼬리가 보인다. 그리고 마루 뒤주 위에는 언제 꺾어다 꽂았는지
정종 병에 엉성히 뻗은 꽃가지. 붉게 핀 것은 복숭아 꽃일 게고
노랗게 척척 늘어진 저건 개나리다. 건넌방 문은 여전히 꼭 닫혔
고 뒷간에 가는 기색도 없다. 저 속에는 지금 제가 별명 지은 톨
스토이[23]가 책상 앞에 웅크리고 앉아서 눈을 감고 있으리라. 올라
가서 이야기나 좀 하고 싶어도 구렁이 같은 주인마누라가 지키고
앉아서 감히 나오지를 못한다.
이것은 아키코가 안채의 기맥[24]을 정탐하는 썩 필요한 구멍이었
다. 뿐만 아니라 저녁 나절에는 재미스러운 연극을 보는 한 요지

경[25]도 된다. 어느 때에는 영애와 같이 나란히 누워서 베개를 베고 하나에 한 구멍씩 맡아가지고 구경을 한다. 왜냐면 다섯 점 반쯤 되면 완전히 히스테리인 톨스토이의 누님이 공장에서 나오는 까닭이었다.

그 누님은 성질이 어찌 괄한지 대문간서부터 들어오는 기색이 난다. 입을 꼭 다물고 눈살을 접은 그 얼굴을 보면 일상 마땅치 않은 그리고 세상의 낙을 모르는 사람 같다. 어깨는 축 늘어지고 풀없어 보이면서 게다 걸음만 빠르다. 들어오면 우선 건넌방 툇마루에다 빈 벤또를 쟁그렁 하고 내다붙인다. 이것은 아우에게 시위도 되거니와 이래야 또 직성도 풀린다.

그리고 그는 눈을 휘둥그렇게 뜨고 사면의 불평을 찾기 시작한다. 마는 아우는 마당도 쓸어놓고, 부뚜막의 그릇도 치고 물독의 뚜껑도 잘 덮어놓았다. 신발장이라도 잘못 놓여야 트집을 걸 텐데 아주 말쑥하니까 물바가지를 땅으로 동댕이친다. 이렇게 불평을 찾다가 불평이 없어도 또한 불평이었다.

"마당을 쓸면 잘 쓸든지, 그릇에다 흙칠을 온통 해놨으니 이게 뭐야?"

끝이 꼬부라진 그 책망, 아우는 방 속에서 끽소리 없다.

"밥을 얻어먹으면 밥값을 해야지, 늘 부처님같이 방구석에 꽉 앉었기만 하면 고만이냐?"

이것이 하루 몇 번씩 귀 아프게 듣는 인사였다. 눈을 홉뜨고 서서, 문 닫힌 건넌방을 향하여 퍼붓는 포악이었다. 그런 때면 야윈 목에가 굵은 핏대가 불끈 솟고 구부정한 허리로 게거품까지 흐른다. 그러나 이건 보통 때의 말이다. 어쩌다 공장에서 뒤를 늦게 본다고 감독에게 쥐어박히거나, 혹은 재봉침에 엄지손톱을 박아서 반쯤 죽어 오는 적도 있다. 그러면 가뜩이나 급한 그 행동이 더욱 불이야 불이야 한다. 손에 잡히는 대로 그릇을 내던져 깨뜨리며

"왜 내가 이 고생을 해가며 널 먹이니. 응? 이놈아!"

헐없이 미친 사람이 된다. 아우는 그래도 귀가 먹은 듯이 잠자코 앉았다. 누님은 혼자 서서 제 몸을 들볶다가 나중에는 울음이 탁 터진다. 공장살이에 받는 설움을 모다 아우의 탓으로 돌린다. 그러면 할일없이[26] 아우는 마당에 내려와서 누님의 어깨를 두 손으로 붙잡고

"누님! 다 내가 잘못했수. 그만두." 하고 달래지 않을 수 없다.

"네가 이놈아! 내 살을 뜯어먹는 거야."

"그래 알았수, 내가 다 잘못했으니 고만둡시다."

"듣기 싫여, 물러나." 하고 벌컥 떠다밀면 땅에 펄썩 주저앉는 아우다. 열적은 듯, 죄송한 듯 얼굴이 벌게서 털고 일어나는 그 아우를 보면 우습고도 일변 가여웠다.

그러나 더 우스운 것은 마루에서 저녁을 먹을 때의 광경이다. 누님이 밥을 퍼가지고 올라와서는 암말 없이 아우 앞으로 한 그릇을 쭉 밀어놓는다. 그리고 자기는 자기대로 외면하여 푹푹 퍼먹고 일어선다. 물론 반찬도 각각 먹는 것이다. 아우는 군말 없이 두 다리를 세우고, 눈을 내려깔고는 그 밥을 떠먹는다. 방에 앉아서, 주인마누라는 업신여기는 눈으로 은근히 흘겨준다.

영애는 톨스토이가 너무 병신스러운 데 골을 낸다. 암만 얻어먹더라도 씩씩하게 대들질 못하고 저런, 저런. 그러나 아키코는 바보가 아니라 사람이 너무 착해서 그렇다고 우긴다.

하긴 그렇다고 누님이 자기 밥을 얻어먹는 아우가 미워서 그런 것도 아니다. 나뭇잎이 둥금둥금[27] 날리던 작년 가을이었다. 매일같이 하 들볶으니까 온다 간다 말 없이 하루는 아우가 없어졌다. 이틀이 되어도 없고 사흘이 되어도 없고 일주일이 썩 지나도 영들오지를 않는다.

누님은 아우를 찾으러 다니기에 눈이 뒤집혔다. 그렇게 착실히 다니던 공장에도 며칠씩 빠지고 혹은 밥도 굶었다. 나중에는 아우가 한을 품고 죽었나 부다고 집에 들오면 마루에 주저앉아서 통곡이었다. 심지어 아키코의 손목을 다 붙잡고

"여보! 내 아우 좀 찾아주, 미치겠수."

"그렇지만 제가 어딜 간 줄 알아야지요."

"아니 그런 데 놀러 가거든 좀 붙들어주. 부모 없이 불쌍히 자란 그놈이——"

말끝도 다 못 마치고 이렇게 울던 누님이 아니었던가. 아흐레 만에야 아우는 남대문 밖 동무 집에서 찾아왔다. 누님은 기뻐서 또 울었다. 그리고 그 담날부터 다시 들볶기 시작하였다.

이 속은 참으로 알 수 없고, 여북해야 아키코는 대문 소리만 좀 다르면

"얘 영애야! 변덕쟁이 온다. 어서 이리 와." 하고 잇속 없이 신이 오른다.

아키코는 남모르게 톨스토이를 맘에 두었다. 꿈을 꾸어도 늘 울가망으로 톨스토이가 나타나고 한다. 꼭 발렌티노[28]같이 두 팔을 떡 벌리고 하는 소리가 오! 저는 당신을 사랑합니다. 이 가슴에 안겨주소서. 그러나 생시에는 이놈의 톨스토이가 아키코의 애타는 속도 모르고 본 둥 만 둥이 아닌가. 손님에게 꼭 답장을 할 필요가 있어서

"선생님! 저 연애편지 하나만 써주셔요."

아키코가 톨스토이를 찾아가면

"저 그런 거 못 씁니다."

"소설 쓰시는 이가 그래 연애편지를 못 써요?" 하고 어안이 벙벙해서 한참 쳐다본다. 책상 앞에서 늘 쓰고 있는 것이 소설이란 말은 여러 번이나 들었다. 그래 존경해서 선생님이라고 부르고 뒤에서는 톨스토이로 받치는데 그래 연애편지 하나 못 쓴다니 이게 말이 되느냐 하도 기가 막혀서

"선생님! 연애 해보셨어요?" 하면 무안당한 계집애처럼 고만 얼굴이 벌게진다.

"전 그런 거 모릅니다."

아키코는 톨스토이가 저한테 흥미를 안 갖는 걸 알고 좀 샐쭉하였다. 카페서 구는 여급이라고 넘보는 맥인지 조선말로 부르면 흥해서 아키코로 행세는 하지만 영영 아키코인 줄 안다. 어쩌면 톨스토이가 흥측스럽게 아랫방 버스 걸과 눈이 맞았는지도 모른다. 왜냐면 버스 걸이 나갈 때 그때쯤 해서 톨스토이가 세수를 하러 나오고 하는 것을 보았다. 그리고 옥생각[29]인진 몰라도 버스 걸

도 요즘엔 버쩍 모양을 내기에 몸이 달았다.

며칠 전에는 버스 걸이 거울과 가위를 손에 들고서 아키코의 방엘 찾아왔다.

"언니! 나 이 머리 좀 잘라주."

"그건 왜 자르려고 그래. 그냥 두지?"

"날마다 머리 빗기가 귀찮아서 그래." 하고 좀 거북한 표정을 하더니

"난 언니 머리가 좋아 몽톡한 게!" 웃음으로 겨우 버무린다.

하 조르므로 아키코도 그 좋은 머리를 아니 자를 수 없다. 가위에 힘을 주어 그 중턱을 툭 끊었다. 버스 걸은 손으로 만져보더니 재곕게[30] 기쁜 모양이다. 확 돌아앉아서 납쭉한 주뎅이로 해해 웃으며

"언니 머리같이 더 좀 들이잘라주어요."

"더 자르면 못써. 이만하면 좋지 않어?"

대구 졸랐으나 아키코는 머리를 버려놓을까 봐 더 응치 않았다. 여기에 성이 바르르 나서 버스 걸은 제 방으로 가서는 제 손으로 더 몽총이[31] 잘라버렸다. 그 뜯어놓은 머리에다 분을 하얗게 바르고는 아주 좋다고 나다니는 계집애다. 양말 뒤축에 빵구가 좀 나도 저의 방 들어갈 제 뒤로 기어든다.

아침에 나갈 제 보면 버스 걸은 커단 책보를 옆에 끼고 아주 버젓하다. 처음에 아키코가 고등과에 다니는 학생인가 한 것도 무리는 아니었다. 왜냐면 그 책보가 고등과에 다니는 책보같이 그렇게 탐스럽고 허울이 좋았다. 그러나 차차 알고 보니까 보지도

않은 헌 잡지를 그렇게 포개고 고 사이에 벤또를 꼭 물려서 싼 책보였다. 벤또 하나만 치면 공장의 계집애나 버스 걸로 알까 봐서 그 무거운 잡지책들을 힘드는 줄도 모르고 들고 왔다 갔다 하는 것이 아니냐. 그래놓고는 저녁에 돌아올 때면 웬 도적놈 같은 무서운 중학생놈이 쫓아오고 한다고 늘 성화다.

"그눔 대리를 꺾어놓지."

이렇게 딸의 비위를 맞추어 병든 아버지는 이불 속에서 큰소리다. 그리고 아침마다 딸 맘에 떡 들도록 그 책보를 싸는 것도 역시 그의 일이었다. 정성스레 귀를 내어[32] 문밖으로 두 손으로 내받치며

"애! 일찍안에[33] 돌아오너라. 감기 들라."

이런 걸 보면 영애는 또 마음이 마뜩지 않았다. 딸에게 구리칙칙히 구는 아버지는 보기가 개만도 못하다 했다. 그래 아키코와 쓸데 적게 주고받고 다툰 일까지 있다.

"그럼 딸의 거 얻어먹구 그렇지도 않어?"

"그러니 더 든적스럽지[34] 뭐냐?"

"든적스럽긴 얻어먹는 게 든적스러, 몸에 병은 있구 그럼 어떡허니? 애두! 너무 빠장빠장 우기는구나!"

아키코는 샐쭉 토라지다 고개를 다시 돌려 옹크라뜨는 소리로

"너 느 아버지가 팔아먹었다지, 그래 네 맘에 좋냐?"

"애두! 절더러 누가 그런 소리 하라나?" 하고 영애는 더 덤비지 못하고 그제서는 눈으로 치마를 걷어 올린다. 이렇게까지 영애는 그 병쟁이가 몹시도 싫었다. 누렇게 말라붙은 그 얼굴을 보고 김

마까[35]라는 별명을 지을 만치 그렇게 밉살스럽다. 왜냐면 어느 날 김마까가 영애의 영업을 방해하였다.

그날은 어쩐 일인지 김마까가 초저녁부터 딸과 싸운 모양이었다. 새로 두 점쯤 해서 영애가 들어오니까 둘이 소군소군하고 싸우는 맥이다. 가뜩이나 엄살을 부리는 데다 더 흉측을 떨며

"어이쿠! 어이쿠! 하나님 맙시사!"

그렇지 않으면

"하나님! 날 잡아가지 왜 이리 남겨두슈!"

아래위칸을 흙벽으로 막았으면 좋을걸 얇은 빈지[36]를 드리고 종이로 발랐다. 위칸에서 부스럭 소리만 나도 아래칸까지 고대로 흘러든다. 그 벽에다 머리를 쾅쾅 부딪치며

"어이구! 이눔의 팔자두!"

제깐에는 딸 앞에서 죽는다고 결기[37]를 날리는 꼴이다. 그러면 딸은 표독스러운 음성으로

"누가 아버지보고 돌아가시랬어요? 괜히 남의 비위를 긁어놓구 그러시네!"

"늙은이보구 담밸 끊으라는 게 죽으라는 게지 뭐야!"

"그게 죽으라는 거야요? 남 들으면 정말로 알겠네──"

딸이 좀더 볼멘소리로 쏘아박으니 또다시

"어이구! 이눔의 팔자두!"

벽에 머리를 부딪치며 어린애같이 꺽꺽 울고 앉았다. 질긴 귀[38]로도 못 들을 징그러운 그 울음소리──

가물에 빗방울같이 모처럼 끌고 왔던 영애의 손님이 이마를 접

는다. 그리고 아주 말 없이 취한 자리로 비틀비틀 쪽마루로 내걷는다. 되는대로 구두짝을 끌린다.

"왜 가셔요?"

"요담 또 오지."

"여보세요! 이 밤중에 어딜 간다구 그러세요?" 하고 대문간서 그 양복을 잡아챈다마는 허황한 손이 올라와 툭툭 털어버리고

"요담 또 오지."

그리고 천변을 끼고 비틀거리는 술 취한 걸음이다. 영애는 눈에 독이 잔뜩 올라서 한 전등이 둘 셋씩 보인다. 빈 방 안에 홀로 누워서 입속으로 김마까를 악담을 하며 눈물이 핑 돈다.

벌써 한 점 사십오 분, 영애는 디툭디툭 들어오며 살집 좋은 얼굴이 싱글벙글이다. 손에는 퉁퉁한 과자 봉지. 미닫이를 여니 윗목 구석에 쓸어박은 헌 양말짝, 때 전 속곳, 보기에 어수산란하다.[39]

"벌써 오니? 좀더 있지ㅡ"

"애두! 목욕허구 온단다."

"목욕은 혼자 가니?" 하고 좀 삐지려 한다.[40]

"그래 너 줄라구 과자 사왔어요ㅡ"

"그럼 그렇지 우리 영애가!"

요강에서 손을 뽑으며 긴히 달려든다. 아키코는 오줌을 눌 적마다 요강에 받아서는 이 손을 담그고 한참 있고 저 손을 담그고. 그러나 석 달이나 넘어 그랬건만 손결이 별로 고와진 것 같지 않다. 그 손을 수건에 닦고 나서

"모두 나마까시[41]만 사왔구나?"

우선 하나를 덥썩 물어 뗀다.

"그 손으로 그냥 먹니? 얘! 난 싫단다!"

"메 드러워? 저두 오줌은 누면서 그래."

"그래도 먹는 것하구 같으냐?" 하지만 영애는 아키코보다 마음이 훨씬 눅었다.[42] 더 타내지[43] 않고 그런 양으로 앉아서 같이 집어먹는다. 그의 마음에는 아키코의 생활이 몹시 부러웠다. 여러 손님의 사랑에 고이며 이쁜 얼굴을 자랑하는 아키코. 영애 자신도 꼭 껴안아주고 싶은 아담스러운 그런 얼굴이다.

"그이 언제 갔니?"

"새벽녘에 내뺐단다. 아주 숫배기[44]야."

"넌 참 좋겠다. 나두 연애 좀 해봤으면!"

"허려무나. 누가 허지 말라니?"

"아니 너 같은 연앤 싫여. 정신으로만 허는 연애 말이지." 하고 어딘가 좀 뒤둥그러진 소리.

"오! 보구만 속 태우는 연애 말이지?" 하긴 했으나 아키코는 어쩐지 영애에게 너무 심하게 한 듯싶었다. 가뜩이나 제 몸 못난 걸 은근히 슬퍼하는 애를──

"얘! 별소리 말아요, 연애두 몇 번 해보면 다 시들해지는 걸 모르니? 난 일상 맘 편히 혼자 지내는 네가 부럽더라!" 하고 슬그머니 한번 문질러주면

"메가[45] 부러워? 애두! 괜히 저러지."

영애는 이렇게 부인은 하면서도 벙싯하고 짜정 우월감을 느껴보려 한다. 영애도 한때에는 주체궂은[46] 살을 말리고자 아편도 먹

어봤다. 남의 말대로 듬뿍 먹었다가 꼬박이 이틀 동안을 일어나도 못하고 고생하던 생각을 하면 시방도 등어리가 선뜩하다. 그러나 영애에게도 어쩌다 엽서[47]가 오는 것은 참 신통한 일이라 안 할 수 없다.

"또 뭐 뒤져갔니?" 하고 영애는 의심이 나서 제 경대 서랍을 뒤져본다. 과연 며칠 전 어떤 전문학교 학생에게 받은 끔찍이 귀한 연애편지가 또 없어졌다. 사내들은 어째서 남의 계집애 세간을 뒤져가기 좋아하는지 그 심사는 참으로 알 수 없고

"또 집어갔구나? 이럼 난 모른단다!"

영애는 고만 울상이 된다.

"뭐?"

"편지 말이야!"

"무슨 편지를?"

"왜 요전에 받은 그 연애편지 말이야."

"저런! 그 망할 자식이 그건 뭐 하러 집어가. 난 통히[48] 보덜 못했는데— 수줍은 척하더니 아니, 흉악한 자식이로군!"

아키코는 가는 눈썹을 더욱이 잰다. 그리고 무색한 듯이 영애의 눈치만 한참 바라보더니

"내 톨스토이 보고 하나 써달라마. 그럼 이담 연애편지 쓸 때 그거 보구 쓰면 고만 아냐!" 하고 곱게 달랜다. 그러나 과연 톨스토이가 하나 써줄는지 그것도 의문이다. 영애가 벌써 전부터 여기를 떠나자고 졸라도 좀좀 하고 망설이고 있는 아키코! 그런 성의를 모르고 톨스토이는 아키코를 보아도 늘 한양으로[49] 대단치

256

않게 지나간다. 그렇다고 한때는 버스 걸에게 맘을 두었나 하고 의심도 해봤으나 실상은 그런 것도 아닐 것이다. 낮에 사직원 산으로 올라가면 아키코는 가끔 톨스토이를 만난다. 굵은 소나무 줄기에 등을 비겨 대고 먼 하늘만 정신없이 바라보고 섰는 톨스토이다. 아키코가 그 앞을 지나가도 못 본 척하고 들떠보도 않는다. 약이 올라서 속으로 망할 자식 하고 욕도 하여본다. 그러나 나중 알고 보면 못 본 척이 아니라 사실 눈 뜨고 못 보는 것이다. 그렇게 등신같이 한눈을 팔고 섰는 톨스토이다. 이걸 보면 아키코는 여자고보를 중도에 퇴학하던 저의 과거를 연상하고 가엾은 생각이 든다. 누님에게 얻어먹고 저러고 있는 것이 오작 고생이랴. 그리고 학교 때 수신[50] 선생이 이야기하던 착하고 바보 같다는 그 톨스토이가 과연 저런 건지 하고 객쩍은 조바심도 든다.

아키코는 기침을 캑 하고 그 앞으로 다가선다. 눈을 깜박깜박하며

"선생님! 뭘 그렇게 생각하셔요?" 하고 불쌍한 낯을 하면

"아니오――" 하고 어색한 듯이 어물어물하고 만다.

"그렇게 섰지 마시고 좀 운동을 해보셔요."

하도 딱하여 아키코는 이렇게 권고도 하여본다.

"오늘은 방을 좀 치워야 하겠소. 여기 내 조카도 지금 오고 했으니까――"

주인마누라는 악이 바짝 올라서 매섭게 쏘아본다. 방에서만 꾸물꾸물 방패매기[51]를 하고 있는 톨스토이가 여간 밉지 않다.

"아 여보! 방의 세간을 좀 치워줘요. 그래야 오는 사람이 들어

가질 않소?"

"사날만 더 참아줍쇼. 이번엔 꼭 내겠습니다."

"아니 뭐 사글세를 안 낸대서 그런 게 아니오. 내가 오늘부터 잘 데가 없고 이 방을 꼭 써야 하겠기에 그래서 방을 내달라는 것이지—"

양복바지를 거반 엉덩이에 걸친 뻐드렁니가 이렇게 허리를 쓱 편다. 주인마누라가 툭하면 불러온다는 저의 조카라는 놈이 필연 이걸 게다. 혼자 독학으로 부청[52]에까지 출세를 한 굉장한 사람이라고 늘 입의 침이 말랐다. 그러나 귀 처진 눈은 말고 헤벌어진 입에 양복 입은 체격하고 별로 굉장한 것 같지 않다. 게다 얼짜가 분수 없이 뻐팅기려고

"참아주시던 길이니 며칠만 더 참아주십시오."

이렇게 애걸하면

"아 여보! 당신만 그래 사람이오?" 하고 제법 삿대질까지 할 줄 안다.

"저런 자식두! 못두 생겼네 저게 아마 경성부 고쓰깽인[53] 거지?"

"글쎄 그래도 제법 넥타일 다 잡숫구." 하고 손가락이 들어가 문의 구멍을 좀더 후벼 판다마는 아키코는 구렁이(주인마누라)의 속을 뻬얀히 다 안다. 인젠 방세도 싫고 세 방 사람을 다 내쫓으려 한다. 김마까나 아키코는 겁이 나서 차마 못 건드리고 제일 만만한 톨스토이부터 우선 몰아내려는 연극이렷다.

"저 구렝이 좀 봐라. 옆에 서서 눈짓을 해가며 자꾸 씨기지?"[54]

258

"글쎄 자식도 얼간이가 아냐? 저의 아즈멈 시키는 대로 놀구 섰네."

"아쭈 얼짜가 뻐팅긴다. 지가 우와기[55]를 벗어놓으면 어쩔 테야 그래? 자식두!"

"톨스토이가 잠자코 앉았으니까 약이 올라서 저래, 맞부리는[56] 게 밉살머리궂지?[57] 자식 그저 한 대 앵겨줬으면."[58]

"내가 한 대 먹이면 저거 고택골[59] 간다. 그러니깐 아키코한테 감히 못 오지 않어?"

주먹을 이렇게 들어 뵈다가 고만 영애의 턱을 치질렀다. 영애는 고개를 저리 돌리어 또 빼쭉하고

"얘 이럼 난 싫단다!"

"누가 뭐 부러 그랬니, 또 빼쭉하게?" 하고 아키코도 좀 빼쭉하다가 슬슬 눙치며

"그래 잘못했다. 고만두자 쐭쐭쐭——"

영애의 턱을 손등으로 문질러주고

"쟤! 저것 봐라. 놈은 팔을 걷고 구렁이는 마루를 구르고 야단이다."

"얘, 재미있다. 구렁이가 약이 바짝 올랐지?"

"저 자식 보게. 제 맘대로 남의 방엘 막 들어가지 않어?"

아키코가 영애에게 눈을 크게 뜨니까

"뭐 일을 칠 것 같지? 병신이 지랄한다더니 정말인가 봬!"

"저 자식이 남의 세간을 제 맘대로 내놓질 않나? 경을 칠 자식!"

"그건 나무라 뭘 해. 그저 톨스토이가 바보야! 그래도 부처같이 잠자코 앉았지 않아? 세상엔 별 바보두 다 많어이!"

아키코는 그건 들은 체도 안 하고 대뜸 일어선다. 미닫이가 열리자 우람스러운 걸음. 한숨에 안마루로 올라서며 볼멘소리다.

"아니 여보슈! 남의 세간을 그래 맘대로 내놓는 법이 있소?"

"당신이 웬 참견이오?"

얼짜는 톨스토이의 책상을 들고 나오다 방문턱에 우뚝 멈춘다. 눈을 휘둥그렇게 뜨고 주저주저하는 양이 대담한 아키코에 적이 놀란 모양——

"오늘부터 내가 여기서 자야 할 테니까—— 그래서—— 방을 치는데."

얼짜는 주변성 없는 말로 이렇게 굳다가

"당신 맘대로 방은 치는 거요?"

"그럼 내 방 내 맘대로 치지 누구에게 물어본단 말이우?" 하고 제법 을딱딱[60]이긴 했으나 뒷갈망은 구렁이에게 눈짓을 슬슬 한다.

"그렇지 내 방 내가 치는데 누가 뭐 할 턱 있나?"

"당신 맘대룬 안 되우. 그 책상 도루 저리 갖다놓우. 사글세 내란다든지 하는 게 옳지 등을 밀어 내쫓는 경우가 어딨단 말이오?"

"아니 아키코는 제 거나 낼 생각 하지 웬 걱정이야? 저리 비켜서!"

구렁이는 문을 막고 섰는 아키코의 팔을 잡아당긴다. 에패[61]는

찍 소리 없이 눌러왔지만 오늘은 얼짜를 잔뜩 믿는 모양이다. 이걸 보고 옆에 섰던 영애가 또 아니꼬워서

"제 거라니? 누구 보구 저야? 이 늙은이가 눈깔이 삐었나!" 하고 그 팔을 뒤로 홱 잡아챈다. 늙은 구렁이와 영애는 몸 중량의 비례가 안 된다. 제 풀에 비틀비틀 돌더니 벽에 가 쿵 하고 쓰러진다. 그러나 눈을 감고 턱이 떨리는 아이고 소리는 엄살이다.

얼짜가 문턱에 책상을 떨구더니 용감히 홱 넘어 나온다. 아키코는 저 자식이 더럽게 달마찌[62]의 흉내를 내는구나 할 동안도 없이 영애의 뺨이 쩔꺽—

"이년아! 늙은이를 쳐?"

"아 이 자식 보래! 누기 뺨을 때려?"

아키코는 악을 지르자 그 석대[63]를 뒤로 잡아서 낚아친다. 마루 위에 놓였던 다듬잇돌에 걸려 얼짜는 엉덩방아가 쿵 하고 자분참 날아드는 숯보구니[64]는 독 오른 영애의 분풀이다.

그러자 또 아랫방문이 홱 열리고 지팡이가 김마까를 끌고 나온다.

"아 자식이 웬 자식인데 남의 계집애 뺨을 때려? 온 이런 망하다 판이 날 자식이 눈에 아무것두 뵈질 않나. 세상이 망한다 망한다 한대두만 이런 자식은."

김마까는 뜰에서부터 사방이 들으라고 왁짝 떠들며 올라온다. 구렁이한테 늘 쪼여 지내던 원한의 복수로 아키코와 서로 먹살잡이로 섰는 얼짜의 복장을 지팡이는 내지른다.

"이런 염병을 하다 땀통이 끊어질 자식이 있나!"

그와 동시에 김마까는 검불같이 뒤로 벌렁 나자빠졌다. 내댔던 지팡이가 도로 물러오며 빠짝 마른 허구리를 쳤던 것이다. 개신 개신[65] 몸을 일으집으며 김마까는 구시월 서리 맞은 독사가 된다.

"이 자식아! 너는 니 애비두 없니?"

대뜸 지팡이는 날아들어 얼짜의 귓바퀴를 내려갈긴다. 딱 하고 뼈 닿는 무딘 소리. 얼짜는 고개를 푹 꺾고 귀에 두 손을 들이대자 죽은 듯이 꼼짝 못한다.

아키코도 얼짜에게 뺨 한 개를 얻어맞고 울고 있었다. 이 좋은 기회를 타서 얼짜의 등 뒤로 빨간 얼굴이 달려든다. 이걸 권투식으로 집어셀까[66] 하다 그대로 그 어깻죽지를 뒤로 물고 늘어진다. 아아 이렇게 외마디 소리로 아가리를 딱딱 벌인다. 그리고 뒤통수로 암팡스레 날아든 것은 영애의 주먹이다.

톨스토이는 모두가 미안쩍고 따라 제 풀에 지질려서 어쩔 줄을 모른다. 옆에서 눈을 흘기는 영애도 모르고

"놓으셔요. 고만 놓으셔요. 이거 이럼 어떡헙니까?" 하며 아키코의 등을 두 손으로 흔든다. 구렁이도 벌벌 떨어가며

"이년이 사람을 뜯어먹을 텐가 안 놓니, 이거 안 놔?"

아키코를 대구 잡아당기며 어른다. 그러나 잡아당기면 당길수록 얼짜는 소리를 더 지른다. 이러다간 일만 크게 벌어질 걸 알고 구렁이는 간이 고만 달룽한다.[67] 이번 사품에 안방 미닫이는 설주가 부러지고 뒤주 위에 얹혔던 대접이 둘이나 떨어져 깨졌다. 잔뜩 믿었던 조카는 저렇게 죽게 되고 이러다간 방은커녕 사람을 잡겠다 생각하고 그는 온몸이 덜덜 떨렸다. 게다 모지게 내려치

는 김마까의 지팡이.

구렁이는 부리나케 대문 밖으로 나왔다. 골목길을 내려오며 뒤에 날리는 치맛자락에 바람이 났다.

"사글세를 내랬으면 좋지 내쫓으려구 하니까 그렇게 분란이 일구 하는 게 아니야?"

"아닙니다. 누가 내쫓으려구 그래요, 세를 내라구 그러니깐 그렇게 아키코라는 년이 올라와서 온통 사람을 뜯어먹고 그러는군요!"

"말 마라, 내쫓으려구 헌 걸 아는데 그래. 요전에도 또 한 번 그런 일이 있었지?"

순사는 노파의 뒤를 따라오며 나른한 하품을 주먹으로 끈다. 푹하면[68] 와서 찐대[69]를 붙는 노파의 행세가 여간 귀찮지 않다. 조그맣게 말라붙은 노파의 흰 머리쪽을 바라보며

"올에 몇 살이냐?"

"그년 열아홉이죠 그런데 그렇게―"

"아니 노파 말이야?"

"네 제 나요? 왜 쉰일곱이라구 저번에 여쭀지요. 그런데 이 고생을 하는군요." 하고 궁상스레 우는소리다.

노파는 김마까보다도 톨스토이보다도 누구보다도 아키코가 가장 미웠다. 방세를 받으려 해도 중뿔나게 가로맡아서 지랄하기가 일쑤요 또 밤낮 듣기 싫게 창가질이요 게다 세숫물을 버려도 일부러 심청궂게[70] 안마루 끝으로 홱 끼얹는 아키코 이년을 이번에는 경을 흠씬 치도록 해야 할 텐데 속이 간질대서 그는 총총걸음

을 치다가 돌부리에 채어 고만 나가 둥그러진다. 그 바람에 쓰레기통 한 귀에 내뻗은 못에 가서 치맛자락이 찌익 하고 찢어진다.

"망할 자식같으니 씨레기통의 못두 못 박았나!" 하고 흙을 털고 일어나며 역정이 난다. 그 꼴을 보고 순사는 손으로 웃음을 가린다.

"그봐! 이젠 다시 오지 마라. 이번엔 할 수 없지만 또다시 오면 그땐 노파를 잡아갈 테야?"

"네. 다시 갈 리 있겠습니까. 그저 이번에 그 아키코란 년만 흠씬 버릇을 가르쳐주십시오. 늙은이 보구 욕을 않나요 사람을 치질 않나요! 그리고 안죽 핏대도 다 안 마른 년이 서방이 몇인지 수가 없어요."

순사는 코대답을 해가며 귓등으로 듣는다. 너무 많이 들어서 인제는 홍미를 놓친 까닭이었다. 갈팡질팡 문지방을 넘다 또 고꾸라지려는 노파를 뒤로 부축하며 눈살을 찌푸린다. 알고 보니 짐작대로 노파 허풍에 또 속은 모양이었다. 살인이 났다고 짓떠들더니 임장[71]하여보니까 조용한 집안에 웬 낯선 양복쟁이가 하나만 마루 끝에서 천연스레 담배를 피울 뿐이다. 그러고는 장독 사이에서 왔다 갔다 하며 뭘 주워 먹는 생쥐가 있을 뿐 신발짝 하나 난잡히 놓이지 않았다. 하 어처구니가 없어서

"어서 죽었어?"

"어이구 분해! 이것들이 또 저를 고랑땡[72]을 먹이는군요! 입때까지 마룽[73]에서 치고 차고 깨물고 했답니다."

노파는 이렇게 주먹으로 복장을 찧으며[74] 원통한 사정을 하소한다. 왜냐면 이것들이 이 기맥을 벌써 눈치 채고 제각기 헤어져서

아주 얌전히 박혀 있다. 아키코는 문을 닫고 제 방에서 콧노래를 부르고 지팡이를 들고 날뛰던 김마까는 언제 그랬더냔 듯이 제 방에서 끙끙 여전한 신음소리. 이렇게 되면 이번에도 또 자기만 나무라게 될 것을 알고

"어이구 분해! 어이구 분해!"

주먹으로 복장을 연방 들두들기다 조카를 보고

"얘— 넌 어떻게 돼서 이렇게 혼자 앉았니?"

"뭘 어떻게 돼요 되긴?" 하고 눈을 지릅뜨는 그 대답은 썩 퉁명스럽고 걱세다.[75] 이런 화중으로 끌고 온[76] 아즈멈이 몹시도 밉고 원망스러운 눈치가 아닌가. 이걸 보면 경은 무던히 치고 난 놈이다.

"어이구 분해! 너꺼정 이러니!"

"뭘 분해? 이 망할 것아!"

순사는 소리를 빽 지르고 도로 돌아서려 한다.

"나리! 저걸 보셔요. 문 부서진 것하구 대접 깨진 걸 보셔두 알지 않어요?"

"어떤 조카가 죽었어그래?"

"이것이 그렇게 죽도록 경을 치고두 바보가 돼서 이래요!"

"바보면 죽어두 사나?" 하고 순사는 고개를 디밀어 마루께를 살펴보니 딴은 그릇은 깨지고 문은 부서졌다. 능글맞은 노파가 일부러 그런 줄은 아나 그렇다고 책임상 그냥 가기도 어렵다. 퍽도 극성스러운 늙은이라 생각하고

"누가 그랬어그래?"

"저 아키코가 혼자 그랬어요!"

"아키코! 고반[7]까지 같이 가."

"네! 그러셔요."

하도 여러 번 겪는 일이라 이제는 아주 익숙하다. 저고리를 갈아입으며 웃는 얼굴로 내려온다. 그러나 순사를 따라 대문을 나설 적에는 고개를 모로 돌려 구렁이에게 몹시 눈총을 준다.

순사는 아키코를 데리고 느른한[78] 걸음으로 골목을 꿈든다. 쪽다리를 건너니 화창한 사직원 마당. 봄이라고 땅의 잔디는 파릇파릇 돋았다. 저 위에선 투덕거리는 빨래 소리. 한옆에선 풋볼을 차느라고 날뛰고 떠들고 법석이다. 뿌웅 하고 음충맞게 내대는 자동차의 사이렌. 남치마에 연분홍 저고리가 버젓이 활을 들고 나온다. 그리고 키 훌쩍 큰 놈팽이는 돈지갑을 내든다.

"너 왜 또 말썽이냐?" 하고 순사는 고개를 돌려 아키코를 씽긋이 흘겨본다. 그는 노파가 왜 그렇게 아키코를 못 먹어서 기를 쓰는지 영문을 모른다. 노파의 눈에도 아키코가 좀 귀여울 텐데 그렇게 미울 때에는 아마 아키코가 뭘 좀 먹이질 않아 틀렸는지 모른다. 그렇지 않으면 다른 사람 다 젖혀놓고 아키코만 씹을 리가 없다. 생각하다가

"뭘 말썽이유 내가?"

"네가 뭐 쥔마누라를 깨물고 사람을 죽이구 그런다며? 그리구 요전에도 카페서 네가 손님을 쳤다는 소문도 들리지 않니?" 하고 눈살을 찡고 웃어버린다. 얼굴 똑똑한 것이 아주 헐 수 없는 계집애라고 돌릴 수밖에 없다.

"난 그런 거 몰루!"

아키코는 땅에 침을 탁 뱉고 아주 천연스레 대답한다. 그리고 사직원의 문간쯤 와서는

"이담 또 만납시다."

제멋대로 작별을 남기고 저는 저대로 산 쪽으로 올라온다.

활터길[7]로 올라오다 아키코는 궁금하여 뒤를 한번 돌아본다. 너무 기가 막혀서 벙벙히 바라보고 있다가 다시 주먹으로 나른한 하품을 끄는 순사. 한편에선 날뛰고 자빠지고 쾌활히 공을 찬다. 아키코는 다시 올라가며 저도 남자가 됐더라면 '풋볼'을 차볼걸 하고 후회가 막급이다. 그리고 산을 한 바퀴 돌아 내려가서는 이번엔 장독대 위에 요강을 버리리라 결심을 한다. 구렁이는 장독대 위에 오줌을 버리면 그것처럼 질색이 없다.

"망할 년! 이번에 봐라. 내 장독 위에 오줌까지 깔길 테니!"

이렇게 아키코는 몇 번 몇 번 결심을 한다.

가을

내가 주재소[1]에까지 가게 될 때에는 나에게도 다소 책임이 있을는지 모른다. 그러나 사실 아무리 고쳐 생각해봐도 나는 조금치도 책임이 느껴지지 않는다. 복만이는 제 아내를(여기가 퍽 중요하다) 제 손으로 직접 소 장사에게 판 것이다. 내가 그 아내를 유인해다 팔았거나 혹은 내가 복만이를 꾀어서 서로 공모하고 팔아먹은 것은 절대로 아니었다.

우리 동리에서 일반이 다 아다시피 복만이는 뭐 남의 꼬임에 떨어지거나 할 놈이 아니다. 나와 저와 비록 격장[2]에 살고 흉허물없이 지내는 이런 터이지만 한 번도 저의 속을 터 말해본 적이 없다. 하기야 나뿐이랴. 어느 동무고 간에 무슨 말을 좀 묻는다면 잘해야 세 마디쯤 대답하고 마는 그놈이다. 이렇게 귀찮은 얼굴에 내 천 자를 그리고 세상이 늘 마땅치 않은 그놈이다. 오죽하면 요전에는 제 아내가 우리에게 와서 울며불며 하소를 다 하였으랴. 그 망할 건 먹을 게 없으면 변통을 좀 할 생각은 않고 부처님 같이 방구석에 우두커니 앉았기만 한다고. 우두커니 앉았는 것보다 싫은 말 한마디 속 시원히 안 하는 그 뚱보가 미웠다. 마는 그러면서도 아내는 돌아다니며 양식을 꾸어다 여일히 남편을 공경하고 하는 것이다.

이런 복만이를 내가 꾀었다 하는 것은 번시가 말이 안 된다. 다만 한 가지 나에게 죄가 있다면 그날 매매 계약서를 내가 대서로 써준 그것뿐이다.

점심을 먹고 내가 봉당에 앉아서 새끼를 꼬고 있노라니까 복만이가 찾아왔다. 한 손에 바람에 나부끼는 인찰지[3] 한 장을 들고 내 앞에 와 딱 서더니

"여보게 자네 기약서[4] 쓸 줄 아니?"

"기약서는 왜?"

"아니 글쎄 말이야——" 하고 놈이 어색한 낯으로 대답을 주저하는 것이 아니냐. 아마 곁에 다른 사람이 여럿이 있으니까 말하기가 거북했을지도 모른다.

그러나 나는 사날 전에 놈에게 종용히[5] 들은 말이 있어서 오 아내의 일인가 보다 하고 얼른 눈치채었다. 싸리문 밖으로 놈을 끌고 나와서 그 귀밑에다

"자네 여편네가 어떻게 됐나?"

"응."

놈이 단마디 이렇게만 대답하고는 두레두레한 눈을 굴리며 뭘 잠깐 생각하는 듯하더니

"저 물 건너 사는 소 장사에게 팔기로 됐네. 재순네(술집)가 소개를 해서 지금 주막에 와 있는데 자꾸 기약시를 써아 한다구 그래. 그러나 누구 하나 쓸 줄 아는 사람이 있어야지. 그래 자네에게 써 가지고 올 테니 잠깐 기다리라구 하고 왔어. 자넨 학교 좀 다녔으니까 쓸 줄 알겠지?"

"그렇지만 우리 집에 먹이 있나 붓이 있나?"

"그럼 하여튼 나하구 같이 가세."

맑은 시내에 붉은 잎을 담그며 일쩌운[6] 바람이 오르내리는 늦은 가을이다. 시든 언덕 위를 복만이는 묵묵히 걸었고 나는 팔짱을 끼고 그 뒤를 따랐다. 이때 적으나마 내가 제 친구니까 되든 안 되든 한번 말려보고도 싶었다. 다른 짓은 다 할지라도 영득이(다섯 살 된 아들이다)를 생각하여 아내만은 팔지 말라고 사실 말려보고 싶지 않은 것은 아니다. 그러나 내가 저를 먹여주지 못하는 이상 남의 일이라고 말하기 좋아 이러쿵저러쿵 지껄이기도 어려운 일이다. 맞붙잡고 굶느니 아내는 다른 데 가서 잘 먹고 또 남편은 남편대로 그 돈으로 잘 먹고 이렇게 일이 필 수도 있지 않느냐. 복만이의 뒤를 따라가며 나는 도리어 나의 걱정이 더 큰 것을 알았다. 기껏 한 해 동안 농사를 지었다는 것이 털어서 쪼개고 보니까 나의 몫으로 겨우 벼 두 말 가웃이 남았다. 물론 털어서 빚도 다 못 가린 복만이에게 대면 좀 날는지 모르지만 이걸로 우리 식구가 한겨울을 날 생각을 하니 눈앞이 고대로 캄캄하다. 나두 올 겨울에는 금점이나 좀 해볼까, 그렇지 않으면 투전을 좀 배워서 노름판으로 쫓아다닐까, 그런데도 밑천이 들 터인데 돈은 없고 복만이같이 내다팔 아내도 없다. 우리 집에는 여편네라곤 병든 어머니밖에 없으나 나이도 늙었지만(좀 부끄럽다) 우리 아버지가 있으니까 내 맘대론 못하고——

이런 생각에 잠겨 짜증[7] 나는 복만이더러 네 아내를 팔지 마라 어째라 할 여지가 없었다. 나도 일찍이 장가나 들어두었으면 이런 때 팔아먹을걸 하고 부질없는 후회뿐으로.

큰길로 빠져나와서

"그럼 자네 먼저 가 있게. 내 먹 붓을 빌려가지고 곧 갈게."

"벼루서껀 있어야 할걸——"

나 혼자 밤나무 밑 술집으로 터덜터덜 찾아갔다. 닭의 똥들이 한산히 늘어놓인 뒷마루[8]로 조심스레 올라서며 소 장사란 놈이 대체 어떻게 생긴 놈인가 하고 퍽 궁금하였다. 소도 사고 계집도 사고 이럴 때에는 필연 돈도 상당히 많은 놈이리라.

지게문을 열고 들어서니 첫때 눈에 띈 것이 밤볼[9]이 지도록 살이 디룩디룩한 그리고 험상궂게 생긴 한 애꾸눈이다. 이놈이 아랫목에 술상을 놓고 앉아서 냉수 마신 상으로 나를 쓰윽 쳐다보는 것이다. 바지저고리에는 때가 쪼루룩 묻은 것이 게다 제딴에는 모양을 낸답시고 누런 병정 각반[10]을 치올려 쳤다.

이놈과 그 옆 한구석에 쪼그리고 앉았는 영득 어머니와 부부가 되는 것은 아무리 봐도 좀 덜 맞는 듯싶다마는 영득 어머니는 어떻게 되든지 간에 그 처분만 기다린단 듯이 잠자코 아이에게 젖이나 먹일 뿐이다. 나를 쳐다보고 자칫 낯이 붉는 듯하더니

"아재 나려오슈!" 하고는 도로 고개를 파묻는다.

이때 소 장사에게 인사를 붙여준 것이 술집 할머니다. 사흘이 모자라서 여호가 못 됐다니만치 수단이 능글차서

"둘이 인사하게. 이게 내 먼 촌 조칸데 소 장사구 돈 잘 쓰구." 하다가 뼈만 남은 손으로 내 등을 뚜덕이며

"이 사람이 아까 그 기약서 잘 쓴다는 재봉이야."

"거 뉘 댁인지 우리 인사합시다. 이 사람은 물 건너 사는 황거 풍이라 부르우."

이놈이 바로 우좌스럽게[11] 큰 소리로 인사를 거는 것이다. 나두 저 붑지않게[12] 떡 버티고 앉아서 이 사람은 하고 이름을 댔다. 그리고 울아버지도 십 년 전에는 땅마지기나 조이[13] 있었단 것을 명백히 일러주니까 그건 안 듣고 하는 수작이

"기약서를 써달라구 불렀는데 수고스러우나 하나 잘 써주기 유."

망할 자식 이건 아주 딴소리다. 내가 친구 복만이를 위해서 왔지 그래 제깟 놈의 명령에 왔다 갔다 할 겐가. 이 자식 무척 시큰 둥하구나 생각하고 낯을 찌푸려 모로 돌렸으나

"우선 한잔 하기유." 함에는 두 손으로 얼른 안 받지도 못할 노릇이었다.

복만이가 그 웃음 잊은 얼굴로 씨근거리며 달려들 때에는 벌써 나는 석 잔이나 얻어먹었다. 얼근한 손에 다 모지라진 붓을 잡고 소 장사의 요구대로 그려놓았다.

매매 계약서

일금 오십 원야라.

위 금은 내 아내의 대금으로써 정히 영수합니다.

갑술년 시월 이십일

조복만

황거풍 전

여기에 복만이의 지장을 찍어주니까 어디 한번 읽어보우 한다.
그리고 한참 나를 의심스레 바라보며 뭘 생각하더니 "그거면 고
만이유. 만일 나중에 조상[14]이 돈을 해가지고 와서 물러달라면 어
떡허우?" 하고 눈이 둥그레서 나를 책망을 하는 것이다. 이놈이
소 장에서 하던 버릇을 여기서 하는 것이 아닌가 하도 어이가 없
어서 나도 벙벙히 쳐다만 보았으나 옆에서 복만이가 그대로 써주
라 하니까

'어떠한 일이 있더라도 내 아내는 물러달라지 않기로 맹세합니
다.'

그제야 조끼 단춧구멍에 굵은 쌈지끈으로 목을 매달린 커다란
지갑이 비로소 움직인다. 일 원짜리 때문은 지전 뭉치를 꺼내 들
더니 손가락에 연신 침을 발라가며 앞으로 세어보고 뒤로 세어보
고 그리고 이번에는 거꾸로 들고 또 침을 발라가며 공손히 세어
본다. 이렇게 후줄근히 침을 발라 셌건만 복만이가 또다시 공손
히 바르기 시작하니 아마 지전은 침을 발라야 장수를 하나 보다.

내가 여기서 구문[15]을 한 푼이나마 얻어먹었다면 참이지 성을

갈겠다. 오 원씩 안팎 구문으로 십 원을 답센[16] 것은 술집 할미니요 나는 술 몇 잔 얻어먹었다. 뿐만 아니라 소 장사를 아니 영득 어머니를 오 리 밖 공동묘지 고개까지 전송을 나간 것도 즉 나다.

고갯마루에서 꼬불꼬불 돌아내린 산길을 굽어보고 나는 마음이 적이 언짢았다. 한 마을에 같이 살다가 팔려가는 걸 생각하니 도시[17] 남의 일 같지 않다. 게다 바람은 매우 차건만 입때 홑적삼으로 떨고 섰는 그 꼴이 가엾고—

"영득 어머니! 잘 가게유."

"아재 잘 계슈."

이 말 한마디만 남길 뿐 그는 앞장을 서서 사랫길[18]을 살랑살랑 달아난다. 마땅히 저 갈 길을 떠나는 듯이 서두르며 조금도 섭섭한 빛이 없다.

그리고 내 등 뒤에 섰는 복만이조차 잘 가라는 말 한마디 없는 데는 실로 놀라지 않을 수 없다. 장승같이 뻐적 서서[19]는 눈만 끔벅끔벅하는 것이 아닌가. 개자식, 하루를 살아도 제 계집이련만. 근 십 년이나 소같이 부려먹던 이 아내다. 사실 말이지 제가 여지껏 굶어 죽지 않은 것은 상냥하고 돌림성[20] 있는 이 아내의 덕택이었다. 그런데 인사 한마디가 없다니 개자식 하고 여간 밉지가 않았다.

영득이는 제 아버지 품에 잔뜩 붙들려 기가 올라서 운다. 멀리 간 어머니를 부르고 두 주먹으로 아버지의 복장을 들이두드리다간 한번 쥐어박히고 멈칫한다. 그리고 조금 있으면 다시 시작한다.

소 장사는 얼굴에 술이 잠뿍[21] 올라서 제멋대로 한참 지껄이더니

"친구! 신세 많이 졌수. 이담 갚으리다." 하고 썩 멋들어지게 인사를 한다. 그리고 뒤툭뒤툭 고개를 내리다가 돌부리에 채키어 뚱뚱한 몸뚱어리가 그대로 떼굴떼굴 굴러버렸다. 중턱에 내뻗은 소나무에 가지가 없었다면 낭떠러지로 떨어져 고만 터져버릴 걸 요행히 툭 툭 털고 일어나서 입맛을 다신다. 놈이 좀 무색한지 우리를 돌아보고 한번 빙긋 웃고 다시 내걸을 때에는 영득 어머니는 벌써 산 하나를 꼽들었다.

이렇게 가던 소 장사 이놈이 닷새 후에는 날더러 주재소로 가자고 내끄는 것이 아닌가. 사기는 복만이한테 사고 내게 찌다위²²를 붙인다. 그것도 한가로운 때면 혹 모르지만 남 한창 바쁘게 거름 쳐내는 놈을 좋도록 말을 해서 듣지 않으니까 나도 약이 안 오를 수 없고 골김에 놈의 복장을 그대로 떠다밀어버렸다. 풀밭에 가 털썩 주저앉았다 일어나더니 이번에는 내 멱살을 바짝 죄어잡고 소 다루듯 잡아끈다.

내가 구문을 받아먹었다든지 또는 복만이를 내가 소개했다든지 하면 혹 모르겠다. 기약서 써주고 술 몇 잔 얻어먹은 것밖에 나에게 무슨 죄가 있느냐. 놈의 말을 들어보면 영득 어머니가 간 지 나흘 되던 날 즉 그저께 밤에 자다가 어디로 없어졌다. 밝는 날에는 들어올까 하고 눈이 빠지게 기다렸으나 영 들어오질 않는다. 오늘은 꼭두새벽부터 사방으로 찾아다니다 비로소 우리들이 짜고 사기를 해먹은 것을 깨닫고 지금 찾아왔다는 것이다. 제 아내 간 곳을 아르쳐주어야지 그렇지 않으면 너와 죽는다고 애꾸 낯짝을 들이대고 이를 북, 갈아 보인다.

"내가 팔았단 말이우? 날 붙잡고 이러면 어떡할 작정이지요?"

"복만이는 달아났으니까 너는 간 곳을 알겠지? 느들이 짜고 날 고랑때²³를 먹였어 이놈의 새끼들!"

"아니 복만이가 달아났는지 혹은 볼일이 있어서 어디 다니러 갔는지 지금 어떻게 안단 말이우?"

"말 말아. 술집 아주머니에게 다 들었다. 또 속이려구, 요 자식!"

그리고 나를 논둑에다 한번 메다꽂아서는 흙도 털 새 없이 다시 끌고 간다. 술집 아주머니가 복만이 간 곳은 내가 알겠으니 가보라 했다나. 구문 먹은 걸 도로 돌라놓기²⁴가 아까워서 제 책임을 내게로 떠민 것이 분명하다. 이렇게 되면 소 장사 듣기에는 내가 마치 복만이를 꾀어서 아내를 팔게 하고 뒤로 은근히 구문을 뗀 폭이 되고 만다.

하기는 복만이도 그 아내가 없어졌다는 날 그저께 어디로인지 없어졌다. 짜정 도망을 갔는지 혹은 볼일이 있어서 일가집 같은 데 나닐러 갔는지²⁵ 그건 자세히 모른다. 그러나 동리로 돌아다니며 아내가 꾸어온 양식 돈푼 이런 자지레한 빚냥을 다 돈으로 갚아준 그다. 달아나기에 충분할 아무 죄도 그는 갖지 않았다. 영득이가 밤마다 엄마를 부르며 악짱을 치더니 보기 딱하여 제 큰집으로 맡기러 갔는지도 모른다.

복만이가 저녁에 우리 집에 왔을 때에는 어디서 먹었는지 술이 거나하게 취했다. 안뜰로 들어오더니 막걸리를 한 병 내놓으며

"이거 자네 먹게."

"이건 왜 사와. 하여튼 출출한데 고마우이." 하고 나는 부엌에 내려가 술잔과 짠지 쪼가리를 가지고 나왔다. 그리고 둘이 봉당에 걸터앉아서 마시기 시작하였다.

술 한 병을 다 치우고 나서 그는 이런 이야기 저런 이야기 지껄이더니 내 앞에 돈 일 원을 꺼내놓는다.

"저번 수고를 끼쳐서 그 예일세."

"예라니?"

나는 눈을 둥그렇게 뜨고 그 얼굴을 이윽히 쳐다보았다. 마는 속으로는 요전 대서료로 주는구나 하고 이쯤 못 깨달은 바도 아니었다. 남의 아내를 판 돈에서 대서료를 받는 것이 너머²⁶ 무례한 일인 것쯤은 나도 잘 안다. 술을 먹었으니까 그만해도 좋다 하여도

"두구 술 사 먹게. 난 이거 말구두 또 있으니까──" 하고 굳이 주머니에까지 넣어주므로 궁하기도 하고 그대로 받아두었다. 그리고 그담부터는 복만이도 영득이도 우리 동리에서 볼 수가 없고 그뿐 아니라 어디로 가는 걸 본 사람조차 하나도 없다.

이런 복만이를 소 장사 이놈이 날더러 찾아놓으라고 명령을 하는 것이다. 멱살을 숨이 갑갑하도록 바짝 매달려서 끌려가자니 마을 사람들은 몰려서 구경을 하고 없는 죄가 있는 듯이 얼굴이 확확 단다. 큰 개울께까지 나왔을 적에는 놈도 좀 열적은지 슬며시 놓고 그냥 걸어간다. 내가 반항을 하든지 해야 저도 독을 올려서 욕설을 하고 겯고틀고 할텐데 내가 고분히 달려가니까 그럴 필요가 없다. 저의 원대로 주재소까지 가기만 하면 고만이니까.

우리는 아무 말 없이 앞서고 뒤서고 십 리 길이나 걸었다. 깊은 산길이라 사람은 없고 앞뒤 산들은 울긋불긋 물들어 가끔 쏴 하고 낙엽이 날린다. 뉘엿뉘엿 넘어가는 석양에 먼 봉우리는 자줏빛이 되어가고 그 반영에 하늘까지 불콰하다. 험한 바위에서 이따금 돌은 굴러내려 웅덩이의 맑은 물을 휘저어놓고 풍 하는 그 소리는 실로 쓸쓸하다. 이 산서 수꿩이 푸드득 저 산서 암꿩이 푸드득 그리고 그 사이로 소 장사 이놈과 나와 노량으로[27] 허우적허우적.

또 한 고개를 놈이 뚱뚱한 몸집으로 숨이 차서 씨근씨근 올라오니 그때는 노기는 완전히 사라졌다. 풀밭에 펄썩 주저앉아서는 숨을 돌리고 담배를 꺼내고 그리고 무슨 마음이 내켰는지 날더러

"다리 아프겠수. 우리 앉아서 쉽시다." 하고 친절히 말을 붙인다. 나도 그 옆에 앉아서 주는 권연을 피워 물었다. 인제도 주재소까지 시오 리가 남았으니 어둡기 전에는 못 갈 것이다.

"아까는 내 퍽 잘못했수."

"별말 다 하우."

"그런데 참 복만이 간 데 짐작도 못하겠수?"

"아마 모름 몰라두 덕냉이 제 큰집에 갔기가 쉽지유."

이 말에 놈이 경풍을 하도록 반색하며 애꾸눈을 바짝 들이대고 끔벅거린다. 그리고 우는소리가 잃어버린 돈이 아까운 게 아니라 그런 계집을 다시 만나기가 어려워서 그런다. 번이 홀아비의 몸으로 얼굴 똑똑한 아내를 맞아다가 술장사를 시켜보고자 벼르던 중이었다. 그래 이번에 해보니까 장사도 잘할뿐더러 아내로서 홀

278

룽한 계집이다. 참이지 며칠 살아봤지만 남편에게 그렇게 착착 부닐고[28] 정이 붙는 계집은 여지껏 내 보지 못했다. 그러기에 나도 저를 위해서 인조견으로 옷을 해 입힌다 갈비를 들여다 구워 먹인다. 이렇게 기뻐하지 않았겠느냐. 덧돈을 들여가면서라도 찾으려 하는 것은 저를 보고 싶어서 그럼이지 내가 결코 복만이에게 돈으로 물러달랄 의사는 없다. 그러니 아무 염려 말고

"복만이 갈 듯한 곳은 다 좀 아르쳐주." 놈의 말투가 또 이상스리 꾀는 걸 알고 불쾌하기가 짝이 없다. 아무 대답도 않고 묵묵히 앉아서 담배만 빠니까

"같은 날 같이 없어진 걸 보면 둘이 짜구서 도망간 게 아니우?"

"사십 리씩 떨어져 있는 사람이 어떻게 짜구 말구 한단 말이우?"

내가 이렇게 펄쩍 뛰며 핀잔을 줌에는 그도 잠시 낙망하는 빛을 보이며

"아니 일텀[29] 말이지 내가 복만이면 제 아내가 어디 간 것쯤은 알 게 아니우?"

하고 꾸중 맞는 어린애처럼 어리광조로 빌붙는다. 이것도 사랑병인지 아까는 큰 체를 하던 놈이 이제 와서는 나에게 끽소리도 못한다. 행여나 여망[30] 있는 소리를 들을까 하여 속 달게 나의 눈치만 글이다가[31]

"덕냉이 큰집이 어딘지 아우?"

"우리 삼촌댁도 덕냉이 있지유."

"그럼 우리 오늘은 도루 나려가 술이나 먹고 낼 일찍이 같이 떠

납시다."

"그리기유."

더 말하기가 싫어서 나는 코대답³²으로 치우고 먼 서쪽 하늘을 바라보았다. 해가 마악 떨어지니 산골은 오색 영롱한 저녁노을로 덮인다. 산봉우리는 숫제 이글이글 끓는 불덩어리가 되고 노기 가득 찬 위엄을 나타낸다. 그리고 나직이 들리느니 우리 머리 위에 지는 낙엽 소리——

소 장사는 쭈그리고 눈을 감고 앉았는 양이 내일의 계획을 세우는 모양이다. 마는 나는 아무리 생각하여도 복만이는 덕냉이 제 큰집에 있을 것 같지 않다.

두꺼비

내가 학교에 다니는 것은 혹 시험 전날 밤새는 맛에 들렸는지 모른다. 내일이 영어 시험이므로 그렇다고 하룻밤에 다 안다는 수도 없고 시험에 날 듯한 놈 몇 대문 새겨나 볼까, 하는 생각으로 책술을 뒤지고 있을 때[1] 절컥, 하고 바깥벽에 자행거[2] 세워놓는 소리가 난다. 그리고 행길로 난 유리창을 두드리며 이상, 하는 것이다. 밤중에 웬놈인가, 하고 찌뿌둥히 고리를 따보니 캡을 모로 눌러 붙인 두꺼비눈[3]이 아닌가. 또 무얼, 하고 좀 떠름했으나 그래도 한 달포 만에 만나니 우선 반갑다.

손을 내밀어 악수를 하고 어여 들어오슈, 하니까 바빠서 그럴 여유가 없다 하고 오늘 의논할 이야기가 있으니 한 시간쯤 뒤에 저의 집으로 꼭 좀 와주십쇼, 한다. 그뿐으로 내가 무슨 의논일까, 해서 얼떨떨할 사이도 없이 허둥지둥 자전거 종을 울리며 골목 밖으로 사라진다. 권연 하나를 피워도 멋만 찾는 이놈이 자전거를 타고 나를 찾아왔을 때에는 일도 어지간히 급한 모양이나 그러나 제 밀이면 으레 복종할 걸로 알고 나의 대답도 기다리기 전에 달아나는 건 썩 불쾌하였다. 이것은 놈이 아직도 나에게 대하여 기생오라비로서의 특권을 가지려는 것이 분명하다. 나는 사실 놈이 필요한 데까지 이용당할 대로 다 당하였다. 더는 싫다, 생각하고 애꿎은 창문을 딱 닫은 다음 다시 앉아서 책을 뒤지자니 속이 부걱부걱 고인다. 허지만 실상 생각하면 놈만 탓할 것도 아니요 어디 사람이 동이 났다고 거리에서 한번 흘낏 스쳐본, 그나마 잘났으면 서로 눈이 맞아서 달떴다면야 누가 뭐라 하랴마는 저쪽에선 나의 존재를 그리 대단히 여겨주지 않으려는데 나만 몸이 달아서 답장 못 받는 엽서를 매일같이 석 달 동안 썼다. 하니까 놈이 이 기미를 알고 나를 찾아와 인사를 떡 붙이고는 하는 소리가 기생을 사랑하려면 그 오라비부터 잘 얼러야 된다는 것을 명백히 설명하고 또 그리고 옥화가 제 누이지만 제 말이면 대개 들을 것이니 그건 안심하라 한다. 나도 옳게 여기고 그담부터 학비가 올라오면 상전같이 놈을 모시고 다니며 뒤치다꺼리 하기에 볼일을 못 본다. 이게 버릇이 돼서 툭하면 놈이 찾아와서 산보 나가자고 끌어내서는 극장으로 카페로 혹은 저 좋아하는 기생집으로 데리고 다니며 밤을 패기*가 일쑤다. 물론 그 비용은 성냥 사는 일 전까지 내가 내야 되니까 얼뜬 보기에 누가 데리고 다니는 건지 영문 모른다. 게다 제 누님의 답장을 맡아올 테니 한번 보라고 연일 장담은 하면서도 나의 편지만 가져가고는 꿩 구워 먹은 소식이다.

편지도 우편보다는 그 동생에게 전하니까 마음에 좀 든든할 뿐이지 사실 바로 가는지 혹은 공동변소에서 콧노래로 뒤지⁵가 되는지 그것도 자세 모른다. 하루는 놈이 찾아와서 방바닥에 가 벌렁 자빠져 콧노래를 하다가 무얼 생각했음인지 다시 벌떡 일어나 앉는다. 올롱한⁶ 낮짝에 그 두꺼비눈을 한 서너 번 끔벅거리다 나에게 훈계가, 너는 학생이라서 아직 화류계를 모른다. 멀리 앉아서 편지만 자꾸 띄우면 그게 뭐냐고 톡톡히 나무라더니 기생은 여학생과 달라서 그저 맞붙잡고 주물러야 정을 쏟는데, 하고 사정이 딱한 듯이 입맛을 다신다. 첫사랑이 무언지 무던히 후려맞은 몸이라 나는 귀가 번쩍 띄어 그럼 어떻게 좋은 도리가 없을까요, 하고 다가가서 물어보니까 잠시 입을 다물고 주저하더니 그럼 내 직접 인사를 시켜줄 테니 우선 누님 마음에 드는 걸로 한 이삼십 원어치 선물을 하슈, 화류계 사랑이란 돈이 좀 듭니다, 하고 전일 기생을 사랑하던 저의 체험담을 좍 이야기한다. 딴은 먹이는데 싫달 계집은 없으려니, 깨닫고 나의 정성을 눈앞에 보이기 위하여 놈을 데리고 다니며 동무에게 돈을 구걸한다 양복을 잡힌다 하여 덩어리돈을 만들어서는 우선 백화점에 들어가 같이 점심을 먹고 나오는 길에 사십이 원짜리 순금 트레반지⁷를 놈의 의견대로 사서 부디 잘해달라고 놈에게 들려 보냈다.

그리고 약속대로 그 이튿날 밤이 늦어서 찾아가니 놈이 자다 나왔는지 눈을 비비며 제가 쓰는 중문간 방으로 맞아들이는 그 태도가 어쩐지 어제보다 탐탁지가 못하다. 반지를 전하다 퇴짜나 맞지 않았나 하고 속으로 조를 비비며⁸ 앉았으니까 놈이 거기 관하여는 일절 말 없고 딴통같이⁹ 앨범 하나를 꺼내어 여러 기생의 사진을 보여주며 객쩍은 소리를 한참 지껄이더니 우리 누님이 이상 오시길 여태 기다리다가 고대 막 놀음 나갔습니다. 낼은 요보단 좀 일찍 오셔요, 하고 주먹으로 하품을 끄는 것이다. 조금만 일찍 왔다면 좋을걸 안됐다, 생각하고 그럼 반지를 전하니까 뭐라더냐 하니까 누이가 퍽 기뻐하며 그 말이 초면 인사도 없이 선물을 받는 것은 실례로운 일이매 직접 만나면 돌려보내겠다 하더란다. 이만하면 일은 잘 얼렸구나, 안심하고 하숙으로 돌아오며 생각해보니 반지를 돌려보낸다면 나는 언턱거리¹⁰를 아주 잃을 터이라 될 수 있다면 만나지 말고 편지로만 나에게 마음이 동하도록 하는 것도 좋겠지만 그래도 옥화가 실례롭다 생각할 만치 고만치 나에게 관심을 가졌음에는 그담은 내가 가서 붙잡고 조르기에 달렸다, 궁리한 것도 무리는 아닐 것이다. 마는 그 담날 약속한 시간을 일찍 찾아가니 놈은 여전히 귀찮은 하품을 터뜨리며 좀더 일찍이 오라 하고, 또 고담 날 찾아가니 역시 좀더 일찍이 오라 하고. 이렇게 연 나흘을 했을 때에는 놈이 괜히 제가 골을 내가지고 불안스럽게 구므로 내 자신 너무 우습게 대접을 받는 것도 같고 아니꼬워서 망할 자식 인전 너하고 안 놀겠다 결심하고 부리나케 하숙으로 돌아와 이불 전에 눈물을 씻으며 지내온 지 달포나 된 오늘날 의논이 무슨 의논일까. 시험은 급하고 과정 낙제나 면할까 하여 눈을 까뒤집고 책을 뒤지자니 그렇게 똑똑하던 글자가 어느덧 먹줄로 변하니 글렀고, 게다 아련히 나타나는 옥화의 얼굴은 보면 볼수록 속만 탈 뿐이다. 몇 번 고개를 흔들어

정신을 바로 잡아가지고 들여다보나 아무 효과가 없음에는 이건 공부가 아니라, 생각하고 한구석으로 책을 내던진 뒤 일어서서 들창을 열어놓고 개운한 공기를 마셔본다. 저 건너 서양집 위층에서는 붉은 빛이 흘러나오고 어디선지 울려드는 가냘픈 육자배기, 그러자 문득 생각나느니 계집이란 때 없이 잘 느끼는 동물이라 어쩌면 옥화가 그동안 매일같이 띄운 나의 편지에 정이 돌아서 한번 만나고자 불렀는지 모르고 혹은 놈이 나에게 끼친 실례를 깨닫고 전일의 약속을 이행하고자 오라 했는지도 모른다. 하여튼 양단간에 한 시간 후라고 시간까지 지정하고 갔을 때에는 되도록 나에게 좋은 기회를 주려는 데 틀림이 없고 이렇게 내가 옥화를 얻는다면 학교쯤은 내일 집어쳐도 좋다 생각하고, 외투와 더불어 허룽허룽 거리로 나선다. 광화문통 큰거리에는 목덜미로 스며드는 싸늘한 바람이 가을도 이미 늦었고 청진동 어귀로 꼽들며 길 옆 이발소를 들여다보니 여덟 시 사십오 분, 한 시간이 되려면 아직도 이십 분이 남았다. 전봇대에 기대어 권연 하나를 피우고 나서 그래도 시간이 남으매 군밤 몇 개를 사서 들고는 이 분에 하나씩 씹기로 하고 서성거리자니 대체 오늘 일이 하회[1]가 어떻게 되려는가, 성화도 나고 계집에게 첫 인사를 하는데 뭐라 해야 좋을는지, 그러나 저에게 대한 내 열정의 총량만 보여주면 고만이니까 만일 네가 나와 살아준다면 그리고 네가 원한다면 내 너를 등에 업고 백 리를 가겠다. 이렇게 다짐을 두면 그뿐일 듯도 싶다. 그외에는 아버지가 보내주는 흙 묻은 돈으로 근근히 공부하는 나에게 별 도리가 없고 아아 이런 때 아버지가 돈 한 뭉텅이 소포로 부쳐줄 수 있으면, 하고 한탄이 절로 날 때 국숫집 시계가 늙은 소리로 아홉 시를 울린다. 지금쯤은 가도 되려니, 하고 곁 골목으로 들어섰으나 옥화의 집 대문 앞에 딱 발을 멈출 때에는 까닭 없이 가슴이 두근거리고 그것도 좋으련만 목청을 가다듬어 두꺼비의 이름을 불러도 대답은 어디 갔는지 안채에서 계집 사내가 영문 모를 소리로 악장만 칠 뿐이요 그대로 난장판이다.

이게 웬일일까 얼떨떨하여 떨리는 음성으로 두서너 번 불러보니 그제야 문이 삐걱 열리고 뚱뚱한 안잠자기[12]가 나를 쳐다보고 누구를 찾느냐 하기에 두꺼비를 보러 왔다 하니까 뾰족한 입으로 중문간방을 가리키며 행주치마로 코를 쓱 씻는 양이 긴치 않다[13]는 표정이다. 전일 같으면 내가 저에게 편지를 전해달라고 폐를 끼치는 일이 한두 번 아니라서 저를 만나면 담뱃값으로 몇 푼씩 집어주므로 저도 나를 늘 반기던 터이련만 왜 이리 기색이 틀렸는가, 오늘 밤 일도 아마 헛물켜나 보다. 그러나 우선 툇마루로 올라서서 방문을 쓰윽 열어보니 설혹 잤다 치더라도 그 소란통에 놀라 깨기도 했으련만 두꺼비가 마치 떡메로 얻어맞은 놈처럼 방한복판에 푹 엎으러져 고개 하나 들 줄 모른다. 사람은 불러놓고 이게 무슨 경우인가 싶어서 눈살을 찌푸리려다 강형 어디 편찮으슈, 하고 좋은 목소리로 그 어깨를 흔들어보아도 눈 하나 뜰 줄 모르니 이놈은 참 암만해도 알 수 없는 인물이다. 혹 내 일을 잘 되게 돌보아주다가 집안에 분란이 일고 그 끝에 이렇게 되지나 않았나 생각하면 못할 바도 아니려니와 그렇다 하더라도 두꺼비 등 뒤에 똑같은 모양으로 엎으러졌는 채선이의 꼴을 보면 어떻게

286

추측해볼 길이 없다.

누님이 수양딸로 사다가 가무를 가르치며 부려먹는다던 이 채선이가 자정도 되기 전에 제법 방바닥에 엎어졌을 리도 없겠고 더구나 처음에는 몰랐던 것이나 두 사람의 입 코에서 멀건 콧물과 게거품이 뺨 밑으로 검흐르는[14] 걸 본다면 웬만한 장난은 아닐 듯싶다. 머리끝이 쭈뼛하도록 나는 겁을 집어먹고 이 머리를 흔들어보고 저 머리를 흔들어보고 이렇게 눈이 둥그랬을 때 별안간 미닫이가 딱, 하더니 필연 옥화의 어머니리라. 얼굴 강총한[15] 늙은이가 표독스레 들어온다. 그 옆에 장승같이 섰는 나에게는 시선도 돌리려 하지 않고 두꺼비 앞에 가 펄썩 앉아서는 도끼눈을 뜨고 대뜸 들고 들어온 장죽통으로 그 머리를 후려갈기니 팡, 하고 그 소리에 내 등이 다 선뜻하다. 배지[16]가 꿰어져 죽을 이 망할 자식, 집안을 이래 망해놓니, 죽을 테면 죽어라, 어여 죽어 이자식, 이렇게 독살에 숨이 차도록 두 손으로 그 등어리를 대구 꼬집어 뜯더니 그래도 꼼짝 않는 데는 할 수 없는지 결국 이 자식 너 잡아먹고 나 죽는다, 하고 목청이 찢어지게 발악을 치며 귓배기를 물어뜯고자 매섭게 덤벼든다. 그러니 옆에 섰는 나도 덤벼들어 뜯어말리지 않을 수 없고 늙은이의 근력도 얕볼 게 아니라고 비로소 깨달았을 만치 이걸 붙잡고 한참 싱갱이[17]를 할 즈음, 그 자식 죽여버리지 그냥 둬, 하고 천둥 같은 호령을 하며 이번에는 늙은 마가목[18]이 마치 저와 같이 생긴 투박한 장작개비 하나를 들고 신발째 방으로 뛰어든다. 그 서두는 폼이 가만 두면 사람 몇쯤은 넉넉히 잡아놓을 듯하므로, 이런 때에는 어머니가 말리는 법인지는 모르나 내가 고대 붙들고 힐난을 하던 안늙은이가 기겁을 하여 일어나서는 영감 참으슈, 영감 참으슈, 연신 이렇게 달래며 허겁지겁 밖으로 끌고 나가기에 좋이 골도 빠진다. 마가목은 끌리는 대로 중문 안으로 들어가며 이 자식아 몇째냐, 벌써 일곱째 이래놓질 않았니 이 주릴 틀 자식, 하고 씨근벌떡하더니 안대청에서 뭐라고 주책없이 게걸거리며 발을 구르며 이렇게 집안을 떠엎는다. 가만히 눈치를 살펴보니 내가 오기 전에도 몇 번 이런 북새가 인 듯싶고, 암만하여도 내 자신이 헐없이 도깨비에게 홀린 듯싶어서 손을 꽂고 멀뚱히 섰노라니까 빠끔 열린 미닫이 틈으로 살집 좋고 허여멀건 안잠자기의 얼굴이 남실거린다. 대관절 웬 셈속인지 좀 알고자 미닫이를 열고는 그 어깨를 넌지시 꾹 찍어가지고 대문 밖으로 나와서 이게 어떻게 되는 일이냐고 물으니 이 망할 게 콧등만 찌끗할 뿐으로 전 흥미 없단 듯이 고개를 돌려버리는 게 아닌가. 몇 번 물어도 입이 잘 안 떨어지므로 등을 뚜덕여주며 그 입에다 권연 하나 피워 물리지 않을 수 없고 그제야 녀석이 죽는다고 독약을 먹었지 뭘 그러슈, 하고 퉁명스레 봉을 떼자 나는 넌덕스러운[19] 그의 소행을 아는지라 왜, 하고 성급히 그 뒤를 채쳤다. 잠시 입을 삐죽이 내밀고 세상 다 더럽단 듯이 삐쭉거리더니 은근히 하는 그 말이 두꺼비놈이 제 수양조카딸을 어느 틈엔가 꿰차고 돌아치므로 옥화가 이것을 알고는 눈에 쌍심지가 올라서 망할 자식 나가 빌어나 먹으라고 방추로 두들겨 내쫓았더니 둘이 못 살면 차라리 죽는다고 저렇게 약을 먹은 것이라 하고 에이 자식두 어디 없어서 그래 수양조카딸을, 하기에 이왕 그런

288

걸 어떡허우 그대루 결혼이나 시켜주지, 하니까 그게 무슨 말씀 이유, 하고 바로 제 일같이 펄쩍 뛰더니 채선이년의 몸둥이가 인제 앞으로 몇천 원이 될지 몇만 원이 될지 모르는 금덩어리같은 계집앤데 온, 하고 넉살을 부리다가 잠깐 침으로 목을 축이고 나서 그리고 또 일곱째야요, 모처럼 수양딸로 데려오면 놈이 꾀꾀리[20] 주물러서 버려놓고 버려놓고 하기를 이렇게 일곱, 하고 내 코 밑에다 두 손을 들이대고 똑똑히 일곱 손가락을 펴 뵈는 것이다.

그럼 무슨 약을 먹었느냐고 물으니까 그건 확적히 모르겠다 하고 아까 횡하게 자전거를 타고 나가더니 아마 어디서 약을 사 가지고 와 둘이 얼러 먹고서 저렇게 자빠진 듯하다고 그러다 내가 저게 정말 죽지나 않을까, 겁을 집어먹고 사람의 수액[21]이란 알 수 없는데, 하니까 뭘요 먹긴 좀 먹은 듯하나 그러나 원체 알깍쟁이 가 돼서 죽지 않을 만큼 먹었을 테니까 염려 없어요, 하고 아닌밤 중에도 두들겨 깨워서 우동을 사 오너라 호떡을 사 오너라 하고 펄쩍나게 부려는 먹고 쓴 담배 하나 먹어보라는 법 없는 조 녀석 이라고 오라지게 욕을 퍼붓는다. 나는 모두가 꿈을 보는 것 같고 어릿광대 같은 자신을 깨달았을 때 하 어처구니가 없어서 벙벙히 섰다가 선생님 누굴 만나러 오셨슈, 하고 대견히 묻기에 나도 펴 놓고 옥화를 좀 만나볼까 해서 왔다니까 홍, 하고 콧등으로 한번 웃더니 응 저희끼리 붙어먹는 그거 말씀이유, 이렇게 비웃으며 내 허구리를 쿡 찌르고 그리고 곁눈을 슬쩍 흘리고 어깨를 맞비 비며 대드는 양이 바로 느믈러든다. 사람이 볼까 봐 내가 창피해 서 쓰레기통께로 물러서니까 저도 무색한지 시무룩하여 노려만 보다가 다시 내 옆으로 다가서서는 제 뺨따귀를 손으로 잡아당겨 보이며 이래 봬도 이팔청춘에 한창 피인 살집이야요, 하고 또 넉살을 부리다가 거기에 아무 대답도 없으매 이 망할 것이 내 궁둥이를 꼬집고 제 얼굴이 뭐가 옥화년만 못하냐고 은근히 훅닥이며 대든다.

그러나 나는 너보다는 말라깽이라도 그래도 옥화가 좋다는 것을 명백히 알려주기 위하여 무언으로 땅에다 침 한 번을 탁 뱉어 던지고 대문으로 들어서려 하니까 이게 소맷자락을 잡아당기며 선생님 저 담배 하나만 더 주세요. 나는 또 느물려켰구나,[22] 생각은 했으나 성이 가서서 갑째로 내주고 방에 들어와보니 아까와 그 풍경이 조금도 다름없고 안에서는 여전히 동이 깨지는 소리로 게걸게걸 떠들어댄다.

한 시간 후에 꼭 좀 오라던 놈의 행실을 생각하면 괘씸은 하나 체모에 몰리어 두꺼비의 머리를 흔들며 강형 강형 정신을 좀 차리슈, 하여도 꼼짝 않더니 약 시간 반 가량 지나매 어깨를 우쩔렁거리며[23] 아이구 죽겠네, 아이구 죽겠네, 연해 소리를 지르며 입코로 먹은 음식을 울컥울컥 돌라놓는다. 이놈이 먹기는 좀 먹었구나, 생각하고 등어리를 두드려주고 있노라니 얼마 뒤에는 윗목에서 채선이가 마저 똑같은 신음소리로 똑같이 돌리고 있는 것이 아닌가. 이렇게 되면 나는 저희들 치다꺼리하러 온 것도 아니겠고 너무 밸이 상해서 한구석에 서서 담배만 뻑뻑 피우고 있자니 또 미닫이가 우람스레 열리고 이번에는 나들이옷을 입은 채 옥화가 들어온다. 아마 놀음을 나갔다가 이 급보를 받고 달아온 듯싶고 하도 그러던 차라 나는 복장이 두근거려 나도 모르게 한 걸음 앞으로 나갔으나 그는 나에게 관하여는 일절 본 척도 없다. 그리고 정분이란 어따 정해놓고 나는 것도 아니련만 앙칼스러운 음성으로 이놈아 어디 계집이 없어서 조카딸허구 정분이 나, 하고 발길로 두꺼비의 허구리를 활발히 퍽 지르고 나서 돌아서더니 이번에는 채선이의 머리채를 휘어잡는다. 이년 가랑머릴 찢어놓을 년, 하고 그 머리채를 들었다 놓았다 몇 번 그러니 제물 콧방아에 코피가 흐르는 것은 보기에 좀 심한 듯싶고 얼김에 달려들어 강선생 좀 참으십쇼, 하고 그 손을 확 잡으니까 대뜸 당신은 누구요, 하고 눈을 똑바로 뜬다. 뭐라 대답해야 좋을지 잠시 어리둥절하다가 이내 제가 이경흡니다. 하고 나의 정체를 밝히니까 그는 단마디로 저리 비키우 당신은 참석할 자리가 아니유, 하고 내 손을 털고 눈을 흘기는 그 모양이 반지를 받고 실례롭다 생각한 사람커녕 정성스레 띄운 나의 편지도 제법 똑바로 읽어줄 사람이 아니다. 나는 그만 가슴이 섬뜩하여 뒤로 물러서서는 넋없이 바라만 보며 딴은 돈이 중하구나, 깨닫고 금덩어리 같은 몸뚱이를 망쳐놓은 채선이가 저렇게까지 미울 것도 같으나 그러나 그 큰 이유는 그담 일 년이 썩 지난 뒤에서야 안 거지만 어느 날 신문에 옥화의 자살 미수의 보도가 났고 그 까닭은 실연이라 해서 보기 숭굴숭굴한[24] 기사였다. 마는 그 속살을 가만히 들여다보면 그렇게 간단한 실연이 아니었고 어떤 부자놈과 배가 맞아서 한창 세월이 좋을 때 이놈이 그만 트림을 하고 버듬히 나둥그러지므로 계집이 나는 너와 못 살면 죽는다고 엄포로 약을 먹고 다시 물어

들인 풍파였던 바 그때 내가 병원으로 문병을 가보니 독약을 먹었는지 보제[25]를 먹었는지 분산을 못하도록 깨끗한 침대에 누워 발장단으로 담배를 피우는 그 손등에 살의 윤책[26]이 반드르하였다. 그렇게 최후의 비상수단으로 써먹는 그 신성한 비결을 이런 누추한 행랑방에서 함부로 내굴리는 채선이의 소위를 생각하면 콧방아는 말고 빨고 있던 권연불로 그 등어리를 지진 그것도 무리는 아닐 것이다. 그렇다 하더라도 자정이 썩 지나서 얼만치나 속이 볶이는지는 모르나 채선이가 앙가슴을 두 손으로 쥐어뜯으며 입으로 피를 돌름에는 옥화는 허둥지둥 신발째 드나들며 일변 저의 부모를 부른다, 어멈을 시켜 인력거를 부른다, 이렇게 눈코 뜰 새 없이 들몰아서는 온 집안 식구가 병원으로 달려가기에 바빴다. 그나마 참례 못 가는 두꺼비는 빈 방에서 개밥의 도토리로 끙끙거리고 그 꼴을 보아하니 가여운 생각이 안 나는 것도 아니나 그러나 저의 집에서는 개돼지만도 못하게 여기는 이놈이 제 말이면 누이가 끔뻑한다고 속인 것을 생각하면 곧 분하고 나는 내 분에 못 이겨 속으로 개자식 그렇게 속인담, 하고 손등으로 눈물을 지우고 섰노라니까 여지껏 말 한 마디 없던 이놈이 고개를 쓰윽 들더니 이상 의사 좀 불러주슈, 하고 슬픈 낯을 하는 것이다. 신음하는 품이 괴롭기도 어지간히 괴로운 모양이나 그보다도 외따로 떨어져서 천대를 받는 데 좀 야속하였음인지 잔뜩 우그린 그 울상을 보니 나도 동정이 안 가는 것은 아니다마는 그러나 내 생각에 두꺼비는 독약을 한 섬을 먹는대도 자살까지는 걱정없다, 고 짐작도 하였고 또 한편 저의 부모 누이가 가만 있는데 내가 어줍지 않게 의사를 불러댔다간 큰코를 다칠 듯도 하고 해서 어정쩡하게 코대답만 해주고 그대로 섰지 않을 수 없다. 한 서너 번 그렇게 애원하여도 그냥만 섰으니까 나중에는 이놈이 또 골을 벌컥 내가지고 그리고 이건 어따 쓰는 버릇인지 너는 소용없단 듯이 손을 내흔들며 가거라 가 가, 하고 제법 해라로 혼동을 하는 데는 나는 그만 얼떨떨해서 간신히 눈만 끔벅일 뿐이다. 잘 따져 보면 내가 제 손을 붙들고 눈물을 흘려가면서 누이와 좀 만나게 해달라고 애걸을 하였을 때 나의 처신은 있는 대로 다 잃은 듯도 싶으나 그 언제이던가, 놈이 양돼지같이 띵띵한 그리고 알몸으로 찍은 제 사진 한 장을 내보이며 이래 봬도 한때는 다아, 하고 슬며시 뻐기던 그것과 겹쳐서 생각하면 놈의 행실이 번이 꿀쩍지분한[27] 것은 넉히 알 수 있다. 입때까지 있은 것도 한갓 저 때문인데 가라면 못 갈 줄 아냐, 싶어서 나도 약이 좀 올랐으나 그렇다고 덜렁덜렁 그대로 나오기는 어렵고 생각다 끝에 모자를 엉거주춤히 잡자 의사를 부르러 가는 듯 뒤를 보러 가는 듯 그 새중간을 차리고 비슬비슬 대문 밖으로 나오니 망할 자식 인전 참으로 너하고 안 논다, 하고 마치 호랑이굴에서 놓인 몸같이 두 어깨가 아주 가뜬하다.

밤늦은 거리에 인적은 벌써 끊겼고 쓸쓸한 골목을 휘돌아 황급히 나오려 할 때 옆으로 뚫린 다른 골목에서 기껍지 않게 선생님, 하고 걸음을 방해한다. 주무시고 가지 벌써 가슈, 하고 엇먹는 거기에는 대답 않고 어떻게 됐느냐고 물으니까 뭘 호강이지 제깐 년이 그렇잖으면 병원엘 가보, 하고 내던지는 소리를 하더니 시방 약을 먹이고 물을 집어넣고 이렇게 법석들이라 하고 저는 지금 집을 보러 가는 길인데 우리 빈 집이니 같이 가십시다, 하고 망할 게 내 팔을 잡아끄는 것이다. 이렇게도 내가 모조리 처신을 잃었나, 생각하매 제물에 화가 나서 그 손을 홱 뿌리치니 이게 재미있단 듯이 한번 빵끗 웃고 그러나 팔꿈치로 나의 허구리를 쿡 찌르고 나서 사람 괄세 이렇게 하는 거 아니라고 괜스레 성을 내며 토라진다. 그래도 제가 아쉬운지 슬쩍 눙치어 허리춤에서 내가 아까 준 담배를 꺼내어 제 입으로 한 개를 피워주고는 그리고 그 잔소리가 선생님을 뚝 꺾어서 당신이라 부르며, 옥화가 당신을 좋아할 줄 아우, 발새에 긴 때만도 못하게 여겨요, 하고 나의 비위를 긁어놓고 나서 편지나 잘 받아봤으면 좋지만 그것도 체부가 가져오는 대로 무슨 편지구 간에 두꺼비가 먼저 받아보고는 치고 치고 하는 것인데 왜 정신을 못 차리고 이리 병신 짓이냐고 입을 내대고 분명히 빈정거린다. 그렇다 치면 내가 입때 옥화에게 한 것이 아니라 결국은 두꺼비한테 사랑 편지를 썼구나, 하고 비로소 깨달으니 아무것도 더 듣고 싶지 않아서 발길을 돌리려니까 이게 콱 붙잡고 내 손에 끼인 먹던 권연을 쑥 뽑아 제 입으로 가져가며 언제 한번 찾아갈 테니 노하지 않을 테냐, 묻는 것이다. 저분저분히[28] 구는 것이 너무 성이 가셔서 대답 대신 주머니에 남았던 돈 삼십 전을 꺼내주며 담뱃값이나 하라니까 또 골을 발끈 내더니 돈을 도로 내 양복 주머니에 치뜨리고 다시 조련질[29]을 하기 시작하는 것이 아닌가. 에이 그럼 맘대로 해라, 싶어서 그럼 꼭 한번 오우 내 기다리리다, 하고 좋도록 떼어놓은 다음 골목 밖으로 부리나케 나와보니 목노집[30] 시계는 한 점이 훨썩 넘었다.

　나는 얼빠진 등신처럼 정신없이 내려오다가 그러자 선뜻 잡히는 생각이 기생이 늙으면 갈 데가 없을 것이다. 지금은 본 체도 안 하나 옥화도 늙는다면 내게밖에는 갈 데가 없으려니, 하고 조금 안심하고 늙어라, 늙어라, 하다가 뒤를 이어 영어, 영어, 영어, 하고 나오나 그러나 내일 볼 영어 시험도 곧 나의 연애의 연장일 것만 같아서 에라 될 대로 되겠지, 하고 집어치고는 휑한 광화문 통 큰 거리[31]를 한복판을 내려오며 늙어라, 늙어라, 고 만물이 늙기만 마음껏 기다린다.

동백꽃[1]

　오늘도 또 우리 수탉이 막 쪼키었다.[2] 내가 점심을 먹고 나무를
하러 갈 양으로 나올 때였다. 산으로 올라서려니까 등 뒤에서 푸
드득, 푸드득 하고 닭의 횃소리[3]가 야단이다. 깜짝 놀라며 고개를
돌려보니 아니나 다르랴 두 놈이 또 얼렸다.

　점순네 수탉(은 대강이가 크고 똑 오소리[4]같이 실팍하게 생긴 놈)
이 덩저리[5] 적은 우리 수탉을 함부로 해내는 것이다. 그것도 그냥
해내는 것이 아니라 푸드득, 하고 면두[6]를 쪼고 물러섰다가 좀 사
이를 두고 또 푸드득, 하고 모가지를 쪼았다. 이렇게 멋을 부려가
며 여지없이 닭아놓는다. 그러면 이 못생긴 것은 쪼일 적마다 주
둥이로 땅을 받으며 그 비명이 킥, 킥, 할 뿐이다. 물론 미처 아물
지도 않은 면두를 또 쪼키어 붉은 선혈은 뚝 뚝 떨어진다.

　이걸 가만히 내려다보자니 내 대강이가 터져서 피가 흐르는 것
같이 두 눈에서 불이 버쩍 난다. 대뜸 지게막대기를 메고 달려들

어 점순네 닭을 후려칠까 하다가 생각을 고쳐먹고 헛매질[7]로 떼어만 놓았다.

이번에도 점순이가 쌈을 붙여놨을 것이다. 바짝 바짝 내 기를 올리느라고 그랬음에 틀림없을 것이다. 고놈의 계집애가 요새로 들어서서 왜 나를 못 먹겠다고 고렇게 아르릉거리는지 모른다.

나흘 전 감자 쪼간[8]만 하더라도 나는 저에게 조금도 잘못한 것은 없다.

계집애가 나물을 캐러 가면 갔지 남 울타리 엮는데 쌩이질[9]을 하는 것은 다 뭐냐. 그것도 발소리를 죽여가지고 등 뒤로 살며시 와서

"얘! 너 혼자만 일하니?" 하고 긴치 않은 수작을 하는 것이다.

어제까지도 저와 나는 이야기도 잘 않고 서로 만나도 본 척 만 척하고 이렇게 점잖게 지내던 터이련만 오늘로 갑작스레 대견해졌음은 웬일인가. 항차[10] 망아지만 한 계집애가 남 일하는 놈보구—

"그럼 혼자 하지 떼루 하듸?"

내가 이렇게 내뱉는 소리를 하니까

"너 일하기 좋니?"

또는

"한여름이나 되거든 하지 벌써 울타리를 하니?"

잔소리를 두루 늘어놓다가 남이 들을까 봐 손으로 입을 틀어막고는 그 속에서 깔깔댄다. 별루 우스울 것도 없는데 날씨가 풀리더니 이놈의 계집애가 미쳤나 하고 의심하였다. 게다가 조금 뒤에는 즈 집께[11]를 할금할금[12] 돌아다보더니 행주치마의 속으로 꼈

던 바른손을 뽑아서 나의 턱밑으로 불쑥 내미는 것이다. 언제 구웠는지 아직도 더운 김이 홱 끼치는 감자 세 개가 손에 뿌듯이 쥐였다.

"느 집엔 이거 없지." 하고 생색 있는 큰소리를 하고는 제가 준 것을 남이 알면 큰일날 테니 여기서 얼른 먹어버리란다. 그리고 또 하는 소리가

"너 봄 감자가 맛있단다."

"난 감자 안 먹는다, 니나 먹어라."

나는 고개도 돌리려 하지 않고 일하던 손으로 그 감자를 도로 어깨 너머로 쑥 밀어버렸다.

그랬더니 그래도 가는 기색이 없고 뿐만 아니라 쌔근쌔근하고 심상치 않게 숨소리가 점점 거칠어진다. 이건 또 뭐야, 싶어서 그때에야 비로소 돌아다보니 나는 참으로 놀랐다. 우리가 이 동리에 온 것은 근 삼 년째 되어오지만 여태껏 가무잡잡한 점순이의 얼골[13]이 이렇게까지 홍당무처럼 새빨개진 법이 없었다. 게다 눈에 독을 올리고 한참 나를 요렇게 쏘아보더니 나중에는 눈물까지 어리는 것이 아니냐. 그리고 바구니를 다시 집어 들더니 이를 꼭 악물고는 엎더질 듯 자빠질 듯 논둑으로 횡하게 달아나는 것이다.

어쩌다 동리 어른이

"너 얼른 시집을 가야지?" 하고 웃으면

"염려 마셔유, 갈 때 되면 어련히 갈라구——"

이렇게 천연덕스레 받는 점순이였다. 본시 부끄럼을 타는 계집

애도 아니거니와 또한 분하다고 눈에 눈물을 보일 얼병이[14]도 아니다. 분하면 차라리 나의 등어리를 보구니[15]로 한번 모지게 후려 쌔리고 달아날지언정.

그런데 고약한 그 꼴을 하고 가더니 그 뒤로는 나를 보면 잡아먹으려고 기를 복복 쓰는 것이다.

설혹 주는 감자를 안 받아먹은 것이 실례라 하면 주면 그냥 주었지 '느 집엔 이거 없지'는 다 뭐냐. 그러잖아도 저희는 마름이고 우리는 그 손에서 배재[16]를 얻어 땅을 부치므로 일상 굽실거린다. 우리가 이 마을에 처음 들어와 집이 없어서 곤란으로 지낼 제 집터를 빌리고 그 위에 집을 또 짓도록 마련해준 것도 점순네의 호의였다. 그리고 우리 어머니 아버지도 농사때 양식이 딸리면[17] 점순네한테 가서 부지런히 꾸어다 먹으면서 인품 그런 집은 다시 없으리라고 침이 마르도록 칭찬하고 하는 것이다. 그러면서도 열일곱씩이나 된 것들이 수군수군하고 붙어 다니면 동리의 소문이 사납다고 주의를 시켜준 것도 또 어머니였다. 왜냐하면 내가 점순이하고 일을 저질렀다가는 점순네가 노할 것이고 그러면 우리는 땅도 떨어지고 집도 내쫓기고 하지 않으면 안 되는 까닭이었다.

그런데 이놈의 계집애가 까닭 없이 기를 복복 쓰며 나를 말려 죽이려고 드는 것이다.

눈물을 흘리고 간 그담 날 저녁나절이었다. 나무를 한 짐 잔뜩 지고 산을 내려오려니까 어디서 닭이 죽는소리를 친다. 이거 뉘 집에서 닭을 잡나, 하고 점순네 울 뒤로 돌아오다가 나는 그만 두 눈이 뚱그레졌다. 점순이가 저의 집 봉당에 홀로 걸터앉았는데

아 이게 치마 앞에다 우리 씨암탉을 꼭 붙들어놓고는

"이놈의 닭! 죽어라 죽어라."

요렇게 암팡스레 패주는 것이 아닌가. 그것도 대가리나 치면 모른다마는 아주 알도 못 낳으라고 그 볼기짝께를 주먹으로 콕콕 쥐어박는 것이다.

나는 눈에 쌍심지가 오르고 사지가 부르르 떨렸으나 사방을 한번 휘돌아보고 그제야 점순이 집에 아무도 없음을 알았다. 잡은 참 지게막대기를 들어 울타리의 중턱을 후려치며

"이놈의 계집애! 남의 닭 알 못 낳으라구 그러니?" 하고 소리를 빽 질렀다.

그러나 점순이는 조금도 놀라는 기색이 없고 그대로 의젓이 앉아서 제 닭 가지고 하듯이 또 죽어라, 죽어라 하고 패는 것이다. 이걸 보면 내가 산에서 내려올 때를 겨냥해가지고 미리부터 닭을 잡아가지고 있다가 네 보란 듯이 내 앞에 쥐지르고[18] 있음이 확실하다.

그러나 나는 그렇다고 남의 집에 튀어들어가 계집애하고 싸울 수도 없는 노릇이고 형편이 썩 불리함을 알았다. 그래 닭이 맞을 적마다 지게막대기로 울타리나 후려칠 수밖에 별도리가 없다. 왜냐하면 울타리를 치면 칠수록 울섶이 물러앉으며 뼈대만 남기 때문이다. 허나 아무리 생각하여도 나만 밑지는 노릇이다.

"아 이년아! 남의 닭 아주 죽일 터이냐?"

내가 도끼눈[19]을 뜨고 다시 꽥 호령을 하니까 그제야 울타리께로 쪼르르 오더니 울 밖에 섰는 나의 머리를 겨누고 닭을 내팽개

친다.

"에이 더럽다! 더럽다!"

"더러운 걸 널더러 입때 끼고 있으랬니? 망할 계집애년 같으니." 하고 나도 더럽단 듯이 울타리께를 횅하게 돌아내리며 약이 오를 대로 다 올랐다. 라고 하는 것은 암탉이 풍기는 서슬에 나의 이마빼기에다 물찌똥을 찍 깔겼는데 그걸 본다면 알집만 터졌을 뿐 아니라 골병은 단단히 든 듯싶다.

그리고 나의 등 뒤를 향하여 나에게만 들릴 듯 말 듯한 음성으로

"이 바보녀석아!"

"애! 너 배냇병신[20]이지?"

그만도 좋으련만

"애! 너 느 아버지가 고자[21]라지?"

"뭐? 울아버지가 그래 고자야?"

할 양으로 열벙거지가 나서 고개를 홱 돌리어 바라봤더니 그때까지 울타리 위로 나와 있어야 할 점순이의 대가리가 어디 갔는지 보이지를 않는다. 그러다 돌아서서 오자면 아까에 한 욕을 울 밖으로 또 퍼붓는 것이다. 욕을 이토록 먹어가면서도 대거리 한마디 못하는 걸 생각하니 돌부리에 채키어 발톱 밑이 터지는 것도 모를 만치 분하고 급기야는 두 눈에 눈물까지 불끈 내솟는다.

그러나 점순이의 침해는 이것뿐이 아니다.

사람들이 없으면 틈틈이 저의 집 수탉을 몰고 와서 우리 수탉과 쌈을 붙여놓는다. 저의 집 수탉은 썩 험상궂게 생기고 쌈이라면 회를 치는 고로[22] 으레 이길 것을 알기 때문이다. 그래서 툭하면

우리 수탉이 면두며 눈깔이 피로 흐드르하게 되도록 해놓는다. 어떤 때에는 우리 수탉이 나오지를 않으니까 요놈의 계집애가 모이를 쥐고 와서 꾀어내다가 쌈을 붙인다.

이렇게 되면 나도 다른 배채[23]를 차리지 않을 수 없다. 하루는 우리 수탉을 붙들어가지고 넌지시 장독께로 갔다. 쌈닭에게 고추장을 먹이면 병든 황소가 살모사를 먹고 용을 쓰는 것처럼 기운이 뻗친다 한다. 장독에서 고추장 한 접시를 떠서 닭의 주둥아리께로 들이밀고 먹여보았다. 닭도 고추장에 맛을 들였는지 거스르지 않고 거의 반 접시 턱이나 곧잘 먹는다.

그리고 먹고 금세는 용을 못쓸 터이므로 얼마쯤 기운이 돌도록 홰 속에다 가두어두었다.

밭에 두엄을 두어 짐 져내고 나서 쉴 참에 그 닭을 안고 밖으로 나왔다. 마침 밖에는 아무도 없고 점순이만 저의 울 안에서 헌 옷을 뜯는지 혹은 솜을 터는지 옹크리고 앉아서 일을 할 뿐이다.

나는 점순네 수탉이 노는 밭으로 가서 닭을 내려놓고 가만히 맥을 보았다. 두 닭은 여전히 얼려 쌈을 하는데 처음에는 아무 보람이 없다. 멋지게 쪼는 바람에 우리 닭은 또 피를 흘리고 그러면서도 날갯죽지만 푸드득, 푸드득, 하고 올라뛰고 뛰고 할 뿐으로 제법 한번 쪼아보지도 못한다.

그러나 한 번엔 어쩐 일인지 용을 쓰고 펄쩍 뛰더니 발톱으로 눈을 하비고[24] 내려오며 면두를 쪼았다. 큰 닭도 여기에는 놀랐는지 뒤로 멈씰하며[25] 물러난다. 이 기회를 타서 적은 우리 수탉이 또 날쌔게 덤벼들어 다시 면두를 쪼니 그제서는 감때사나운 그

대강이에서도 피가 흐르지 않을 수 없다.

옳다 알았다 고추장만 먹이면 되는구나 하고 나는 속으로 아주 쟁그러워[26] 죽겠다. 그때에는 뜻밖에 내가 닭쌈을 붙여놓는데 놀라서 울 밖으로 내다보고 섰던 점순이도 입맛이 쓴지 살[27]을 찌푸렸다.

나는 두 손으로 볼기짝을 두드리며 연팡

"잘한다! 잘한다!" 하고 신이 머리끝까지 뻗쳤다.

그러나 얼마 되지 않아서 나는 넋이 풀려 기둥같이 묵묵히 서 있게 되었다. 왜냐면 큰 닭이 한번 쪼인 앙가프리[28]로 허들갑스레 연거푸 쪼는 서슬에 우리 수탉은 찔끔 못하고 막 곯는다. 이걸 보고서 이번에는 점순이가 깔깔거리고 되도록 이쪽으로 많이 들으라고 웃는 것이다.

나는 보다 못하여 덤벼들어서 우리 수탉을 붙들어가지고 도로 집으로 들어왔다. 고추장을 좀더 먹였더라면 좋았을걸 너무 급하게 쌈을 붙인 것이 퍽 후회가 난다. 장독께로 돌아와서 다시 턱밑에 고추장을 들여댔다. 흥분으로 말미암아 그런지 당최 먹질 않는다.

나는 하릴없이 닭을 반듯이 눕히고 그 입에다 권연 물쭈리[29]를 물렸다. 그리고 고추장 물을 타서 그 구멍으로 조금씩 들이부었다. 닭은 좀 괴로운지 킥킥 하고 재채기를 하는 모양이나 그러나 당장의 괴로움은 매일같이 피를 흘리는 데 댈 게 아니라 생각하였다.

그러나 한 두어 종지 가량 고추장 물을 먹이고 나서는 나는 고만 풀이 죽었다. 싱싱하던 닭이 왜 그런지 고개를 살며시 뒤틀고는 손아귀에서 뻐드러지는[30] 것이 아닌가. 아버지가 볼까 봐서 얼른 홰에다 감추어두었더니 오늘 아침에서야 겨우 정신이 든 모양 같다.

그랬던 걸 이렇게 오다 보니까 또 쌈을 붙여놨으니 이 망한 계집애가 필연 우리 집에 아무도 없는 틈을 타서 제가 들어와 홰에서 꺼내가지고 나간 것이 분명하다.

나는 다시 닭을 잡아다 가두고 염려는 스러우나 그렇다고 산으로 나무를 하러 가지 않을 수도 없는 형편이었다.

소나무 삭정이[31]를 따며 가만히 생각해보니 암만해도 고년의 목쟁이[32]를 돌려놓고 싶다. 이번에 내려가면 망할 년 등줄기를 한번 되게 후려치겠다, 하고 싱둥겅둥 나무를 지고는 부리나케 내려왔다.

거지반 집께 다 내려와서 나는 호들기[33] 소리를 듣고 발이 딱 멈추었다. 산기슭에 늘려 있는 굵은 바윗돌 틈에 노란 동백꽃이 소보록하니 깔렸다.[34] 그 틈에 끼어 앉아서 점순이가 청승맞게스리 호들기를 불고 있는 것이다. 그보다 더 놀란 것은 그 앞에서 또 푸드득, 푸드득, 하고 들리는 닭의 횃소리다. 필연코 요년이 나의 약을 올리느라고 또 닭을 집어내다가 내가 내려올 길목에다 쌈을 시켜놓고 저는 그 앞에 앉아서 천연스레 호들기를 불고 있음에 틀림없으리라.

나는 약이 오를대로 다 올라서 두 눈에서 불과 함께 눈물이 픽 쏟아졌다. 나무 지게도 벗어놓을 새 없이 그대로 내동댕이치고는 지게막대기를 뻗치고 허둥지둥 달려들었다.

가차히[35] 와보니 과연 나의 짐작대로 우리 수탉이 피를 흘리고 거의 빈사지경에 이르렀다. 닭도 닭이려니와 그러함에도 불구하고 눈 하나 깜짝 없이 그대로 앉아서 호들기만 부는 그 꼴에 더욱 치가 떨린다. 동리에서도 소문이 났거니와 나도 한때는 걱실걱실 일 잘하고 얼골 이쁜 계집애인 줄 알았더니 시방 보니까 그 눈깔이 꼭 여호새끼 같다.

나는 대뜸 달려들어서 나도 모르는 사이에 큰 수탉을 단매로 때려엎었다. 닭은 푹 엎어진 채 다리 하나 꼼짝 못하고 그대로 죽어버렸다. 그리고 나는 멍하니 섰다가 점순이가 매섭게 눈을 흡뜨고 닥치는 바람에 뒤로 벌렁 나자빠졌다.

"이놈아! 너 왜 남의 닭을 때려죽이니?"

"그럼 어때?" 하고 일어나다가

"뭐 이 자식아! 누 집 닭인데?" 하고 복장을 떼미는 바람에 다시 벌렁 자빠졌다. 그러고 나서 가만히 생각을 하니 분하기도 하고 무안도 스럽고 또 한편 일을 저질렀으니 인젠 땅이 떨어지고 집도 내쫓기고 해야 되는지 모른다.

나는 비슬비슬 일어나며 소맷자락으로 눈을 가리고는 얼김에 엉, 하고 울음을 놓았다. 그러다 점순이가 앞으로 다가와서

"그럼 너 이담부텀 안 그럴 테냐?" 하고 물을 때에야 비로소 살길을 찾은 듯싶었다. 나는 눈물을 우선 씻고 뭘 안 그러는지 명색[36]도 모르건만

"그래!" 하고 무턱대고 대답하였다.

"요담부터 또 그래봐라. 내 자꾸 못살게 굴 테니!"

"그래그래, 인젠 안 그럴 테야!"

"닭 죽은 건 염려 마라. 내 안 이를 테니."

그리고 뭣에 떠다밀렸는지 나의 어깨를 짚은 채 그대로 픽 쓰러진다. 그 바람에 나의 몸뚱이도 겹쳐서 쓰러지며 한창 피어 퍼드러진 노란 동백꽃 속으로 폭 파묻혀버렸다.

알싸한 그리고 향긋한 그 내음새[37]에 나는 땅이 꺼지는 듯이 온 정신이 그만 아찔하였다.

"아무 말 마라?"

"그래!"

조금 있더니 요 아래서

"점순아! 점순아! 이년이 바느질을 하다 말구 어딜 갔어?" 하고 어딜 갔다 온 듯싶은 그 어머니가 역정이 대단히 났다.

점순이가 겁을 잔뜩 집어먹고 꽃 밑을 살금살금 기어서 산 알로[38] 내려간 다음 나는 바위를 끼고 엉금엉금 기어서 산 위로 치빼지 않을 수 없었다.

야앵 夜櫻 [1]

향기를 품은 보드라운 바람이 이따금씩 볼을 스쳐간다. 그럴 적마다 꽃잎새는 하나, 둘, 팔라당팔라당 공중을 날며 혹은 머리 위로 혹은 옷고름 고에 사뿐 얹히기도 한다. 가지가지 나무들 새에 킨 전등도 밝거니와 그 광선에 아련히 비쳐 연분홍 막이나 벌여놓은 듯, 활짝 피어 벌어진 꽃들도 곱기도 하다.

'아이구! 꽃두 너무 피니까 어지럽군!'

경자는 여러 사람 틈에 끼어 사쿠라'나무 밑을 거닐다가 우연히도 콧등에 스치려는 꽃 한송이를 똑 따 들고 한번 느긋하도록 맡아본다. 맡으면 맡을수록 가슴속은 후련하면서도 저도 모르게 취하는 듯싶다. 두서너 번 더 코에 들이대다가 이번에는

"애! 이 꽃 좀 맡아봐." 하고 옆에 따르는 영애의 코밑에다 들이대고

"어지럽지?"

"어지럽긴 메가 어지러워, 이까짓 꽃 냄새 좀 맡고!——"

"그릴 테지!"

경자는 호박같이 뚱뚱한 영애의 몸집을 한번 훔쳐보고 속으로 저렇게 뒤룩뒤룩하니까 코청³도 아마, 하고는

"너는 꽃두 볼 줄 모르는구나!"

혼잣말로 이렇게 탄식하지 않을 수 없었다.

"그래 내가 꽃 볼 줄 몰라, 애두 그럼 왜 이렇게 창경원엘 찾아 왔더람?" 하고 눈을 똑바로 뜨니까

"얘! 눈 무섭다 저리 치어라." 하고 경자는 고개를 저리 돌려 웃음을 날려놓고

"눈만 있으면 꽃 보는 거냐, 코루 냄새를 맡을 줄 알아야지."

"보자는 꽃이지 그럼, 누가 애들같이 꺾어 들고 그러디."

"넌 아주 모르는구나, 아마 교양이 없어서 그런가 부다, 꽃은 이렇게 맡아보고야 비로소 좋은 줄 아는 거야!" 하면서 경자는 짓궂이 아까의 그 꽃송이를 두 손바닥으로 으깨어가지고는 다시 맡아보고

"아! 취한다, 아주 어지럽구나?"

그러나 영애는 거기에는 아무 대답도 아니하고

"얘! 쿼놈이 또 지랄을 하면 어떡허니!" 하고 그 왁살스러운 대머리를 생각하며 은근히 조를 비빈다.

"얘, 듣기 싫다, 별소릴 다 하는구나, 그까짓 자식 지랄 좀 허거나 말거나."

"그래도 아홉 점 안으로 다녀온댔으니까 약속은 지켜야 할 텐

데." 하고 팔을 들어보고는 깜짝 놀라며

"벌서 아홉 점 칠 분인데!"

"열 점이면 어때? 카페 여급이면 뭐 저의 집서 기르는 개돼진 줄 아니? 구경헐 거 다 허구 가면 그만이지."

경자는 이렇게 애꿎은 영애만 쏘아박고는 새삼스레 생각난 듯이 같이 왔던 정숙이를 찾아보았다.

정숙이는 어느 틈엔가 저만치 떨어져서 홀로 걸어가고 있었다. 어른의 손에 매달려 오고 가는 어린아이들을 일일이 살펴보며 귀여운 듯이 어떤 아이는 머리까지 쓰다듬어본다. 마는 바른손에 꾸겨 든 손수건을 가끔 얼굴로 가져가며 시름없이 걷고 있는 그 모양이 심상치 않고

'저게 눈물을 짓는 것이 아닌가? 정숙이가 왜 또 저렇게 풀이 죽었을까? 아마도 아까 주인녀석에게 말대답하다가 패랑패랑한 여자라구 사설을 당한 것이 분해 저러는 게 아닐까? 그러나 정숙이는 그렇게 맘 좁은 사람은 아닐 텐데—' 하고 경자는 아리송한 생각을 하다가 떼로 몰리는 어른 틈에 끼어 좋다고 방싯거리는 알쏭달쏭한 어린애들을 가만히 바라보고야 아하, 하고 저도 비로소 깨달은 듯싶었다.

계집아이의 등에 업혀 밤톨만 한 두 주먹을 내흔들며 낄낄거리는 언내도 귀엽고 어머니 품에 안겨 장난감을 흔드는 언내도 또한 귀엽다.

한 손으로 입에다 빵을 구겨 넣으며 부지런히 따라가는 양복 입은 어린애.

아버지 어깨에 두 다리를 걸치고 걸터앉아서 "말 탄 양반 끄떡!" 하는 상고머리 어린애—

이런 번화로운 구경은 처음 나왔는지 어머니의 치마 속으로만 기어들려는 노랑 저고리에 조그만 분홍 몽당치마—

"재! 영애야! 아마 정숙이가 잃어버린 딸 생각이 또 나나 보지? 저것 좀 봐라, 자꾸 눈물을 씻지 않니?"

"글쎄."

영애는 이렇게 엉거주춤히 받고는 언짢은 표정으로 정숙이의 뒷모양을 이윽히 바라보다가

"요새론 더 버쩍 생각이 나나 보더라. 집에서도 가끔 저래."

"애 좀 잃어버리고 뭘 저런담, 나 같으면 도리어 몸이 가뜬해서 좋아하겠다."

"어째서 제가 낳은 아이가 보구 싶지 않으냐? 넌 아직 애를 못 낳아봐서 그래." 하고 영애는 바로 제 일같이 펄쩍 뛰었으나 앞뒤 좌우에 빽빽이 사람들이매 혹시 누가 듣지나 않았나, 하고 좀 무안스러웠다. 그는 제 주위를 흘끔흘끔 둘러본 다음 경자의 곁으로 바짝 다가서며

"네 살이나 먹여놓고 잃어버렸으니 왜 보구 싶지 않겠냐? 그것두 아주 죽었다면 모르지만 극장 광고 돌리느라고 뿡빵대는 바람에 쫓아나간 것을 누가 집어갔어. 그러니 애통[5]을 안 하겠니?"

"오 그래! 난 잃어버렸다 해서 아주 죽은 줄 알았구나. 그러면 수색원[6]을 내지 그래 왜?"

"수색원 낸 진 벌써 이태나 된단다."

"그래두 못 찾았단 말이야? 가만있자."

하고 눈을 깜박거리며 무엇을 한참 궁리해본 뒤에

"그럼 걔 아버지가 누군질 정숙이두 모르겠구먼?"

"넌 줄 아니, 모르게?"

영애가 이렇게 사박스레[7] 단마디로 쏘아붙이는 통에 경자는 암말 못하고 고만 얼굴이 빨개졌다.

'애두! 누긴 갠 줄 아나? 아이 망할 년 같으니! 이년 떼내 던지고 혼자 다닐까 부다.' 하고 경자는 골김에[8] 도끼눈을 한번 떠봤으나 그렇다고 저까지 노하긴 좀 어색하고 해서 타이르는 어조로

"별 애두 다 본다, 네 대답이나 했으면 고만이지 고렇게 톡 쏠건 뭐 있니?"

그리고 고개를 숙이고 한 대여섯 발 옮겨놓다가 다시 영애 쪽을 돌아보며

"지금 정숙이는 혼자 살지 않아? 그럼 걔 아버지는 가끔 만나보긴 허나?"

"난 몰라."

"좀 알면 큰일나니, 모른다게? 너 한집에 같이 있고 그리고 정숙이허구 의형제까지 헌 애가 이걸 모르겠니?"

경자는 발을 딱 멈추고 업신여기는 눈초리로 영애를 쏘아본다. 빙충맞은[9] 이년하고는 같이 다니지 않아도 좋다, 고 생각한 때문이었다.

하나 영애가 먼점에는[10] 좀 비쌨으나[11] 불리한 저의 처지를 다시 깨닫고

"헤어진 거 뭘 또 만나니? 말하자면 언니가 이혼해서 내던진 걸!" 하고 고분히 수그러드니까

"그럼 말이야, 가만 있자—" 하고 경자는 눈을 째긋이[12] 감아 보며 아까부터 해오던 저의 궁리에 다시 취하다가

"그럼 말이야, 그 애를 개 아버지가 집어가지 않았을까?"

이렇게 아주 큰 의견이나 된 듯이 우좌스레[13] 눈을 희번덕인다.

"그건 모르는 소리야. 개 아버지란 작자는 자식이 귀여운지 어떤지도 모르는 사람이란다. 아내를 사랑할 줄 알아야 자식이 귀여운 줄도 알지."

"그럼 아주 못된 놈을 얻었구나?"

"못되구말구 여부 있니, 난 직접 보질 못해 모르지만 정숙이언니 이야기를 들어보면 고생두 요만조만이 아니었나 보더라. 집에서 아내는 먹을 것이 없어서 굶고 앉았는데 이건 젊은 놈이 밤낮 술이래. 저두 가난하니까 어디 술 먹을 돈이 있겠니. 아마 친구들 집을 찾아가서 이러저래 얻어먹구는 밤중이 돼서야 비틀거리고 들어오나 보더라. 그런데 집에 들어와서는 아내가 뭐래두 이렇다 대답 한마디 없고 벙어리처럼 그냥 쓰러져 잠만 자. 그뿐이냐, 집에 붙어 있기가 왜 그렇게 싫은지 아침 훤해서 나가면 밤중에나 들어오고 또 담날도 훤해 나가고 헌대. 그러니까 아내는 그걸 붙들고 앉아서 조용히 말 한마디 해볼 겨를이 없지. 살림두 그러지, 안팎이 손이 맞아야 되지 혼자 애쓴다구 되니? 그래 오죽해야 정숙이언니가—"

하다가 가만히 생각해보니 남의 신변에 관한 일을 너무 지껄여놓

은 듯싶다. 이런 소리가 또 잘못해서 그 귀에 들어가면 어쩌나, 하고 좀 좌쥐가 들렸으나[14] 그렇다고 이왕 꺼낸 이야기 중도에서 말기도 입이 가렵고 해서

"너 괜히 이런 소리 입 밖에 내지 마라."

"내 왜 미쳤니, 그런 소릴 허게." 하고 철석같이 맹서를 하니까

"그래 오죽해야 정숙이언니가 아주 멀미를 내다시피 해서 떼내던졌어요. 방세는 내라구 조르고 먹을 건 없고 어린애는 보채고 허니 어떻게 사니, 나 같으면 분통이 터져서 죽을 노릇이지. 그래서 하루는 잔뜩 취해 들어온 걸 붙들구 앉아서 이래선 당신허구 못살겠수, 난 내대루 벌어먹을 터이니 당신은 당신대루 어떡헐 셈 대구 낼은 민적을 갈라주, 조금도 화도 안 내고 좋은 소리루 그랬대. 뭐 화두 낼 자리가 따루 있지 그건 화를 낸댔자 아무 소용이 없으니까. 그리고 어린애는 안즉 젖먹이니까 에미 품을 떨어져서는 못 살 게니 내가 데리구 있겠소 그랬더니 그날은 암말 않고 그대로 자고는 그담 날부터는 들어오질 않더래. 별것두 다 많지? 그리고 나달 후에는 엽서 한 장이 왔는데 읽어보니까 당신 원대로 인제는 이혼 수속이 다 되었으니 당신은 당신 갈 대로 가시오 하고 아주 뱃심 좋은 편지라지. 그러니 이따위가 자식새끼를 생각하겠니? 아내 떼버리는게 좋아서 얼른 이혼해주고 이렇게 편지까지 헌 놈이."

"그렇지 그래, 그런데 사내들은 제 자식이라면 눈깔을 까뒤집고 들어덤비나 보던데— 그럼 이건 미환[15] 게로구나?"

"미화다마다! 그래 정숙이언니도 매일같이 바가질 긁다가도 그

래도 들은 둥 만 둥허니까 나중에는 기가 막혀서 말 한마디 안 나온나시. 그런데 처음에는 그렇지도 않았대. 순사 다닐 때에는 아주 뙤롱뙤롱[16]하고 점잖던 것이 그걸 내떨리고 나서 술을 먹고 그렇게 바보가 됐대요. 왜 첨에야 의두 좋았지. 아내가 병이 나면 제 손으로 약을 달여다 바치고 다리미도 붙들어주고 이러던 것이 고만 바보가——그 후로 삼 년이나 되건만 어디 가 죽었는지 살았는지 소식도 들어보질 못하겠대."

"아주 바본 게로군? 허긴 애! 바볼수록 더 기집에게 바치나[17] 부드라. 왜 저 우리 쥔녀석 좀 봐. 얼병이같이 어릿어릿허는 자식이 그래두 기집애 꽁무니만 노리구 있지 않아?"

"글쎄 아마 그런가 봐. 그런 것한테 걸렸다간 아주 신세 조질걸? 정숙이언니 좀 봐, 좀 가여운가. 게다 그 후 일 년두 채 못 돼서 딸까지 마저 잃었으니, 넌 모르지만 카페로 돌아다니며 벌어다가 모녀가 먹구 살기에 고생 묵진히[18] 했다. 나갈 때마다 쥔 여편네에게 어린애 어디 가나 좀 봐달라구 신신부탁은 허나 어디 애들 노는 걸 일일이 쫓아다니며 볼 수 있니?"

"그건 또 있어 뭘 허니? 외려 잘됐지."

"그러나 애어머니야 어디 그러냐?" 하고 툭 찼으나 남의 일이고 밑천 드는 것이 아닌걸 좀더 지껄이지 않고는 속이 안심치 않다. 그는 경자 귀에다 입을 돌려대고 몇만 냥짜리 이야기나 되는 듯이 넌지시

"그래서 우리 집 주인마나님이 어디 다른 데 중매를 해줄 터이니 다시 시집을 가보라구 날마다 쏭쏭거려두 언니가 말을 안 들

어. 한번 혼이가 나서 서방이라면 진절머리가 난다구──" 하고 안 해도 좋을 소리를 마저 쏟아놓았다.

"그럴 거 뭐 있어? 얻었다가 싫으면 또 차내던지면 고만이지."

"말이 쉽지 어디 그러냐? 사내가 한번 달라붙으면 진드기 모양으로 어디 잘 떨어지니? 너 같으면 혹──" 하고 은연히 너와 정숙이언니와는 번이 사람이 다르단 듯이 입을 삐쭉했으나 경자가 이 눈치를 선뜻 채고 저도 뒤둥그러지며

"암 그럴 테지! 넌 술 취한 손님이 앞에서 소리만 빽 질러두 눈물이 글썽글썽허는 바보가 아니야? 그러니 남편한테 겁두 나겠지. 허지만 그게 다 교양이 없어서 그래──."

이렇게 밸을 긁는 데는 큰 무안이나 당한 듯싶어서 얼굴이 빨개지며 짜증 눈에 눈물이 핑 돌지 않을 수가 없다.

'망할 년, 그래 내가 바보야? 남의 이야기는 다 듣고 고맙단 소리 한마디 없이, 망할 년! 학교는 얼마나 다녔다구 밤낮 저만 안다지. 그리고 그 교양인가 빌어먹을 건 어서 들은 문잔지 건뜻하면 '넌 교양이 없어서 그래──?' 말대가리같이 생긴 년이 저만 잘났대──'

영애는 속으로 약이 바짝 올랐으나 그렇다고 겉으로 내대기에는 말솜씨로든 그 위풍으로든 어느 모로든 경자에게 딸린다. 입문을 곧 열었으나 그러나 주저주저하다가

"남편이 무서워서 그러니? 애두! 왜 그렇게 소견이 없니? 하루라두 같이 살던 남편을 암만 싫더라두 무슨 체모에 너 나가라고 그러니?"

"체모? 홍! 어서 목말라 죽은 것이 체모야?" 하고 콧등을 홍, 홍, 하고 울리니까

"너는 체모두 모르는구나! 아이 별 아이두! 그게 교양이 없어서 그래." 하고 때는 이때라구 얼른 그 '교양'을 돌려대고 써먹어보았다.

경자는 저의 '교양'을 제법 무단히 써먹는 데 자존심이 약간 꺾이면서

'이년 보래! 내가 쓰는 걸 배워가지고 그래 내게 도루 써먹는 거야? 시큰둥헌 년! 제가 교양이 뭔지나 알며 그러나?' 하고 모로 슬며시 눈을 흘겼으나 허나 그걸 가지고 다투긴 유치하고

"체모는 다 뭐야, 배고파도 체모에 몰려서 굶겠구나? 애두! 배지 못헌 건 참 헐 수 없어!"

"넌 요렇게 잘 뱄니? 그래서 요전에 주정꾼에게 '삐루'[19] 세례를 받았구나?"

"뭐? 내가 '삐루' 세례를 받건 말건 네가 알 게 뭐야? 건방지게 이년이 누길." 하고 그 팔을 뒤로 홉잡아채고 그리고 색색거리며 독이 한창 오르려 하였을 때 예기치 않고 그들은 얼김에 서로 폭 얼싸안고 말았다. 인적이 드문 외진 이 구석, 게다가 그게 무슨 놈의 짐승인지 바로 언덕 위에서 이히히히, 하고 기괴하게 울리는 그 울음소리에 고만 온 전신에 소름이 쭉 끼치는 것이다.

그들은 정숙에게로 횅하게 따라가며

"아 무서워! 애 그게 무어냐?"

"글쎄 뭘까 —— 아주 징그럽지?"

이렇게 서로 주고받으며 어린애같이 마주 대고 웃어 보인다.

경자는 정숙 곁으로 바짝 붙으며

"정숙이! 다리 아프지 않아? 우리 저 식당에 가서 좀 앉았다가 돌아서 나가지?"

"그럴까—"

정숙이는 아까부터 고만 나가고 싶었으나 경자가 같이 가자고 굳이 붙잡는 바람에 건승 따라만 다녔다. 이번에도 경자가 하자는 대로 붐비는 식당으로 들어가 자리를 잡았을 때 골머리가 아찔하고 아무 생각도 없었으나

"우리 사이다나 먹어볼까?"하고 묻는 그대로

"아무거나 먹지."하고 좋도록 대답하였다.

그들은 사이다 세 병과 설고[20] 세 개를 시켜놓았다.

경자는 사이다 한 컵을 쭉 들이켜고 나서

"영애야! 너 아까 보자는 꽃이라구 그랬지? 그럼 말이야. 그림 한 장을 사다 걸구 보지 애를 써 예까지 올 게 뭐냐!"하고 아까부터 미결로 온 그 문제를 다시 건드린다. 마는 영애는 저 먹을 것만 찬찬히 먹고 있을 뿐으로 숫제 받아주질 않는다. 억설쟁이[21] 경자를 데리고 말을 주고받다간 결국엔 제가 곱는[22] 것을 여러 번 경험하고 있다. 나중에는 하 비위를 긁어놓으니까 할 수 없이 정숙이 쪽으로 고개를 돌리며

"언니는 어떻게 생각허우? 그래 보자는 꽃이지 꺾어 들구 냄새를 맡자는 꽃이우? 바루 그럴 양이면 향수를 사다 뿌려놓고 들엎디었지 왜 예까지 온담?"하고 응원을 청할 수밖에 없었다.

그러나 정숙이는 처음엔 무슨 소린지 몰라서 얼뜰하다가[23]

"난 그런 거 모르겠어——"하고 울가망으로 씀씀히 받고 만다.

영애는 잇속 없이 경자에게 가끔 쬐어 지내는[24] 자신을 생각할 때 여간 야속하지 않다. 연못가로 돌아나오다 경자가 굳이 유원지에 들어가 썰매 한번 타보고 가겠다 하므로 따라서 들어가긴 하였으나 그때까지 말 한마디 건네지 않았다. 뿐만 아니라 경자가 마치 망아지 모양으로 껑충거리며 노는 걸 가만히 바라보고는 '에이 망할 계집애두! 저것두 그래 계집애년이람?' 하고 속으로 손가락질을 않을 수 없다.

유원지 안에는 여러 아이들이 뛰놀며 이리 몰리고 저리 몰리고 하였다. 부랑꼬[25]에 매달렸다가는 그네로 옮겨오고 그네에서 흥이 지이면 썰매 위로 올라온다.

그 틈에 끼어 경자는 호기있게 썰매를 한번 쭈욱 타고 나서는 깔깔 웃었다. 그리고 다시 기어올라가서 또 찌익 미끄러져 내릴 때 저편 구석에서

"저 궁덩이 해진다!" 하고 손뼉을 치며 껄껄거리고 웃는 것이다.

경자는 치마를 털며 일어서서 그쪽을 바라보니 열칠팔밖에 안 돼 보이는 중학생 셋이 서서 이쪽을 향하여 웃고 있다. 분명히 그 학생들이 까시[26]를 하였음에 틀림없었다.

경자는 날카로운 음성으로 대뜸

"어떤 놈이야? 내 궁덩이 해진다는 놈이——"하고 쏘아붙이며 영애가 말림에도 듣지 않고 달려들었다. 철없는 학생들은 놀리면 달아날 줄 알았지 이렇게까지 독수리처럼 대들 줄은 아주 꿈밖이

었다. 모두 얼떨떨해서 암말 못하고 허옇게 닦이다가

"우리가 뭐랬다구 그러시오?"

혹은

"우리끼리 이야기허구 웃었는데요."

이렇게 밑 따진 두멍²⁷에 물을 챌랴고²⁸ 땀이 빠진다. 마는 경자는 좀체로 그만두려 하지 않고

"학생이 공부는 안 하구 남의 여자 히야까시허러 다니는 게 일이야?" 하고 그중 나이 찬 학생의 얼굴을 뻘겋게 때려놓는다.

이 서슬에 한 사람 두 사람 구경꾼이 모이더니 나중에는 삑 돌리어 성이 되고 말았다. 어떤 이는 너무 신이 나서

"암 그렇지 그래, 잘헌다!" 하고 소리를 내지르기도 하고 또는

"나히 어려 그렇지요, 그쯤 허구 고만두십쇼" 하고 뜯어말리는 사람——

그러나 정숙이는 이편에 따로 떨어져 우두머니 서서는 제 앞만 바라보고 있었다.

거기에는 대여섯 살이 될지 말지 한 어린아이 둘이 걸상에 마주 걸터앉아서 그네질을 하며 놀고 있었다. 눈을 뚝 부르뜨고 심술궂게 생긴 그 사내아이도 귀엽고, 스스러워서 눈치만 할금할금 보는 조선 옷에 단발한 그 계집애도 또한 귀엽다. 바람이 불 적마다 단발머리가 보르르 날리다가는 사뿟 주저앉는 그 모양은 보면 볼수록 한번 답싹 껴안아보고 싶은 생각이 간절하였다.

'우리 모정이두 그대루 컸으면 조만은 하겠지!'

그리고 정숙이는 여지껏, 어딘가 알 수 없이 모정이와 비슷비슷

한 어린 계집애를 벌써 여남은이나 넘어 보아오던 기억이 난다. 요 계집애도 어쩌면 그 눈매며 입모습이 모정이같이 고렇게 닮았는지 비록 살은 포들포들이[29] 오르고 단발은 했을망정 하관만 좀 길다 하고 그리고 어디가 엎어져서 상처를 얻은 듯싶은 이마의 그 흠집만 없었더라면 어지간히 같을 뻔도 하였다. 하고 쓸쓸이 웃어보다가

'남이 우리 모정이를 집어간 것 마찬가지로 나도 고런 계집애 하나 훔쳐다가 기르면 고만 아닌가?'

이렇게 요즘으로 가끔 하여보던 그 무서운 생각을 다시 하여본다.

정숙이는 갖은 열정과 애교를 쏟아가며 허리를 구부려

"얘! 아가야! 너 몇 살이지?" 하고 손으로 단발머리를 쓸어본다.

계집애는 낯선 사람의 손을 두려워함인지 두 눈을 말뚱히 뜨고 치어다만 볼 뿐으로 아무 대답도 없었다. 그러다 손이 다시 들어와

"아이 참! 우리 애기 이뻐요! 이름이 뭐지?" 하고 또 머리를 쓰담으매 이번에는 마치 모욕이나 당한 사람같이 어색하게도 비슬비슬 일어서더니 저리로 곧장 달아난다.

정숙이는 낙심하야 쌀쌀한 애두 다 많군 하고 속으로 탄식을 하며 시선이 그 뒤를 쫓다가 이상두 하다고 생각하였다. 거리가 좀 있어 똑똑히는 보이지 않으나마 아마 병객인 듯싶은, 흰 두루마기에 중절모를 눌러쓴 한 사나이가 괴로운 듯이 쿨룩거리고 서서는 앞으로 다가오는 계집애와 이쪽을 번갈아가며 노려보고 있었다. 얼뜬 보기에 후리후리한 키며 구부정한 그 어깨가, 정숙이는 사람의 일이라 혹시 하면서도 그러나 결코 그럴 리는 천만 없으

리라고 혼자 이렇게 또 우기면서도 저도 모르게 앞으로 몇 걸음 걸어나간다. 시나브로 거리를 접어가며 댓 걸음 사이를 두고까지 아무리 고쳐서 뜯어보아도 그는 비록 병에 얼굴은 꺼졌을망정 그리고 몸은 반쪽이 되도록 시들었을망정 확실히 전일 제가 떼어버리려고 민줄 대던[30] 그 남편임에 틀림없고——

"아이 당신이?"

정숙이는 무슨 말을 하려는지 저도 모르게 이렇게 입을 벌렸으나 그다음 말이 나오지를 않았다. 원수같이 진저리를 치던 그 사람도 오랜만에 뜻 없이 만나고 보니까 이상스레도 더 한층 반가웠다. 한참 멍하니 바라만 보다가 더는 참을 수가 없어서

"그동안 서울 계셨어요?" 하고 간신히 입을 열었다.

사나이는 고개를 저리 돌리고 외면한 그대로

"이리저리 돌아다녔습니다." 하고 활하게[31] 대답하였다. 그러고는 반갑다는 기색도 혹은 놀랍다는 기색도 그 얼굴에는 아무 표정도 찾아볼 수가 없었다.

정숙이는 무엇보다도 먼저 그 앞에 폭 안긴 그 단발한 계집애가 모정이인지 아닌지 그것이 퍽도 궁거웠다.[32] 주볏주볏 손을 들어 계집애를 가리키며

"애가 우리 모정인가요?" 하고 물어보았으나 그는 못 듣는 듯이 잠자코 있더니 대답 대신 주먹으로 입을 막고는 쿨룩거린다.

그러나 정숙이는 속으로

'저것이 모정이겠지! 입 눈을 보더라도 정녕코 모정이겠지?' 하면서 이 년 동안이란 참으로 긴 세월임을 다시 깨달을 만치 이

렇게까지 몰라보도록 될 줄은 아주 꿈밖이었다. 마는 그보다도 더욱 놀라운 것은 자식도 모르는 폐인인 줄 알았더니 그래도 제 자식이라고 몰래 훔쳐다가 이렇게 데리고 다니는 것을 생각하면 그 속은 암만해도 하늘 땅이나 알 듯싶다. 뿐만 아니라 갈릴 때에는 그렇다 소리 한마디 없더니 일 년 후에야 슬며시 집어간 그 속도 또한 알 수 없고——

'저것이 정말 귀여운 줄 알까?'

"얘가 모정이지요?"

정숙이는 묻지 않아도 좋을 소리를 다시 물어보았다. 여전히 사나이는 못 들은 척하고 묵묵히 섰는 양이 쭐기고[33] 맛장수[34]이던 그 버릇을 아직도 못 버린 듯싶었다. 그러나 저는 구지레하게 걸쳤을망정 계집애만은 깔끔하게[35] 옷을 입혀놓은 걸 보더라도 그리고 에미한테서 고생을 할 때보다 토실토실이 살이 오른 그 볼따귀를 보더라도, 정숙이는 어느 편으로든 에미에게 있었던 것보다는 그 아버지가 데려간 것이 애를 위하여는 오히려 천행인 듯싶었다.

정숙이는 사나이에게 암만 물어야 대답 한마디 없을 것을 알고 이번에는 계집애를 향하여

"얘 모정아!" 하고 불러보니 어른 두루마기에 파묻혔던 계집애가 고개를 반짝 든다. 이태 동안이 길다 하더라도 저를 기르던 저의 어미를 이렇게도 몰라볼까, 하고 생각해보니 곧 두 눈에서 눈물이 확 쏟아지며 그대로 꼭 껴안아보고 싶은 생각이 간절은 하나 그러나 서름히[36] 구는 아이를 그러다간 울릴 것도 같고 해서 엉

322

거주춤히 팔만 내밀어 머리를 쓰담어주며

"애 모정아! 너 올에 몇 살이지?"

또는

"애 모정아! 너 나 모르겠니?"

이렇게 대답 없는 질문을 하고 있을 때 저만치 등 뒤에서

"정숙이 아닌가?" 하고 경자가 달려드는 모양이었다.

"그럼 요즘엔 어디 계셔요?"

정숙이는 조급히 그러나 눈물을 머금은 음성으로 애원하다시피 묻다가 의외에도 사나이가 사직동 몇 번지라고 순순히 대답하므로 그제야 안심하고

"모정이 잘 가거라──" 하고 다시 한 번 쓰담어보고는 경자가 이쪽으로 다가오기 전에 그쪽을 향하여 횡하게 떨어져간다.

경자는 활갯짓을 하고 걸어가며 신이야 넋이야 오른 어조로

"내 그자식들 납짝하게 눌러줬지. 아 백줴[7] 내 궁덩이가 해진다는구먼. 망할 자식들이! 내 좀더 닦아셀래다?"

"넌 너무 그래, 철모르는 애들이 그렇지 그럼 말두 못하니? 그걸 가지고 온통 사람을 모아놓고 이 야단이니!"

영애는 경자 때문에 창피스러운 욕을 당한 것이 생각하면 할수록 썩 분하였다.

그런대도 경자는 저 잘났다고 시퉁그러진 소리로

"너는 그럴 테지! 왜 너는 체모 먹구 사는 사람이냐?" 하고 또 비위를 거슬러놓다가 저리 향하여

"정숙이! 아까 그 궐자가 누구?"

"응 그 사내 말이지? 그전에 나 세들어 있던 집 주인이야——"

정숙이는 이렇게 선선히 대답하고 다시 얼굴로 손수건을 가져간다.

'자식이 그렇게 귀엽다면 그걸 낳아놓은 아내두 좀 귀여울 텐데?' 하고 지내온 일의 갈피를 찾아보다가 그래도 비록 말은 없었다 하더라도 아내도 속으로는 사랑하리라고 굳이 이렇게 믿어보고 싶었다. 어쩌다 그렇게 되었는지 병까지 든 걸 보면 그동안 고생은 무던히 한 듯싶고 그렇다면 전일에 밤늦게 들어와 쓰러진 사람을 먹살잡이를 하여 일으켜서는 들볶던 그것도 잘못하였고 술 먹었으니 아침은 고만두라고 하며 마악 먹으려 드는 콩나물을 땅으로 내던진 그것도 잘못하였고, 일일이 후회가 날 뿐이었다. 저의 아버지를 그토록 푸대접을 하였으니 셰집애만 하더라도 에미를 탐탁히 여겨주지 않는 것이 당연하지 않을까. 생각하니 더욱 큰 설움이 복받쳐오른다. 그러나 내일 아침에는 일찍 찾아가서 전사일[38]은 모조리 잘못하였다고 정성껏 사과하고, 그리고 앞으로는 암만 굶더라도 끽소리 안 하리라고 다짐까지 둔다면 혹시 사람의 일이니 다시 같이 살아줄는지 모르리라고 이렇게 조금 안심하였을 때 영애가 팔을 흔들며

"언니! 오늘 꽃구경 잘했지?"

"참 잘했어!"

"꽃은 멀리서 봐야 좋은 걸 알아, 가깝게 가면 그놈의 냄새 때문에 골치가 아프지 않아? 그렇지만 오늘 꽃구경은 참 잘했어!"

영애가 경자에게 무수히 쏘이고 게다 욕까지 당한 것이 분해서

되도록 갚으려고 애를 쓰니까 경자는 코로 홍, 하고는

'느들이 무슨 꽃구경을 잘했니? 참말은 내가 혼자 잘했다!'

"꽃은 냄샐 맡을 줄 알아야 꽃구경이야! 보는 게 다 무슨 소용 있어?" 하고 희짜를 뽑다가 정숙이 편을 돌아보니 아까보다 더 뻔찔[39] 손수건이 올라간다. 보기에 하도 딱하여 그 옆으로 바싹 붙어서며 친절히 위로하여 가로대

"그까짓 딸 하나 잃어버리고 뭘 그래? 없어지면 몸이 가뜬하고 더 편하지 않아?"

그때 눈 같은 꽃이파리를 포르르 날리며 쌀쌀한 꽃심[40]이 목덜미로 스며든다.

문간 쪽에서는 고만 나가라고 종소리가 댕그렁댕그렁 울리기 시작하였다.

옥토끼

나는 한 마리 토끼 때문에 자나깨나 생각하였다. 어떻게 하면 요놈을 얼른 키워서 새끼를 낳게 할 수 있을까 이것이었다.

이 토끼는 하나님이 나에게 내려주신 보물이었다.

몹시 춥던 어느 날 아침이었다. 내가 아직 꿈속에서 놀고 있을 때 어머니가 팔을 흔들어 깨우신다. 아침잠이 번이 늦은 데다가 자는데 깨우면 괜스레 약이 오르는 나였다. 팔꿈치로 그 손을 툭 털어버리고

"아이 참 죽겠네!"

골을 이렇게 내자니까

"너 이 토끼 싫으냐?" 하고 그럼 고만두란 듯이 은근히 나를 당기고 계신 것이다.

나는 잠결에 그럼 아버지가 아마 오래만에 고기 생각이 나서 토끼고기를 사오셨나, 그래 어머니가 나를 먹이려고 깨우시는 것이

아닐까, 하였다. 그리고 고개를 돌려 뻑뻑한 눈을 떠보니 이게 다 뭐냐. 조막만 하고도 아주 하얀 옥토끼 한 마리가 어머니 치마 앞에 폭 싸여 있는 것이 아닌가.

나는 눈곱을 부비고 허둥지둥 다가앉으며

"이거 어서 났수?"

"이쁘지?"

"글쎄 어서 났냔 말이야?" 하고 조급히 물으니까

"아침에 쌀을 씻으러 나가니까 우리 부뚜막 위에 올라앉아서 웅크리고 있더라. 아마 누 집에서 기르는 토낀데 빠져나왔나 봐."

어머니는 언 두 손을 화로 위에서 비비면서 무척 기뻐하셨다. 그 말씀이 우리가 이 신당리로 떠나온 뒤로는 이날까지 지지리지지리 고생만 하였다. 이렇게 옥토끼가 그것도 이 집에 네 가구가 있으련만 그중에다 우리를 찾아왔을 적에는 새해부터는 아마 운수가 좀 피려는 거나 아닐까 하며 고생살이에 찌든 한숨을 내쉬고 하시었다.

그러나 나는 나대로의 딴 희망이 있지 않아선 안될 것이다. 이런 귀여운 옥토끼가 뭇사람을 제치고 나를 찾아왔음에는 아마 나의 심평[1]이 차차 피려나 보다 하였다. 그리고 어머니 치마 앞에서 옥토끼를 끄집어내 들고 고놈을 입에 대보고 뺨에 문질러보고 턱에다 받쳐도 보고 하였다.

참으로 귀엽고도 아름다운 동물이었다.

나는 아침밥도 먹을 새 없이 그러고 어머니가 팔을 붙잡고

"너 숙이 갖다주려고 그러니? 내 집에 들어온 복은 남 안 주는

법이야. 인내라 인내."

이렇게 굳이 말리는 것도 듣지 않고 덜렁거리고 문밖으로 나섰
다. 뒷골목으로 들어가 숙이를 문간으로 (불러 만나보면 물론 둘이
떨고 섰는 것이나 그 부모가 무서워서 방에는 못 들어가고) 넌지시
불러내다가

"이 옥토끼 잘 길루." 하고 두루마기 속에서 고놈을 꺼내주었
다. 나의 예상대로 숙이는 가손² 진 그 눈을 똥그랗게 뜨더니 두
손으로 답싹 집어다가는 저도 역시 입을 맞추고 뺨을 대보고 하
는 것이 아닌가. 하지만 가슴에다 막 부둥켜안는 데는 나는 고만
질색을 하며

"아아, 그렇게 하면 뼈가 부서져 죽우. 토끼는 두 귀를 붙들고
이렇게……" 하고 토끼 다루는 법까지 가르쳐주지 않을 수 없었
다. 하라는 대로 두 귀를 붙잡고 섰는 숙이를 가만히 바라보며 나
는 이 집이 내 집이라 하고 또 숙이가 내 아내라 하면 얼마나 좋
을까 하였다. 숙이가 여자 양말 하나 사다 달라고 부탁하고 내가
그래라고 승낙한 지가 달 장근³이 되련만 그것도 못하는 걸 생각
하니 내 자신이 불쌍도 하였다.

"요놈이 크거든 짝을 채워서 우리 새끼를 자꾸 받웁시다. 그 새
끼를 팔구 팔구 허면 나중에는 큰돈이……"

그러고 토끼를 쳐들고 암만 들여다보니 대체 숫놈인지 암놈인
지 분간을 모르겠다. 이게 적이 근심이 되어

"그런데 뭔지 알아야 짝을 채우지!" 하고 혼자 뚜덜거리니까

"그건 인제……"

숙이는 이렇게 낯을 약간 붉히더니 어색한 표정을 웃음으로 버무리며

"낭중 커야 알지요!"

"그렇지! 그럼 잘 길루." 하고 집으로 돌아와서는 그담 날부터 매일 한 번씩 토끼 문안을 가고 하였다.

토끼가 나날이 달라간다는 숙이의 말을 듣고 나는 퍽 좋았다.

"요새두 잘 먹우?" 하고 물으면

"네. 물찌꺼기만 주다가 오늘은 배추를 주었더니 아주 잘 먹어요."

하고 숙이도 대견한 대답이었다. 나는 이렇게 병이나 없이 잘만 먹으면 다 되려니, 생각하였다. 아니나 다르랴 숙이가

"인젠 막 뛰어다니구 똥두 밖에 가 누고 들어와요." 하고 까만 눈알을 뒤굴릴 적에는 아주 훤칠한 어른토끼가 다 되었다. 인제는 짝을 채워줘야 할 터인데, 하고 나는 돈 없음을 걱정하며 집으로 돌아왔다.

그러나 아무리 생각하여도 돈을 변통할 길이 없어서 내가 입고 있는 두루마기를 잡힐까 그러면 뭘 입고 나가나 이렇게 양단*을 망설이다가 한 닷새 동안 토끼에게 가질 못하였다. 그러자 하루는 저녁을 먹다가 어머니가

"금철 어매게 들으니까 숙이가 그 토끼를 잡아먹었다더구나?" 하고 역정을 내는 바람에 깜짝 놀랐다. 우리 어머니는 싫다는 걸 내가 들이졸라서 한번 숙이네한테 통혼을 넣다가 거절을 당한 일이 있었다. 겉으로는 아직 어리다는 것이나 그 속살*은 돈 있는 집

으로 딸을 놓겠다는 내숭이었다. 이걸 어머니가 아시고 모욕을 당한 듯이 그들을 극히 미워하므로

"그럼 그렇지! 그것들이 김생⁶ 귀여운 줄이나 알겠니?"

"그래 토끼를 먹었어?"

나는 이렇게 눈에 불이 번쩍 나서 밖으로 뛰나왔으나 암만해도 알 수 없는 일이다. 제 손으로 색동 조끼까지 해 입힌 그 토끼를 설마 숙이가 잡아먹을 성싶지는 않았다.

그러니 숙이를 불러내다가 그 토끼를 좀 잠깐만 보여달라 하여도 아무 대답이 없이 얼굴만 빨개져서 서 있는 걸 보면 잡아먹은 것이 확실하였다. 이렇게 되면 이놈의 계집애가 나에게 벌써 맘이 변한 것은 넉넉히 알 수 있다. 나중에 같이 살자고 우리끼리 맺은 그 언약을 잊지 않았다면 내가 위하는 그 토끼를 제가 감히 잡아먹을 리가 없지 않은가.

나는 한참 도끼눈으로 노려보다가

"토끼 가지러 왔수. 내 토끼 도루 내우."

"없어요!"

숙이는 거반 울 듯한 상이더니 이내 고개를 떨어치며

"아버지가 나두 모르게……" 하고는 무안에 취하여 말끝도 다 못 맺는다.

실상은 이때 숙이가 한 사날 동안이나 밥도 안 먹고 대단히 앓고 있었다. 연초 회사에 다니며 벌어들이는 딸이 이렇게 밥도 안 먹고 앓으므로 그 아버지가 겁이 버쩍 났다. 그렇다고 고기를 사다가 몸보신시킬 형편도 못 되고 하여 결국에는 딸도 모르게 그

옥토끼를 잡아서 먹여버리고 말았던 것이다.

그러나 나는 그런 속은 모르니까 남의 토끼를 잡아먹고 할 말이 없어서 벙벙히 섰는 숙이가 다만 미웠다. 뭘 못 먹어서 옥토끼를, 하고 다시

"옥토끼 내놓우. 가져갈 테니." 하니까

"잡아먹었어요."

그제야 바로 말하고 언제 그렇게 고였는지 눈물이 똑 떨어진다. 그리고 무엇을 생각했음인지 허리춤을 뒤지더니 그 지갑(은 우리가 둘이 남몰래 약혼을 하였을 때 금반지 살 돈은 없고 급하긴 하고 해서 내가 야시에서 십오 전 주고 사 넣고 다니던 돈지갑을 대신 주었는데 그것)을 내놓으며 새침히 고개를 트는 것이다.

망할 계집애. 남의 옥토끼를 먹고 요렇게 토라지면 나는 어떡하란 말인가. 허나 여기서 더 지껄였다가는 나만 앵한 것을 알았다. 숙이의 옷가슴을 부랴사랴 헤치고 허리춤에다 그 지갑을 도로 꾹 찔러주고는 쫓아올까 봐 집으로 힝하게 달아왔다. 제가 내 옥토끼를 먹었으니까 암만 저의 아버지가 반대를 한다 하더라도 그리고 제가 설혹 마음에 없더라도 인제는 하릴없이 나의 아내가 꼭 되어주지 않을 수 없을 것이다.

이렇게 나는 생각하고 이불 속에서 잘 따져보다 그 옥토끼가 나에게 참으로 고마운 동물임을 비로소 깨달았다.

'인제는 틀림없이 너는 내 거다!'

정조貞操

　주인아씨는 행랑어멈 때문에 속이 썩을 대로 썩었다. 나가라 하
자니 그것이 고분고분 나갈 것도 아니거니와 그렇다고 두고 보자
니 패씸스러운 것이 하루가 다 민망하다.

　어멈의 버릇은 서방님이 버려놓은 것이 분명하였다.

　아씨는 아직 이불 속에 들어 있는 남편 앞에 도사리고 앉아서는
아침마다 졸랐다. 왜냐면 아침때가 아니고는 늘 난봉 피우러 쏘
다니는 남편을 언제 한번 조용히 대해볼 기회가 없었다. 그나마
도 어제 밤이 새도록 취한 술이 미처 깨질 못하여 얼굴이 벌거니
늘어진 사람을 흔들며

　"여보! 자우? 벌써 열 점 반이 넘었수. 기운 좀 채리우." 하고
말을 붙이는 것은 그리 정다운 일이 아니었다.

　그러면 서방님은 그 속이 무엇임을 지레 채고[1] 눈 하나 떠보려
하지 않았다. 물론 술에 곯아서 못 들을 적도 태반이지만 간혹 가

다간 듣지 않을 수 없을 만한 그렇게 큰 음성임에도 불구하고 역시 못 들은 척하였다.

이렇게 되면 아내는 제물에 더 약이 올라서 이번에도 설마 하고는

"아니 여보! 일을 저질러놨으면 당신이 어떻게 처칠 하든지 해야지 않소?"

"글쎄 관둬, 다 듣기 싫으니." 하고 그제야 어리뇌는[2] 소리로 눈살을 찌푸리다가

"듣기 싫으면 어떡허우. 그 꼴은 눈허리가 시어서 두구 볼 수가 없으니 일이나 허면 했지 그래 쥘을 손아귀에 넣고 휘두르려는 이따위 행랑것두 있단 말이유?"

"글쎄 듣기 싫어."

이렇게 된통 호령은 하였으나 원체 뒤가 딸리고 보니 슬쩍 돌리고

"어여 나가 아침이나 채려오."

"난 세상없어도 어떻게 할 수 없으니 당신이 내쫓든지 치갈[3] 하든지……"

하고 말끝이 고만 살며시 뒤둥그러지며

"어쩌자구 글쎄 행랑걸!"

"주둥아리 좀 못 닥쳐?"

여기에서 드디어 남편은 열병 든 사람처럼 벌떡 일어나 앉지 않을 수가 없었다. 그와 동시에 놋 재떨이가 공중을 날아와 벽에 부딪치고 떨어지며 쟁그렁 하고 요란스러운 소리를 낸다.

이렇게까지 하지 않으면 서방님은 머리에 떠오르는 그 징글징글한 기억을 어떻게 털어버릴 도리가 없는 것이나. 하기는 아내를 더 지껄이게 하였다가는 그 입에서 무슨 소리가 나올지 모르니 겁도 나거니와 만일에 행랑어멈이 미닫이 밖에서 엿듣고 섰다가 이 기맥을 눈치챘다면 그는 더욱 우좌스러운 저의 몸을 발견함에 틀림없을 것이다.

아내가 밖으로 나간 뒤 서방님은 멀뚱히 앉아서 쓴 침을 한번 삼키려 하였으나 그것도 잘 넘어가질 않는다. 수전증⁴ 들린 손으로 머리맡의 냉수를 쭈욱 켜고는 이불 속으로 들어가 다시 눈을 감아보려 한다. 잠이 들면 불쾌한 생각이 좀 덜어질 듯싶어서이다.

그러나 눈만 뽀송뽀송할 뿐 아니라 감은 눈 속으로 온갖 잡귀가 다아 나타난다. 머리를 풀어헤치고 손톱을 길게 늘인 거지귀신 뿔 돋힌 사자귀신 치렁치렁한 꼬리를 휘저으며 깔깔거리는 여우귀신 그중의 어떤 것은 한짝 눈깔이 물커졌건만 그래도 좋다고 아양을 부리며 "아이 서방님!" 하고 달려들면 이번에는 다리 팔 없는 오뚝이귀신이 저쪽에 올롱이⁵ 앉아서 "요녀석!" 하고 눈을 똑바로 뜬다. 이것들이 모양은 다르다 할지라도 원바탕은 한바탕이리라.

'에이 망할 년들!'

서방님은 진저리를 치며 벌떡 일어나 앉아서는 권연에 불을 붙인다. 등줄기가 선뜩하며 식은땀이 흥건히 내솟았다.

그것도 좋으련만 부엌에서는 그릇 깨지는 소리와 함께 아내가 악을 쓰는 걸 보면 행랑어멈과 또 말시단⁶이 되는 듯싶다. 무슨 일

인지 자세히는 알 수 없으나

"자넨 그래 게 다니나?"[7] 하니까

"전 빨리 다니진 못해요."

하고 행랑어멈의 데퉁스러운 그 대답.

서방님도 행랑어멈의 음성만 들어도 몸서리를 치며 사지가 졸아드는 듯하였다. 그리고

'아아! 내 뭘 보구 그랬던가. 검붉은 그 얼굴, 푸르딩딩하고 꺼칠한 그 입살. 그건 그렇다 하고 찝찔한 짠지 냄새가 확 끼치는 그리고 생후 목물 한 번도 못해봤을 듯싶은 때꼽 낀 그 몸뚱어리는? 에잇 추해! 추해! 내 뭘 보구? 술이다, 술. 분명히 술의 작용이었다.'

하고 또다시 애꿎은 술만 탓하지 않을 수 없다. 아무리 생각을 안하려 하여도 그날 밤 지냈던 일이 추악한 그 일이 저절로 머릿속에서 빙글뱅글 도는 것이다.

과연 새벽녘 집에 다다랐을 때쯤 하여서는 하늘 땅이 움직이도록 술이 잠뿍 올랐다. 택시에서 내려 엎어지고 다시 일어나다가 옆집 돌담에 부딪쳐 면상을 깐 것만 보아도 취한 것이 확실하였다. 그러나 대문을 열어주고 눈을 비비고 섰는 어멈더러

"왔나?" 하다가

"안즉 안 왔어요. 아마 며칠 묵어서 올 모양인가 봐요."

그제야 안심하고 그 허리를 콱 부둥켜안고 행랑방으로 들어간 걸 보면 전혀 정신이 없던 것도 아니었다. 왜냐면 아침나절 아범이 들어와 저 살던 고향에 좀 다녀오겠다고 인사를 하고 나간 것

을 정말 취한 사람이면 생각해냈을 리 있겠는가.

허나 년의 행실이 더 고약했는지도 모른다. 전일부터 맥없이[8] 빙글빙글 웃으며 눈을 째긋이 꼬리를 치던 것은 그만두고라도 방에서 그 얄량한 낯판때기를 갖다 비비며

"전 서방님허구 살구 싶어요. 웬일인지 전 서방님만 뵈면 괜스레 좋아요."

"그래 그래, 살아보자꾸나!"

"전 뭐 많이도 바라지 않아요 그저 집 한 채만 사주시면 얼마든지 살림하겠어요."

그리고 가장 이쁜 듯이 팔로 그 목을 얽어들이며

"그렇지 않아요? 서방님! 제가 뭐 기생첩인가요 색시첩인가요 더 바라게?"

더욱이 앙큼스러운 것은 나중에 발뺌하는 그 태도였다. 안에서 이 눈치를 채고 아내가 기겁을 하여 뛰어나와서 그를 끌어낼 때 어멈은 뭐랬는가. 아내보다도 더 분한 듯이 쌔근거리고 서서는 그리고 눈을 사박스리[9] 홉뜨고는

"행랑어멈은 일 시키자는 행랑어멈이지 이러라는 거예요?"

이렇게 바로 호령하지 않았던가. 뿐만 아니라 고대 자기를 보면 괜스레 좋아서 죽겠다던 년이 딴통같이

"아범이 없길래 망정이지 이걸 아범이 안다면 그냥 안 있어요. 없는 사람이라구 너무 업신여기지 마셔요."

물론 이것이 주인아씨에게 대하여 저의 면목을 세우려는 뜻도 되려니와 하여튼 년도 무던히 앙큼스러운 계집이었다. 그리고 나

서도 그 다음날 밤중에는 자기가 대문을 들어서자마자 술 취한 사람을 되는대로 잡아끌고서 행랑방으로 들어간 것도 역시 그년 이 아니었던가. 하지만 잘 따져보면 모두가 자기의 불근신[10]한 탓 으로 돌릴 수밖에 없고

'문지방 하나만 더 넘어서면 곱고 깨끗한 아내가 있으련만 그 걸 뭘 보구?'

이렇게 생각해보니 곧 창자가 뒤집힐 듯이 속이 아니꼽다.

그러나 이미 엎지른 물이니 주워 담을 수도 없는 노릇이고 어째 보려야 어째볼 엄두조차 나질 않는다.

서방님은 생각다 못하여 하릴없이 궁한 음성으로 아씨를 넌지 시 도로 불러들였다. 그리고 거의 울 듯한 표정으로

"여보! 설혹 내가 잘못했다 합시다. 이왕 이렇게 되고 난 걸 노 하면 뭘 하오?"

하고 속 썩는 한숨을 휘두르고는

"그렇다고 내가 나서서 나가라 마라 할 면목은 없소. 허니 당신 이 날 살리는 셈 치고 그걸 조용히 불러서 돈 십 원이나 주어서 나가게 하도록 해보우."

"당신이 못 내보내는 걸 내 말은 듣겠소."

아씨는 아까에 윽박질렸던 앙가프리로 이렇게 톡 쏘긴 했으나

"만일 친구들에게 이런 걸 발설한다면 내가 이 낯을 들고 문밖 엘 못 나설 터이니 당신이 잘 생각해서 해주." 하고 풀이 죽어서 빌붙는 이 마당에는

"그년에게 그래 괜히 돈을 준담!" 하고 혼잣소리로 쫑알거리고

는 밖으로 나오지 않을 수 없다. 더 비위를 긁었다가는 다시 제떨이가 공중을 날 것이고 그러면 집안만 소란할 뿐 외려 더욱 창피한 일이었다.

아씨는 마루 끝에 와 웅크리고 앉아서 심부름하는 계집애를 시켜 어미를 부르게 하고 그리고 다시 생각해 보니 어멈도 물론 괘씸하거니와 계집이면 덮어놓고 맥을 못쓰는 남편도 남편이렷다. 그의 번처[11]라는 자기말고도 수하동에 기생첩을 치가하였고 또는 청진동에 쌀 나무만 대고 드나드는 여학생 첩도 있는 것이다. 꽃 같은 계집들이 이렇게 앞에 놓였으련만 무슨 까닭에 행랑어멈을 그랬는지 그 속을 모르겠고

'그것두 외양이나 잘났음 몰라두 그 상판때기를 뭘 보구? 에! 추해!'

하고 아씨는 자기가 치른 것같이 메스꺼운 생각이 안 날 수 없었다.

그러나 이런 일이란 언제든지 계집이 먼저 꼬리를 치는 법이었다. 그렇게 생각하면 우선 행랑어멈 이년이 더욱 흉측스러운 굴치[12]라 안 할 수 없었다. 처음 올 적만 해도 시골서 살다 쫓겨올라온 지 며칠 안 되는데 방이 없어서 이러고 다닌다고 하며 궁상을 떤 것이 좀 측은히 본 것이 아니었던가. 한편 시골 거라 부려먹기에 힘이 덜 드려니 하고 든 것이 단 열흘도 못 되어 까만 낯바닥에 분때기를 칠한다 머리에 기름을 바른다 치마를 외로 돌아입는다 하며 휘즐르고[13] 다니는 걸 보니 서울서 닳아도 어지간히 닳아먹은 계집이었다. 그렇다 치더라도 일을 시켜보면 뒷간까지도 죽어가는 시늉으로 하고 하던 것이 행실을 버려놓은 다음부터는 제

가 마땅히 해야 할 걸레질까지도 순순히 할랴질 않는다. 그리고 고기 한 메[14]를 사러 보내도 일부러 주인의 안을 채기 위하여 열 나절이나 있다 오는 이년이 아니었던가.

"자네 대리는 오금이 붙었나?"

아씨가 하 기가 막혀서 이렇게 꾸중을 하면

"저는 세상없는 일이라도 빨리는 못 다녀요!" 하고 시퉁그러진 소리로 눈귀가 실룩이 올라가는 이년이 아니었던가. 그나 그뿐이랴. 아씨가 서방님과 어쩌다 같이 자게 되면 시키지도 않으련만 아닌 밤중에 슬며시 들어와서 끓는 고래에다 불을 처지펴서 요를 태우고 알몸을 구워놓은 이년이었다.

그러나 이렇게 생각하면 막벌이를 한다는 그 남편놈이 더 흉악할는지 모른다.

이년의 소견으로는 도저히 애 뱄다는 자세로 며칠씩 그대로 자빠져서 내다주는 밥이나 먹고 누웠을 그런 배짱이 못 될 것이다. 아씨가 화가 치밀어서 어멈을 불러들여

"자네는 어떻게 된 사람이길래 그리 도도한가. 아프다고 누웠고 애 뱄다고 누웠고 졸리다고 누웠고 이러니 대체 일은 누가 할겐가?"

이렇게 눈이 빠지라고 톡톡히 역정을 내었을 제

"애 밴 사람이 어떻게 일을 해요? 아이 별일두! 아씨는 홀몸으로도 일 안 하시지 않어요?" 하고 저도 마주 대고 눈을 똑바로 뜬 걸 보더라도 제 속에서 우러나온 소리는 아닐 듯싶다. 순사가 인구 조사를 나왔다가 제 성명을 물어도 벌벌 떨며 더듬거리는 이

년이 아니었던가. 이렇게 생각하면 아씨는 두 년놈에게 쥐키어
그 농간에 노는 것이 고만 절동하여

"그럼 자네가 쥔아씨 대우로 받쳐달란 말인가?"

"온 별 말씀을 다 하셔요. 누가 아씨로 받쳐달랐어요?"

어멈은 저로도 엄청나게 기가 막힌지 콧등을 한번 씽긋하다가

"애 밴 사람이 어떻게 몸을 움직이란 말씀이야요? 아씨두 온 심
하시지!"

"애 애 허니 뉘 눔의 앨 뱄길래 밤낮 그렇게 우좌스레 대드나?"
하고 불같이 골을 팩 내니까

"뉘 눔의 애라니요? 아씨두! 그렇게 막 말씀할 게 아니야요. 애
가 커서 이담에 데련님이 될지 서방님이 될지 사람의 일을 누가
알아요?" 하고 저도 모욕이나 당한 듯이 아씨 붑지않게[15] 큰소리
로 대들었다.

아씨는 이 말에 가슴뿐만 아니라 온 전신이 고만 뜨끔하였다.
터놓고 말은 없어도 년의 어투가 서방님의 앨지도 모른다는 음흉
이리라마는 설혹 그렇다면 실지 지금쯤은 만삭이 되어 배가 태독
같아야 될 것이다. 부른 배를 보면 댓 달밖에 안 되는 쥐새끼를
가지고 틀림없이 서방님 건 듯이 이렇게 흥증[16]을 떠는 것을 생각
하니 곧 달려들어 빰 한 개를 갈기고도 싶고 그러면서도 일변 후
환이 될까 하여 가슴이 죄어지지 않을 수도 없는 노릇이었다.

'오늘은 이년을 대뜸……'

아씨는 이렇게 맘을 다부지게 먹고 중문을 들어서는 어멈에게
매서운 시선을 보내었다.

그러나 그렇다고 얼러 딱딱거렸다가는 더욱 내보낼 가망이 없을 터이므로 결국 좋은 소리로

"여보게! 자네에게 이런 소리를 하는 것은 좀 뭣하나?" 하고 점잖이 기침을 한번 하고는

"자네더러 나가라는 건 나부터 좀 섭섭한데 말이야. 자네가 뭐 밉다든가 해서 내쫓는 게 아닐세. 그러면 자네 대신 다른 사람을 들여야 할 게 아닌가? 그런 게 아니라 자네도 아다시피 저 마당에 쌓인 저 시간[17]을 보지? 인제 눈은 내릴 터이고 저걸 어떻게 주체하나? 그래 생각다 못해 행랑방으로 척척 들이쌓으려고 하니까 미안하지만 자네더러 방을 내달라는 말일세."

"그러나 차차 추워질 텐데 갑작스레 어디로 나가요."

행랑어멈은 짐작치 않았던 그 명령에 고만 얼떨떨하여 찔쩍한[18] 두 눈이 휘둥그렜으나

"그래서 말이지 이런 일은 번이 없는 법이지만 내가 돈 십 원을 줄 테니 이걸로 앞다리[19]를 구해나가게." 하고 큰 지전 장을 생각 있이 내줌에는

"글쎄요 그렇지만 그렇게 곧 나갈 수는 없을걸요." 하고 주밋주밋 돈을 받아 들고는 좋아서 행랑방으로 뺑 나가지 않을 수 없었다.

아씨도 이만하면 네년이 떨어졌구나 하고 비로소 안심이 되었다. 마는 단 오 분이 못 되어 어멈이 부리나케 들어오더니 그 돈을 도로 내놓으며

"다시 생각해보니까 못 떠나겠어요. 어떻게 몸이나 풀구 한 두어 달 지나야 움직일 게 아녀요? 이 몸으로 어떻게 이사를 해요?"

하고 또라지게[20] 딴청을 부리는 데는 아씨는 고만 가슴이 다시 달롱하였다. 이년이 필연코 행랑방에 나갔다가 서방놈의 훈수를 듣고 듣고 와서 이러는 것이 분명하였다.

아씨는 더 말할 형편이 아님을 알고 돈을 받아 든 채 그대로 벙벙히 섰지 않을 수 없었다. 그러다 한참 지난 뒤에야 안방으로 들어가서 서방님에게 일일이 고해바치고

"나는 더 할 수 없소. 당신이 내쫓든지 어떡허든지 해보우!" 하고 속 썩는 한숨을 쉬니까

"오죽 뱅충맞게[21] 해야 돈을 주고도 못 내보낸담? 쩨! 쩨! 쩨!" 하고 서방님은 도끼눈으로 혀를 찬다. 어멈을 못 내보내는 것이 마치 아씨의 말주변이 부족해 그런 듯싶어서이다. 그는 무엇으로 아씨를 이윽히 노려보다가

"나가! 보기 싫여!" 하고 공연스레 역정을 벌컥 내었다. 마는 역정은 역정이로되 그나마 행랑방에 들릴까 봐 겁을 집어먹은 가는 소리로 큰소리의 행세를 하려니까 서방님은 자기 속만 부적부적 탈 뿐이었다.

그것도 그럴 것이 서방님은 이걸로 말미암아 사날 동안이나 밖으로 낯을 들고 나오지 못하였다. 자기를 보고 실적게[22] 씽긋씽긋 웃는 년도 년이려니와 자기의 앞에 나서서 멋없이 굽실굽실하는 그 서방놈이 더 능글차고 흉악한 것이 보기조차 두려웠다.

서방님은 이불을 머리까지 들쓰고는 여러 가지 귀신을 손으로 털어가며

"끙! 끙!" 하고 앓는 소리를 치고 하였다. 그리고 밥도 잘 안 자

시고는 무턱대고 죄 없는 아씨만 대구 들볶아대었다.

"물이 왜 이렇게 차? 아주 얼음을 깨오지 그래." 어떤 때에는

"방에 누가 불을 때랬어? 끓여 죽일 터이야?" 이렇게 까닭 모를
불평이 자꾸만 자꾸만 나오기 시작하였다.

아씨는 전에도 서방님이 이렇게 앓은 경험이 여러 번 있으므로
이번에도 며칠 밤을 새우고 술을 먹더니 주체가 났나 보다고 생
각할 것이 돌리었다. 부모가 물려준 재산을 왜 온전히 못쓰고 저
러나 싶어서 딱한 생각을 먹었으나 그래도 서방님의 몸이 축갈가
염려가 되어 풍로에 으이²³를 쑤고 있노라니까

"아씨! 전 오늘 이사를 가겠어요." 하고 어멈이 앞으로 다가선
다. 아씨는 어떻게 되는 속인지 몰라서 떨떠름한 낯으로

"어떻게 그렇게 곧 떠나게 됐나?"

"네! 앞다리도 다 정하고 해서 지금 이삿짐을 옮기려구 그래
요." 하고 어멈은 안마당에 놓였던 새끼 뭉텅이를 가지고 나간다.
그 모양이 어떻게 신이 났는지 치마 뒤도 여밀 줄 모르고 미친년
같이 허벙거리며²⁴ 나간 것이었다.

아씨는 이 꼴을 가만히 보고 하여튼 앓던 이 빠진 것처럼 시원
하긴 하나 그러나 년이 급작이 떠난다고 서두는 그 속이 한편 이
상도 스러웠다. 좀체로 해서 앉은 방석을 아니 뜰 이년이 제법 홀
홀이 털고 일어설 적에는 여기에 딴속이 있지 않으면 안 될 것
이다.

얼마 후 아씨는 궁금한 생각을 먹고 문간까지 나와보니 어멈네
두 내외는 구루마에 짐을 다 실었다. 그리고 바구니에 잔 세간²⁵을

넣어 손에 들고는 작별까지 하고 가려는 어멈을 보고

"자네 또 행랑살이로 가나?" 하고 물으니까

"저는 뭐 행랑살이만 밤낮 하는 줄 아셔요?" 하고 그전부터 눌려왔던 그 아씨에게 주짜를 뽑는[26] 것이다.

"그럼 사글세루?"

"사글세는 왜 또 사글세야요? 장사하러 가는데요!" 하고 나도 인제는 너만 하단 듯이 비웃는 눈치이다가

"장사라니 밑천이 있어야 하지 않나?"

"고뿌 술집[27] 할 테니까 한 이백 원이면 되겠지요. 더는 해 뭘 하게요?" 하고 네 보란 듯 토심스레[28] 내뱉고는 구루마의 뒤를 따라 골목 밖으로 나아간다.

아씨는 가만히 눈치를 보아하니 저년이 정녕코 돈 이백 원쯤은 수중에 가지고 희짜를 빼는[29] 모양이었다. 그렇다면 어제 저녁 자기가 뒤란에서 한참 바쁘게 약을 끓이고 있을 제 년이 안방을 친다고 들어가서 오래 있었는데 아마 그때 서방님과 수작이 되고 돈두 그때 주고받은 것이 확적하였다. 그렇지 않으면 고분고분 떠날 리도 없거니와 그년이 생파같이[30] 돈 이백 원이 어디서 생기겠는가. 그렇게 따지고 보면 벌써부터 칠팔십 원이면 사줄 그 신식 의걸이[31] 하나 사달라고 그리 졸랐건만도 못 들은 척하던 그가 어멈은 하상 뭐길래 이백 원씩 희떱게 내주나 싶어서 곧 분하고 원통하였다.

아씨는 새빨간 눈을 뜨고 안방으로 부르르 들어와서

"그년에게 돈 이백 원 주었수?" 하고 날카로운 소리를 내었다.

그러나 서방님은 암말 없이 드러누워서 입맛만 다시니 아씨는 더욱 더 열에 뜨여

"글쎄 이백 원이 얼마란 말이오? 그년에게 왜 주는 거요. 그런 돈 나에겐 못 주?"

이렇게 포악을 쏟아놓다가 급기야엔 눈에 눈물이 맺힌다.

그래도 서방님은 입을 꽉 다물고는 대답 대신

"끙! 끙!" 하고 신음하는 소리만 낼 뿐이다.

땡볕

우람스리 생긴 덕순이는 바른팔로 왼편 소맷자락을 끌어다 콧등의 땀방울을 훑고는 통안 네거리에 와 다리를 딱 멈추었다. 더위에 익은 얼굴은 벌건히 사방을 둘러본다. 중복허리의 뜨거운 땡볕이라 길 가는 사람은 저편 처마 끝으로만 배앵뱅 돌고 있다. 지면은 번들번들 닳아 자동차가 지날 적마다 숨이 탁 막힐 만치 무더운 먼지를 풍겨놓는 것이다.

덕순이는 아무리 찾아보아도 자기가 길을 물어 좋을 만치 그렇게 여유 있는 얼굴이 보이지 않음을 알자, 소맷자락으로 또 한 번 땀을 훑어본다. 그리고 거북한 표정으로 벙벙히 섰다. 때마침 옆으로 지나는 어린 깍쟁이에게 공손히 손짓을 한다.

"애! 대학 병원을 어디루 가니?"

"이리루 곧장 가세요."

덕순이는 어린 깍쟁이가 턱으로 가리킨 대로 그 길을 북으로 접어들며 다시 내걷기 시작한다. 내딛는 한 발짝마다 무거운 지게는 어깨에 배기고 등줄기에서 쏟아져 내리는 진땀에 궁둥이는 쓰라릴 만치 물렀다. 속 타는 불김을 입으로 불어가며 허덕지덕 올라오다 엄지손가락으로 코를 힝 풀어 그 옆 전봇대 허리에 쓱 문댈 때에는 그는 어지간히 가슴이 답답하였다. 당장 지게를 벗어던지고 푸른 그늘에 가 나자빠지고 싶은 생각이 굴뚝 같으련만 그걸 못하니 짜증이 안 날 수 없다. 골피를 찌푸려 되퉁스레

"빌어먹을 거! 왜 이리 무거!"

하고 내뱉으려 하였으나, 그러나 지게 위에서 무색하여질 아내를 생각하고 꾹 참아버린다. 제 속으로만 끙끙거리다 겨우

"에이 더웁다!"

하고 자탄이 나올 적에는 더는 갈 수가 없었다.

덕순이는 길가 버들 밑에다 지게를 벗어놓고는 두 손으로 적삼 섶을 흔들어 땀을 들인다. 바람기 한 점 없는 거리는 그대로 타붙었고 그 위의 모래만 이글이글 달아간다. 하늘을 쳐다보았으나 좀체로 비맛은 못 볼 듯싶어 바상바상한[1] 입맛을 다시고 섰을 때 별안간 댕댕 소리와 함께 발등에 물을 뿌리고 물차가 지나가니 그는 비로소 산 듯이 정신기가 반짝 난다. 적삼 호주머니에 손을 넣어 곰방대를 꺼내 물고 담배 한 대 붙이려 하였으나 홀쭉한 쌈지에는 어제부터 담배 한 알 없었던 것을 다시 깨닫고 역정스레 도로 집어넣는다.

"꽁무니가 배기지 않어?"

덕순이는 이렇게 아내를 돌아보다

"괜찮어요!"

하고 거진 죽어가는 상으로 글썽글썽 눈물이 고인 아내가 떡하였
다. 두 달 동안이나 햇빛 못 본 얼굴은 누렇게 시들었고, 병약한
몸으로 지게 위에 앉아 까닥이는 양이 금시라도 꺼질 듯싶은 그
아내였다.

　덕순이는 아내를 이윽히 노려보다

"아 울긴 왜 우는 거야?"

하고 눈을 부라렸으나

"병원에 가면 쨀대겠지요."

"째긴 아무거나 덮어놓고 째나? 연구한다니까!"

하고 되도록 아내를 안심시킨다. 그러나 덕순이 생각에는 째든
말든 그건 치치해놓고 우선 먹어야 산다, 고

"왜 기영이 할아버지의 말씀 못 들었어?"

"병원서 월급을 주구 고쳐준다는 게 정말인가요?"

"그럼 노인이 설마 거짓말을 헐라구, 그래 시방두 대학 병원의
이등 박산가 뭐가 열네 살 된 조선 아이가 어른보다도 더 부대한²
걸 보구 하두 이상한 병이라구 붙잡아들여서 한 달에 십 원씩 월
급을 주고. 그뿐인가 먹이구 입히구 이래가며 지금 연구하구 있
대지 않어?"

"그럼 나두 허구한 날 늘 병원에만 있게 되겠구려?"

"인제 가봐야 알지, 어떻게 되는지."

　이렇게 시원스레 받기는 받았으나 덕순이 자신 역 기영 할아버
지의 말이 꽉 믿어서 좋을지가 의문이었다. 시골서 올라온 지 얼

마 안 되는 그로서는 서울 일이라 호옥 알 수 없을 듯싶어 무료 진찰권을 내온 데 더 되지 않았다. 그렇다 하더라도 병이 괴상하면 할수록 혹은 고치기가 어려우면 어려울수록 월급이 많다는 것인데 영문 모를 아내의 이 병은 얼마짜리나 되겠는가, 고 속으로 무척 궁금하였다. 아이가 십 원이라니 이건 한 십오 원쯤 주겠는가. 그렇다면 병 고치니 좋고, 먹으니 좋고, 두루두루 팔자를 고치리라고 속 안으로 육조배판³을 늘이고 섰을 때

"여보십쇼! 이 채미 하나 잡수어보십쇼."

하고 조만치서 참외를 벌여놓고 앉았는 아이가 시선을 끌어간다. 길쯤길쯤하고 싱싱한 놈들이 과연 뜨거운 복중에 하나 벗겨들고 으썩 깨물어봄직한 참외였다. 덕순이는 참외를 이놈 저놈 멀거니 물색하여보다 쌈지에 든 잔돈 사 전을 얼른 생각은 하였으나 다음 순간에 그건 안 될 말이리라고 꺽진⁴ 마음으로 시선을 걷어온다. 사 전에 일 전만 더 보태면 희연 한 봉이 되리라고 어제부터 잔뜩 꼽여 쥐고 오던 그 사 전, 이걸 참외 값으로 녹여서는 사람이 아니다.

"지게를 꼭 붙들어!"

덕순이는 지게를 지고 다시 일어나며 그 십오 원을 생각했던 것이니 그로서는 너무도 벅찬 희망의 보행이었다.

덕순이는 간호부가 지도하여주는 대로 산부인과 문밖에서 제 차례가 돌아오기를 기다리고 있었다.

아내는 남편이 업어다놓은 대로 걸상에 가 번듯이 늘어져서 괴로운 숨을 견디지 못한다. 요량 없이 부어오른 아랫배를 한 손으

로 치마째 걷어 안고는 매 호흡마다 간댕거리는 야윈 고개로 가쁜 숨을 돌르고 있는 것이다. 게다가 수술실에서 들것으로 담아내는 환자와, 피고름이 엉긴 쓰레기통을 보는 것은 그로 하여금 해쓱한 얼굴로 이를 떨도록 하기에는 너무도 충분한 풍경이었다.

"너무 그렇게 겁내지 말아. 그래두 다 죽을 사람이 병원엘 와야 살아 나가는 거야!"

덕순이는 아내를 위안하기 위하여 이런 소리도 하는 것이나 기실 아내 붙지않게 저로도 조바심이 적지 않았다. 아내의 이 병이 무슨 병일까. 짜정 기이한 병이라서 월급을 타먹고 있게 될 것인가. 또는 아내의 병을 씻은 듯이 고쳐줄 수가 있겠는가. 겸삼수삼[5] 모두가 궁거웠다.[6]

이 생각 저 생각으로 덕순이는 아내의 상체를 떠받쳐주고 있다가 우연히도 맞은켠 타구 옆땡이[7]에 가 떨어져 있는 권연 꽁댕이에 한눈이 팔린다. 그는 사방을 잠깐 살펴보고 힁하게 가서 집어다가는 곰방대에 피워 물며 제 차례를 기다렸으나 좀체로 불러주질 않는 것이다.

이렇게 하여 그들은 허무히도 두 시간을 보냈다.

한 점을 사십 분 가량 지났을 때 간호부가 다시 나아와 덕순이 아내의 성명을 외는 것이다.

"네! 여깄습니다!"

덕순이는 허둥지둥 아내를 떨쳐 업고 진찰실로 들어갔다.

간호부 둘이 달려들어 우선 옷을 벗기고 주무를 제 아내는 놀란 토끼와 같이 조그맣게 되어 떨고 있었다. 코를 찌르는 무더운 약내에 소름이 끼치기도 하려니와 한쪽에 번쩍번쩍 늘려놓인 기계가 더욱이 마음을 죄게 하는 것이다. 아내가 너무 병신스레 떠므로 옆에 섰는 덕순이까지도 겸연쩍지 않을 수 없었다. 아내의 한 팔을 꼭 붙들어주고, 집에서 꾸짖듯이 눈을 부르떠

"메가 무섭다구 이래?"

하고는 유리판에서 기계 부딪는 젤그럭 소리에 등줄기가 다 섬쩍할 제

"언제부터 배가 이래요?"

간호부가 뚱뚱한 의사의 말을 통변한다.

"자세히는 몰라두!"

덕순이는 이렇게 머리를 긁고는 아마 이토록 부르기는 지난 겨울부턴가 봐요. 처음에는 이게 애가 아닌가 했던 것이 그렇지두 않구요, 애라면 열 달에 날 텐데

"열석 달이나 가는 게 어딨습니까?"

하고는 아차 애니 뭐니 하는 건 괜히 지껄였군, 하였다. 그래 의사가 무에라고 또 입을 열 수 있기 전에 얼른 대미처[8]

"아무두 이 병이 무슨 병인지 모른다구 그래요, 난생처음 본다구요."

하고 몇 마디 더 엱었다.

덕순이는 자기네들의 팔자를 고칠 수 있고 없고가 이 순간에 달렸음을 또 한 번 깨닫고 열심히 의사의 입만 쳐다보고 있는 것이다. 마는 금테 안경 쓴 의사는 그리 쉽사리는 입을 열랴지 않았다. 몇 번을 거듭 주물러보고, 두드려보고, 들어보고, 이러기를

얼마 한 다음 시덥지 않게 저쪽으로 가 대야에 손을 씻어가며 간호부를 통하여 하는 말이

"이 뱃속에 어린애가 있는데요, 나오려다 소문[9]이 적어서 그대로 죽었어요, 이걸 그냥 둔다면 앞으로 일주일을 못 갈 것이니 불가불 수술은 해야 하겠으나 또 그 결과가 반드시 좋다고 단언할 수도 없는 것이매 배를 가르고 아이를 꺼내다 만일 사불여의[10]하여 불행을 본다 하더라도 전혀 관계없다는 승낙만 있으면 내일이라도 곧 수술을 하겠어요."

하고 나어린 간호부는 조금도 거리낌 없는 어조로 줄줄 쏟아놓다가

"어떻게 하실 테야요?"

"글쎄요!"

덕순이는 이렇게 얼떨떨한 낯으로 다시 한 번 뒤통수를 긁지 않을 수 없었다. 간호부의 말이 무슨 소린지 다는 모른다 하더라도 속대중으로 저쯤은 알아채었던 것이니 아내의 생명이 위험하다는 그 말이 두렵기도 하려니와 겨우 아이를 뱄다는 것쯤, 연구거리는 못 되는 병인 양 싶어 우선 낙심하고 마는 것이다. 허나 이왕버린 노릇이매

"그럼 먹을 것이 없는데요——"

"그건 여기서 입원시키고 먹일 것이니까 염려 마셔요——"

"그런데요 저——"

하고 덕순이는 열적은 낯을 무얼로 가릴지 몰라 주볏주볏

"월급 같은 건 안 주나요?"

"무슨 월급이오?"

"왜 여기서 병을 고치면 월급을 주는 수두 있다지요."

"제 병 고쳐주는데 무슨 월급을 준단 말이오?"

하고 맨망스리도[11] 톡 쏘는 바람에 덕순이는 얼굴이 고만 벌게지고 말았다. 팔자를 고치려던 그 계획이 완전히 어그러졌음을 알자, 그의 주린 창자는 다시금 척 꺾이며 두꺼운 손으로 이마의 진땀이나 훑어보는 밖에 별 도리가 없는 것이다. 허나 아내의 생명은 어차피 건져야 하겠기로 공손히 허리를 굽실하며

"그럼 낼 데리고 올게 어떻게 해주십시오."

하고 되도록 빌붙어보았던 것이, 그때까지 끔찍끔찍한 소리에 얼이 빠져서 멀뚱히 누웠던 아내가 별안간 기겁을 하여 일어나 살뚱맞은[12] 목성으로

"나는 죽으면 죽었지 배는 안 째요!"

하고 얼굴이 노랗게 되는 데는 더 할 말이 없었다. 죽이더라도 제원대로나 죽게 하는 것이 혹은 남편 된 사람의 도리일지도 모른다. 아내의 꼴에 하도 어이가 없어

"죽는 거보담이야 수술을 하는 게 좀 낫겠지요!"

비소[13]를 금치 못하고 섰는 간호부와 의사가 눈에 보이지 않도록, 덕순이는 시선을 외면하여 뚱싯뚱싯 아내를 업고 나왔다. 지게 위에 올려놓은 다음 엎디어 다시 지고 일어나려니 이게 웬일일까. 아까 오던 때와는 갑절이나 무거웠다. 덕순이는 얼마 전에 희망이 가득히 차 올라가던 길을 힘 풀린 걸음으로 터덜터덜 내려오고 있었다. 보지는 않아도 지게 위에서 소리를 죽여 훌쩍훌쩍 울고 있는 아내가 눈앞에 환한 것이다. 학식이 많은 의사는 일

자무식인 덕순이 내외보다는 더 많이 알 것이니 생명이 한 이레를 못 가리라던 그 말을 어째볼 도리가 없다. 인제 남은 것은 우중충한 그 냉골에 갖다 다시 눕혀놓고 죽을 때나 기다리고 있을 따름이었다.

덕순이는 눈 위로 덮는 땀방울을 주먹으로 훔쳐가며 장차 캄캄하여올 그 전도를 생각해본다. 서울을 장대고[14] 왔던 것이 벌이도 제대로 안 되고 게다가 인젠 아내까지 잃는 것이다. 지에미 붙을! 이놈의 팔자가, 하고 딱한 탄식이 목을 넘어오다 꽉 깨무는 바람에 한숨으로 터져버린다.

한나절이 되자 더위는 더한층 무서워진다.

덕순이는 통째 짓무를 듯싶은 등어리를 견디지 못하여 먼젓번에 쉬어가던 나무 그늘에 지게를 벗어놓는다. 땀을 들여가며 아내를 가만히 내려보니 그동안 고생만 시키고 변변히 먹이지도 못하였던 것이 갑자기 후회가 나는 것이다. 이럴 줄 알았다면 동네집 닭이라도 훔쳐다 먹였던걸, 싶어

"울지 말아, 그것들이 뭘 아나? 제까짓 게—"

하고 소리를 빽 지르고는

"채미 하나 먹어볼 테야?"

"채미 싫어요—"

아내는 더위에 속이 탔음인지 행길 건너 그늘에서 팔고 있는 얼음 냉수를 손으로 가리킨다. 남편이 한 푼 더 보태어 담배를 사려

던 그 돈으로 얼음 냉수를 한 그릇 사다가 입에 먹여까지 주니 아내도 황송하여 한숨에 들이킨다. 한 그릇을 다 먹고 나서 하나 더 사다주랴 물었을 때 이번에는 왜떡[15]이 먹구 싶다 하였다. 덕순이는 이것이 마지막이라는 생각으로 나머지 돈으로 왜떡 세 개를 사다주고는 그래도 눈물도 씻을 줄 모르고 그걸 오직오직 깨물고 있는 아내를 이윽히 바라보고 있었다. 그러다 아내가 무슨 생각을 하였는지 왜떡을 입에 문 채 훌쩍훌쩍 울며

"저 사촌형님께 쌀 두 되 꿔다 먹은 거 부대[16] 잊지 말구 갚우."

하고 부탁할 제 이것이 필연 아내의 유언이리라고 깨닫고는

"그래 그건 염려 말아!"

"그러구 임자 옷은 영근 어머니더러 사정 얘길 하구 좀 빨아달래우."

하고 이야기를 곧잘 하다가 다시 입을 이그리고 훌쩍훌쩍 우는 것이다.

덕순이는 그 유언이 너무 처량하여 눈에 눈물이 핑 돌아가지고는 지게를 도로 지고 일어선다. 얼른 갖다 눕히고 죽이라두 한 그릇 더 얻어다 먹이는 것이 남편의 도릴 게다.

때는 중복허리의 쇠뿔도 녹이려는 뜨거운 땡볕이었다.

덕순이는 빗발같이 내려붓는 얼굴의 땀을 두 손으로 번갈아 훔쳐가며 끙끙 내려올 제, 아내는 지게 위에서 그칠 줄 모르는 그 수많은 유언을 차근차근 남기자, 울자, 하는 것이다.

형

아버지가 형님에게 칼을 던진 것이 정통을 때렸으면 그 자리에 엎디어질 것을 요행 뜻밖에 몸을 비켜서 땅에 떨어질 제 나는 다르르 떨었다. 이것이 십오성상을 지난 묵은 기억이다. 마는 그 인상은 언제나 나의 가슴에 새로웠다. 내가 슬플 때, 고적할 때, 눈물이 흐를 때, 혹은 내가 자라난 그 가정을 저주할 때, 제일 처음 나의 몸을 쏘아드는 화살이 이것이다. 이제로는 과거의 일이나 열 살이 채 못 된 어린 몸으로 목도하였을 제 나는 그 얼마나 간담을 졸였던가. 말뚝같이 그 옆에 서 있던 나는 이내 울음을 터뜨리고 말았다. 극도의 놀람과 아울러 애원을 표현하기에 나의 재조[1]는 거기에 넘지 못하였던 까닭이다.

부자간의 고롭지[2] 못한 이 분쟁이 발생하길 아버지의 허물인지 혹은 형님의 죄인지 나는 그것을 모른다. 그리고 알려 하지도 않았다. 한갓 짐작하는 건 형님이 난봉을 부렸고 아버지는 그 비용을 담당하고도 터³ 보이지 않을 만치 재산을 가졌건만 한 푼도 선심치 않았다. 우리 아버지, 그는 뚝뚝한 수전노였다. 또한 당대에 수십만 원을 이룩한 금만가⁴였다. 자기의 사후 얼마 못되나 그 재산이 맏아들 손에 탕진될 줄을 그도 대중은 하였으련만⁵ 생존시에는 한 푼을 아꼈다. 제가 모은 돈 저 못쓴다는 말이 이걸 이름이리라. 그는 형님의 생활비도 안 댈뿐더러 갈아마실 듯이 미워하였다. 심지어 자기 눈앞에도 보이지 말라는 엄명까지 내렸다. 아들이라곤 그에게 단지 둘이 있을 뿐이었다. 형님과 나— 허나 나는 차자이고 그의 의사를 받들어 봉양하기에 너무 어렸으니 믿을 곳은 그의 맏아들, 형님이 있을 것이다. 게다 아버지는 애지중지하던 우리 어머니를 잃고는 터져오르는 심화를 뚝기⁶로 누르며 어린 자식들을 홑손⁷으로 길러오던 바 불행히도 떨치지 못할 신병으로 말미암아 몸져누운 신세였다. 그는 가끔 나를 품에 안고는 에미를 잃은 자식이라고 눈물을 뿌리다가는 느 형님은 대리를 꺾어놓을 놈이야, 하며 역정을 내고 내고 하였다. 어버이의 권위로 형님을 구박은 하였으나 속으로야 그리 좋을 리 없었다. 이 병이 낫도록 고수련⁸만 잘하면 회복 후 토지를 얼마 주리라는 언약을 앞두고 나의 팔촌 형을 임시 양자로 데려온 그것만으로도 평온을 잃은 그의 심사를 알기에 족하리라. 친구들은 그를 대하여 자식을 박대함은 노후의 설움을 사는 것이라고 간곡히 충고하였으나 그의 태도는 여일 꼿꼿하였다. 다만 그 대답으로는 옆에 앉았는 나의 얼굴을 이윽히 바라보며 고소하는⁹ 것이었다. 나는 왜떡 사먹을 돈이나 주려는가 하여 맥모르고 마주 웃어주었으나 좀 영리

하였던들 이 자식은 크면 나의 뒤를 받들어주려니 하는 그의 애소[10]임을 선뜻 알았으리라.

효자와 불효를 동일시하는 나의 관념의 모순도 이때 생긴 것이었다. 형님이 아버지의 속을 썩였다고 그가 애초부터 망골은 아니다. 남 따르지 못할 만치 지극히 효성스러웠다. 아버지에게 토지가 많았다. 여기저기 사면에 흩어진 전답을 답품[11]하랴 추수하랴 하려면 그 노력이 적잖이 드는 것이었다. 병에 자유를 잃은 아버지는 모든 수고를 형님에게 맡기었다. 그리고 형님은 그의 뜻을 받들어 낙자없이[12] 일을 행하였다. 물론 이삼백 리씩 걸어가 달포씩이나 고생을 하며 알뜰히 가을하여[13]온들 보수의 돈 한 푼 여벌로 생기는 건 아니었다. 아버지는 아들과 마주앉아 추수기[14]를 대조하여 제대로 셈을 따질 만치 엄격하였던 까닭이다. 형님은 호주의 가무[15]를 대신만 볼 뿐 아니라, 집에 들어서는 환자를 위하여 몸을 사리지 않았다. 환자의 곁을 떠날 새 없이 시중을 들었다. 밤에는 이슥토록 침울한 환자의 말벗이 되었고 또는 갖은 성의로 그를 위로하였다.

그는 이따금 깜빡 졸다가 경풍을 하여 고개를 들고는 자기를 책하는 듯이 꼿꼿이 다시 무릎을 꿇었다. 그러나 밤거리에 인적이 끊일 때가 되면 그는 나를 데리고 수물통 움물[16]을 향하여 밖으로 나섰다. 이 우물이 신성하다 하여 맑은 그 물을 떠다가 장독간에 올려놓고 정안수[17]를 드렸다. 곧 아버지의 병환이 하루바삐 씻은 듯 나으시도록 신령에게 비는 것이었다. 그리고 아침에 먼저 눈을 뜨는 것도 역시 형님이었다. 밝기 무섭게 일어나는 길로 배우개장[18]으로 달려갔다. 구미에 딸리는 환자의 성미를 맞추어 야채랑, 과일이랑, 젓갈, 혹은 색다른 찬거리를 사들고 들어오는 것이었다. 언젠가 나는 혼이 난 적이 있다. 겨울인데 몹시 추웠다. 아침 일찍이 나는 뒤가 마려워 안방에서 나오려니까 형님이 그제야 식식거리며 장에서 돌아오는 길이었다. 장놈[19]과 다투었다고 중얼거리며 덜덜 떨더니 얼음이 제그럭거리는 종이 뭉치 하나를 마루에 놓는다. 펴보니 조기만 한 이름 모를 생선. 그는 두루마기, 모자를 벗어부치고 물을 떠오라, 칼을 가져오라, 수선을 부리며 손수 배를 갈라 씻은 다음 석쇠에 올려놔 장을 발라가며 정성스레 구웠다. 누이동생들도 있고 그의 아내도 있건만 느년들이 하면 집어먹기도 쉽고 데면데면히[20] 하는 고로 환자가 못 자신다는 것이었다. 석쇠 위에서 지글지글 끓으며 구수한 냄새를 풍기는 이름 모를 그 생선이 나의 입맛을 잔뜩 당겼다. 나는 언제나 어버지와 겸상을 하므로 좀 맛깔스러운 음식은 모두 내 것이었다. 그날도 나는 상을 끼고 앉아 아버지도 잡숫기 전에 먼젓번부터 노려두었던 그 생선에 선뜻 젓가락을 박고는 휘저어놓았다. 그때 옆에서 따로 상을 받고 있던 형님의 죽일 듯이 쏘아보는 눈총을 곁눈으로 느끼고는 나는 멈칫하였다. 그러나 나를 싸주는[21] 아버지가 앞에 있는데야 설마, 이쯤 생각하고는 서름서름 다시 집어들기 시작하였다. 좀 있더니 형님은 물을 쭉 들이키고 나서 그 대접을 상 위에 콱 놓으며 일부러 소리를 된통 낸다. 어른이 계시므로 차마 야단은 못 치고 엄포로 욱기[22]를 보이는 것이었다. 나는 무안도 하고 무섭기도 하여 들었던 생선을 입으로 채 넣지 못하고 얼굴이 벌겋게 멍멍하였다. 이 눈치를 채고 아버지는 껄껄 웃더니 어여 먹어라, 네가 잘 먹고 얼른 커야 내 배가 부르다, 하며 매우 만족한 낯이었다. 물론 내가 막내아들이라 귀엽기도 하였으려나 당신의 팔이 되고 다리가 되는 맏자식의 지극한 효성이 대견하단 웃음이리라.

노는 돈에는 난봉 나가기 책경[23] 쉬운 일이다. 형님은 난봉이 났다. 난봉이라면 천한 것도 사랑이라 부르면 좀 고결하다. 그를 위하여 사랑이라 하여두자. 열여덟, 열아홉 그맘때 그는 지각없는 사랑에 빠지고 말았다. 장가는 열다섯에 들었으나 부모가 얻어준 아내일뿐더러 그 얼굴이 마음에 안 들었다.

사랑에서 한문을 읽을 적이었다. 낮에는 방에 들어앉아서 아버지의 엄명이라 무서워서라도 공부를 하는 체하고 건성 왱왱거리다간 밤이 깊으면 슬며시 빠져나갔다. 그리고 새벽에 몰래 들어와 자고 하였다. 물론 돈은 평시 어른 주머니에서 조금씩 따끔질[24]해 두었다. 뭉텅이 돈을 만들어 쓰고 쓰고 하는 것이었다.

아버지는 자식에게 도끼날같이 무서운 어른이었다. 이 기미를 눈치채고 아들을 붙잡아놓고는 벼룻돌, 목침, 단소 할 거 없이 들어서는 거의 혼도할 만치 두들겨팼다. 겸하여 다시는 출입을 못 하게 하고자 그의 의관이며 신발 등을 사랑 다락에 넣고 쇠를 채워버렸다. 그래도 형님의 수단에는 교묘히 그 옷을 꺼내 입고 며칠 동안 밤거리를 다시 돌 수 있었으나 사랑하는 어머니를 잃고 또 얼마 안 되어 아버지마저 병환에 들매 그럴 여유가 없었다. 밖으로는 아버지의 일을 대신 보랴 안으로는 그의 병구완을 하랴

360

눈코 뜰 새 없이 자식 된 도리를 다하니 문내에 없던 효자라고 칭찬이 자자하였다.

병환은 날을 따라 깊었다. 자리에 든 지 한 돌이 지나고 가랑잎은 또다시 부스스 지니 환자도 간호인도 지리한 슬픔이 안 들 수 없었다. 그러자 하루는 형님이 자리 곁에 공손히 무릎을 꿇으며 아버님, 하고 입을 열었다. 지금의 처는 사람이 미련하고 게다 시부모 섬길 줄 모르는 천치니 친정으로 돌려보내는 게 좋다. 그러니 아버지의 병환을 위해서라도 어차피 다시 장가를 들겠다는 그 필요를 말하였다. 그때 아버지는 정색하여 아들의 낯을 다시 한 번 훑어보더니 간단히 안 된다 하였다. 내가 살아 있는 동안엔 안 된다, 하였다. 아버지도 소싯적에는 뭇사랑에 몸을 헤었다마는 당신은 빠땀 풍, 하였으되 널랑은 바람 풍 하라, 하였다.

나중에서야 알았지마는 이때 벌써 형님은 어느 집 처녀와 슬며시 약혼을 해놓고 틈틈이 드나들었다. 아직 총각이라고 속이는 바람에 부자의 자식이렷다 문벌 좋겠다 대뜸 훌꺽 넘은 모양이었다. 그리고 성례를 독촉하니 어른의 승낙도 승낙이려니와 첫대 돈이 없으매 형님은 몸이 달았다. 아버지는 자식을 사랑하였고 당신의 몸같이 부리긴 하였으나 돈에 들어선 아주 맑았다.[25] 가용에 쓰는 일 전 일 푼이라도 당신의 손을 거쳐서야 들고 났고 자식이라고 푼푼한[26] 돈을 맡겨본 법이 없었다.

형님은 여기서 배심[27]을 먹었다. 효성도 돈이 들어야 비로소 빛나는 듯싶다. 이날로부터 나흘 동안이나 형님은 집에서 얼굴을 볼 수 없었다. 똥오줌까지 방에서 가려주던 자식이 옆을 떠나니

환자는 불편하여 가끔 화를 내었고 따라 어린 우리들은 미구에
불상사가 일 것을 기수채고 은근히 가슴을 겁뜯었다.[28] 닷새째 되
던 날 어두울 무렵이었다. 나는 술이 취하여 비틀거리며 대문을
들어서는 형님을 보고는 이상히 놀랐다. 어른 앞에 그런 버릇은
연내에 보지 못한 까닭이었다. 환자는 큰사랑에 있는데 그는 안
방으로 들어가서 엣가락뎃가락하며[29] 주정을 부린다. 그런 뒤 집
안 식구들을 자기 앞에 모아놓고는 약주 술이 카랑카랑한[30] 대접
에다가 손에 들었던 아편을 타는 것이다. 누이동생들은 기겁을
하여 덤벼들어 그 약을 뺏으려 했으나 무지스러운 그 주먹을 당
치 못하여 몇 번씩 얻어맞고는 울며 서서 뻔히 볼 뿐이었다. 술에
다 약을 말정히[31] 풀어놓더니 그는 요강을 번쩍 들어 대청으로 던
져서 요란히 하며 점잖이 아버지의 함자를 불렀다. 그리고 나는
너 때문에 아까운 청춘을 죽는다, 고 선언을 하고는 훌쩍…… 울
었다. 전이면 두말없이 도끼날에 횡사는 면치 못하리라마는 자유
를 잃은 환자라 넘봤을뿐더러 그 태도가 어른을 휘어잡을 맥이었
다. 그러나 사랑에서도 문갑이 깨지는지 제끄럭 소리와 아울러
이놈 얼찐 죽어라, 는 호령이 폭발하였다. 이 음성이 취한 그에게
도 위엄이 아직 남았는지 그는 눈을 둥글둥글 굴리고 있더니 나
중에는 동생들을 하나씩 붙잡아가지곤 두들겨주기 비롯하였다.
이년들 느들 죽이고 나서 내가 죽겠다, 고 이를 악물고 치니 울음
소리는 집안을 뒤집었다. 어른이 귀여워하는 딸일 뿐 아니라 언
제든 조용하길 원하는 환자에게 보복 수단으로는 이만한 것이 다
시 없으리라. 그리고 이제 생각하면 어른에게 행한 매끝을 우리

들이 받았는지도 모른다. 매질에 누이들이 머리가 터지고 옷이 찢기고 하는 서슬에 나는 두려워서 두러누운 아버지에게로 달아가 그 곁을 파고들며 떨고 있었다. 그는 상기하여 약오른 뱀눈이 되고 소리를 내도록 신음하였다. 앙상한 가슴을 벌떡였다. 병마에 시달리는 시름도 컸거늘 그중에 하나같이 믿었던 자식마저 잃고 보니 비장한 그 심사는 이로 헤아릴 수 없을 것이다. 눈물을 머금고 나의 손을 지긋이 잡더니만 당신의 몸을 데려다 안방에 놓아달라고 애원 비슷이 말하였다. 허지만 그러기에 나는 너무 조그맸다. 형님에게 매맞을 생각을 하고 다만 떨 뿐이었다. 그런 대로 그날은 무사하였다. 맏아들의 자세로 돈이나 나올까 하여 얼러보았으나 이도 저도 생각과 틀리매 그는 실쭉하여 약사발을 발로 차버리고는 나가버렸다. 그뒤 풍편³²에 들으매 그는 빚을 내어 저희끼리 어떻게 결혼이라고 해서는 자그만 집을 얻어 신접살이를 나갔다는 것이었다. 그곳을 누님들은 가끔 찾아갔다. 그리고 병에 들어 울고 계시는 아버님을 생각하여 다시 그 품으로 돌아오라고 간곡히 깨쳐주었다마는 그는 종래 듣지를 않고 도리어 동기를 두들겨 보내고 보내고 하였다.

　아버지의 흥미는 우리와 별것이었다. 그는 평소 바둑을 좋아하였다. 밤이면 친구를 조용히 데리고 앉아 몇백 원씩 돈을 걸고는 바둑을 두었다. 그렇지 않을 때에는 밤 출입이 잦았다. 말인즉슨 오입을 즐겼고 그걸로 몸을 망쳤다 한다. 술도 많이 자셨다는데 나는 직접 보질 못한 바 아마 돈을 아껴서이리라. 또는 점이 특출하였다. 엽전 네 닢을 흔들어 떨어뜨려서는 이걸 글로 풀어 앞에 닥쳐올 운명을 판단하는 수완이 능하여 나는 여러 번 신기한 일을 보았다. 그러나 일단 돈 모으는 데 들어서는 몸을 아낌이 없었다. 초작³³에는 물론이요 돈을 쌓아놓은 뒤에도 비단 하나 몸에 걸칠 줄 몰랐고 하루의 찬가³⁴로 몇십 전씩 내놓을 뿐 알짜 돈은 당신이 웅크러쥐고는 혼자 주물렀다. 병에 들어서도 나는 데 없이 파먹기만 하는 건 망조라 하여 조석마다 칠 홉씩이나 잡곡을 섞도록 분부하여 조투성이를 만들었고 혹은 죽을 쑤게 하였다. 그리고 찬이라도 몇 가지 더하면 그는 안 자시고 밥상을 그냥 내보내고 하였다. 이렇게 뼈를 깎아 모은 그 돈으로 말미암아 시집을 보낼 적마다 딸들의 신세를 졸였고, 또 마지막엔 아들까지 잃었다. 이걸 알았는지 몰랐는지 그는 날마다 슬픈 빛으로 울었다. 아들이 가끔 와서 곁으로 돌며 북새³⁵를 부리다 갈 적마다 드러누운 채 야윈 주먹을 들어 공중을 내려치며 죽일 놈, 죽일 놈, 하며 외마디소리를 내었다. 따라 심화에 병은 날로 더쳤다.³⁶ 이러길 반해를 지나니 형님은 자기의 죄를 뉘우쳤는지 하루는 풀이 죽어서 왔다. 그리고 대접 하나를 손에서 내놓으며 병환에 신효한 보약이니 갖다드리라 한다. 나는 그걸 받아 환자 앞에 놓으며 그 연유를 전하였다. 환자는 손에 들고 이윽히 보더니만 그놈이 날 먹고 죽으라고 독약을 타왔다 하며 그대로 요강에 쏟아버렸다. 이 말을 듣고 아들은 울며 돌아갔다. 이것이 보약인지 혹은 독약인지 여지껏 나는 모른다. 마는 형님이 환자 때문에 알 밴 자라 몇 마리를 우정³⁷ 구하여 정성으로 고아 온 것만은 사실이었다. 며칠 후 그는 죄진 낯으로 또다시 왔다. 부엌으로 들어가더니 부지깽이처럼 굵다란 몽둥이를 몇 자루 다듬어서는 그것을 두 손에 공손히 몰아 쥐고 아버지의 앞으로 갔다. 그러나 그 방에는 차마 못 들어가고 사랑방문 턱에 바싹 붙어서 머뭇거릴 뿐이었다. 결국 그러다 울음이 터졌다. 아버님 이 매로 저를 죽여줍소사, 그리고 저의 죄를 사해주소서, 하며 애걸애걸 빌었다. 답은 없다. 열 번을 하여도 스무 번을 하여도 아무 답이 없었다. 똑같은 소리를 외며 울며 빌기를 아마 한 시간쯤이나 하였을 게다. 방에서 비로소 보기 싫다. 물러가거라, 고 환자는 거푸지게[38] 한마디로 끊는다. 그러니 형님은 울음으로 섰다가 울음으로 물러갈 밖에 도리가 없었다.

그는 다시 오지 않았다. 자식을 사랑하는 마음이야 뉘라고 없었으랴마는 하는 그 행동이 너무 괘씸하였고 치가 떨렸다. 복받치는 분심과 아울러 한 팔을 잃은 그 슬픔이 이때에 양자를 하게 된 동기가 되었다. 그 양자란 시골서 데려올려온 농부로 후분[39]에 부자 될 생각에 온갖 고생을 무릅쓰고 약을 달이랴, 오줌똥을 걷으랴, 잔심부름에 달리랴, 본자식 저 이상의 효성으로 환자에게 섬기었다. 물론 그때야 환자가 죽은 다음 그 아들에게 돈 한 푼 변변히 못 받을 것을 꿈에도 생각지는 못하였으리라.

아직건[40] 총각이라고 속여 혼인이랍시고 저희끼리 부랴사랴 엉둥거리긴[41] 하였으나 생활에 쪼들리니 형님은 뒤가 터질까 하여 애가 탔다. 물론 시량은 대었으되 아버지의 분부를 받아 입쌀 한 되면 좁쌀 한 되를 섞어서 보냈다. 그뿐으로 동전 한 푼 현금은 무가내였다. 형님은 그 쌀을 받아서 체로 받쳐 좁쌀은 뽑아버리곤 도로 입쌀을 만들어 팔았다. 그 돈으로 젊은 양주가 먹고 싶은 음식이며 담배, 잔용[42]들에 소비하는 것이었다. 이 소문을 듣고 아버지는 그담부터 다시 보내지 말라고 꾸중하였다. 애비를 반역한 그 자식 괘씸한 품으로 따지면 당장 다리를 꺾어놓을 것이다. 그만이나마 하는 것도 당신이 아니면 어려울진대 항차 그놈이 무슨 호강에 그러랴 싶어서 대로한 모양이었다.

부자간 살육전은 여기서 시작되었다. 밥줄이 끊어진 형님은 틈틈이 달려와서 나를 꾀었다. 담모텡이[43]로 끌고 가서 내 귀에다 입을 대고는 있다 왜떡을 사줄 테니 아버지 주무시는 머리맡에 가서 가방을 슬며시 열고 저금통장과 도장을 꺼내오라고 소곤거리는 것이었다. 그때 그는 의복이며 신색이 궁기에 끼어 촐촐하였다.[44] 부자의 자식커녕 굴하방[45] 친구로도 그 외양이 얼리지 못하였으니 마땅히 자기의 차지 될 그 재산을 임의로 못하는 그 원한이야 이만저만 아니었으리라. 나는 그의 말대로 갖다주면 그는 거나하여 나의 머리를 뚜덕이며 데리고 가서는 왜떡을 사주고 볼일을 다 본 통장과 도장은 도로 내놓으며 두었던 자리에 다시 몰래 갖다두라 하였다. 그 왜떡이란 기름하고 검누른 바탕에 누비줄 몇 줄이 줄을 친 것인데 나는 그놈을 퍽 좋아했다. 그 맛에 들려 종말에는 아버지에게 된통 혼이 났다.

그담으로는 형님은 와서 누이동생들을 족대기었다.[46] 주먹을 들어 혹은 방망이를 들어 함부로 때려 울려놓고는 찬가로 몇 푼 타 두었던 돈을 다급하여 갖고가고 하였다. 그는 원래 불량한 성질이 있었다. 자기만 얼러달라고[47] 날뛰는 사품에 우리들은 그 주먹에 여러 번 혹을 달았다. 양자로 하여 자기에게 마땅히 대물려야

366

할 그 재산이 귀떨어질까[48] 어른을 미워하던 중 하물며 시량까지
푼푼치 못하매 그는 독이 바짝 올랐다. 뜨거운 여름날이나 해 질
임시하여[49] 식식 땀을 흘리며 달려들었다. 환자는 안방에 드러누
워 돌아가지도 않고 뼈만 남은 산송장이 되어 해만 끄니 그를 간
호하던 산 사람 따라 늘어질 지경이었다.[50] 서슬이 시퍼렇게 들어
오던 형님은 긴 병에 후달려[51] 맥을 잃고는 마루에들 모여 앉았던
우리 앞에 딱 서더니 도끼눈으로 우리를 하나씩 훑어주고는 코웃
음을 친다. 우리는 또 매 맞을 징조를 보고는 오늘은 누가 먼저
맞나 하여 속을 졸였다. 그는 부나케[52] 부엌으로 들어갔다. 솥뚜껑
을 여는 소리가 나더니 느들만 처먹니, 하는 호령과 함께 젠그렁
하고 쇠 부딪는 소리가 굉장하였다. 방에서는 이놈, 하고 비장한
호령. 음울한 분위기에 싸여오던 집안 공기는 일시에 활기를 띠
었다. 이 소리에 형님은 기가 나서, 뒤꼍으로 달아나는 셋째누이
를 때려보고자 쫓아갔다. 어른에게 대한 모함, 혹은 어른을 속여
서라도 넌즛넌즛이[53] 자기에게 양식을 안 댔다는 죄목이었다.

　누이는 뒤란을 한 바퀴 돌더니 하릴없이 마루 위로 한숨에 뛰어
올랐다. 방의 문을 열고 어른이 드러누웠으매 제가 설마 여기야,
하는 맥이나 형님은 거침없이 신발로 뛰어올라 그 허구리를 너댓
번 차더니 꼬까라트렸다.[54] 그러고는 이년들 혼자 먹어, 이렇게 얼
르자 그담 누님을 머리채를 잡고 마루 끝으로 자르르 끌고 와서
댓돌 알로[55] 굴려버리니 자지러지는 울음소리에 귀가 놀랬다. 세
상이 눈만 감으면 어른도 칠 형세라, 나는 눈이 휘둥그렇게 아버
지의 곁으로 피신하였다. 환자는 눈물을 흘리며 묵묵히 누웠다.

우는지 웃는지 분간을 못할 만치 이를 악물어 보이다가는 슬며시 비웃어버리며 주먹으로 고래를 칠 때 나는 영문 모르고 눈물을 청하였다. 수심도 수심 나름이거니와 그의 슬픔은 그나 알리라.

그는 옆에 앉았는 양자의 손을 잡으며 당신을 업어다 마루에 내다놓으라 분부하였다. 양자는 잠자코 머리를 숙일 뿐이다. 만일에 그대로 하면 병만 더칠 뿐 아니라 집안에 살풍경이 일 것을 염려하여서이다. 하지만 환자의 뜻을 거스름이 그의 임무는 아니었다. 재삼 명령이 내릴 적엔 마지못하여 환자를 고이 다루며 마루위에 업어다 놓으니 환자는 두 다리를 세고 웅크리고 앉아서는 마당에 하회를 기다리고 우두커니 섰는 아들을 쏘아보았다. 이태만에야 비로소 정면으로 대하는 그 아들이다. 그는 기에 넘어[56] 대뜸 이놈, 하다가 몹쓸 병에 가새질려[57] 턱을 까불며 한참 쿨룩거리더니 나를 잡아먹으랴고, 하고는 기운에 부치어 뒤로 털썩 주저앉고 말았다. 그리고 몸을 전후로 흔들며 시근거린다. 가슴에 맺히도록 한은 컸건만 병으로 인하여 입만 벙긋거리며 할 말을 못하는 그는 매우 괴로운 모양이었다. 그러나 당신 옆에 커다란 식칼이 놓였음을 알자 그는 선뜻 집어 아들을 향하여 힘껏 던졌다. 정배기[58]를 맞았으면 물론 살인을 쳤을 거나 요행히도 칼은 아들의 발끝에서 힘을 잃었다. 이 순간 딸들도 아버지를 앞뒤로 얼싸안고 아버님 저를 죽여줍소사, 애원하며 그 품에 머리들을 박고는 일시에 통곡이 낭자하였다. 마당의 아들은 다만 머리를 숙이고 멍멍히 섰더니 환자 옆에 있는 그 양자를 눈독을 몹시 들이곤 돌아가버렸다. 허나 며칠 아니면 자기도 부자의 호강을 할 수 있음을 짐작했던들 그리 분할 것도 아니련만—

얼마 아니어서 아버지는 돌아갔다. 바로 빗방울이 부슬부슬 내리던 이슥한 밤이었다. 숨을 몬다고 기별하니 형님은 그 부인을 동반하여 쏜살같이 인력거로 달려들었고 문간서부터 울음을 놓더니 어버이의 머리를 얼싸안을 때엔 세상을 모른다. 그는 느껴가며 전날에 지은 죄를 사해받고자, 대구 애원하였다. 환자는 마른 얼굴에 적이 안심한 빛을 띠며 몇 마디 유언을 남기곤 송장이 되었다. 점돈[59]을 놓으면 일상 부자간 공이 맞는 패라 영영 잃은 놈으로 쳤더니 당신 앞에 다시 돌아오매 좋이 마음을 놓은 모양이었다. 그리고 형님의 효성이 꽃핀 것도 이때였다. 그는 시급하여 허둥거리다가 단지를 하고자 어금니로 자기의 손가락을 깨물어 뜯었다. 마는 으스러져도 출혈이 시원치 못함에 그제는 다듬잇돌에 그 손가락을 얹어놓고 방망이로 짓이겼다. 이 결과 손가락만 퉁퉁 부어 며칠을 두고 고생이나 하였을 뿐, 피도 짤끔짤끔하였고 아무 효력도 보지 못하였다. 나는 어떻게 되는 건지 가리[60]를 모르고 송장만 뻔히 바라보고 서서 울다가 가끔 새아주머니를 곁눈 훑었다. 그는 백주에 보도 못하던 시아비의 송장을 주무르고 앉아서 슬피 울고 있더니 형님에게 송장의 다리 팔을 펴라고 명령하는 것이었다. 남편은 거기에 순종하였다.

내가 만일 이때에 나의 청춘과 나의 행복이 아버지의 시체를 따라갈 줄을 미리 알았다면 나는 그를 붙들고 한 달이고 두 달이고 내리 울었으리라. 그러나 나는 사람을 모르는 철부지였다. 설움도 설움이려나 긴치 못한 아버지의 상사가 두고두고 성가시었다.

왜냐면 아침 상식[61]은 형님과 둘이 치르나 저녁 상식은 나 혼자 맡는 것이었다. 혼자서 제복을 입고 대막대를 손에 집고는 맘에 없는 울음이라도 어구데구하지 않으면 불공죄로 그에게 담박 몽둥이 찜질을 받았다. 그러면 자기는 너무 많은 그 돈을 처치 못하여 밤거리를 휘돌다가 새벽녘에는 새로운 한 계집을 옆에 끼고 술이 만취하여 들어오고 하였다. 천금을 손에 쥐고 가장이 되니 그는 향락이란 향락을 다 누렸다마는 하루는 골피를 찌푸렸다. 철궤에 든 지전 뭉치를 헤아려보기가 불찰, 십 원짜리 다섯 장이 없어졌음을 알았던 것이다.

아침에 그는 상청에서 곡을 하고 나더니 안방으로 들어가 출가하였던 둘째누님을 호출하였다. 그리고 다른 사람은 일절 그 근처에 얼씬도 못하게 영이 내렸다. 방문을 꼭꼭 닫고 한참 중얼거리더니 이건 때리는 게 아니라 필시 죽이는 소리이리라. 애가가가, 하고 까부러지는 비명이 들리다간 이번엔 식식거리며 숨을 돌리는 신음, 그리고 다시 애가가가다. 그뒤 들어보니 전날 밤 아버지의 삭망[62]에 잡술 제물을 장만하러 간 것이 불행히 이 누님이던 바 혹시나 이 기회에 그 돈을 다른 데로 돌리지나 않았나, 하는 혐의로 그렇게 고문을 당한 것이었다. 처음에는 치마만 남기고 발가벗기어 그 옷을 일일이 뒤져보고 털어보았으나 그 돈이 내닫지 않으매 대뜸 엎어놓고 발길로 차며 때리며 하여 불[63]이 내렸다 한다. 그래도 단서는 얻지 못하였으니 셋째, 넷째, 끝의 누님들은 물론 형수, 하녀, 또는 어린 나에 이르기까지 어찌 그 고문을 면할 수 있었으랴. 끝의 누님은 한 움큼 빠진 머리칼을 손바닥에 들고는 만져보며 무한 울었다. 그러나 제일 호되게 경을 친 것은 역시 둘째누님이었다. 허리를 못쓰고 드러누워 느끼며 냉수 한 그릇을 나에게 청할 제 나는 애매한 누님을 주리를 튼 형님이 극히 야속하였다. 실상은 삼촌댁이나 셋째누이나 그들 중에 그 돈을 건넌방 다락 복고개[64]를 뚫고 넣었으리라, 고 생각은 하였다 마는 나는 입을 다물었다. 만약에 토설을 하는 나절에는 그들은 형님 손에 당장 늘어질 것을 염려하여서이다.

심청

*『중앙』, 1936. 1.

1 심청 마음보. 심술.(심청 부리다: 심술부리다)

2 요때기 변변치 못한 요. 요를 홀대해서 부르는 말.

3 열벙거지 매우 급하게 치밀어 오르는 화증의 속된 말.

4 잗달다 하는 짓이 잘고 다랍다.

5 온체 원체.

6 뻔새 본새. 생김새. 됨됨이.

7 깍쟁이 깍정이. 언행이 짓궂고 약삭빠른 사람. 여기서는 영악스럽고 꾀바른 어린 거지.

8 비단 걸 비단 걸girl. 여기서는 비단 양말을 신은 신여성.

9 단장 보이 단장 보이boy. 당시 개화장이라 불리던 단장을 들고 다니던 신사. 현대적인 남성.

10 까마귀발 제대로 씻지 않아 때가 낀 손발.

11 선웃음 우습지도 않은데 꾸며서 웃는 웃음.

12 제출물 남의 시킴을 받지 않고 제 생각이 나는 대로.

13 시르죽다 기운을 못 차리다.

14 나리 자기보다 권세나 지체가 높은 사람. 여기서는 순사를 의미.

15 밥통 밥값도 못하는 어리석은 사람.

16 벽력(霹靂) 뇌성(雷聲). 벼락.

산골 나그네

*『제1선』. 1933. 3.

1 괴괴하다 아주 고요하고 잠잠하다.

2 떨잎 낙엽.

3 수퐁 '수풀'의 강원도 방언.

4 짜정 과연, 정말로.

5 황겁하다 두렵고 겁이 나다.

6 왜수건 개량수건. 요즘의 타월을 의미함.

7 대궁 밥그릇 안에 먹다 남은 밥.

8 짠지쪽 짠지의 쪽. 짠지는 무를 통째로 짜게 절여서 묵혀두고 먹는 김치. 그러나 강원도 지역에서는 김치를 일반적으로 짠지라 부름.

9 지수(指數)가 없다 지시하여 가르쳐줌이 없다. 이야기를 중구난방으로 하다.

10 대구 자꾸, 주욱.

11 얻어먹어 단게유 얻어먹어가며 다녀유.

12 감사납다 억세고 사납다.

13 가을하다 추수하다.

14 잘량하다 알량하다.

15 다리품 길을 걷는 노력.

16 잔상하다 살갑다. 자상하다.

17 해동갑 해가 질 때까지의 때.

18 헤실수 헛수고. 노력이 헛되어 결과를 얻지 못한 일.

19 맑다 여기서는 '수입이 없다'를 의미.

20 얼르다 상대방이 겁을 먹도록 협박하다.

21 끼니때가 지었다 끼니때가 지났다.

22 건으로 건성으로, 겉으로.

23 짜위 남모르게 자기들끼리만 하는 약속.

24 야리 여기서는 흑심을 갖고 얄망궂게 구는 되바라진 태도를 의미.

25 어리삥삥하다 정신이 얼떨떨하여 갈피를 잡지 못하다.

26 보강지 '아궁이'의 방언.

27 휑보다 잘못보다.

28 달포 한 달 이상이 걸린 동안.

29 술국 술구기. 독이나 항아리에서 술을 풀 때에 쓰는 도구.

30 잔풀이 낱잔으로 셈하는 일.

31 얼간하다 얼근하다. 술이 거나하여 정신이 좀 어렴풋하다.

32 퍼들껑하다 화닥닥하다(갑작스럽게 몸을 일으키다).

33 앙탕 앙탈.

34 왱마가리(악머구리) '잘 우는 개구리'라는 뜻, 참개구리를 말함.

35 지직 일종의 돗자리.

36 질배없다 진배없다. 못할 바 없다.

37 길치 길체, 모퉁이.

38 계배(計杯) 잔 수를 세어 값을 계산함.

39 마수걸이 맨 처음으로 물건을 파는 일. 또는 거기서 얻은 소득.

40 각수(角數) 돈을 '원' 단위로 셀 때, '원' 단위 아래에 남는 몇 전이나 몇 십 전.

41 들 익었세유 익다 → 물이나 시기 따위가 충분히 마련되거나 알맞게 되다.
여기서는 방아가 충분히 찧어지지 못했음을 의미.

42 날새 날씨.

43 씨담다 쓰다듬다.

44 버케 버캐. 액체 속에 들었던 염분이나 다른 성분이 엉겨 생긴 찌끼.
여기서는 영양 상태가 좋지 않아 머릿결이 거칠고 윤기를 잃은 상태를 의미.

45 짓하다 마구 하다. 몹시 심하게 하다.

46 재발이 재빠르게.

47 다기지다 보기보다 야무지다. 당차다.

48 길래 오래도록 길게.

49 바리 소나 말을 세는 단위.

50 거추꾼 일을 주선하거나 뒤치다꺼리를 해주는 사람.

51 입내 소리나 말로써 내는 흉내. 여기서는 입속말을 의미.

52 통밤 온 밤.

53 깝신대다 깝신거리다 → 신없이 까불거리다. 여기서는 여윈 몸매의 아낙네가 무거운 방아다리를 밟느라고 자주 자주 움직이고 있는 모습을 형상화한 것.

54 걸삼스럽다 걸쌈스럽다. 탐스럽다.

55 왜포 무명. 광목.

56 사발화통 사발허통(四八虛通). 주위가 막힌 곳이 없이 터져 있어 허전함.

57 남저지 '나머지'의 강원도 방언.

58 찌껑 방앗간 대들보에 매달린 손잡이.

59 거방지다 하는 짓이 점잖고 묵직하다.

60 벼르다 여러 몫으로 고르게 나누다. 여기서는 갖고 있던 옷을 서로 나누어 입는다는 의미.

61 거문관이 춘천시 증리 인근 마을의 지명, 현재 팔미리 지역.

62 늘큰하다 축 늘어지다.

63 집석이 짚석. 짚세기 → 짚신.

64 길목채 벗은 왕달집석이 길목버선 채 벗어놓은 왕달짚세기.
길목 길목버선. 먼길 갈 때 신는 허름한 버선.
왕달짚세기 짚으로 두껍게 엮은 짚신.

65 홋몸 홑몸, 홀몸(혼자 몸).

66 토파 마음에 품고 있던 사실을 다 털어 내어 말함.

67 이앙 이음새. 여기서는 저고리 품을 고친다는 의미.

68 추배(追杯) 술을 주거니 받거니 하며 잇달아 술잔을 돌리는 일.

69 흥근하다 흥건하다. 물 따위가 푹 잠기거나 고일 정도로 많다. 여기서는 마을 사람들의 술잔이 잇달아 들어오자, 사양하지 않고 받아 술을 많이 받아 마셨다는 의미.

70 동굿 동곳. 상투를 튼 뒤에 그것이 다시 풀어지지 않도록 꽂는 물건.

71 제불에 제풀에.

72 비뚜름하다 한쪽으로 조금 비뚤어져 있다.

73 검으무투룩하다 거무튀튀하다.

74 번차례 돌아가며 갈아드는 차례.

75 딴딴히 야무지고 실속 있게. 오지게.

76 골바람 골짜기에서 산 위로 부는 바람.

77 벼깔치 벼까끄라기. 벼의 낟알 끝에 붙어 있는 수염.

78 먼데기 '먼지'의 강원도 방언.

79 조마댕이 조마당질. 조타작.

80 만뢰 온갖 물건에서 나는 소리.

81 영산 왈칵 치솟는 노여운 감정.

82 광술불 관솔불. 관솔에 붙인 불. 관솔은 송진이 많이 엉긴 소나무의 부분.

83 잿간 거름으로 쓸 재를 모아놓은 헛간. 이 안에 재래식 변소가 설치되어 있음.

84 시새 세사(細沙). 잘고 고운 모래.

85 재갈길 '자갈길'의 강원도 방언.

86 흠상궂다 '험상궂다'의 강원도 방언.

87 일혀지다 일그러지고 허물어지다.

88 을씨년궂다 을씨년스럽다.

89 얼핀 얼른.

90 꼽들다 '굽어들다'의 강원도 방언.

91 욱이다 안으로 우그러지다. 기운이 남한테 굽혀지다. 여기에서 '욱이는 소리'는, 수군거리는 소리, 들릴 듯 말 듯한 소리를 의미.

92 말저 말짱〈말쩡 → 속속들이. 전부.

93 재없이 틀림없이

94 목성 목소리.

95 똥끝이 마르다 똥끝이 타다. 몹시 애가 마르거나 힘이 들다.

96 수은(水銀) 상온에서 유일하게 액체 상태로 있는 은백색의 금속 원소.
수은빛 → 은백색.

376

총각과 맹꽁이

* 『신여성』, 1933. 9.

1 나훌거리다 나풀거리다.

2 품기다 풍기다.

3 앤생이 변변치 못한 물건.

4 도지 도조를 물고 빌려 쓰는 논밭이나 집터(도조 도지로 매년 내는 벼).

5 골치기 여기서는 도지를 제하자는 의미.

6 두 포 두 자루, 두 포대.

7 북새 북쪽에서 불어오는 바람.

8 버덩 넓고 평평한 들.

9 제미 붙을 '제 어미와 상관할'이란 의미의 좀 심한 욕설.

10 제누리 새참. 농사꾼이 일할 때 끼니 외에 일정한 사이를 두고 이따금씩 먹는 음식.

11 호포 봄 · 가을 두 철에 집집마다 물던 세금.

12 맞장 맞장구. 남의 말에 그렇다고 덩달아 같이 말하는 일.

13 들병이 병술을 받아서 파는 떠돌이 술장수 계집.

14 나찬 나이 찬.

15 농시방극 농사철이 되어 일이 한참 바쁨.

16 예제서 여기저기에서.

17 길군악 행군악.

18 버릿지 이삭을 떨어낸 보릿짚.

19 호미씨세 날 호미씻이 날. 호미씻이는 농가에서 김매기를 끝낸 음력 7월 경에 날을 받아 하루를 쉬며 음식을 장만하고 즐겁게 노는 일.

20 선채 혼례 전에 신랑 집에서 신부 집으로 보내는 채단.

21 삽붓삽붓 사뿐사뿐. 사뿟사뿟.

22 재바르다 재치 있고 빠르다.

23 훔켜잡다 단단히 움켜잡다.

24 낙자없다 틀림없다.

25 응등이 엉덩이.

26 공석 비어 있는 멍석.

27 가친 '같이'의 강원도 방언.

28 뺑기다 뺑긋하다. 입을 조금 크게 벌리며 소리 없이 한 번 가볍게 웃어 보이는 모양.

29 마코 일제 시대에 있었던 담배 상표.

30 핀퉁이 핀잔.

31 지릅뜨다 부릅뜨다.

32 입때 여태. 여태껏.

33 짝 없이 더할 나위 없이, 비교할 대상이 없이.

34 약물같다 약수(藥水) 물 같다.

35 봉을 떼다 여기서는 '말문을 열다'의 의미.

36 승 성. ("우리 아버지가 성이 광산 김갑니다")

37 부라질 몸을 좌우로 흔드는 짓.

38 헤갈 허둥지둥 헤맴.

39 마쿠다 맞추다. 미리 말해놓다. 주문하다.

40 此間七行略 이 부분은 인쇄 과정에서 7행이 생략됨(검열 과정에서 삭제된 듯함).

41 끝대 끝에 가서. 끝내.

42 此間四行略 이 부분은 인쇄 과정에서 4행이 생략됨.

소낙비

* 『조선일보』, 1935. 1. 29~2. 4

1 자실 듯이 잠수실 듯이.

2 살매들다 산매(山魅)들다. 요사스럽고 난폭한 귀신에게 사로잡히다.

3 맷맷하다 미끈하다.

4 봉당 안방과 건넌방 사이의 마루를 놓을 곳에 마루 대신 흙바닥을 그대로 둔 곳.

5 사날 밤 사나흘 밤.

6 고리삭다 늙은이처럼 성질이 삭고 맥이 없다.

7 질량하다 '알량하다'의 강원도 방언.
　알량하다 시시하고 보잘것없다.

8 모지락스럽다 모질고 검질긴 데가 있다.

9 잽처 재차.

10 고까라지다 고꾸라지다.

11 모즈름 모질음.

12 거반 거의.

13 황그리다 다급하게 허둥거리다.

14 종깃종깃 쫑끗쫑끗.

15 힝하게 횡허케. 지체 없이 빠르게.

16 땅뜀 무거운 물건을 들어 땅에서 뜨게 함.
　　땅뜀도 못하다 감히 생각조차 못하다.

17 영산이 오르다 신이 지펴서 이상한 힘에 이끌리다. 신이 지피다. 신명이 오르다.

18 종댕이 종다래끼.

19 질르다 지르다. 세게 자극하다.

20 가믈 가물, 가뭄.

21 해동갑 해가 질 때까지.

22 헤갈 허둥지둥 헤멤.

23 얼르다 어우르다, 합하다.

24 희짜 흰수작. 되지 못한 수작.

25 보름 계추 (계취 契聚) → 계원들의 모임.
　　여기서 말하는 보름 계취는 매달 보름마다 한 번씩 계원들이 갖는 모임을 의미.

26 옥생각 옹졸한 생각.

27 깝살리다 찾아온 사람을 따돌려 보내다.

28 허발 목적을 이루지 못하고 헛걸음하는 것.

29 볼지르다 빱친다. 능가한다. 못하지 않다.

30 겨끔내기 자꾸 번갈아 하기.

31 신폭 한 끝에서 다른 한 끝까지의 거리.

32 비를 거니며 비를 그으며.

33 동이배 물동이처럼 불룩 튀어나온 배.

34 지우산 한지에 기름을 먹여 만든 종이우산.

35 음충하다 음흉스럽다.

36 산드러지다 맵시 있고 경쾌하다.

37 허겁스럽다 야무지거나 당차지 못하다.

38 방고래 방의 구들장 밑에 있는, 불김과 연기가 통하여 나가는 길.

39 홅닦다 대강 훔치어 닦다.

40 메떨어지다 말, 행동들이 어울리지 않고 촌스럽다. 모양이 어울리지 않다.

41 주리경 모진 매를 맞거나 꾸지람을 당함.

42 정장 소장(訴狀)을 관청에 냄. 억울함을 호소함.

43 민적을 가르다 민적(民籍)은 오늘 날의 호적과 같은 것으로, 여기서 '민적을 가
른다'는 것은 이혼함을 의미.

44 앵하다 '앵'은 성나거나 분하거나 짜증이 날 때 내는 소리. 여기서 '앵하다'는 못
마땅하다, 짜증이 난다의 의미.

45 달망대다 달랑대다.

46 든직하다 듬직하다.

47 애키다 마음이 켕기다.

48 대매 단매. 단 한 번 때리는 매.

49 악다구니 서로 욕하며 성내고 싸우는 것.

50 표랑(漂浪) 떠돌아다님. 떠도는 큰 물결.

51 살속 세상 살아가는 형편.

52 일구녕 일구멍, 일자리.

53 끼룩거리다 무엇을 보고 목을 길게 빼어 앞으로 내밀다. 여기서는 기웃거린다는
의미.

54 금시발복 어떤 일을 한 뒤에 이내 좋은 수가 트여 부귀를 이루게 됨을 이르는 말.

55 안잠 여자가 남의 집에서 숙식 제공을 받으며 그 집 일을 도와주는 일.

56 다기지다 보기보다 마음이 굳고 단단하여 좀처럼 겁을 내지 아니하다.

57 볼치 '볼'의 비속어.

58 직성이 풀리다 직성(直星)은 사람의 행년(行年)을 따라 그의 운명을 맡는 별. '직
성이 풀리다'는 소망이나 욕망이 이루어져 마음이 흡족하게 됨을 의미.

59 개신개신 기운이 없어서 동작을 느리게 하거나 겨우 하는 모습.

60 귀축축하다 구질구질하고 축축하다.

61 등걸잠 이부자리 없이 입은 옷 그대로 자는 잠.

62 익달하다 익숙하다.

63 주리차다 줄기차다.

64 복대기다 갑자기 몰아쳐서 정신을 못 차리게 되다.

65 질군 길꾼. 노름을 잘하는 사람. 전문적인 노름꾼.

66 갑오 가보(かぶ). 화투에서 아홉 끗을 가리킴.

67 모집다 모조리 집다.

68 겁겁하다 성미가 급하여 참을성이 없다.

69 둠구석 두메산골 구석.

70 꼬라리 고라리＝시골고라리. 어리석은 시골 사람. 촌놈.

71 감잡히다 약점을 잡히다.

72 모깃소리 ① 모기가 날아다니는 소리. ② 아주 가냘프고 작은 소리.

73 고라지다 곯아떨어지다. 잠이나 술에 몹시 취하여 깊이 잠들다.

74 짓시키다 심하게 시키다.

75 바특이 바싹.

76 미나리 메나리. 농부들이 논일을 하며 부르는 농요의 하나.

77 삼다 짚세기나 미투리 같은 것을 만들다.

78 골을 내다 골은 만들려는 물건의 일정한 모양을 잡거나 또는 이미 이루어진 물건의 뒤틀린 모양을 바로 잡거나 하는데 쓰는, 바탕이 되는 틀이나 형(型)을 말한다. 여기서는 짚세기의 모양이 맵시 있게 보이도록 발에 맞추어 일정한 모양을 잡아주는 것을 의미.

솥

*『매일신보』, 1935. 9. 3~14.

1 매함지 둥글고 평평하여 맷돌을 얹히기에 적당한 함지.

2 기다 피하다.

3 치받이 집의 천장, 산자 안쪽에 바르는 흙.

4 옷때기 옷가지.

5 입살 입술.

6 데퉁스럽다 되퉁스럽다. 거칠고 미련스럽다.

7 심심히 대수롭지 않게.

8 들떠보다 거들떠보다.

9 호포 봄·가을 집집마다 부과시키던 세금.

10 기수채다 낌새채다.

11 혼이 들까 봐 혼이 날까 봐.

12 숧다 솟구다.

13 표정을 고르잡지 못하고 표정을 온화하게 하지 못하고, 평소 상태대로 하지 못하고.

14 그지 말구 그러지 말고.

15 떡메 떡을 치는 메. 메는 묵직하고 둥그스름한 나무토막이나 쇠토막에 자루를 박아 무엇을 치거나 박을 때 쓰는 물건.

16 후무리다 남의 물건을 몰래 훔쳐 가지다.

17 되알지다 몹시 올차고 야무지다.

18 되순나잡았다 되술레 잡다. 잘못한 이가 오히려 남을 나무라다.

19 게정 투정. 심술.

20 되우 매우, 몹시.

21 딩금딩금 촘촘하지 않고 듬성듬성 떨어져 있는 모양.

22 수어릿골 [松下谷] 강원도 춘천시 신동면 증리에 있는 마을 이름.

23 궐전(闕錢) 곗돈, 월수(月收), 일수(日收) 따위처럼 정해진 날짜에 내야 하는데 내지 못한 돈. 그러나 여기서는 벌금을 의미.

24 안다미씌우다 안담(按擔)=안다미 → 남의 책임을 맡아 짐.

25 끌밋하다 꺼림칙하다.

26 새 까먹은 소리 새가 낟알을 까먹고 난 빈 껍질 같은 소리. 알맹이 없는 소리.

27 지게문 마루와 방 사이를 드나드는, 안팎을 종이로 두텁게 바른 외짝 문.

28 나달 전 4-5일전.

29 알똘 같은 진정 알돌[알-똘], 호박돌. 집터 따위의 바닥을 단단히 하는 데 쓰는 둥근 돌. 직경 20-30센티. 여기서는 알돌처럼 단단하면서도 묵직하고 변함이 없는 진정을 의미함.

30 거냉(去冷) 약간 덥혀서 찬 기운을 가시게 함.

31 낭판 계획한 일이 어긋난 형편.

32 번이 본래.

33 우풍 '외풍'의 방언.

34 그악스럽다 억척스럽다.

35 제 애비 번으로 제 애비 모양으로.

36 댕댕하다 당당하다.

37 골피 이맛살.

38 시퉁그러지다 시퉁스럽다. 보기에 하는 짓이 주제넘고 건방지다.

39 미화 바보.

40 는실난실 성적(性的) 충동으로 인하여 교태를 부리는 모양.

41 여일히 한결같이.

42 노기(怒氣)와 한고(寒苦) 노여운 기운과 추위로 인한 고통.

43 농창 구멍.

44 에쓱거리다 으쓱거리다.

45 후무르다 주무르다.

46 여호 여우.

47 쾌쾌히 시원스럽게.

48 쌩이질 씨양이질. 한창 바쁠 때에 쓸데없는 일로 남을 귀찮게 구는 짓.

49 불을 달이다 불을 붙이다. 불을 당기다.

50 뻔세 본새. 본래의 생김새, 됨됨이.

51 대가품 되갚음.

52 응치 엉치, 엉덩이.

53 얼뜬 얼른.

54 눙치다 좋은 말로 마음을 풀어 누그러지게 하다. 어떤 일을 문제 삼지 않고 넘기다.

55 열파 찢어져 결단이 남.

56 헛풍까지 찌다 허풍까지 치다.

57 계명성 닭 울음소리.

58 개동(開東) 먼동이 틈. 먼동이 트는 때.

59 사보 재비, 준비.

60 하상 대체, 도대체.

61 제겨딛다 발끝, 또는 발꿈치만 땅에 닫게 디디다.

62 첫때 첫째.

63 번인 본래는, 원래는.

64 우세 힘이나 세력이 유력함.

65 전 물건의 위쪽 가장자리가 조금 넓적하게 된 부분.

66 검흐르다 그릇의 전을 넘어 흐르다.

67 한 길체 한 구석에(길체 → 한 쪽으로 구석진 자리).

68 매 젓가락 한 쌍을 세는 단위.

69 궤춤 고의춤.

70 마뜩지 않다 마음에 들지 않다.

71 매닥질 정신없이 끌어안고 딩굶.

72 오페부득 요피부득(要避不得). 피하려야 피할 수 없다. 어쩔 수 없다.

73 벗내다 그르치다, 벗나가게 하다.

74 찌다 끼다.

75 진시 진작, 좀더 일쩍이.

76 심 셈.

77 동살 새벽의 동녘 햇살.

78 수가마 머리 정수리. 머리 가마.

79 군찮다 '귀찮다'의 강원도 방언.

80 결기 급한 성격이나 기질.

81 네남직 없이 나, 너 할 것 없이.

82 애를 짜다 애를 쓰다.

83 깨기는새루 깨기는커녕.

84 맘세 마음씨.

85 경풍하다 몹시 놀라다.

86 감때사납다 사람이 억세고 사납다.

87 암끼 암상스러운 마음. 시기심.

88 언내 아기. 어린애.

89 얼뚤하다 얼떨하다. 머리를 단단한 곳에 받았을 때처럼 골이 울리고 매우 어지럽다.

90 한태 한데. 한곳이나 한 군데.

91 뒤묻다 뒤따라가거나 오다.

92 피언하다 평평하다.

93 자추다 재우치다.

만무방

* 『조선일보』, 1935. 7. 17~30.

1 만무방 예나 염치없는 잡놈의 무리. 제멋대로 되어먹은 사람.

2 아람드리 아름드리. 둘레가 한 아름이 넘는 것을 지칭.

3 송낙 여기서는 소나무 겨우살이를 의미.

4 벚 벚나무.

5 호아들다 이리저리 왔다 갔다 하다.

6 송이파적 송이를 캐는 일.

7 더럭 사전적 의미는 '(화나 의심 따위가) 갑자기 심한 정도로'에 해당되나 본문에서 볼 때는 '더러'의 잘못된 표기인 듯. '더러'는 전체 가운데 얼마쯤.

8 구메밥 죄수에게 옥문의 구멍으로 주는 밥.

9 사관을 틀다 급한 병에 손발의 네 관절에 침을 놓아주다. 여기에서 '구메밥으로 사관을 틀었다'는 것은 징역살이로 고생했다는 것을 의미.

10 사냥개 모양으로~ 내를 한다 사냥개 모양으로~ 냄새를 맡는다.

11 대구리 '대가리'의 강원도 방언.

12 창주 창자. 여기서 '창주를 곯리다'는 아무것도 먹지 못했다는 의미.

13 백판 생판, 전혀.

14 공때리다 공들이다. 정성과 노력을 들이다.

15 을프냥궂다 을씨년스럽다. 마음이나 신세가 초라하고 구슬프다.

16 데생기다 생김새나 됨됨이가 완전하게 이루어지지 못하여 못나게 생기다. 못생

기다.

17 언투 말투.

18 속중 속마음.

19 하둥지등 허둥지둥.

20 왁살스럽다 우악살스럽다.

21 배창 배창자.

22 께지다 터져 나오다. 헤져버리다.

23 뒤려내다 들이대다.

24 체수 체구. 몸집.

25 들갑작거리다 들깝짝거리다. 방정맞고 가량스럽게 몸을 위아래로 자꾸 흔들어
대다.

26 얼레발 '엉너리'의 방언. 남의 환심을 사기 위하여 어벌쩡하게 서두르는 짓.

27 시새장 모래밭.

28 괴때기 짚북더미.

29 편답 편력. 이곳저곳 두루 돌아다님.

30 번시라 본래부터.

31 역마직성(驛馬直星) 늘 분주하게 이리저리 떠돌아다니는 사람을 이르는 말.

32 꺼렷다 절었다. 여기서는 먼지와 때에 절고 햇빛과 수분에 색이 바랜 상태를 의미.

33 조선문 언문, 한글.

34 섬 짚으로 성글게 엮은 가마니. 일반적인 가마니보다 큼.

35 매팔자 놀고먹는 팔자.

36 호동가란하다 회동그렇다. 일이 전부 끝나 남은 것 없이 가든하다. 홀가분하다.

37 주재소 일제 강점기에, 순사가 머무르면서 사무를 맡아보던 경찰의 말단 기관.
오늘날의 파출소.

38 근대다 지근대다. 귀찮게 굴다.

39 뻔질 자주.

40 기지사정 기지사경(幾至死境). 거의 죽을 지경에 이름.

41 진시 진작 . 좀더 일찍이.

42 홑자식 하나뿐인 자식.

43 색조 세곡이나 환곡 또는 타작할 때 덧붙여 받던 곡식.
세곡은 조세로 바치는 곡식이고, 환곡은 백성에게 꾸어주었다가 회수하는 곡식.

44 가뜩한데 그러지 않아도.

45 깨깨 배틀리다 몹시 여위어 마른 모양.

46 구구루 국으로. 제 생긴대로.

47 사품 (주로 '사품에' 꼴로 쓰임)어떤 동작이나 일이 진행되는 바람이나 겨를.

48 반실 절반가량이 축남.

49 말짱 속속들이. 모두.

50 드리 들입다. 세차게. 마구.

51 뒷갈망 뒷감당.

52 뻐팅기다 버티다.

53 섭수 꾀. 수단.

54 엇먹다 사리에 맞지 않는 말과 행동으로 비꼬다.

55 단풍갑 일제 시대에 나왔던 담배 상표.

56 궐자 '그'를 홀대하여 부르는 말. 작자. 인간.

57 부르대다 남을 나무라기나 하는 듯이 거친 말로 야단스럽게 떠들어대다.

58 거대다 그어대다.

59 한굽 접히다 한풀 꺾이다.

60 확적히 확실히.

61 행태 심술을 부려 남에게 해를 끼치는 버릇.

62 가새 가위.

63 푸뚱이 풋내기.

64 얼렁거리다 알랑거리다.

65 뽕이 나다 비밀이 탄로 나다.

66 송이 꾸림 송이 꾸러미.

67 간사 교활하게 거짓으로 남의 비위를 맞춤.

68 시쁘다 마음에 차지 아니하여 시들하다.

69 야멸치다 태도가 차고 야무지다.

70 가축 물품이나 몸가짐 따위를 알뜰히 매만져 간수하다. 여기서는 그제야 만족한 듯 꾸며서 웃는다는 의미.

71 종잘거리다 종알거리다.

72 한데 바깥.

73 말 마을.

74 안터 '~한테'의 강원도 방언.

75 뒤나 자들어주고 뒤나 거들어주고.

76 찌꺽지 '찌꺼기'의 강원도 방언.

77 조히 종이.

78 예제없이 여기저기 없이.

79 부추돌 부춤돌. 뒷간 바닥에 부출 대신 좌우에 놓아서 발로 디디게 한 돌. 부출 은 뒷간 바닥의 좌우에 깔아놓은 널빤지.

80 어뜩비뜩 행동이 바르거나 단정하지 못한 모양.

81 메 매, 매끼. 맷고기나 살담배를 작게 갈라 동여매어놓고 팔 때, 그 덩어리나 매 어놓은 묶음을 세는 단위. 여기서 맷고기는 조금씩 갈라 동여맨 덩이로 파는 고기.

82 근사 일에 공들임.

83 뇌점 한방에서 말하는 폐결핵.

84 염병 장질부사. 장티푸스.

85 대 담뱃대.

86 두목 두 몫. 곱절, 몹시, 무척.

87 십상 제격. 일이나 물건 따위가 어디에 꼭 맞는 모양을 나타내는 말.

88 맥맥하다 갑갑하다.

89 가랑무 밑둥이가 두셋으로 갈라진 무.

90 매출이 곧게.

91 가생이 가장자리.

92 둠 두메.

93 쇠 여기서는 징이나 꽹가리 같은 금속으로 된 타악기를 의미.

94 한곳 한껏.

388

95 조기다 조지다. 호되게 때리다.

96 각다귀 남의 것을 등쳐 먹고 사는 사람을 비유적으로 이르는 말.

97 궁글다 소리가 웅숭깊다.

98 산사 산사나무. 아가위나무. 능금 나무과에 딸린 갈잎 큰키나무. 열매는 산사자라고 하며 약용 및 식용으로 쓰임.

99 뒷심 뒷셈. 어떤 일이 끝난 다음에 하는 셈. 또는 그런 일.

100 개코 쥐코 떠들다가 쓸데없는 말로 이러쿵저러쿵하다가.

101 희연 일제 시대 생산된 담배의 상표.

102 재치다 재촉하다. 몰아치다.

103 안적 아직.

104 흰소리 터무니없이 자랑으로 떠벌리거나 거드럭거리며 허풍을 떠는 말.

105 비겨대다 비스듬히 기대다.

106 성행 성품과 행실.

107 어서 어디에서.

108 완고척하다 완고스럽다. 고지식하고 노골적이다.

109 어수대다 어울리지 않게 우쭐대다.

110 한 케 한 켜. '한 케 떠보세'는 화투장을 들추어보자, 함께 화투를 하자는 의미.

111 손두 손도(損徒). 부도덕한 인간을 그 지역에서 퇴출시키는 것.

112 설대 담배설대. 담배통과 물부리 사이에 끼워 맞추는 가는 대.

113 최게 꾸어주게.

114 우격 억지로 우김.

115 우좌스럽다 우쭐대거나 잘난 체하다.

116 너느다 나누다. 편을 가르다.

117 튀전 투전.

118 녹빼끼 녹배기. 600. 화투놀이의 한 가지로 득점이 먼저 600이 되는 승부를 가리킴.

119 수짜질 수작질.

120 매주 매조. 매화가 그려져 있는 화투짝.

121 사경 새경. 머슴에게 주는 연봉.

122 야마시꾼(やまし) 사기꾼의 일본말.

123 본밀 본선.

124 알라 아울러.

125 구문 구전. 개평돈.

126 어쭙지 않다 주제넘은 언행으로 인해 비웃음을 당할 만하다.

127 호옥 혹시.

128 요동 통에 요동하는 바람에.

129 오금팽이 무릎의 구부러지는 안쪽의 오목한 부분.

130 눈을 뙵쓰다 눈을 뒤어쓰다. 눈을 홉뜨다. 눈을 부릅뜨다.

131 홀의 자식 호래자식. 버릇없는 자식.

132 헤까비 허깨비.

133 한고(寒苦) 추위로 인한 고생.

134 역갱이 '여우'의 강원도 방언.

135 격장 담 하나를 사이에 둔 이웃.

136 구붓하다 약간 굽은 듯하다.

137 뺑손 뺑소니.

138 필 피륙. 천. 여기서는 복면한 천을 벗겨보았다는 의미.

139 우두망찰 정신이 얼떨떨해 어찌할 바를 모름.

140 살뚱맞다 당돌하고 생뚱맞다.

141 되퉁스럽다 되퉁스럽다. 하는 짓이 찬찬하지 못하여 일을 잘 저지를 듯하다.

142 두레두레하다 둥그렇고 보기 좋게 생겼다.

143 시나브로 모르는 사이에 조금씩 조금씩.

144 대미처 뒤미처.

145 일지 못할 만치 일어나지 못할 만치.

노다지

*『조선중앙일보』, 1935. 3. 2~9.

1 만귀는 잠잠하다 깊은 밤, 모든 것이 자는 듯 고요하다.

2 바랑 배낭. 길 가는 중이 등에 지는 긴 자루 같은 큰 주머니.

3 신청부 사소한 일에 얽매이지 않고 시원스런 사람.

4 노낭 노상. 늘상.

5 잠채 남의 광물을 몰래 들어가 채굴하는 일.

6 회양(淮陽) 현재 북강원도에 위치. 동으로 금강산, 서로 낭천, 남으로 양구, 북으로 금성에 둘러싸인 곳에 위치함.

7 휘하다 쓸쓸하고 적막하다.

8 논으맥이 '나눠먹기'의 강원도 방언.

9 노느다 나누다.

10 매지매지 큰 물건을 골고루 나누는 모양.

11 욱기 욱하는 성미.

12 계정 심술. 불평을 품고 떠드는 말과 행동.

13 논았지 나누었지.

14 좀팽이 체격이 작거나 성격이 좀스런 사람.

15 퍼뜨리다 깨뜨리다.

16 벽채 광산에서 광석을 긁어모으거나 파내는 데 사용하는 연장. 큰 호미.

17 조기다 호되게 갈기다. 늘씬하게 때리다.

18 잡은참 자분참. 지체없이.

19 명줄 수명(壽命).

20 형우제공(兄友弟恭) 형제가 서로 우애를 다함.

21 힐없다 영락없다.

22 경상(景狀) 좋지 못한 몰골이나 상태.

23 평풍 병풍.

24 줄청 '줄창, 줄곧'의 강원도 방언. 끊임없이. 잇따라.

25 시풍스럽다 허풍스럽다. 주제넘고 건방지다.

26 재치다 재우치다. 어떤 행동이 잇따라 진행되다.

27 얼뜻 언뜻. 생각이나 기억 따위가 문득 떠오르는 모양.

28 손씨세 '손씻이'의 강원도 방언. 손씻이는 남의 수고에 대하여 답례로 주는 물건. 은혜 갚음.

29 담말 다음 말.

30 토설 속마음을 털어놓다. 고백하다.

31 뒷심 다음에 어떤 일을 기대하는 마음.

32 들껍쩍하다 방정맞고 거량스럽게 몸을 상하로 흔들어대다.

33 역경 지역 경계.

34 해껏 해가 질 때까지.

35 뼉다구 뼈다귀.

36 짜위 둘이 짜고 하는 약속.

37 도지다 나아가던 병이 덧나다.

38 해 가주올게 해서 가져올게.

39 재갈 자갈.

40 불퉁바위 거죽이 울퉁불퉁하게 생긴 바위.

41 난장 여러 사람이 함부로 떠들거나 덤벼 뒤죽박죽이 된 판.

42 씸씸이 조금 씁쓸하게.

43 배시근하다 몹시 지쳐서 살이 뻐개지는 듯 거북살스럽다.

44 물은 ① 무릇. 대개. ② 물론.

45 사리다 조심하다. 경계하다.

46 가달 가닥. 한군데서 갈려나온 줄기.

47 가루지 '가로'의 강원도 방언.

48 길벅지 '길이(세로)'의 강원도 방언.

49 군버력 광물이 섞이지 않은 잡돌.

50 광술 관솔. 소나무에서 송진이 많이 엉긴 부위.

51 줄맥 여기서는 금맥(金脈)을 의미.

52 아달맹이 야무지고 대바르며 똑똑한 이.

53 동 쇠줄에 유용한 성분 함량이 적은 부분.
　동이 먹어들어가다 금맥의 성분이 적다는 것을 의미.

54 줄 맥(脈). 여기서는,금맥을 의미.

55 생(生)하다 일다. 생기다.

56 동발 동바리. 갱도가 무너지지 않도록 세운 버팀목.

57 타래증 타래정. 돌을 쪼거나 다듬는 데 쓰는 쇠로 된 연장.

58 버력 같은 만감 잡돌에 가까운 광석.

59 감 감돌. 수지 계산을 할 수 있는 광석.

60 돌파 '돌멩이'의 강원도 방언.

61 엎드린 그채 엎드린 그대로.

62 들레다 설레다.

63 하치 여기서는 '적어도'의 의미.

64 둥개다 일을 감당 못하고 쩔쩔매다.

65 푸뚱이 풋내기.

66 어줍대다 어줍다. 서툴고 어설프게 굴다. 자주 어줍게 굴다.

67 고깽이 곡괭이.

68 무람없다 상대에게 격식을 차리지 않다.

69 화상 형상, 모습.

70 주적거리다 아는 체하며 마구 떠들다.

71 굳은 농 ① 굳은 동. 일정한 광물이 들어 있는 굳은 바위 ② 굳은 농. 본래 농은 누르스름한 고름. 고름이 굳은 듯 누르스름한 금이 들어박힌 감석, 곧 노다지를 의미함.

72 윽살 몹시 짓눌려 짜부라지다.

73 기어올라 '기(분기. 노기)가 올라'의 오식인 듯함. 꽁보의 배신 앞에 분기충천(憤氣沖天)한 더펄의 호통 소리가 들리는 장면.

74 굿문 굴문.

75 마구리 막장의 뚫고 나가는 쪽의 문.

금

*『동백꽃』, 왕문사, 1952.

1 대거리를 꺾다 일을 교대하다.

2 굴복 굴에서 입는 광부의 노동복.

3 나는 대거리 나가는 교대 광부.

4 된바람 북풍, 강풍.

5 들피지다 굶주려 여위다.

6 잡도리 엄하게 단속하는 일.

7 다비 일본 버선을 신고 신는 신.

8 효상 좋지 못한 몰골이나 상태.

9 항용 늘, 흔히.

10 벤또 '도시락'의 일본어.

11 교의 의자.

12 굴파수 굴을 지키는 파수꾼. 경비.

13 대거리 때 교대하는 때.

14 도수장 도살장. 고기를 얻기 위해 가축을 잡아 죽이는 곳.

15 덤터기 남에게 씌우거나 남에게 억울하게 넘겨 맡기는 것.

16 헝겁스럽다 허겁스럽다. 야무지거나 당차지 못하고 겁이 많은 데가 있다. 겁에 질려서.

17 말이 꿈튼다 말이 제대로 나오지 않는다. 여기서는 너무 끔찍한 사고 앞에 충격을 받아서 말이 막혀버린 상황을 의미.

18 걸때 사람의 큰 몸피.

19 동관 동료.

20 들레다 야단스럽게 떠들다.

21 사내끼 새끼줄.

22 염량 생각.

23 약기 바라야지 약을 발라야지. 일본인 파수꾼의 한국어 발음.

24 워리 농촌에서 개를 부르는 일반적인 호칭.

25 팔팔결 엄청나게 어긋나는 일이나 모양.

26 고자리 쑤시듯 썩은 물건에 구더기가 구멍을 뚫듯이 마구 쑤시는 모양.

27 결고틀다 누구와 시비나 승부를 다툴 때에, 서로 지지 않으려고 버티어 겨루다.

28 복대기를 치다 정신이 얼떨떨할 정도로 몰아치다.

29 간드레 불빛 카바이트 불빛.

30 감 광석.

31 장번인 장본인(張本人).

32 뾰로지다 뾰족하다, 날카롭다.

금 따는 콩밭

*『개벽』, 1935. 3.

1 푸리끼하다 조금 푸른 빛을 띠다.

2 쿠더브레하다 쿠더분하다.

3 메떨어지다 모양, 말소리가 어울리지 않고 촌스럽다.

4 불통 버력 소용없는 잡버력.

5 말똥 버력 양파 모양으로 벗겨져 부서지기 쉬운 버력.

6 굿옆다 구덩이가 무너지지 않도록 벽과 천장에 기둥을 세워놓다.

7 천판 천장.

8 시졸 하다 시조를 하다. 시조를 읊듯 언행이 느려터지다.

9 바지게 발채를 얹은 지게. 발채는 짐을 싣기 위하여 지게에 얹는 소쿠리 모양의 물건. 싸리나 대오리로 둥글넓적하게 조개 모양으로 결어서 접었다 폈다 할 수 있게 되어 있다. 끈으로 두 개의 고리를 달아서 얹을 때 지겟가지에 끼운다.

10 풍찌다 풍치다, 허풍치다.

11 대로(大怒) 크게 노하다.

12 지수 김새.

13 좀더 지펴야 옳을지 좀더 깊여야(깊게 해야) 옳을지.

14 북으로 밀어야 옳을지 북은 베틀에 깔린 기구의 하나. 날의 틈으로 왔다 갔다 하며 씨를 풀어 피륙을 짜게 함. 여기서는 '구덩이의 폭을 넓혀야 옳을지'를 의미.

15 푸뚱이 풋내기.

16 어쓰다 엇서다, 맞서 대항하다. 양보하거나 수그리지 않다.

17 북새 북새통, 법석.

18 귀살쩍다 정신이 어지러울 정도로 뒤숭숭하다.

19 경상 좋지 못한 몰골.

20 엎으리다 엎드리다.

21 정백이 정수리.

22 좨주다 꾸어주다. 빌려주다.

23 신껏 신명이 나서, 신에 겨워서.

24 필 소나 말을 세는 단위.

25 조판다 망친다. 조진다.

26 꾀송거리다 계속해서 꾀다.

27 영을 피우다 기운을 내거나 기를 피다.

28 조당수 좁쌀로 묽게 쑨 당수.

29 일쩌웁다 일쩝다. 귀찮다. 불편하다.

30 가루지나 세루지나 이렇게 되거나 저렇게 되거나 상관없다는 말.

31 시체 당시 되어 돌아가는 상황, 그 시대의 풍습과 유형.

32 스뿔르게 섣부르게.

33 포농이 포농(圃農). 포전(圃田; 남새밭)을 부치는 이.

34 옥당목 품질이 낮은 옥양목. 옥양목은 생목보다 발이 곱고 빛이 흰 무명.

35 코다리 코를 꿰어 꾸덕꾸덕하게 말린 명태.

36 진언 주문.

37 산운산 상원산. 광맥의 면에서 위가 되는 어느 한편. 광맥의 근원지가 되는 산.

38 버듬하다 밖으로 약간 뻗은 듯하다.

39 금퇴 금이 들어 있는 광석.

40 물밀때 조수가 육지로 밀려올 때. 여기서는 '생각이 물밀 듯 밀려올 때'를 의미.

41 맥적다 맥쩍다. 심심하고 재미가 없다. 부끄럽고 쑥스럽다.

42 귀거칠다 듣기 거북하다.

43 제물화에 저절로 화가 나서.

44 골김에 홧김에.

45 내꾼지다 '내깔기다'의 강원도 방언.

46 통이 온통.

47 하냥 한결같은, 한결같이.

48 노량 느릿느릿. 놀 양으로.

49 흘게 늦다 헐개 늦다. 일끝을 맺는 것이 야무지지 못하고 늘쩡늘쩡하다.

50 환장 마음과 행동이 전보다 막되게 달라짐.

51 벗나다 벗어나다.

52 장구 오랫동안.

53 따라나다 닳아나다. 닳고 닳다.

54 토록 광맥의 원줄기에서 떨어져 다른 잡석과 함께 광맥 밖의 겉에 드러나 있는 광석.

55 옥다 장사 따위에서 본전보다 밑지다. 여기서는 '좀 적어도'의 의미.

56 심 셈. 주고받는 돈, 물건.

57 피륙 아직 끊지 않은 베, 무명, 비단 따위의 천을 통틀어 말함.

58 불풍나다 경련이 일다. 근육에 쥐가 나다.

59 조기다 쪼기다.

60 인내 이리 내.

61 고르잡다 바로잡다.

62 얼뺨붙이다 얼떨결에 뺨을 때리다.

63 두덜거리다 불평하는 말로 혼자 중얼거리다. 투덜거리다.

64 모디다 모으다.

65 뽀록 '뾰루지'의 강원도 방언. 뾰족하게 생긴 작은 부스럼.

66 건뜻하면 걸핏하면.

67 물리다 대하기 싫을 만치 몹시 싫증이 나다.

68 앵한 애매한, 애꿎은.

69 얼주 얼추. 어떤 기준에 거의 가깝게.

70 황밤 밤을 말려 안팎 껍질을 벗긴 밤. 황밤 주먹은 힘주어 꼭 쥔 주먹.

71 암상 미워하며 화를 내는 마음.

72 적으나면 웬만하면.

73 지르채다 눈치 채다. 알아채다.

74 곱색줄 붉은 빛의 광맥.

75 설면설면 슬금슬금.

76 뽕이 나다 비밀이 드러나다. 비밀이 탄로 나다.

떡

* 『중앙』, 1935. 6.

1 두렁이 어린 아이의 배와 아랫도리를 둘러 가리는 치마같이 만든 옷.

2 신청부 사소한 일에는 신경을 쓰지 않는 사람.

3 땅을 파다 농사를 짓다.

4 난상부른가 나은 성 싶은가.

5 비대발괄 하소연하여 간절히 청함.

6 호주 술을 좋아함.

7 됭 똥.

8 하가 겨를.

9 장로(長路) 매우 먼 길.

10 아귀다툼 각자 자기의 욕심을 채우고자 서로 헐뜯고 기를 쓰며 다투는 일.

11 보태놓다 버티어놓다.

12 검불 마른 풀이나 낙엽. 여기서는 마른 솔잎을 의미.

13 재랄 법석을 떨며 분별없이 하는 행동을 낮잡아 이르는 말.

14 넉적다 넋이 없다. 그러나 여기서는 멋쩍다, 민망하다의 의미.

15 모두 모로.

16 연송 연방.

17 가진반 골고루 갖춤.

18 시래기 말린 무청.

19 구녁 구멍.

20 여호 여우.

21 잿간 재래식 변소.

22 오작 오직.

23 뻔질 자꾸, 잇따라.

24 대서다 바싹 가까이 다가서다.

25 누렁지 '누룽지'의 강원도 방언.

26 주악 웃기떡의 한 가지. 찹쌀가루에 대추를 섞어 꿀에 반죽하여 소를 넣고 송편과 같게 빚어서 기름에 지진 떡.

27 걸쌈스럽다 게걸스럽다. 억척스럽다.

28 복고개 [보꼬깨] 보꾹. 지붕 밑과 천정 사이의 빈 공간.

29 도르다 토하다.

30 동자상문 사내아이의 죽은 귀신.

31 조갈 목이 몹시 마름.

32 지어서 지나서.

33 불콰하다 불그스레하다.

34 바아루 바로.

35 얼치기 이도 저도 아닌 중간치기.

36 날탕 허풍쟁이. 아무것도 없는 사람.

37 지우질 지위질, 목수질. 지위는 목수(木手)의 높임말.

38 소곰 소금.

39 사관을 틀다 통기(通氣)가 되도록 손발의 관절에 침을 놓다.

40 칼라 머리 서양 신사의 머리 모양을 본따 손질한 스타일.

41 오라지다 죄인이 오라에 묶이다. (예: 오라질 놈).

42 돌르다 돌리다, 토하다.

43 고래 그래.

산골

*『조선문단』, 1935. 7.

1 수풀 '숲'의 강원도 방언.

2 욱다 우거지다.

3 기다 피하다.

4 제치다 '젖히다'의 방언. 입맛을 잃다. 입맛이 없어지다.

5 겉날리다 겉으로만 어름어름하여 일을 되는대로 날려서 하다.

6 칠칠하다 푸성귀 따위가 잘 자라서 미끈하다.

7 떡너구리 떡개구리.

8 안차게 겁이 없이.

9 인두 바느질할 때 불에 달구어 천의 구김살을 눌러 펴거나 솔기를 꺾어 누르는 데 쓰던 바느질 도구.

10 하초 한방에서 이르는 삼초(三焦)의 하나. 배꼽 아래에 해당되며 신장, 방광, 대장, 소장 따위의 장기(臟器)가 포함된다. 여기에서는 성기를 의미.

11 버덩 평지, 여기서는 많은 사람들이 모여 사는 도회지를 의미(산골의 반대 의미).

12 귀둥대둥 말을 대중없이 아무렇게나 하는 것.

13 메꼰지다 메어꽂다. 어깨 너머로 둘러메었다가 힘껏 던지다.

14 재겹다 조금 지겹다.

15 소위 하는 일.

16 귓백 귓바퀴.

17 꽨 듯싶다 젠 체하는 태도가 있다.

18 는실난실 남녀간의 몸가짐에서 상대의 성적 충동을 받아 야릇하고 추잡하게 구는 모습. 그러나 여기서는 이쁜이에게 잘 보이기 위해 사내 티를 내면서 김을 매어가는 모습을 의미.

19 역심 상대편의 말이나 행동에 반발하여 일어나는, 비위에 거슬리는 마음.

20 모리돌멩이 모난 돌멩이.

21 선불 맞다 총알 등을 설맞다.

22 뒤둥그러지다 생각이나 성질이 비뚤어지다.

23 충충 물이나 빛깔 따위가 맑거나 산뜻하지 못하고 흐리고 침침한 모양.

24 추레하다 겉모양이 깨끗하지 못하고 생기가 없다.

25 물둘레 물결의 파문(波紋).

26 세우 몹시, 매우, 세게, 여기서는 '간곡하게'의 의미.

27 시방 지금. 현재.

28 한가 원통한 일에 대하여 하소연이나 항거를 함.

29 사방팔면 사면팔방.

30 진대 남에게 기대어 억지를 쓰는 것.

31 겁지 여러 겹으로 쌓여 붙은 켜. 여기서는 시름만 깊어간다는 의미.

32 일쩝다 여기서는 마음이 불안하고 불편하다는 의미.

33 핀지 '편지'의 강원도 방언.

34 일 년 반이 댓는데 일 년 반이 되었는데.

35 얼찐 얼른, 빨리.

36 피봉 편지의 봉투 의미.

37 웅퉁바위 표면이 울퉁불퉁한 바위.

38 체부 우체부.

39 산비알 산비탈.

40 속 달게 속이 달아오르게, 애가 타게.

봄 · 봄

* 『조광』, 1935. 12.

1 짜증 짜장, 정말로.

2 안죽 아직.

3 벙벙하다 어리둥절하다.

4 붙배기 '붙박이'의 사투리. 어느 한 자리에 정한 대로 박혀 있어서 움직임이 없는
상태.

5 숙맥 어리석고 못난 사람.

6 내외를 하다 가족 이외의 남녀 사이에 서로 얼굴을 마주 대하지 않고 피함.

7 거불지다 둥글고 두두룩하게 툭 비어져나오다.

8 내병 속병, 속증. 소화기 계통의 병. 특히 위장병을 가리킴.

9 숲 숱. 풀이나 머리털 따위의 분량을 세는 단위. 여기서는 풀 한 움큼을 의미.

10 호박개 뼈대가 굵고 털이 북실북실한 개.

11 애벌논 애벌 맨 논. 해마다 처음 매는 논.

12 안달재신 속을 끓이며 여기저기로 다니는 사람.

13 갈 참나무, 도토리 나무 등의 잎이 핀 가지.
갈꺾다: 퇴비로 만들기 위해 잎이 핀 참나무나 도토리나무의 가지를 꺾는 일.

14 건승 건성. 어떤 일을 성의 없이 대충 겉으로만 함.

15 댓돌 집채의 낙숫물이 떨어지는 곳. 안쪽으로 돌리어가며 놓은 돌.

16 시경 농가에서 머슴에게 주는 연봉.

17 어름어름 말이나 행동을 똑똑하게 분명히 하지 못하고 우물쭈물하는 모양.

18 감참외 속살이 잘 익은 감빛처럼 붉고 당도가 높은 참외.

19 훅훅하다 여기서는 톡톡히 잘 먹는다는 의미.

20 깨빡치다 태질하다. 세차게 메어치거나 넘어뜨리다.

21 되알지다 힘차고 야무지다.

22 웃쇰 윗수염.

23 쟁그럽다 하는 행동이 괴상하여 얄밉다. 고소하다.

24 귀정(歸正) 일이 바른 길로 들어섬. 여기서는 판결을 의미.

25 삼포말 삼포 마을. 춘천시 증리에 있는 마을 이름.

26 정장(呈狀) 탄원서, 소송장을 관청에 바침.

27 논(論)지면 말하자면, 논리적으로 따져보자면.

28 찌다우 지다위. 허물을 남에게 덮어씌우는 일.

29 훅닥이다 세차게 다그치다.

30 연팡 연방.

31 밸이 상하다 속이 상하다.

32 건으로 건성으로.

33 전수히 전부.

34 되우 '몹시, 매우'의 강원도 방언.

35 관격 급체(急滯).

36 까셀라부다 까셀까 보다. '까세다'는 세차게 치다. 두들겨 패다.

37 넝알로 넝 아래로. 넝 → 둔덕(가운데가 솟아서 불룩하게 언덕이 진 곳).

38 솔개미 솔개.

39 악장 악을 쓰며 싸우는 짓.

40 고수하다 고소하다.

41 나려조기다 내려조지다. 내려갈기다.

안해

* 『사해공론』, 1935. 12.

1 안해 아내. 아내의 옛말인 안해는 집안의 태양이란 의미. 부인으로, 어머니로, 집안 살림의 책임자로, 상하 내외의 가족을 엮어주는 여성에 대한 존경과 사랑을 담고 있다.

2 제기할 제기랄.

3 열치다 미치다.

4 즈 저의.

5 낄끗하다 끼끗하다. 생기가 있고 깨끗하다.

6 불아귀 부라퀴. 제게 이로운 일이면 악착같이 덤벼드는 사람.

7 상판때기 '얼굴'의 비속어.

8 물커지다 물크러지다. 썩거나 물러서 본 모양이 없어지도록 해어짐.

9 이 조로 이런 투로. 이런 모양새로. 이런 방식으로.

10 하관(下觀) 광대뼈를 중심으로 얼굴의 아래쪽 턱 부분.

11 건순 입술 위로 들린 입술.

12 운이 윗니.

13 분질없다 부질없다.

14 깨묵셍이 깻묵셍이. 기름을 짜고 난 깨의 찌끼 덩어리. 여기서는 못생기고 거무튼튼한 얼굴을 의미.

15 댕댕하다 당당하다.

16 들떠보다 거들떠보다.

17 각다귀 여기서는 막 되어먹은 사람을 의미.

18 보째 보따리째.

19 맥맥하다 답답하다.

20 트죽태죽 티격태격. 서로 뜻이 맞지 아니하여 이러니저러니 시비를 따지며 가리는 모양.

21 팟다발 파 다발. 무엇에 맞거나 몹시 시달려 만신창이가 되거나 형체가 볼품없이 된 상태를 비유.

22 곤두어 그만두어.

23 비쌔다 마음은 있으면서 안 그런 체하다.

24 장반 쟁반. 여기서는 얼굴을 의미.

25 불밤송이 채 익기도 전에 말라 떨어진 밤송이.

26 더끔더끔 어떤 것에 조금씩 자꾸 더하는 모양.

27 줴다 죄다. 남김없이, 모조리.

28 연히 그렇다면, 그렇게 된다면.

29 얼음을 꺼먹다 얼음을 꺼서 먹다 (끄다: 엉기어 덩어리가 된 물건을 깨어 헤뜨리다.) 여기서는 먹을 것이 없으니 얼음을 잘라서, 부수어 먹는다는 의미.

30 장차다 길고도 멀다.

31 느루가다 양식을 평소보다 더 오래 먹다.

32 보시기 작은 사발.

33 낭종 나중.

34 떡국이 농간을 하다(부리다) 재질은 부족하되 오랜 경험을 통해 일을 잘 처리해 나가다.

35 번죽이 좋다 성격이 이죽이죽하며 느물거리다. 성미가 유들유들하다.

36 방추 방망이.

37 뀌엄 바느질 할 때에 실을 꿴 바늘로 한 번씩 뜬 자국. 한 땀=한 뀌엄.

38 흥이거리다 흥얼거리다.

39 시체 그 시대의 유행.

40 배가주왔다 배워가지고 왔다.

41 옴치다 옴츠리다. 몸이 작아지게 하다. 오므리다.

42 움 움막. 땅을 파고 위를 거적으로 덮은 집.

43 뱃기 배때기. 배의 비속어.

44 줴박다 쥐어박다.

45 오장 썩는 한숨 속이 상해서 토해내는 한숨.

46 분때 팥가루, 밤 가루 따위로 만든 재래식 미용 비누로 세안을 한 것.

47 군서방 샛서방의 사투리. 샛서방은 간부(間夫), 정부(情夫)를 가리킴.

48 보강지 '아궁이'의 강원도 방언.

49 띠 솥뚜껑.

50 먹음 모금.

51 배웠겠지 배우랬지.

52 오랄질 년 오라질 년. 오라에 묶일 년.

53 기맥 낌새.

54 얼짜 바보. 얼치기.

55 밖 앞방 바깥방. 바깥채에 딸린 방.

56 메다꼰졌다 메다꽂았다.

57 굴때 굴때장군의 준말. 키가 크고 몸이 굵으며 살갗이 검은 사람을 이르는 말.

봄과 따라지

* 『신인문학』, 1936. 1.

1 따라지 보잘것없거나 하찮은 처지에 놓인 사람이나 물건을 속되게 이르는 말.

2 군실거리다 살갗에 벌레 따위가 기어가는 듯한 가려운 느낌이 나다.

3 야시 밤에 열리는 시장. 그러나 여기서는 일종의 난전으로 보임.

4 먹지 투전 따위에서 돈 내기를 할 때 던지는 기구.

5 미루꾸 밀크 캐러멜.

6 일쩝다 일거리가 되어 귀찮거나 불편하다. 여기서는 일 없는 사람들을 의미.

7 구지레하다 지저분하고 더럽다.

8 목로 목로주점. 선술집. 주로 널빤지로 좁고 기다랗게 만든 상을 놓고 손님을 받음.

9 개평 남이 갖게 된 것 중에서 공으로 조금 얻음.

10 세루 모직물의 일종, 능직으로 직조됨. 여기서는 세루 양복바지를 입은 사람을 의미.

11 괘가 그르다 일이 뜻대로 되지 않다.

12 호아가다 이리저리 왔다 갔다 하다.

13 쟁교 자전거.

14 트레머리 가르마를 타지 않고 뒤통수의 한복판에다 틀어 붙인 여자의 머리.

15 아리잠직하다 자그마하고 얌전하고 앳되다.

16 전여 저냐. 부침개. 지짐이의 사투리.

17 우리다 힘주어 때리다.

18 쌜푼이 칠푼이.칠삭둥이. 조금 모자라는 사람을 놀리는 말.

19 애펜쟁이 아편쟁이.

20 걸쩍하다 활달하고 시원스럽게 행동하다.

21 호줌 호주머니.

22 느물다 능글맞은 태도로 끈덕지게 상대방에게 애를 먹이다.

23 고라 소리 고라(こら). 이놈! 야!를 의미하는 일본어. 이놈 하는 소리.

24 타구 가래침을 뱉는 그릇.

25 구두 여기서는 구두 신은 순사를 의미.

26 재쳐라 재치다, 제치다. 거치적거리지 않도록 하다. 여기서는 어린 따라지를 잡 아가고 있는 순경을 뒤로 하고 달아나라는 의미.

따라지

* 『조광』, 1937. 2.

1 쪽대문 바깥채나 사랑채에서 안채로 통하는, 한 쪽으로 된 작은 대문.

2 사쿠라(さくら) 벚꽃 또는 벚나무의 일본어.

3 깨웃하다 한쪽으로 조금 기울다.

4 판장 널빤지를 대어 만든 울타리.

5 거는방 건넌방.

6 줄창 줄곧.

7 울가망 조심스럽거나 마음이 언짢아서 얼굴을 찡그리고 기운 없어 하는 것.

8 소갈찌 소갈머리, 심지. 마음의 깊이. 마음이나 속생각의 뜻을 가진 비속어.

9 굴치 골칫덩어리. 골칫거리.

10 버스 걸 bus girl 버스의 여차장.

11 가진말 거짓말.

12 부족증 한방에서 폐결핵을 이르는 말.

13 군찮다 귀찮다.

14 붑지않다 못지않다.

15 겯고틀다 버티어 겨루다.

16 한 굽 죄이다 한 수 수그리고 들어가다. '굽죄이다'는 남에게 허물이나 약점을 잡
히어 기를 펴지 못하게 된다는 뜻.

17 망골 주책스런 사람.

18 은젠 언제는.

19 얼르다 협박하다.

20 꼬 벌리다 활짝 벌리다.

21 지루퉁하다 못마땅하여 시무룩하다.

22 빼지다 삐치다.

23 톨스토이 Tolstoi, Lev Nikolaevich 제정 러시아 시대의 작가, 사상가(1828~
1910).

24 기맥 분위기. 낌새.

25 요지경 확대경을 장치하고 그 속에 여러 재미나는 그림을 돌리면서 구경하는 장
난감 , 여기서는 희한한 구경거리를 의미.

26 할일없다 하릴없다.

27 등금등금 드물고 성긴 모양.

28 발렌티노 미국의 영화배우(1895~1926).

29 옥생각 옹졸한 생각.

30 재겹게 매우. 자지러지게.

31 몽총하다 길이를 짧게 자르다.

32 귀를 내다 보따리의 귀퉁이가 반듯하게 보이도록 만들다.

33 일찍안에 일찌거니.

34 든적스럽다 던적스럽다. 하는 짓이 보기에 매우 치사하고 더럽다.

35 김마까 긴마카. '노란 참외'의 일본말. 여기서는 병자의 얼굴이 노르스름한 것을
보고 붙인 별명.

36 빈지 널빤지.

37 결기 못마땅한 것을 참지 못하고 성을 내거나 왈칵 행동하는 성미. 욱하는 성미.

38 질긴 귀 남의 말을 제대로 이해하지 못하는 귀.
귀가 질기다 남의 말을 알아듣는 힘이 무디다.

39 어수산란하다 어수선하고 산란하다.

40 삐지려 한다 삐치려 한다.

41 나마까시(なまかし) 나마카시. 생과자. 물기가 조금 있도록 무르게 만든 과자.

42 눅다 넉넉하다. 성격이 너그럽다.

43 타내다 남의 결함이나 잘못을 드러내어 탓하다.

44 숫배기 순진하고 어리석은 사람.

45 메가 무어가. 무엇이.

46 주체궂다 처리하기 어렵게 짐스럽고 귀찮다.

47 염서 연애편지.

48 통히 도통.

49 한양으로 한결같은 모습으로.

50 수신 요즘의 도덕, 윤리에 해당되는 과목.

51 방패매기 방패막이.

52 부청 일제 시대 부의 행정처리를 하던 관청. 오늘날의 구청에 해당.

53 고스깽이 고쓰카이(こつかい). 사환, 급사에 해당하는 일본말.

54 씨기다 시키다.

55 우와기 윗도리. 상의(上衣)의 일본어.

56 맞부리다 맛부리다. 맛없이 싱겁게 굴다.

57 밉살머리궂다 언행이 몹시 밉고 언짢다.

58 앵기다 안기다.

59 고택골 죽다. 골로 간다. 고택골은 본래 서울 은평구 서쪽에 있던 곳으로 이곳에 처형장이 있었다. 고택골로 간다는 것은 죽는다는 의미.

60 을딱딱 으르딱딱거리다. 무서운 말로 협박하다.

61 에패 오래된 지난날. 예전.

62 달마찌 1930년대 할리우드의 활극 영화배우.

63 석대 혁대.

64 숯보구니 숯 바구니.

65 개신개신 기운 없이, 나릿나릿.

66 집어세다 말과 행동으로 마구 닦달하다. 체면 없이 마구 먹어대다.

67 달룽하다 덜컹하다.

68 푹하면 여기서는 '툭하면'의 의미.

69 찐대 진대.
진대 붙다 남에게 달라붙어 떼를 쓰며 괴롭히는 짓.

70 심청궂다 심술궂다. 심술스럽다.

71 임장 현장에 나오다.

72 고랑땡 골탕.

73 마룽 '마루'의 강원도 방언.

74 복장을 찧다 가슴을 치다.

75 걱세다 걱지다. 성격이 억세고 꿋꿋하다.

76 화중으로 끌고 오다 불 속(火中: 난장판, 싸움)으로 끌고 오다.

77 고반 일제 시대의 파출소.

78 느른하다 생기가 없다. 피곤하여 힘이 없다.

79 활터길 활 쏘는 곳. 사정(射亭)으로 오르는 길.

가을

*『사해공론』, 1936. 1.

1 주재소 일제시대 순경이 파견되어 있던 곳. 오늘날의 파출소.

2 격장 담을 사이에 두고 서로 이웃해 사는 것.

3 인찰지 미농지에 세로로 여러 줄을 쳐서 칸을 만들어 인쇄한 종이.

4 기약서 계약서. 약속한 내용을 서면으로 작성해놓은 것.

5 종용하다 조용하다.

6 일쩝다 귀찮거나 불편하다. 여기서는 바람이 스산함을 의미.

7 짜증 짜정. 사실, 정말이라는 뜻.

8 뒷마루 여기서는 툇마루의 오자인 듯함.

9 밤볼 입속에 밤을 문 것처럼 볼록하게 된 볼.

10 병정 각반 군사 훈련이나 전투용 각반. 각반은 걸음을 걸을 때 가뜬하게 하기 위해 발목에서 무릎 아래까지 감는 띠를 말함.

11 우좍스럽다 여기에서는 우악스럽다. 바보스럽다는 뜻.

12 저 붑지않게 저만 못지않세.

13 조이 좋이. 거리, 수량, 시간 따위가 어느 한도에 미칠 만하게. 상당히, 꽤.

14 조상 조씨. 조서방의 일본식 호칭으로 성씨의 뒤에 상(さん)을 붙임.

15 구문 흥정을 붙여주고 그 보수로 받은 돈.

16 답세다 가로채다.

17 도시 도무지.

18 사랫길 논밭 사이로 난 길.

19 뻐적 서다 뻣뻣이 서다.

20 돌림성 융통성.

21 잠뽁 잔뜩, 거나하게.

22 찌다위 지다위. 제 허물을 남에게 덮어씌우는 일.

23 고랑때 골탕.

24 돌라놓다 반환하다.

25 나닐러 가다 다니러 가다.

26 너머 너무.

27 노량으로 어정어정 놀아가면서.

28 부닐다 가까이 따르며 붙임성 있게 굴다.

29 일텀 이를 터이면.

30 여망 아직 남아 있는 희망.

31 눈치만 글이다 눈치만 살피다.

32 코대답 탐탁지 않게 여기어 건성으로 하는 대답.

두꺼비

*『시와 소설』, 1936. 3.

1 책술을 뒤지고 있을 때 책갈피를 들척이고 있을 때.

2 자행거 자전거.

3 두꺼비눈 눈알이 불룩 튀어나온 눈.

4 밤을 패다 밤을 새다.

5 뒤지 밑씻개로 쓰는 종이.

6 올롱하다 둥글넓적하다.

7 트레반지 나선 모양으로 틀어서 만든 반지.

8 조를 비비다 여기서는 속으로 조바심하다. 또는 조마조마해한다는 뜻.

9 딴통같다 전혀 엉뚱하다. 생뚱맞다.

10 언턱거리 남에게 무턱대고 억지로 떼를 쓸 만한 근거나 핑계.

11 하회 어떤 일이 있은 다음 벌어지는 일의 정형이나 결과. 윗사람이 내리는 회답.

12 안잠자기 남의 집에서 숙식을 제공받으면서 일을 해주는 여자. 가정부.

13 긴치 않다 긴요하지 않다.

14 검흐르다 액체가 언덕이나 그릇 따위를 넘어 흐르다.

15 강총하다 길이가 짧다. 여기서는 조막만 한 얼굴을 의미.

16 배지 '배'의 비속어.

17 싱갱이 '승강이'의 강원도 방언.

18 마가목 마가목은 능금나무과에 딸린 큰키나무로 여기서는 멋없이 키만 큰 사람을 비유한 말.

19 넌덕스럽다 너털웃음을 치고 재치있는 말을 늘어놓기를 잘한다.

20 꾀꾀리 가끔가끔. 틈을 타서 넌지시.

21 수액 운수에 대한 재앙.

22 느물려키다 여기서는 능글맞은 인간에게 당했다는 의미.

23 우찔렁거리다 움찔거리다.

24 숭굴숭굴하다 수더분하고 너그럽다. 여기서 '숭굴숭굴한 기사'는 신문지상에 활자로 뽑혀 나온 기사의 제목과 내용이 심심풀이용으로 적당히 시선을 끌 만하더라는 의미.

25 보제 보약.

26 윤책 윤채. 윤태. 윤기가 반드르르한 모양.

27 꿀쩍지분하다 마음에 거리껴 언짢은 데가 있다. 꺼림칙하다.

28 저분저분하다 성질이 부드럽고 찬찬하다.

29 조련질 못되게 굴어 괴롭힘.

30 목노집 목로주점. 선술집. 널빤지로 좁고 길게 만든 상을 차려놓고 술을 파는 집.

31 휑한 쌍화문통 큰 거리 여기서는 밤이 깊어 인적 드문 광화문통 거리라는 의미.

동백꽃

*『조광』, 1936. 5.

1 동백꽃 학명은 생강나무. 산동백 또는 산동박이라고 불린다. 녹나무과에 딸린 갈
잎 작은 큰키나무. 키 3m터 가량. 잎은 어긋맞게 나며 넓은 달걀 모양에서 세 갈
래로 얕게 째짐. 가지를 꺾으면 생강 냄새가 남. 3월 초순경부터 노란 꽃이 산형
꽃차례로 잎 겨드랑이에서 모여 핌. 열매는 지름 8mm의 둥근 공 모양이며 9월에
붉게 익음. 열매는 기름을 짜서 머릿기름, 등잔기름으로 사용. 새앙나무. 단향매
(檀香梅), 황매(黃梅) 생강나무 등으로 표기됨.

2 쪼키다 '쪼이다'의 강한 의미.

3 홧소리 닭이나 새가 날개를 벌리고 탁탁 치는 소리.

4 오소리 족제비과에 딸린 짐승으로 너구리와 비슷하게 생김.

5 덩저리 '덩치'의 강원도 방언.

6 면두 '볏'의 강원도 방언.

7 헛매질 때리는 시늉만 하고 실제로는 때리지 않는 매질.

8 쪼간 사건. 어떤 사건이나 작간.

9 쌩이질 쓸데 없이 남을 귀찮게 구는 일.

10 항차 황차. 하물며.

11 즈 집께 저의 집 쪽.

12 할금할금 할끔할끔. 곁눈으로 살그머니 자꾸 쳐다보는 모양.

13 얼골 얼굴.

14 얼병이 얼뜨기.

15 보구니 바구니.

16 배재 땅을 소작할 수 있는 권리.

17 양식이 딸리다 양식이 달리다. 즉 양식이 부족하다는 의미.

18 쥐지르다 쥐어지르다. 주먹으로 힘껏 내지르다.

19 도끼눈 분하거나 미워서 매섭게 쏘아 노려보는 눈을 비유적으로 이르는 말.

20 배냇병신 선천성 기형을 이르는 말.

21 고자 생식기가 불완전한 남자.

22 쌈이라면 회를 치는 고로 '회를 치다'는 고기나 생선으로 회를 만든다는 뜻이나, 여기서는 싸움이라면 대단히 '신이 나서', '좋아해서'라는 의미.

23 배채 대책. 방도.

24 하비다 손톱 등으로 조금 긁어 파다.

25 멈씰하다 멈칫하다.

26 쟁그럽다 경쟁자의 실패가 마음이 간지러울 정도로 썩 고소하다.

27 살 눈살.

28 앙가프리 '앙갚음'의 강원도 방언.

29 물쭈리 물부리.

30 뻐드러지다 부드럽던 것이 굳어지다.

31 삭정이 산 나무에 붙어 있는 말라 죽은 가지.

32 목쟁이 '목'의 비속어.

33 호들기 버들피리.

34 동백꽃이 소보록하게 깔렸다 여기서는 동백꽃이 지천으로 피어 있는 상황을 의미.

35 가차히 '가까이'의 강원도 방언.

36 명색 겉으로 내세우는 구실.

37 내음새 냄새.

38 산 알로 산 아래로.

야앵

* 『조광』, 1936. 7.

1 야앵 밤의 벚꽃나무, 또는 밤의 벚꽃. (벚나무는 앵두나무과에 딸린 것으로, 벚꽃은 앵화(櫻花)로 표기됨. 여기서는 밤 벚꽃놀이를 소재로 삼고 있음.

2 사쿠라(さくら) 벚꽃나무의 일본식 발음.

3 코청 두 콧구멍 사이를 막은 얇은 막.

4 패랑패랑하다 빼랑빼랑하다. 상대방의 언행에 대해 푸근히 받아주지 않고 강퍅하게 굴다. 성격이 까다롭고 고집이 세다.

5 애통 슬퍼하고 가슴 아파함.

6 수색원 도망치거나 잃어버린 사람을 찾아달라고 해당 기관에 내는 청원.

7 사박스럽다 성질이 독살스럽고 당돌하여 함부로 간섭하기 좋아하다.

8 골김에 홧김에.

9 빙충맞다 똘똘하지 못하고 어리석으며 수줍음을 타는 데가 있다.

10 먼점에는 먼젓번에는.

11 비쌔다 겉으로는 안 그런 체하다.

12 째긋하다 남에게 눈치를 채게 하려고 눈을 짜그리다.

13 우좌스럽다 여기서는 '우쭐대다. 잘난 체하다'의 의미.

14 좌쥐가 들리다 쥐(가)나다. 몹시 부끄러울 때 얼굴이 달아서 경련이 일어나기에
이르다.

15 미화 바보, 등신.

16 띠롱띠롱 또록또록.

17 바치다 주접스럽게 가까이 덤비다.

18 묵진하다 '묵직하다'의 강원도 방언. 무겁다. 여기서는 고생을 많이 했다는 의미.

19 삐루 맥주(beer)의 일본식 발음.

20 설고 카스텔라.

21 억설쟁이 억지로 고집을 세워서 자기 주장을 하는 사람.

22 곱다 이익을 보려다가 도리어 손해를 보게 되다.

23 얼뜰하다 얼떨떨하다.

24 쬐어 지내다 눌려 지내다.

25 부랑꼬(ぶらんこ) 부랑코. '그네'의 일본어 발음.

26 까시 히야카시(ひやかし). 놀림, 놀리는 사람.

27 두멍 물을 많이 받아두고 쓰는 큰 솥이나 독.

28 챌라고 채우려고.

29 포들포들 작고 탄력 있는 모양.

30 민줄 대다 민주를 대다. 몹시 미워서 싫증나게 굴다.

31 활하다 시원하다, 선선하다.

32 궁겁다 마음에 궁금한 느낌이 있다. 궁금하다.

33 쭐기다 질기다. 성질이 무르거나 부드럽지 않고 버티는 힘이 세다.

34 맛장수 아무 맛도 없이 싱거운 사람.

35 낄끗하다 깨끗하다. 구김살 없이 깨끗하다.

36 서름하다 서먹하다.

37 백줴 (백주) 대낮에.

38 전사일 전의 일.

39 뻔찔 어떤 행동이 자주 일어나는 일.

40 꽃심 꽃샘. 여기서는 꽃샘바람을 의미.

옥토끼

* 『여성』, 1936. 7.

1 심평 셈평. 생활의 형편.
　셈평이 펴이다 생활이 좀 넉넉하여져서 부족을 별로 느끼지 않게 되다.

2 가손 가선. 쌍꺼풀 진 눈시울의 주름진 금.

3 장근 때가 가깝게 됨. '거의'. 여기서는 '한 달이 가까워지련만'의 의미.

4 양단 이럴까 저럴까 하고. 좌우간. 두 가지 중.

5 속살 여기서는 속셈, 속마음을 의미.

6 김생 '짐승'의 방언.

정조

* 『조광』, 1936. 10.

1 지레 채다 지레짐작으로 알아차리다.

2 어리눅다 일부러 어리석은 체하다.

3 치가 집안일을 보살펴 처리함.

4 수전증 손이 떨리는 증상. 주로 알콜 중독자나 노인에게서 나타난다.

5 올룽이 사물이 종(鐘) 모양으로 볼록 튀어나온 모양.

6 말시단 말시비가 붙는 것.

7 게 다니나? 기어 다니나?

8 맥없이 아무 까닭 없이.

9 사박스럽다 성질이 독살스럽고 야멸친 데가 있다.

10 불근신 삼가고 조심하지 않음.

11 번처 본처.

12 굴치 여기서는 은근히 탐하는 성질을 가진 사람을 가리킴.

13 휘즐르다 휘줄거리다. 활개를 휘젓고 다니면서 우쭐거리다.

14 메 매 → 덩이. 덩어리.

15 뭅지않게 못지않게.

16 흉증 음흉한 버릇, 성격.

17 시간 세간. 살림살이 도구.

18 찔쩍하다 질척하다.

19 앞다리 집을 남에게 내어주고 새로 옮겨갈 집.

20 또라지다 당돌하고 또렷하다.

21 뱅충맞다 약간 똘똘하지 못하고 어리석으며 수줍음을 타는 데가 있다. 빙충맞다.

22 실적다 실없다.

23 으이 ① 의이: 율무. 율무죽 ② 응이: 녹말을 풀어 오미자나 기타 향미 식품 즙을 섞어서 충분하게 가열하여 걸쭉하게 만든 것.

24 허벙거리다 허둥대다.

25 잔 세간 자질구레한 살림용품.

26 주짜를 뽑다 여기서는 희떱게 덤빈다는 의미. 언행이 분에 넘치게 버릇없이 굴다.

27 고뿌 술집 선술집, 잔(盞)술집. 술값을 낱잔으로 풀어서 계산하는 술집.

28 토심스럽다 불쾌하고 아니꼽다.

29 희짜를 빼다 짐짓 희떱게 굴다.

30 생파같이 뜻하지 않게, 갑자기.

31 의걸이 옷걸이.

땡볕

*『여성』, 1937. 2.

1 바상바상하다 성질이 좀 가볍고 성급한 모양. 그러나 여기서는 물기가 없이 마른 상태.

2 부대하다 크고 뚱뚱하다.

3 육조배판 여기서는 한참 횡재를 꿈꾸고 있는 상황을 의미.

4 꺽지다 꿋꿋하고 억세다.

5 겸삼수삼 겸사겸사. 한꺼번에 여러 가지 일을 아울러 함.

6 궁겁다 궁금하다.

7 옆땡이 '옆'의 비속어.

8 대미처 뒤미처.

9 소문(小門) 여자의 음부를 완곡하게 이르는 말.

10 사불여의(事不如意) 일이 뜻대로 되지 아니함.

11 맨망스럽다 요망스레 까부는 태도가 있다.

12 살뚱맞다 당돌하고 독살스럽다.

13 비소(誹笑) 비웃음.

14 장대다 마음속으로 기대하며 잔뜩 벼르다.

15 왜떡 밀가루 또는 쌀가루 반죽을 얇게 늘여서 구운 과자.

16 부대 부디.

형

*『광업조선』, 1939. 11.

1 재조 재주.

2 고롭다 '고르다'의 방언. 정상적인 상태로 순조롭다.

3 터 터수. 살림의 형편과 정도.
  터 보이지 않을 만치 돈을 내어 쓴 것이 축나 보이지 않을 정도.

4 금만가 돈이 많은 사람. 재산가.

5 대중하다 대강 짐작하다.

6 뚝기 굳게 버티어내는 기운.

7 홑손 자력으로 혼자 일하는 손.

8 고수련 오래 앓는 사람의 병구완을 함.

9 고소(苦笑)하다 쓴웃음 웃다.

10 애소(哀訴) 슬프게 호소함.

11 답품 논밭에 가서 농작의 상황을 실제로 보고 조사함.

12 낙자없다 틀림없다.

13 가을하다 추수하다.

14 추수기(秋收記) 추수한 내용을 적은 장부.

15 가무(家務) 집안일.

16 수물통 움물 수문통 우물. 수문(水門; 성벽으로 부터 물이 빠져나가는 문)과 통 (通; 일제시대 행정구역 단위, 예를 들면 종로통, 동대문통) 그리고 우물이 합쳐 진 것. 여기에서 수문통은 동대문 옆 오간수교(물이 빠져나가는 무지개 모양의 수문이 5개라고 하여 불려진 이름) 인근 마을. '수물통 움물'은 오간수 부근에 있던 우물로 추정됨.(동아일보 2005. 9. 22 참조)

17 정안수 정화수(井華水). 이른 새벽에 길은 우물물. 조왕에게 가족들의 평안을 빌 면서 정성을 들이거나 약을 달이는 데 쓴다.

18 배우개장 이현(梨峴)장. 지금의 동대문 시장.

19 장놈 장사꾼. 상인.

20 데면데면하다 꼼꼼하지 않고 정성이 없다.

21 싸주다 감싸주다.

22 욱기 욱하는 성미.

23 첵경 첩경(捷徑).

24 따끔질 큰 덩이에서 조금씩 뜯어냄.

25 맑다 인색하다.

26 푼푼하다 여유 있고 넉넉하다.

27 배심(背心) 역심(逆心). 배반하는 마음.

28 검뜯다 거머잡고 쥐어뜯다.

29 옛가락뎃가락하다 이러니저러니 하며 시비를 따지다.

30 카랑카랑하다 액체가 많이 담겨서 그릇 가장자리까지 찰 듯하다.

31 말정하다 온전히 말끔하다.

32 풍편 소문. 소식.

33 초작(初作)여기서는 처음, 또는 젊은 시절을 의미.

34 찬가(饌價) 반찬 값.

35 북새 야단스럽게 수산을 떨며 법석을 부림.

36 더치다 낫거나 나아가던 병세가 다시 더하여지다.

37 우정 '일부러'의 방언.

38 거푸지다 언행이 시원시원하다. 여기서는 냉정하다, 서늘하다의 의미.

39 후분 늘그막.

40 아직건 아직껏.

41 엉둥거리다 엉기다. 여기서는 함께 살게 되었다는 의미.

42 잔용 자질구레한 비용.

43 담모텡이 담모퉁이.

44 촐촐하다 초라하다.

45 굴하방(くらばん) 구라방. 창고(倉庫)지기를 의미하는 일본말.

46 족대기다 마구 두들겨 패다.

47 얼러달라 얼르다 → 어르다. 어린애나 짐승을 귀엽게 다루어 기쁘게 해주다. 여기에서 '어르어 달라'는 사랑해 달라, 위해 달라는 의미.

48 재산이 귀떨어지다 재산이 축나다.

49 해 질 임시하여 해 질 무렵이 되어.

50 간호하던 산 사람 따라 늘어질 지경이다 간호하던 건강하던 사람까지도 따라서 늘어질(병이 날) 지경이었다.

51 후달리다 휘둘리다.

52 부나케 부리나케.

53 넌즛넌즛이 넌지시.

54 꼬까라트리다 거꾸러뜨리다.

55 댓돌 알로 댓돌 아래로. 댓돌은 집채의 추녀 안쪽으로 돌리어가며 놓은 돌.

56 기에 넘다 기가 차다.

57 가새질리다 가새는 가위의 사투리. 여기서는 가위에 눌린 듯 꼼짝 못함을 의미.

58 정배기 '정수리'의 사투리.

59 점돈 점치는 제구로 놓는 돈.

60 가리 가리새. 일의 갈피와 조리. 이유, 까닭.

61 상식(上食) 상(喪)을 당한 집에서 조석으로 죽은 사람에게 올리는 음식.

62 삭망(朔望) 음력 초하룻날과 보름날을 아울러 이르는 말.

63 불 된불. 호된 타격, 호된 벌.

64 복고개 '보꾹'의 사투리. 천장.

행복과 등진 열정[1]

——김유정의 생애와 문학

1. 김유정의 생애

김유정은 사망하기 11일 전에 안회남에게 다음과 같은 편지를 썼다.

> 필승아
>
> 나는 참말로 일어나고 싶다. 지금 나는 병마(病魔)와 최후 담판 이다. 흥패(興敗)가 이 고비에 달려 있음을 내가 잘 안다. 나에게 는 돈이 시급히 필요하다. 그 돈이 없는 것이다.[2]

---

1 본고의 제목은 김유정의 수필 「행복을 등진 정열」의 결미 부분 '말하자면 행복과 등진 열정에서 뻗쳐난 생활'이란 구절에서 차용했다. 전신재 편, 『원본 김유정 전집』, 도서출판 강, 1997, p. 439.
   이후 동일서적에서 인용했을 경우에는 『원본 김유정 전집』으로 표기하기로 한다.
2 이 편지는 1937년 3월 18일에 작성된 것이다. 『원본 김유정 전집』, p. 474.

이어서 김유정은 돈 백 원을 만들어 볼 작정이니 대중화되고 흥미 있는 탐정소설 한두 권을 보내주면 '내 50일 이내로 번역해서 너의 손으로 가게 하여 주마'고 부탁한다. 그는 자신에게 허용된 생명의 날이 다만 열하루뿐이라는 사실을 몰랐다. 그는 살고 싶어 했다.

김유정의 공개된 글 가운데 가장 먼저 씌어진 것은 중학교 2학년(1924년) 때에 쓴 일기문이다. 체육시간에 친구의 실수로 투포환을 가슴에 맞았지만 다행히 무사했다. 김유정은 투포환을 맞고도 멀쩡했던 자신의 행운에 대해 그 영광을 부모님과 조상에게로 돌린다. 짤막한 일기문의 앞과 뒤에서 그는 '영광이다.'[3]를 4번이나 반복했다. 그만큼 자신의 무사함과 건강함에 감격한 것이다. 그러나 13년 뒤인 1937년 2월 22일, 음력설을 맞은 김유정은 장막을 들추고 이불 속으로 들어가며 '이를 악물고 한평생의 햇빛과 굳게 작별한다'.[4]

영광에서 절망의 나락으로 떨어진 김유정의 불행은 어디에서 비롯된 것일까. 이들을 살펴보기 위해서 유정의 생애를 살펴보기로 하자.

김유정은 1908년 1월 11일 부친 김춘식(1873~1917)과 모친 청송 심씨(1870~1915) 사이에서 2남 6녀 중 일곱째로 태어났다. 첫

---

3 앞의 책, p. 475.

4 수필 「네가 봄이련가」는 그 내용으로 보아 1937년 2월 11일에 작성된 것이다. 『원본 김유정 전집』, p. 457.

아들을 낳고 내리 딸 다섯을 둔 뒤에 얻은 아들이었다. 귀한 아들이기에 오래 살라고 '먹서리'[5]라는 아명으로 불리었다. 김유정은 어려서 횟배를 앓았다. 핏기 없는 먹서리는 말을 더듬었다.[6]

김유정은 7살 때 어머니를, 9살 때 아버지를 여의고 이후 누님들과 유모인 수캐엄마의 돌봄을 받게 된다. 김유정이 12세에 서울 재동 공립 보통학교에 입학하기 전까지는 글방에 다니며 천자문, 계몽편, 통감을 배웠고 붓글씨를 잘 썼다고 한다.

김유정은 1923년 15세에 휘문고등보통학교에 입학하고 이 무렵 안회남(본명 안필승)을 만나게 된다. 조실부모하고 방탕한 형님 밑에서 자라야 했던 김유정에게 안회남은 커다란 의지처였다. 김유정의 휘문고보 5학년(1928)시절의 큰 사건은 동편제의 명창 박녹주와의 만남과 치질 수술이다. 1930년 김유정은 연희전문에 입학하였으나 출석 미달로 제적당하자, 박녹주에게 거절당한 사랑의 상처를 안고 춘천으로 간다. 그리고 이해 가을 늑막염의 진단을 받게 된다. 늑막염은 바로 폐결핵으로 이어지는 전초가 된다. (김유정은 1933년 서울시청 위생진단에서 폐결핵 진단을 받게 된다)[7].

춘천에서 김유정은 차츰 마음을 잡아 그의 집 사랑방에서 시작한 문맹 퇴치 운동은 1932년에는 금병의숙이란 이름의 간이 학교 인가를 받아낼 정도로 발전시킨다. 그는 문맹 퇴치 운동에서 나아가 농촌의 생활 개선을 위한 기초 활동으로 노름 퇴치, 마을의

---

5 짚으로 엮은 곡식을 담아두는 그릇.
6 김영수, 「김유정의 생애」, 김유정 기념사업회 편, 『김유정 전집』 하, 1994, p. 310.
7 김영수, 같은 글, p. 333.

길 넓히기, 부녀자들을 위한 야학 운동과 협동조합 운동 같은 것
도 전개하면서 마을 사람들과 폭넓은 교류를 갖기도 한다. 그리
고 틈틈이 그가 지켜본 마을 사람들의 생활을 메모하고, 머릿속
에 담아두기도 한다. 김유정의 농촌배경 소설은 대개 그런 노력
의 결과였다. 그것은 그 전해에 안회남이 신춘문예로 문단에 등
단하자 여기에 고무된 바가 컸었던 것이다. 김유정 또한 1932년
「심청」을 탈고한다. 1933년, 서울로 간 김유정은 안회남의 도움으
로 「산골 나그네」와 「총각과 맹꽁이」를 잡지에 발표하고. 1934년
에도 「솥」을 비롯한 몇 편의 작품을 탈고한다. 그리고 1933년경
창작했으나 발표 지면을 얻지 못한 「따라지 목숨」[8]과 1934년경 창
작했을 「노다지」를 신춘문예에 투고한다.

　마침내 1935년 「소낙비」가 조선일보에 당선되고 「노다지」가 조
선중앙일보에 가작으로 입선된다. 이해에 김유정이 발표한 작품
은 「봄 · 봄」을 위시해서 9편이고, 소설가 이상(李箱)과의 만남은
5월 이후로 보이는데 그는 이상의 추천으로 후기 구인회원으로
가입하게 된다. 밤을 새워가며 소설 창작에 매달린 그의 체력은
1936년에 들어서면서 흔들리기 시작한다. 1936년 발표작은 「동백
꽃」을 비롯해서 무려 12편이나 된다. 무리를 해서는 안 되지만 약
값을 벌기 위해 그는 무리한 창작에 매달려 건강을 소진시킨 것

---

8 본래 이 작품은 「흙을 등지고」라는 제목이었으나 잡지사의 사정으로 게재되지 않
　자 안회남이 이를 신춘문예에 응모하도록 권유했다. 이에 유정은 내용을 수정하
　고 제목도 「따라지 목숨」으로 하여 현상문예에 투고했다. 조선일보사에서는 이
　작품을 1등 당선작으로 뽑고 그 제목을 「소낙비」로 고쳐서 발표했다.
　안회남, 「겸허-김유정전」, 『김유정 전집』 하, p. 294.

이다. 7월에 정릉 산골로 요양을 들어갔던 그는 폐결핵과 결핵성 치루로 조카 김영수의 등에 업혀 형수가 살고 있는 집으로 들어오게 되고 8월 이후부터는 아예 기동을 못하게 된다.

1937년 3월 초, 폐결핵에 치루까지 겹쳐진 김유정은 다섯째 누이 유흥이 살고 있는 경기도 광주로 거처를 옮긴다. 이미 이때부터 김유정은 혼자 세수도, 식사도 할 수 없을 정도로 쇠약해진 모습을 보여준다. 그리고 1937년 3월 29일, 29세의 나이로, 그는 경기도 광주의 누님 집에서 사망한다. 그의 유해는 화장되어 한강에 뿌려지고, 사후에 미발표 작품으로 「형」을 비롯한 4편의 소설과 2편의 번역소설이 발표된다.

자연인 김유정은 축복 가운데 태어나서 불행하게 죽었다. 그러나 그는 그에게 주어진 불행의 요인들을 문학적 축복으로 돌려놓았다. 살아서 고독하고 불행했던 그는 죽어서 사랑받고 축복받는 작가가 되었다. 이제 이들을 살펴보기 위해서 김유정의 문학 세계로 들어가보기로 하자.

2. 김유정의 문학 세계

1) 김유정 문학의 출발

김유정 문학의 출발은 크게 내·외적 요인으로의 접근이 가능하다. 먼저 내적 요인은 말더듬과 결핵이고 외적 요인으로는 안회

남과 박녹주와의 만남을 통해 운명적으로 작가의 길을 선택하게
되었다는 것이다.

(1) 말더듬과 결핵

　김유정이 말더듬이었다는 사실은 그의 자전소설「생의 반려」[9]
와 이석훈의 증언 '입이 무겁고 말더듬인 유정'[10]에서 확인된다.
김유정은 어린 시절부터 말더듬의 증세를 보이고 있었다. 김유정
의 말더듬은 휘문고보 2학년 때 눌언 교정소에서 고쳤다고 한다.
그러나「생의 반려」와 이석훈의 증언을 통해 보았을 때, 그의 말
더듬은 성인 단계[11]에까지 지속되었다. 특히 '흥분하는 외에는 말
을 더듬지 않았다'[12]는 것은 김유정이 내면화된 말더듬[13]이었음을
짐작케 한다. 김유정의 언어장애는 기질적이거나 기능적 원인[14]이
아니라 심리적 원인 및 요인들에 의한 것으로 보인다. 아버지의
과격한 성격[15]과 어머니의 팔팔한 성깔은 아들 하나를 낳고 딸 다

---

9 김유정,「생의 반려」,『원본 김유정 전집』, p. 256.

10 이석훈,「유정의 면모편편」,『김유정 전집』하, 1994, p. 404.

11 이규식 외 2인,『청각 언어장애아 요육』, 형설출판사, 1975, p. 349.

12 김영수, 앞의 책, p. 310.

13 내면화된 말더듬이란 말더듬의 대부분이 감추어진 것으로 이들은 장애를 노출
시키지 않으려고 항상 조심하는 상태——긴장의 연속선상에서 살아야 하는 무거
운 짐을 지고 있다.
Charles Van Riper, 이규식 · 권도하 옮김,『언어치료학——이론과 실제』, 학문
사, 1983, p. 213.

14 기질적 원인은 구개파열 아동의 경우이고 기능적 원인은 정상적 언어 기제를 갖
고 있으나 조음 및 음성 장애가 있는 경우를 의미한다.

섯을 낳은 후에 얻은 아들이었기에 그 아들에 대한 과도한 애정과 기대가 언어 습득기의 김유정을 위축시킨 것은 아니었을까.[16]

말더듬은 김유정으로 하여금 염인증에 빠지게 했다. 여기에 조실부모와 방탕한 형님과 가문의 몰락은 김유정을 자폐 상태로 몰고 간다. 그는 결핵 진단이 내려지기 이전, 셋째누님과 사직동에 방을 얻어 살 때부터 이미 조그만 방, 조그만 창문에 검정 보자기를 들씌워 햇빛을 차단했다. 그의 염인증은 말 그대로 사람을 싫어한 것이 아니라 오히려 두려워한 것이었다. 그는 낯선 사람 앞에서 자신이 말더듬이라는 사실이 알려지는 것이 두려웠던 것이다. 그가 평소 말이 없었다는 것은 사람들에게 장애의 흔적을 노출시키지 않으려는 무의식적 방어 본능에서 나온 것이었다.

그는 돌아가신 어머니를 그리워했다. 그리고 중증의 우울증에 빠졌다. 그는 자신의 우울증의 원인이 '애정에 주리었다'고 했다. 그는 사랑을 원했다. 그때 운명적으로 만난 사람이 명창 박녹주였다. 박녹주와의 소통을 위해서 그가 선택한 것이 문자 언어였다. 그는 밤을 새워가며 박녹주에게 보내는 편지를 썼다. 말더듬이었던 그는 음성 언어가 아니라 문자 언어에 매달렸다. 문자 언

---

15 김유정의 자전소설 「형」과 「생의 반려」 그리고 안회남의 「겸허—김유정전」, 김영수의 「유정의 생애」에서 가족들의 성격을 살펴보았을 때, 조부, 부친, 형님과 자매들은 모두 정상에서 일탈한 과격성을 보여준다. 유정의 모친도 전통적인 다소곳한 여성상이라기보다는 날카로운 눈초리와 팔팔한 성깔과 의지의 굳건함을 느끼게 해주는 인상의 소유자라고 했다.

이상은 졸저, 『김유정을 찾아가는 길』, 솔과 학, 2003, pp. 94~97 참조.

16 앞의 글, p. 96.

어를 통해서 대상에게 자신을 알리고, 사랑을 쟁취하고, 동시에 자신의 존재를 확인하려고 했다. 그가 쓴 편지는 문학 창작을 위한 필수적인 수련 과정이었던 것이다.

이 무렵 김유정은 치질 수술을 받았고 다음해 가을에는 늑막염 진단을 받는다(1929). 늑막염의 가장 흔한 세 가지 원인은 폐렴과 결핵과 암이라고 한다. 김유정의 경우는 결핵성 늑막염으로 추정된다. 결핵성 늑막염일 경우 대개는 폐결핵으로 전이된다. 김유정이 서울시청 위생진단에서 폐결핵 진단을 받은 것은 1933년, 그리고 결핵성 치루가 발병한 것은 1936년 여름이었다. 결핵치료제 스트렙트 마이신이 1943년에, 파스가 1946년에 발견되기 전까지 결핵은 치명적 질병이었다.[17] 1930년대 당시에 결핵 진단은 사망 선고에 다름 아니었다.

말더듬과 가정적 불행에서 초래된 우울증, 처음 선택한 이성으로부터 사랑을 거절당한 그는 염인증에 빠진다. 그리고 폐결핵 진단, 죽음 본능 앞에서 그는 자신을 돌아보게 되고 마침내 비극적 위엄을 수용하게 된다. 그는 비극적 용기로 행복과 등진 열정에 매달린다. 그것이 곧 문학 창작이었다. 김유정이 문학 창작에 몰두하는 모습은 그가 누님과 사직동에서 셋방 살던 시절을 소재로 한 「따라지」에서 톨스토이의 모습에 투영된다.

1935년, 양대 일간지 신춘문예를 통해 화려하게 문단에 진출했던 그해 봄에, 김유정에게 막연했던 사망 선고는 구체적인 시한

---

17 졸저 『김유정을 찾아가는 길』에서 「김유정 문학 속의 결핵」, pp. 119~66을 참조.

부 인생으로 찾아왔다. 김유정이 '한 달포를 두고 몹시 앓았을 때 의사를 찾아가니 그 말이 돌아오는 가을을 넘기기가 어렵다고 하였다.'[18] 그럼에도 김유정은 '연일 철야로 원고와 다투었다.'[19] 김유정은 자신의 존재 이유를 찾기 위해 문학 창작에 매달렸다.

김유정의 문학 창작의 내적 요인은 말더듬과 가정적 불행과, 그리고 결핵이 함께 작용해서 만든 고독이라는 괴물이었다. 그것에 대항하기 위해 김유정은 문학창작에 매진했다.

(2) 안회남과 박녹주

김유정이 작가가 되도록 자극이 되어준 외적 요인으로 안회남과 박녹주가 있다.

김유정과 안회남은 휘문고보에 입학은 같이 했어도 친해지기는 3학년[20]부터였다. 두사람 모두 지각과 결석을 자주 했고, 그런 서로를 바라보다가 친해졌다고 했다. 이 무렵을 조카 김영수는 다음과 같이 기억한다.

2, 3학년때부터 안회남이 매일같이 찾아왔습니다. 그들은 같은 반이었습니다. 안씨는 피부 색깔이 검어서 집안 식구들은 그의 이름대신 '깜둥이'라고 불렀습니다.

매일 밤 찾아오는 '깜둥이'에게 묻어나간 그는 밤 새로 한 시가

---

18 김유정, 「길」, 『원본 김유정 전집』, p. 435.

19 앞의 글.

20 앞의 글, p. 271.

넘어야 집으로 돌아왔습니다.[21]

그들은 함께 공부하고 운동을 하고, 하모니카 연습을 하며 함께 뒹굴었다. 그러다가 두 사람 모두 1926년 과정 낙제를 했다. 그래도 김유정은 학업을 계속하였지만 안회남은 1927년 12월 15일자로 자퇴[22]하고 이후 학교 대신 도서관에 드나들며 문학 서적을 탐독한다. 안회남은 자신의 아버지가 많은 저서를 냈을 뿐 아니라 그 가운데 『동물회의록(動物會議錄)』이 발행 당시에 4만부를 돌파한 조선 출판계의 최고 기록을 세웠었다는 것[23]에 감격하고 있었다. 아버지에 대한 존경과 사랑의 기억을 갖고 있는 안회남, 아홉 살 어린 나이에 아버지를 여읜 김유정, 얼마나 부러웠을 것인가. 명사인 아버지의 아들, 글짓기를 잘해서 작문 시간마다 선생님께 칭찬을 받던[24] 안회남이었다. 문학에 대한 김유정의 관심은 안회남과 우정을 쌓으면서 자연스럽게 싹트기 시작했다. 김유정이 문학을 평생의 과업으로 선택한 것은 1930년 안회남이 결혼하던 날짜의 일기에서 확인된다.

……내가 결혼한 날의 유정 일기를 보면 그는 나를 퍽 행복스러

---

21 김영수, 앞의 책, p. 315.

22 백승렬, 「안회남 소설 연구」, 서울대학교 석사학위 청구논문, p. 162.

23 안회남, 「명상」, 앞의 책, pp. 97~98. 여기서 안회남은 안국선의 『금수회의록』을 착각하여 『동물회의록』으로 표기하고 있다.

24 같은 책, p. 98.

운 사람이라고 말한 후, 자기는 도저히 그런 행복을 꿈꿀 수도 없다고 하고,

"나는 영원히 결혼하지 않으리라. 나는 문학과 함께 살련다. 그것이 나의 애인이요, 아내이다." 이러한 의미의 것을 적어놓았는데……[25]

안회남은 1931년 조선일보 신춘문예에 「발(髮)」이 3등 당선되면서 소설가로 등단한다. 이 무렵 김유정은 춘천의 실레마을에서 야학 운동을 하고 있었다. 안회남의 문단 등단은 김유정에게 커다란 자극이 되었다. 김유정은 실레마을 사람들과 함께 어울리면서 그들의 일거수일투족에 관심을 갖고 이를 메모하기 시작한다. 작품을 위한 자료들을 적극적으로 수집하기 시작한 것이다. 그리고 서울로 간 유정은 1932년 그의 최초의 소설 「심청」을 탈고하고, 이어서 「산골 나그네」와 「총각과 맹꽁이」를 안회남의 소개로 잡지 『제1선』과 『신여성』에 발표한다. 또한 안회남의 격려로 신춘문예에 응모, 마침내 「소낙비」와 「노다지」가 조선일보와 조선중앙일보에 당선되어 문단에 공식 등단하게 된다. 안회남은 김유정이 작가가 되는 데 지렛대 역할을 해준 것이다. 뿐만 아니라 유정의 소설 가운데 실화의 소설화와 자전적 요소가 투입된 소설이 비교적 많다는 것에는 사소설 작가로서의 안회남의 영향력을 인정하지 않을 수 없다.

---

25 안회남, 「겸허」, 『김유정 전집』 하, p. 299.

김유정이 박녹주를 처음 만난 것은 휘문고보 졸업 전인 1928년 가을쯤으로 추정된다. 김유정이 박녹주를 처음 만나던 순간의 감동은 「생의 반려」에 그대로 재현된다.

그가 명주를 처음 본 것은 작년 가을이었다. 수은동 근처에서 오후 한 시경이라고 시간까지 외고 있는 것이다.

그가 일로 하여 봉익동엘 다녀 나올 때 조고만 손대야를 들고 목욕탕에서 나오는 한 여인이 있었다. 화장 안 한 얼굴은 창백하게 바랬고 무슨 병이 있는지 몹시 수척한 몸이었다. 눈에는 수심이 가득히 차서, 그러나 무표정한 낯으로 먼 하늘을 바라본다. 흰 저고리에 흰 치마를 훑여 안고는 땅이라도 꺼질까 봐 이렇게 찬찬히 걸어 나려오는 것이었다.

그 모양이 세상 고락에 몇 벌 씻겨 나온, 따라 인제는 삶의 흥미를 잃은 사람이었다.[26]

이 작품에서 김유정 자신이 투사된 주인공 유명렬, 그 유명렬이 나명주(박녹주가 모델인)에 집착하는 모습은 '헐없이 광인'이었고 '햇빛 보기를 싫여하는 그건 말고라도 거츠러진 그 얼골이며 안개 낀 그 눈매——누가 보든지 정신병 환자이었다.'[27]

그렇다면 유명렬의 실제 모델인 김유정으로 하여금 애정에의 신경증[28]적 환자가 되도록 했었던 박녹주는 어떤 사람이었을까.

26 김유정, 「생의 반려」, 『원본 김유정 전집』, p. 252.
27 같은 책, p. 253.

박녹주의 본명은 명이(命伊), 12세부터 명창 박기홍의 문하에서 5년간 판소리를 배웠고, 이후 「적벽가」는 송만갑에게 「춘향가」는 정정렬에게 「심청가」와 「흥보가」는 김창환, 김정문에게 「수궁가」는 유성준에게 배웠다고 한다.

박녹주의 이름은 명창 명기가 총망라된 조선음악대회가 1928년 3월 19~20일 밤에 우미관에서 열린다는 매일신보 기사에서 보인다.[29] 박녹주는 1928년에 콜럼비아 레코드사에서 첫 음반을 내었고 이후 빅터 레코드사 오케이 레코드사 태평 레코드사 등에서 많은 음반을 취입했다.[30]

김유정은 처음 박녹주를 만났을 때, 그녀가 동편제의 명창이라는 사실을 모르고 있었다. 자신도 모르게 그 여자를 따라갔고, '그리고 집에 돌아와 그날 밤부터 편지를 쓰기 시작하였다. 매일 한 장씩 보내었다.'[31]

김유정이 박녹주를 만나기 전에 우리 소리에 관심을 갖고 있었던 흔적은 어디에서도 찾아볼 수 없다. 그는 영화 보기를 좋아했

---

28 카렌 호니, 『여성심리학』, 이화여대출판부, 1984, p. 281.
심리학자 카렌 호니에 의하면 애정에의 신경증적 욕구는 다른 말로 어머니 고착(mother fixation)이란 말로 표현할 수 있으며 이는 어머니에게 충분한 사랑을 받지 못한 사람들에게 나타나는 증상이라고 한다. 그렇다면 여기서 유정이 어머니를 그리워하는 마음과, 5살 연상의 박녹주에게 막무가내로 덤벼드는 것이 병적 상태였다고 보는 것은 성급한 단정일까. 『여성심리학』, p. 292 참조.

29 매일신보, 1928. 3. 18.

30 김기형, 「여류 명창의 활동양상과 판소리사에 끼친 영향」
http://www.koralit.net/jaryo/7/A12.HWP(구비문학회 홈페이지)

31 김유정, 「생의 반려」, 앞의 책, p. 252~53.

고, 음악에 취미가 있었으며 아코디언과 바이올린을 즐겨 켰고[32] 하모니카 밴드를 이끌었고, 단성사 개관 기념행사 때는 단성사 무대위에 올라 하모니카 독주를[33] 하기도 했다. 이들로 보면 김유정의 취향은 다분히 서구 지향적이었다. 그러던 김유정이 박녹주를 만나면서 우리 소리에 귀를 기울이기 시작했다.

①……그리하여 그는 그때 전문학교 시절의 발랄한 몸이면서도, 새로운 세대의 새 이지의 감동력도 없이 그저 우울하고 초조하고 비관적이어서 무슨 남도 소리를 한답시고 '문경의 새재는 으응 으응' 어쩌고 저쩌고 하다가 '오대야 구부구부 눈물이다' 뭐 한숨이 절로 나온다고 하면서 이따금 당치도 않는 목청을 뽑고 했다.[34]

② "김형! 우리 소리합시다."
하고 그 척 척 붙어 올라올 것 같은 끈적끈적한 목소리로 강원도 아리랑 팔만 구암자를 내뽑는다. 이 유정의 강원도 아리랑은 바야흐로 천하일품이다.[35]

①은 안회남이, ②는 이상이 증언하는 김유정이 부르던 「진도

---

32 김영수, 앞의 책, p. 314.

33 같은 책, pp. 315~16.

34 안회남, 앞의 책, p. 278.

35 이상, 「김유정—소설체로 쓴 김유정론」, 『이상소설전집』 1, 갑인출판사, 1980, p. 305.

아리랑」과 「강원도 아리랑」의 한 대목이다. 김유정은 박녹주를 만나면서 그의 가슴에 우리 소리의 곡조와 정조를 담기 시작한다.

김유정은 그의 첫사랑이 조선의 명창이었기로, 그 자신도 이를 능가할 수 있는 작가가 되기로 결심한다. 말더듬이었기로 언어 및 언어 구사에 민감했었던 김유정이었다. 그는 '우리 소리'에 개안(開眼)하게 되면서 본능적으로 그 속에 들어 있는 우리 고유의 정조와 가락과 노랫말에 나타난 서민의 살아 있는 언어에 주목하게 된 것이다. 그렇다면 박녹주야말로 청년 김유정의 사랑을 거절함으로써 김유정으로 하여금 문학을 통해 자신의 정체성을 찾도록 도와준 여성이었다. 왜냐하면 김유정은 박녹주 이상으로 그의 예술혼을 넓고 깊게 펼치게 되었기 때문이다.

2) 김유정 문학의 특징

후기 구인회 회원이었던 김유정에게 글은 공들여 만들어져야 하는 것이었다. 그러나 김유정은 과도한 공들임의 파행을 경계했다. 그는 또 독자를 외면하고 예술지상주의자를 자처하는 일부 작가들도[36] 경계했다. 김유정에게 '읽혀지지 않는 문학 작품은 사장되어 존재하지 않는 것과 같았다.'[37] 김유정은 예술가의 사명은 '인류 사회에 적극적으로 역할을 가져오는 데' 있다고 보았다. 그래서 그는 새로운 문학의 목표를 묻는 설문에 대해 다음과 같이

---

36 김유정, 「병상의 생각」, 『김유정 전집』, p. 469.
37 차봉희, 『수용미학』, 문학과지성사, 1985, p. 29.

답한다.

　우리의 정조(情調)

　이 시대의 풍상(風霜)을 족히 그리되 혈맥(血脈)이 통하야 제물
로는 능히 기동(起動)할 수 있는 그런 성격을 천착(穿鑿)하는 곳.[38]

　이와 같은 문학관의 작가였기에 김문집에게 김유정은 '애기 젖
빼는 본능으로'[39] 글을 쓴 작가였고, '농후한 개성과 전통미가 홍
수를 이루고 있을뿐더러 일종 수줍은 고전미'를 갖고 있는 작품의
작가였다. 이태준 또한 김유정은 '최초의 작품부터 자약(自若)한
일가풍(一家風)을 가졌던[40] 작가였고, '자기 체질에 맞는' '기질에
맞는 것을 쓴 작가'였다.

　그렇다면 김유정의 작가로서의 본능과 기질은 그의 작품 속에
서 어떤 문학적 특성을 이루게 하였을까.

　(1) 삶의 현장성과 삶의 역동성

　김유정 작품이 주는 감동은 무엇보다도 삶의 현장성이 그대로
살아 있다는 것이다. 혹자는 김유정의 서술 태도에서 '희극적 효
과를 위한 과도한 과장의 태도'[41]가 있다고 지적한다. 그러나 그것

---

38 김유정, 「설문」, 『원본 김유정 전집』, p. 479.

39 김문집, 「김유정의 예술과 그의 인간 비밀」, 『김유정 전집』 하, p. 371.

40 이태준, 『무서록』, 깊은샘, 2003, p. 49.

41 이재선, 「회화적 감각과 바보 열전」, 전신재 편, 『김유정 문학의 전통성과 근대

은, 인생의 안내자, 스승의 역할을 자임하던 종래의 작가에 익숙해 있었던 평자의 느낌이 아닐까. 춘원 이광수가 그랬고 김유정의 동시대 작가들도 역시 그랬다. 그러나 김유정의 경우는 철저하게 작중 인물과 동일시가 이루어진다. 서울 배경의 작품에서는 서울 사람이 되고 농촌 배경의 작품에서는 농촌 사람이 된다.

① "쥔어른 계서유?"

몸을 돌리어 바느질거리를 다시 집어들랴 할 제 이번에는 짜정 인끼가 난다. 황겁하게

"누기유?"하고 일어서며 문을 열어보았다.

"왜 그리유?"

처음 보는 아낙네가 마루 끝에 와 섰다. 달빛에 빗기어 검붉은 얼굴이 핼쑥하다. 추운 모양이다. 그는 한 손으로 머리에 둘렀던 왜수건을 벗어 들고는 다른 손으로 흩어진 머리칼을 씨다듬어 올리며 수집은 듯이 쭈볏쭈볏한다.

"저⋯⋯하룻밤만 드새고 가게 해주세유——"[42]

② "일어 쪼각 하나 못하는 것이 무슨 학교를 다녔다구? 이년아!" 하고 넘겨짚으며 얼러딱딱입니다. 그러니까 아내는 잠자코 낯이 빨개집니다.

성』, 한림대아시아문화연구소, 1997, p. 108.

42 농촌 배경 소설의 경우. 당시 춘천 지역의 발음 그대로를 표기한 작자의 표기를 따르기로 한다. 김유정, 「산골 나그네」, 『원본 김유정 전집』, p. 18.

"네까짓 게 학교를 다니면 값이 얼마라구!"

두둑한 뺨에다 다짜고짜로 양떡을 먹입니다. 아내가 밉다기보다 미주리 쏙인 장인놈의 소위가 썩 괘씸하고 원통합니다.

"저는 웬 의사라구 빈 가방을 들고 왔다갔다해. 아이 우스워라. 별꼴두 다 많어!" 하고 그제서야 아내는 고개를 들며 입을 삐죽입니다.[43]

①은 실화를 소설화한 「산골 나그네」이다. 늦가을 달밤의 주막 집, 홀어머니의 눈에 비친 나그네의 모습이다. 해쓱한 얼굴, 추위에 떠는 모습. 화자의 시선과 감수성은 홀어머니를 초점 화자로, 등장인물들의 대화에는 춘천 지방의 언어와 시골 사람의 푸근한 인심이 스며든다. 어느 날 홀연히 찾아든 나그네가 홀어머니의 노총각 아들과 혼례식을 올린 며칠 뒤 새신랑의 새 의복 일습을 훔쳐 갖고 병든 걸인 남편에게로 돌아간다는 것이 이 작품의 이야기다.

②는 서울이 무대인 「애기」에서 신랑과 새댁의 부부 싸움 장면이다. 서로가 속이고 치른 결혼식, 서로의 정체를 폭로하는 말싸움은 서울 토박이 언어로 이루어지고, 이들 속에는 서로에 대한 불신과 그로 인한 영악한 인간의 이기심이 팽배해 있다. 임신한 딸을 떠넘기기 위해 지참금을 미끼로 사위를 공개 모집한 장인, 지참금에 눈먼 필수네 가족이 접근하여 혼인은 성사된다. 시집와

---

43 김유정, 「애기」, 『원본 김유정 전집』, pp. 402~03.

두어 달 만에 태어난 씨 다른 애기. 그 애기를 가운데 두고 가족들이 벌이는 희비(喜悲)의 소동이 이 작품의 줄거리다.

김유정의 작품에서는 당시의 고단한 삶을 수용하는 순박한 사람들로부터 사기꾼에 이르기까지 다양한 삶의 모습과 다양한 삶의 현장이 그대로 재현된다. 삶의 현장은 명암과 선악이 존재하기 마련이다. 그렇기에 김유정은 당위의 세계가 아닌, 있는 그대로의 세계, 곧 '존재의 문학'[44]으로 그의 문학 공간을 채워간다.

한편 김유정 작품의 도처에서 만나게 되는 등장인물들은 어떤 상황에서도 삶의 의지와 역동성을 보여준다. 그들은 짝짓기를 통한 종족 보존과 생존 본능 앞에 솔직하고 용감하다. 그렇기에 그의 작품에서는 충만한 생명감을 느끼게 된다.

① 뭉태가 이쁘달 때엔 어지간히 출중난 계집일 게다. 이런 걸 데리고 술장사를 한다면 그밖에 더 큰 수는 업다. 뒤해만 잘하면 소 한 바리쯤은 낙자없이 떨어진다. 그리고 <u>아들도 곧 나야 할 텐데</u> 이게 무엇보다 큰 걱정이다.[45]

② "자네 말두 하기야 옳지, 암 나이 찼으니까 <u>아들이 급하다</u>는게 잘못된 말은 아니야. 허지만 농사가 한창 바쁠 때 일을 안 한다든가 집으로 달아나든가 하면 손해죄루 그것도 징역을 가거

44 김상태, 「김유정과 해학의 미학」, 전신재 편, 『김유정 문학의 전통성과 근대성』, p. 115.

45 김유정, 「총각과 맹꽁이」, 『원본 김유정 전집』, p. 33.

든!……(중략)……자넨 물론 아들이 늦을 걸 염려하지만 점순이 루 말하면 인제 겨우 열여섯이 아닌가……(후략).⁴⁶

(밑줄 필자)

①은 「총각과 맹꽁이」이다. 서른네 살 난 노총각 김덕만이가 장 가를 들어야 하는 데에는 여러 이유가 있겠지만 무엇보다도 아들 을 낳아야 한다는 막중한 임무가 있다. ②는 「봄·봄」에서 구장님 이 데릴사위를 달래는 장면이다. 사위가 자신이 혼례를 서둘러야 하는 이유가 아들이 급함에 있다고 주장했음이 구장님의 훈계 가 운데 나온다. '아들이 급하다'는 것은 바로 종족 보존 본능의 또 다른 표현일 뿐이다. 종족 보존 본능은 바로 유한한 개체의 생명 을 짝짓기를 통해 지속시키고자 하는, 생명체들의 가장 절실하고 도 심각한 생명 충동이다.

한편 미혼 남녀들의 짝짓기 과정의 접근법은 솔직하고도 용감 하다. 「산골」의 이뻔이는 도련님이 그리워 애태우는데 석숭이는 아무쪼록 이뻔이 눈에 잘 보이려고 이뻔이의 온갖 시중을 다 들 어준다. 「봄·봄」의 데릴사위는 점순이와의 혼례를 지연시키는 장인님의 바짓가랑이를 잡아당긴다. 「동백꽃」의 점순이는 닭싸움 을 매체로 총각의 관심을 끌고, 「따라지」에서 아키코는 연모하는 톨스토이에게 연애편지를 써달라는 핑계로 접근한다. 그들은 서 로에게 가까이 가기 위해 어리숙하거나 되바라진 행위로 도전을

---

46 김유정, 「봄·봄」, 『원본 김유정 전집』, pp. 162~63.

하는데 이때 이들에게서 건강한 생명력을 느끼게 된다.

한편 기혼자들의 경우 그들의 생존 본능은 가족을 지키기 위해 어떤 고난도 감수한다. 「산골 나그네」의 나그네는 병든 남편의 겨울옷을 마련하기 위해 덕돌과 사기 결혼을 하고 「소낙비」의 춘호 처는 남편의 노름빚을 얻어주기 위해 이주사에게 몸을 맡긴다. 「솥」의 계숙이는 뭇 남자들로부터 생활비와 생활용품을 거두어들여 남편과 함께 떠나고 「만무방」의 응칠이 처는 아이를 살리기 위해 후살이를 작정한다. 「안해」의 아내는 이밥에 고깃국을 먹기 위해 들병이로 나가려 하고, 「가을」의 복만이 처도 빚을 가리기 위해 소장수 황거풍에게 팔려가지만 사흘 만에 남편과 함께 줄행랑을 친다. 「정조」의 행랑어멈은 서방님을 유혹해서 고뿌 술집을 차릴 밑천을 얻어나간다. 앞에서 언급한 「만무방」을 제외한 작품의 부부들은 대단한 결집력의 부부애를 보여준다.[47] 살기 위해서라면 어떤 것도 마다하지 않는 이들 앞에서, 김유정이 얼마나 삶에 깊이 매료되어 있었던가를 보게 된다. 시한부 인생의 폐결핵 환자 김유정이었다. 죽은 정승이 산 개만 못하다고 했다. 그래서 살고 싶었던, 살아서 사랑받고 싶었던 김유정의 열망은 「따라지」에서 아키코의 절대적인 사랑을 받고 있는 톨스토이로, 「야앵」에서 딸을 데리고 사직골 몇 번지[48]에서 살고 있다는, 결핵 환자임이 분명한 정숙이의 전 남편으로, 「옥토끼」에서 가난하지만 서로를 신뢰

---

47 전신재, 「농민의 몰락과 천진성의 발견」, 『김유정 문학의 전통성과 근대성』, p. 329.

48 김유정, 「야앵」, 『원본 김유정 전집』, p. 239.

하는 젊은 연인으로 구체화된다.

김유정 작품 속에 나타나는 삶의 현장성과 충만한 생명력은, 문학을 생활의 한 과정[49]으로 보았던 작가로서의 몰입 그리고 결핵 진단을 받은 이후 건강한 생명에 대한 욕망과 집착이 그의 창작 생활에 깊은 영향을 준 것이었다.

(2) 해학성과 토속성(향토성)

김유정 문학의 또 다른 특징 중 해학성을 들어보자. 혹자는 김유정 문학의 해학성을 판소리에 연결시키고,[50] 혹자는 김유정이 자신에게 주어진 고통을 승화하고 대상을 객관화시켜 현실 초극의 길을 열어보려고[51] 해학에 집착했다고 본다. 김유정 문학 속의 해학은 비극이 될 소재를 희극으로 연출한 서글픈 해학[52]이다. 이선영이나 이재선이 보고 있는 전통적인 해학과는 일면 거리를 두고 있는 것이 김유정의 해학이다.[53]

김유정의 처녀작인 「심청」을 보자. 종각 앞에 나앉은 병든 거지 앞에서 청년 실업자(失業者)는 눈살을 찌푸리고, 그의 고교 시절 친구였던 나리(순사)는 병든 거지를 골목 안으로 몰아넣는다. 그

---

49 김유정, 「병상의 생각」, 『원본 김유정 전집』, p. 472.

50 이선영, 「민중문학과 자기 인식」, 『김유정 문학의 전통성과 근대성』, p. 94.

51 전신재, 앞의 책, p. 335.

52 김상태, 앞의 책, p. 127.

53 이와 같은 논조는 정한숙에게서도 보인다. 정한숙, 『현대한국문학사』, 고려대출판부, 1982, p. 167~68.

들이 서로 인사하고 헤어질 때다.

> 때는 화창한 봄날이었다. 전신줄에서 물찌똥을 내려깔기며
> "비리구 배리구."
> 지저귀는 제비의 노래는 그 무슨 곡조인지 하나도 알려는 사람
> 이 없었다.[54]

「심청」이 연상시키는 것은 효녀 '심청'이다. 그러나 김유정의
「심청」은 심사가 사납게 꼬인 상태를 말한다. 독자의 기대를 배신
하는 아이러니다. 그러나 곧 거지를 벌레로, 자신을 거지의 수준
에 놓고 있는 과거의 톨스토이, 병든 거지를 쫓아내고 의기양양
해하는 과거의 예수 제자, 이들이 과거에 가졌던 기대와 현실적
상황이 다시 등장인물과 독자의 기대를 배신한다. 여기에 그들을
향해서 전선줄 위에서 물찌똥을 내깔기는 제비의 행태 앞에 독자
는 쓴웃음을 짓지 않을 수 없다. 그것은 조롱이나 공격 따위와는
거리가 먼, 아픔을 삼키기 위한 강잉한 웃음(억지 웃음, 쓴웃음)을
불러온다. 「총각과 맹꽁이」, 「솥」, 「만무방」, 「봄·봄」, 「따라지」,
「안해」, 「가을」 들을 읽었을 때, 번져 나오는 강잉한 웃음, 그것이
김유정투의 해학이다.

김유정 문학의 해학은 어디에서 유래된 것일까. 첫째, 전통적
해학과는 다소 거리가 있지만 판소리와의 관계는 동편제 명창이

---

54 김유정, 「심청」, 『원본 김유정 전집』, pp. 183~84.

었던 박녹주에 대한 그의 관심에서 충분히 가능한 이야기다. 둘째, 어린시절의 영화 취미, 특히 찰리 채플린과 비스터 키튼의 코미디를 좋아했던 김유정이었다. 이들 코미디에서 보여주는 주인공들의 표면적인 삶은 명랑했지만, 그 이면에는 사회적 부조리와 인간적 결함을 웃음 속에서 꼬집고 있었다.[55] 이런 영화 체험이 후일 김유정에게 암담한 현실을 희극적으로 처리하도록 했다. 뿐만 아니라 화자의 어투도 당시 보았던 무성 영화에서 변사의 역할과, 판소리에서 소리광대의 창과 아니리로 서사를 이어가던 기법이 작품 속에 차용되었음을 보게 된다. 셋째, 이들 희극적 설정에 덧보태진 결핵 환자로서의 김유정의 아픔이다. 자신에게 주어진 고통을 코미디 속의 슬픈 채플린처럼 시침 떼고 명랑한 모습으로 연기한다. 주어진 비극적 상황을 그는 희극적 작품으로 완성시켜 위로받으려는 것이다. 이와 같은 요인들, 판소리, 코미디 영화, 작가 자신의 결핵이 함께 작용하여 김유정 작품은 표면적으로는 웃음을 터뜨리게 하지만 다시 생각해보면 그것은 눈물겨운 웃음으로, 곧 전통적인 해학과는 거리가 있는 김유정투의 해학으로 생산된 것이다.

다음은 김유정 문학 속의 토속성(향토성)에 대해서 살펴보기로 하자.

그전날 왜 내가 새고개 맞은 봉우리 화전밭을 혼자 갈고 있지 않

---

55 졸저 『김유정을 찾아가는 길』에서 「유정의 그물」편 참조. 앞의 책, p. 112.

었느냐……(중략)…… 나는 몸이 나른하고 몸살(을 아즉 모르지만 병)이 날랴고 그러는지 가슴이 울렁울렁하고 이랬다.

"이러이! 말이! 맘 마 마—"

이렇게 노래를 하며 소를 부리면 여느 때 같으면 어깨가 으쓱으쓱한다. 웬일인지 밭 반도 갈지 않아서 온몸의 맥이 풀리고 대구 짜증만 난다. 공연히 소만 들입다 두들기며—

"안야! 안야! 이 망할 자식의 소(장인님의 소니까) 대리를 꺽어들라."

그러나 내 속은 정말 안야 때문이 아니라 점심을 이고 온 점순이의 키를 보고 울화가 났든 것이다.[56]

「봄·봄」의 데릴사위가 화전밭을 갈다가 청춘의 욕구에 어질병을 앓고 있는 장면이다.

이 작품에서 우리가 토속성을 느끼는 것은 농민의 생각과 행동(언어 포함)과 생활양식과, 농촌의 자연 공간이 생생하게 재현되어 있는 까닭이다. 김유정의 농촌 배경 소설에서 화자는 농민의 삶에 완전하게 동화되어 있다.

김유정 작품에 나타난 토속성에 대해서 혹자는 1930년대의 '근대주의'에 대한 거부[57]로, 또 다른 이는 당시 김유정이 공유했던

---

56 김유정, 「봄·봄」, 『원본 김유정 전집』, p. 160.

57 김윤정, 「김유정 소설 연구」, 서울대학교 석사학위 청구논문, 1996, p. 1.
  30년대 당시의 '일본화'가 '근대화'로 인식되었기에 이에 대한 거부가 김유정으로 하여금 토속적 세계에 매달리게 했다는 것이다.

식민지 무의식이, 토속성을 지향했다고 보았다.[58] 그렇다면 김유정 문학에서 더 많이 다루고 있는 도회지 소설에 대해서는 어떻게 설명을 해야 할까.

김유정은 반근대주의자도, 탈식민주의자도 자본주의체제의 부적응자로서 금기의 위반자[59]는 더욱 아니었다. 그는 문학을 통해서 '인류 사회에 적극적으로 역할을 가져오는' 한 사람의 작가이기를 원했다.

김유정 문학에 나타난 토속성의 유래는 그의 전기적 생애에 연결시켜야 할 것이다. 춘천의 실레마을은 오래전에 그의 조상이 터전을 잡은 고향 마을이었다. 그는 학생 시절 방학이면 실레에 와서 보냈다. 그런데 그의 집안은 마을 사람들에게 별로 존경을 받지 못했다. 김유정은 "춘천 우리 고향에서는 우리 집안이 망하는 것을 좋아한다"[60]고 고백한 적이 있다. 그것은 김유정의 할아버지 시대에 있었던 가렴주구에 원인이 있었던 것이다. 김유정은 가난한 사람들, 특히 실레마을 사람들 앞에서 과거 조상의 잘못을 대속받고자 했다. 그 하나가 실레마을에서 벌였던 야학 운동

---

58 식민지 무의식이란 피식민자가 식민화될지도 모른다는 위기 상황과 그것을 은폐하기 위해 식민제국을 모방하는 과정에서 또다른 타자와 야만을 발견해내면서 형성된다.

김양선, 「김유정 소설과 식민지 무의식의 한 양상」, 제2회 김유정문학제 학술발표회(2004. 4. 30, 실레마을 금병의숙) 발표논문, p. 11.

59 강심호, 「김유정 문학의 위반 의식」, 서울대학교 석사학위 청구논문, 2001, pp. 6~7.

60 안회남, 「겸허」, 앞의 책, p. 291.

과 농촌 생활 개선 운동이었다.

사망선고와 같았던 결핵진단을 받은 뒤에, 본능적으로 이끌리게 된 고향과 고향 사람들에 대한 사랑, 조상대에 있었던 잘못을 대속받고자 하는 소망, 박녹주로부터 비롯된 우리 소리에 대한 관심이 무의식에 각인시킨 한국적 정조. 김유정은 그의 작품 속에 강원도 아리랑, 춘천 아리랑, 정선 아리랑 들을 삽입한다.[61] 말더듬이였기로 언어 인식에 치열했던 김유정이었다. 김유정의 날카로운 언어 감각은 고향 사람들이 쓰던 언어를 그대로 작품 속에 생생하게 재생시켰다. 고향의 가공되지 않은 생생한 언어와 그 속에 스며든 삶의 모습이 작품을 읽는 독자에게 짙은 토속성으로 다가오게 된 것이다. 고향과 고향 사람들에 대한 관심과 사랑이 지극하면 할수록 그의 작품 속에 그려진 실레마을 사람들의 삶과 언어는 더욱 생동감 있게 그려지고, 독자들은 그로부터 잃어버린 고향을, 토속성을 깊게 공명하게 된 것이다.

(3) 삶의 양가성(兩價性)

인생은 근본적으로 부조리하기 때문에 반드시 도리에 맞는 것만은 아니라고 하지만, 김유정 작품에서는 유난히 많은 모순된

---

61 「진도 아리랑」과 「강원도 아리랑」은 술에 취한 김유정이 즐겨 부르던 우리 소리였다. 「아리랑」 「춘천 아리랑」 「단가」 「소 모는 노래」를 비롯하여 「육자배기」 「양산도」 「방아타령」 「신고산 타령」 「배따라기」 「흥타령」 「노랫가락」 「이팔청춘」 「희망가」 들은 김유정의 작품 속에 들어 있는 소리 목록들이다.
졸고 「김유정 문학의 부싯기」, 『강원문화연구』 제22집, 강원문화연구소, 2003. 9. pp. 18~19 참조.

삶이 공존하고 있음을 보게 된다.

　"성님, 장가들라우?"
　"어디 웬 계집이 있나?"
　"글쎄?" 하고 꽁보는 그 말을 지치다가 얼뜻 이런 생각을 하였
다. 제 누이를 주면 어떨까. 지금 그 누이가 충주 근방 어느 농군에
게 출가하야 자식을 둘씩이나 낳았다. 마는 매우 반반한 얼굴을 가
졌다. 이걸 준다면 형은 무척 반기겠고 또한 목숨을 구해준 그 은
혜에 대하야 손씨세도 되리라.[62]

　「노다지」에서 꽁보는 생명의 은인인 더펄이를 위해 무엇이든지
해줄 수 있음을 보여준다. 그러나 잠채굴에서 꽁보가 발견한 금
줄을 보고, 죽통에 덤벼든 도야지 모양으로 덤벼들고, 또 힘자랑
을 하며 꽁보에게 무람없이 굴게 될 때, 꽁보의 마음에는 불안이
깃든다. 그가 자신을 해치고 금을 독차지하려는 것으로 보이는
것이다. 이에 동발이 무너지면서 더펄이가 위기에 빠졌을 때, 꽁
보는 더펄이를 구조하는 대신, 더펄이가 따놓은 금쪽을 들고 잠
채굴을 탈출한다. 더펄이에 대한 은혜 갚음의 마음은 사라지고
오히려 배신 행위를 선택하게 된 것이다.
　「따라지」에서 누님은 동생을 미워하면서 동시에 사랑하는 서로
상반된 상황을 보여준다. 이 작품에서 아키코 역시 모순의 존재

---

62 김유정, 「노다지」, 『원본 김유정 전집』, p. 56.

다. 마음으로는 톨스토이를 연모하면서도 그녀는 남자 손님을 거리낌 없이 사직동 셋방으로 불러들여 몸을 상품화한다.

이와 같은 모순된 삶의 모습은 다른 작품들에서도 보인다. 「산골 나그네」의 나그네, 「소낙비」의 춘호 처, 「가을」의 복만이 처, 「정조」의 행랑 어멈, 「솥」의 계숙이 들은 모두 남편과 가족을 위해 자신을 희생하는 열녀이다. 그러나 그들은 불열녀의 과정을 거쳐야 한다. 바로 자신의 정조를 다른 남자에게 개방시켜야 하는 까닭이다. 김유정의 자전 작품 「따라지」, 「연기」, 「생의 반려」에서 나오는 누님의 아우에 대한 애증의 변덕스런 감정, 「만무방」에서 제 논의 벼를 제가 훔쳐 먹지 않으면 안 되는 응오, 살기 위해 제 다리를 제가 자해하는 「금」의 덕순, 자신과 어울리지 않는 연상의 기생에게 마음을 빼앗기는 「두꺼비」의 학생. 지참금 때문에 남의 씨를 임신한 처녀에게 장가를 가야 하는 「애기」의 필수…… 모두 모순된 삶을 태연히 수용하고 있지만 그렇다고 이런 상황이 전혀 있을 수 없는 이야기만도 아니다.

일반적으로 선악, 희비, 애증, 명암, 빈부, 열불녀, 효불효, 호불호, 신불신, 가불가, 꿈과 현실, 지성과 감성 등은 이항대립적인 존재 양상을 보여준다. 이들 이항대립을 해체하려는 것이 양가성[63]이다. 김유정의 작품 속에서는 이들 전래의 이항대립은 해체, 무효화되고 있음을 보게 된다. 양가성의 수용인 것이다. 김유정의 세상에 대한 양가적 수용은 어디에서 기인된 것일까.

---

63 김정자, 「문학의 양가성, 그 한눈 팔기의 탈 근대적 함의」, 김정자 외, 『현대문학과 양가성』, 태학사, 1999, p. 12.

김유정의 자전소설 「형」에서, 어린 김유정에게 정신적인 상처가 된 한 장면에 주목하게 된다. 형은 효자였다. 그러던 형이 여학생 첩을 들이면서 그 생활비 문제로 아버지와 불목하게 되고 행패를 부리게 되자 아버지가 형을 향해 식칼을 던진다. 아비가 자식을 향해 던진 응징의 칼날 앞에서 열 살 안팎이었던 김유정은 '효와 불효를 동일시하는 나의 관념의 모순도 이때 생긴 것'임을 고백한다. 아들을 사랑하면서도 아버지가 형을 향해 내던진 '칼'의 기억은 바로 이 세상에 산재하는 모순된 존재의 인정이었고, 그날 이후 김유정은 세상에 존재하는 가치의 이항대립을 해체, 세계 인식에 양가성을 수용하게 된 것이다.[64]

3. 맺는 글

김유정의 행복과 등진 열정이 어디로 향해 가고 있었는지를 살펴보려고 했다. 먼저 김유정의 생애를 개략적으로 살펴 그의 행복과 불행이 어떤 것이었는가를 보았다.

다음은 이들을 토대로 김유정 문학의 출발을 내·외적 요인으로 나누어 살펴보았다. 내적 요인으로 볼 수 있었던 것은 말더듬과 결핵이었다. 그리고 외적 요인은 휘문고보 시절의 친구 안회남, 그리고 명창 박녹주와의 만남이었다. 안회남은 저명한 신소

---

64 졸저 『김유정을 찾아가는 길』에서 「유정의 그물——김유정문학의 심리비평적 연구」, p. 105.

설작가 안국선의 아들이었다. 그런 안회남이 먼저 문단에 등단하고 김유정에게 글을 쓰도록 격려했다. 김유정 내면에 잠재되어 있었던 문학적 재능과 열망은 안회남의 격려에 힘입어 그 불꽃을 피우게 되었다. 한편 박녹주는 당시 고보 졸업반생이었던 김유정의 첫사랑이었다. 이미 남편이 있었던 박녹주이기에 김유정의 사랑은 처음부터 가망성이 없는 것이었다. 마침내 자신의 행태가 모순임을 깨닫는 순간, 김유정은 명창 박녹주를 능가하는 인물이 되기 위해 문학인의 길을 선택하게 된 것이다.

마지막으로 김유정 문학의 특징 몇 가지를 선택하여 왜 그런 특징을 갖게 되었는지 살펴보았다.

첫째는 삶의 현장성과 삶의 역동성이었다. 김유정은 작품 창작시에 철저하게 작품 세계에 몰입하여 작가와 작품 세계와의 사이에 있을 수 있는 틈을 제거한다. 따라서 그는 있는 그대로의 삶의 현장을 생생하게 재현할 수 있었다. 한편 삶의 역동성은 당시 사망선고와 다름없는 결핵 진단을 받았던 김유정이었기에 삶에 대한 그의 경외심과 욕망이 작중인물을 통해서 구체화된 것이다.

둘째는 해학과 토속성이다. 박녹주에 대한 사랑에서 비롯된 우리 전통적인 가락과 정조, 어린 시절 즐겨본 희극 영화 체험, 동시에 자신에게 주어진 비참한 현실을 객관화시켜 삶의 길을 찾아보려는 노력이 그의 작품에 해학성을 띠게 한 것이다. 토속성의 경우에도 그의 고향과 고향사람에 대한 애정, 말더듬이로서 갖고 있던 언어적 감각, 우리 소리에 대한 깊은 관심 등이 작품 속에 고향 사람들의 말과 생각과 행위를 생생하게 재현시킨 것이다.

셋째는 양가적 삶의 수용이다. 그는 어린 시절, 아버지가 형을 향해 칼을 던지던 순간, 삶의 모순을 깨닫는다. 그때부터 그는 세상에 산재한 모순된 존재를 인식한다. 이런 인식이 그의 작품 세계를 이항대립이 해체된 양가성의 세계로 그려나가게 된 것이다.

김유정의 행복과 등진 열정은 문학의 길을 선택하게 했다. 살아서 가난과 질병으로 불행했던 김유정은 문학에 대한 열정으로 말미암아, 죽어서 축복받는 작가가 되었다. 그것은 김유정이 자신에게 주어진 불행의 요인들을 문학적 축복으로 전환·극복할 수 있었기에 얻은 영광이었다.

참고 문헌

김유정 기념사업회편, 『김유정 전집』 상·하, 1994.
전신재 편, 『원본 김유정 전집』, 도서출판 강, 1997.

강심호, 「김유정 문학의 위반의식」, 서울대학교 석사학위 청구논문, 2001.
김기형, 「여류 명창의 활동양상과 판소리사에 끼친 영향」
　　　　http://www.koralit.net/jaryo/7/A12.HWP(구비문학회 홈페이지)
김윤정, 「김유정 소설연구」, 서울대학교 석사학위 청구논문, 1996.
김양선, 「김유정 소설과 식민지 무의식의 한 양상」
　　　　제2회 김유정문학제 학술발표회(2004. 4. 30) 발표 논문 요지

김정자 외, 『현대문학과 양가성』, 태학사, 1999.

박녹주, 「여보 도련님, 날 데려가주」, 『뿌리 깊은 나무』, 1976. 5.

백승렬, 「안회남 소설 연구」, 서울대학교 석사학위 청구논문, 1989.

안회남, 『한국해금문학전집』, 삼성출판사, 1989.

유인순, 『김유정을 찾아가는 길』, 솔과학, 2003.

─────, 「김유정 문학의 부싯기」, 『강원문화연구』 제22집, 강원문화연구소, 2003.

이규식 · 권요한 · 김갑림, 『聽覺 · 言語障碍兒療育』, 형설출판사, 1979.

이 상, 『이상소설선집』 1, 갑인출판사, 1980.

이태준, 『무서록』, 깊은샘, 2003.

전신재 편, 『김유정 문학의 전통성과 근대성』, 한림대 아시아문화연구소, 1997.

정한숙, 『현대한국문학사』, 고려대출판부, 1982.

차봉희, 『수용미학』, 문학과지성사, 1985.

카렌 호니, 『여성심리학』, 이화여대 출판부, 1984.

Charles Van Riper, 이규식 · 권도하 옮김, 『언어치료학──이론과 실제』, 학문사, 1983.

▌작가 연보

1908년 2월 12일(음력 1월 11일) 수요일 강원도 춘천시 신동면 증리에
　　　　서 김춘식과 청송 심씨의 8남매(2남 6녀) 중 차남으로 출생.

1914년(6세) 11월 26일 김유정의 조부 김익찬 사망. 이때부터 부친
　　　　김춘식을 참봉으로 호칭. 이해 겨울에 서울의 종로구 운니동
　　　　(당시 진골)에 저택을 마련하고 30여명에 이르는 식솔들을 이
　　　　끌고 서울로 이사.

1915년(7세) 3월 18일 어머니 청송 심씨 사망.

1917년(9세) 5월 23일 아버지 김춘식 사망. 운니동에서 관철동으로
　　　　이사. 한학과 붓글씨를 익힘.

1920년(12세) 재동공립보통학교에 입학. 1921년 3학년으로 월반.

1923년(15세) 재동공립보통학교 졸업. 휘문고등보통학교 입학. 훗날
　　　　소설가가 된 안회남과 같은 반으로 친하게 지내게 됨. 이름을
　　　　김나이(金羅伊)로 고쳐 집에서 부름.

1926년(18세) 휘문고보 4학년으로 진급하지 못하고 낙제함. 1927년

휘문고보 4학년에 복학.

1928년(20세) 형 유근 가족 춘천 실레로 이사. 유정은 봉익동 삼촌집에 얹혀 지냄. 가을 무렵 박녹주를 만난 이후 박녹주에게 편지를 보내기 시작.

1929년(21세) 휘문고보 5년 졸업. 삼촌 댁에서 사직동 둘째 누님 유형 집으로 거처를 옮김. 유형과의 생활은 「따라지」에서 묘사됨.

1930년(22세) 연희전문학교 문과에 입학하였으나 6월 24일 제명 처분당함. 박녹주를 짝사랑했으나 끝내 거절당함. 춘천 실레에 내려와 방랑 생활. 들병이와 친해짐. 늑막염 발병. 안회남의 권고로 소설 습작을 시작.

1931년(23세) 4월 20일 보성전문학교 상과에 다시 입학. 그 후 자퇴함. 실레마을에 야학당을 열다. 농우회, 노인회, 부인회 조직. 농우가(農友歌)를 지어 부름.

1932년(24세) 야학당을 금병의숙으로 넓히고 간이학교로 인가받음. 서울로 올라감. 6월 15일 처녀작 단편 「심청」을 탈고.

1933년(25세) 사직동에서 누님과 함께 기거. 1933년 악화된 늑막염은 폐결핵으로 진행되어 병원에서 폐결핵 진단을 받다. 1월 13일 「산골 나그네」를 탈고, 안회남의 주선으로 『제1선』지 3월호에 발표. 8월 6일 「총각과 맹꽁이」를 탈고, 『신여성』 9월호에 발표.

1934년(26세) 누님이 사직동 집을 처분. 혜화동 개천가에 셋방을 얻어 밥장사. 8월 16일 「정분」 탈고. 9월 10일 「만무방」 탈고. 12월 10일 「애기」 탈고. 「노다지」, 「소낙비」를 12월에 탈고. 1933년의 「따라지의 목숨」을 1934년 「흙을 등지고」로 개작. 안회남이 대신 신춘문예 응모작으로 부침 .

1935년(27세) 조선일보 신춘문예에 「흙을 등지고」 1등 당선. 신문사와 협의하여 제목이 「소낙비」가 됨. 조선중앙일보 신춘문예에 「노다지」 가작 입선. 1월 20일 아서원에서 신춘문예현상 1등 당선 축하회. 6월 3일 백합원서 조선문단사가 주최한 문예좌담회에 참석. 단편 「금 따는 콩밭」을 『개벽』 3월호에 발표. 「금」 1월 10일 탈고. 「떡」을 『중앙』 6월호에, 「만무방」을 조선일보 7월에, 「산골」을 『조선문단』 7월에, 「솥」을 매일신보 9월에, 「봄·봄」을 『조광』 12월호에 발표. 이상(李箱)과 친분을 가짐. 「안해」를 『사해공론』 12월호에 발표.

1936년(28세) 7월 이후 정릉에 있는 절로 정양을 들어간다. 그러나 정양 중 결핵이 악화되어 정릉을 떠나 형수 댁으로 들어가게 된다.

「심청」을 『중앙』 1월호에, 「봄과 따라지」를 『신인문학』 1월호에, 「가을」을 『사해공론』 1월호에, 「두꺼비」를 『시와 소설』 3월호에 발표. 「봄밤」을 『여성』 4월호에, 「이런 음악회」를 『중앙』 4월호에, 「동백꽃」을 『조광』 5월호에, 「야앵」을 『조광』 7월호에, 「옥토끼」를 『여성』 7월호에 발표. 미완성 장편소설 「생의 반려」는 『중앙』 8, 9월호에 연재된다. 「정조」를 『조광』 10월호에, 「슬픈 이야기」를 『여성』 12월호에 발표. 시인 박용철의 누이 박봉자에게 구애의 편지를 보냈으나 회신을 받지 못함. 평론가 김문집이 병고 작가 구조 운동을 벌인다.

1937년(29세) 2월 11일 수필 「네가 봄이련가」를 집필, 이것은 『여성』 4월호에 발표된다. 2월 하순 조카 진수에 의지하여 경기도 광주군 중부면 신상곡리 100번지의 매형 유세준의 집으로 옮겨와 요양 치료함. 3월 18일에는 안회남에게 보내는 편지 「필승

전」을 쓴다.

「따라지」를 『조광』 2월호에, 「땡볕」을 『여성』 2월호에, 「연기」를 『창공』 3월호에 각각 발표.

3월 29일(음력 2월 17일) 월요일 오전 6시 30분(조선일보 1937년 3월 31일자 기사에는 오전 8시 사망으로 발표)에 경기도 광주군 중부면 산상곡리 100번지 매형 유세준의 집에서 사망. 유해는 서대문 밖에서 화장되어 한강에 뿌려진다. 사후 발표작으로 「정분」이 『조광』 5월호에, 번역동화 「귀여운 소녀」가 매일신보 4월 16일~21일에 연재되고 번역 탐정소설 「잃어진 보석」이 『조광』 6월~11월호에 발표.

작품 목록

작품명	발표지	발표연월일	비고
심청	중앙	1936. 1	
산골나그네	제1선	1933. 3	1936. 1 사해공론
총각과 맹꽁이	신여성	1933. 9	1936. 7 조선문단
소낙비	조선일보	1935. 1. 29~2. 4	신춘문예당선작
솥(정분)	매일신보	1935. 9. 3~14	1937. 5 조광
만무방	조선일보	1935. 7. 17~30	
애기	문장	1939. 12	
노다지	조선중앙일보	1935. 3. 2~9	신춘문예가작
금	?	?	1938 『동백꽃』
금따는 콩밭	개벽	1935. 3	
떡	중앙	1935. 6	
산골	조선문단	1935. 7	
봄·봄	조광	1935. 12	
안해	사해공론	1935. 12	
봄과 따라지	신인문학	1936. 1	
따라지	조광	1937. 2	

작품명	발표지	발표연월일	비고
가을	사해공론	1936. 1	
두꺼비	시와 소설	1936. 3	
이런 음악회	중앙	1936. 4	
봄밤	여성	1936. 4	
동백꽃	조광	1936. 5	
야앵	조광	1936. 7	
옥토끼	여성	1936. 7	
생의 반려	중앙	1936. 8~9	
정조	조광	1936. 10	
슬픈 이야기	여성	1936. 12	
땡볕	여성	1937. 2	
연기	창공	1937. 3	
두포전	소년	1939. 1~5	김유정 · 현덕 합작
형	광업조선	1939. 11	
귀여운 소녀	매일신보	1937. 4. 16~21	번역(6회연재)
잃어진 보석	조광	1937. 6~11	번역(6회연재)

▌참고 문헌

단행본

김영기, 『김유정 —— 그 문학과 생애』, 지문사, 1992.

박세현, 『김유정 소설 연구』, 인문당, 1990.

————, 『김유정의 소설 세계』, 국학자료원, 1998.

박정규, 『김유정 소설과 시간』, 깊은샘, 1992.

유인순, 『김유정 문학 연구』, 강원대학교 출판부, 1988.

————, 『김유정을 찾아가는 길』, 솔과학, 2003.

전상국, 『김유정 —— 시대를 초월한 문학성』, 건국대출판부, 1995.

전신재 편, 『김유정 문학의 전통성과 근대성』, 한림대학교 아세아문화
　　　연구소, 1997.

논문

구인환, 「김유정 소설의 미학 —— 피에로의 곡예」, 『무애 양주동 박사
　　　고희 기념 논문집』, 1973.

김문집, 「고 김유정의 예술과 그의 인간 비밀」, 『조광』, 1937. 5.

김병익, 「땅을 잃어버린 시대의 언어――김유정의 문학사적 위치」, 『문학사상』, 1974. 7.

김상태, 「김유정의 문학적 특성」, 『전북대 논문집』 16집, 1974.

김양선, 「김유정 소설과 무의식의 한 양상」, 제2회 김유정문학제 학술 발표회 요지문, 2004. 4.

김영기, 「김유정론」, 『현대문학』, 1967. 9.

김영수, 「김유정의 생애」, 『김유정 전집』, 현대문학사, 1968.

김영화, 「김유정론」, 『현대문학』, 1976. 7.

김용구, 「김유정의 소설 연구」, 『관악어문연구』 제5집, 서울대 국문 과, 1980.

김윤식, 「들병이 사상과 알몸의 시학」, 『김유정 문학의 전통성과 근대 성』, 한림대 아시아문화연구소 편, 1997.

김현실, 「김유정 작품의 전통성」, 『이화어문논집』 제6집, 이화여대 한 국어문연구소, 1983.

김형민, 「김유정 소설의 서술 상황론적 연구――바보 인물을 대상으 로」, 홍익대 박사학위논문, 1992.

박태상, 「김유정 문학의 실재성과 허구성」, 『현대문학』, 1987. 6.

신동욱, 「김유정고――목가와 현실의 차이」, 『현대문학』, 1969. 1.

우한용, 「만무방의 기호론적 구조와 해석」, 『국어교육』 83 · 84 합병 호, 1994.

유인순, 「김유정의 소설 공간」, 이화여대 박사학위 논문, 1985.

윤지관, 「민중의 삶과 시적 리얼리즘――김유정론」, 『세계의 문학』, 1988 여름.

윤홍노, 「김유정의 소설 미학」, 『한국 문학의 해석학적 연구』, 일지사,

1976.

이 경, 「김유정 소설의 역설성 연구」, 『국어국문학』29, 1992.

이선영, 「김유정 연구」, 『예술논문집』 제24집, 예술원, 1985.

이익성, 「김유정 소설의 회화적 서정성」, 『한국 현대 서정소설론』, 태
  학사, 1995.

이재선, 「회화적 감각과 바보 열전」, 『문학사상』, 1974. 7.

이주일, 「김유정 소설 연구」, 명지대학교 박사학위 논문, 1991.

임헌영, 「김유정론」, 김열규 외 편, 『국문학 논문선』 10, 민중서관, 1972.

전상국, 「김유정 연구」, 경희대대학원 석사학위 논문, 1985.

전신재, 「김유정 소설의 판소리 수용」, 『강원문화연구』 제4집, 강원대
  강원문화연구소, 1984.

정한숙, 「해학의 변이——김유정 문학의 본질」, 『인문논총』, 제17집, 고
  려대, 1972.

조건상, 「김유정과 채만식 소설의 특질」, 『도남학보』 제3집, 도남학
  회, 1980.

최병우, 「만무방의 서술 구조」, 『난대 이응백 박사 정년퇴임 기념 논
  문집』, 1988.

표정옥, 「김유정 소설에 나타난 사회적 엔트로피와 놀이성」, 『현대소
  설연구』 제21집, 2004.

한만수, 「한국 서사문학의 바보인물 연구——바보 민담, 판소리계 소
  설, 김유정 소설을 중심으로」, 동국대 박사학위 논문, 1991.

한상무, 「김유정 소설의 성——가족윤리」, 『어문학보』 제21집, 강원대
  국어교육과, 1998.

홍기삼, 「김유정 문학을 통해 본 토속문학의 세계화」, 문협 제33회 문
  학심포지엄 주제 발표집. 한국문인협회, 1994.

한국문학전집을 펴내며

오늘의 한국 문학은 다양한 경험과 자산에서 비롯된 것이지만, 그중에서도 우리 앞선 세대의 문학 작품에서 가장 큰 유산을 물려받고 있다. 그럼에도 우리는 가끔 우리의 문학 유산을 잊거나 도외시한다. 마치 그것 없이는 살아갈 수 없는 소중한 물을 쉽게 잊고 사는 것처럼 그동안 우리는 우리가 이루어놓은 자산들을 너무 쉽게 잊어버리고 있었는지도 모르겠다. 인기 있는 외국 작품들이 거의 동시에 번역 출판되고, 새로운 기획과 번역으로 전 세계의 문학 작품들이 짜임새 있게 출판되고 있는 요즈음, 정작 한국 문학 작품들을 체계적으로 정리하지 못하고 있었다는 점을 최근에 우리는 깊이 반성하게 되었다. 그리고 이러한 때늦은 반성을 곧바로 '한국문학전집'을 기획하는 힘으로 전환하였다.

오늘의 시점에서 '한국문학전집'을 기획한다는 것은, 우선 그동안 양적으로나 질적으로 괄목할 만한 수준에 이른 한국 문학 연구 수준을 반영하는 새로운 시각이 전제되어야 할 것이다. 그리고 '우리 것을 지키자'는 순진한 의도에서가 아니라, 한국 문학이 바로 세계 문학이 되는 질적 확장을 위해, 세계 문학 속에서의 한국 문학의 정체성을 찾는 일을 간과해서는 안 될 것이다.

이번 기획에서 우리가 가장 크게 신경 썼던 점은 크게 두 가지이다. 하나는, 그동안 거의 관습적으로 굳어져왔던 작품에 대한 천편일률적인 평가를 피하고 그동안의 평가에 대한 비판적 평가와 더불어 새로운 평가로 인한 숨은 작품의 발굴이었다. 그리하여 한국 문학사를 시기별로 구분하여 축적된 연구 성과들 위에서 나름대로 중요한 작품들을 선별하는 목록 작업에 가장 큰 공을 들였다. 나머지 하나는, 그동안 여러 상이한 판본의 난립으로 인해 원전 텍스트가 침해되고 있는 심각한 상황을 고려하여 각각의 작가에게 가장 뛰어난 연구자들을 초빙하여 혼신을 다해 원전 텍스트를 확정하였다는 점이다.

장구한 우리 문학사의 주옥같은 작품들을 한자리에 모아, 세대를 넘고 시대를 넘어 그 이름과 위상에 값할 수 있는 대표적인 한국문학전집을 내놓는다. 이번에 출간되는 한국문학전집은 변화된 상황과 가치를 반영하는 내실 있고 권위를 갖춘 내용으로 꾸며질 것이며, 우리 문학의 정본 전집으로서 자리매김해 한국 문학의 전통을 계승하고 발전시키는 데 기여하고자 한다. 이 기획이 한국 문학의 자산들을 온전하게 되살려, 끊임없이 현재성을 가지는 살아 있는 작품들로, 항상 독자들의 옆에 있게 되기를 기대한다.

(주)문학과지성사

01 감자 김동인 단편선

최시한(숙명여대) 책임 편집

수록 작품 약한 자의 슬픔 / 배따라기 / 태형 / 눈을 겨우 뜰 때 / 감자 / 광염 소나타 / 배회 / 발가락이 닮았다 / 붉은 산 / 광화사 / 김연실전 / 곰네

극단적인 상황과 비극적 운명에 빠진 인물 군상들을 냉정하게 서술해낸 한국 근대 단편 문학의 선구자 김동인의 대표 단편 12편 수록. 인간과 환경에 대한 근대적 인식을 빼어난 문체와 서술로 형상화한 김동인의 주옥같은 작품들을 만날 수 있다.

02 탈출기 최서해 단편선

곽근(동국대) 책임 편집

수록 작품 고국 / 탈출기 / 박돌의 죽음 / 기아와 살육 / 큰물 진 뒤 / 백금 / 해돋이 / 그믐밤 / 전아사 / 홍염 / 갈등 / 먼동이 틀 때 / 무명초

식민 치하 빈궁 문학을 대표하는 최서해의 단편 13편 수록. 식민 치하의 참담한 사회적 현실을 사실적으로 전해주는 작품들. 우리 민족의 궁핍한 현실에 맞선 인물들의 저항 정신과 민족 감정의 감동과 울림을 전한다.

03 삼대 염상섭 장편소설

정호웅(홍익대) 책임 편집

우리 소설 가운데 서울말을 가장 풍부하게 살려 쓴 작품이자, 복합성·중층성의 세계를 구축하여 한국 근대 장편소설의 대표작으로 꼽히는 염상섭의 『삼대』. 1930년대 서울의 중산층 가족사를 통해 들여다본 우리 근대의 자화상이다.

04 레디메이드 인생 채만식 단편선

한형구(서울시립대) 책임 편집

수록 작품 논 이야기 / 레디메이드 인생 / 미스터 방 / 민족의 죄인 / 치숙 / 낙조 / 쑥국새 / 당랑의 전설

역설과 반어의 작가 채만식의 대표 단편 8편 수록. 1920~30년대의 자본주의적 현실 원리와 민중의 삶을 풍자적으로 포착하는 데 탁월했던 채만식. 사실주의와 풍자의 절묘한 조합으로 완성한 단편 문학의 묘미를 즐길 수 있다.

05 비 오는 길 최명익 단편선

신형기(연세대) 책임 편집

수록 작품 폐어인 / 비 오는 길 / 무성격자 / 역설 / 봄과 신작로 / 심문 / 장삼이사 / 맥령

시대를 앞섰던 모더니스트 최명익의 대표 단편 8편 수록. 병과 죽음으로 고통받는 인물 군상들을 통해 자신이 예감한 황폐한 현대의 징후를 소설화한 작가 최명익. 너무나 현대적이어서, 당시에는 제대로 평가받을 수 없었던 탁월한 단편소설들을 만난다.

06 사하촌 김정한 단편선

강진호(성신여대) 책임 편집

수록 작품 그물 / 사하촌 / 항진기 / 추산당과 결사람들 / 모래톱 이야기 / 제3병동 / 수라도 / 인간단지 / 위치 / 오끼나와에서 온 편지 / 슬픈 해후

리얼리즘 문학과 민족 문학을 대표하는 김정한의 대표 단편 11편 수록. 민중들의 삶을 통해 누구보다 먼저 '근대화의 문제'를 문학적으로 제기하고 예리하게 포착한 작가 김정한의 진면목을 본다.

07 무녀도 김동리 단편선

이동하(서울시립대) 책임 편집

수록 작품 화랑의 후예 / 산화 / 바위 / 무녀도 / 황토기 / 찔레꽃 / 동구 앞길 / 혼구 / 혈거부족 / 달 / 역마 / 광풍 속에서

한국적이고 토착적인 전통 세계의 소설화에 앞장선 김동리의 초기 대표작 12편 수록. 민중의 삶 속에 뿌리 내린 토착적 전통의 세계를 정확한 묘사와 풍부한 서정으로 형상화했던 김동리 문학 세계를 엿본다.

08 독 짓는 늙은이 황순원 단편선

박혜경(인하대) 책임 편집

수록 작품 소나기 / 별 / 겨울 개나리 / 산골 아이 / 목넘이마을의 개 / 황소들 / 집 / 사마귀 / 소리 / 닭제 / 학 / 필묵장수 / 뿌리 / 내 고향 사람들 / 원색오뚝이 / 곡예사 / 독 짓는 늙은이 / 황노인 / 늪 / 허수아비

한국 산문 문체의 모범으로 평가되는 황순원의 대표 단편 20편 수록. 엄격한 지적 절제와 미학적 균형으로 함축적인 소설 미학을 완성시킨 작가 황순원. 극적인 사건 전개 대신 정적이고 서정적인 울림의 미학으로 깊은 감동을 전한다.

09 만세전 염상섭 중편선

김경수(서강대) 책임 편집

수록 작품 만세전 / 해바라기 / 미해결 / 두 출발

한국 근대 소설의 기념비적 작품인 「만세전」, 조선 최초의 여류화가인 나혜석의 삶을 소설화한 「해바라기」, 그리고 식민지 조선의 현실을 담아내고 나름의 저항의식을 형상화하기 위한 소설적 수련의 과정을 단적으로 보여주는 「미해결」과 「두 출발」 수록. 장편소설의 작가로만 알려진 염상섭의 독특한 소설 미학의 세계를 감상한다.

10 천변풍경 박태원 장편소설

장수익(한남대) 책임 편집

모더니스트 박태원이 펼쳐 보이는 1930년대 서울의 파노라마식 풍경화. 근대 자본주의 사회의 이데올로기와 일상성에 대한 비판에 몰두하던 박태원 초기 작품의 모더니즘 경향과 리얼리즘 미학의 경계를 넘나드는 역작. 식민지라는 파행적 상황에서 기형적으로 실현되던 근대화의 양상을 기층 민중의 생활에 초점을 맞춰 본격화한 작품이다.

11 태평천하 채만식 장편소설

이주형(경북대) 책임 편집

부정적인 상황들이 난무하는 시대 현실을 독자적인 문학적 기법과 비판의식으로 그려냄으로써 '문학적 미'를 추구했던 채만식의 대표작. 판소리 사설의 반어, 자기 폭로, 비유, 과장, 희화화 등의 표현법에 사투리까지 섞은 요소로, 창을 듣는 듯한 느낌과 재미를 선사하는 작품. 세태풍자소설의 장을 열었던 채만식이 쓴 가족사소설의 전형에 해당한다.

12 비 오는 날 손창섭 단편선

조현일(홍익대) 책임 편집

수록 작품 공휴일 / 사연기 / 비 오는 날 / 생활적 / 혈서 / 피해자 / 미해결의 장 / 인간동물원초 / 유실몽 / 설중행 / 광야 / 희생 / 잉여인간 / 신의 희작

가장 문제적인 전후 소설가 손창섭의 대표 단편 14작품 수록. 병적이고 불구적인 인간 군상들을 통해 전후 사회 현실에서의 '절망'의 표현에 주력했던 손창섭. 전쟁 그리고 전쟁 이후의 비일상적 사태를 가장 근원적인 차원에서 표현한 빼어난 작품들을 선별했다.

13 등신불 김동리 단편선

이동하(서울시립대) 책임 편집

수록 작품 인간동의 / 흥남철수 / 밀다원시대 / 용 / 목공 요셉 / 등신불 / 송추에서 / 까치 소리 / 저승새

「무녀도」의 작가 김동리가 1950년대 이후에 내놓은 단편 9편 수록. 전기 작품에 이어서 탁월한 문체의 매력, 빈틈없는 구성의 묘미, 인상적인 인물상의 창조, 인간에 대한 깊이 있는 통찰이라는 김동리 단편의 미학을 다시 한 번 경험할 수 있는 기회이다.

14 동백꽃 김유정 단편선

유인순(강원대) 책임 편집

수록 작품 심청 / 산골 나그네 / 총각과 맹꽁이 / 소낙비 / 솥 / 만무방 / 노다지 / 금 / 금 따는 콩밭 / 떡 / 산골 · 봄 · 봄 / 안해 / 봄과 따라지 / 따라지 / 가을 / 두꺼비 / 동백꽃 / 야앵 / 옥토끼 / 정조 / 땡볕 / 형

고단한 삶을 살아가는 순박한 촌부에서 사기꾼에 이르기까지 다양한 삶의 모습을 문학 속에 그대로 재현한 김유정의 주옥같은 단편 23편 수록. 인물의 토속성과 해학성, 생생한 삶의 언어와 우리 소리, 그 속에 충만한 생명감을 불어넣은 김유정 문학의 정수를 맛본다.

15 소설가 구보씨의 일일 박태원 단편선

천정환(성균관대) 책임 편집

수록 작품 수염 / 낙조 / 소설가 구보씨의 일일 / 애욕 / 길은 어둡고 / 거리 / 방란장 주인 / 비량 / 진통 / 성탄제 / 골목 안 / 음우 / 재운

한국 소설사상 가장 두드러진 모더니즘 작품으로 인정받는 「소설가 구보씨의 일일」을 비롯한 박태원의 대표 단편 13편 수록. 한글로 씌어진 가장 파격적이고 실험적인 작품으로 주목 받은 박태원. 서울 주변부 중산층의 삶이라는 자기만의 튼실한 현실 공간을 구축하여 새로운 소설 기법과 예술가소설로서의 보편성을 획득한 작품들이다.

16 날개 이상 단편선

김주현(경북대) 책임 편집

수록 작품 12월 12일 / 지도의 암실 / 지팡이 역사 / 황소와 도깨비 / 공포의 기록 / 지주회시 / 동해 / 날개 / 봉별기 / 실화 / 종생기

근대와 맞닥뜨린 당대 식민지 조선의 기념비요 자화상 역할을 하는 이상의 대표 단편 11편 수록. '천재'와 '광인'이라는 꼬리표와 함께 전위적이고 해체적인 글쓰기로 한국의 모더니즘 문학사를 개척한 작가 이상. 자유연상, 내적 독백 등의 실험적 구성과 문체로 식민지 근대와 그것에 촉발된 당대인의 내면을 예리하게 포착해낸 이상의 문제작들을 한데 모았다.

17 흙 이광수 장편소설

이경훈(연세대) 책임 편집

한국 최초의 근대 장편소설 『무정』을 발표하면서 한국 소설 문학의 역사를 새롭게 쓴 이광수. 『흙』은 이광수의 계몽 사상이 가장 짙게 깔린 작품으로 심훈의 『상록수』와 함께 한국 농촌계몽소설의 전위에 속한다. 한국 근대 문학사상 가장 많이 연구되고 있는 작가의 대표작답게 『흙』은 민족주의, 계몽주의, 농민문학, 친일문학, 등장인물론, 작가론, 문학사 등의 학문적·비평적 논의의 중심에 있는 작품이다.

18 상록수 심훈 장편소설

박헌호(성균관대) 책임 편집

이광수의 장편 『흙』과 더불어 한국 농촌계몽소설의 쌍벽을 이루는 『상록수』. 심훈의 문명(文名)을 크게 떨치게 한 대표작이다. 1930년대 당시 지식인의 관념적 농촌 운동과 일제의 경제 침탈사를 고발·비판함으로써, 문학이 취할 수 있는 현실 정세에 대한 직접적인 대응 그리고 극복의 상상력이란 두 가지 요소를 나름의 한계 속에서 실천해냈고, 대중적으로도 큰 호응을 불러일으킨 작품이다.

19 무정 이광수 장편소설

김철(연세대) 책임 편집

20세기 이래 한국인이 가장 많이 읽고 가장 자주 출간돼온 작품, 그리고 근현대 문학 가운데 가장 많이 연구의 대상이 된 작가 이광수의 대표작 『무정』. 씌어진 지 한 세기가 가까워지도록 여전히 읽히고 있고 또 학문적 논쟁의 중심에 서 있는 『무정』을 책임 편집자의 교정을 충실하게 반영한 최고의 선본(善本)으로 만난다.

20 고향 이기영 장편소설

이상경(KAIST) 책임 편집

'프로문학의 정점'이자 우리 근대 문학사의 리얼리즘의 확립을 결정적으로 보여주는 이기영의 『고향』. 이기영은 1920년대 중반 원터라는 충청도의 한 농촌 마을을 배경으로 봉건 사회의 잔재를 지닌 채 식민지 자본주의화가 진행되어가는 우리 근대 초기를 뛰어난 관찰로 묘파한다. 일제 식민 치하 근대화에 대한 문학적·비판적 성찰과 지식인의 고뇌를 반영한 수작이다.

21 까마귀 이태준 단편선

김윤식(명지대) 책임 편집

수록 작품 불우 선생 / 달밤 / 까마귀 / 장마 / 복덕방 / 패강랭 / 농군 / 밤길 / 토끼 이야기 / 해방 전후

'한국 근대소설의 완성자' '단편문학'의 명수. 이태준은 우리 근대 문학의 전개 과정에서 결코 간과할 수 없는 역할을 담당했던 작가 가운데 한 사람이다. 문학의 자율성과 예술성을 상실하지 않으면서도 현실 문제에 각별한 관심을 보여주었던 그의 단편은 한국소설사에서 1930년대를 대표하는 것으로 인정받고 있다.

22 두 파산 염상섭 단편선

김경수(서강대) 책임 편집

수록 작품 표본실의 청개구리 / 암야 / 제야 / E선생 / 윤전기 / 숙박기 / 해방의 아들 / 양과자갑 / 두 파산 / 절곡 / 얼룩진 시대 풍경

한국 근대사를 증언하고 있는 횡보 염상섭의 단편소설 11편 수록. 지식인 망국민으로서의 허무적인 자기 진단, 구체적인 사회 인식, 해방 후와 전후 시기에 대한 사실적 증언과 문제 제기를 포함한 대표작들을 통해 횡보의 단편 미학을 감상한다.

23 카인의 후예 황순원 소설선

김종회(경희대) 책임 편집

수록 작품 카인의 후예 / 너와 나만의 시간 / 나무들 비탈에 서다

인간의 정신적 순수성과 고귀한 존엄성을 문학의 제일 원칙으로 삼았던 작가 황순원. 그의 대표작 가운데 독자들의 가장 많은 사랑을 받은 장편소설들을 모았다. 한국전쟁을 온몸으로 체득하면서 특유의 절제되고 간결한 문장으로 예술적 서사성을 완성한 황순원은 단편에서와 마찬가지로 변함없는 감동의 세계를 열어놓는다.

24 소년의 비애 이광수 단편선

김영민(연세대) 책임 편집

수록 작품 무정 / 소년의 비애 / 어린 벗에게 / 방황 / 가실 / 거룩한 죽음 / 무명 / 꿈

한국 근대소설사와 이광수 개인의 문학 세계에서 중요한 의미를 갖는 단편 8편 수록. 이광수가 우리말로 쓴 최초의 창작 단편 「무정」, 당시 사회의 인습과 제도를 비판한 「소년의 비애」, 우리나라 최초의 서간체 소설인 「어린 벗에게」, 지식인의 내면적 갈등과 자아 탐구의 과정을 담은 「방황」, 춘원의 옥중 체험을 바탕으로 씌어진 「무명」 등 한국 근대문학의 장르와 소재, 주제 탐구 면에서 꼼꼼히 고찰해야 할 작품들이다.

25 불꽃 선우휘 단편선

이익성(충북대) 책임 편집

수록 작품 테러리스트 / 불꽃 / 거울 / 오리와 계급장 / 단독강화 / 깃발 없는 기수 / 망향

8·15 해방과 분단, 6·25전쟁으로 이어지는 한국 근현대사의 열병을 깊이 있게 고찰한 선우휘의 대표작 7편 수록. 평화작 「불꽃」과 「깃발 없는 기수」를 비롯해 한국 근현대사의 역동성과 이를 바라보는 냉철한 작가의식이 빚어낸 수작들을 한데 모았다.

26 맥 김남천 단편선

채호석(한국외대) 책임 편집

수록 작품 공장 신문 / 공우회 / 남편 그의 동지 / 물 / 남매 / 소년행 / 처를 때리고 / 무자리 / 녹성당 / 길 위에서 / 경영 / 맥 / 등불 / 꿀

카프와 명맥을 같이하며 창작과 비평에서 두드러진 족적을 남긴 작가 김남천. 1930년대 초, 예술운동의 볼세비키화론 주장과 궤를 같이하는 「공장 신문」 「공우회」, 카프 해산 직후 그의 고발문학론을 담은 「처를 때리고」 「소년행」 「남매」, 전향문학의 백미로 꼽히는 「경영」 「맥」 등 그의 치열했던 문학 세계의 변화를 일별할 수 있는 대표작 14편 수록.

27 인간 문제 강경애 장편소설

최원식(인하대) 책임 편집

한국 근대 여성문학의 제일선에 위치하는 강경애의 대표작. 일제 치하의 1930년대 조선, 자본가와 농민·노동자의 대립 구조 속에서 농민과 도시노동자가 현실의 문제를 해결하고자 하는 주체로 성장하는 과정과 그들의 조직적 투쟁을 현실성 있게 그려낸 작품. 이기영의 「고향」과 더불어 우리 근대 소설사에서 리얼리즘 소설의 수작으로 꼽힌다.

28 민촌 이기영 단편선

조남현(서울대) 책임 편집

수록 작품 농부 정도룡 / 민촌 / 아사 / 호외 / 해후 / 종이 뜨는 사람들 / 부역 / 김군과 나와 그의 아내 / 변절자의 아내 / 서화 / 맥추 / 수석 / 봉황산

카프와 프로문학의 대표 작가 이기영. 그가 발표한 수십 편의 단편소설들 가운데 사회사나 사상운동사로서의 자료적 가치가 높으면서 또 소설 양식으로서의 구조미를 제대로 보여주는 14편을 선별했다.

29 혈의 누 이인직 소설선

권영민(서울대) 책임 편집

수록 작품 혈의 누 / 귀의 성 / 은세계

급진적이고 충동적인 한국 근대의 풍경 속에 신소설이라는 새로운 서사 양식을 창조해낸 이인직. 책임 편집자의 꼼꼼한 텍스트 확정과 자세한 비평적 해설을 통해, 신소설의 서사 구조와 그 담론적 특성을 밝히고 당시 개화·계몽 시대를 대표하는 서사 양식에 내재화된 일본적 식민주의 담론을 꼬집는다.

30 추월색 이해조 안국선 최찬식 소설선

권영민(서울대) 책임 편집

수록 작품 금수회의록 / 자유종 / 구마검 / 추월색

개화·계몽시대의 대표적인 신소설 작가 3인의 대표작. 여성과 신교육으로 집약되는 토론의 모습을 서사 방식으로 활용한 「자유종」, 구시대적 인습을 신랄하게 비판한 「구마검」, 가장 대중적인 신소설 가운데 하나로 꼽히는 「추월색」, 그리고 '꿈'이라는 우화적 공간을 설정하여 현실 비판의 풍자적 색채가 강한 「금수회의록」까지 당대의 사회적 풍속과 세태의 변화를 민감하게 반영한 작품들을 수록했다.

31 젊은 느티나무 강신재 소설선

김미현(이화여대) 책임 편집

수록 작품 안개 / 해방촌 가는 길 / 절벽 / 젊은 느티나무 / 양관 / 황량한 날의 동화 / 파도 / 이브 변신 / 강물이 있는 풍경 / 점액질

1950, 60년대를 대표하는 여성 작가 강신재의 중단편 10편을 엄선했다. 특유의 서정적인 문체와 관조적 시선, 지적인 분석력으로 '비누 냄새' 나는 풋풋한 사랑 이야기에서 끈끈한 '점액질'의 어두운 욕망에 이르기까지, 운명의 폭력성과 존재론적 한계를 줄기차게 탐문한 강신재 소설의 여정을 한눈에 볼 수 있는 기회다.

32 오발탄 이범선 단편선

김외곤(서원대) 책임 편집

수록 작품 일요일 / 학마을 사람들 / 사망 보류 / 몸 전체로 / 갈매기 / 오발탄 / 자살당한 개 / 살모사 / 천당 간 사나이 / 청대문집 개 / 표구된 휴지 / 고장난 문 / 두메의 어벙이 / 미친 녀석

손창섭·장용학 등과 함께 대표적인 전후 작가로 꼽히는 이범선의 대표작 14편 수록. 한국 현대사의 비극에 대한 묘사를 바탕으로 하면서도 잃어버린 고향, 동양적 이상향에 대한 동경을 담았던 초기작들과 전후의 물질적 궁핍상을 전통적 사실주의에 기초해 그리면서 현실 비판적 성격을 강하게 드러낸 문제작들을 고루 수록했다.

33 메밀꽃 필 무렵 이효석 단편선

서준섭(강원대) 책임 편집

수록 작품 도시와 유령 / 깨뜨려지는 홍등 / 마작철학 / 프레류드 / 돈 / 계절 / 산 / 들 / 석류 / 메밀꽃 필 무렵 / 삽화 / 개살구 / 장미 병들다 / 공상구락부 / 해바라기 / 여수 / 하얼빈산협 / 풀잎 / 낙엽을 태우면서

근대 작가의 문화적 정체성이 끊임없이 흔들렸던 식민지 시대, 경성제대 출신의 지식인 작가로서 그 문화적 혼란기를 소설 언어를 통해 구성하고 지속적으로 모색했던 이효석의 대표작 20편 수록.

34 운수 좋은 날 현진건 중단편선

김동식(인하대) 책임 편집

수록 작품 희생화 / 빈처 / 술 권하는 사회 / 유린 / 피아노 / 할머니의 죽음 / 우편국에서 / 까막잡기 / 그리운 흘긴 눈 / 운수 좋은 날 / 발 / 불 / B사감과 러브 레터 / 사립정신병원장 / 고향 / 동정 / 정조와 약가 / 신문지와 철창 / 서투른 도적 / 연애의 청산 / 타락자

한국 근대 단편소설의 형식적 미학을 구축하고 근대적 사실주의 문학의 머릿돌을 놓은 작가 현진건의 대표작 21편 수록. 서구 중심의 근대성과 조선 사회의 식민성 사이에서 방황하는 지식인의 내면 풍경뿐만 아니라, 식민지 조선의 일상을 예리하게 관찰함으로써 '조선의 얼굴'을 담아낸 작가 현진건의 면모를 두루 살폈다.

35 사랑 이광수 장편소설

한승옥(숭실대) 책임 편집

춘원의 첫 전작 장편소설. 신문 연재물의 제약에서 벗어나 좀더 자유롭고 솔직한 그의 인생관이 담겨 있다. 이른바 그의 어떤 장편소설보다도 나아간 자유 연애, 사랑에 관한 작가의 생각을 엿볼 수 있는 작품. 작가의 나이 지천명에 이르러 불교와 『주역』 등 동양고전에 심취하여 우주의 철리와 종교적 깨달음에 가닿은 시점에서 집필된, 춘원의 모든 것.

36 화수분 전영택 중단편선

김만수(인하대) 책임 편집

수록 작품 천치? 천재?/운명/생명의 봄/독약을 마시는 여인/화수분/후회/여자도 사람인가/하늘을 바라보는 여인/소/김탄실과 그 아들/금붕어/차돌멩이/크리스마스 전야의 풍경/말 없는 사람

1920년대 초반 자연주의, 사실주의적 색채가 강한 작품 세계로 주목받았던 작가 전영택의 대표작선. 이들 작품에서 작가는, 일제 초기의 만세운동, 일제 강점기하의 극심한 궁핍, 해방 직후의 사회적 혼돈, 산업화 초창기의 사회적 퇴폐상에 대한 자신의 경험을 소박한 형식 속에 담고 있다.

37 유예 오상원 중단편선

한수영(동아대) 책임 편집

수록 작품 황선지대/유예/균열/죽어살이/모반/부동기/보수/현실/훈장/실기

한국 전후 세대 문학의 대표 작가 오상원의 주요작 10편을 묶었다. '실존'과 '행동'에 초점을 맞춘 그의 작품은, 한결같이 극한 상황에 처한 인간 존재의 의미를 묻는 데 천착하면서 효과적인 주제 전달을 위해 낯설고 다양한 소설적 실험을 보여준다.

38 제1과 제1장 이무영 단편선

전영태(중앙대) 책임 편집

수록 작품 제1과 제1장/흙의 노예/문 서방/농부전 초/청개구리/모우지도/유모/용자소전/이단자/B녀의 소묘/O형의 인간/들메/며느리

한국 농민문학의 선구자로 평가받는 이무영의 주요 단편 13편 수록. 이들 작품에서 작가는, 농민을 계몽의 대상이 아닌, 흙을 일구는 그들의 삶을 통해서 진실한 깨달음을 얻는 자족적 대상으로 바라본다. 이무영의 농민소설은 인간을 향한 긍정적 시선과 삶의 부조리한 면을 파헤치는 지식인의 냉엄한 비판 의식이 공존하고 있다.

39 꺼삐딴 리 전광용 단편선

김종욱(세종대) 책임 편집

수록 작품 흑산도/진개권/지충/해도초/GMC/사수/크라운장/충매화/초혼곡/면허장/꺼삐딴 리/곽 서방/남궁 박사/죽음의 자세/세끼미

1950년대 전후 사회와 60년대의 척박한 삶의 리얼리티를 '구도의 치밀성'과 '묘사의 정확성'을 통해 형상화한 작가 전광용의 대표 단편 15편 모음집. 휴머니즘적 주제 의식, 전통적인 서사 형식, 객관적이고 냉철한 묘사 태도, 짧고 건조한 문체 등으로 집약되는 전광용의 작품 세계를 한눈에 살필 수 있는 계기.

40 과도기 한설야 단편선

서경석(한양대) 책임 편집

수록 작품 동경/그릇된 동경/합숙소의 밤/과도기/씨름/사방공사/교차선/추수 후/태양/임금/딸/철로 교차점/부역/산촌/이념/모자/혈로

식민지 시대 신경향파·카프 계열 작가로서 사회주의 리얼리즘 문학을 추구한 작가 한설야의 문학적 특징을 잘 드러내는 단편 17편을 수록했다. 시대적 대세에 편승하며 작품의 경향을 바꾸던 다른 카프 작가들과는 달리 한설야는, 주체적인 노동자로서의 삶을 택한 「과도기」의 '창선'이 그러하듯, 이 주제를 자신의 평생 과제로 삼아 창작에 몰두했다.

41 사랑손님과 어머니 주요섭 중단편선

장영우(동국대) 책임 편집

수록 작품 추운 밤 / 인력거꾼 / 살인 / 첫사랑 값 / 개밥 / 사랑손님과 어머니 / 아네모네의 마담 /
북소리 두둥둥 / 봉천역 식당 / 낙랑고분의 비밀

주요섭이 남녀 간의 애정 문제를 주로 다룬 통속 작가로 인식되어온 것은 교정되어야
마땅하다. 그는 빈민 계층의 고단하고 무망(無望)한 삶을 사실적으로 재현하는 데 탁
월한 기량을 보였으며, 날카로운 현실인식과 객관적 묘사의 한 전범을 보여주었고 환
상성을 수용함으로써 보다 탄력적인 소설미학을 실험하기도 하였다.

42 탁류 채만식 장편소설

우찬제(서강대) 책임 편집

채만식은 시대의 어둠을 문학의 빛으로 밝히며 일제 강점기와 해방기의 우리 소설사
를 빛낸 작가다. 그는 작품활동 전반에 걸쳐 열정적인 창작열과 리얼리즘 정신으로
당대의 현실상을 매우 예리하게 형상화했다. 특히 『탁류』는 여주인공 초봉의 기구한
운명의 족적을 금강 물이 점점 탁해지는 현상에 비유하면서 타락한 당대의 세계상을
여실하게 드러내주고 있다.

43 벙어리 삼룡이 나도향 중단편선

우찬제(서강대) 책임 편집

수록 작품 젊은이의 시절 / 별을 안거든 우지나 말걸 / 옛날 꿈은 창백하더이다 / 여이발사 /
행랑 자식 / 벙어리 삼룡이 / 물레방아 / 꿈 / 뽕 / 지형근 / 청춘

위험한 시대에 매우 불안하게 살았던 작가. 그러나 나도향은 불안에 강박되기보다 불
안한 자유의 상태를 즐기는 방식으로 소설을 택한 작가였다. 낭만적 환멸의 풍경이나
낭만적 동경의 형식 등은 불안에 대한 나도향 식 문학적 향유의 풍경으로 다가온다.

44 잔등 허준 중단편선

권성우(숙명여대) 책임 편집

수록 작품 탁류 / 습작실에서 / 잔등 / 속습작실에서 / 평대저울

한국 근대소설사에서 허준만큼 진보적 지식인의 진지한 자기 성찰을 깊이 형상화한
작가는 없었다. 혁명의 필연성을 기꺼이 인정하면서도 혁명과 해방으로 인해 궁지와
비참에 몰린 사람들에 대해 깊은 연민과 따뜻한 공감의 눈길을 던진 그의 대표작 다
섯 편을 한데 모았다.

45 한국 현대희곡선

유치진 함세덕 오영진 차범석 이근삼 최인훈 이현화 이강백 이윤택 오태석

이상우(고려대) 책임 편집

수록 작품 토막 / 산허구리 / 살아 있는 이중생 각하 / 국물 있사옵니다 / 옛날 옛적에 훠어이 훠어
이 / 카덴자 / 봄날 / 오구—죽음의 형식 / 심청이는 왜 두 번 인당수에 몸을 던졌는가

한국 현대희곡 100년사를 대표하는 작품 열 편. 1930년대부터 1990년대까지 각 시
기의 시대정신과 연극 경향을 대표할 만한 희곡들을 골고루 선별하였고, 사실주의 희
곡과 비사실주의희곡의 균형을 맞추어 안배하였다.

46 혼명에서 백신애 중단편선

서영인 책임 편집

수록 작품 나의 어머니/꺼래이/복선이/채색교/적빈/낙오/악부자/정현수/학사/호도/어느 전원의 풍경—일명·법률/광인수기/소독부/일여인/혼명에서/아름다운 노을

일제강점기 한국문학을 대표하는 여성 작가이자 사회운동가인 백신애의 주요 작품 16편을 묶었다. 극심한 가난과 봉건적 인습의 굴레에 갇힌 여성들의 비극, 또는 그로부터 벗어나고자 하는 의지를 섬세한 필치와 치열한 문제의식으로 그려냈다. 그의 소설을 통해 '봉건적 가족제도와 여성의 욕망'이라는 해묵은 주제가 오늘날에도 여전히 풀리지 않는 과제로 존재하고 있음을 알게 된다.

47 근대여성작가선
김명순 나혜석 김일엽 이선희 임순득

이상경(KAIST) 책임 편집

수록 작품 의심의 소녀/선례/돌아다볼 때/탄실이와 주영이/경희/현숙/어머니와 딸/청상의 생활—희생된 일생/자각/계산서/매소부/탕자/일요일/이름 짓기/딸과 어머니와

일제강점기 한국문학을 대표하는 여성 작가들의 주요 작품 15편을 한 권에 묶었다. 근대 여성의 목소리로서 여성문학은 봉건적 가부장제에서 벗어나고자 개인으로서 여성의 자유로운 선택을 가로막는 온갖 질곡에 저항해왔다. 여성이 봉건적 공동체를 벗어나 개성을 찾아 나서는 길은 많은 경우 가출, 자살, 일탈 등으로 귀결되었지만, 그럼에도 여성 자신의 힘을 믿으면서 공동체의 인습에 저항하고 새로운 공동체를 지향하는 노력이 있었다. 여기에 식민지라는 조건 속에서 민족의 해방은 더 큰 과제이기도 했다. 이 책에 실린 여성 작가의 작품들은 신여성의 이러한 꿈과 현실, 한계를 여실히 드러내 보여준다.

48 불신시대 박경리 중단편선

강지희(한신대) 책임 편집

수록 작품 계산/흑흑백백/암흑시대/불신시대/벽지/환상의 시기/약으로도 못 고치는 병

여성의 전쟁 수난사를 가장 탁월하게 그려낸 작가 박경리의 대표 중단편 7편 수록. 고독과 절망의 시대를 살아내면서도 현실과 타협하지 못하는 결벽성으로 인간의 존엄을 고민했던 작가의 흔적이 역력한 수작들이 담겼다.